收获

NOVEL HARVEST

长篇小说 2022 春卷

上海文艺出版社

目录 卷春 2022

002 关于告别的一切　路内
　206 或符号或镜像　程德培

222 我无法证明岁月有脚　韦敏
　406 「你是年少的欢喜」　来颖燕

416 成都传：从春熙路到华西坝　蒋蓝

关于告别的一切

路内

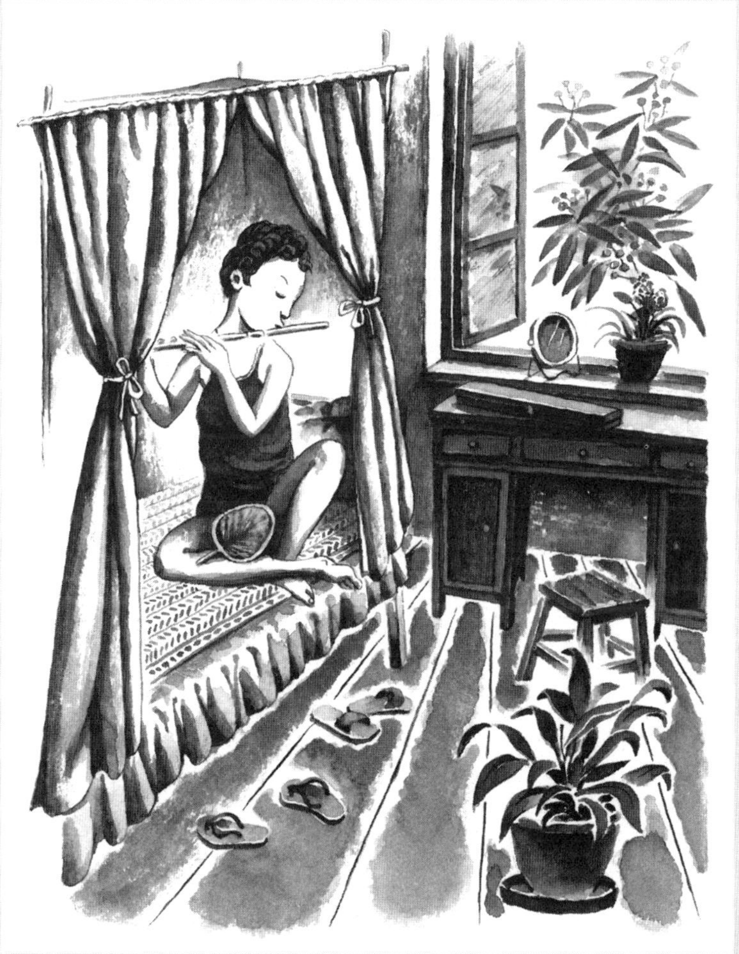

游云落何山，一往不见归。

第一卷 《帝国时代》的爱人

1

"他乡遇故人，是小说的经典开篇法。"在二〇〇六年出版的《青年名家谈小说》一书中，李白写下了这句话。十二年后，他再次听人吟诵，是在上海市陕西南路某咖啡馆，曾小然从背后轻拍他的肩膀。

"你脑后的伤疤仍在。"小然说。

李白站在账台前形如五雷轰顶。是的，为了遮住这道Z形的伤疤，整个青年时代他始终留着长发，或齐耳，或披肩，或扎马尾，在不同年代不同场合被定义为流氓、艺术家、潦倒鬼、性倒错。直到前年，受理发师蛊惑，照着街面上流行的款式剃了一个周围推平、顶部留有一丛的发型，有点像莫希干人，有点像鞑靼人，枕骨部位毕露无余。这道丑陋的疤痕经历了时光的调戏，终于变得时髦起来。想当年，在必须剃板寸的学生时代，闪电形的Z代表着他对曾小然昭然若揭、轰然落地的爱。Z，不是张，不是钟，不是周，不是赵，而是曾。

趁着自己半真不假发呆的工夫，李白的脑袋里快速计算了一下：小然比自己大两岁，他今年四十三，那么小然就是四十五；在他十七岁那年曾小然陡然消失在他的生命里，那么他们就是长达二十六年未见。他正想开口报数，曾小然先于他指出："二十六年了。"

账台的女孩向李白忽闪双眼，慌乱之中，李白指着小黑板说："大杯海盐拿铁。"小然站到他身边说："意式浓缩，double。"李白付了两份咖啡的钱，五分钟后，他双手各握一个纸杯来到靠窗的座位，小然没有脱外套，静静翻看手机屏幕，这动作多少令李白联想起甜蜜而不堪的往事，不由凛然。小然说："加个微信。"李白放下咖啡，掏手机扫了她的二维码，看到一行熟悉的签名：曾经小小地不以为然。那正是他十七岁时献给曾小然的情诗。

"小说还写？"

"写得很少了。"李白支吾道。

小然笑笑（那笑容中饱含着多少往事），端起咖啡往外走，李白问她去哪里。小然说："我是来出差的，等会儿还有一个会要开。"李白忙说："我反正也没什么事，尽可以坐在这里等你散会。"小然摇头，表示不必，又用食指敲敲海盐拿铁的杯盖，低声调笑道："咖啡加盐。"

她走后，李白独自坐在窗前，看着一辆辆汽车由北往南驶过，往事仿佛也在深秋的单行道狂刷一气。四十五岁的曾小然扎着高马尾辫，双颊虽生出细纹，但唇齿之间仍然湿润丰盈，这一微妙的生理特征（也可能是生理缺陷，例如玛丝洛娃的斜眼，小王爵夫人的短嘴唇）曾经被中学教导主任视为放荡的象征，与此同时，女教导主任本人那两条微微叉开站立的圆规腿也突然出现在脑海，那是被一众青春期少年反复观摩、普及、分析过的无意识姿态，以至于大家曾经迷糊，到底是汁液丰沛的曾小然更放荡，还是严厉到合不拢双腿的教导主任……

天哪，我走神了，全是往事的碎片，而刚才的重逢犹如单行道上的车祸，往事正在接二连三追尾。

就在窗外，一位穿白色修身长裤的中年大叔正与另一年龄相仿的阿姨交心，其左手频繁搭在阿姨肩膀上，又频繁落下，右手夹着一根香烟。大叔并不吐烟，随着谈话的节奏将烟气讲在了阿姨脸颊。阿姨没躲，头发上一片云山雾罩。李白面露微笑，假如由我来讲述往昔，听者想必也是这种视觉效果。

2

"咖啡加盐是壮阳的。"多年以前的一个深秋，李白在吴里县城第一百货商店南侧的蓝莲咖啡馆里，对曾小然说出这句话。

那时小然高三，李白高一，两人偶尔逃学去闹市区闲逛，一种轻度的背离与享乐。蓝莲是一间狭长形的卡座咖啡馆，门面三米宽，进深十几米，共九个卡座间，椅背极高，光线幽暗，常年坐几对中年男女。一座紧邻大街，九座紧邻洗手间。李白素喜八座，那是人生至为纯洁的幽深之境，九座则未免污秽了。小然钟爱一座，隔着茶色玻璃观察大街上的人群，犹如她反光眼镜片子后面的明亮双目。

服务员招呼他去拿咖啡，两个带把的玻璃杯，里面是黑色液体，用天鹅牌咖啡块溶解后调制的饮料，咖啡块的体积与麻将牌差不多大。李白不满地说："长兴路的红燕咖啡厅已经用雀巢咖啡了。"没有获得任何回应。他要求咖啡伴侣，要求糖。"伴侣？你不是已经有了吗？"服务员从铁制糖罐里舀出一勺白砂糖，往两杯咖啡里洒了洒，李白分明看到一只蟑螂随之奔逃而出，光照之下犹疑片刻，钻进了抽屉缝里。在南方，蟑螂是极为常见的动物。

邻座是一对中年男女，他们占据了九座。男人正在向女人讲述自己的性功能障碍：每个男人到四十岁以后都会这样——虎鞭很难搞，我现在吃的是海马鞭，不不，海马，没有鞭，海马自己就是个鞭；眼下这种情况我老婆也不满意，如果我老婆满意，你就更不会满意；医生认为病因是我年轻时冷水澡洗太多了，不不，不是自来水，是他娘的井水，寒气太厉害……李白吸了口寒气，和小然竖起耳朵往下听，忽然，他伸出头，对隔壁中年人说："滚烫的咖啡加盐，最最壮阳。"

在卡座咖啡厅，只有一种情况允许介入陌生人的交谈或行为，就是提醒他们警察来了。中年男人愣了一下，站立起来，身高超一米八，黑铁塔一样的汉子，本地罕见之物。李白无论如何想不到性功能障碍者有这等魁伟的身材（否则，何以有底气洗井水澡），他像蟑螂一样企图缩回一道不存在的缝里，铁塔汉子伸手拍住他的肩膀，将其揪到账台，来自吴里农机厂的咔叽布夹克式工作服十分耐抓，百撕不破。

"有盐吗？"铁塔汉子问服务员。

服务员指了指街对面的饭馆。铁塔汉子再次拍李白的肩膀，意思是你留在这里不要动，然后出门向饭馆走去。李白回到八座，潇洒地甩了甩头，发现邻座的阿姨坐了过来，与曾小然相视而笑，双方都有点不好意思。那阿姨美艳绝伦，穿一身水蓝色的连衣裙子，以至于在他成年后用"热带浅海中的珊瑚丛"来形容之、虚构之（海马畅游其中），正用一种古怪的眼神看着他，好像李白孱弱的身躯是一个孔，孔里头有什么东西可以挤出来。接着，阿姨笑了。

"你还站在这里等什么？难道真的想被他掐住脖子喝下一杯加盐的咖啡吗？"

曾小然跳起来拉住李白就往外跑。

现在回忆时刻，想起那杯未曾喝下的壮阳之水，又想起蓝莲咖啡厅早已在一场浩荡的拆迁运动中夷为平地，李白躺在宾馆的床上，不无伤感地嘀咕，时代不同了，咖啡加盐是出现了，卡座咖啡厅却基本绝迹，甚至连火车上的火车座都难得一见，甚至，不同的时代都已经消逝远去，叠加过数次的新世界一再覆盖往昔，而我们竟然还活着，尚不需要壮阳，只是不再爱着。他看了一会儿书，那杯海盐咖啡没有起任何作用（指的是提神，不是壮阳），他睡着了。

3

太子巷距离吴里市中心不远，从民主路拐进红专街，依次经过邮局、居委会、烟杂店、干部招待所侧门、公共厕所，就是该巷的入口。以上是八十年代的格局。由于是死胡同，巷内仅八个门牌号。二〇〇四年出版的《太子巷往事》虚构了一条嘈杂、混乱的小街，生活着主人公和他的三位女友，最终毁于大火（象征着主人公玩火自焚的结局）。实际上，真正的太子巷十分安静，除了李白的父亲李忠诚不慎炸毁公共厕所粪池之外，从未发生过大小火警哪怕一次。

李白家住太子巷3号，两间低矮的瓦房，一间用油毡布搭起来的厨房，虽破落却是独门独户。曾小然与她妈妈俞莞之住在巷子落底的8号，一座阴森的南方古宅，有二十多户人家，拐过长廊、天井、客堂，沿楼梯爬上二楼，一间十五平米的小屋就是她家，四壁皆为木板，一排朝北的花式长窗，平日晒不到太阳，到了冬天冷入骨髓。

小然的父亲于一九八四年病故，她家是太子巷唯一的单亲家庭，不过很快李忠诚和李白这对苦命父子也加入了这个行列。

李忠诚原是农机厂的铸工，长着一个尖尖的脑袋，身材瘦削，常年穿两身同款劳动布工作服，家里那身较干净，厂里那身油得可以粘住蟑螂。一九八四年农机厂的火灾中，李忠诚疯狂地冲进火场，拖出一名昏迷的工友，这身油款工作服混合着他的腈纶毛衣在后背燃起大火，发出惊人的噼啪声，他倒了下去，满地乱滚还被工友们用扫帚打了好几十下，经人民医院抢救，背部留下一个锅盖大小的圆形伤疤，有点像乌龟壳。自此在工厂浴室洗澡，工友们都有一种冲动，想在那伤疤上写个字，比如"勇"，比如"拆"。八五年李忠诚荣获英模称号，在省城见到了大领导，同时破格提干，到供销科做了一名科员。两个月后，供销科因贪污公款、私藏小金库，全员蹲了号子，唯李忠诚呆头呆脑幸免于难，遂被提拔为副科长。此时他再去工厂浴室洗澡，大伙只想在他的伤疤上写一个"福"字。

然而李白的母亲白淑珍与人私奔了。

人们想不明白她为何在李忠诚升官后选择了离开，人们怀疑他烧坏的不只是后背（后经澡堂验身得以释然）。一九八五年，在一场海啸式的激烈争吵中，白淑珍举起李忠诚供在墙上的英模奖状，连同镜框一起砸在地上，一枚玻璃碴划过李白的小腿，留下一道血杠。李忠诚忍无可忍（为奖状，而不是为儿子），抬手给了她一个耳光，终结了他们长达十年的错误婚姻。

发生了什么？李白那年九周岁，刚刚吃过半个甜得发齁的十一虚岁生日蛋糕（是的，很多他认为发生在十七八岁的事，实际是十五六岁，这导致他的记忆总是出错），剩下半个放在五斗橱上，继续再吃，又被奶油里的另一枚玻璃碴子划破了嘴，可见白淑珍这一砸是多么大力，多么彻底。灾难，灾难是瞬间的毁灭，长久的寂灭。很快，家里关于她的一切痕迹都被李忠诚扫除干净，包括她在李白的作业本上签的名字，也被勒令擦干净。李白稀里糊涂，不明所以，是曾小然淡然地告诉他："你妈给你爸戴绿帽子了。"李白问："绿帽子是什么？"曾小然拍拍他的头说："就是和别的男人好了。"

多年后他在小说中写道：这故事，一开始就是高潮，其后才是漫长的铺垫。白淑珍没有回来，他一直等到夏天，家里脏衣服成堆，食物发馊，天井中的葡萄疯长却没结出一粒果实。整个暑假李白吃的都是拌黄瓜，有一天他问李忠诚："爸爸，黄瓜明明是绿的，为什么会叫黄瓜？"李忠诚听不得绿字，给了他一脚。又因李白的名字有一半属于白淑珍，李忠诚起意改名，给了李白几个方案：李胜利（与忠诚配对）、李小诚（听上去像李嘉诚的儿子）、李约翰（洋气大方）、李堃（从测字先生那里要来的方案）、李小也（很明显是抄袭曾小然）。后来居委会主任嘲笑道："白色挺好，要不然，你儿子想换成哪种颜色？"李忠诚奋起，与主任撕打起来，警察登门教育了他。

太子巷的李白，笔名李一白，自称李太白，人称吴里第二才子，但那是他成年以后的事了。在整个八十年代后期，他的名号是：李乌龟的儿子。

"他们喊你李乌龟，连累了我。"他将这一消息告诉父亲，这极其自虐，在痛苦的时候他会以这种方式要求一顿暴打，但这次他看到的是李忠诚瘫软在饭桌上。夜里，李白听到父亲在床上嘀咕：我要让太子巷所有的男人做乌龟。后又改口说：所有的适龄已婚男人。后又开解自己：太难了，睡吧。自从白淑珍走后，李忠诚养成了自言自语的习惯，有时是安慰自己落在墙上的影子，有时是和房间里弥漫着的某种气息对骂。

"你妈没有和人私奔，我和她是正规的离婚。"十二岁生日那天（没有蛋糕了），李忠诚羞惭地告诉李白。他恍然大悟，走出家门。

"婊子的儿子。"一群人笑着告诉他。

4

八十年代，吴里是县城，人口一百多万（含农村），全国百强，到九十年代升级为县级市。在开发区出现之前，全市的中心地带便是以第一百货商店为地标的商业区，也曾时髦，也曾标新立异、灯红酒绿。太子巷恰好在这一区域的边缘地带，从小巷出来，红专街一头通向民主路，直达光明影院，另一头较长，向南走八百米可达寿园，这座建造于清代的私家小园林仅有几堆假山，一间茶室，一个小池塘。两株紫藤长在东南角，夏日间墙里墙外开满紫色花朵。另有一片竹林，里面有老鼠和黄鼬出没。这种格局，放在苏州就是个街心花园，放在纽约，是东亚艺术瑰宝。白淑珍当年即在此上班。

寿园对面是李白的母校，著名的吴里

实验小学。当年李白穿着白球鞋、蓝裤子去上学，一根红领巾耷拉在胸前，每每走到寿园门口，不免黯然神伤。李白记得，白淑珍总是穿一件深紫色连衣裙，配白色围裙，拎着铁壳热水瓶在茶室前后行走，浅紫色的塑料凉鞋在石板上发出哒哒的轻响。这一挥之不去的夏日印象，被过于炽热的阳光照耀着，眼前发黑，仿佛眩晕。有一阵子，他幻觉到白淑珍回来了，就走进寿园张望一眼，风静花香，并无她的踪影。

"我要去上海找她。"他回到家向李忠诚宣布。

"她已经离开上海，跟别人去深圳了——坚强点。"可恶的李忠诚，他的语气非但没有伤感，甚至还有几分幸灾乐祸，仿佛可以用这种方式培养李白的男子气概。

他不定期地收到了白淑珍寄来的礼物，有时是足球，有时是衣服，却无只字片语。她的地址每次都换，他寄过去的几封信被尽职的邮递员原封退回，随后由李忠诚当着他的面撕成碎片。这就是南方，我入睡前侧卧面对的方向，在某些年里它象征着背叛，某些年里只不过是一声叹息。一九九〇年他收到了最后的礼物，一台游戏机和两张游戏卡，自此，她音讯全无。每当我摊开那些礼物，便感到命运有一种花里胡哨的冷酷，它让我知晓了答案，然后给了我一堆不太需要的安慰。

他来到寿园的紫藤下，那里有一股阴凉的气息，令他联想起白淑珍。天呐，正是联想让他感到自己陷入了遗忘。必须靠联想才能回忆起她，他的视网膜上仍留有她在寿园的身影但已经忘记她在离开前穿的是什么衣服，她脸上的痣到底是在左边还是右边，她每一次烫头发回家时分别是什么表情——当记忆蒸发干净后，他预感到自己会像干涸的池塘那样，由幻觉之雨来填补空白。他无可奈何地抱住紫藤，轻轻拽着枝干，轻轻说："带我走呀，带我走呀。"正是这无望时刻，俞莞之受命运之托来到了他的眼前。

俞莞之是吴里图书馆的管理员，面相柔和，一双睡凤眼（曾小然是更为艳丽的瑞凤眼），瓜子脸，像古画里的女人。李白还记得曾先生，相当白净斯文的男子，戴一副圆框眼镜，有点像徐志摩或者胡适。这一家子行事低调，讲话细声细气，经常用眼神交流问题，也不大和邻居交往。有一天李白听人说起，曾先生死于马上风，言者表情诡异，他便去问李忠诚，什么是马上风，李忠诚给了他一个嘴巴。他不死心，去查《新华字典》，没有任何阐释，又去问曾小然。她的回答是另一个嘴巴。

"我爸爸是心脏病去世，永远记住。"

"你也记住我爸妈是离婚。"李白捂着脸嘀咕。

他们几乎是同时失去了父亲和母亲，并为此结下友谊。两年后，一个闲着也是闲着的媒婆走进李白家，认为本巷两座单亲家庭拆铺并床，实为美事。李忠诚发了一会儿呆，凝视远方，像在虚空中揣摩俞莞之的长相。李白指出："曾小然的妈妈。"

"她的人品，可以嫁一个科级干部。"媒婆说，"不带拖油瓶的离婚男人都有可能呢。"

"我是科长，但我不是科级。"李忠诚抱歉地说，"厂长大概是科级。"

"哦，那就算了。"

"你去死吧。"李忠诚对着媒婆的背影骂道。

"你去死吧！"李白追出门加了一句，

"不带拖油瓶，那我去哪儿？"

这天晚上李忠诚失眠了，不用猜，他在被某一道爱情的影子困扰。连续三天翻来覆去之后，李白要求分房睡，沿街朝北的那间屋子可以腾出来归他了。也许是为未来的婚事打算，李忠诚同意了，李白从十一岁开始拥有了他的独立空间。

"不，你爸爸配不上我妈妈。"曾小然告诉李白，"他长得太……滑稽了。"

"可他第一个老婆挺漂亮的。"

"他第一个老婆远不如我妈妈温柔。"

"只要肯嫁给我爸，她完全可以不温柔。"

俞莞之当时三十六岁，烫一个波浪卷的齐肩发，风韵雅致，全然不像寡妇。她有一件鸭蛋青色的绸缎旗袍，右肩至胸口绣一枝白梅，谓之落肩梅，是五十年代上海师傅的手工，小然外婆的旧物，平时不穿，穿出来必定是有礼仪活动，配一个白色羊皮手包，戴一条不算名贵的珍珠项链，可以令吴里县城为之空巷。人们为她物色的男人，除吴里本地之外，另有苏州的、上海的、杭州的、南京的，条件都不错，大部分可以让俞莞之拎包携女入住。她对此回应冷淡，终有一天，她对媒人说："我小时候算过命，命里要穿七件孝服。"媒人问七件孝服是啥意思。俞莞之掰手指说："父亲母亲两件，继父一件，先夫曾广贤一件，还剩三件，不知为谁而穿。"媒人无语。俞莞之一笑，说道："你回去吧。"

她的伤感与淡泊来自一个李白无法辨识的旧时代，像青衣沉迷于一个角色，这种感觉在白淑珍身上也有。她们时而光彩照人，时而隐没在黑暗之处，而李忠诚总是像一个跑错了场子的人，站在舞台中央让观众们大吃一惊。某些时候，我简直想替我的父亲去爱。

深秋的一个傍晚，俞莞之下班回来，经寿园门口，园林早已打烊，一大片竹子在晚风中簌簌作响。她见一少年正趴在那两扇油漆剥落的大门上疯狂摩擦，发出非人低吼，便走过去看，见大门上新刻六个字：白淑珍是婊子。少年自然是李白无疑，已经疯了。晚风凛冽，如在惋叹。俞莞之同情李白，劝其回家吃饭。李白回过头来，绝望地看了她一眼："是我同学刻的，为的是让我天天上下学都能看见。"俞莞之抱住李白，安慰道："好啦，好啦。"李白闻到一股花露水的气息（是的，只有她们，在深秋还让自己散发着香气），不由放声大哭。

俞莞之将李白送至太子巷3号，他撒谎说没带钥匙，她叩响门扉。李忠诚开门，因天色已晚，耽误了晚饭，本想一脚把儿子踢出去，看到俞莞之（还有藏在她腋窝底下的李白），到底还是愣了一下，换做赔笑。俞莞之说："不可再打李白。"随即像放生小鱼一样，将李白轻轻送入一潭臭水。李白从她的腋下来到李忠诚的腋下，相当不爽，抬头看看，李忠诚正久久目送俞莞之离去。

这天在宾馆，李白梦见了俞莞之，梦见她的背影，她的落肩梅。醒来后发现才晚上十点，他拿过手机，看到曾小然发来微信，只有一个笑脸，并无只字片言。李白发信问：俞阿姨还好吧，问候她。片刻后，小然回复：妈妈已于三年前过世，癌症。李白发愣，十秒钟后，眼泪夺眶而出。小然又发来一条：你这混账，竟在小说里编派妈妈，我都读过，没找你算这笔账。李白大哭。又过片刻，小然来信：但妈妈读到你的小说觉得不错。李白号啕捶胸，涕泪横流，回复道：小说，都是，虚构的。

9

5

"钟家那对父女还好吗？我以为你会娶钟岚，你的青梅竹马。"凌晨时小然又发信过来，"当年我家的洗澡水经常漏到她家。"

青梅竹马，这个词已经被扫入历史的垃圾堆，至少李白本人在小说中慎用。确实，曾小然并非他的青梅竹马，她八岁那年从城北搬到太子巷，他已经是街道上赫赫有名的小才子，会背七八首唐诗，家有上下册连环画版《茶花女》，穿市百一店（上海！）出售的翻领夹克衫，站在寿园门口唱邓丽君的"甜蜜蜜"。（不管李忠诚有多矬多傻，请记住李白的老妈是上海女人。）

那个从他记忆深处打捞上来的妹子是钟岚，像是在空白的纸上写上的第一笔：白淑珍；第二笔：李忠诚；第三笔：钟岚。她从小就爱他，立志要嫁给他，她大笔一挥在纸上涂满了自己的名字，而曾小然的出现等于是将这张纸撕得粉碎。六岁那年他发现人是可以移情别恋的。

"李白哥哥，你不要走啊。"他记得钟岚在太子巷深处发出的凄惨叫喊，不过他还是牵着小然姐姐手走了，等他玩痛快了回来，她仍坐在门槛上痛哭。

"那个钟岚，小时候可真坏啊。"小然仍在回忆。

当年，钟岚就住在小然家楼下，两户仅隔一层木地板（也就是钟家的天花板），没有防水层这种东西。钟岚的爸爸钟高强，衣冠楚楚的环保局干部，后升任局长。有一天他躺在床上，感到一滴水落在自己鼻尖上，睁眼一看天花板上糊的报纸已经稀烂，他冲上了二楼。

俞莞之母女与太子巷的大部分人家一样，在室内盆浴，用一个椭圆形大浴盆，冷水兑热水完成这一艰辛的日常卫生工作。当年没有自来水，亦无落水管，厨房在楼下公用大间，冷水热水都得用铅桶和水壶往上提，洗完后用一个铁皮勺子将脏水舀进铅桶，拎至天井倒掉，像搬家一样麻烦。

老钟没有敲门，他在二楼抽了根烟。因曾家的房门裹了一层白铁皮，并无门缝，钟高强什么都看不见，这一举动被邻居看在眼里。"你怎么偷看俞莞之洗澡？"有人发出质问。

"我什么都没看见！"钟高强争辩。

他看了。李忠诚闻之大怒，他看了！所以他会承认什么都没看见。

"他想看的是曾小然。"十一岁的钟岚告诉李白。到二十岁时，她又这么说了一次，是在他被窝里。那时李白感到自己又经历了一次轮回，曾小然已经变成前生认识的人，记忆消散后凝结成一些怀念，落在窗前。他用吴里方言困惑地念着她的名字，曾小然，舌尖轻轻摩擦门齿内侧三次，我的生命之光。我的欲念之火。曾 zēng。小 siē。然 zeǒu。

"睡着了？"天亮时，小然又发微信过来。

"钟岚。"李白回答，"也去世十年啦，是的，我没有娶她。"

6

究竟我编派了俞莞之什么？李白问自己。

一九八七年李忠诚对俞莞之的爱情犹如火山喷发，倒霉的是周围人，他们被岩浆烫伤，被火山灰覆盖，心惊胆战，四散而逃。李白感到，李忠诚对白淑珍有多恨，他对俞莞之就有多爱，这是一种能量的转移。首当其冲的是钟高强，在秋后一个雨后的午后，他骑着自行车拐进太子巷，忽然车轮屏死，被惯性甩出去并摔倒在石子路上。回头查看，李忠诚用冷冷的目光盯着他，旁边是李白，车后轮里被塞进了一根电焊条。

"谁搞我？"钟高强坐在地上徒劳地问道。

"当然是我。"李忠诚回答，并踏上一步。与此同时，李白攥着手里的一把电焊条，也踏上一步。钟科长被这对父子的气势吓住，没能爬起来，坐在地上向后挪动半尺，屁股下面是一个小水洼，他迅速地又挪回了原位。

"你要是再敢偷看俞莞之洗澡，"李忠诚从儿子手里抽出一根电焊条，"我就把它插进你的肛门里。"

"是的，肛门里！"李白加重语气，举起了所有的电焊条。

李忠诚回手捂住儿子的嘴，看钟高强没有反应（其实吓呆），继续描述："我会用电焊钳子夹住它，通上电。"他闭上眼睛，替钟高强想象他的肛门火星四溅的场面，然后意识到，这不可能，除非老钟是个金属人，否则电流回不去。等他睁开眼睛时，钟高强已经只剩一条逃窜的背影，自行车扔在父子二人眼前，及一篮桔子挂在车龙头上，部分散落在地。李白捡起一个桔子，被李忠诚一巴掌打落。

"这是我们的战利品。"李白说。

"桔子火气重，吃多了你也会变得像老钟那样。"

李忠诚挑中的第二个对手是太子巷8号的贾淑珍，她是一块难啃的硬骨头，可以朝九晚五站在街上辱骂她的仇人们，她运用脏话的技术将会间接影响李白的小说语言，并诠释了他小说中的一个生造词：街逼。但她既然与白淑珍同名，李忠诚早已看她不顺眼，在爱着白淑珍的年代，以及恨着白淑珍的年代。这是贾李双方的不幸。双重的怨怼，加上贾淑珍站在天井里仰望曾家紧闭的窗户大声辱骂的不堪场面，令李忠诚怒火中烧，他闯进8号大门，手里仍然攥着电焊条，像电影里的大反派一样出现在贾淑珍面前。

"你想把它插在贾淑珍的哪里？"钟高强不免幸灾乐祸地问。

"如果你再敢辱骂俞莞之，"李忠诚不理钟高强，直面贾淑珍，"我就把你扔到井里去。"

"李乌龟，你不怕坐牢吗？"贾淑珍嗤之以鼻。

"他不怕。"李白凑过来，插嘴道，"他已经死过一回了。"

"来，把我扔井里吧。"贾淑珍坐在了井盖上。

"我们不会杀你的，有很多办法可以让你闭嘴。"趁着李忠诚犹豫的工夫，李白掰着指头款款数来，"用香烟屁股在你的奶罩上烫个洞，用钢钎戳穿你们家的马桶，把死老鼠扔在你们家的米缸里。还有你弟弟，在农机厂司机班上班，可以调他去掏粪。"

"你有屁个权力调他去掏粪。"贾淑珍骂道。

"我下个月就要升副厂长啦！"李忠诚狂叫，接着一巴掌把李白掼到了天井角落。众人集体凛然。钟高强科长再次宣布："李科长升副厂长啦！"

是的，在这场与街逼的鏖战中，李忠诚提前宣布了自己的升迁消息，很不明智，缺乏政治经验，亦非吉兆。贾淑珍望着李忠诚——这个沉默的男人，这个怂到家的男人，他是乌龟，但他确确实实曾经把垂死的工友扛出火场，还曾经为了追回国家财产在保卫科参与了痛打盗贼（不，是在国家财产已经追回的情况下）。他不怂的时候极其疯狂，没有老婆，似乎也不太在乎儿子的死活。这个男人不仅说到做到，而且想到做到。"俞莞之你可以嫁一个厂长了，副的！"贾淑珍仰头大骂。曾家的窗户打开了，一桶洗澡水从天而降，浇在众人头上。大家惊奇地看到李忠诚的衣服后背冒出一股蒸汽，就在龟壳位置上。那是火山的中心，也是灾难暂时休眠的场所。李忠诚仰天长啸，接着，一个空桶扔了出来，砸在他头上，磬磬哐哐滚向墙角。李忠诚浑然无事，摸了摸头，看看二楼，窗户已然关上，几件女式内衣飘荡在上空。他恢复了理智。

此后一季，李忠诚站在太子巷的入口位置，像一个samurai，微微低头，双手交互，抱着他幻想中的刀子，叼着一根竹牙签，令每一个进出的人感到窒息（伴随着不远处公共厕所的阿摩尼亚气味），而他并没有向任何人多看一眼，即使是俞莞之走过，他也不看，他用自己的气息影响着她。只有曾小然放学回家时，李忠诚才会严肃地伸出手，拍拍小然的肩膀。小然觉得不错，最近欺负她的同学也不少，可以让李忠诚去顶一下，而那个李白，坐在门口，忽闪双眼，正在向她示好。

一天下午，仍然在那个位置，李忠诚抽完了第三根烟，他将烟头弹向远方。弹得有点太远，烟头飞过一片草丛，飞过一辆自行车，落在地上，又弹了一下，做了个直体空翻，落进了化粪池水泥盖的裂缝里。集聚着沼气的化粪池毫无征兆地轰然炸响，气浪将李忠诚推向墙根，一块水泥板飞至半空，重重地落在他的脚背。这一次他终于倒下了。

"他又死了一回。"李白伸出两根手指，告诉曾小然，"等他再死一回，就可以和俞阿姨结婚了。"

7

一九八七年还有更多的故事。李白将记忆的准心校准一下，是的，让我暂先放下与曾小然那场荒唐的恋情（就像少年于连尾随着洛丽塔走过明亮的大街），继续在李忠诚的故事里徜徉片刻。

他被判拘留十天，在看守所过得不太如意，挨了打，糊了火柴盒，且没有一个人去探监。他自感仕途尽毁，始于一场安全事故，终于一场安全事故，他可能要回到车间里去做铸工。某一天，俞莞之出现在他眼前，一双甚难看出心思的睡凤眼，探监她还穿着落肩梅。他的英雄气概早已委顿于尘埃，爱情尾随而来，包括上一场天打雷劈的爱也在心头涌动……两人谈了一会儿，俞莞之问："你怎么不问问李白的情况？"

"我竟忘了。"李忠诚有点得意忘形，"这小贼应该住在他堂叔家吧？"

"不，他住在我家了。"俞莞之说。

"让他给你们倒洗澡水吧。"李忠诚不知羞耻地说，"不能白住啊。"

俞莞之望着李忠诚，后者这么多年从白淑珍那双过于水灵的眼睛里总能读出内容，尽管可能是误读，但他真的看不懂睡凤眼在表达什么。他继续叹苦经："我当不成副厂长了，可能要去做铸工，你考虑考虑。"他伸出沾满糨糊的手试图与之握别，俞莞之站起来就走。

"这个老蠢货，就在那一瞬间，他永远失去了俞阿姨。"李白始终为之耿耿，要不是他假扮清纯，骗得信任，很可能当晚就被俞莞之赶回太子巷3号了。

李忠诚出狱后（吴里人搞不太清拘留、劳教和劳改的区别），回到农机厂，厂里一时不知该如何处理他，到底是降级使用，还是开除出厂，总之在这个当口提拔他显得有点不合时宜，毕竟太子巷口的公厕还没修缮完毕，十分影响群众生活。几天后，一位省城的大领导来到农机厂视察工作，领导犹记得当年的火灾和救火英雄李忠诚，提出要见一见其人。厂长把李忠诚牵了出来，与领导握手，记者拍下照片，上了《吴里日报》头版头条。

那还是报纸印刷极为粗糙的年代，用现在的话说，图片像素极差，但不是马赛克，而是让人脑袋发晕的小圆点，必须拉远到一定距离才能看清人脸，有些是领导干部，有些是劳模英烈，偶尔出现通缉犯的脸。次日，这位和大领导同框的昔日英模被人们远远近近地比鉴了一番，随即接到通知：下个月开始，去副厂长办公室上班。

多么侥幸，如果老婆没跑掉会更好。这一天李忠诚骑车回家，看到沿途人们都拿着一张《吴里日报》，他是狂喜的，他想让李白将这一消息转告俞莞之，不过在巷口看到了曾小然和儿子一同归来。

"要不你自己去告诉我妈吧，"小然扭捏，"忠诚叔叔，我妈这个人心思不太好捉摸。"

"你应该再表现出一点英雄主义。"李白撺掇，"最近有几个轻工技校的学生在学校门口堵小然，讲些不三不四的话。需要你的时候到了。"

"让我来帮你摆平。"李忠诚很有把握，"轻工技校，对口分配的就是我们农机厂。"

那时小然在吴里第一中学念初二，李白仍在实验小学念六年级。这是一件痛苦的事，你喜欢的姑娘比你大两岁，而喜欢她的男孩又比她大两岁，你真的不能以小学生之身去和高中生对打，你会死。忘记提醒李忠诚了，你面对的是技校生，而不是技校生的父母，后者才操心工作分配的事。次日李忠诚在学校门口被一群发育正常、发育过度、发育不良的少年殴打，不但无人敢救，就连岗亭里的交通警察，都装作没有看见。李忠诚衣服被撕得稀烂，露出后背的伤疤，少年们在他的伤疤上留下了十七八个脚印，并将他抛入花丛，抛入自行车堆，抛入沿街晾晒的马桶群。最后当一个杀气腾腾的家伙将李忠诚的头发抓起，撞向校门口的宣传栏时，他看到了一份《吴里日报》张贴在其中，他的脸就在报纸上，随后放大，变成令人眩晕的波点。"不要啊！"李忠诚大喊一声，脑袋随即穿透玻璃，与自己的脸亲吻在了一起。

这天半夜李忠诚头缝十二针回到家里，前额的头发被剃去了一块，变得像一个真正的samurai。他看见李白在月光下磨菜刀，这当然是要去砍人！李忠诚百感交集，这个孱弱无用的儿子终于像个男人了。他走过去，威严地问道："想干什么？"

"砍了我们校长。"李白举起菜刀，看了看刀锋。

"为什么要砍校长？"

"因为他说，俞阿姨和文化馆的馆长有不正当男女关系。我要砍了他，为俞阿姨雪耻。"

李白听到一种奇怪的声音，像自行车

轮胎骤然泄气，这时他抬头，惊讶地看到李忠诚头上的纱布，还有他渐渐萎顿的身体，像一只巨大的充气玩具恢复到了它实际应有的体积。月光照着这对父子，菜刀上有一个豁口是当年白淑珍将其扔向李忠诚而误斩到灶台上留下的，李忠诚问自己到底喜欢哪一种类型的女人，火一样的白淑贞，还是冰一样的俞莞之？最后他蹲下身子，从李白手里拿过菜刀，无奈地说了一句：

"你们就让我多活几天吧。"

是的，多年之后，我终于明白了一些超出我爸爸理解范围内的事物。李白发信给曾小然。

明白了什么？小然回信问。

我母亲对他的背叛并不是爱情创伤，而是他的童年创伤，而他对俞阿姨的爱是……

到底是什么？小然追问。

和你我一样，是初恋。李白将这两个字输入手机，发送出去，感到自己也在缩小，当它到达曾小然那一端时，多少浪漫的言辞都已经被接踵而去的时代阐释为废弃之物。然而我还得在凌晨做一个往事的拾荒者。我极为荒唐地征用了"初恋"这个词，将它称之为幻觉或许更合适些。

8

多年前，李白是唯一一个能进入曾府的男人，尽管当时他只是男孩，尽管，曾府只是位于幽僻小巷尽头古宅最落底的一间小屋。当他走上吱吱作响的木楼梯，从一扇小窗里望到远处干部招待所高大的雪松树冠，某户人家的收音机里传来每日午后的评弹念白，楼梯拐弯处堆放着笸箩、竹榻和一些捆扎起来的过期刊物，一件白衬衫晾晒在朝南过道，一滴未曾洗净的蓝色墨汁印子停留在衬衫胸口。李白感觉到自己进入了微观世界，一个不可退出的场所，此间事物正在放大，并将经历十个日夜的观看。

与他所猜想的相反，小然家里并没有挂父亲的遗像，墙上是一本好莱坞女星的挂历，当月乃是梦露，全幅黑白，酥胸半掩，用一种痴痴的眼神看着窗户。在那个位置上，也就是窗台前，有一张古旧的麻将桌，覆以构图繁复的白色钩针桌布，再覆以玻璃台面，有一只角已经敲掉，用橡皮膏粘在破损位置以免划伤人。桌面下也无照片，只夹了两张五斤全国粮票。桌上有一只蓝色玻璃花瓶，插了一束已经褪色的塑料玫瑰花。象征着爱情吗？李白寻思。屋内一大一小两张床，大床用的是暖色调的印花床单，小床是蓝白格子床单，李白躬身往下看，浴盆在小床下面。他注意到曾家的卫生设施拉了一道布帘挡住，并不是所有人家都这样！只有我老妈和俞莞之会这样！他在心里呐喊了一句，他妈的老李你果然有眼光。他兜兜转转，继续寻找，用鼻子嗅着，如今他家里已经没有一丝女人的气息。俞莞之问："你在找什么？"李白撒谎说："我掉了一个玻璃球。"

这是愉悦时光。饭桌上的一碟小菜，棉被经日晒后散发出的焦煳味，收音机里的电台点歌节目。到了夜晚，李白与小然两人坐在麻将桌前做作业，一盏台灯照在小然脸上，俞莞之则倚在床头打毛线，十天工夫，为他织了一条加长款白色围巾，平针密实均匀，又在边角上绣了一个"白"字。李白心想，这个字落在李忠诚眼里怕是会被立即连人带围巾扔进火炉。因此央求她在反面又绣了一个"之"字，作为落款，让李忠诚可以恢复理智。

夜深后，李白躺在小然的床上，曾家母女睡大床。他抚摸围巾，感到一种从未体会过的伤感，一种不想再活下去的空虚。有一瞬间他甚至希望白淑珍永远不要回来（这倒是真的），李忠诚永远坐牢（这也有可能但落空了），还有他那位花花公子式的堂叔李国兴永远被女人缠住。他悄悄坐起身，在一片昏暗中望着不远处的她们，墙上的梦露神秘地眨眼，远处轮船开过偶尔拉响汽笛，昂昂两声，随即低伏于黑夜。未来的世界也将是这样安静吗，未来的时间也将是这样缓慢吗？李白毫无睡意，他不想进入梦乡，任何美梦也不能与此际的感受相提并论，以至于俞莞之对他作出如下评价：这孩子什么都好，就是早晨有点赖床。

有一天小然起夜，看到李白的鬼样子吓了一跳，照例让他出门等着。他披衣出屋，趴在窗口看月亮。过了一会儿小然也出来，站在他身边，月光照得她脸色清幽。就是这地方，我们已经身处某一年代的尽头，我看到了你二十五岁，三十五岁，四十五岁，我还能看得更远，直至一片虚无景象。"要是我爸娶不了俞阿姨……"他想说，那你就嫁给我吧，但话到嘴边变成："那可真是一桩伤心事。"小然笑了笑，不予回答。他的一箩筐废话总是在她的深呼吸中化为沉默。

另一天下午，李白回到曾家，俞莞之不在，小然独自写作业。"你怎么了？"看到李白苍白的脸色，她问道。李白不语，轰然倒在床上，蜷曲身体打了个滚，活像一条挨了棍子的蛇。小然叹息，继续伏案。李白忽然又像眼镜蛇那样昂起上半身，用一种半跪半趴的姿势越过床栏，伸向小然的肩头。

"你在写日记！"他惊叹。

"不要嚷。"小然没有回头，照他脸上推了一把，"妈妈今晚值班，晚饭我来做，你现在要是饿了就去楼下厨房找点锅巴吃吧，随便哪家的锅巴都行。"

"我想看你的日记。"

"那可不行。"

小然合上她的黑色硬面抄，将其放进五斗橱抽屉里。黑色五斗橱第一格抽屉，十五岁的她专属的小小空间，李白注意到里面有一堆说不清道不明的物件，红色的发卡和棕色的手套，白色的垒球和花花绿绿的橡皮筋，一副扑克牌，一只陈旧的铁皮糖盒。日记置入其中，日记是这小小空间里的女王，一切物件围绕着她、诉说着她，一切时光也将温柔地为她吟唱。随后，抽屉推紧，调整了一下位置，锁上。李白闭上眼睛，幻想自己是手帕之类的东西，不，最好是个玩具小兵，被小然一同锁进其中，在一缕缝隙之光的照射下，舞弄着手中的塑料小剑，为日记本抵挡蟑螂和老鼠的侵袭，或者，只是安静地守护，祈祷时光不要那么快地流逝。

"你在想什么呢？"小然问。

"我在想你的日记会写什么？"李白说，"你一定写到我了。"

"日记嘛，就是写一点生活中的琐事，你也属于琐事。"小然说，"我喜欢写记叙文，不喜欢议论文。"

"你会抒情吗？"

"抒情？"小然愣了一下，"呃，有时候，会吧。"

"我想看你抒情。"

曾小然忽然涨红了脸，回身收拾起了

书包。李白明白，自己提到了一个极为罕见的词：情。那是什么年代？一九八七年。情是一种小小的禁忌，一个脱离了诗歌和流行歌曲不能单独呼吸的词。李白怔怔地望着她的后背，接着他注意到她后颈深处一块小小的胎记，有指甲盖那么大，磨圆了的三角形，一个尖端指向十点钟的方向。他忍不住伸出手指碰了一下。"别摸。"小然转身打开他的手。

"是蓝色的。"李白说，"一种很美的蓝色。"

"是吗？"小然说，"我不常能看见它，还以为是黑色的。"

"蓝色，但是我形容不好这种蓝。"

"好吧，请你保守秘密。我的胎记，我的日记。"

"可是你把我写进了日记里，总有一天，你会和你的男朋友一起看日记，他会读到你写的我。"

他的狂妄与哀愁总能让她露出似笑非笑的神色，与多年后重逢时如出一辙。在所有的回忆时刻，她的怪异表情，开心时，悲伤时，被老师罚去操场晒太阳时，咖啡杯里落进他的头皮屑时，都曾经出现过。我曾经追问她，这样的笑容意味着什么，可她却茫然地回答：并没有笑啊，刚才有点走神。

到第九天上，他生无可恋走出曾家房门，跌跌撞撞下楼，李忠诚就快放出来了，是他，将陪着李白度过未来的日子，而不是曾家母女。在未来李白将不再能听到静谧之夜的呼吸和远方的汽笛，他听到的依然是李忠诚打呼磨牙放屁的声音，甚至是古怪的梦话，混合着对白淑珍的诅咒和对俞莞之的爱恋的话语。父亲，父亲真是一个最糟糕的象征物啊。作为平凡的人，他

们在文学中承担的总是控制狂、背叛者、可怜虫、精神病、人格残疾的职能。

钟家父女正坐在客堂吃饭，钟岚给了他一个白眼，端着饭碗回到屋里。钟高强望着李白，直至他的孱弱身影来到自己眼前，并在裤兜里掏啊掏的。老钟心想你他妈不会是又掏一把电焊条出来吧？李白掏出的是一包牡丹香烟，从李忠诚抽屉里拿来的，他拆开包装，拔出一根，递给钟高强，又拿出一根塞进自己嘴里。钟高强忍不住问："你几岁了？"

"十三。"李白说道，从桌上拿过火柴，划了两下，将一簇火苗送到老钟嘴边，随后又点燃了自己嘴边的烟，甩灭火柴，扔到墙角，并假模假样吸了一口，在嘴里含了几秒钟，两人同时朝对方脸上喷了口烟，那意思不言自明。烟气像魔法师的能量波，在空中碰撞，交融，消散。

"你装得不错。"

"装大人吗？"李白发笑。

"不，装小孩。"老钟道出真相，"在二楼你像只有七岁，到楼下你又变成了十七岁。"

9

次年秋天李白如愿升入吴里第一中学，与曾小然同校。这个白皙、矫情、喜欢在夕阳下漫步的少年，很快被同学指认出是李乌龟的儿子。他挨了不少打，并将其分为两种类型：起争执后挨打，平白无故挨打。后者总是令他迷失方向，想想看，一记耳光像一句诗那样毫无征兆地跳上嘴角，它们是超现实的，你来不及追问为什么。后来他们研究出了一种更奇怪的游戏方式——在他走向夕阳的时候，逆着光给他

一嘴巴，这样他将难以辨识来者是姑娘还是凶徒，并且露一种精神分裂症才会有的光芒。

有一天当着教导主任的面，他被一个瘸子同学打了，瘸子骂道"你妈和人私奔"，瘸子脚长脚短扬长而去。李白捂着脸瞅瞅严厉的教导主任（根本没打算为李白张目），她的双腿还是没能合拢，心想他妈的为什么不是你和人私奔，偏偏是我妈？教导主任觉得他上下打量自己的目光十分淫邪，并且是在挨打的情况下，简直匪夷所思，很想再赏他一嘴巴。半个小时后，李白爬上了教学楼天台，并站到了悬崖边。

他没能迎来万众瞩目的场面，全校都在做眼保健操。一名校工发现了他，火速报告了校长。鉴于本校上半年刚有一个高三学生割腕，校长决定重视一下，把曾小然喊了过来。

"李忠诚的儿子因为什么事情想不开要跳楼，你去劝一下。悄悄地，不要惊动别人。"校长说，"劝下来就给你入团。"

小然跟着校工走到顶楼，天花板上有一个方孔，搭了竹梯可以爬到天台，李白就是这样上去的。然而竹梯已经被校工撤走了，理由是怕其他学生效仿。小然问校工："那他该怎么下来？"校工拍脑袋想了一会儿，跑回总务科扛出竹梯，小然抖抖索索爬上去，见天台上踱着几只鸽子，李白背对着她，手搭凉棚向远处眺望。平时他也爬到自家屋顶做同样的动作，声称这是望气之术。小然招呼道："如果不想死就跟我下去吧。"

"北方凶气弥漫。"李白说。

"趁别人还不知道你想自杀，要不然，你会留下终身的笑柄。"

他跟着曾小然下了竹梯，校长在那儿等着他们。"祝贺你，曾小然，明天去团委写申请。"校长说，又指向李白，"至于你，这么容易就被劝下来了，我要给你一个警告处分。"

"有人打我耳光你不管吗？"

"耳光这种东西，要么打回去，要么把脸送上去让他打个够。打到他手疼，让他觉得这辈子再多打你一个耳光都会良心不安，你就胜利了。"校长说完，转身走了。

永远不要用自杀来威胁你的敌人。曾小然告诫李白。

学会奋起吧，学会杀入敌群，提着板砖在夕阳下向姑娘们张望，为自己的矫情付出一次开瓢的代价，用一个警告处分换别人三个留校察看和两张勒令退学。"你的校长以前是我的数学老师，我从火场救出的工友是他堂弟，是他在帮你。"李忠诚解释，"你很幸运，有一个社会关系广泛的爸爸。"

"那是我自己挣来的！"李白厉声说，如果你前妻没跟人私奔就更好了。

"他们，那些嘲笑你的人，用不了两三年，他们就会去一所技校上学，更糟糕的是直接到社会上谋生。他们连一篇像样的作文都写不好，是人类之中的残次品，余生将受困于自己。忘记他们吧，做个有前途的人。"曾小然说。

我恐怕余生受困于自己的是我自己。"也永远不要幻想你的敌人会家破人亡、卖儿卖女，他们的倒霉不会比我们更倒霉。"李白回答。

这年冬天，李白头缠纱布目睹了一位女生站上操场司令台，这是教导主任用以惩罚早恋学生的办法之一。说到司令台，在过去可谓声名赫赫，当年的校长和如今的校长都在台上挨过斗，现在它的功能未变,总得有人上去接受规训——福柯先生推广的这一用词将会延迟二十年被李白知晓,但实际发生则可能早于他记事前。由于课间围观人数太多,李白选择了逃课,独自走到操场上,抬头仰望这位高二的姐姐。她交叉两腿站立,脸颊上的羞耻之红已经褪去,冷风将她吹得苍白,一枚暗绿色的雨花石在她指间翻转揉搓,像动物的胆囊。

"你男朋友呢?不陪你一起?"李白问。

"笨蛋,怎么可以一起站司令台?"姐姐柔声说道,"我站上午,他站下午。"

"你真漂亮。"李白赞美,"雨花石是他送给你的吧?"

"猜对。"姐姐望了望四周,连个毛人都没得,索性盘腿坐了下来。李白打了个喷嚏,为了遮掩窘态他坐到了她身边,在其视线之外用袖子擦鼻涕。天哪,我真喜欢她,简直一见钟情,和她聊天就像交换一场梦。清风浮云,五湖烟波,李白踢掉了球鞋。姐姐问他做什么,他回过神来,说我一激动就爱光脚,但是光脚怪冷的,又跳下司令台捡鞋,再一抬头看见教导主任站在眼前。

"你站上去。"

"我又没谈恋爱。"李白满不在乎,"我才初一,以后有得是机会站。"

"不要以为你的后台是校长我就治不了你。你站上去,换她下来。"

他站了上去,那姐姐高兴得很,一道烟跑了。课间人们又来围观,错以为他是她的男友,扔了无数土坷垃过来。他像受虐狂一样享受着万众瞩目挨枪毙的感觉,冷风吹得他鼻涕挂了下来。"我就是喜欢她!"他得意扬扬向大众宣布。教导主任气不过,将错就错给了他一个严重警告处分,作为初一的学生,与高二女生谈恋爱。单子贴到校门口,他成名了。

10

有那么一段时间,我发疯似的寻找一枚暗绿色的雨花石,我不知道它具有什么意义。这种石头在八十年代末极其稀罕,到了九十年代,它就泛滥于各类旅游景点。这当然暗指了某种时代的特性,不过未必需要想得那么深,恰当的说法是:我在一个想要得到雨花石的年龄上,恰恰得不到雨花石,和所有人也都一样。

"你的整个少年时代就是发呆,倘若我拍醒你,你就开始吹牛皮。"曾小然发信过来。

"我认为这是一种遗传病,尽管我时刻警惕着与我的父亲合体,但在年轻时,总不免把矫情当成潇洒,把鬼鬼祟祟当成深情,把自暴自弃当作勇气。"李白回复,"好在我长得比他帅。"

"忠诚叔叔现在怎么样?"

"你终于问到他了。他似乎可能患上了一种常见病,早老痴呆,就是阿兹海默症。目前还在起跑阶段,讲话结巴,在家忘记关煤气,制造了一些小麻烦。三五年以后应该就不认识我了。你是医生,有啥好建议吗?"

"放家里不安全,找一家贵点的福利院吧。便宜的很容易受罪,他失忆以后没法告诉你。"小然又补了一条,"我不做医生好多年了,现在在一家外企做生殖健康marketing。"

"不孕不育专家。"

"不止。高龄产妇,二胎,遗传病。阳痿也治,不管你有没有生育需求,阳痿总是要治一治的。"小然仍然幽默,"阿兹海默症有遗传可能,自己注意点,饮食方面我以后和你细谈。你们爷俩结婚了吗?"

"都没有。"李白回复,"我决定把遗传病阻止在我这一代,一旦我发病,立即送进最便宜的福利院绑着,免得有一天把整栋楼都炸上天。"

"我在开会,回聊。"

"我在堵车。"

李白无趣地收起手机,出租车在内环高架上停停走走,司机多次告诉他应该早一点出发,九点钟之前到不了松江大学城。李白看看手表,已经八点三刻,不得不给方薇教授发微信,抱歉堵车,小地方来的人,对京沪深的时间与距离缺乏理解度。李白生命中另一位充满幽默感的女性,方教授,回复道:没关系,我以为你会散步过来。

两人已有十年未见面,李白此次来沪是参加她的新书发布会,一部研究现当代女性叙事的学术专著。本不在邀请名单之列(一位已经过气、毫无学术基础的当代男作家),因与方薇相识多年,有知遇之恩(是方薇知遇他),软磨硬泡很久,在微信上大谈近年阅读福柯、弗洛伊德和拉康的心得,方薇觉得他的胡诌像一名致力于指挥交通的精神病人,有时竟比交警还像交警,便答应下来。当然,他开会迟到的恶习也在她的估计中,她不介意,无非浪费一张台卡而已。

回忆往事,十九年前《太子巷往事》发表,首篇文学评论即出自方薇之手,当时她硕士刚毕业,对风俗小说、女性人物作了一番讨论,认为此书有文本意义。李白到上海来见她,两人在大学边上的土菜馆吃了一顿,当时年代,饭桌上还有折耳根这道菜,李白头一次吃,吃完又点了一盆。方薇说,折耳根就是鱼腥草,是利尿之物。李白不知鱼腥草为何物,方薇就说,亏你还在小说里大谈花草名物,连鱼腥草都不知。饭到一半,李白就跑洗手间,吃了几口又去,再三如此,自己都觉得纳闷,正好看到马路上的广告,尿频尿急尿不尽,嘀咕自己是不是患上了尿路感染。方薇大笑,说你这个人虽然是个耿卵,倒也可爱。李白知道,耿卵这个词,只有苏州古城区的豪放女人才能说得出口,方薇想必是豪放的。

人生难得遇到两种人,一种是沉静的男性创作者,一种是豪放的女性评论者——这是从文本意义上而言,也是从生活意义上而言,更可以从象征意义上而言。下一部中篇小说发表,李白主动去请方薇写评论,方薇瞪眼睛说,你懂不懂规矩,难道我是你的私人司机,拉你走一趟不够,还要来来回回接送你?

现在回忆时刻,想到方薇当年的彪悍,固然令人倾倒,明亏暗亏也吃过不少,如今时代不一样了,除了在微博上耍性子,其余场合毫无必要。方薇几乎不再单独为在世的小说家写评论,而综论之类,不可能再有李白的位置。如今再谈《太子巷往事》,犹如凭吊自己的遗骨,当年它可是杠杠地卖了五万本,入围二〇〇四年度的"陈量材文学奖",接受了北上广二十多家纸媒的专访(如今这些纸媒只剩一个零头了)。

车在沪闵高架上开了一个小时,李白再无耐心,这会儿到会场完全是去赶午饭,命令司机调头,去外滩。在匝道口这辆车又停了二十分钟。李白索性把发言稿传给了方薇,并问她晚饭怎么安排。

"我太累了，开完会只想回家躺着。稿子写得一般，堆砌概念，经不起拷问。"

"好吧，"李白回复，"我期待你睡醒以后，拷问我。"

11

九十年代早期，李白与曾小然在吴里闹市口目睹"严打"活动的成果，一辆大卡车押送罪犯们游街，人们指认其中一个光头青年：看，这就是××，吴里著名的流氓，罪名聚众淫乱，他被判无期徒刑。

"他没有犯强奸罪，你说奇不奇怪？那些女的没有一个恨他，居然还护着他。但凡有一个告他强奸，他就死定了。"在蓝莲咖啡馆，一位水蛇腰的阿姨向她的情侣大声介绍。

"我感觉她是在威胁他。"李白向小然耳语，"嗓门大得连警察都能听到。"

曾小然笑了起来。两名高中男生骑车经过，向她招手，她收拾东西跑出去，跳上其中一人的书包架，给李白做了个嘘声的手势，意思是你别说出去。青春洋溢的一幕，李白早已手脚冰凉，抱着他的咖啡杯发抖。阿姨还在讨论聚众问题，只要是聚众，就没好事。孤独的李白必须穿过众人，回到他的家。

"她的初恋对我来说就是万箭穿心"——还有比这更难看的比喻吗？他在日记里写道："他妈的，真的感到心脏剧痛，我必须平静一下，找个适龄的姑娘喜欢喜欢。"

他不喜欢跟踪女孩，他愿意做的事情是坐在她家门口等其归来，很像童年阴影所致。这种举动使他看起来身心俱废，死样怪气。在曾府门口，他久久徘徊，下午的时间一分一秒过去，他在无意义的流逝中回忆自己讲了多少废话，对于一切事物的不自信的批注。他十五岁，缺乏经验，分不清年轻和空虚，在狂妄和哀愁之间无序摇摆，他期待着曾小然指出这一点，毕竟她十七岁了，然而她似乎并不想对他的人格提出任何看法。

某个明亮的下午，他站在那扇曾经被月光笼罩的窗台前，遥遥望向干部招待所，那里种满高大的乔木，以栗树和松树居多，没有花卉，两栋四层高的宿舍楼，没有池塘或凉亭。它像陵园，像肃穆时代的遗迹。他望见曾小然穿一身黑色连衣裙，在树木之间闲步，小腿闪闪发亮，深栗色的头发已经长到后背。他搬了一个板凳，站上去，继续观望。她缓慢行走，沿着一条隐约的小径，有时站立，低头负手。她是无边哀恸带来的女儿，在这条幻想中通往永恒的小径上，少年李白认为自己应该从哀恸的手中接过曾小然。可是就在这一瞬间，干部招待所花白头发的守门人提着长笤帚出现在他的取景框里，从窗户左上方挪到右下角，轻拍曾小然的肩膀，与之交谈，与之微笑。这个混账！李白跳下板凳，在木地板上绊了一跤，整间房子发出一声轰响（楼下的钟岚从梦里惊醒），随即爬起，向干部招待所狂奔而去。

"发生了什么？着火了吗？"钟高强大喝。

"滚开不要挡我路。"李白狂叫道。

在干部招待所大门口，守门人将李白按在了柱子上。"我这半生写了太多的守门人，他们都以同一面貌出现。"李白回忆道，"他们不得好死。"

他没能打赢这个家伙，倒是挨了一记成年人的耳光，结实，无情，摧枯拉朽，嗡嗡作响。有些耳光是凉水浇脸，另一些，按照他们的说法，可以把你直接揍回娘胎里。他五官挪位，鼻子眼睛将要掉落在地，这时曾小然从干部招待所里走了出来。守门人松开了手。他拉起曾小然的手往回跑，到太子巷口觉得自己的左脸已经像一锅汤药。

"你认识守门人，对吗?"

"问这个干什么?"

确实是多余的问题，因为你美丽、沉静、善于微笑，你可以走进那片冠以"干部"的禁区。一片树叶掉落在街道上，一只被压扁的旧手套紧贴着窨井盖，伸出三根手指，做了个 OK 的手势。李白摸摸脸。操你妈。

"天哪，你的脸。"小然说。

毫无疑问，一个掌痕，红色的，四或五根手指印，疼痛与麻辣仍在回荡，我的脸像木星一样夹杂着乱流和风暴，中间还有个大红斑。

"你也什么都别再问了。"李白怆然答道，一滴泪水终于挂在了眼角，经过拇指、食指、中指，在无名指印停留片刻，滑落到掌心。那他妈是我的脸。

何时缚苍龙，何时泪痕干。站在曾家门口的小窗前继续望向干部招待所，一次又一次，李白看到小然的幽暗身影，远处的守门人像卡西莫多守护着艾斯美兰达，恭敬，温和，忠诚。而只要李白上前，这老东西就变成了阶级怪兽，毒手尊前，专政机器砸向小崽子的铁拳。总而言之，在守门人面前，我什么都不是，孱弱的初中生，股级干部没出息的儿子，必须苦熬一些年，我的荷尔蒙发育出来，而他也垂垂老矣，我才能用菜刀剁了丫的食指和尾指。然而，这又有什么意义？

此后时光，站在窗前，他不必再搬一个板凳了。这年夏天他的个头急速拔高，先是一米六五，然后是一米六八，一米七〇……他的身体像一件浸湿后晾在半空的毛衣，从瘦小变为细长，并且湿答答挂下水来。变声期风暴使他讲话阴阳怪气，青春痘的先头部队攻占了他的下颚部位，乳头变得敏感，碰一下就像踢中了蛋。怎么会这样？

"你发育了。"曾小然回答。

12

"每个男性作家必然会写到这件事。"李白向方薇解释。

"并不是。你讲话总是那么绝对，还有你的小说。"方薇回答，"就连淘宝都禁止使用这些词了。"

"梦遗？"

"不，"方教授不耐烦起来，"最、超级、必须、第一、唯一、绝对——这类有 best 倾向的词。"

好吧。李白在手机备忘录里输入：三十年前，我的第一次梦遗是超级体验，它深刻地引导了我的写作，其唯一性，其必然性，其绝对性。接着，他翻看备忘录，自从有了智能手机以后，只字片语的灵感就不再需要小卡片了。他加了一句：每个男作家的写作都是梦遗的返照。又想想，确实不一定——而且这句话十分低级，也懒得删掉了。

李白首次梦遗是在夏令营，吴里各所中学选拔了优秀初中生，人数达到五十，地点是太湖西山岛。彼时他念初三，小然已升至高二，未曾同行。回忆童年，夏令营这个词美好且健康，是集体主义的伊甸园，里面奔跑着几十个亚当夏娃，然而在土逼城市吴里，它从未真实来临过，它只是一幕出现在儿童文学、电视剧、木偶戏中的伊甸园罢了。李白坐在一辆大公共汽车的尾部，梦想快要成真，他不由得唱起了"让我们荡起双桨"，身边一个女孩懒洋洋地斥责道："你是傻子吗？还在唱这种歌？"

她的苏州口音立即引起他的注意。周安娜，来自实验中学，与李白同年级，穿黄色连衣裙，黑色鬈发，长睫毛高鼻梁，琥珀色的瞳孔，个子不高，时时昂起头看着李白。他坐着，向下塌陷身体，她的眼风够不着他了，只能摆正头颅，继续斜眼看他。李白从口袋里摸出一枚泡泡糖。

"会吹泡泡吗？"

她接了过去，撕开包装纸。这个动作在多年之后幻化成她递上了一个避孕套，李白撕开了包装。当然，现在讲这一切还太早。他仍然怪里怪气哼着"让我们荡起双桨"，周安娜的舌尖舔出一个白色小泡，几经收放，越吹越大。李白伸出手指，想戳破泡泡，她推开他，迅速把泡泡吸进了嘴里。

"别碰，你的手指，最好洗洗。"

白淑珍消失后，李白早已从一个斯文白净的社会主义健康少年变成了邋遢大王，阶段性地在俞莞之等人的帮助下，恢复一点本来面目。然而这是夏天，最容易发臭的季节，没人能挽救他。他看了看自己的嵌满污垢的指甲，与周安娜的嘴唇形成巨大的反差。

夏令营的生活是丰富的，不过，并没有帐篷和篝火。学生们住在一幢简陋的招待所里，围着大圆桌吃饭，当晚在一间小礼堂，各自表演节目，魔术，小提琴，快板，二重唱。用现在的说法，才艺。李白看到周安娜用两片嘴唇吹奏一支银光闪闪的长笛，某一首西方古典音乐，他失神啃着指甲，啃出一点零星污垢，吐在脚下。轮到李白，他的特长是写作文，无法当场献艺，在一名粗壮的男性带队老师的要挟之下，不得不背诵了一首古诗。胡人吹玉笛，一半是秦声，十月吴山晓，梅花落敬亭。他变声了，完全丧失了清脆纯真的童音，像一把走音的二胡。周安娜大笑起来。

"傻子。"她对身边人说，"他来的时候还在唱'荡起双桨'。"

凭什么我不能唱这首歌？凭什么我不能念古诗？李白意识到，童年已经结束，清脆和纯真已经永远消逝在门外黑漆漆的走廊里，哪怕多一秒钟的沉溺也会让他被某种嘲笑撕开脏腑。他开始想念曾小然，那是他截至目前奔向成年的唯一途径。

次日清晨他被一个打快板的实验中学的小胖墩推醒，在五人一间的招待所宿舍里（厕所在走廊尽头），该男生低声告诉他："你搭帐篷了。"李白揉揉眼睛，感到欣喜，问："帐篷在哪儿？"打快板的小胖墩指了指眼前的凸起之物，天已经亮了，李白仍然懵懂。打快板的小胖墩一口童音，问道："你会不会是遗精了？"李白彻底醒了过来。这个词他不是不知道。一个小小的秘密是，曾小然家里有一本缺头缺尾的《家庭生活知识大全》，关于这件事恰好在中间部分，李白细读过一遍。没错，短裤是凉的，说明那儿有液体，他伸手捞了一把，粘的。

"你到底遗精了吗？"

"你管太多了。"

"我还没有遗过。"

"不要告诉任何人。"李白看了看屋子

里，还有三个男孩正在呼呼大睡。

"我不会的。"打快板的小胖墩说，"我哥也闯过祸，我告诉了我妈，后来我哥差点打死我。"

"你哥做得对。"

起床的哨声还没吹响，李白拿了一条干净短裤往男厕所走去，那儿有一排水龙头和几个坑位。洗短裤这件事他还是在行的，有时候李忠诚的短裤也归他洗。这时他生出一个怪念头，为什么我爸爸就从来没有闯过祸？尽管他的短裤——算了，不提了——五六天才换一次吧，可他却从来没有留下罪恶的证据。成年男人真是令人费解啊。

就在他弄干净自己、趴在水龙头上独自洗短裤的时候，犹如隔着太平洋的昨夜之梦，像海市蜃楼般升起。他梦见的不是曾小然，是周安娜，后者在一间无人的教室里吹响长笛，并穿着一身女子排球运动员的装束，并斜眼看着他，并将长笛放下对他说"傻子"。

这不是色情，而是道德上的震惊——我千百次梦见的是曾小然，但我的某种第一次竟然给了周安娜。算了，李白晃晃头，甩掉一份属于十五岁的内疚，让自己从梦中清醒过来。无论如何，周安娜也很美丽，她有着浓黑的鬈发和长睫毛，讲话刻薄，会吹长笛（而我们的曾小然什么都不会）。他凑到龙头上，喝了几口生水。起床的哨声响起，一群男孩拥进厕所尿尿，发出巨大的喧哗。

13

在夏令营，一名叫少潜威的初三男生出现在李白视野中，高大，英俊，毛发旺盛，包括睫毛。他常伴周安娜左右。不用别人提醒，李白也能看出，这俩是般配的一对，尤其在参加划船活动时，什么泛舟五湖，什么左右芼之，诸多词句泛上他心头。他完全可以不看少潜威，但是那样的话，他也将看不见周安娜。可怜与他同舟的还是那个打快板的小胖墩。

"为什么我们会在一起？"李白问。

"因为我们在一个寝室啊。"小胖子诧异地回答。

"那他们俩也睡一间吗？"李白指向远处的那一对。

"他们……"小胖子说，"金童玉女啊。"

李白奋力划桨，左右开弓，小艇驶出游乐区，航向烟波深处。身后哨声传来，有人遥遥呼喊回来啊回来，他仍未停手。浪大起来，一层黑云正在水平面上涌动，升起。小胖墩终于感到害怕，拽过救生圈抱住。"你要是再不回去我就把你遗精的事情说出来。"他尖叫。

"我只是想发泄一下。"李白掉转船头。他不想看到的那一对儿正在栈桥上依偎而立。李白将船桨交给小胖墩，"累了，我躺会儿，你划回去。"

在回程时他望着明净的蓝天，差不多把少潜威和周安娜的事情扫听清楚了。两人都是实验中学初三（1）班的，少潜威担任班长，初中部小记者站站长，电视台小明星艺术团成员，少年演讲比赛一等奖，甚至在一部单集电视剧里串演过主角的儿子！这家伙是驾着喀秋莎火箭炮来的，李白被轰得粉碎，表示服气。"一个初三的男生已经有喉结了。"他点评道。

"他早就有了。"划着艇的小胖墩沮丧地叹息，"我也初三了……"

"你什么动静都没有，至今还是稚嫩的

童音。你要多吃点猪腰子,必须是公猪的。"李白献出一道秘方。雄激素是个奇妙的东西,那些过早发育的男生将始终占据生理优势,直到秃头年代。

他上了岸,找到机会站到了周安娜身边。"安娜是个外国名字,取这样的名字不费神。"他说,"我们班上有个男的叫朱彼得,还有一个女的叫梁丽莎。"

"神经病。"

周安娜将嘴里的泡泡糖吐进花坛,讥笑着,美丽着。她换了一身衣服,卡其色西装短裤,有两根深绿色的背带,衬衫是浅绿色的。"你该去理发了。"周安娜说,"后面像鸭屁股,两边盖住了耳朵。你要像少潜威一样,好好弄一下头发。"

那该死的三七分头是他的心头大患,看看少潜威吧,鬓角整齐,前额一个小波浪弧线,头发微微凸出,像个屋檐。李白摸了摸自己的头发。他在这屋檐上已经下足了功夫,长达半年,不知怎的,鬼地方总是会塌陷下来。他用过发乳,效果不佳,有时垂下来一缕头发,像昆虫的触须,十分滑稽,有时用到过量则像被水泥砌过,散发着刺鼻的香气。他把这个困惑说了出来,周安娜大笑。

"你得用电吹风吹啊。洗完头,吹出造型,不必非要用发乳。久而久之,头发就自然分开了。"

"我吹过,头发全都竖了起来,像触电似的。"

"吹的时候用梳子卷住头发了吗?"

"没有,怎么卷?"

"你全都不会嘛。"周安娜继续笑,"你还是剃个板寸算了,傻小子没必要三七分头。"

你可能无法理解这种羞惭,我他妈搞不定我的头发,那意味着我搞不定我的一切。直到半个月以后,曾小然用一把细长的塑料梳子卷住他前额的发根,教会了这个动作,并说:"早不问我,多简单的事情。"是啊,多简单,那些女孩们教会我的事,那些爱与讥讽,有情和无情。此刻他怅然地望着周安娜的背影,远方密云涌动,湖面起了层层波浪。带队老师高喊收队,十级台风即将到来。

这是战栗的时间。李白心绪不佳,且早已厌倦了夏令营假模假样的野餐,被蚊虫尽情叮咬的山间行军,小礼堂内不入流的文艺表演,一群人挤在厕所洗冷水澡的滋味,他渴望一场摧毁性的事件,天灾人祸皆可,让夏令营变成一场夏季大逃亡。现在,台风来了。这天晚饭前,坐在食堂里,屋外风雨飘摇,树木狂怒。隔着玻璃窗,李白骇然看着,感觉它们活了过来。一间简易工具屋被飓风肢解,油毡布直飞上天,像苏醒的女巫,越过围墙投奔湖的深处,顺便从高空扔下一把铁铲。一切皆违背了地球引力的法则。

"晚饭以后,我们组织合唱……"带队老师宣布。紧接着,断电了,整个食堂黑了下来。众人齐声怪叫,四散奔逃。趁这工夫,李白从未及分发的大餐盘里拿过一根黄瓜,塞进裤兜。

这个本应是所有人失眠的夜,同寝室的男孩们居然都睡着了,只有他在唏嘘不已,并满怀失落,提着手电筒走向室外,接受洗礼。大风一下子就把他的嘴吹歪,不得不用手推回原位。他注定会在凉亭里遇到周安娜,两个不眠的人,命运有理由让他们进行一场谈话。

"不许用手电筒照我。"她低声说。风声很大,她提高嗓门又嚷了一次,她的鬓发凌乱，沾着雨水。李白将手电筒照向地面，靠一点反光辨识她的模样。她的白色塑料凉鞋，没穿袜子，小腿与曾小然一样是闪亮的。他用力打了一下自己的脸，以确定不是在梦中，不会再发生昨夜的事情，不会有一个打快板的傻叉把他喊醒。

"你为什么坐这里？"

"吵，她们一直在说话壮胆，我睡不着。这儿凉快，起风了没有蚊子。"

"想吃黄瓜吗？"李白从裤兜里掏出那根东西，"嫌脏就算了。"

周安娜伸出手，将李白未曾握住的那半段黄瓜掰下，放嘴里嘎吱嘎吱嚼起来。李白大为欣喜，坐到她对面栏杆上，也嚼黄瓜。两人嚼得不亦乐乎，大风继续，听到远处玻璃或陶瓷碎裂的乒乓声，他恬不知耻地想：要是那栋楼被吹跑就好了，就只剩我和她了。

"你应该把自己弄干净点。"她开始教育他，这是一份惊喜，那意味着她至少注意到了他。"还有，嘴甜一点，讲话不要那么讨厌。"

"我妈以前跟我说过，男人不要嘴甜。"

"为什么？"

"男人嘴甜就能讨人欢心，得来全不费功夫，将来他就不会把人当回事，就会很轻易地去伤害女人。"

"你妈讲得有几分道理，我以后也要防着嘴甜的人。"她说，"听说你妈是街道上最漂亮的女人，后来跑了，很可惜我没有见过她。"

"你肯定见过她，寿园茶室里的那个女人就是她。"

"我不记得了。"她说，"对了，听说你初一就和高二女生谈过恋爱？"

"那并不是我，"李白幽默地打了个机锋，"但也可以是我。"

她没再追问。一阵狂风吹来，他在晃动中碰触到了她的胳膊。他体察到了她身上超乎界限的那部分，犹如狂暴的天气中意外静止的湖水。她站了起来，沿着长廊往回走，李白却不动，给自己点了根烟，然后用手电筒照着她脚下。她站定回身，看了他一眼。"给我也来一根，我还没抽过烟。"

"我从来没有给女孩派过烟。"他说，"早知道就带一盒摩尔或者沙龙，那比较适合你。"

"没有什么是适合我的。"

啊，这个古里古怪的、不合群却与人成双的、讲话也爱打机锋的少女，李白的心脏再次被轰平。少潜威一点也不适合你，那个只会念稿子的早发育男生，他白白地早发育了。李白心里暗骂，为她点烟。"意思意思，不要吸到气管里。"她已经咳嗽起来，并扶住他的肩膀，一绺头发被风吹至他的锁骨。

"你那个事，张奇告诉了少潜威。"

"我哪个事？张奇是谁？"

"打快板的。"

"他妈的。"尽管四周已经够黑，李白仍感到眼前一黑。

"你也就是遇到了我，要是别的女生，早吓跑了。"周安娜摇头，"你完蛋了，你一辈子都会被他们说的。"

"我早就习惯被人说了。"李白做出不在乎的样子。

"你这人，发噱。"

在吴里，"发噱"这个词相当严重，意味着无可救药的沉沦，低人一等的滑稽，世俗领域的怪物。那时李白尚年幼，不会为了一个词而跟姑娘翻脸，他只是听着。

在他有限的经验里，"李乌龟的儿子"是人生巅峰，其他不算。然而此刻他明白过来，"发噱"指向的是他本人，与生俱来的气质，而李乌龟只是一种后天的偶然。

我们要突破无数词语的包围才能到达某种平庸的人生境界，那些吼出来的词，吐出来的词，写出来的词。如果突破不了，我们依然平庸，但却无法构成境界。（语出《太子巷往事·后记》）物体碎裂的乒乓声再次传来，人永远被这种高频的声音惊扰，打断低频的沉思与反省。他陪着她走回楼里，不发一言，将手电筒胡乱晃动，一团光在大厅里四处乱窜。周安娜似乎终于体会到他心乱如麻，扭头安慰了一句：

"好好照着你要走的路。别去找张奇麻烦，他会尖叫，告诉所有人。"

就在回到房间喘息疗伤的片刻（到底有没有受伤），他用手电筒照了照床上的张奇，小胖墩已经睡着，屁股朝外，蜷成一团，内裤上印着什么细碎图案，还有个破洞。李白想到了多种报复的办法，有些可以让他尖叫，有些不会。可他感到的是一阵厌倦，多么无耻的集体生活，即使是借住在曾小然家，他也未曾在半夜用手电筒照过她。多么恶心的肥胖的屁股，我看着它，想对它下手，让它的主人难堪，而我无法从中获得任何快乐。李白关了手电筒，复仇的光剑收入鞘中。他决定睡觉，忘记这件事，或者说，随它去吧。

两天后返城，公共汽车行进在一片狼藉的道路上，李白没有和周安娜同座，他缩在车尾的角落里，忍受着颠簸带来的晕车感受，胃里像有一条蛇要爬出来。人们欢愉，人们热烈。打快板的小胖墩站在车头位置，他正在表演节目。他唱道：

帐篷高，帐篷宽
帐篷里住着个萝卜干

李白动了一下，想走过去抽其一嘴巴，胃里的蛇先于他冲破了界限。

14

李白童年时代有一道选择题，流传于男孩之中：你是愿意被人打一个嘴巴呢，还是踢中蛋。尽管低俗滑稽，却深藏哀怨。就在他掰着指头计算脸和蛋哪个更敏感、哪个更疼的时候，冯江的回答是：我都不想要，男人的脸就是蛋，蛋就是脸。

关于冯江（还有他的混账家庭），多年以来，可以说耗尽了李白的笔墨，有时单独出现，有时组团成文，有时则是电视剧脚本中的群戏大混战。对此李白毫无愧疚，亦无任何报酬，成年以后每次下馆子照旧是由冯江买单，理由很简单——他脑后那条Z形伤疤是冯江的爸爸打出来的。

冯江与李白同岁，现定居上海。到达外滩后，李白给他发了一条微信，问什么时候能见面。冯江回消息说，正在医院里，膀胱出了点问题，要动手术。

"护士手有点重，这滋味让我回到了少年，那时我还是个色情狂。"冯江无耻地加了一句。

"我来看看你吧，就当找点素材了。"李白再次让司机调头。

回忆三十年前在农机厂的时光，这种经验是诞生于七十年代的城市男性共同持有的，工厂，医院，商店，机关。他们在这里跟随着家长，目睹父辈工作，见识到这里的各类非生产性配套设施，例如，俱乐部，幼儿园，图书馆，医务室，某些单位还有录像放映厅。在懒洋洋的国营企业时代（也是大机器时代），工作未必是苦刑，而是宗教仪式，一种在喝茶聊天打毛线之余需要去履行的义务。看哪，我的爸爸去工作了，他正在工作，他工作完毕。根据通俗心理学，一个人童年时接受的宗教教育就像味蕾的偏好，直接决定到他成年后的信仰。李白喜欢写国营企业，尽管在方薇教授的评价中，认为他是"时代的记录者"，但私下里李白坦承，这不是他的写作策略，而是深藏在心脏之下的一种光芒、一道旋律。那些机器轰鸣的厂房，在我的经验中就像天主教徒走进了巴黎圣母院。

在这个地方，他的玩伴是冯江。其父是保卫科长，叫冯虎，绰号冯老虎，早年当过兵，人不壮，筋骨极好，面露凶相，V形秃顶，像一台简单明了的杀人机器。到了冯江身上，可能是基因突变，筋骨没了，一双略具男子气概的桃花眼像克拉克·盖博，专属于女性的杀人机器，并且，头发浓密得有点不像话，随便梳一下就是个时髦的飞机头。

他们是这工厂里的官二代，干部子弟，普通工人都让着他们一点，这与他们在社会上的地位形成了很大反差——李白来自著名的荒谬之家，向来不受人尊重；冯家则是三个孩子加祖父母，户口本上七个人挤在单位分配的二室户中，过着牲口圈一样的生活。对他们来说，工厂才是象牙塔，在获得尊严感的同时，你也会铭记那种美学：粗劣、简明、节省、肮脏与整饬交错，远方轰轰作响，像公路片的场景，无数成年男女在此终老的必然结局，以及某个安静的下午让李白体会到些微荒凉与忧伤的质地。曾经的年代，全中国的国营企业都近似，一种从寒带到亚热带城市的共同情绪。

人们在这里共同工作，共同进食，共同洗澡。工人兄弟的感情不是纸上说说的，是靠具体行动维系的，相同的工资，相同的餐具和洗澡水，相同的语调和气味。"我多么想重写一次过去时代的国营工厂。"李白又给方薇发了一条微信，"哪怕是从浴室的瓷砖片写起。这些事物已经消失了。"

"在上海是消失了，内地省份有得是。"方薇回复。

"氛围，氛围，一去不返。"

"愚蠢的怀旧情绪。"方教授指出，"不过，这会儿写出来，正当其时。"

回忆浴室，请务必记住那是一九九〇年新贴的瓷砖，在所有年代剧里呈现出的陈旧色泽都是当下的视角，而实际上，浴室刚刚翻新。水管涂银灰色的油漆，莲蓬头还没来得及被拧走，浴台边沿贴上了弧形护角，比较恼人的是地砖偏滑，常把光脚的汉子摔成四仰八叉，然而咱们工人有力量，爬起来拍拍屁股继续洗，未曾听说有人向厂里索赔的。某日下午两点半，李白和冯江仗着自己的地位，闯入空无一人的浴室，浴池比从前更深了，这意味着可以游泳。冯江怪叫一声，在浴台上做了个不太完整的鱼跃动作入水，李白在更衣间慢吞吞地脱光了衣服，扶墙入室，用手捞了一下，水很清，也很烫。他确信只有冯江可以在暑期的下午畅游于滚烫的池水中。

李白抬头张望浴室的高大拱顶。光线充足，一切都是白色，多年后他在伦敦圣保罗教堂感受到了同样的圣洁。拱顶意味着什么？意味着回声，适宜交谈和吟诵，蒸汽凝结的凉水不会直接掉落在头顶，也意味着楼上不可能有女浴室。你知道平顶更廉价易造，可这农机厂的男浴室偏偏就是拱顶，它略微超出了你对工人阶级的预期，不足以言说，仅仅是存在。你是一个在拱顶之下度过快乐时光的小崽子。

冯江出水，这时李白惊讶地注意到，他已经长出了浓密的耻毛。

"看什么看？男人被热水泡过以后，那里是会变大一些。"冯江说。

"不是……"李白说，"你的毛，上个月没长出来，现在变得和大人一样了。"

"你也会的。除非你像老八一样天生是个白板。"

老八是一个钳工的绰号，他的另一个绰号就是白板，不过没人敢当面喊。他的状况没什么好描述的，总之就是大摇大摆出入于集体浴室。在某些年代，这是坦荡，某些年代是无耻，某些年代又变成了坦荡。对十五岁的李白而言，他才不关心老八的感受，他只是从一具成年男性轻微变异的躯体之上看到了自己。集体浴室是个有趣的地方，隐私？当然也有，在想象力的月球背面。隐私分两种，一种是你老婆才知道的，另一种是大伙都看得到的阴晴圆缺。他伸出手指，想趁冯江不注意摸一下。冯江知道他手贱，早有防备，躲了一下。

"小鬼，不可以在浴室里摸来摸去。"有人呵斥。

冯李二人皆吓了一跳。一名白发老者光着身子走了进来，从年龄来看是退休职工，但还不算太老，眼镜片上正迅速蒙上两瓣蒸汽。他摘了眼镜，一脚伸进浴池，试试水温，然后用双手扶住浴台，屁股对着两个少年，跨入水池，缓慢地沉下去，身体像是融化在热水里，直至剩下仅有的脑袋。接着，他涮掉眼镜片上的蒸汽，戴回到脸上，发出悠长的呻吟——一种中老年男性能够理解的快感。

少年李白的一个小小癖好，是在工厂浴室里观察男性的身体，他们大部分是中青年，身材或壮或瘦，乏善可陈。有时会遇到特异现象，独臂，小儿麻痹症残腿，严重的皮肤病患，多毛症与无毛症，刺青，当然还有李忠诚后背的烧伤疤痕。包括他父亲在内，没人受得了他在浴室里直勾勾地看着本尊（李忠诚总是用一块毛巾披在后背），那是一种冒犯，即使在集体主义盛行的年代。小孩子的嘴往往更毒，十岁那年他在浴室里询问一个肚子上有巨大胎记的工人，你咋会这样？对方啥也没回答，直接给了个掏裆手，几乎掐爆他的蛋。是个男人都会长记性的疼。此后的方案只能是这样：隔着水雾，穿过众多身体，像是用天文望远镜观察某一颗遥远的星球。你会好奇，他们怎么变成这样，是自愿的，还是被迫的。更大的问题是：衰老是什么，是爬进浴池发出呻吟吗？

"我们将来也会变成他那样。"李白顺着冯江的话继续阐释下去，把声音压得很低。

"他下面的毛全都白了，像一朵蒲公英。"无耻之徒冯江大声回答道。

15

吴里一带，成年男子对于男童，向来有"摸一把"的风俗。小时候过春节，堂叔李国兴塞给李白三块五块压岁钱，然后会极具男子气概地嚷道："来！摸把卵！"孩子不懂事，自然见钱眼开。国兴动手，快速地掂一下，既不是把玩也不会掐爆了蛋，搞得像某种正规场合的礼节，真是费解。稍大一点，李白跟着父亲进了工厂浴室，脱得赤条条的，工人师傅也这么与他打招呼，然而没有钱。他这才意识到，此乃调笑，像一种权力游戏，但并不算猥琐，对方的语气总是很 Man。尴尬在于，无论你本人愿不愿意，送上去还是往后躲，你都不大像个 Man。

后来他一直寻思，这有什么好摸的，为啥每个人都他妈兴高采烈，简直不可理喻。有一次他去找国兴，后者正与电视台的同事打牌赌钱，已经输得面目皆非。见李白出现，国兴给了他两块钱，然后招呼都不打就摸了他一把。同事皆摇头说，哎呀，国兴，这算作弊。李白已经念初三，被摸得很不爽，骂了一声操，什么意思。国兴说，不要嚷，摸一下旺旺手气。李白说，你他妈不会摸你自己的吗。国兴奸笑着说，要摸那些从来没用过的才管用。李白顿悟，多年来被人在浴室里摸，原来暗藏玄机。缠着国兴要了十块钱整数方才罢休。

当他将其中原委分享给冯江时，冯江早已了然，并提醒："你不要瞎摸自己，摸自己是没有用的。"

"你被摸过吗？"

"没有，我很晦气，不值得摸。"冯江说，"难道你不明白吗，他们摸过你以后，打麻将都能赢钱。因此你是被摸得最多的那一个。"

坐在冯江的病床前，出于多年情谊，李白为他剥了个橘子。冯江表示自己不能吃酸，李白只得一瓣瓣塞进自己嘴里。护士小姐进进出出，冯江向他介绍了自己的手术：一根加热的铁丝插进我的尿道（请注意这是一个严谨的医学用词），向内伸入膀胱，然后烧灼我的膀胱壁。李白被橘子酸得两颊收缩。"妈的，我的尿道也开始疼痛，这是什么样的酷刑？打麻药吗？"

"不打。"冯江说，"告诉你一件更爽的事。"

"什么？"

"这手术每周都得做一次。"

"我的妈呀。"

好素材，它联结起了遥远的过去，那个在滚水池里游泳的冯江，突然发育成熟的暑假。李白提起了一件往事：

"那个锅炉工人的儿子，我忘记他叫什么名字了。他听力有问题，从来没有去治疗过，具体什么病不知道。我们一群人在荒草丛生的废品仓库后面玩耍，你忽然提议，玩'插蜻蜓'的游戏。就是将狗尾草插进蜻蜓的……肛门（？）里，然后放蜻蜓飞走。这种游戏对昆虫来说有点残忍，不过也不会比烧死一窝蚂蚁更残忍吧。那天下午，天气很好，唯一的那只蜻蜓飞得很高。还记得吗？你建议我们扒下那孩子的裤子，将狗尾草插进他的……尿道里。"

"然后呢？"冯江问道。

"你不可能不记得。"

"我不记得自己任何丧心病狂的行为了。"

"我们就这么干了，你亲手插了。"李白拿过一根牙签，插在剩余的橘子上。"那孩子没怎么反抗，他听力不大好，不知道将发生什么。我们扒他裤子，他可能还以为是一种善意的羞辱，毕竟你只扒那些喜欢的人的裤子。在某个时刻，他尖叫起来。"

"听起来相当残忍，我爸没打死我吗？"

"你爸没动你，因为那孩子根本没敢告诉他爸爸。"李白回忆道，"一个很窝囊的锅炉工，总是在稍晚的时候去浴室洗澡，他身上的煤灰很重，近乎苦力，受人歧视。"

"没有挨过打，这件事就不会在我记忆里留下深刻印象。"冯江叹息，"我很抱歉，如果确实发生过这种事，我活该下地狱。我今年四十三，报应为时未晚。这种痛到升天的记忆会在我脑海中停留多年，直到我八十六岁死于膀胱癌。"

"相比之下哪个更痛？你爸当年打你，还是现在？"李白继续胡扯。冯江从枕头边取过香烟，拔出一根塞进嘴里，但并没有点燃。一名护士走进来，为冯江换了瓶药水，又指指他。冯江将香烟放在鼻下嗅嗅，并微笑，示意自己只是过过干瘾。等她走后，他说："做手术的时候，她也在，有没有动手我就不清楚了。"

"好啊。"李白赞叹。

"都很痛。"冯江回答了他前一个问题，"想象一下，如果我爸爸当年不是用皮带抽贼，而是用这个酷刑——"

16

回忆起冯虎，李白的战栗感仍会从尾椎骨升起，到后背形成一个旋涡，像快感一样急蹿到后脑勺的Z形伤疤位置。一种奇妙的武器，皮带，随之感召而来。

九十年代，世风日下，农机厂低矮且漫长的围墙无法阻挡盗窃团伙在深夜潜入。三五个老迈怯懦的保卫人员，除了张贴一些恫吓性质的标语以外，就只会用手电筒晃来晃去。一条用以在夜间壮胆的狼狗，不久它竟然咬伤了自己人，随即被送进食堂一半红烧一半卤煮了。这时，冯虎从培训班回厂（那培训班究竟是教政工还是刑讯，无人知道），他不屑于在工厂里与贼展开追逐，更何况，黑暗中的贼会掏出什么凶器，天知道。他的办法是敞开废品仓库的大门，等贼进去以后，将门反锁上。那是夏天，高温季节。二十四小时后，他打开门，拖出一个身心崩溃的家伙（通常已经热得主动脱光了上衣），并不立即扭送公安机关，而是在大庭广众之下，打他。

这种狂暴的训诫，无论使用拳脚还是棍棒，都显得过于小气，好像你是偷了我老婆似的。不，你偷的是国家财产。冯虎需要一种具有修辞意义的刑罚。一根三寸宽的铜头武装带，在一九六七年曾经抽打过市委书记的好货，现在蘸了盐水，晃荡在盗贼面前。它是皮鞭，是激情年代的余响，来自《第一滴血》，也来自《巴黎圣母院》。一鞭子抽到贼的赤裸的后背，那个爽啊。惨叫是必须的，没必要强忍，冯虎喜欢听惨叫，如果你不叫，他会打到你叫。

所有人都记得鞭打四姑娘那次。必须说明，冯虎不打女人，四姑娘是男的，一个长得娘气的值班电工，在事故中失去了左手拇指。这一绰号含有双重意义，体现了工人师傅卓越的修辞能力。某天下班，四姑娘在工厂浴室里偷香烟，被冯虎揪住，那不是国家财产，意义不够饱满，不过那时，冯虎已经打出了名气，因而冲昏头脑，认为吴里的一切违法活动皆应在他的鞭下经受洗礼，然后才配由公安人员接管。在保卫科，湿漉漉的四姑娘穿着平脚短裤和塑料拖鞋，坐在几乎同样打扮的冯虎对面。

"你偷了什么？"冯虎问道。

"香烟而已，我借来抽抽，这种事你也管吗？冯老虎。"

"抽"这个动词过于诱惑，"借来抽抽"则完全刺激了冯虎，他点头，掐灭指尖的香烟，对冯江和李白说："你们出去。"两人正在角落里玩着安全帽和警棍,不明所以,走出去几步,保卫科的大门轰然关闭,接着是皮带破空的咻咻声。四姑娘在里面大喊:"你想干什么?冯老虎,我是厂里的职工!"

"转过去,背对我,不要躲。"冯虎指导他。然后才是啪和哇。

正是下班时间,工人们洗过澡,推着自行车纷纷经过保卫科门口,喇叭里播放着下班音乐,理查德·克莱德曼的钢琴曲,血色夕阳挂在天边,晚霞无限凌乱。四姑娘在尖叫。

"冯老虎抓了个……女贼?"李忠诚冲过来问冯江。

"不,是四姑娘,他偷了香烟,正在挨打。"

"他为什么要这样叫唤?"李忠诚不解。

人们撂下自行车,拥向保卫科。"女的,女的!"人们嚷道。李忠诚解释,不是女的,是四姑娘。人们高喊:"要看,要看!"李忠诚拦不住。作为重要部门,保卫科位处一排窄长的红砖平房的正中,窗户是毛玻璃,里面光线很暗,啥都看不清。冯江掏出了钥匙(他私配的),打开门,人群拥进屋,李白像面条一样被揉搓着转了几圈,昏头昏脑挤到前排。四姑娘躺在地上,近乎全裸,他雪白的皮肤已经被打得通红,通红!红得就像晚霞!他抱住了冯虎的腿,死死不肯放手。这条腿的主人正在颤抖,颤抖!四个拖鞋全都不知去向,皮带垂挂在冯虎手里,他已经打累了,浑身是汗,同样通红,通红!

李白的目光落在了冯虎的短裤上,那里起着明显的变化。不再是《汤姆大叔的小屋》,而是《O娘的故事》。这本影片直至新世纪才被李白观摩到。多年后,冯李二人讨论此事,肾上腺素这个词已经成为常识。冯江说:"这解释了他打我的时候也产生类似变化,并不是出于色欲。"李白说:"但你当时不该喊出那句话。"冯江摸了摸李白的后脑勺。

"爸爸,你硬了!"冯江是这么喊的,与此同时,李白感到不堪入目,扭头打算钻出人群。冯虎再次狂怒起来,扑向冯江,他的左腿仍然被四姑娘缠绕住,后者感到他要离开,索性把身体重量全都压在他的脚背上。冯虎抡起皮带,没头没脸抽向冯江,冯江早已见识过这兵器的厉害,躲得利索。冯虎再次出手,用一种抖射的方式击打过来,冯江拽了李白一把。厚度1.5毫米的铲形铜扣以极快的频率连续击中李白的后脑勺两次,他懵了片刻,抬手一摸,然后看着掌中的鲜血狂叫起来。

Z字形的伤疤就是这么来的。从那天起,李氏父子在浴室里能清楚地认出彼此的背影,从那天起,冯虎将注定以色情狂和暴君的面目出现于李白的小说中,在二十年后的影视化浪潮中李白甚至给出了冯虎的照片,让导演必须按这张脸选角,完全无视冯江的颜面。也是从那天起,谎言将一次次重复:是为了保护我的女人,被流氓打的。少年的鲜血曾与爱情相关,永恒而醒目的伤疤必须来自一场捍卫理想的恶斗,而不是他妈的无妄之灾。

17

在李白的青春期,冯江一度是旅行伙伴。就像踏上一艘远航邮轮,去往陌生的码头,片刻的孤身只影不足担忧,你总能找到可以解闷的人。志同道合是次要的,邮轮本身就意味着志与道。目的地也是可疑的，新大陆或旧世界，冒险之地或禁锢的牢狱，谁能说得清？忽而胆大妄为，忽而晕头转向，既是狩猎者也是处子，你们梦想闯入邮轮的高档酒吧，掌中持有的却是一张三等舱的船票。

为了安慰李白受伤的后脑，冯江向他展示了其作为一个少年色情狂的收藏品：床底的纸箱，内藏数件女式内衣，上面覆盖着一堆陈旧过期的少儿文学杂志。彼时的吴里正在经历一场疯狂的精神角力，一方面是反击资产阶级自由化、清除色情暴力的运动，另一方面来自海外的音像和图文制品充斥市场，到处都是靡靡之音和比基尼女郎的海报。开学之后，教导主任声色俱厉的斥责与语文老师白衬衫之下隐隐透出的粉红色小秘密终日敲打李白的脑壳。社会风气有点分裂。有一次在夜市，冯李二人站在地摊前，目睹着女摊主将一套蕾丝内衣穿在一具缺胳膊少脑袋的充气女体上，也许是看得过于投入，女摊主有点发毛，对两人嫣然一笑说："趁早去找个女朋友吧。"冯江壮着胆做出无所谓的样子问价。女摊主不予理会，说："你得先有一个女朋友。买这么好看的胸罩内裤送给你老妈是不合适的。"

有些事物，你可能需要通过一个合适的女性抵达，而不是绕过，但你并没有她。在冯江家里，那个偶尔清净的时刻，李白望着他手指钩挂住的蕾丝边文胸，像一条刚捕获的鱼在眼前跳动。"你买的吗？"李白傻傻地问。

"昨天偷的。"冯江回答。"你摸，还有点湿，从晾衣竿上摘下来的。"

只有最贱的贼才偷女人内衣。这是曾小然告诉他的，显然她也曾经有过内衣失窃的经历。不过这份无耻感勾起了李白的好奇心，他伸出手指戳了一下。"放心，它只是一块布料。"冯江鼓励道。李白指肚拂过它，又返回，捏了捏它，白色的，中间有海绵，似乎还有钢丝。接着，他无师自通地凑近去嗅，闻到一股洗衣粉的气味。冯江从纸箱里抽出一条粉红色的蕾丝边内裤，将其弹射在李白脸上。

"你就是这么玩……女人的短裤的吗？"李白将手中的胸罩扔到了冯江脸上，有一种无法解释的哀伤与愤懑。

难以想象，在回家的路上，李白骑着自行车稍稍走神。难以想象冯江这个家伙，在如此狭窄的两室户里，怎么玩弄这些赃物。一家七口人，半文盲的祖父祖母，凶暴的父亲和苛刻的母亲，还有一个成天练肌肉的哥哥叫冯海，一个念小学的妹妹叫冯溪。水是如此之多，照冯江的说法，即使起夜也会在卫生间门口排队。在这个环境里他该怎么玩，他甚至连玩自己都很艰难。"我羡慕你，有自己的房间，居然还有院子。我愿意和你换一下。"冯江曾经这么对李白说，又补充了一句，"如果你爸死了就更好了，或者我全家死光也不错。"

傍晚，李白再次来到夜市，新潮内衣困扰着他，那明媚的穿蓝色牛仔衫的年轻女摊主照旧捧上一具惨白的断头维纳斯。有时她站在充气模特后面，从某个角度望过去，她的脸填补了空白。旁边一个更明媚的卖磁带的中年女摊主拽了拽她，指指李白。牛仔衫笑了起来："又是他。"中年女子则朝李白招手，问道："你是喜欢内衣还是喜欢她？"

这些劲浪的青年个体户，往往时髦、有钱、不受管束，没有国营单位的小干部在规训她们的言行举止、思想品德，她们持有的自由就是冯江期待全家死光的那种解脱。牛仔衫走了过来，她娇小而成熟，大波浪头，圆脸，领子立在两腮，使脸型变得瘦削。李白慌了，跨上自行车，低头察看前轮，仿佛那儿出了一点问题导致他无法立即逃走。事实上前轮好好的。牛仔衫叉腰而立，鼓着嘴，似笑非笑，迫使他抬起头来。一瞬间，他简直以为她也会说出那句话，"来！摸把卵！"幸好没有。下一个瞬间他认为结识一位陌生的大姐姐也很不错，他已经厌倦了生命中全是知根知底的人，终于可以尽情撒谎了。

"你是不是叫李白？"牛仔衫问。

"你怎么知道？"

"我是你叔叔李国兴的女朋友。"她补充说，"以前的女朋友。"

李白惨叫一声，用力踩下脚踏板，几乎是撞开了她，遁入黑夜与人群中。小城啊小城，他在心里反复哀叹，熟人遍地。另外李国兴这个浪荡子，结识的女人未免太多——但愿他没有将"摸一把"的巫术介绍给她们。

18

次年夏天，一名女失主带着居委会干部、新村里的闲人，浩浩荡荡数十人，来到冯府。那是酷热难当的下午，冯江游泳归来，正在卫生间冲澡，李白与冯爷爷在楼道里赤膊下象棋，冯虎赤膊睡午觉，冯海仅穿一条三角裤在阳台上用温热的自来水擦拭着肌肉，仿佛擦拭一尊名贵的雕塑。冯溪坐在电扇前嚷嚷，为什么女人不能赤膊，不公平！这丫头蛮横而聒噪，总是爱学中年妇女讲话，觉得有气势。等到一群真正的中年妇女出现后，她迅速逃进了卧室。女人们跨过棋盘，拥入厨房，冯家的三个男人从三个不同方向汇聚到她们眼前，全都穿着小短裤，加之下棋的两位，一共五个赤裸上身的男人挤作一团。那冷静而残忍的女干部也不由得失色，嘀咕道："你们能不能穿上一点？"冯虎拎过一条长裤，一边套，一边找皮带，一边问怎么回事。女干部介绍了情况：你的儿子，对，小的那个，以粘知了为名，在新村各家阳台上偷了数量不明的内衣，根据推理，这个夏天举着竹竿到处跑的男孩都在十岁以下，且成群结队，只有你儿子，小的那个，喜欢单独行动，他十六七岁了，没理由这个年纪的小青年还热爱知了。女干部言简意赅，冯江试图狡辩，冯溪在里屋快乐地喊道："对，他一只知了都没粘到过！"

女干部刻薄地问："冯虎同志，我很想知道，这些内衣到底是穿在你家女人身上呢，还是用来玩的？"

久经考验的保卫科战士冯虎首先撇清，他不知情，更未匿赃，甚至幽默地暗示了本府女人都是平胸，没必要戴这个，除非是久练胸肌的冯海。大家笑了几声，所有到场女性都瞥了冯海一眼，他仍然傻了吧唧解释，知了人人都可以粘，没有年龄限制。有一段时间大伙似乎被这个话题（或是冯海的裸体）迷住了，一个劲地讨论粘知了的技术问题。冯爷爷一直举着手里的炮，大声说，他在吃中药，需要晒干的知了入药。有人嘲笑说你可能是需要没晒干的内裤放一起煎。场面混乱不堪。

"有证人吗？"冯虎切中肯綮，并问失主，"你看见了吗？"

女失主被他问得很不好意思，说："上午我看见你儿子在楼下，扛着竹竿走来走去，吃过午饭，阳台上的东西就不见了。"

"捉贼捉赃。"冯虎松了口气，拍拍女

干部的肩膀。她极为嫌恶地撩开他的手。这是一个坚毅的、头脑清醒的女性，她很快讲出了一个事实：那些落在你冯虎手里的人，并不是每一个都拿着赃物，他们搞不好只是跑错了地方，最后也都招了。偷了一个螺丝或一台车床，还不是你冯虎的皮带说了算？冯虎觉得这话很有道理，没道理的地方是他必须打儿子，然而他也经常打儿子，并无不妥。李白注意到冯爷爷将电扇关掉了，炮一直没放下。屋子里热得像蒸笼，女人们的衣服全都贴在了身上，有人打开了厨房的龙头，往脖子上泼水。

"以后有这样的事，你私下跟我说就行了，不必带这么多人来。"冯虎对女失主说。

"你家这副样子，我怎么敢一个人来？"女失主壮着胆子说，"东西还挺贵的，有点不舍得。如果是个便宜货，你家的几十只手摸过，我是断然不会再要的。"

是这句话激怒了冯虎，他狂躁起来，女干部和女失主同时觉察，吓得往后退了一步。也恰恰是在这时，冯溪找到他的皮带递了过来，几名好事的妇女押着企图溜走的冯江回到屋里。像一部电影的低谷段落，在皮带和他儿子之间构成的关系将奔向完美的高潮，女人们的目光询问着冯虎：是抽几下给大家解气呢，还是打算抽到冯江招认？

地方过于逼仄，全是人。冯虎拽过冯江，嘱咐他："趴到床沿上。"围观者（现在男女老幼全都来了）噼噼啪啪发出油锅烧旺的声音，尖锐而空洞的快感袭来，即将虐待一只小畜生引发的生理上的奇怪反应。

"不要偷工减料。"有人提醒。

"你这是在侮辱我。"冯虎轻蔑地回答，并虚抡了一下皮带，让自己进入某种境界。

冯江曾经说过，跪趴在床沿上的皮鞭是最猛烈的，这一次他将无可逃脱，直至认罪。第一鞭货真价实，斤两十足，众人和冯江同时发出惨叫，同时颤抖。李白意识到冯江所趴的位置，床板之下就是纸箱——他在为自己的癖好而领受另一种癖好。即使招供也不可能豁免这顿刑罚。世人何曾饶恕那些交出赃物的小偷、承认自己不正常的色情狂？这是定理。剁指和阉割皆是忏悔的必要情节。

在第二鞭下来之前，冯江昂起头，问女干部："好看吗？"女干部不予回答。冯江对大伙说："你们是喜欢看我挨打，还是喜欢看我爸硬起来？等会儿你们都能看到。"

19

可怕。小然每次听到冯江的故事总会这么说。"我眼看着他爸硬了起来。"李白加了一点料。小然责备地看了他一眼。他已经念高一，出了校门就满嘴脏话，经常试探性地使用一些超限词汇，壮阳也敢提，走路摇头晃肩，成天在街边和退休老头下象棋。

曾小然谈起了恋爱，男友是她高三的同学，长得与少潜威有几分相似，干净，斯文，懂礼貌。多么乏味的优点！李白被嫉妒折磨得不成人形，这一类型的男生在心理上摧毁了他。他决定做一个坏男孩，可他才十六岁，最多坏得偷鸡摸狗罢了。世界无法给他一块称心如意的雨花石，于是他将自己抛入一堆乱石之中。

Z字形伤疤现在已经留在李白的后脑，遭受了几次不太愉快的嘲讽以后，他留起了长发。教导主任抄起剪刀将他拖进办公室。"我分不清你是男的还是女的。"动剪刀之前，她略带几分矫情地训斥。

"我可以把裤子脱了给你看。"李白回答。

"你似乎心情不大好。"常年与他打交道的教导主任这会儿也看出他有点不正常。

请不要再把早恋的学生送上司令台了，李白在心里呐喊，把我送上去就够了。你的非法的、侵犯人权的手段，都他妈快变成爱情的额外奖励了，用不了多久曾小然就会走上高台，凛然俯瞰我在台下张口结舌的样子。到了下午场，男生站台的时候，我可能会扑上去一脚把少潜威踹下去——不，不是少潜威，是另一个人，他们统称为少潜威。在他们眼里反正也一样，李白们统称为李白。

曾小然与他疏远了，李白形单影只，独自上下学，另一方面还得甩开企图跟随他的钟岚——很显然，连钟岚都注意到，小然身边换了个男生。那辆酱红色的女式自行车，以往都是李白推她上桥，由于车后闸失灵，下桥他还得在一边拽住她，以防她摔飞出去。这一极具象征意义的举动，仿佛她在人生的每个起落之处都需要他的鼓励和安慰，现在，另一个人取代了他。

"我失恋了。"李白向他的堂叔李国兴寻求解决方案，"有没有办法追回她的心？"

"十八岁的姑娘有多大，有多成熟，你清楚吗？"李国兴劝慰李白，"甚至可以和我谈恋爱了。"

而你还要再过很多年才会成熟，在成熟之前你是一种废物，成熟之后是另一种。这就是你这类男人的命运。李白终于想通：她有男朋友这件事，就像春节的炮仗，这个不响，那个也会响，你无法阻止，你可

以说自己有心脏病听不得响，但叔本华早就说过……啊，老奸巨猾的叔本华说过些什么。李白在床上躺了一整天，翻看一本来自地摊的哲学人生格言，其庸俗的透彻对他而言正逢其时。傍晚灰头土脸出门，遇上钟岚放学回来。她考上了烹饪职校，该校不大教语文数学，每天主练刀工，她书包里总是一把菜刀一把剔骨刀，走起路来刀吟剑啸。

"你这气色……"钟岚说，"一定是为了曾小然吧，我都看见她有男朋友了。"

"人性就像一副扑克牌。"

"讲话不要瞎打比方，"钟岚嗤之以鼻，"我听不懂你的废话。"

李白不想理会她，祝你成为一个笨嘴拙舌的厨子吧。沿着民主街走到十字路口，傍晚车水马龙，人们在此场景中倾听一首来自音像店的萨克斯乐曲《回家》，用的是高保真走私音箱，演奏者 Kenny G，译作凯丽·金。就连李忠诚都很喜欢他，认为他吹奏的是爵士乐。克莱德曼的钢琴已经不太流行了，叮叮咚咚，不如萨克斯性感。这是一个考验听觉的年代，从旋律节奏跨入声音的汁液，而李白的男低音也在渐渐成型。

"我要搬家了。"

李白回头，钟岚仍然跟在身后。"我爸爸分配到了一套房子，在梦梅新村。梦梅街上。"钟岚怏怏不乐，"搬走了就见不到你了。"

"烹饪职校离这儿不远，你可以天天见到我。"李白仍然看着街道，"等你毕业做了厨师，我每个星期都到你的饭馆来吃一顿。"

"我一点也不喜欢做厨师！那是男人干的活。"

李白没有听到她的叫嚷，他看到远处曾小然飘逸的身影，酱红色的自行车驮着她在慢吞吞行进的车流中快速闪动，像缺氧的水产池中奋力挣扎的鱼。这车速，一捏闸就得摔出去。为何如此匆匆，仿佛时不我待。接着，她果然摔了，坐在路肩上，没有人过问她。李白狂奔过去，到近处才发现她双眼通红，泪流满面。

那不是因为摔疼而哭，是一路上流下的眼泪，脸都哭肿了。李白替她扶起自行车。

"发生了什么？"

"你今天没来上学。"小然抹去泪水。

"我逃课了，我肚子疼。"

"我被罚在司令台上站了一个下午。"小然强作镇定，"丢不丢人？"

"通常女生是站上午场。"李白喃喃自语。

"他没站。"曾小然遗憾地说，"他在教导处写了一份检查，交代了所有，现在贴在校门口了。"

李白想了想，问："写到你的名字了吗？"

"不止名字，还有很多……事情。"

"我要杀了他。"

"你不用杀，在我心里他已经死了。"

总是那些鸡毛蒜皮的小事情，耗尽了你对人世的感受力。李白感到一阵意外的疼痛，像是被纸割破了手指，你只能怪自己不够小心，而不能指责纸张是锋利的。他推着自行车，与小然慢慢走到街口，看见钟岚泪流满面。

"你又是怎么了？"

钟岚不回答，继续哭。

"你根本没注意到我伤心，你只看到了曾小然。"若干年后，钟岚回忆，"青春期爱走极端，我当时只想拔刀捅了你，手都伸进书包里了。曾小然恰好摔了下去，你像兔子一样跑掉了。"

20

"曾经小小地不以为然。"他将这句话写在烟壳纸背面，递给曾小然。在蓝莲咖啡馆，一只蟑螂正爬过墙壁，钻入壁纸缝隙中。那是不会有人厌弃你幼稚的年份，可以把情话写在废纸上的好时光。小然点起一根烟，自从站过司令台以后她就这样了，顺便提一句，那也是一个可以在咖啡馆和电影院抽烟的往昔，诸多禁忌尚未成型。两人喝着黑乎乎的咖啡，并肩坐在二号座，对闹市区的行人品头论足。太子裤，马海毛，高支棉——看，黑色一步裙正向你走来，转了个弯她又离去了，腰后的拉链没有对准尾椎骨，偏了一寸。"这种裙子让很多女人暴露了她们是罗圈腿。"李白摇头。小然的腿是笔直的。

"轻微的罗圈腿也很性感。"小然说，"我是指女的。男人必须完美，多留一截指甲都是恶心的。"

我不知道怎样匹配你所要的完美。十六岁那年，李白破衣烂衫，讲话缺乏逻辑，走路跌跌撞撞。她对我保持的宽容，也许仅仅是因为，她并不爱我。李白困惑地望着她。要说缺陷，她略为翘起的上唇才是，齿间的汁液像刚剥开的荔枝一样闪闪发亮，有时在片刻发怔后她会忽然抿紧嘴唇。我想说的是，这才是性感，罗圈腿请容我慢慢领会。

小然将烟壳做了宝石式的折叠，一种相当复杂的折法，李白的字迹被完美地包裹在中心，接着把它塞进了木制腰线与墙壁之间的一道裂缝中，该咖啡馆确实处处都在开裂，杯子，桌子，地砖，有时连倒找的人民币都是两瓣的。就这个举动，她没作任何解释。这道秘语将永远留在此间。

"如果我们再也不能相见，你会怎样？"小然问。

"我会来找你。"

"我指的是不能相见。"

"我们不会落到那步田地的。"

两人喝够了咖啡，骑自行车回家，她花了五元钱就彻底修好了后闸，犹如修复易于马失前蹄的恋情，她将不再需要他的鼓励或安慰。李白心想，很多比喻，就这样消散或粉碎了，比如说修好自行车只需要五元钱。

就在干部招待所的围墙边，那道永远不会打开、早已生锈的双开式边门，现在被人用白粉笔恶狠狠地写上了六个大字：曾小然是婊子。加感叹号，加×，加波浪式的下划线。李白撂下自行车，扑过去用袖子擦拭。生锈铁板上的粉笔字有多难擦，他算是领教了，竟然越擦越清楚。李白面红耳赤，恨不得把铁门啃下一块，回身望去，曾小然正抱着胳膊欣赏。

"你是在看我，还是看这字？"李白问道。

"我在看晚霞。"

"这肯定是学校女生干的，她们嫉妒你，"李白语无伦次，"以前她们也把字刻在寿园的大门上，白淑珍是婊子，她们就是这么干的。我根本不在乎。她们只要不喜欢谁，不不，随便想到谁，就会说那个人是婊子。"

小然不再说话。直到很多年后他才能明白，这种直白的羞辱，写在大门上的脏话，尽可以付之一笑、付之一炬、付之诉讼，相较于种类繁多的隐秘毁损，直白羞辱无须辨识，经由记忆的消化和涂抹将会在特定时刻消散于某一阵晚风或哭泣中。那时那地，她望着晚霞出神，忽然抿紧嘴唇，渐渐与他对视。李白意识到，自己讲得太多（隐秘毁损突然降临而他们并不自知）。此后很多年，当他难以自制滔滔不绝时，曾小然的这一形象常会骤现在视网膜上，令他燃烧的神经当场休克。

21

一个大雪之夜，李白身披棉被，抖抖索索玩着红白机上的坦克大战。这是他最喜欢的游戏，在一个固定平面上一关一关玩下去。那种纵轴或横轴的、带有一点故事情节的电子游戏始终让他头疼，他讨厌突发事件，只有疯子才需要在游戏里安置突发事件。

那时他和李忠诚已经明确，游戏机是白淑珍寄来的最后的礼物，一种后知后觉的突然，她中止了这一切。钟敲十二点，某种异常的厌倦感袭上心头，他松开僵硬的手指，披衣到院子里看雪，李忠诚还没有回家，他率先踩出了一串幽蓝色的脚印，空中的雪片坠速很快，没有风。相比于雨的轻微伤感，雪是带有毁灭性质的。

李忠诚开门进来，停好自行车，拍掉身上的雪。"你还不睡觉，"他温和地质问，"明天不用上学吗？"

"明天放寒假了。"

李忠诚摘掉双层回丝手套，从自行车龙头上取下沉重的提包，仰头看雪，嘴里嘀咕着数字，似乎是在掐算日期。李白骇然发现父亲的眼中荡漾着晶莹的光芒，一片细小的雪花甚至落在其睫毛上。李白决定轰掉这辆闪闪发光的老坦克。

"你今天这么晚回来，又是去跟踪俞阿

姨了吗？夜校十点钟下课，你总不能跟了她两个小时吧？"

"你怎么知道？"

是的我知道，俞莞之知道，曾小然也知道。为了贴补家用，九月份开始，俞莞之在夜校教《标准日语初级》。谁能想到呢，她还会讲日语，还能教日语。再看看电视剧里那些娴静知礼、吃苦耐劳、为客人递上香喷喷的拖鞋的日本女性，与她何其相似。就在李白以为父亲必将自信尽毁的时候，城里发生了两起劫杀女性的案子，李忠诚作为一个男性，终于可以派上点用场。他在包里携带一根五斤重的大铁链（打算很自信地没头没脸抽向歹徒），日日守在夜校门口，护送俞莞之放学。惨遭拒绝后，改送为跟，铁链换成了八斤重，像隐身的夜行侠，不让她发现自己的行踪。可他没意识到，那辆自行车实在太破，夜深人静之际，半里地外就能听到他罄罄哐哐的动静……

李白解释完毕，问李忠诚："跟出什么名堂了吗？"李忠诚不语。李白继续挑逗："放寒假，夜校也停课了，你可以不用背这么重的铁链出门了。"

"有一个比较好的好消息和一个比较坏的坏消息，还有一个很好的好消息和一个很坏的坏消息。你想先听哪个？"沉默半响，李忠诚发问。

也就是有四个消息。难不成他已经把俞阿姨追到手了？那他应该打着滚回家才对。李白想了想，说："比较好的好消息。"

"我升任专职副厂长，管销售。"

"你早就是副厂长了。"

"管销售是有实权的。"

"好吧，比较坏的坏消息？"

"为了效益，我以后也要跑销售，去外地，不常能管得了你。"

"很好的好消息是？"

"就是没人管你了。开心吗？"

李白很开心，他可以去曾家搭伙吃饭。"很坏的坏消息呢？"

"俞阿姨要结婚了，嫁到南京去，工作也调过去。你很快就会见不到她，当然也见不到曾小然了。"

李白感到一阵眩晕，雪正在没头没脸往下落，瞳孔凉凉的，不确定是否有雪片落进眼里。妈的，这辆老坦克，我和他同归于尽了。"小然今年高考，她不会那么快转学去南京的。"李白嘀咕道。

"俞阿姨会嫁给南京市教育局的一个干部，手续全都办妥了。他们春节就走。"

"没嫁到日本就好。"李白凄凉地与父亲开了个玩笑，"那样你们将会永无相见之日。"

李忠诚从包里拿出那根粗大的铁链，黑色，环环相扣，长度近一米。李白强忍住震惊之后的沮丧，心想：我要是不安慰他几句，接下来他极可能会往我脑袋上抽一链子，毕竟我见识过他"丧妻"之后的失智表现。他伸出手，拍了拍李忠诚的肩膀。

"现在好了，我感觉我解脱了。"李忠诚看看手里的铁链，"它没用了。"

所有的爱都是锁链，但它们可以不必那么沉重。他温和地看着李白，没有失智，就像放弃了一页信纸、一片花瓣，撒手抛下。八斤重的铁链稀里哗啦砸在了李白的脚背上。

22

在李白与曾小然最后相恋的时光里，

南方的雪和甜食在记忆中落下种子。离别前请落雪，离别前请与我吃甜食，在哽咽与欢愉中接受我们即将失去彼此的结局。李白戴上白围巾，像言情小说中的男主人公一样奔跑。围巾长达三米，像藏族哈达，由于毛线不够只能织成单层。这不重要，重要的是可以在他脖子上绕一圈，然后在骑车时逆风飞扬到快车道上去。有一天他被一辆错肩而过的卡车勾住，直接飞进了花坛，若非卡车前方有一个红灯，他就死了。

小然抚着他脸上的伤，替他拔掉嘴唇上的一根玫瑰花刺，然后吻了他。李白痛不欲生，小然吻得用力，他们同时品尝到了一股血腥味。

在雪和甜食之中谈到死亡，谈到失去，过于轻易的离别。"不要像我爸爸那样突然死掉。"她嘱托道。

"也不要像我妈妈那样消失掉。"他在一杯冰激凌前泪流满面回答。

他被一次次失控的情绪引领着走出密林，那个无可挽回的少年时代，它看似清澈的河流，但只有当你亲自喝下一口水才能理解其中含有多少泥沙。他看到自己直挺挺倒下，不是出于牺牲或虚弱，仅仅是这个世界忽然倾斜了一下。

别虽一绪，事乃万族。接下来的事情是安慰李忠诚，他的世界是大头朝下的。告别、话别、惜别、送别、吻别、握别、赠别、拜别、揖别、拥别、恸别、抛别、诀别……李忠诚想知道他与俞莞之之间是何种别离，李白答道：你俩是天壤之别。

除夕那天，他们得到了一份邀请：去曾府共进晚餐。小然特地说明，不在公共厨房吃，进卧室。李家父子曾经向往组织一场破碎家庭联欢活动，甚至连小然都暗暗使劲，俞莞之从未允诺。至于年夜饭这种特殊的场合，已经多年没见过女性，最多是李国兴带着一两个姑娘到场，她们的共同点是一张红扑扑的脸，有些是害羞，有些是喝晕，不同点是每年不重样。她们当然能带来一丝春天的愉悦，不过更多的是离去之后加倍的空虚感。李白思忖，曾府的这顿年夜饭，将是怎样的空虚，一定无边无际吧。

这天下午，李忠诚在毛衣外面套上了一件西装。自从做了副厂长，他也拥有了几件像样的衣服，西装是戗驳领的，青灰色底子，蓝灰色条纹，仿玳瑁的塑料纽扣，有一颗已经松了，将会在一小时后掉落。李白套上一件脱壳式滑雪衫，梳了梳头。李忠诚提醒道："你最好洗个头，你的头皮屑每天都在滋生。"

李白表示拒绝，天太冷了，"滋生"这个词也让他不快，他同样提醒李忠诚："你最好洗洗脚，进门要换拖鞋的。还有，不要抽烟，俞阿姨不喜欢家里有烟味。你总是当着她的面抽烟，还以为很有男人气概，其实她讨厌这个。"

李忠诚默默地打了一盆热水，脱袜子，注意到袜跟有个破洞，随即换了一双。"我是为了不让你丢脸，你也不要让我丢脸。"毕竟做了几年副厂长，李忠诚这回颇有幽默感。天黑后，走入太子巷的深处，李忠诚的手流盼抚摸每一根电线杆，仿佛它们见证了什么东西。李白嫌他磨磨蹭蹭，一个人走在前面，进了8号，家家户户都在公共区域吃年夜饭，贾淑珍的铁锅里春卷吱吱乱叫，钟高强全家正在撕扯着桌面上一只未煮透的鸡（他们很快也要搬走）。年糕、蛋饺、蹄髈、整条的鱼，李白不作停留，一道烟爬上楼，没敲门，蹲在角落抽了根烟。李忠诚托着两个热菜爬上楼梯，俞莞之穿一件墨玉绿暗花锦袄跟在他身后。李白将半根香烟掷入窗外的黑夜。

"多吃东西少说话。"李忠诚最后提醒。

在微信上，李白与曾小然回忆当时，那是最后的晚餐，此后岁月，如露如电。小然说："那顿饭实在是我妈妈厨艺最棒的一次，忠诚叔叔吃得摇头晃脑。"李白说："忠诚叔叔是故意的，他不想谈任何关于告别以后的事，除了摇头晃脑还能怎样？"小然说："如果他从一开始就这么懂事，也许我妈就不会嫁到南京去了。"李白说："他比你所看到的更懂事。那天的青菜里有一根长头发，当然是俞阿姨的，为了不让她难堪，他把吃进嘴里的头发咽了下去。"

咽下一根头发是艰难的。李白的意思是说，唉，此生他们之间，就一根头发的情谊罢了。

当晚那颗扣子掉落在地，滚至床脚，饭桌忽然坠入沉默，只剩电视一片哗笑。俞莞之推开碗筷，弯腰捡起，又从一个装得满满登登的旅行袋里摸出针线包。李忠诚傻坐不动，俞莞之乐了，说："怎么，还要我凑过来给你钉纽扣吗？"李忠诚像一幼儿园的孩子，脱下西装奉上，三人齐看她坐在床沿上，麻利地做针线活。衣服递回来时，李忠诚还在发呆。是某种柔情让他变得像个正常人，正常的丑陋与自谦，活得不好意思，曾经得到很多却失去得更多的那种羞惭。

"催眠，"多年以后，李白解释道，"他被那个场景催眠了。"

我的父亲是一个奇怪的人，他既暴躁，又猥琐，既懂事，又怪诞。所有的悖反都取决于他面对的是谁。我相信他的脑海里留下了俞阿姨缝纽扣的画面，庸常人生中的平淡一幕，恰恰被放置在永久性的离别之前。他并不总是承认自己庸常，毕竟他经历过妻子的决然离去，工厂火灾和厕所爆炸，受流氓暴打，遭警察拘留，很风光地做过几年厂长，然后这厂里所有工人都被遣散（极具时代感）。他只有在俞阿姨面前才会意识到自己的庸常，一种无法反省（反省了没啥鸟用）而确实如此的判决。他的痛苦是那种最容易理解、却难以共情的痛苦。

那天深夜，李家父子吃饱了饭，走出8号大门，远处烟花参天，空气里弥散着硫磺的味道。李忠诚似乎心有不甘，问李白："为什么你一点也不难过？你也见不到曾小然了。"李白憋得难受，不等回家就拉开裤子，朝着李忠诚抚摸过的电线杆撒尿，很直接地答道："我考南京的大学，还能见到她。我会留在南京，吴里会成为我的故乡。"

"你的成绩只配考一个本地的职大。"

李白抬头看看天空，黑色的，茫然的，无边无际。他继续尿着，仿佛逝者如斯。

第二卷　梦露，安娜，还有其他

23

吴里并非小镇，而是县城。这几年"小镇青年作家"备受文学界关注，某学术杂志刊登的一篇综评将李白也列入其中

（排在最后，几乎成为省略号），他不大高兴，在微博上致信这位青年批评家，声明虚构的"太子巷"坐落在县级市中心地段，并使用网络语言幽默地指出：兄之妙文，略不切当，我与小镇青年作家并无半毛钱关系，我这儿的GDP比你那个省会城市都高，无论总的还是均的。对方没理他。

方薇在电话里批评李白，这又是何苦，人家提到了你，也可以不提到你。言下之意，如今能记得你曾存在过的批评家不剩几个了。李白说："我对所有的小镇青年作家提出的建议都是——稍有名气，立即去北京发展。真不能耽误人，我年轻时就耽误了。岂止青年作家，任何想做点事的青年都应该去北上广。"方教授则幽幽地回忆："你年轻时的吴里……在我们苏州人眼中，不是小镇还能是什么？古镇吗？"

想当年，相识之初，李白听方薇自我介绍是苏州人，忙说自己也是。她面无表情。李白知道错了，他是县级市吴里，跟小妾似的。问她是苏州哪里人。方研究生翻了个白眼，答复是：苏州市沧浪区沧浪街沧浪亭园子后面。李白服气。

方薇近期也发表了一篇文章，将所有二线以下城市的作家全部归纳为县城作家，只剩北京三环和上海中环以内。于是乎，她自己也成了县城评论家。这一极端分类令李白大为欢乐，由于概念混淆，方教授不得不掉转枪头去解释什么是"县城"。

"你说得对，地级市是不存在的。"李白进入胡吹模式，"这是典型的资产阶级世界观，没有地级市，没有户口过渡区，只有都市和农村。就像美国，除了纽约以外都是农村。整个美国南方作家都是农村作家，跨境到达墨西哥就更是农村的农村。就像全世界，伦敦巴黎以外都是农村。这种分类法，比瞎鸡巴搞出一堆层级更简单明白，也是我们生活场域的真实图景。什么是县城作家？就是从乡下流窜到集市，犯了事儿又逃回乡下。"

乡下，乡下的乡下，乡下的乡下的乡下。我这么说你理解了吗？

24

吴里改县为市那段时间，李白念高三，各中学统一换招牌，与此同时，一座五星级宾馆开张，因坐落在太子巷不远处，经有关部门考察，定名为太子大酒店（这一店号全世界普适）。干部招待所撤了，经改建，有关部门抬杠，定名为皇后饭店，二星级。为了建停车场，把整片的栗树掘了，小然常常漫步的小道自此不复存在。那块曾经羞辱过她的生锈铁门，那个守护过她的怪物看门人，也随之风流云散。

喜庆。在这个无人喝彩的小城，李白和他的同学们被安排同时扮演表演者和观赏者，有时他们上台歌唱，有时在台下鼓掌，保持热烈以区别于那些呆头呆脑的成年人。至于李白本人到底是儿童还是青年，抑或处于过渡期，没有人在乎。在破旧的大剧院后台，一场全市中小学文艺汇演，李白参与的合唱表演在即，一名年轻的女教师将口红抹在他们每个人的嘴唇上，又擦了点胭脂。李白坐着，仰头看她，任由她在自己脸上胡作非为。

"抿一下嘴唇。"她说，并示范了一下。

性感的动作，嘴唇终于不再是吃饭讲话吐唾沫的器官了。李白爱上了她。"你还挺熟练的。"她嘉许地拍拍他的脸，作为额外奖励，又掏出一支6B铅笔给他画了画眉毛，然后走向下一个男生。李白找到一面发灰的大立镜，照了一下，发现她把自己画成了英武、励志、内分泌失调的儿童。候场时间，他溜出剧院，在后门夹弄里找了根消防栓坐下，点起香烟。冯江跟了出来。

冯江身高一米八二，作为九十年代的高三学生他发育得过于乐观，想想看，三兄妹，能在冯海和冯溪的饭碗里抢到足够的营养，并不容易。身高优势令他的偷胸罩事业发展得相当顺利，晾得再高也难不倒他。

"给我根烟。"冯江走近，吸了吸鼻子。

"请不要在我的头顶上吸鼻涕。"李白从嘴上摘下香烟，递给冯江。"就剩这一根了。"

"沾着你的口红，太恶心了。你们学校喜欢表演这种恶心的节目。"

我们学校禁止早恋，禁止活跃，推崇一种清教徒式的苦读生活，对于文艺表演缺乏想象力。相比之下，冯江的中学常年向社会输送流氓阿飞，要说表演节目，可以立即办一场集体婚礼，再立即办一场集体离婚。中学时代没换过三茬女朋友就不算是男人，这是该校的口号（公平起见，对女生也一样）。剧院里传来笛声，李白好奇，把烟头倒捏在手心，走进去看了一眼，是周安娜在吹长笛。

多日未见，还记得在飓风之下教你抽烟的那一幕。他们把你这实验中学的明艳少女拉到台上来，为冯江这种傻逼演奏莫扎特，简直是辱没了你的芳名。

"实验中学的美女。"冯江赞叹，"就像试验田里的稻子，美观，高产，小规模。"

"她叫周安娜。"

"我喜欢她，小模样不错，等会儿可以去后台搭讪。"冯江说，"我还第一次见到会乐器的姑娘。拉手风琴的不算，冯溪想学手风琴但我爸爸说她手指太短，后来勉强答应，去跟农机厂的工会主席学了几天。拉出来的调门比她的尖叫声还难听。"

李白不想再听冯江唠叨。可能是笛声过于催尿，学生们纷纷站起来跑厕所。周安娜没下台，整了整乐器，按照节目单开始吹奏第二首曲子。她有点慌了，看得出来，她吹错了，停了五秒钟。李白一阵揪心，现在连坐在前排的教育局干部都站了起来。冯江在李白身边发出感叹：就这水平，学音乐是非常浪费时间的，她需要我的安慰。

周安娜停止了演奏，环顾台下，有男生开始打唿哨。她捏着银色长笛，向手心拍打两下，仿佛那是一根警棍，接着她连躬都没鞠，径直走向后台。

"周安娜，好样的！"李白踩灭烟头，对着舞台大喊。

她冲他所在的方向比了个中指，步履不停，消失在帷幕后面。李白追了过去。啊我喜欢她的狂野，她的自尊，旁人无法理解的决绝。冯江拽了他一把："建议你去洗个脸。"李白意识到自己这副鬼样子不可能让一个正在生气的少女平静下来，他冲进厕所，拽开一个正在水龙头前搔首弄姿的小学男生，对着墙上的破镜子洗去一脸铅华，又把那男生拽回来，用他的红领巾擦了擦脸，奔向后台。

他看到的一幕是周安娜坐在道具箱上，站起来给了冯江一个嘴巴，出手如电，躲无可躲。她背着琴匣扬长而去，冯江极为委屈，与迟来的李白一同注视着她的背影走入暗处，忽然一亮，她掀门帘出去了。

"你对她做了什么？傻逼。"李白问。

"我什么都没做，我只是站在她面

前笑。"

这就够了。十八岁少女的耳光,相当珍贵,我竟从未获得过这种奖励。冯江仍然在嘀咕,他暂时还不能理解:耳光不仅仅是惩罚。

现在开始合唱。合唱永远是正确的,合唱将抹去表演中的尴尬、无聊、惊愕,什么多声部合唱,见你的鬼去,除了领唱的那个女生是校长的小姨子的女儿,其余人等都请发出同一种音调。音乐老师注意到李白的脸上没有了妆,但合唱已经开始,绝无可能将他从一堆张着嘴的浓艳脸蛋中摘出来。更可气的是他居然连嘴巴都懒得动一下,甚至闭上了眼睛,仿佛来到了大型枪决的现场。

25

在李忠诚频频出差的日子里,生活的步伐细碎宁静,李白为自己做饭洗衣,晾晒夏季的凉席和秋季的被褥,缴纳水电费,迎接有线电视入户。这是类近老年人的时光,细如棉线,以往昔为针,缝合着渐渐四分五裂的自己。稍等,往昔在哪里?那就以空虚为针吧。既然老爸和老师都认为吴里职业大学是他的最高落脚处,他也就失去了作为高三学生的焦虑感,按时上学,随兴逃课,将一部分下午的时间浪费在动物园里。

吴里动物园在城市西侧,又叫西园,一片维护得相当不错的绿地,中间葫芦形的水域,较小的那片养着些水鸟,用竹篱笆隔开,较大的那片供人们划船。两排匣状混凝土房屋,分别关着恒河猴、非洲狮、亚洲黑熊、扬子鳄、赤狐、蒙古河狸、华南野猪、中国红领绿鹦鹉等等,另有一片围栏,养着两头青海双峰驼和不知哪儿来的狍子。小城市的动物园自然乏善可陈,充满了虐待感,所有动物都有点神经不正常,唯有骆驼除外。他喜欢骆驼,两头骆驼尽管都养脱了毛,但目光温驯,睫毛忽闪,眼睛还有点凸出。它们总是向着同一个方向站立,从来无视观众和一栏之隔的狍子,即使你用新鲜树叶去引诱它们,也不会得到任何反应,它们只嚼干草。沙漠里的素食巨兽应有的派头。他问驼舍内的饲养员:"哪头是公的,哪头是母的?"饲养员回答:"两头都是公的,一头是另一头的爸爸。"

那他妈的该如何是好?难道不应该一公一母关在一起,即使牢狱,无期徒刑,也能甘之如饴?饲养员说:"母的那头,疯了,送走了。"

"骆驼也会发疯?我以为只有狗会疯。"

"温血动物都会发疯。"饲养员说着,抡起大叉子,将一坨干草举到骆驼眼前。骆驼伸嘴去叼,他的叉子左右摇晃,骆驼眨着大眼睛不知所以然。干草屑在空中飘洒,他唱起新疆民歌。这快乐的小伙子,疯得恰如其分。李白冷漠地看了一会儿(像一头大型变温动物),他决定去划船。

那是中午一点,他慢慢走到小码头,花三块钱买了一根涂红漆的竹签(代表着一小时的欢愉),售票口的阿姨看了他一眼,嘴很闲,问说你不去上学吗。上课时间是一点半。李白用普通话回答:"我是大学生。"阿姨问哪个大学。李白答:"华师大中文系。"这一谎话他已经重复了无数次,在大学生稀有的年代,他捞到过不少小便宜。几十艘破旧小艇堆挤在码头边,积着脏水和落叶,像饭馆里的残羹冷炙任由他选。他跳上一艘略为干净的,捡起木桨,坐到船尾。从阿姨眼中看来,这位落落寡欢的华师大中文系才子背负着巨大的哀愁,航向远方,像去寻死。

在湖中央,他停舟收楫,摸出两封信。它们是同时寄到的。不必再为信而寻找什么比喻了,现在是沉醉时刻。一封来自上海医科大学,曾小然考到了那里,是的,她将成为医生。他们兴奋了很久(主要是她),三天写一封信,至少两页,不过热烈终会褪去,频率已经降低到一个月一封,在单页纸上随便唠几句家常话作罢。另一封来自台湾,信纸信笺均考究,那是李白莫名其妙得来的笔友,台北市一位叫陈美伦的女孩,与他同岁,酷爱诗歌,一手漂亮的繁体字。她的邮包中夹带着精美的明信片和书签,李白则回赠人家很多枚压扁的树叶标本,声称这是来自故乡的景色。他半躺在小艇里读信,心情愉悦,陷入昏迷,任凭小艇在湖中荡来荡去。后来,他被人用木桨捅醒,起身一看居然是李国兴,他划着另一艘艇,身边是一个姑娘。

"你小子又逃课。"国兴大喊。

李国兴年过三十,苏州大学中文系毕业后进电视台,不爱写稿,做起了摄影师,如今调到吴里有线电视台。他经历过热烈而冷酷的八十年代,一直没结婚,住宿舍,已成大龄青年,奇怪的是他身边的姑娘年纪越来越小,真的,最初是姐姐型,后来是同龄人,今天这位看上去则像李白的同桌。他的女朋友们要是一起出现,这里的艇可能会不够用。

"你爸呢?"

"他出差去了。"

国兴想了想,说:"你现在不回家吧?钥匙给我一下。"

这已经不是第一次,可能是第二十次。每次国兴都把钥匙塞在墙头花盆里离去,每次他都把被褥叠得整整齐齐,以至于李白分不清他到底用了自己的床还是李忠诚的床,抑或两张都用了?每次他都留两包中华烟,每次他也都会打一会儿电子游戏。李白从腰带上解下钥匙,抛过去。他抛东西从来不准,钥匙串在船沿上蹦了一下,眼看落水里,姑娘手快一把捏住了,对他笑笑。

希望你手快到足够捏住李国兴。李白不乐意他们打搅自己,继续躺下,听到一阵猛烈的划船声,国兴与她急不可耐地航向了太子巷。天哪,李白意识到,如果不是遇到我,他俩可能会把小艇搞翻掉吧。

一点五十八分,他回到码头,把竹签还给阿姨。

"我真是有点为你担心,大学生,你没什么想不开吧?"

"我也没什么需要想得开的。"李白继续假装大学生。

时间还太早,现在是不可能回家打游戏了。李白有点累,动物园里一个游客都没有,他走回笼边,顺手买了一根棒冰,坐栏杆上看猴子。恒河猕猴,一种最普通的猴,用于街头杂耍、科学实验。心理学家哈利·哈罗著名的不人道实验,绒布母猴和铁丝母猴,静止的母猴和运动的母猴,他纠正了华生的错误理论,代价是产生了一大群行为反常的猴崽子,至成年仍然充满心理创伤。每当看到恒河猕猴,李白总不免会想,作为一个只有爸爸的灵长类动物,自己有否遭受创伤。答案是:有是肯定有,暂时还没发作。你要是严肃地看待这个问题,你就没法活了。

两点二十分,那快乐的饲养员出现在狮笼里。狮子已经被关进隔间,他换了高筒胶鞋，拉了根皮管过来冲水。隔着笼子，他喊了李白一声："你怎么还没走？"李白挥挥手，寂寞的男青年，彼此心意相通。接着看到一头毛发凌乱的雄狮出现在饲养员身后，没发出任何声响，以极快的速度立起来叼住饲养员的后颈。饲养员喊了一声，狮子立即撕咬。李白骇然，一个倒栽葱，由栏杆摔进草坪。再爬起来时，饲养员已经被雄狮按在地上。李白瘫了片刻，冲过去将嘴里的冰棍扔向笼子，狮子抬头看了他一眼，狰狞低吼。狮子脸上全是血。

这是轰动吴里的安全生产责任事故，动物园的狮子杀死了饲养员，作为唯一的目击者，李白经历了一场短暂的神经失常。他先是在笼子前大呼小叫，然后跑到冷饮摊前，又跑到办公室，被一群人裹挟着回到笼前。人们手里拿着各种武器，主要是担心狮子跑出来，所幸，饲养员把笼门锁了，他只是忘了锁隔离笼。李白注意到这些成年人全都慌了，且毫无办法，有位工作人员看到现场的血腥立即昏厥在地，引起了另一片混乱。接着警察到场，又把他拖回办公室做了笔录，李白结结巴巴讲清过程，顺带向码头阿姨解释了一下自己不是失落的大学生，而是失智的本地高中生，让这位心有戚戚的阿姨感到十分失望。

天快黑时，他被放了出来，饥渴难耐，然而他还想去看看狮子，吃过人以后的狮子。夕阳之下，一队武警战士围在狮笼边，李白想凑过去看个仔细，被两个拿着裹尸袋的医生制止。

"你们要把它做成标本吗？"

"我们是来给人收尸的。"医生粗暴地推开了他。

一名战士举步枪上前，枪口探入笼网，点射五发子弹。狮子悠长一吼。我以为会是麻醉枪，李白心想，他们用人类的仪式处决了它，就像海明威所吹嘘的，他们给了它有尊严的死。

26

在李白的听力还没受损的年龄，他乐于将一次邂逅比喻为不期而遇的音乐，令他驻足聆听，或是拔腿而逃。这取决于他听到的是什么，某间琴房传出的钢琴声，民舍内偶然有人唱起昆曲，也可以是一段来自家庭音响的卡拉OK前奏在街边升起，一个阿姨炸房子似的鬼哭狼嚎当头落下。

深受猕猴和雄狮刺激的李白继续骑车逡巡在大街小巷。方薇的编派是不对的，当时的吴里确非小镇，有六十万人口，此后更多。这里当然没有音乐学府，学个评弹都得去苏州，唯有一所幼教师范学堂，时时传出风琴声。她们弹奏妈妈的吻甜蜜的吻，弹奏没妈的孩子像根草，天上的星星不说话地上的娃娃想妈妈。每一首，李白都能跟着哼出歌词，然后头皮发麻，这些自诩为妈妈的小女生，她们似乎从未想过这世界有单亲家庭的存在，她们的抚摸在李白们身上完全是揭伤疤的举动。有一天他听到了《斯卡布罗集市》，然而当时，他并不知道这首曲子的名字。

他将自行车停在围墙下，那是一条幽僻小巷，被青苔渲染的石子路，墙头生锈的铁丝网上挂着一只麻雀的尸体。李白点起烟，作为一个声音的寻觅者，他过于严肃的肢体与五官总让人以为是要干上一票。一名女生走出校门，手拿扫帚，对着麻雀的尸体戳戳捅捅。她的怪异行为引起了李白的注意。

"你在干什么？"李白叼着烟问。女生

不理。他愈发好奇，跑到她身边，仰头张望，继续发问。

"老师罚我清理掉它。"女生低头叹息，"可怜的鸟，已经挂这儿三天了。"

"做错什么了罚你？还有啊，为什么跑街上，完全可以在里面弄嘛。"

"你真话多。罚我是因为我上课爱讲话。到街上来是因为，里面有一片烂泥坑，走不到墙根。"

她个头有点矮，一米五的样子，即使跳起来，扫帚也只是拂过铁丝网。这个动作连续数次，李白说："我感觉你是在猥亵尸体。"女生白了他一眼，把扫帚递给他。他吐掉香烟，跳起来拍了一下，麻雀落进墙内。

"里面弹的是什么曲子？"

"外国歌，《斯卡布罗集市》。"

"你会弹吗？"

"我不太会，我擅长书法。"

"什么书法，毛笔字咯。"李白大笑，"当心那些小孩甩你一脸墨汁。"

"你真流氓。"她气得鼓起嘴。一群女生打开窗户，对她喊话，她恼羞成怒转身就走。这是个忘性很大的妹子，扫帚还在李白手里。等她想起来时，李白已经扛着扫帚骑车远去。

当天黄昏，李白躺在床上做白日梦，大门敲响，他开门又看见她，觉得匪夷所思。她的回答让他得意，并带有一丝恐怖：我们班的女生全都告诉我了，你叫李白，你现在全城知名（李白心想你又要说我是李乌龟的儿子），大家都知道你逃课了去看狮子吃人（我操，原来如此），要找到你一点也不难。

"你真残忍，把扫帚还给我。"

为什么是残忍？她已经给李白下了三次判断，实在太像幼儿园教师。他顿感无趣，把扫帚递到她嘴边，像递上一根立麦，嚷道："幼教老师毕业以后就给孩子当后妈这是要有耐心的你到底行不行啊？"女生呆了片刻，眼泪汪汪，夺过扫帚就走。两颗陌生而又破碎的心洒得满地都是，难分你我。李白关门，带着一屁股懊恼打算躺回床上，发现拿走的是自己家的扫帚，她的那把还在院子里。但愿她不要再回来了！她果然没再回来。

这是一个微观的世界，仿制的时间。成年后他才会懂得，偏偏是在这样的时空里，你我使用的语言，像是意在永久的铭文，凿向坚硬的纪念碑，实际砸烂的却是一间迷你玩具屋。给我倾城之恋，给我绿野仙踪，而真实境遇却是在家门口和一个小丫头片子拌嘴，我还有点喜欢她，但我伤害并立即失去了她。

他在音像店找到有那首歌的磁带。那个集市，芫荽，鼠尾草，迷迭香，百里香，一束叫 heather 的花。在完整版本中，还有另一个世界的战争，正如她们所说的：你真残忍。

27

高三下学期，李白化身为行吟诗人、冒险家、侦探、田野调查工作者、考古队员。小城是沙盘世界，有时无聊，走到广阔农村去。我曾经见过拖拉机倾翻（一车斗的农民飞进了水沟），男的女的在寂静的公园深处野合（所幸不是李国兴），无需为高考烦恼的技校生爆发大规模械斗（为了女孩或泡女孩的地盘），过江龙入室盗窃被警察堵在楼顶（门口的野蛮人）。某个星期六的下午，在城西一间南货店门口听到了长笛声。

李白停了自行车,立即揪住南货店主,问这是谁。店主说,实验中学一个小姑娘,住这片。李白说她叫周安娜,问家在哪里,店主奸笑,让买两斤吃的才回答这个深奥的问题。李白心想,你要是开鲜花店的,两斤玫瑰老子也买,我要南货干什么?最后他拎着一袋散发着不正常的硫磺味的腐竹,拐了七八个弯,进了一条死胡同(和太子巷何其相似),叫做伽蓝巷,落底一户院子,陈旧敦厚的砖砌小洋房,大门上漆水锃亮,贴一红色小牌:五好人家。又贴一张白纸,以颜体字书就,在此小便者死无葬身之地,落款:姑苏周公韵。是此间无错了。

冯江早已为他扫听清楚,周安娜,家境显赫,祖父系知名评弹艺人,父母在文联坐办公室,有个姐姐叫周丽娜,也学评弹,曾登台表演。"这有什么显赫的,不就是吃开口饭的人家吗?"李白发问。冯江的逻辑是:想想你的爹妈吧,退一步想想我爹妈,再不济想想锅炉工之家。没错,即使锅炉工还能往后回望广大农村家庭。

周家独门独院,有两三棵大枇杷树,果实累累,枝杈探出墙外。笛声来自院中,仍未停歇,李白蹦蹦跳跳,企图向里张望,门开了,一名女郎走出来,随即喝止了他(还有笛声):"有人偷枇杷!"李白转身逃跑,她似乎更快些,揪住了他的书包带子,令他原地转了半圈。李白注意到墙上还涂着一行粉笔字:偷皮扒男盗女娼。

"有错别字……"李白指出。

"要死啊,你偷了一整袋。"女郎拧过他的脑袋,让他看自己手里的塑料袋。

"你要是喜欢,就拿走好了。"李白递上他的腐竹。

一群人拥了出来,其中有周安娜。很高兴这么快就见到了你全家,分别是:爸爸妈妈、爷爷(评弹艺术家周公韵本人)和他的第二任夫人、专管做饭的乡下娘姨。而揪住他的女郎芬芳四溢,正是周安娜的成年态——周丽娜。李白像一张琵琶似的倒进她怀里。

"老规矩,枇杷留下来,人赶了跑。"周公韵站门口用一口嗲软苏州话大声宣布。

"是腐竹。"周家姐姐推开李白。

周安娜高兴极了,这令李白受宠若惊。"这就是去看狮子吃人的那个李白,我和你们说起过。"她走到他面前,"你长高了。"

"让他进来,给我讲讲狮子吃人的故事。"周公韵往回走,"院子里坐。"

每个人都想知道狮子吃人是怎么回事,李白已经讲过无数遍。这位小有名气的少年作家,曾经在油印刊物《东吴少年》发表过诗作,小说处女作发表在著名刊物《故事会》,现在他感觉自己是另一个少潜威。他甚至为这故事加了一段虚构内容:被击毙的老狮子,身上五个枪眼,它扑向笼网后遗憾死去。事实上他未曾见过它的死状。周家的人围拢在他和一盆枇杷周围,听完之后各各摇头,好残忍,搞不清是在惋惜狮子还是饲养员。周公韵则说:"武松打虎,也要吃十八碗酒,方有胆量。"李白翻白眼,心想这与武松有卵关系。周公韵又说:"少年,口齿伶俐,声情并茂,会讲苏州话吗?"

"普通话冠绝江南,苏州话不会。"李白说。

"骨骼清秀,面目亦讨人喜欢,是唱评弹的料子。可惜。"

"现在学为时未晚。"李白说。

"吴里方言太土,十七八岁再学苏州

话，也就是牛腔马调，可惜可惜。"周公韵转身回去，众人仿佛也都失去了继续观赏李白的理由，讪讪不知该如何处置。周安娜抓过一个枇杷，塞到李白手里，只说一个字，吃，又拿眼睛扫她家人。李白一头雾水，只觉得自己像被人拖上了戏台，两分钟后观众忽又散尽。周公韵回身，这次是审视："你叫李白。父母何处高就？给你取了这么风雅的名字。"

"家父是农机厂的副厂长，叫李忠诚，没什么文化，取名字凑我老娘的姓。"这种无所谓，李白实在已轻车熟路。"我老娘姓白，前几年跟人跑路了，不回来了。"

"哦——我好像听说过这档事。"

苏州评弹喜好讲轧姘头、吃豆腐、卖弄风骚的故事，才子佳人讲多了听众厌气，当代男盗女娼人人喜欢。李白心想你他娘最好不要给我编派进书场，再创作个中篇评弹上电台去讲我亲妈，老子可受不了。为了迅速岔开话题，他问周公韵："你会唱黄色评弹吗？"感到周安娜踢了他一脚。周公韵不语，沉默片刻，又坐到李白眼前，让唱一曲黄色评弹，给他见识见识。

"就是那个瓜皮果壳莫乱抛。我只会唱这句，标准苏州话。"李白哼唱道，"瓜皮！果壳！莫乱抛——"

"你小有才气，我蛮喜欢。"周公韵制止了他（事实上他只会唱这一句），"但是今天你可以滚了。"

滚这种词，从男人嘴里说出来，对李白向来无效，他站起来拱手告辞。周安娜忍住笑，送他到门口，李白四下里找他的腐竹。那做饭娘姨告诉他，弟弟，已经扔了，硫磺熏制的劣等品，吃下去死全家。李白再次拱手表示佩服。

"我这腐竹是买回家药耗子的。"

"我以为你上门送的礼，我还想，谁会送这种货色。"娘姨表示遗憾。

"下回我送个老母鸡过来。"

"不要再贫嘴了。"周安娜推李白出门，叮嘱道，"明天我还在家，你再来。"

他敏感地意识到这个抽了冯江一嘴巴的吹笛少女不可能如此热情，她送他出巷，此前静悄悄的街道现在已成集市，到处是人，一名摆摊卖菜的乡下汉子冲进伽蓝巷，对着电线杆小便，露出极黑的后颈，浑然不顾死无葬身之地的诅咒。李白开了自行车锁，跨上去狂揿车铃，打算启动，周安娜跳上了他的书包架。

"带我出去逛一圈。"

"现在？"

"要不然呢？"她说，"你喜欢在自行车后面带女孩，这难道不也是出了名的吗？"

28

回忆当年，李白得承认，自行车后面载的都是些什么妹子，普高的，三校的，辍学的，普遍豁达、宽容，可以与夏季的晚风相融。他乐于和她们在某个僻静角落幽会，然后壮烈地驶出吴里的街道，将她们送至家门口。他对抵达这个词的认知是浅薄的，首先需要结伴同行，其次不必翻山越岭。

他终于得以登堂入室。这栋位于伽蓝巷尽头的小洋房，吴里罕见的西式民宅，周公韵在五十年代以八百元人民币买下，风雨数十载，为它倒过霉，一度成为大杂院，经政府斡旋调解，终在七十年代末完璧归周，号称周公馆，一大家子安居其中，种枇杷，养金鱼，吹拉弹唱。周先生本人拥有各种称号：本名周小发，艺名公韵

（公字辈），绰号艺坛周郎，自谓不方便斋主、三果老人（酷嗜枇杷、杨梅、桑葚）、五琴居士（南胡、三弦、箫，居然还会马头琴，最后是口琴充数）、闲颠汉子（在特殊年代被打出了癫痫症，不定期发作，也因此告别舞台，只做点教学与创作工作）。上述名号，统统请人刻了章。李白甚是喜欢"闲颠汉子"，好大一块鸡血石！

好多周末的下午，李白莫名其妙坐在周公馆院子里的石凳上，看着一只黑色的乌龟在脚下爬过。周先生告诉他，乌龟活久了会变成黑色，这只已经很老。李白搞不懂他为啥要介绍乌龟，心想你不会是在损我吧？后来发现周先生好像在各方面都有强迫症。以枇杷而言，周家那两棵是苏州东山的白沙种，属于极品，淡黄色，个头不大，甜，有浓郁的枇杷香气。多年后李白去看国画展，画上几颗枇杷呈深黄色，十分漂亮，但他偏要抬杠说这是二流的枇杷，因为极品应该是淡黄色的。又比如说，她家的金鱼养在直径一米的白色瓷缸里（还不能说是白瓷，此乃专用名词，同理是白色的包也不能喊成白包），六条皆为墨色水泡眼，个头一样大，问为什么不养别的品种，周安娜回答："墨色格调高雅。"凭什么其他颜色格调低下？这也没道理可讲。李白吃着枇杷，观赏黑金鱼，一脚踩住乌龟，在心里嘀咕：总的来说，这户人家惯于以貌取人（身段、嗓音、聪明劲儿）。有一个沉寂的词叫小布尔乔亚，那时他尚未将它从经验的辞典里抠出来。

"面条还是苗家桥的'同治方'最好。"有一天李白说。

"苗家桥在旧社会是妓院，乌龟王八蛋爱去的面店，开到半夜。"周先生的声音悠悠传来。李白遇到了抬杠王，表示服气。

与曾小然家相比，周安娜的府邸显得开阔、幽深，动植物俱全，亲友往来不断，甚至还有佣人。李白在客厅巡视一圈，墙上是一张油画，画中一位扎蓝色头巾的女人正提着一桶水走过街道，她瘦削的身形看上去不像是常干体力活的。他的手指拂过一只青瓷花瓶，根据介绍它产于康熙年间，但他没有胆量将花瓶倒个个儿看看制款。一台高保真CD音响，日本山水牌，架子上是一摞盗版流行歌曲唱片。一个花梨木衣架，一张嵌入相框的艺术家证书，两根孔雀翎。对李白而言，这是珍贵的学习机会，踏入一个又一个少女的家中，看到它们或是简洁或是繁复的内部构成，有些甚至破烂得令人心酸，然而她们总是明艳的。

"我讨厌这个地方。"周安娜低声说，"不自由，一股老人气。"

李白正随手翻看一本小小的影集，那年夏天涌动的湖，她的黄色连衣裙和一个硕大的蝴蝶结，边上好几个男生。"少潜威——"他惊喜地说，"好久没见到他了。"

"别乱翻。"她抽走了他手中的影集，令他看着自己的掌纹发呆。

有一天她告诉他，真正应该坐在这里的是少潜威，没错，他们早恋过。不过那位英俊早熟的男孩，头发像屋檐的，他很不幸在高二那年证实小三阳，消息传开，他不得不去外地就读。他们的青涩恋情随之结束，小三阳是一件麻烦事，前来告别那天他甚至不被允许踏入周府。李白听了头一昏，我赢得也太容易了。

"我是你用来抗议管束的吗？"

"要是那样倒好了。"她又打机锋，"你能吗？"

他望着她。她正剥开一颗荔枝，送到

他手边,他伸嘴去咬,她缩回了手。"你要死啊。"她把荔枝扔进碟子里,跑到厨房里洗手。墙上有一面旧镜子,她有一个固有动作是对着镜子长久地凝视自己,用沾湿的手拢住鬓发,梳理出光洁的额头。她的目光总是严肃的,似乎镜子里出现的不是自己,而是一个凤敌,一个在梦里追杀她的人。

29

一个关于广东人的传说,广东人来到了吴里。

广东人爱穿夹趾凉拖,大哥大握在手里,甩出人民币,或是港币,讲话粗鲁,丢你老母。不过也有斯文儒雅的,西装革履,头路分得清爽,讲半生不熟的普通话,夹着英语,喊年轻女人为小姐,你会误认为他们是香港人。传说中这个粗鄙或精致的广东人,在吴里的太子酒店里,包养了一个美丽的姑娘。

你第一次听说女人可以包养,她们不再挣工资,而是把自己变成了活儿。这当然也无可厚非,当你听说她们每月的包养费是五千一万之时,唯一的念头是去太子酒店看看她们,究竟有多美。

想获得一种现实的体验,而不仅耽于幻想,这是李白的罕见时刻。他和冯江坐在酒店大堂,要不是冯江的表哥在这里做领班,两人左顾右盼的样子必然被驱逐出去。"你俩就坐在大堂里看看,不许进电梯。"表哥吩咐。一些时髦男女经过他们身边,表哥指着一个衣着朴素的男子,低声说:"他是台湾人,做生意,收破烂。"问及何为破烂,表哥说,民间文物。李白对文物毫无兴趣,一颗流淌的心期待着穿睡衣的美丽女子走出电梯,伸个懒腰,最好露出无聊而苦闷的神情,以印证他对于金丝雀的想象。作为描摹者,李白深信自己将领会她的精髓,然而这一愿望落空,最终,无聊而苦闷的是他本人(一只站立在酒店大堂的贫困又年轻的麻雀),而另一边的冯江早已找到宾馆女服务员搭讪。

"这里似乎有很多广东人,但并没有广东人的女人。"李白抱怨道。

"我的天,你们再多待一天就可以做牛郎了。"表哥嚷道,"现在给我滚,去看狮子吃人吧。"

我会成为老板的,赚很多钱,住进太子酒店,然后让我表哥给我端屎端尿。冯江发誓。对于未来的展望,李白没有任何想法,他坐在街边栏杆上,渐渐意识到事物的速度。不得不再次提到狮子,是的,在狮子决定下嘴之前,有个瞬间我感到了一丝不安,不过它未及扩大,便已血流满地。事物的速度远快于一篇作文、一本电影,大约相当于两句诗之间的转换。

继续广东人的故事吧。这个人有一天失去了他所有的财产(可能是亏在了海南岛的房产上),吴里的生意亦难以为继,他给了女人最后一笔钱,回广东去找老婆孩子。可是这个名誉尽失的女人似乎昏了头,决定跟他走。没错,跟着一个失去财产的广东人。

这一流传于吴里的故事印证了人们对财富的原始(也是后现代)想象,钱来得快也去得快,暴富之人一定死得不像样。财富的逻辑(还有权力)在宿命论与量子力学之间摇摆。较为苛刻的说法是:在最初的年代,他们并不理解钱和女人(包括男人)之间的互换关系。

有一天周安娜对李白说:别再讲这个

故事了,你兴奋得过头了。她解释道:这个女人就是我姐姐周丽娜,她原是唱评弹的,嫌苦嫌穷,去涉外酒店上班,后来就这样了。她确实决定跟着广东人走,她相信爱情,相信一个离钱很近的广东人再穷也胜于吴里那群找不着北的家伙,她就是这样决绝。

"难以理解。"李白说。

"你妈不也是这样吗?"

"好吧我理解了,别再说了。"

30

高考在连续多日的雨中进行,南方称之为"长脚雨",这是难得年份。彼时考场里并无空调电扇,手绢都不许带一块,多有考生晕厥过去,且往往是成绩较好、有望进入高等学府的身心脆弱之辈。唯一可指望的就是每年七月的这三天下大雨,稍微凉快些。雨不会平白无故降临,大概率这就是洪水之年。

与严寒酷热一样,湿涝也会令人发傻。最后一门考试,李白率先交卷,扔下相伴五年的钢笔,旧物的意义像天亮时的烛光,已经无法牵扯住他投向朝霞的目光。旧物燃尽,熄灭,告别。他冲出考场,奔向雨中。

"这位同学你笔忘了。"一位监考老师喊住他,递回钢笔。

"我不想要了,我解脱了。"

"别这么说,考上大学也需要笔,万一你还复读呢?"监考老师冷笑,"你可以把雨披留下。"

雨在下大,他不得不接回钢笔,把破烂雨披(天蓝色,同样是旧物)兜在身上,像一名巫师(纯粹就外形而言),穿过积水的操场,跑向自行车棚。塑料凉鞋里灌进了煤渣。到操场正中央时,雨水像炸弹一样扔向他,李白喘不过气,懵头懵脑站在原地。白光一闪,有人往他屁股上踢了一脚,让他快跑。雷在头顶炸响,李白回头找人,一个穿鲜红色雨披的女生出现在他受限的视野里(他想给自己的眼睛装个雨刮器),她边逃边喊:"你想站这儿被劈成烤鸭吗?"她带领着李白狂奔,像永恒指引他避雷的女神,不过她很快啪叽一声摔倒在水里,裹着一团雨披在地上翻滚。李白扑过去将她拉起来,感觉个头极高,分量不轻。两人惨叫着跑到操场边的一棵大树下。

"树下也不能待!"她又惨叫。李白已经被她吓到魂飞魄散,心想她这样冲出学校可能会被马路上的汽车撞死,又追着她跑。最后她跑进了自行车棚,与他的目的地一致。终于,可以摘了雨披相认,湿淋淋,半透明。

张幼苹,不用几年,这个名字将为人所知晓。其后没多久,她成为一名女模特(印染丝织厂时装队的),差不多可以算野模。两三年后她交了一点好运,参演一部电视剧,担任女二号,此后作为配角活跃在小荧屏上,直至二十九岁东渡日本。她的残酷青春被李白零敲碎打写成各种短篇小说,甚至连相貌都没改过:一个形似梦露的姑娘。"你可以写我,随你怎么写,好的坏的,忠的奸的。你唯一要保证的是我必须女主角,对,就在你的小说里。失信烂鸡鸡。"她是这么说的。李白的回答是:人之好我,示我周行,鸡鸡迟早要烂,到时候你还以为是我辜负了你——这样吧,让我屁眼也一起烂掉。

当日在自行车棚底下,仿佛孤岛,起

初是脚下的水往阴沟里流,后来是阴沟往外喷水。闪电像巨型火柴一再划亮,一再让他看清张幼苹的脸,别的地方他也顺了几眼。问她是哪个学校的,她回答四中。吴里最差的中学,高考纯粹是跑龙套。"我作弊被老师抓住了,我就走了。"张幼苹快乐地叹了口气,"我成绩太差了,门门功课学不好。"

"我还以为你是个……物理很好的女生。至少电学不错。"

"物理老师说我个子高,还喜欢扎高马尾,全班女生站在操场上,打雷头一个劈死的是我。所以我就记住了:这叫尖端放电原理。"

"他是在嘲笑你。"李白忿然,"他讲杠杆原理的时候有没有用老二撬过讲台?"

"她是女老师。"

"她有没有用男生的老二撬过?"

"你这人风趣!"张幼苹捂脸,发出猫叫。李白心想你语文也不是很好,这不叫风趣,这叫低级。她说:"可能她用来撬自己了。"好吧,你比我还低级,我终于遇到一个低级又漂亮的姑娘了。别那么早回家,让我带你去见一个更低级的人。

在蓝莲咖啡馆里,雨水浸了一寸高,冯江蹲在九号座对着天花板上的电视机高唱卡拉OK,他的夹趾凉拖已经漂到店门口。李白抱怨说,这鬼地方现在变低级了。店员还嘴:卡拉OK很时髦!店里没其他顾客。李白与之争辩,店员继续还击:难道你想让我在店里拉小提琴给你听吗,你配吗?这时,张幼苹已经和冯江拥抱在一起。李白大感诧异,蹚着水过去问。冯江解释说,他俩认识一年了。

"有一次我爬到她家阳台上偷胸罩,她一个人在家,就在窗帘后面看着。后来打了个招呼,聊了几句,我拿着胸罩从正门走了。我操,她当时只要尖叫一声,我就被拘留了。"

"你不害怕吗?"李白问她。

"我大部分的尖叫只是配合一下你们。"张幼苹不以为然,"他偷胸罩全城出名,每个女的都认识她,冯老虎的儿子。再说偷的是我后妈的胸罩,我为什么要拦他?"

"天哪!我一直以为是你的胸罩。"冯江快乐地尖叫,拉住李白说,"她治好了我的病,自从那次我从正门走出去,手里拎着个胸罩,我就感到自己是真的有病。我再也没偷过一件内衣。"他冲到账台付了三块钱点歌费,顺脚找回了一只凉拖,对店员说:"点一首张洪量的'你知道我在等你妈'!"

"我要唱刘德华的'再吻我爸'!"张幼苹站在九号座举着麦克风蹦跳,兴高采烈,像放烟火的小孩。应该说,是李白在她身上窥见了烟火。

我活在一个很小很小的地方,比村子稍微大点。李白心想,我喜欢的所有妞冯江都认识,甚至是刚结交的。我得离开这儿,到远方去看看。

31

"古希腊雕塑有很多情爱题材,比如变成月桂树的那一出。一种稍许矫情的美,人物永远留在了情欲的热烈和拒斥的瞬间。"李白向周安娜解释。他认为她在音乐方面的造诣很深,在视觉方面有点缺陷。不过此刻他面对的既不是雕塑也不是石膏像,而是一本印刷得相当粗糙的画册。

"挺好看的。"周安娜随手翻弄,看了几页,"我喜欢生活化一点的。"

"雕塑是没有生活化的。你再体会一下，矫情不是因为缺乏生活，而是恰好停在了某个瞬间，比如你刚才翻了个白眼。"

周安娜出神地看着电视，一朵菊花正在张牙舞爪快速开放，接着是大丽花、向日葵、紫罗兰，一朵接一朵。她像是被画面催眠。

"这叫延迟摄影。"李白很多余地解释。

"如果我死了你会记得我吗？"周安娜忽然问。

她一定是在高考之后的荒芜日子里读多了言情小说，某些少女必然会提出的终极问题，就像游乐场里一次令人尖叫昏厥的过山车游戏。想想看，曾几何时，曾小然也这么问过他。他的回答是干巴巴的，会的。假如周安娜死去，他当然会记得她，但面对两位不同的少女答案应该是有所差别的。"我会在某些特定瞬间记起你。"

"比如？"

"比如在我死的时候。"

周安娜扭过李白的脖子，吻了他一下。死亡是陌生而矫情的，带有芬芳，死亡在李白的世界中并非终结，而是节拍。真正的死亡气息来自于告别，而此刻告别尚未来临。高考以后他像泡澡堂一样泡在周公馆，固定每周一和周四下午，每次两小时。雨水从伽蓝巷到太子巷落个不歇，水灾在远方，近处灾难式坍塌或漫溢的是周安娜。他感到一种纯粹的担忧和伤感，站在时间的门槛上静候有人在背后猛推一掌。这个吻纠缠得有点太久，周安娜轻轻推开他，他近距离凝视，她的鼻尖像军舰的舰艏，傲气挺拔，那支银色的笛子恰代表了她的形象，闪闪发亮地吹奏出一些低婉的音调。

"你会接吻吗？"

"像你吹笛子一样熟练。"

"那就是不太熟练。"

她拿出一张X光片子。"这是我的颅骨，从头顶拍下去的。"她指着左侧下方，"就在这里，长了一个瘤，我运气不错，良性的，不过它还在继续长。"

"脑瘤？"

"需要手术摘除。手术的死亡率是百分之五。"

李白哑口无言，死亡的伤痛之匣没能及时打开，他脑子里真正的念头是我他妈的最好也去查一下身体，这个不是说说而已，真的会挂掉。

"如果我死了就把遗体捐献了。"她淡淡地说。

李白心想你搞不好落在我另一个爱人的手里，由她来解剖你，这又是何苦呢？

"我脑子有点乱，我想回家。"他捧着自己的头仿佛那里也有一颗瘤。

"滚吧。"

第二天他沉迷在一片愁云惨雾中，夏季的雨水欢快烂漫，李忠诚在他房门口喊了一句，然后打伞出门。李白回忆了一下，好像是说出差去了。他继续躺着，随手翻看床边的印刷品，这份地摊报纸上登载的科普文章是说男人也会有经期，不流血，只是陷入无端烦恼。见你的鬼去，照这逻辑连一只菠萝都有经期。他把报纸团成球扔到墙角，接着听到敲门声，那节奏与声响，既不是冯江也不是钟岚，而是一个犹豫的人，一个摆脱了低级趣味的人。李白跳下床，雨已经停了，开门看到周安娜。这是她首次造访太子巷3号。

"陪我去看狮子。"周安娜说。

"狮子已经被打死了。"

"还有其他狮子。"

"下雨天的动物园比平时更臭,动物一动不动,不如进来玩玩吧。"李白拉开门请她进入。她穿着蓝色连衣裙,白色凉鞋,手拎一把破烂的折叠伞。接着她嘲笑道,你家这气味也跟动物园近似。李白迅速处理掉了一堆垃圾,两盆馊菜,大半个烂西瓜,挂在屋檐下的一条咸鱼,幸运的是夏天他从来不穿袜子。回到院子里,看到周安娜开着水龙头给自己冲脚,嘀咕说凉鞋上的一根襻快要断了。李白扔了一双女式拖鞋给她。

"你们家有女的吗?"

"我堂叔有时会带女人来。这拖鞋也许是她们的。"

"那我不穿。"

"他的女人都还挺干净的。"

"这叫什么话!"周安娜发笑,"你讲混账话的时候就像一只猪猡。"

她带来的消息是自己被上海的F学院录取,信息管理专业,与笛子没有任何关系。"我的通知书还没来,也许是职大吧。"李白洗了洗手,问她还冲脚吗,她说,不冲了。李白关了水龙头,注意到她的脚背被夏天的太阳晒得微黑,鞋襻遮盖部位是几道白杠。这让他联想起某些日本杂志上的海滩少女,比基尼什么的,当然也联想起了农机厂的装卸工。在开始第二个吻之前,各种联想使他发呆。

"你还没说喜欢我。"

"难道以前没说过吗?"李白又吻了她一下,就像一个追着火车跑的人在月台尽头向车尾的急速一跃。"我喜欢你。比任何人都喜欢你。"

"你肯定不是第一次接吻。"

"是第一次。"

"肯定不是。"

"你要是让我吻得久一些,就会知道,是第一次。"

他再次吻她,久了一些,长达三十秒钟。这三十秒钟他想起另一个吻,发生在很久以前,稀里哗啦的时间已经冲淡了它,他能记住的是自己嘴里的血腥味,这令人遗憾。"好吧,我信了。"周安娜睁开眼睛。李白心想好险,就这么一晃神的工夫连我自己都差点不信。他抱住周安娜,抱得很用力,以至于她的伞掉落在地上,并且自动打开,绕着他们滚了半圈。他试了试错过舰艏,从另一个角度吻她。好吧,让我们忘记那些短促的、愣神的、不成形的事物,专注于一个闭上眼睛的吻,还有我想知道一个把衬衫下摆束在裙子里的姑娘你该拿她怎么办。

"讨厌。"周安娜打开他的手,"我要回家了。"

"再见。"李白沮丧地挠自己的肚子。

"我明天再来。"

李白又高兴起来:"明天我教你一种从后面绕过来的吻,我站在你身后,抱着你的腰,你扭过头来。这是电影里才有的吻。另一种是咱俩肩并肩,我侧过头来吻你,法国人很擅长的,他们在街上走路都这么吻,一边吻一边还能走。"他想到第三种,骑着自行车,扭过头去,与坐在书包架上的姑娘接吻。有一次他甚至被交警拦住罚了两元钱。算了,下雨天干这个会摔死。

周安娜捡起雨伞往门口走去,李白仍跟在身后喋喋不休,她扭头瞥他一眼。

"很多高中生谈恋爱在我们这个阶段已经分手了,咱俩却还刚开始。"李白像一个成年人那般困惑地问道,"合适吗?"

"我是一个随时都会挂掉的人。"她摇头感叹,"你这个猪猡肯定不是第一次。"

32

一封与录取通知书同时到达的来自上海的信,落在了李忠诚手里。李白的大学毫无悬念,吴里职大文秘专业,现在这所学校叫城市学院,听上去像一个叫土根的棒小伙子改名叫戴维。至于文秘,在李白的印象中是女性专利,李忠诚的经验则相反——秘书皆为男性,并鞍前马后,最终修炼成政府部门的一把手(个别人修炼到了监狱里)。秘书是有前途的。

信来自李白的外公,A研究所的白致远先生。多年来,母系亲属早已断绝音讯,只知道他们住上海,还有一个姨妈和一个舅舅,都在机关单位上班,不知现在升至什么职位。根据李忠诚的说法,他与白淑珍的婚姻从一开始就受到了上海方面的阻挠,那语气仿佛他是一位富有魅力的落魄秀才。"白家是从江北逃过去的。我世世代代住在吴里,离上海只有六十公里。"

白致远的信中谈到:白淑珍去了沿海特区,久无音讯,现在他与夫人想起还有一个外孙(流落)在吴里,仿佛是到了考大学的年纪,也可能念了技校职校,安心做劳动人民。总之希望孩子趁暑假去一趟上海。信末留了地址、邮编,和一个021打头的电话号码。李白家中正在装电话,付了装机费,工人迟迟不上门。父子俩将邮电局咒骂一通,由李白执笔回信:外公你好,我已经考上城市学院文秘专业。李忠诚推搡他:"我现在是农机厂的副厂长。"李白说老头没问你的情况。李忠诚说:"要不是为了这句话,我会回信给他?"又恨恨地补了一句:"他从来就看不起我,以为我'做到死'的命。"

李白对外公外婆印象淡薄,一些陈年旧照早经销毁,李忠诚的恨是埋葬型的,如今又被勾起。经历了两次信函往复(电话机还是没装好),李白的上海之行确定无误,临行前他向李忠诚多要了一百块钱。"看不起你就是看不起我,我要给他点厉害看看。"李忠诚怆然,又给了第二张百元大钞,答复:"他们本来就看不起你,也看不起……你妈。"往事翻涌在李忠诚的脸上,好像有人在虚空中抽他耳光。李白并不关心父亲的感受,也不想对他的判断再下一次判断,只想去上海快活快活。

八月干燥炎热,经历了一下午的长途汽车颠簸,邻座陌生少女的晕车加剧烈呕吐,打扮可疑的美艳女郎和抽丝的黑色长袜,一位乡下母亲长久地奶孩子,奶得大人小孩全都睡着了——车进上海,所有人都精神了一下。"上海,人真多啊。"李白感叹了一句,确实,那是下班时间。车到站后他一眼认出了白致远,那个身高一米六的老头——李忠诚表达不清任何人的相貌,唯一能说清的是:矮。两人打了个照面,一开口李白就听到了浓重的苏北口音,老头把"白"发音为bia,而不是苏沪一带的闭口音bah。不管怎么说,在本地人听来,bia这个发音有点好笑,并且老头自己就姓bia。算了,我不应该取笑自己的外公,更不应该迎合本地人的低级趣味,数百年来以取笑苏北口音为乐。

白致远住田林新村,打车一路过来,向李白介绍:这是教堂,这是体育馆,这是地铁站,这是火葬场……李白看了他一眼。外公说,上海再大的干部、名流、知识分子,都在这里来办告别仪式。李白说,上海大,有两个火葬场。外公说,两个都不够,人口多,天天客满。两人唠嗑,仿佛多年不见的老友，却默契似的只字不提李忠诚和白淑珍。车到新村，房子款式都一样，曲里拐弯绕过一片花坛，两人下车。他外婆早就在位于二楼的阳台上候着，动静很大地跑下楼来，也是苏北口音，抱着李白喊"心肝"。他忽然一阵辛酸，外婆身材高挑，眼眉与白淑珍相似。

坐在白致远的小书房，李白翻了翻书，除一部分中国古典文学外，其余皆为政治类书籍，包括各国领导人野鸡八卦。墙上挂一幅江山万里红，左右对联，上联"位卑未敢忘忧国"，李白想下半句是事定犹须待阖棺，极不吉利，孰料下联是"情深难暖故人心"，这句应该送给李忠诚才对。李白扒拉报纸和内参，白致远进来，考了他几个中国古典文学问题：除了屈原之外楚辞还有哪些作者（答案是宋玉），诗经一共多少篇（诗三百，实际是三百一十一篇），如此等等，李白一一回答。事实上他在吴里就是用这种问题刁难同学的，感觉外公和自己是同一路货色，十分开心。又遛到厨房，外婆在烧菜，足够八个人吃的量，仍未停歇。这时门外一阵啰嗦，亲戚们稀里哗啦走了进来，排队换鞋，并踩翻了蚊香。

晚餐就在书房进行（二室户，没有餐厅），终于可以具体讲解一下白家的组成部分：以家庭为单位，外公外婆是一户，讲苏北话；姨妈，姨夫，表姐一位，讲上海话；舅舅，舅妈，双胞胎表弟甲和表弟乙，长一模一样，部分上海话部分普通话。舅舅全家就住在楼上，也是白致远单位分的房子。一个人可以分到两套房子，李白感到自己的外公很有地位。开席之前，白致远吟诗一首，喜见儿孙满堂前，再看华夏展新颜。撞韵了，平仄也不大对，李白带头鼓掌。

"您是研究中国古典文学的？"

"我研究政治，古典文学是我的爱好。"

"你外公精通五国外语。"

经一番抚今追昔，李白大致听懂，来自长江北岸某座小镇的白致远在解放初期毕业于政法学院，携家带口定居上海，老家有一条街的产业（他是大少爷），俱归于他人。动乱年代遭到一些冲击，均安全躲过，承平岁月入党，旋即被派往国外学习考察。关于他的情况，究竟是学者、是干部、是地主，还是一个明哲保身的传统知识分子，李忠诚从来也没能讲明白，李白暂时也问不出所以然。饭桌上一片乱哄哄，外婆不停夹菜过来，姨妈让他不要拘束，吴里呀吴里，听说出产鸡头米。

"什么是鸡头米？"李白问。

"芡实，一种外形像鸡头的果实，剥开就是鸡头米。"白致远回答，又告诉姨妈，"他家不是农村的，不认识鸡头米也很正常。"

"我本来就五谷不分。"

李白很快就搞清，这一堆人中间除了外公以外，其他人都没读过大学。表姐高考只得了三百多分，托了关系在涉外酒店上班。两个表弟甲和乙，中考结果分别进了技校和职校，读大学无望。谈到李白的城市学院，白致远不免流露出一丝失落："竟然是你考上了大学，如果是本科中文系那就更好了。"话题又转向文学，这次是俄罗斯作家，李白不熟，勉强背了两句普希金。表姐表弟们面无表情，疯狂吃菜。白致远喟叹："想不到李忠诚……他还能培养出这样的孩子。"李白忙拍马屁说："我感觉自己是隔代遗传。"白致远大感欣慰，扫了儿女们一眼。舅舅全家依旧吃菜，不语。

姨妈姨夫则穷夸李白有才，又给他夹了鸡腿。

"李白这个名字还蛮噱头的。"表弟甲终于从盘子里抬起头（天知道他是甲还是乙），"有没有人喊你大诗人？"

"我并不会写诗，只会写点小品散文，花鸟鱼虫，猫猫狗狗。"李白随手拿过一把折扇，给自己摇了几下。

"李白，李白，哈哈哈。"表弟乙像智障一样念叨。

"闭嘴。姓李的怎么了？我就姓李！"外婆忽然发作起来。

"原来您和我一样姓李啊。"

"所以我好喜欢你啊，姓李的终于排在姓白的前面了。"外婆伸出双手，用力揉搓李白的脸。

这天吃过饭，全家人散去，白致远方才坐定与李白谈心，长达两小时。李白在一本相册里看到了白淑珍各个时期的照片，包括一九八五年她离开吴里回到上海后的留影（那以后的白淑珍长成啥样，李白再也没见过），他默然合上相册，任由一种未经告别的暌隔感升起，落下。白致远说："几十年来，我忙于工作，或应付一些政治上的事情，对家人疏于照顾。你外婆不是知识分子，只能管吃饭穿衣，在思想上和学习上，儿孙辈不免落后。"李白仍然不语，心想你这官腔打得，比李忠诚还过分。白致远说："你妈妈的事情，我也无力管她，几乎是断绝了父女关系。也只能如此了，希望你不要记恨。"李白听出一丝哀怨，忙点头同意。白致远拍他肩膀说："我观察了你很久，有点才气，也十分轻狂，只恐将来吃亏。我最近退休了，以后会时时过问你的思想和学习。"李白心想我操，原来如此。外公从衬衫口袋掏出了两百元，放在李白手心，继续叮嘱："你表弟阳阳和飞飞也都放暑假了，明天一起出去玩玩，不要花你舅舅的钱。"李白大为感动，说："我从来没拿到过这么多零花钱。有时买书都很拮据。"白致远摇头："我知道李忠诚的格局。"又掏了一百给他。

这天晚上李白搭铺睡在书房，白致远的卧室有冷气机，特为打开房门，让冷气飘至李白头顶。他有点失眠，在台灯下数了数钱，又看看不远处的相册，没去碰它。母亲像一个封印的鬼魂。睡着后果然梦见了她，早上醒来，他迷迷糊糊，感到气血不畅，伸手到枕头底下摸出香烟和打火机，给自己点了一根。只听外婆嘀咕道："不要在床上抽烟。"紧接着一只拖鞋扔到脸上，外婆将他一把头发抓了起来，大骂道："你个小畜生竟然是你在抽烟！"

三天后李白坐长途汽车返回吴里（外婆将他押送至车座上），出站就买了包烟，对着嘈杂的街道吸了深深一口，那副少年老烟枪的样子令店主也不禁感叹青少年禁烟条令应该尽早提上日程。在遍游法租界和外滩之后（还去了趟白致远的母校，华东政法大学），吴里的一切都令李白感到乏味（乏味会在他的整个青年时代扩散生长）。他吐出一口烟。某些时候，我能十倍地理解白淑珍的心情。

他提着沉重的拎包回到家，包里全是书。李忠诚正搁下电话，怒视着他。李白还不知道家里的号码，走过去玩弄电话机，寻思是不是往周安娜家里拨一个。李忠诚说："我刚往上海打了电话，是你舅舅接的。"李白准备好的整套谎话立即付之东流，不过还是保持镇定。李忠诚说："他说你用了两天时间就教会了你的表弟抽烟，两个表弟，全都抽了。花光了他们所有的

57

零用钱，在游戏房。然后你带他们去看了三级片，在一家秘密的录像馆，他们想不通你是怎么找到的，他们在那片住了十年都没听说过。"

"他的儿子们有点弱智，双份的弱智，但和我相处得不错。"

"我不想知道这个！"李忠诚大喊起来，"为什么要带坏你的表弟？"

"你奇怪哦？"李白躺到床上，讲话已经有上海口味，"难道你忘记了，我是去给你报仇的？所谓报仇，并不见得就要杀人放火。别生气了，让我在你脸上看到一点快感吧。"

33

另一张床，在八月，铺着篾席，比草席更凉爽，偏硬，假如后背出汗，会感到自己像在冰面上滑动。草席通常以经纬线编织，篾席是人字纹，中间部分纵向，四周边缘部位的箭头放射向外，看久了会眼花。不要去抠弄篾席的边缘，可能会抠出细小的毛刺。再次警告你不要手贱，李白，你不是一只鸟，一只猴，一只土拨鼠，不要成天挖挖抠抠的。

为什么枕席不是篾制？因为枕头需要柔软一些啊，篾席太凉，太凉的东西挨着脑袋容易偏头痛，偏头痛是女人常见的疾病，但不是现在，是中年以后。偏头痛会导致女人歇斯底里，幻听，沉闷，她所有的生命力将消耗在疼痛中。你说疝气，什么是疝气？

枕头底下，你伸手去摸，一盒龙虎牌清凉油，一把蒲扇。夏季必备，夏季快要结束。不要手贱去撕蒲扇，你想把它撕成济公的扇子吗？还有什么？一颗西瓜子，

就是在床上吃西瓜留下的，没什么特殊的来历。对，它不会在床上发芽。

蚊帐是老式的纯棉纱布，没有网眼，不透明。睡觉时用两个木夹夹住帘子，蚊子钻不进来。铁夹不行，容易钩坏纱布。这是生活常识。帘子上洒过花露水，这可能是某一年代里唯一令人安神的气息。

难得有安静的时刻，她全家出去旅游。至于她是如何拒绝出行的，必然是想了很多理由吧。李白伸出头向床底张望，下面空无一物，棕色木地板拖得干干净净。周安娜说："我家规矩是床底下不许放东西。"联想到自己的床底填满陈年箱箧，灰尘扑鼻，时有爬虫出没，李白想，我诞生在一个没有规矩的家庭，准确来说，规矩是即兴。他继续挂在床沿，周安娜打呵欠，在床上伸直腰腹，接着左右打滚，"我有点困了，借我肩膀。"她枕在他的右肩，闭眼养神。下午的窗口枇杷树影晃动。又说："睡醒了吹笛给你听。"

她在思考死亡，死亡不再是少女的终极零食，它渐渐成型，合拢为一个纯白色的立方体空间。他们谈到实验中学一个因落榜而割腕的女生，"她没死成，没有被死亡拯救。"周安娜评价道。又说起少潜威，"他休学一年，明年才高考啦。"她说，"我们似乎可以同病相怜，但我发现自己一点也不爱他了。"

"为什么不爱了？"李白傻乎乎地问，"哦，因为我。"

蚊帐里太热，她闭着眼睛胡乱摘自己的白色棉袜，李白将她的腿也抱到怀里，替她脱了袜子。接着他要求把自己的皮带也摘了，那根已经磨损生锈的廉价军用带，带扣死死咬合。周安娜同意，睁眼看他用屁股后面的钥匙串（挂着一把水果刀）在

58

自己肚子上捣鼓，叮咚一声，撬开了。

"看起来有点危险。"

"有一次真的把钥匙插进了肚脐眼，我以为自己会死。"李白将皮带抽出来，扔出蚊帐，钥匙塞到了她的枕下。

"你要是觉得热，可以把长裤也脱了。"周安娜说。

有好长时间，她像是睡着了，李白摸摸她的额头，摸摸她的鼻尖，又摸摸自己。一句不知哪里读来的野诗跳进脑子里，枇杷都熟不知尝。周安娜睁开眼，光脚下床，从匣子里取出长笛，坐回到李白身边，盘腿在床上奏响一首哀伤的曲子。李白也坐起来，他穿平脚短裤并带有勃起痕迹的样子非常不适合在她眼前平躺。周安娜忽然放下笛子，垂头沉思。

"拍子找不准了。"

"多练练。"

"不不，这首很熟的。"她摆手，停顿了很久才用笛子敲敲自己后脑，"这个瘤长大了。"

李白从未学过如此近距离地安慰一个人，那简直像是我自己需要安慰。现在他换了个念头：我可能有点搞不定。他再次趴在床沿，伸手往床底下捞裤子。无论如何，我不能穿着平脚短裤安慰她。他把裤子扔得不远不近，离手指始终只有五公分。在这样一个奇特而荒唐的姿态之下，他听到一阵哭泣，像晚风中一丛孤立的竹子在摇曳。他心跳失律，滚落在地。

我预感到初夜将会是一个落雨的下午，而不是夜晚。夜晚太过成人化，饱含情色意味，而初夜是我在一条干涸的河床上划动小舟，奋力并慌乱，接着，洪水从高处涌下，我的一点点羞惭之心将被快乐淹没。在那个所谓的旧时代，我曾经怀疑自己是否充当了谁的替代物，谁的替死鬼，我被她即将死去的念头卷入漩涡然后迅速甩出去。瞬间的念头来不及被我辨识，奔流而来的确实是爱情。我感到最终是爱情将我和她隔开，而不是其他。当一切结束后，我们抽了同一根烟，她告诉我，避孕套不是她爸爸的，而是她爷爷的。

"我爱你。"李白说。我爱你的奇异的豁达，它跟母性没有任何关系，它意味着我将不会为某种天然的承诺负责。"咱俩谁先死还不一定呢。"李白安慰道。

又一个雨天，周安娜离开了吴里。李白没有送她，骑车在街巷中乱钻，听到什么地方传来台湾校园歌曲："木棉道，我怎能忘了，那是去年夏天的高潮。"他跟着唱了起来，作为淫秽小调之一，现在他似乎唱出了一丝乡愁。

这个被判定为良性的瘤，这个需要打开颅腔切除的多余物，死亡率不超过百分之五的脑外科手术，成为植物人的风险，更高概率的脑部感染，术后的性格变化，偏头痛、孤僻、神经质、不再爱上任何人的自闭结局。作为一个向她观望的人，一个对活着也无能为力的小青年，他像是替她经历了所有可能。

34

二年制大专走读生活，在李白的履历表上是最为具体的一栏，此前此后，他都不太能讲清自己经历了什么。这段由课程、技能、军训、培训组合而成的生活，流连于大排档和舞厅的粗俗过渡期，一俟毕业，所有人即踏上家庭事业的正途。比之四年制本科，他们只有一半时间可供享乐或进化。

时间的速度在这里被提升了。"五年太浪费，两年太短暂。如果你再读个硕士可能会八年，那时我已经消失得一干二净。"他给远在医学院的曾小然写信，但她并没有回信。他们之间的联系中断在某个下午，他穿着迷彩服被军训教官罚跑圈，呕了一地，然后收到了一封退信，信封上写着曾小然收，晚上打开一看是致安娜的情诗两首。这么说来，在上海的另一所校园里，周安娜收到的应该是一篇关于旧日时光的三千字散文。

这一错误犹如李白的本质之光——发自内心，挥洒而就，衰得离谱。他迅速感到乏味。乏味不仅是单调，更是僵持，更是未予命名。你生长出新的器官，却不知道那是触手还是翅膀，你退化掉了一根尾巴，却还在水中摇动着空荡荡的臀。乏味啊，李白对着天空嚎叫，终于，一名叫舒茜的女生来到他身边。他将领会另一种爱情，看场电影，跑趟人才市场，讨论某公家单位的发展前途，然后，一种形神俱备的所谓生活从天而降，落在头上。

在城市学院，他结识了一对从初一开始就耳鬓厮磨的情侣，去年双双落榜复读，今年双双落脚至此，男的叫鲍亮，女的叫花苓，他们的恋爱期已经长达七个春秋，人称鲍大哥和花大姐。两人来自吴里市最为遥远的马台镇，得到了学校男女宿舍各一张床铺。

"我和花大姐在初二下学期发生了关系。"在食堂里，鲍大哥向李白介绍。李白差点把嘴里的米饭喷出来，他一直以为自己发生得够早。"马台镇就是我们的伊甸园，我感觉亚当和夏娃并不需要吃什么苹果，一男一女关在一起自然而然就会发生那种事。"鲍大哥继续白话。

"你这么理解《旧约》我感到很欣慰，"李白赞叹道，"至少你没有随便抓一条蛇过来把它办了。"

"蛇？那是魔鬼。"

"你想想蛇为什么不亲自去勾引亚当，说不过去啊，得手以后亚当就是蛇的人了。"

这个问题对鲍大哥来讲过于深奥了，他不应该提伊甸园的。"不要胡扯，我和你花大姐很相爱。没有一条蛇能把我勾引走。"这时花苓坐到鲍亮身边，两人同吃一盆饭，用叉子喂来喂去的。她不难看，小虎牙，水蛇腰，大圆脸，波浪长发带酒涡。李白对女性的观察通常是从轮廓到细节递进，在某个可以遐想的位置上（不代表肉欲）稍稍展开，但花大姐令人失策，像餐馆里同时端上十二道凉菜热菜。不知道是她出了毛病呢还是我自己，李白不敢再看，闷头扒饭。

"我们那里的人结婚早。在我这个年纪很多都抱小孩了。"花大姐指着鲍大哥，"我妈还好，他老妈特别小，才三十七岁。结婚太早很土，计划生育，生完一胎就没什么事可做了。"

"我听说你们马台镇特别浪，有一半人都胡搞男女关系。"李白问。

"这是造谣，有一半人胡搞的是农村。我们是城镇户口。"

"真想去体验体验，"李白遐想，"别误会，我是去找素材。"

舒茜端着空饭盆过来打了个招呼。"嗨，你还先吃起来了，也不等我。"她明媚地抱怨着，然后跑向人头济济的饭菜窗口。李白发愁，减缓食速。花大姐用叉子敲敲他的饭盆，拿眼风扫他，请他说出对于舒茜的感受，仿佛要他提供的是对于花大姐本人的感受。"我不想结婚,也不想上班。"李白张望了一眼,舒茜排在队伍末尾,暂时不会回来,"如果真的有伊甸园,我的苹果算是白吃了。"

"毕业了就结婚难道不是很好吗?"鲍大哥说。

"我连脸蛋都没亲过她,至多是在逛人才市场时候拉拉她的手,那里人太多,跑丢了不好找。"

"你是不是生理上……不大行?"花大姐问。

现在李白发愁地看着所有人。眼前这对初二就发生关系的健康男女,他们的故事要拍成电影是没可能公映的(无论中国美国),最多上一上法制报刊。"我和舒茜的结识纯属偶然,我们在同一所学校就读,想想看,这概率有多低,高考得是多么凑巧才拿到差不多的分数。我们都有点寂寞,她还挺喜欢教育我,近似消遣。我这个人,别的不行,面对善意的教育总是低姿态的,所以就像你们所看到的——我们还挺合得来。"

"你要认真对待舒茜。"鲍大哥说,"我是舒茜的表哥。"

"请你再说一遍。"
"我是舒茜的表哥。"

这天傍晚李白陪着舒茜在操场散步,也就是绕圈。"别信我表哥,他是个白痴。"她冷笑,"他认为的结婚就是每天晚上躺在一张床上。"李白点头,松了口气。舒茜说:"生活比这复杂多了,你们都应付不过来。"李白一阵惆怅,心想这还不如每天躺床上呢,一起就一起呗。她继续说:"我知道你有童年阴影,你不想结婚。"

"什么童年阴影?"
"你妈妈……"

好了不要再说了,李白制止了她。让我带你去看一看城市学院每天晚上的固定节目吧,也就是鲍大哥和花大姐的性生活。

城市学院多为本地走读生,花苓的寝室就她一人独居,这给了鲍亮充分的、反复利用的机会。假如鲍大哥在晚上七点钻进了花大姐的房间,然后熄灯,到八点钟灯又亮了,男生就会说:靠,鲍大哥好厉害,六十分钟。亮灯后,两人神情诡异(男的疲惫,女的脸色绯红)去街上吃个宵夜,喝点啤酒,要不了半小时即恢复原状,很冷静地在九点以前赶回宿舍,拉上窗帘。九点半熄灯之前,鲍大哥再次很疲惫地出来。有经验的女生又会偷偷说:哇,花大姐好幸福,每天每天呐。李白看了看手表,六点五十,拉着舒茜到宿舍楼下,她不明所以,几个穷极无聊的男生早已蹲在树旁,边抽烟边仰望着花大姐的窗,等待鲍大哥拉上窗帘。"这才是婚姻生活。"李白向舒茜介绍,她已经惊得满脸绯红。到七点零五分,窗口灯灭了,众人欢呼一声,打算散去,却见鲍花二人挽着胳膊走出宿舍楼。李白说:"我猜花大姐今天生理期,一早讲话就不在路子上,下午两人也没来上课。"远远看到鲍亮右肘绑着一圈白纱布。李白介绍:"长期采用传教士体位的恶果。"

"恶心!"舒茜掩面跑远。
"你对她说了什么?"鲍亮走近了问道。
"我试图向她解释生活不用那么复杂,"李白叹了口气,"妹子其实什么都懂,确实只有她教育我的份儿。"

鲍亮指着右肘告诉李白,这里生了个囊肿,熬了一年,下午去医院动了个小手术。旁边同学说他肚子里有块息肉下个月也可以去割掉了。"这是什么路数,集体动手术?"李白问。

"难道你不知道读大学是可以免费看病的吗?"

这个李白确实不知道,他很少生病,更不爱长奇怪的东西,念高中以后连头皮屑都神奇地消失了。鲍大哥向他详细解释了体制内大学生(不含夜大、函授大)的各种福利,李白闻所未闻,以及按所在学校户籍就医的制度,最后讲了讲如何巧妙逃避大学期间的强制献血。

"要是我脑子里有个瘤呢?"他感到一阵抽象的头痛,想起了周安娜。

"那你就赚大发了。"

35

某天中午在水龙头前,舒茜拿过李白的饭盆,帮他洗净。一种惨淡的心绪将他笼罩,她是如此懂事,几乎承袭了曾小然身上一部分的特质,但她洗完饭盆就开始数落他的球鞋太脏——生活过早地教会了她一些不重要的东西,他在心里想,然而,我不能猪狗不如地指责她的某种浅薄,我们对于欢乐的理解是有所不同的,对痛苦的感受也都一样。

他拿着IC电话卡,去公用电话亭拨长途,打给一个永远不会与饭盆相关的人。周安娜,那个异地的风筝,她敷衍的声音——我要上课了,我要去吃饭了,最近一次是我要去跳舞了。她使李白陷入另一种困惑:我一直以为我才是风筝,天哪,原来风筝是一个相对的比喻。

补充一句,冯江也在F学院念书。是的,我们的少年色情狂,以优异的成绩考上了本科经管系。色情狂总是有一点小小的天分,不得不佩服。经由冯江,李白了解到一些关于周安娜的真实状况。"相当受男生欢迎,附近大学也有人找她玩。"冯江说,"还好本校女生多,不至于让她太得意。"

他等了很久,在听筒里听到宿管阿姨拿着大喇叭喊她的声音,磨蹭长达十分钟,然后是周安娜慵懒的应答,听到是李白,她也未曾改变语调。爱已岌岌可危,他敏感地意识到,然后想,我是白痴吗,我在这种时候标榜自己的敏感吗?

"这个手术在吴里根本没有医生能做,必须来上海,和念不念大学没关系。就算不念大学,我也得来上海就医。"周安娜在电话里说,"你的想法真是奇怪。"

"什么时候动手术?"

"让我再享受一下人生吧,直到我变成一个大头鬼。"

"你想怎么享受人生?"

"人生太苦啦。"周安娜轻声嘀咕,随后挂了电话。

就算不苦,你也会想着什么时候去享受一下。就算享受了A,你也会想着再去享受B。这场单方面的异地恋,爱情既没有通往眠床,也没有通往厨房,它被一根电话线牵引,成为李白反复讨论人生的借口——像醉鬼一样讨论人生。李白叹了口气,我并不擅长这个。

另一个闲散无聊的日子里,他在本地电台一则新闻里很偶然地听说著名艺术家周公韵日前去世,一丝旧日(其实只是上半年度)哀伤袭来,他骑车到伽蓝巷探访。远远望见周安娜右臂套着黑纱,腰系白麻站在街口。

"不用进去了,本府谢绝吊唁。"周安娜说,"实际上是正在打架。"

"分遗产咯?"李白说,"那些印章还挺值钱的,越来越值钱。"

"还有一些人民币和美金,还有一个要被赶出去的漂亮的小祖母。"周安娜说,"你回去吧。"

"是怎么去世的?"

"脑溢血。"周安娜意味深长,指指自己的太阳穴。"他一直有癫痫。"

"我还挺怀念他的套子的,是我用过的最好用的。"李白说,"如果印章讨不到,剩下的套子送给我吧。"

"这份怀念还挺别致。"周安娜先是笑,随后勃然大怒,"滚吧。"

在街上跟一个戴孝的姑娘讲黄色笑话,这个笑话的主人公是她本人——你没挨一个耳光已属幸运。李白悻悻转身。他预感到自己再也没机会走进周公馆了,接着他像看电影一样看到了彼此的晚年(如果她没有死在手术台上的话)。根据国家的计划生育政策她不太可能儿女成群,她将独坐在枇杷树下,抚摸少女时代的笛子,并看着这座旧宅:一屋子逝去的人。对了,那只浑身发黑的乌龟必然还活着,即使死了也可以换一只来充数。在那样一个将来,他李白穿着平脚裤衩,秃头,烟不离口,坐在街边与人下象棋。那洋房里的老太太在上个世纪曾经是我的爱人,我们住得不算远,但已经五十年没见面。

这个有点像某一部南美洲小说的遐想搞得李白头脑发晕。"我们还是分手吧。"他转过头来,冲口而出。不过他看周安娜的表情(含笑,含嘲,含遗憾)就知道,他们从来就没有在一起过。"这句话,你说我说都一样。"她说,然后走进小巷。

我们还是分手吧!李白心中又呐喊一次,在精神上同她掰了掰手腕。他当然不会预见到,这句话像救生圈一样,将伴随他游过宽漫无边的爱情海。

36

对香烟和书本高度依赖的李白需要另一些元素的补充,有时是咖啡,有时是音乐,有时是糖。这些元素在不同时期到达,构成他的嗜好、性格、弱点,同时也构成迷障,以致众说纷纭。香烟属性的李白,书本属性的李白,咖啡属性的李白,大排档的李白,烂大街口水歌的李白,臭不要脸荤段子的李白……最终,一瓶烈酒涤荡了他的片面性(曾有人预言会出现海洛因属性的李白)。

经多次测试,饮下高度国产白酒五十毫升,是李白的临界点,一百毫升泪流满面,失去记忆,到一百五十毫升则会出现三种结果:人事不省;脱掉上衣;脱掉上衣狂奔,没有一个同学能追得上。这是天赋异禀,喝醉的人通常跑不动路。花大姐的评价是:酒品不好。但也没有非常不好,不会划拳,不砸东西,不骚扰女人,心里完全只剩自己。

那时候,他们都没什么钱,上大排档点的是螺蛳、花生米、豆腐干,皆为块状、颗粒状食物,装在塑料盘子里。酒嘛,有什么喝什么。李白胃小,灌不下太多啤酒,又爱装逼,嫌廉价黄酒不够醇正。唯烈酒才能将他的本我发挥出来,唯烈酒才能让大伙看到他对着花生米放声大哭,或在马路上围捕其人。

"我讨厌酒鬼。"舒茜说,"我爸就是个酒鬼,喝醉了爱闹,折磨全家的神经。"

"在别的男人身上看到蛛丝马迹就联想起自己的爸爸,是个糟糕的习惯。"李白回答。

饮醉是停顿时刻。对李白来说,难以

回答的是，为何要停顿。这是一种你在童年时不会体验到的感觉，它有可能比性高潮来得还晚。由于停顿，导致缺失，每一次停顿你都踩在一块凹陷的东西上，你想往上跳，但你实际上是失重的。烈酒使你心跳加速，肺部扩张，使你的缺失变成一个欲望的盆地，但不再是吸纳的欲望，而是喷。喷出去，跑出去，让自己变成一颗炮弹。

众人骇然地看着李白胡言乱语，他继续喝着，高潮时刻快到。不要在喝酒时分析醉酒，正如不要在小说里标榜文学理论，不要在做爱时讨论性学。一声锣响，他撇下众人向着一片闪亮的霓虹灯狂奔而去，闯入商业街，一头撞上美发店的玻璃门，该门爆裂（幸好是钢化玻璃），他晕了过去，荣获轻微脑震荡。

"除了关注自己以外，你还要关注一下周围的环境。"第二天他醒来，舒茜又谆谆教诲。比如，你有没有注意到，高空经常会掉下什么东西，有时花盆，有时整片的幕墙玻璃；又比如，这座城市街道上的窨井盖经常会消失，汽车并不必然停在红灯前，以及你可能遭遇到了扒手、警察或另一个醉鬼。"上次你喝多了，有个女的把你往巷子里拉，是我救了你。"舒茜咬着嘴唇说。

"我完全不记得了，外面太乱了，简直像旧社会。"李白说，"我居然跑进了美发店。"

"你没跑进去。玻璃门是外推式的，挡了一半人行道，属于占道经营，负全责。"

与他同时受伤的还有一位来自南方的洗头妹，当时她正站门口迎宾，玻璃爆裂，她返身逃跑，撞在另一扇门上。这次没碎，把她鼻子撞裂了。接下来一整个星期，事情进入扯皮阶段：美发店向李白索赔，李白出示了警方的裁定；李白反咬一口，向美发店索赔，美发店声称开业半年亏本六个月，拒不赔偿；洗头妹向李白索赔，李白指出这扇门就是你把守的，怎么能怪我头上。李白是本地人，美发店全员普通话，不管怎么说，这次他是做定地头蛇了。最后账台大姐（一位俗艳而亲切的孕妇）给了他一张价值三百元的洗头卡。李白盘算了一下，要美发店掏现钱是不可能的，在他撞花的脸和洗头妹撞烂的鼻子之间，差价到底多少，实在算不太清。他接受了赔偿，三百元可以洗三十次头。

那年月，吴里刚刚出现新型美发店，超大面积经营场所，包豪斯的装修风格，极具艺术感的灯光设计，雇佣外地女孩为客人服务，透过落地大玻璃皆能看得一清二楚。尤其夜晚，一个穿短裙的时髦女郎正在为本地的秃头、胖子、烟鬼、性苦闷、性亢奋、性错乱们敲肩捶背，仿佛他们居然经历了繁重的体力劳动。一束锐利的冷光照在他们身上，脸是惨白的，表情是残酷的，在外面观望的人是暧昧的。我应该试试进入其中，而不是做一个观淫者，这有利于我认识世界。最重要的是，甩掉那个常年给我剃头的、粗手大脚的本地师傅，此人每次都嘲笑我脑后的伤疤（你是逃跑的时候被佐罗划了一剑吗），现在他可以去死了。

摘掉纱布那天他直奔美发店，脑袋散发出烂西瓜的气味，是该洗一洗了。出示洗头卡，孕妇把他认了出来。"你还长得蛮帅气的嘛。"她说，"加十元钱就可以理发了，再加十元给你修面。"

"好啊，我恨不得一次就把三百元都花掉，有什么来什么。"

64

"其他项目要另付现金。"孕妇嘟着嘴，表示不乐意，"说好了只赔给你洗头的。"

"那就只洗头！"李白不想再次陷入扯皮，她太难缠了。孕妇也怕了他（面对李白等人的纠缠，她曾以流产相威胁），大喊7号过来伺候你的小主人。

鼻梁上贴着纱布的7号老大不情愿地走过来，将李白带至靠窗的座位上。李白想换一个。对，不是换座位，是换洗头妹，你看角落里有一个无聊地玩着手掌的金发女郎可能更合适。想想看，那些过路的人会怎么看待我，一个毁容的姑娘在给我洗头。他从镜子里看着她的鼻梁。

"你好，妹子。鼻子好点了吗？"

"叫我7号就行了。"她往他头顶浇了一坨洗发液，匀开，将他的头发卷成牛粪状，然后开始抓他头皮。李白给自己点了根烟，闭上眼睛，感到有点无耻，又睁开眼睛。

"痒吗？"7号问。

"实不相瞒，不抓还好，一抓简直痒得我想哭，是一种虫噬之痒，失去地球引力的痒。"

"你只要说痒就行了。"

"好吧，痒。"李白长久地闭上了眼睛。

搓完以后，7号把李白牵到水洗区，三张带冲洗盆和水龙头的皮面躺椅，有一位长发女郎正在中间的躺椅上做头部冲洗。以前理发，他都像挨批斗似的，含胸低头抱着一个脸盆，任由本地师傅在他脑后胡作非为，现在他知道，可以舒服点了。床靠得太紧。7号说："躺右边。"她要是不指示，李白在"躺到长发女郎左边还是右边"的问题上可能会犹豫一辈子，他手忙脚乱往上爬，7号又过来牵住他。

"你莫再摔了，我真的赔不起你。"

这句话勾起了李白的内疚感。事实上，他额头的外伤只是很浅一道口子，针都没缝，脑震荡亦十分轻微，晕一天就没事了，平时喝到这个程度就算不撞头也得晕一天。他平躺下来，仰望7号，心想这还欠自己二十九次呢。她一个月得洗多少颗脑袋才能挣出一份可以寄回家的工资？温水洒到头上，李白意识到，7号一直注意避开他额头的伤口。随即想起那个可恶的小护士，往他头上涂药水的时候，她就像一个做错题目的小学生用橡皮奋力擦拭着考卷。那护士可是本地人……

"你应该去做护士。"李白喃喃自语，"那护士应该去洗头，不，应该去做木匠。"他感到7号的手停顿了一下，不过什么都没说。

"舒服吗？"孕妇走过来察看李白，并打断了他由下向上的凝视。李白心想，我该怎么回答你。孕妇说："如果舒服就说舒服，如果不舒服，我就用笤帚打她一顿。"说罢推搡李白。他不得不提醒：拜托了大姐，我重伤初愈，你又是个孕妇，何苦这样！现在轮到孕妇不依不饶：舒服吗，到底舒服吗，说出来。李白拒不开口，尽管没啥社会经验，他也知道，老子今天要是说了舒服，就会变成王八蛋。7号对孕妇说："你去坐着吧，这里我来。"孕妇说："我今天就要他说一句舒服，不然我白赔给他三百块了。"李白依旧平躺，视野中全是她的肚子，不知道该怎么办，忽然之间，肚子动了一下，又动了一下，好像是有什么异物想要撑开那个饱满的球。李白吓得惨叫起来。

"胎动。"她冷静地说，"连我儿子都想踹你一脚。"

失魂落魄的李白回到座位，吹干头发，

接受十五分钟的肩颈按摩。7号的手很硬，下手后照旧问了一句："重吗?"李白未及回答，孕妇又跟了过来，看着镜子里的他。李白忙说："舒服，舒服。"孕妇终于满意，忽然又伸手拎起李白的耳朵，大喊："啊呀，全是耳屎，要掏一掏了，是不是已经听不清声音了?"李白的耳朵被她喊聋，这一瞬间他简直怀疑自己：我是怎么从她手里赢下洗头卡的?

"付二十块，给你做个采耳。"

"你刚才好像是说十块。"

"一个耳朵眼十块。"孕妇继续她的幽默，"如果你是六耳猕猴就要六十块。"

既然已经谈价，李白决定豁出去（或者说投降），花二十元疏通自己的两个耳孔。孕妇发出一声欢呼，立即在账单上写下了两个字，采耳，并且拎起账单在李白眼前来回晃动。

"看清了啊，是你同意的。"

"不用我按手印就好。"李白说，"采耳，这个词有意思。我们这儿就叫挖耳朵。"

"在我的老家，马路边都有人摆摊采耳。采耳很舒服，也很重要。耳屎多的人，都很有钱，耳屎代表黄金。"孕妇摇头，"不过你们这里的人没这个风俗，你们不在乎，平时是怎么挖耳朵的，自己挖?用手指挖?"

李白哑口无言。对，我们是原始人，我们的动词用得就像傻逼（名词很丰富）。7号拿过一根一尺来长的挖耳勺，李白吓一跳，这长度可以把他脑袋捅个对穿。他绝望地看了7号一眼，她会意，让孕妇躲远点——她真太闹了，并且摇摇晃晃，撞一肚子过来也有可能。李白已经非常倦怠，竹制的挖耳勺伸进耳孔，立即关闭了他的听觉。

在这漫长或者短暂的时间里，李白想到了一个远去的人，曾小然。想到她用一枚黑色的金属发卡为他采耳（挖……耳朵），一种不太能表述好的、与回忆拌杂在一起的生理感受，以及还有——夏天的气息，蝉在窗外鸣叫，桌上的凉茶或汽水，阴凉之处被稍稍遮挡的强烈日光。为什么会想起夏天，李白也解释不清。他扭头向窗外望去（窗外是早春的下午），7号抬手拧住他的下巴，让他停止。"不要动，你想死啊?"她凶狠地嘀咕了一句。

我承认，采耳是舒服的，仅此。

李白走到账台，7号递上了厚重的外套，他从衣兜里抄出五十元，希望账单上不要出现什么额外的费用。孕妇也累了，对着灯光照了照纸币，懒洋洋找给李白三十元。他套上衣服向门口走去，孕妇忽然说："我在广州待过好几年。"

"广州怎么了?"

"广州比你们这里好玩咯。"

他们同时沉默下来。李白想，我可以说广州那么好玩你来吴里干什么，我也可以说你在广州喺搵食，唔喺玩啦。可这种屁话说出来又有什么意思，我们都是社会经验极其匮乏的人，用一种姿态遮掩着自己的障碍症。在零零落落的"欢迎再次光临"声中，李白走向新换不久的大门，7号送他到街上。全程冷静的妹子，眼中未曾流露一丝嘲讽或同情，李白此刻已对她充满感激之情。我爱这样的姑娘，是的，像舵手一样，只有方向，没有态度。

"以后不来了。"李白掏出洗头卡递还给她。

"我要这干什么，我给自己洗头吗?"7号背着手，对他摇头叹气。

李白将洗头卡抛向头顶，骑上自行车，临走前未忘记给自己点一根烟。他喜欢抽着烟骑车。

37

九十年代，我们经历了很多第一次。在某次访谈中，他对方薇说：打个比方，如果你细细推算，初夜只是一种笼统的认知，与身体无关的话语术，我们经历的感官刺激应该从初夜的话语术中分离出去，细分再细分，讲述再讲述，叠加再叠加。方薇翻白眼说，你讲得不错。在发表时，她把"我们"改成了"我"。

李白看到的第一场泳装秀，地点在吴里工人影剧院，张幼苹送给他一张入场券。那是无人观影的年份，连录像厅都衰落下来，原因是有线电视台每晚播放四部海外电影，周末连轴转，从史泰龙到周润发，尽管翻版的画质粗糙，人民群众并不在乎（李白的解释是生活更加粗糙）。放电影赚不到钱，剧院的收入靠明星走穴办演唱会，如果实在闲得慌，就用滑稽戏、评弹、流行歌曲来凑一场，其中压轴的是泳装秀。

李白坐在第一排正中，穿着一身从冯虎手里借来的厂警服，上衣扣子全敞。这种橄榄绿的制服与公安机关如此相似，在黑暗的剧院里难分真假，很适合坐这位子。当然它也会惹来不必要的麻烦（那几年吴里治安不靖），比如说，流氓在街上骚扰了哪位姑娘，姑娘看见警服，自然就会让李白挡到前面去。这种时候，李白是不舍得逃跑的，既不能辱没了制服，也不该让姑娘落单。他必须努力让流氓相信，敢穿厂警服出来招摇的人也有可能是难惹的角色，如果说服不了，就努力从流氓中找出一两张熟脸。这种时候姑娘倘若还没逃走，就只能认为她是爱上了李白。

此时李白歪在位子上，在音乐的轰炸中打瞌睡，直至全场安静，他被安静所惊醒。报幕员说，下面是泳装表演。李白回头张望，观众不少，有一百来个，其中有女的。坐在左边的汉子忽然发给李白一根烟（冲着他那身可疑的警服），他没致谢，掏出打火机为彼此点上。坐右边的姑娘踢了他一脚，仔细看是冯江的妹妹冯溪，听说她已辍学。冯溪从李白嘴里摘下香烟，吸了一口又塞回原处。李白觉得蹊跷。报幕员用港台腔提醒观众：男同胞们不要激动哟。李白说："汉之广矣，不可泳思。"冯溪又踢了他一脚说："掉你姐的书袋。"

影剧院没有T台只有大舞台，略为扫兴，然而所有的泳装也都没有胸垫，是兴致所在。李白认出了张幼苹，妆化得太重，很瘦，不再像梦露。她走到舞台中央，向前跨步拧腰转身，她已经练就了轻盈的猫步，这种步伐对李白而言像教堂的钟声，神圣而且神秘，然而那时他也并未在现实中听到过。

"我看见葡萄干了。"身后有人大喊。李白也在看。没有胸垫的泳衣，这是张幼苹告诉他的，起初李白不明白是什么意思，后来张幼苹说，会透出来啦，难道你没去过游泳池。说出来糟心，李白根本不会游泳。张幼苹说，他们都喜欢看，他们都不是好东西。她吃吃地笑。

"现在我知道冯江为什么爱去游泳池了。"李白凑到冯溪耳边说。冯溪很不耐烦告诉他：这算什么，每个女人都有，比这更大的奶头都有。话语十分粗俗。"你就等着看更精彩的吧。"她说。

还能有什么更精彩的，泳衣而已。李

白想着，随后看见四条雪白的大汉走到台前，皆仅着着泳裤一条，肌肉纷呈，表情肃穆。"这他妈是怎么回事？"其中一个，李白认出是冯海，也就是冯江和冯溪的哥哥。"为啥会有男人，因为他们穿得更少吗？"李白大笑。

"女观众也要满足一下。冯海和你一样，讨厌体力劳动，他只喜欢肌肉，走一场给十块钱他还挺高兴的。"冯溪说，"可惜丝织厂只招女模特，他想去上海做男模特身高又不够，一米七五，看上去像块铁饼。有人介绍他去画院做模特，那是要把裤衩都脱掉的……"

"你来看冯海脱光了干嘛，你在家就能看。"

"放屁。我来看我暗恋的男人，旁边那个，一米八二。"冯溪一指，李白看清，烫头发的裸身男子，形似巡海夜叉的那位，正与张幼苹并肩走着台步，然后，摆了个健美的姿势。李白觉得撞了鬼，好吧，这是工人影剧院，上一次他在这里看的是马戏，一位同样穿泳装（不但有胸垫还有亮片）的女郎耍弄三条哈巴狗长达半小时。不要过度质疑表演者的审美，他们只想挣点钱罢了。

"这男人怎么样？"冯溪问。

"当你这么问的时候，我知道，你内心是满意的。"李白站起来，捡回座位上的一本书，拔腿就跑。

按照约定，他穿过剧院后台，到后门的小夹弄里找张幼苹。关于她，李白始终记得如下形象：在影剧院后门，夹弄里弥漫着饭馆厨房喷射出的油烟味，她披了一件黑色的马裤呢大衣走到露天，瘦了不是一点半点，涂着暗红色唇膏的脸，看上去苍白凛然，与其年龄不符。脚上是一双白色的酒店拖鞋，如果穿上高跟鞋她会比李白高出半截，现在持平。她高高兴兴的——高高兴兴是个俗词，以李白的能力找到一个更贴切的用词不难，然而贴切却并不能给她带来额外的光彩。

"我只要长一斤肉，就会被主任臭骂一整天。"她说，"他骂我小婊子。我说你不如骂我婊子养的吧，他还是骂我小婊子。"

她也曾谈起自己的父母，一个常年浸泡在麻将馆里的父亲，一个不断提醒她"你会去做婊子"的继母，一个重组家庭后对她漠不关心的生母，一个与生母厮混在一起曾经朝她动手动脚的野汉。这些人进出于她的生活。践踏，双倍的践踏。李白为之颤抖，心想我要是处于她的境地，可能活不过十六岁。然而在她高兴的时刻（不是片刻，大部分时刻她都高兴），偏偏就像一个被宠溺着长大的姑娘，疯癫癫，心直口快，天性里自带的妙语曼姿。对于痛苦，她的回避几乎是不被觉察的。李白望着她，痛苦不在眉心，痛苦不在嘴角，痛苦只在那双酒店拖鞋一尘不染的白色中。

里面喊了一声收工，张幼苹拍手往回跑。"我去换鞋，你等我，咱们一起走。"

"是你女朋友？"一名保安在远处向李白喊问。

"当然。"

"你小子当心，她们哪个不是老板养着的？"

老板，正是这个词，使贫穷感像灰尘一样扬起，飘满这座不知魏晋的小城市。人们逐年置办缝纫机、电视机、洗衣机、电冰箱，以为它们会构成一种便捷、愉悦、独立的现代生活，最终发现自己真正缺的是钱，就在这时，有钱的老板像神仙一样走来（如果不是魔术师的话）。"我也会做老板。"李白的不屑态度引来更不屑的笑声。不屑就像回旋镖，扔出去总会飞回到自己头上。

张幼苹换了高帮马丁靴，拎着大旅行袋。李白推过自行车，将旅行袋放在书包架上。绕到影剧院正门，他缩至树后，稍停片刻，让冯溪穿过街道走掉——她东张西望，看上去应该是在寻找他。我可不想被冯溪逮住，冯溪象征着乏味易怒、神经质、踩不上点儿，至于真实的冯溪是什么样子李白完全不感兴趣。"你家里可以让我搭住几天吗？两天，不超过三天。"张幼苹拍他肩膀，"我要去广州走秀，然后可能就不回来了。这几天我不想回家。"

"不和家人告别一下？"

"我情愿和家里的蟑螂告别。"她终于露出一丝厌烦，不过又立刻跳到李白面前，"没有说你是蟑螂啦！"

那段时间李忠诚出差的频率相当怪异，出门一两天，回家一两天，不好捉摸。保险起见，李白找公用电话亭往家拨了个电话，没人接，又往厂里电话，办公室告知去崇明出差，何时回来不知道。李白盘算，让她睡哪间房，算了，哪间房都可以。"去我家。"李白说，"我可以做饭给你吃。"张幼苹高兴，挽住他胳膊。李白忽又想起，她有工作单位，吴里丝织厂的模特队。那个搞也搞不清是正规还是野鸡的地方，二三十个高个子姑娘，在主任的带领下常年游走于外地城市，住招待所，被有钱老板开车载到金碧辉煌的酒店，有时候她们冒充是上海或苏州姑娘——关于这些故事，全都藏在她的白色拖鞋里。

"你所谓不回来，指的是辞职了？"

"我已经把自己赎出来了。"张幼苹说，"永远不再回来。"

38

如果李忠诚此刻回家，我就从门缝里塞二百块钱出去，让他住旅馆，这样我们就扯平了。李白寻思。

上个月一起事故性的遭遇又被重提，他以为李忠诚出差去了，下午逃课，骑车返家，而李忠诚以为他在上课。到家门口李白就觉得不对头，推门之后碰倒一个水桶，接着看见一辆破旧的女式自行车停在院子当中。李忠诚跑了出来——衣衫不整，下胯显著，并掩紧房门。备受鲍大哥花大姐熏陶的李白早已猜出端倪。自从俞莞之离去后，李忠诚的感情生活一片干涸——他该找个女人了。"你出去玩一会儿。"李忠诚递给他一百元。李白开了一个极其可恶的玩笑："学校要求戴校徽，在你房间，我得进去找，要不然罚我二百。"李忠诚又给了他二百。

当李白想到李忠诚时，后者真的回家了，他背着一个旅行袋，站在院子里与张幼苹面面相觑。李白从厨房出来，将父亲拉到一边。"出去住两天，四十八小时。钱我就不给你了。"

"你不可以带女的回家，你还在读大学。"李忠诚嗫嚅道，"而且她看起来……不大正经。"

长期出差让他见了一点世面，连不正经的女人都能辨识出来。李白心想，上次那个玩笑让我对他有一丝内疚，我的更年期的爸爸，搞不好被我吓出阳痿，真罪该万死，但你既然爱管闲事，我决定追杀你一把，让自己下地狱。

"上次那女的，是你们厂里的会计吧？"李白发了根烟。李忠诚慌不择路，企图拎包逃走，李白拽住他，继续教育："你要注意自己的政治前途，任何厂长睡会计，最后的下场都是两人一起坐牢。况且对方是有丈夫的，好吧，有丈夫的正经女人。"李忠诚嗫嚅："你怎么知道她有丈夫？"李白大吼："没丈夫你怎么不睡她家里去？"李忠诚已经跑远了。

这天吃过晚饭，看了一会儿电视，李白感到很困，回自己房间躺着。片刻后张幼苹进来了，蹭在门框上凝视他。她像某一本美国小说里将要离开乡下鬼地方的漂亮姑娘，启程寻找 American Dream，成为宠儿并埋葬过去。李白从未被这种氛围缠绕过，白淑珍走的时候连看都没有他一眼。保持一种即将被写入回忆的友谊，或在此时此刻与她做爱，这两个念头同时奔袭而来。李白的目光越过她，投向正处于晨昏线的夜空，仅仅在院子上方，那个被屋檐限定出的多边形框架中，一种深邃的蓝色正在形成。必须承认，即使年过二十，他仍然缺乏从容提出性要求、性企图、性建议的能力。十五始展眉，愿同尘与土——是尘土而不是欢愉带来了某种豁达。

"我得过性病，现在已经治好了。"张幼苹说，"你要是不在乎，可以和我一起睡。"

李白愣了一会儿，踢掉那床发硬的被子。"我没有性病，你大可放心。"

"别给我说出去，混不好了我还得回吴里做人。"

"到时候你就嫁给我呗。"李白说，"哪种病？"

"乙肝。"

"乙肝不是性病，但它的治疗难度仅次于艾滋病。"李白对此早已熟知，从床头捞过一本翻旧了的生活常识杂志，"就这段，

在很苛刻的标准下，乙肝才算是性病，戴个套子就没事了。咱俩一起吃过饭，该传给我早就传了，不在乎多睡一场。"

"反正小三阳已经不传人了。"

这样的话题已经无法阻止李白奔向泛滥无度的床笫之欢，没有明天，只有当下的尘土。有一天你会回忆这种经验：一个身高一米八的姑娘，一个模特，她教会你一些前戏、一些位置、一些感受，奔放的呼喊声毫无疑问传到了街上（不要紧，邻居必然认为是李国兴在欢浪）。这种经验里饱含自我，也饱含他人，且难以分离，且难以言述。"靓仔，教你一些别的。"李白被吻得遍体鳞伤，欲火中烧。"靓仔，你不是第一次了。"李白晃了一下，请不要有处男情结。"你爱我吗？"李白点头，我对你的爱既不是书本上的爱也不是生活中的爱。"床要塌了，你的挂钟好像停了。"李白告诉她不用担心，床底下全是箱子，塌了也撑得住她，至于挂钟，已经停了好几个月。"真娶我？"李白晃了第二下，抬头看挂钟，它一动不动，三根指针构成了一个勃起男子的侧影简笔画。

爬上一个姑娘的床，和让一个姑娘爬上自己的床，是两种相当不同的心理感受。后半夜三点，李白从她的臂弯里醒来，下床喝了口凉水，跨过地砖上的一堆衣物，像跨过四分五裂的我和她。一种无疑是青年时期的悲情掠过空洞的心头，他来到院子里，顶着早春的寒冷看星。恒星在被无数光年之外的肉眼所看到的距离与它们之间的实际距离，正如爱情——但这个比喻太过庞大，太过费解。他感到身后有动静，回头去看，只是夜风吹过厨房顶上的油毡布，张幼苹并没有醒来陪他一同看星，她直睡到下午，那时候李白已经在乒乒乓乓

地做菜了。

　　将一场长时间的离别演变为短暂同居，或者是李白的行事方式，或者是一种经过观星式的思考的结果。吃饭，看电视，睡觉，其间羼杂着他的八次性高潮和张幼苹天南海北的故事。还有件尴尬事不得不提一句：李白家里至今使用古老的木制马桶，每天早上由一位王姓老太上门收取，倒干洗净送回。卫生设备不能进入文明时代让人头疼，尽管他家已经接通了电话和有线电视。

　　"怪不得你爸娶不上后妈，这房子里没法住女人。"

　　"我爸娶不上女人是因为他没法和女人相处。"李白不想再谈他的父亲，他预感到将来可能要向另一个打算搬进这房子的女性无休止地解释此类问题。但愿那位女性是我爸爸的妞（搞不好是那个会计？），而不是我的。

　　第二天中午李白与她在床上披着棉被共进裸体午餐，她跑到院子里，大叫道："哇，好凉。"抱着胳膊又跑了回来。李白心想，若我把她娶回家，真是万分荣幸，我才不管她爱不爱文学、有没有品位，当务之急是把李忠诚赶走。忽然又有人敲门，李白问谁，答曰李国兴。国兴这个王八蛋，我再不能让他的女人光着屁股在院子里跑，这场子归我了。李白高声喊道，滚。国兴在门外十分诧异，说你他妈的是不是喝醉了，大中午的。李白大怒，端饭碗冲到院子里，隔着门裸身大骂，可是国兴已经嘟嘟哝哝地走了。

　　他提了一桶热水在厨房冲澡，她高兴得很，说我帮你搓背吧。这你都会！李白大喜，多年来他受够了李忠诚在后背瞎搞，他的大力搓背，必须得抱住什么东西才不会被他搓飞出去。他坐在小板凳上，她在毛巾上蘸了些肥皂水，往他后背轻搓。"老板，舒服吗？"

　　"你在说什么呢？"李白大喊起来，他意识到这一动作中含有其他男人的成分，然而他也没有什么本钱抗议，更难堪的是他居然感到一种经由生活凌辱后产生的欢愉。说她是个小婊子这很过分，但我们之中必有一人是小婊子，那就由我来充当吧。

　　"说错了？"

　　"喊老公。"

　　"不，"她说，"你不是。"

　　"喊老公，等会儿我给你搓背。"

　　"不。"她说。

　　"好吧，老婆。"李白无奈。

　　难以启齿的伤感时刻在第三天中午降临。"你还想做爱吗？"张幼苹问。她的意思是告别之前还能再来一次，李白摇摇头，双腿打飘，看着自行车发愁，该怎么把她和一个大行李袋驮到长途汽车站（去往上海，转火车至广州）。张幼苹说："我坐出租车啦！"李白松了口气，就此被离别的缠绵悱恻所吞没。

　　"你到底爱我吗？还是把我当朋友，很好的朋友？"临走前，她问了一个幼稚而尖锐的问题。

　　"我喜欢和你做爱。"李白承认，又莫名其妙地说，"简陋一点也不要紧。"他猜想自己要表达的并不是"简陋"，而是"危险"，但后者可能引发的一系列追问是他无法回答的。

　　"到底是哪一种？友谊还是爱情？"张幼苹继续追问前一个问题。

　　"在性爱的世界里，你说的那种友谊是硬通货，像美刀和黄金一样硬。至于爱情嘛，不能说是假钞，只能说是很原始的以物易物,在任何一个时代也都行得通,假如你不肯换,也在情理之中。"

"你说的我完全听不懂。"

"我的意思是,为了爱情不一定要做爱,为了友谊也许可以。"

"要这么说的话,我和冯江也是硬通货一样的友谊。"

李白脑袋晕了一下,我竟没意识到自己和冯江做了连襟。未及他开口追问(冯江到底行不行之类的八卦),张幼苹说想借电话用一下,李白插上电话线,在院子里站着等,听她轻声讲话,天气好得出奇,他忽然想到多年前看过的一份地摊杂志,梦露在三十六岁那年实际死于谋杀,凶手是中情局的特工。等到张幼苹挂了电话,走到院子里,这一不祥的念头也随即在温暖的阳光下消散殆尽。

她走以后,李白打扫房间。电话铃响了,是李国兴。国兴抱怨说一整夜都打不通。李白说,为了防着你电话骚扰,老子把线拔了。国兴大笑。

"你再也不会被人摸一把了,你破瓜了。"

"滚你的蛋,老子早就破了,小学就破了。"

国兴更是高兴。"告诉你一件喜事,你爸前天晚上被派出所抓走了,经我斡旋,就不通报他单位了,家属去领人,准备三千块钱吧。火速办妥,你要让他再多关一天的话就涨到五千了。"

"你不能垫付一下?"

"我刚花光了所有的钱,还倒欠三万,买了一辆桑塔纳。"

"他犯了什么事儿?"

"你猜。"

39

三李桥派出所,辖区范围内包括一个商业中心、四家大酒店、三所技校职校,在过去年代,它主要打击本地流氓团伙。所内院子里种了三棵大槐树,穿牛仔裤或军裤的不良少年们蹲满树底下的场景历历在目,李白也蹲过一回,一条毛虫落在了他的脖子里,他站起身试图伸手去挠,被戴红臂章的联防队员一脚踹在膝盖上。

到九十年代,犯罪高发区域挪到了汽车站一带,本区多为偷自行车、溜门撬锁之类的案子,基本没有破案的。派出所的主要任务是不定期冲击各种洗头房和酒店,根据李国兴的介绍,除了太子大酒店可保平安之外,其他所有的,都靠不住。

太子巷即属三李桥派出所辖区,当年炸毁公共厕所,李忠诚进去过一回,此后太平了几年,不再犯事。现任副所长是花大姐的表舅,彼此都有点认识,李忠诚要是打了人砸了东西的话,请客吃顿饭也就放出来了,然而这回他犯的事情,除了让大家哈哈大笑之外,必须再掏点钱出来解决。

"那天晚上,"李国兴在槐树下抽烟,回忆道,"我扛着摄像机,和兄弟们一起蹲车里。你知道,这种事情无凭无据,我们是法治社会,必须拍下录像才能作为呈堂证供。我的任务就是拍他们,我也很喜欢拍他们,将来我要把这些内容剪辑成一本纪录片,肯定能去柏林电影节拿个奖。晚上十一点,我跟着兄弟们进了皇后饭店,先按住了前台服务员,然后摸上楼,开房门冲进去,打了大灯往床上推了个大特写,然后我就拍到了你爸。"

"我爸是不是吓瘫了？"

"没有，你爸都没起身，他喊了一声我是李忠诚，还在办。其实不用喊，他后背上的龟壳伤疤，警队全都认识。"国兴叹了口气，"是条硬汉，软不下来，佩服，最后警察把他拖了起来。"

"我以为他会去住招待所，二十块一张床的那种。"李白愤愤然。"要早知道他住皇后饭店，我干嘛不住进去呢？那里的卫生间都不错。"

"那就是你被抓了，笨蛋。可不管男男女女是什么关系，都拖出去先审的。就算有我保你，你经得住那瞬间的惊吓吗？很狂暴的哟。"

"说得也是。"

李白从腰包里掏出三千元。他提议给花大姐打个电话，找所长再谈谈，能不能降到两千。国兴摇头，兄弟们都是倒了夜班出来干活，面子再大也不能让人家白出差。况且派出所已经放了一马，没有通知单位和妻子，做人要知足。"罚太便宜的话，我怕他会报复性地去干第二票。贵点儿好，吸取教训。"国兴语重心长。

"你确定他干的是第一票？"

"他对警察是这么说的。"国兴说，"这年头，每个人都谎称自己是第一次。"

李白绕着院子转了一圈，所里很热闹：一名中午喝醉酒抡菜刀要砍厨子的乡下人正铐在椅子上睡觉；一对因家庭纠纷而大打出手的妯娌；数十位群众送来一名意外失手的偷车贼，已被打落牙齿并捆得像个粽子；最后狂奔而来一位惨遭精神病人袭击的少女，该疯子就在街口撒野，未及民警出动，那数十位群众已经扔下偷车贼，举着棍棒和绳索冲向事发地点。"我的理想也是做一名人民警察，不发工资都行。"李白感叹，随后揪住李国兴，"让我和你一起去抓嫖吧，我可以给你打灯、举话筒、做啥都行。"

"那活儿挺没出息的，不适合你这种年轻男子。"李国兴拍拍他肩膀。

两人进去交了钱，收账的女警官看了李白一眼，他脖子上有两个草莓印，合成一个心形，要到下星期才会褪去。没关系，下回可能就是我爹来赎我，一门无耻，三代有种。直拖到中午，李忠诚吃过饭才被放出来，似乎三千块还能再搭送一顿午餐。秽行甚彰，又关了一天两夜，此刻他脸色有点糟糕。在李白看来，嫖是对于自由的一种嘲弄，而抓嫖是对于嘲弄的嘲弄，后者对李国兴来说恰恰也构成了生活的嘲弄。现在，三千块钱就像宗教税，涤荡了他们身上的罪恶感。三李在三李桥派出所门口抽烟，国兴终于有了一丝抱歉之意，这使得他看起来像个神经正常的人。

"回头我坐下来跟你解释，不是我不保你，是我保不住你。上车吧，我开车送你们回家。"

李忠诚没理他，冷冷地问李白："你的女人走了吗？"

"走了。"李白补充道，"永远走了。"

这句话对李忠诚是具有杀伤力的（对李国兴来说则相反，意味着新的爱情起点），他象征性地掸了掸身上的灰，某种内化的羞辱，或是事了拂衣去式的潇洒。"那女的现在怎么样了？"他问国兴。

"女的？哦。"国兴回过神来，"我也不知道，可能遣送可能劳教，可能放走了，看她运气了。谁管她呢？"

"你真是丧尽天良。"李忠诚撂下他们，独自踏上回家的路。他当然不会回头，在飞弹出烟头的一瞬间也没有多看一眼，要

73

知道，多年来他都是谨慎地将其踩灭在脚下。

"他这样子就像是我俩嫖娼被抓了，酷。"国兴摊手。

"不，他这样子，就像我俩白嫖了他。"

我相信，假如有地方可去的话，他也会永远走掉。李白望着父亲的背影。我从未幻想自己是另一个人，但有的时候，真的会幻想我的父亲，帅气，睿智，社交广泛，甚至还有一丝伤感的、孤独的气质。现在我收获的仅仅是我自己的伤感。别了，浪子，晚饭时我们还会在太子巷3号再见，就当那是另一个时空吧。

40

李白大专毕业那年恰逢教改、房改，像一辆载满货物的卡车，却不幸抛锚在路边。他学会了电脑和办公软件、公文撰写和速记、做账和演讲、西餐礼仪和斗地主、围棋和书画、四级英语和初等日语。这些技能足够他成为一名文武双全的实习秘书，也许还需要学一学高尔夫球，再考个驾照，不过下岗时代隆隆而来，紧接着是遥远的、无法理解的亚洲金融危机。那些倒了霉的人在电视上看到更倒霉的人，一时不知道该怎么办才好。

照李忠诚的想法，李白本应克绍箕裘，在农机厂做一个小科员，这条路显然行不通了，工厂先是发不出工资，接着濒临倒闭，李忠诚不再出差，整日念叨着还有一叠发票没报销。

无论李白是怎样藐视大历史事件，下岗这件事却无法绕过，它在全国几乎所有城市同时爆发，如果劳动力是一种货币的话，该币种现在跳水了。农机厂地段不错，

沿街厂房迅速改造成建材批发市场。作为工厂领导，李忠诚没怎么吃亏，他低价拿下了一大一小两个门面，暗暗做起了房东。这一行径尽管稍显卑劣，却基本合法，甚至可以认为是对李忠诚的补偿：他就是在那片地段上被烧成重伤，把屁股上的皮移植到了后背。

我无法假惺惺地为那个年代唱哀歌，我父亲，你懂的，一个在任何年代都是笨蛋的人居然聪明了一次，好在他没有参与侵吞国家财产，只是捞了点小便宜，让日子好过一些。作为单亲家庭，他甚至不需要养活一个丢了工作的老婆，哀歌还是留给那些饱受摧残的工人子弟吧。在访谈中，李白这么回答方薇。这段后来被他主动删除了。

窃喜，这是李忠诚最擅长的，并且总是被人们看在眼里。他做起了房东，两间门面房很快被外地商贩租下，一间五金批发店，一间火锅店。从倒闭企业的掌权者迅速转身成为地主老财，比他的婚姻成功多了。他日日在家里晃荡，李白感到厌烦。"你什么时候结婚？你可以找个女人了，这样我能搬出去。"李白说，"找个下岗的单身阿姨吧，或是单身的下岗阿姨。她们需要你。只要给生活费，她们可以听你叨叨一个月，顺便帮你洗衣做饭。记得续费，还有下个月。"

"到底是'她们'还是'她'？"

"抱歉，我使用了一种文学语言，令你困惑了。"李白对父亲的销售员式的油滑毫无兴趣，"她们之中的某个她。"

现在，有必要描绘一下吴里的下岗时代，这是李白前半生罕见的凝视现实的时刻。大多数时候他都秉持一种稀里糊涂的"内在经验"——这是方薇教授授予他的

词，意谓李白的写作不够开阔，浪漫型小镇作家，在虚无中度日的修辞好手罢了。

追忆下岗那天，李白记得的是：工人们一哄而散，带走他们趁手的工具和劳保用品，剩下几个发呆的留在原地，被告知澡堂还能开放最后一天，这些人也都回到更衣室，拿了毛巾肥皂去洗最后一个告别的热水澡。澡堂门口贴着附近浪淘沙大浴场的招聘启事，搓澡，递毛巾，烧锅炉，还有女技师。脱光的男人们各各握手祝福，一切井然，一切低徊，像蒸汽龙头发出的沉闷轰鸣。李白也脱光了想泡一会儿，一名工人忽然惊呼自己价值千元的金戒指滑进了池子里，大伙用脚趾在水底探索，遍寻不着，最后是冯虎闯了进来，勒令众人不得离去，也不得穿衣，然后放空池水。大伙光着屁股等待着金戒指露面，漫长的二十分钟，屁股都凉了。它出现后，冯虎说蒸汽与自来水皆尽告罄，想再续一池已经没可能，这就穿衣回家吧。大伙一时不忿，昔日仇恨翻涌而起，在李白的带领下像丧尸一样扑向冯虎，撕烂了他的衣服，直至光腚，一脚端到了外面街道上。

41

无所事事的早秋让人产生幻觉，有什么人即将叩响大门，会是一张陌生的脸，还是一张熟悉的脸？淡巴菰就是烟草，玄鸟就是燕子，知了就是蝉，青少年的隐秘罪行就是自慰，南柯就是白日梦。午后时分，李白靠在沙发上梦见了一头狮子。狻猊入梦，贤人将至，醒来后拖着酥麻的胳膊去查周公解梦，正解却是说：将有不可一世的仇敌降临。昼寝果然不是什么好事。

一个来自上海的电话将他彻底唤醒。对方是一男性青年，用尖利的嗓音说出了周安娜这三个字，何其遥远的姓名，就连自慰都不常想起她了。李白的第一反应是，她死了，那颗从十七岁开始就埋在她头颅里的种子现已结成命运之果。悲恸升起，他又回到两年前的夏天，那时她预言自己会有三种死亡可能：手术失败，脑瘤破裂，或某种形式的自戕。她让李白帮着猜测，哪一种可能性更大，仿佛死亡是一件漂亮并廉价的衣服，在她的消费能力之内。她的态度中所包含的现实与矫情，极度抵触之物的完美融合，恰如李白此刻的悲恸。不过，尖利的男嗓谈到了周安娜最近交往了很多男人……

"等等，请把你的讲话逻辑梳理一下，周安娜怎么了？"李白擦了擦眼角不存在的泪水，想起她曾要求他保守的秘密，小心翼翼问道，"她最近身体还好吗？有没有住医院？"

"她？她很健康，活力四射。"

"那你管她交往什么男人呢，你又是谁？"

"我是她的现任男朋友。"对方提高了嗓音，"一个被周安娜玩弄、背叛的人。"

经过了至少二十个回合的交锋，话筒在两耳之间换了三次，最后开成免提（李白恨不得用砂皮打磨一下他的声带），长达四十分钟的通话（长途话费，不惜成本），终于搞清状况，并捋清时间线。此人叫费奖，就读于F学院工业制造系，本科四年级，与周安娜恋爱十六个月，有过亲密关系。没错，对方的用词是亲密关系而不是性关系，也许他是想说明性关系之中还有亲密不亲密的等级划分，也许他只是自恋。十二个月后，费奖发现周安娜与不同的男性保持着性关系，他窃取了她的通讯录和日记本，并实施跟踪四个月，最后锁定的男性名单有五十二个。这一惊人的数字让李白在床上打了个滚，对着免提快乐地大喊："五十二？"对方沉默。李白说："天哪，那岂不是三教九流的男人都让她给办了？"

"大部分都是我校学生，我的同学，我的舍友，也有戏剧学院、音乐学院、财经学院的学生。其中四十六个是有女朋友的。"

"有没有教授和校长之类的有妇之夫？"

"没有，她偏爱年轻的、未婚的。穷一点也不介意。"费奖总结道，"他们几乎全都认识我。我是周安娜的男朋友。"

好吧，他们——你的同学们——占了你的便宜。仿佛有一架失控的飞机在头顶盘旋，李白从床上坐起来，意识到事态的严重性。"你打我的电话是什么意思？难道通讯录上有我？"

"当然有你，第一页第一个，吴里的区号。"费奖说，"在最近一年半里，你和周安娜有没有发生过关系？"

放你妈的屁，你有什么权利审问我？李白大怒，再一想对方好像还真有这个权利。尽管如此，"但我没有义务回答你。"李白说。

"你听着，"费奖冷冷地说，"所有的人都已经被我查清了，日记写得清清楚楚，通讯录有他们的联系方式。他们的女朋友，我也逐个通知到了。你是最后一个。"

"我是她的第一个，拜托。"

"你不是第一个，少潜威是她的初夜。她跟我讲过。"

我日你全家。李白暗骂了一句。此时此刻，他告诉自己要保持冷静，保持潇洒和幽默，至少不能和这家伙一样像个狂躁症。他点了根烟，暂时忽略了电话里伴有嗡嗡和咝咝杂音的话语。是的，我早该猜到少潜威是她的初夜，我当年没什么经验，不好意思问，不过，即使我问了，也没什么大意思。我只是有点担心，和五十二个男生发生关系，她的灵魂是否能承担这份狂乱记忆。

"难道你不知道她有病吗？"李白失去耐心，他憎恨这个反复向他做出提示的家伙，打断了又一阵伴随嗡嗡声的喋喋不休。

"什么病？"费奖警惕起来。

好吧，李白决定什么都不告诉他。"不是艾滋病，别他妈想歪。一种类似除夕放烟花时的眩晕症，必须在天亮前全部放完，留到第二天就会失去意义。"

"你在说什么？"

"没什么。"李白掐灭香烟，搓搓手，从衣兜里翻出自己的钱包，数了数，有五百多块钱，另有一张未及兑现的稿费汇款单，三百多元。"费奖，我马上买车票到上海。我要会会你。"他最后说。

幸运的是冯江也在F学院经管系，李白打电话过去，宿管阿姨喊冯江下楼，与此同时传来一阵惊人的哭喊声。冯江来后，十分无奈地告诉李白："费奖比我高一届，他没骗你，事已经传开了，件件属实，只多不少，很多人在闹分手。刚才有个女生威胁要杀了她的男朋友，我们已经把男的藏了起来。"

"你是五十二分之一吗？"

"很遗憾，我身边所有长得还有点人样的男生都被她办了，独独没有我。为此我苦恼了一整天，到底我是哪儿做错了。"冯江长叹一声。

"屁话少说，周安娜情况怎么样？"

"她不见了，学校打电话到她家，也没回去。可能找个地方避风头了吧，有人试图搞她。用你青年作家的想象力列举一下，有多少东西可以叫一个女人毁容，刀子、硫酸、碱水、碎玻璃、指甲、发卡、回形针……"

"洗干净屁股等我，今晚我搭住你宿舍。"李白挂了电话。

42

失业青年李白在九十年代后期的浪游始于一场劈腿大混战，而非基于理想主义、浪漫主义、虚无主义、后现代主义。在多年后的一些访谈中，他声称自己落拓不羁什么的（出世型的写作者是出版市场永恒的宠儿），离开闭塞的县级市追求某种事物，这当然不是事实。"我总不能对着媒体大谈初夜情人引爆火药库的故事吧？"

爱情就像战争，无论多少城邦参战，最终只能形成两派对打。咱们打的是世界大战，邪恶轴心国周安娜，还有我李白，现在就看你的了。一见面，李白就这么告诉冯江。

"你为什么穿西装，还打着花领带？"冯江从夹趾凉拖里抽出右脚，蹭蹭左腿。

"如果我被群殴致死，希望能死得体面一点。"

"我中立。"冯江说，"想不通你为什么讨厌费奖，他是受害者，那几十个遭到背叛的女生也有权知道真相。"

"我正是讨厌他对于真相的贪婪追求。"

道德领域中，凡人掌握了大量的片面真相，最终信仰了片面性，放弃了真相——李白试图向冯江解释这个问题。忠诚的情侣，越轨的情侣，炸了半个学校的情侣，都是片面性的体现。他没提脑瘤的事情，离真相最近的是这颗瘤。

踏进F学院，著名的阴盛阳衰大学，女生比例超七成。李白就像观摩了一套当代女性文学丛书，或妖娆，或沉静，或冷酷，其间夹杂着闪烁而过的男性，他们是不可或缺的配角。尽管重要，仍然是配角，换一个不是问题。一瞬间李白明白了，周安娜破坏的不是爱情，而是情侣之间对于爱情的信仰（说好了不跟别人上床嘛）。她实在是太不给人留面子了。

到得寝室，烟味扑面而来，四个男生在打牌，三五人观战，一名和李白一样留着长发的男生与大伙告别离去。冯江指他的空铺说，这位兄弟是上海人，逃回家了，你可以睡他的铺，不用和我屙搭屁眼的。又指寝室里诸位，他们都是事主，并介绍，我兄弟李白，周安娜的初恋。大伙本来蔫头巴脑，闻此忽一振奋，两三根香烟同时递了过来。牌局上赢钱的那位名叫丁波，生就一副姑娘眉眼，瘦如柴秆。冯江夸他手气不错。丁波叹气说，因为我压力较小，没女朋友，费奖只通知了我家长。

"这种情况，贵校会开除她吗？"李白问得直白。众人沉默，牌也不打了。丁波说："搁以前遇到严打，最高能判枪决，现在是自由时代，没人管。学校不愿意给几十个怨妇张目，你说是逼她自杀好呢，还是处分她好？重了出人命，轻了不解恨。"另一人补充说："今天下午学校强调了一下，动手打架立即开除。"众人松了口气。正说话间，又一男生吹着口哨进寝室，冯江问："分了吗？"男生说："谈妥了，分手。"冯江问："你眼镜呢？"男生从裤兜里掏出一副眼镜架子说："一耳光拍飞了。"问到底挨了几个耳光，男生说："不多，就四个。"

"有经济纠纷吗？"李白问最后一个问

题。众人面面相觑，他不得不讲得通俗一点："周安娜花你们钱了吗？收你们钱了吗？"

"据我所知没有，有时候还是她掏的钱。"丁波摸着鼻子说，"听说工艺系有个男生把订婚戒指送给了她——本来是要送给未婚妻的。周安娜拒绝了。"

"那就好。"

冯江拽走了怒火中烧、已经失去幽默感的李白，此刻他需要喝一杯，或是十杯。两人来到延安路上，找了家平价饭馆，进进出出都是学生，冯江打了一圈招呼。李白率先饮下一杯呛肺的二锅头，并看着冯江。这位旧日连襟、无耻之徒，女性内衣博览会的主办者，如今变了不少，至少看上去正派、沉着、擅长社交，还有几分未老先衰。"你像是坐了两年牢。"李白发问，"是什么让你变好了？"

"我没法不变好。我现在很穷，家里两个老的也都下岗了。突如其来的贫穷最能教育人。"

"突如其来的爱情，突如其来的战争。"李白抬杠，"凡是突如其来都能教育人，你也用你的突如其来的恶作剧教育过别人。"

"你喝太快了。"

饭馆的电视里播放着MTV，一个美丽的女人在为爱而幸福，下一首也许就是悲痛欲绝。李白已经坐上了酒精的敞篷跑车，他无端地想到自己会在暮年的酒馆里继续观看电视上的幸福或悲痛。MTV是个好东西，它将故事浓缩为情绪，经验则跨过一切因果关系直达泪水，唯一的缺点是你不能把上一首歌的哭泣延续到下一首，尽管它们同样悲痛、未费周章地接踵而来。

丁波独自晃了过来。李白对他印象不错，他的著名诗句发表在校刊上，"我熟悉你，如同熟悉自己阴囊上的每一道皱褶"，令李白无语很久。你好，写诗的弗龙斯基，坐下一起喝点吧，谈谈我们那位玩得过火的安娜，摊上了一个有狂躁症的卡列宁，这是你们所有人的不幸。

"叫我阿波吧，不要叫我弗龙斯基。"面对李白的嘲笑，丁波面不改色。"你来得很及时。"

"怎么讲？"

丁波不语，由冯江解释。那个傻×费奖，现在占据了道德制高点，有避雷针那么高，阿波不得不每天从他的鼻子底下走过。阿波试图让费奖明白，周安娜并不属于某个人，周安娜是自由的，对于一个仍未走出青春期的偏执狂来说，这道理无法讲通。现在，李白作为论据出现在F学院。

"你是周安娜的前男友，你至少可以证明两件事：第一，周安娜并不天然属于费奖，第二，费奖是从你手里抢走的周安娜。"

"你们他妈的幼稚死了，一群书呆子。"李白骂道，"你俩的心理年龄加起来有二十岁吗？"

"我们只是希望你和费奖谈谈，他思路有点不正常。"阿波说。

"不，我要宰了他。"

"我们不希望发生暴力事件，整个事情从头到尾已经够暴力了。"

"我要让他知道随随便便给我打电话是什么后果。"

有四个女生走进饭馆，坐在角落，还没点菜，一个已经哭了。冯江偷偷介绍，这位是苦主，男朋友是那枚戒指的主人。李白的注意力落在其中穿T恤衫的短发女生身上，看起来气质非凡，今晚应该是她买单。她叼起了一根烟，四处找打火机，接着招呼冯江:"老冯,借个火。"冯江也没带打火机,李白站了起来,走向她。短发女生则安慰哭泣者:"冷静点,周安娜这小婊子交给我。"

"你们敢动周安娜,我一个一个弄死你们。"

李白对着短发女生点亮打火机,火烧在她鼻子前面。哭泣者捂脸痛哭,另外两个全都尖叫着跳了起来。短发女生生恐毁容,跳起来大骂:"你是哪儿来的傻逼?"哭泣者抱头痛哭。冯江和丁波冲过来抱住李白,将他倒拖回去。短发女生扑到饭桌上,企图抓住李白的领带。"哪来的小乡下人?"她质问冯江。

"他不是我们学校的。我老乡,周安娜的初恋,不,说错了,初恋是周安娜。"冯江仍在贫嘴,继续拽李白。李白大为不服,追问道:"你竟然说我是乡下人?"短发女生大骂:"你穿成这副操性就是个巴子,马路上有你这样的吗?"李白狂怒,酒精上头,脱西装,但两臂被冯江扣住。MTV已经切换成一个披着轻纱赤足奔跑的女人,她在奔向悬崖。"老娘学服装设计的,说你穿得巴子,你就是个巴子!"短发女生不依不饶,踢开凳子走向李白。冯江撒手,意思是让他快跑,然而李白还在脱西装。冯江不得不拦住女生,解释道:让他脱,他会把内衣也脱光的,然后在夜晚的快速路上狂奔,赤条条被车撞飞,你就如愿了,何必亲自动手。

一条人影夺门而出,是哭泣者。天哪,她会被车撞飞。两个女生追了上去。短发女生两头不是,李白的西装已经撂在饭桌上,此时正在和自己的领带搏斗。女生无奈,抬手给了冯江和丁波各一个耳光,骂道你们也不是个东西,追着同伴们跑远。

李白大喊:"等等我。"这次他们被饭馆老板娘拦住了。

"你们三个先请结账。"

"为什么在MTV里她们只会哭泣,却从不考虑自杀?"李白看着电视机,呆头呆脑问冯江。

"因为哭泣是自杀的替代形式。"丁波回答。

"你们不是醉了,你们是疯了。"老板娘举起电话,"要我报警吗?"

43

一个狂奔之夜,一个耳光之夜,此后的记忆被绞碎,委弃于划过两颊的风中。翌日李白醒来,发现自己侧身躺在寝室床铺上,面对着挂在蚊帐上的八开美女海报,他看了看手表,中午十一点。接着他感到有人坐在床沿上低声哀哭,是个女生。李白发出一声呻吟。

"我这么爱你,你为什么要背叛我?"她说。

"我想你可能是认错人了。"李白翻了个身,面对她,"对不起,我是昨晚搭铺睡这儿的。"

再一次尖叫,再一次夺门而出。李白长叹一声,坐了起来,感觉自己长了个反刍动物的胃。寝室没人,他找自己的衣服却只摸到了领带和一件发臭的衬衫,西装和裤子不知去向。丁波拎着两瓶啤酒走了进来。

"我干了什么?"

"你暂时还没干什么。"丁波说,"昨天把你架回来的路上,你一直在高喊要杀了费奖。"

"对啊,我要去找费奖。我衣服呢?"

"你不用去找费奖了，他很害怕，已经逃回家了。"丁波开啤酒，给自己倒了一杯，"你要来一杯吗？"

"我不能再喝了。我不会杀人的，放心。"

"你很具体地陈述了，要用锤子敲开费奖的后脑，像敲开一颗并不是很想吃的核桃。非常具有文学性的比喻。如果是很想吃的核桃，会敲得温柔一点。"丁波喝啤酒，讲了一句更具有文学性的话，"片刻的疯癫暴露了一切。"

"他报警了吗？"李白捂脸。

"这种事情报警没啥用，拘留你五天，出来以后你会敲开一颗极其不想吃的核桃。总之，现在全校都知道了，有一个不怕死的吴里来的兄弟打算弄死费奖。"丁波脸上露出一丝快意。"现在，事情已经颠倒过来，费奖希望我们能和你谈谈，请你不要这么暴力。"

"让他滚远点。我的衣服呢？"李白又问了一次。

"被冯江穿走了。你可以去食堂找找，他今天很阔气，大概把你的钱包也一起穿走了。"

李白不得不套上了冯江的沙滩裤，穿上他的夹趾凉拖，与衬衫领带很不般配，干脆从晾衣绳上捞了一件不知是谁的汗衫搭在肩上，跌跌撞撞出门，走向水房。

"你很爱周安娜，"丁波在身后说，"但她却是这样的。"

"普遍的人性并不能囊括你所深爱的人，她们理应在这世界之外，不被生活的常理所判断。所以有时，难免会有一些伤害错进错出。"李白回答。

这是为所有人准备的季节。在等待周安娜的二十四小时里，李白随意搭上一辆电车，去往市区。秋光令一切变得熟悉、扁平，脚上的夹趾凉拖也舒服起来（他总算拿回了自己钱包），光面人造革座椅摸上去像某人的额头，起初凉凉的，然后产生温度。有那么一段路，平静狭窄，布满梧桐的阴影，一些黄叶飘下，停车时几乎可以接住。出于懒惰，出于对无以名状的情绪的节制，李白没有向车窗外探出手。一个穿黑色半透明睡衣的女人走过人行道，这是上海独有的风景，没有人制止她们。李白无端地想到，在多少小说和电影里，她们奔向自由的结果往往是不幸，然而这种不幸也很难用现实去衡量。

他跳下电车，在一家包子铺买了两个湿漉漉的、温热的大肉包，显然是早上的存货，已经在蒸笼里放了好几个小时。不算难吃，不过还是将他噎在了马路牙子上，平均二十秒钟打一个嗝，每一个都伴随着一次翻白眼。那个穿睡衣的女人又走了回来，李白注意到她穿着珠光白的塑料拖鞋，手腕上套黑色橡筋发绳——她似乎决意要在马路上打扮成卧室里的模样，又或者，是从卧室直接来到了马路上。她走进玻璃橱窗一样的电话亭，拨号，通话，将话筒夹在右肩，食指缠绕胸前的电线，用一条腿支撑身体，另一条腿则交错着，踮起足尖，姿态近似波提切利的名画"维纳斯的诞生"，在不远处打嗝并凝视她的李白则像画中那位鼓着嘴的风神。

"朋友，你翘起来了。"一位过路的花花公子式的大叔提醒李白，并指指他的沙滩裤，随即踏着恰恰舞的步伐潇洒离去。李白羞愧，钻进弄堂里，找了个倒马桶的角落点起香烟。他想到昨晚冯江扔出的一个问题：在这所学校里，有哪个正常的男生能拒绝周安娜的邀请，即使他们已经有性伴侣（就不要谈女朋友这个词了）。

是的，没有人能拒绝。李白回答自己，即使是最幼稚的、直观的身体诱惑，也无法否认其中有着超乎享乐的一面。他走回街上，穿睡衣的女郎不见了，电话听筒悬挂着晃悠，她像是被空气中不可见的事物劫走了。

"我已经不爱她了，但我无法解释这种心碎的感觉。"李白看着一棵树，像是回答了树的诘问。他走至街对面，登上返回的电车。秋光未散，鸽子飞得很高，这是自由的季节，也是和平的季节，他爱这世界散发的淫逸气息，近似肤浅又悦耳的流行歌曲的回响，那意味着事物在终结之前尚有一小段时间可以流淌。

他没有在车上睡觉，半小时后回到校门口，见到周安娜，她戴着一副墨镜，看不清喜怒哀乐。

"你就穿成这样来上海，叫嚣着要杀人？"周安娜摇头，讲话语气和那短发女生一模一样。"天哪，老娘到底是不是你曾经爱过的人？"

44

经常性地，你不能判断，告别是否成为永别，永别是否仍是暂别。你在每一次告别中努力嗅着永久的气息，它形成了习惯，表面看起来像某种关于人生的游戏。"游戏被你玩成战争了。"李白评价周安娜，"没想到咱们还能再见面。"

"咱们住得不远，总能见面。办喜酒搞不好都在同一个饭馆，太子大酒店。"

"不要学我说话。"

"发自内心的，就这么说话了。"周安娜伸出手，摸了摸李白散乱的长发，"好吧，是学你，这种语调让我觉得平静。以前我还挺讨厌你这么讲话的。"

李白嗅到了永别的气息。他费解地望着她，从明星少女一路走来，在某一天，她终于使用了李白的方式讲话，但这丝毫不能让他信服。因为时光的漫长略为超出记忆的限度，因为易怒、沮丧、忽远忽近，你变成一台调焦失灵的相机，无法准确讲述，甚至连她的基本轮廓都变成旧时代矫情的柔光。说到矫情，有多少人都在矫情地憎恨着矫情，仿佛那道柔光曾经在旧时代猥亵过他们，不，应该说，被庞大的带着柔光的旧时代猥亵了。

"说说那些男生吧。能说吗？"李白问。

"说。"

"你最喜欢哪个？"

"毫无疑问是阿波，就是丁波。和你一样，也爱写点诗，写得很矫情。有一次我讲了出来，很伤他自尊，从此诗也不写了，炮也不打了。"

"你要永远记住一件事，我不写诗。"李白说，"简直是冒着阳痿的风险。"

他们走到一家小宾馆的账台，李白出示身份证。由于阳痿这个词喊得太响，服务员看了他一眼。周安娜的房间在二楼，一口立柜，一张硬板双人床，一张旧课桌，窗外就是一幢石库门洋房，距离不过五米，越过老虎天窗可以看到 F 学院的教学楼。出事以后她就躲在这里，还算干净，没有可疑的气味和不洁的痕迹。李白踢了拖鞋往床上一躺，周安娜坐在书桌上。

"很显然这是你常来的地方。每次都是这里？"李白说，"居然没有被查房。"

"我去的酒店要比这高档，倒是和阿波来过这里。"

李白忽然问不下去了，他望着她，关于她，汽车上嚼泡泡糖的她，舞台上吹笛子的她，风雨中的她，席子上的她，多重印象叠加在一起，每一个都很有说服力，拼在一起却失去了维度。那时候她说过，脑瘤会改变一个人的性格，每长一毫米就会让她变身一次，等到它被切除，又会彻底改变她。最终结局只有天知道。有时候，我希望这颗瘤长在我脑子里。我希望自己睡几十个女生（男生也可，如果都像阿波那样的），往脑子里打一管麻药然后被剁碎了扔大街上去。李白伸出手，隔着两米远，抚摸周安娜头颅中的瘤。

"它怎么样了，还好吗？"

"下个星期动手术，华山医院。它长大了，手术死亡的可能性，现在是十分之一。"周安娜说，"必须摘除了，它让我变疯。费奖说我应该自杀，我决定试试，十分之一的自杀。"

"十分之九会文静些吧？"

"也许文静也许更疯，也许变成一个洁癖，也许恪守道德，出家去做个道姑——被我们猜到就没意思了，李白。"

"我想知道少潜威的事……"李白小心翼翼地问，"那个才是我没猜到的。不不，他妈的，我其实猜到了。"

周安娜大笑起来。"你再追问下去就变成另一个费奖了，当心我狂怒给你看。"

好吧，我讨厌对于真相的贪婪追求，我说过这话。"费奖就是上帝奖给你的。"李白揶揄。"那你就是上帝白给我的。"周安娜反击。李白跳下床，走过去拥抱她。这是无意义的拥抱，既不像安慰，也不像表白，它只是修补了一个未被履行完整的告别。它才是真相。在那个缺损的位置上，旧时代用它的诡异笑声召唤了李白一次又一次的梦游，现在，它变得部分地圆满。下午的阳光已经斜照在对面红墙上，有人在笨拙地拉着小提琴。周安娜走到立柜前，取出一个窄长的匣子，黑色荔枝纹皮面，尖角处略有磨损。那是她的长笛，他的旧相识。

"就当是我自杀之前给你的留念，请好好保存。"

"你不会死的。"李白觉得自己的心脏被划了一刀。

"我会消失。"周安娜说，"手术以后我退学去南方找周丽娜。"

又是南方，李白恨不得蹲在地上画圈。南方已经从一个模糊的说辞，变成比喻，变成现实，变成逻各斯，最后变成陈词滥调。南方究竟是什么，摩天大楼开发区，珠江香江，明星艳星，穿拖鞋的人，早茶午茶，电子产品，女人，骗子，艾滋病，海洋更南的赤道上的城市……假如我真的爱你就会陪你去南方，顺便找一找我那不知所踪的老娘。现在我将抱着你的笛子，返身走回旧时代。

"如果不是因为动手术，我还挺想和你做爱的。"她说。

"这是个好主意。"李白说，"虽然我穿得很不成体统，连条像样的长裤都没有。"

"你又长大了一点，肩膀宽了。"

李白放下手里的匣子，伸手去摸她的长发，她至为钟爱的自然卷，某年暑假她曾说过终有一日会剃个大光头来见他。你是我的病妹子，他不胜伤感地嘀咕，被回忆揪住头发倒拽入境。门敲响了，外面传来丁波的声音："我刚刚听说了你患脑瘤的事情，开门。"

"不是我告诉他的。"李白对周安娜说，心想等这小子进来了我是不是应该嘲笑一下他的诗艺，让他泪奔而去。如果周安娜的嘲笑是子弹射穿心脏的话，我基本上可以把他轰成废墟。

"是我告诉学校的,我得请病假啊。现在他们都知道了,好不烦人。"周安娜推开李白,一把拉开门,场面有点惊人,除了阿波以外,还有冯江,走廊里又蹲着好几个。靠,他们像生命通道的守护者,一群弗龙斯基阻挡着安娜去卧轨。李白心想,我的告别被搞砸了,现在它变成了聚会。其中冯江显得尤其快乐(他穿着西装),进门就拉李白。"欢迎成为安娜俱乐部的会员。我们正在选主席。"

"滚出去!"周安娜大骂,并指着李白,"你也滚。"

"好,我滚。"李白抱紧匣子。"笛子是我的。"

45

从F学院出来,为了更彻底地杀死自己,李白在上海转了一圈,最后钻进了医学院。似乎是配合心情,天上落了一阵雨,把他浇透之后,乌云高高兴兴地散去。这一年曾小然念本科五年级,他们已经失联很久,夸张地说,像隔了一辈子,不夸张地说是隔了半辈子。

李白像一个刚从澡堂爬出来的人,头发湿漉漉,脸上散发着不正常的欲火,在学校里随意拉住人问讯。一个女生告诉他宿舍号,指了指方向,又告知曾小然实习去了,晚上才能回来。最后这好心的姑娘提醒李白:你可以把领带摘了,它在往下滴水。

"曾小然现在有男朋友吗?"

对方费解地看着他,然后发笑说:"从来没见过你嘛。"糟糕,我这副操性可能有点像李忠诚。他解开领带,对她眨巴眼睛,

这是一个圆脸女生,有两个醉人的酒涡,她很快就将从女生变成女医生。我印象中的女医生都是长脸。"你和她一样是内科医生?"李白套近乎。

"我麻醉科。"

你的酒涡就足够麻醉我了,在我痛苦的时候请给我注射一管吗啡。"唉,"女生叹了口气,"曾小然刚和她男朋友分手,如果你追求她,就不要站这里对着姐抛媚眼了。"李白闻言撒腿向宿舍楼跑去,五分钟后被宿管阿姨挡在了楼道里。此地禁止任何异性踏入。

长达两小时,李白坐在门口台阶上等待曾小然,交互双臂抱着自己,像伤寒病人一样抖着,猜想有人会走过给他冲一袋板蓝根。最后他认定,这帮学生,医德有待提高。宿管阿姨给了他一杯热水,喝下去以后他渐渐意识到自己在赌气,为爱情,为等待,为雨,为任何此刻存在的事物。他失去了某种行动力。

那个圆脸女生抱着一摞讲义又出现在他眼前。一页纸从她胸口飘落,李白捡起,递还给她。"我帮你去问问。"她跑上楼,片刻即回到他眼前,讲义已经没了。"确实不在。"她遗憾地说,"这栋楼下经常有苦闷的男生坐着,但坐着晒干自己的不多。"

如果不是由她陪伴,这个下午剩余的时间里,李白相信,自己将会变成一个傻逼雪人。她叫卓一璇,住在小然对门寝室,来自西南地区遥远的山城,距离吴里两千公里——火锅、背篓、吊脚楼,热情美丽的女子,揣着火药枪四处晃悠的悍匪——李白被这些鲜活而陌生的象征物唤醒,十分兴奋,仿佛即刻来到了异国他乡。然而她仍属于那个Z字打头的招牌式情愫,并向他展示了另一类爱情的轨迹:不是邂逅,

不是五雷轰顶,而是在追寻的小径上分岔出去的意外旅行。在走向餐厅的路上(他饿了),他讲了一些关于曾小然的往事,不过很快意识到卓一璇对此不感兴趣,没关系,咱们可以聊点别的。"你的酒涡真好看。"

"我这是梨涡。"她说,"嘴角的,梨涡。脸颊上的,酒涡。"

"难怪书上写梨涡浅笑。"李白说,"还有的姑娘笑起来眼睛下面两个小涡。"

"那叫印第安酒涡。"

"你懂得真多,做过……人脸解剖?"

仅仅掌握了些许办公技能的李白对任何专业知识都抱有尊崇之心,将面相学误认为解剖学,也是他一生中所犯的根本错误。"不用解剖,这叫隐性遗传,"卓一璇答道,"必须父母双方都有梨涡,才能遗传给你。显性遗传则是父母任意一方,明白?"

"也就是说你家有六个梨涡。"

"八个。我还有个哥哥。"

"爷爷奶奶外公外婆,天啊。"李白想象这一大家子聚会的场面,男男女女,每人咧嘴的欢乐劲头。"往你祖上数,每个有梨涡的男人都得娶一个带梨涡的女人,真不容易。"这个关于梨涡的不逊玩笑,使得卓一璇靠在椅背上,拉远距离看李白挥动筷子干掉了一盆扬州炒饭。他又去冰柜拿了一听可乐。"太咸了,我要补充点糖分。"卓一璇告诉他,糖使你兴奋,不过小心中年以后患糖尿病。李白继续乐不可支,说:"在我的家乡没人害怕这个,他们酷爱白糖,对糖尿病有免疫力。只是容易得痛风,随便吃点火锅就挂了。这也是一种遗传基因。"现在,喝光了可乐,他点起香烟,面对一位未来的麻醉师吞云吐雾。我猜你又要谈肺癌了。

"你刚才像死了一样,现在又活过来了。"

"人每天睡觉醒过来,都相当于一次复活。"

她决定干掉这个不知道是哪座县城跑出来的爱讲怪话的轻狂小崽子,毫无理由,陪着他浪费了一个下午的大好时光。多年后,卓一璇这么告诉李白。李白的回答是:我当时注意到你的眼神,但不太理解,现在我理解了,那就是一个麻醉师在琢磨着给对方用多大剂量的药。

一个简单的谎言就能让李白跟着她屁颠颠地跑掉。"来吧,我带你去医学院最好玩的地方。"

"我不想去看福尔马林里泡着的人。听说有个大池子,用一根带铁钩的长杆子把他们扒拉到池边,捞上来解剖。"

"那个地方你进不去,带你去看新鲜的。"

李白跟着她走进一栋安静的教学楼,过于安静,与外面那个喧嚣的世界格格不入。喧嚣的是你自己吧?卓一璇提醒道。在一条黑暗的走廊里,李白不慎将手里的可乐罐头滑落在地,发出叮当一声,四面八方的回音涌来,他吓了一跳,低头去暗处找。"不用管它。"卓一璇继续走路。

"它变成一只老鼠逃走了。"李白追赶她。一男一女从对面无声地走来,男的戴着口罩,看不清脸,女的吊眼梢,并笑了笑,她鼻翼两侧有酒涡。李白已经对酒涡产生了莫大的兴趣,甚至想起李忠诚的屁股上方也有两个酒涡,不知道有否遗传给自己,没注意查过。他想知道屁股上的酒涡会否遗传到脸上,这些极其无聊的念头缠绕着他。接着,吊眼梢女生将钥匙递给了卓一璇,带着男的走了。

"里面空着。"

拐过弯去,走廊落底一间教研室,卓一璇打开门,空荡荡确实没人,四张带轮子的不锈钢单人床,两张板凳,气氛阴森森。她拉开厚重的窗帘,下午的阳光照进来,隔着防盗网能看见远处的操场。李白笑了:"你吓不倒我,这是停尸房。小然写信跟我说过,她在停尸房复习功课。"

"可惜今天没有尸体。"

"我还以为是地下室。"

"这里没有地下室。我爸爸倒是医院停尸房的工人,在我老家,你想去的地下室里。"

即便如此,李白仍然没有害怕。此刻他听着卓一璇讲她父亲,一个数十年在地下室陪伴、看护尸体的人(李白想到他有两个梨涡感到一丝寒意),由于冷静寂寞,他和同事在停尸房养了一群鸡(那鬼地方绝不能养狗养猫),最久的一具尸体在冰柜里放了有一年零两个月,以及偶尔发生的抢尸大战。"有没有尸体复活?"李白问道。

"没有,尸体复活从医学上来说是可能的,实际概率很低。"卓一璇说,"比尸体复活更可怕的是尸体不见了。"

"自古以来,偷尸体就是一门生意,可得好好管着。"李白打量这屋子,他忽然觉得困了,想睡觉。"居然可以随随便便进来,比女生宿舍管得还松。刚才那对在这里干什么?"李白呵欠问道,"他们不会在停尸房野合吧?这似乎有点变态。"

"他们只是谈恋爱,复习功课。"卓一璇答道,"这里是医学院,不是妓院。当然,偶尔地……"

我想继续听下去,但这故事断了头。李白感到严重的意识恍惚,坐在板凳上前后摇晃。"我走不出这扇门了,我要睡会儿。"他听到卓一璇说,那儿有四张床呢,都干净的,消过毒。"这床不错。"他走过去,随便找了一张躺上去,不锈钢床面向下凹陷,一个半死半睡之神正在将他拽离世界。"曾小然来了你就喊醒我。"李白用最后的意识跟她开了天黑前最后的玩笑,"如果我死了就把尸体捐献给你。"

第三卷 试问从前谁误我

46

李白醒来发现自己躺在一张雪白的床上,一个穿着雪白睡衣的女子正坐在对面沙发上,翻弄着他的钱包。昨夜的酒气仍然顶在后脑勺。啊,昨夜,无数个昨夜,昨夜究竟是哪个昨夜。他开口问时间地点。

"你在我家,现在是二〇〇二年十二月十一日上午十一点。"她说。

"抱歉,我失忆了。此前我们干了些啥?"李白左手伸进被窝,摸了摸自己,不用说,他明白了。"是我跟你来的,还是你带我来的……"

"没什么区别。昨夜你和老冯、阿波、小羊、莉莉,在一起吃饭,给你过生日。饭后你们又去喝酒,我在酒吧等的你们。阿波和你都喝多了,阿波大哭,你在街上跑了一圈,被揪了回来。后来你就和我回家了。"

"昨天才认识。想不起来你叫什么名字了,抱歉。"

"我叫叶曼,我们不是昨天才认识。很多年前的一个晚上,我曾经说你是个穿西装的乡下仔,还想打你一个耳光,最后打到了老冯和阿波脸上。还记得吗?"

"想起来了。"李白说,"你至今还是短发。"

"你至今也还穿着这件西装。"她说,"花领带没了。"

"有个朋友要上吊缺根绳子把领带借走了就没还我。"

但他仍然没想起昨夜的事。他从床边的椅背上抓过自己的西装和羽绒服(一定是她安放妥帖的),一通乱翻掏出手机,看了看时钟和备忘录,确定当天下午与出版编辑的约会还没错过,可以从容地在她家里刷牙洗脸,甚至洗个澡,去去酒气。他住的小旅馆热水温度不够。叶曼提醒他,内衣全都卷在被窝里呢,自己找。"不要紧,有外套就行了。通常这种情况下我是套上长裤就逃。"李白边穿衣服边说,"啊,开个玩笑。可以把钱包还给我吗?"

"钱不多,照片不少。"她翻弄着钱包里的三张照片,并将它们从夹层里抽了出来,"这位我认识,看来是她手术以后的照片,剃光头很帅气,我再也没见过她;这位是一个似曾相识的女演员,叫不上名字;这位小姑娘看来年代久远,是你的初恋?"

她们分别是周安娜、张幼苹、曾小然。不过李白并不打算在一个刚刚发生过关系、遗憾地被酒精打散了记忆的女性面前为她们作出解释,如果有必要的话,还是回忆一下最近十个小时到底发生了什么吧,事前酒一壶,事后泪四行。他点起一根烟,坐在床上抽,以此测算她对自己的容忍度。她递上一个干净的长方形烟缸,瓷的,图案是拜占庭风格。"好看。"李白赞美,往里面弹烟灰。

"仿爱马仕的。"

"看得出……"他环顾四周,决定使用书面语言,以便拉远距离,"你的生活品质很高——而且是一个人住。这些年你从事什么职业,做了服装设计师?"

"昨天我都说过。"

"我已经记不清昨天的事,倒是对一个多年前辱骂我是乡下人的姑娘念念不忘。请把钱包给我吧。"

她将钱包扔回给他,留下三张照片。"这个姑娘后来毕业,没有去做裁缝,做了一家奢侈品代理商的公关经理。包啊,鞋啊,皮带啊。"

"皮尔卡丹金利来。"

"比那要贵很多。"她说,"嗨,不许涮我。"

在礼貌征得同意后,李白爬进浴室洗了个澡。过了一会儿,她拉开门,送进来一条干净浴巾,又扔了一双塑料拖鞋在地上,男式的,并指指台盆边的电吹风。李白不得不躲在浴帘后面表示感谢,心想这是她故意的。出去时她演示了一下,门该怎么锁。"我锁了,但似乎不太管用。洗澡锁门是基本礼节。"李白从浴帘后面探出头,热水正喷在他后背。

"算了,那就别锁了,进进出出怪冷的。"她说,"我去给你倒杯咖啡。"

洗头时刻李白意识到自己话太多了,经过了这些年,我还是没学会怎么讲话。讲话的艺术这类书籍最多教育到求欢为止,对于事后该讲什么,少有完整的范式。话语通往性爱到达终点,而不是倒过来——做爱以后让我们得以愉悦、真诚地聊天,聊够了散场。他花了五分钟吹干头发,穿上短裤热气腾腾走出浴室,来到客厅。这屋子是内阳台，头顶晾着女式内衣。打开窗，冷风袭入，他发现自己位于城市很高的位置，可以瞭望至远处的城市公园，南方的冬季应该钻被窝、喝咖啡，而不是工作。他从下至上数了数对面高层公寓的窗户，自己现在应该是在十八楼。

"这是哪条路？"

"长宁区江苏路愚园路。"叶曼递上一杯速溶咖啡，另一杯是她自己的。

"我得走了，我约了出版编辑。"李白穿衣套裤，她在一边呆立观看，那姿态又令他想起了什么雕像或名画，可能是执握长矛、托举胜利女神的雅典娜，现在被置换为左右手的两杯咖啡，并抿着嘴唇盯他。"这是我第一次出书，终于遇到一个赏识我的出版人，我得唬住那家伙，尽管他（它）只是个工作室。"李白此刻的语气像一个忙于应酬的中产阶级丈夫。也不错，至少可以沿着这个路子走下去。他穿戴整齐，抱着羽绒服走过去，不确定是否要像丈夫一样吻她脸颊，然后开溜。这个动作太虚伪了，他选择了更礼貌、合理的方式：接过咖啡，喝了一口。可能是慌张和犹豫，可能是运气不好，咖啡洒在了他的白衬衫上。

"抱歉，我这儿没有男式衬衫给你换。"叶曼退回到了窗边，喝咖啡。"大门在你后面，看见鞋柜左转就是。顺时针拧一下把手，它就开了。出门右转是电梯。"

"再见。"

他踏入昏天黑地的楼道，西装被自行车把手勾住，脚下踢到纸箱，与屋里的装修形成反差。一部老旧电梯艰难来到，经由撞击、叹息、铰链发出的咔嚓声，门开了，里面油漆剥落，空荡荡弥漫着烟味。他闪进去，站稳脚跟才按下底楼键，电梯剧烈震动了两下，合拢铁门，一阵尖叫，向下急速坠落，李白胆战心惊，四处找把手，可惜没有。电梯在到达三楼时猛然减速，停了有十秒钟之久，缓缓落在底楼。门向两侧缓缓展开，李白连滚带爬被这个钢铁怪物吐了出来，站在两个神情冷漠、见怪不怪的妙龄少女面前。

47

李白的处女作发表在大学时代。"处女作"这一措辞系英语转日语转中文，处女处女的，多少显示出国情不同。"外邦视处女为纯美象征，欣赏之，呵护之，故称处女作。国人想到的则是给她来一下子，她（他）的痛经就治好了。"李白是这么说的。

当年，在经历了几次失败，收到或未收到公函式的退稿信之后，李白将稿子寄到了《××文学》期刊，一家中等威望的文学杂志社（主编寄语：青年作家怎么写不重要，重要的是有胆子写）。这回他狠了狠心，写了个老妈私奔儿子哭昏的短篇小说，果然又遭退稿。初审编辑复信，居然给了评价：无病呻吟。这四个字可谓纵贯中国文学史，李白怒吼：我没有呻吟！第二篇小说写了大专校园内糜烂的性生活和一个不幸患上尖锐湿疣的男生。编辑复信：肮脏！李白复信：他们都这么写的，包括贵刊！自此与《××文学》的编辑较上了劲，一口气寄了十篇小说，有呻吟有肮脏，有都市有城镇。我的天，我感觉自己是射向伦敦的V-2导弹，轰不掉白金汉宫也要让平民们遭点罪。最终，有一枚幸运地击中了目标，三个月后发表在期刊最末——一个关于动物园狮子吃人的故事。

为什么会选中这篇？在一次笔会中，李白终于得以请教编辑。"因为中国作家没写过狮子吃人。海明威写过打狮子的小说。"女编辑耸耸肩，如此回答。她是一位美艳嚣张的时髦女郎，四散飞扬的波浪长发，裹着大披肩，完全超出了李白的想象，编辑不都应该是戴袖套、穿旧衣服的驼背知识分子吗？（那是校对！操。女编辑这么回答。）

七年后，在出版公司，李白再次看到打印纸上这个关于狮子吃人的故事，要不是小说太短，他简直想辩称已经忘记了它。女编辑（不是期刊那位）案头放着亨利·詹姆斯、亨利·米勒和亨利·菲尔丁，玛格丽特·杜拉斯、玛格丽特·阿特伍德和玛格丽特·米切尔，让-保罗·萨特、让-皮埃尔·热内和让-雅克·卢梭。李白抽出一本书页发黄的弗拉基米尔翻了翻，不是纳博科夫，是列宁。她已经打了快二十分钟电话，处理某件棘手公务。列宁说，必须有勇气正视无情的真理。李白决定扮演一回讨好型人格："你桌子上的书比我家还多。"

女编辑终于挂了电话。这是李白第一次进民营出版公司，一个迷人的新词：工作室。轻盈、随性，弹性时间，慵懒的工作状态，充满神秘感的人际关系。办公室里还有其他人，李白能做的只是深沉地看着她，仿佛洞悉了她的秘密。顺便说一句，她也是短发。

"你其实不用来，我把协议寄给你，签个字寄回来就行。"她说。

"我以为你要出版《太子巷往事》，谁想到只是一个拼盘选集，选的还是我的处女作，大学时候写的。"他表达一丝哀怨。

"你此后写的小说都没有这篇好。"女编辑说，"你爱写过去年代的故事，九十年代啦，小城镇啦，题材很过时。"

"九十年代才过去了两年。狮子吃人也是九十年代的事情。"

"狮子吃人还挺新鲜的，海明威写过。"女编辑说，"写点都市爱情吧，我们老板好这口子。他想要一个已婚女性和事业型文艺中年男子的故事，从一夜情开始，后面怎么样随你展开。"

"海明威没写过狮子吃人吧？"李白不耐烦起来。Fuck 海明威，fuck 工作室，fuck 九十年代。老子刚刚经历了一场都市爱情，喝昏过去和一个卖名牌的姑娘419，现在老子应该赶紧跑回吴里的破房子里，把这段露水情缘写下来，然后就可以变成时髦作家了。"《太子巷往事》你觉得怎么样？"李白已经失去底气。

"我还没看，稿子在老板手里。这类纯美的江南故事实在太多了，再说一遍，都市爱情，火辣的，悲剧的，缠绵的，如果能写出深度就更好了。纯美的不要。"

"你都没看过怎么能说纯美？可以告诉你，这是一部色情小说，火辣，喜剧，缠绵。"李白感到有点绝望，这稿子没戏了，不得不用火辣喜剧缠绵的眼神看着她，继续他的胡言乱语。"二十一世纪的都市里绝不可能发生这么淫乱的故事，它只能是乡下。"

"对不起，我们没有办法出版淫秽小说。"

"把淫秽的删除掉就是纯美的了。"

"我刚才说了，纯美的不要，你怎么又绕回来了？"女编辑递过来一份协议，"在这儿签字，狮子吃人。稿费我可以立即支付给你，七千字的小说，拼盘选集，按千字二十元是一百四十元。身份证给我登记一下。"

她从钱包里掏出一百四十元，李白也

掏出钱包，抽出身份证的一瞬间他发现三张照片不见了，走得太急，忘在了叶曼家里。看来我还要再坐一次地狱电梯。

"我不卖了。再见。"李白收回了钱包，眼前的A4纸他不确定是否该撕掉，那不是他的财产，不过也还赔得起。他无端地想到，无纸办公任重道远，纸承担着发泄情绪的功能。

"不要这么任性，选集也能让你攒点名声……好吧，再见。"

李白走出工作室，身后的防盗门重重地关上。这是一栋相当不错的商住两用楼，巧合的是，也在十八层。他站到窗口打冯江的手机，问叶曼的联系方式。屋子里两位编辑的对话传入耳中。

"一个写作者为自己辩解，真是可怜可笑。看起来一副没工作的样子。"

"你应该让他多辩解一阵子，很精彩，我都想把他的话录下来了。"

"明天还有两个要来，比他写得更差。"

48

说起一夜情，李白就地回忆起九十年代末，准确地说是上世纪的最后一年，更准确地说是三年前。奇怪，像是迟暮时光。一位来自北方的女子到达吴里，造访李白。她是文学期刊的读者，因为一篇署名李白的平庸爱情小说，她的信经由编辑转到了他手中。这种充满必然性的相识总是给他带来心理负担，不过在世纪末这年，笔友和旧恋皆已断绝音讯，空虚的李白期待着任意方式的问候（冯江曾经嘲笑他是个"信生活很丰富"的人）。他的复信开启了一场轻微的冒险，谈到他乏善可陈的生活，每季度买一张硬座火车票去陌生城市逛一圈的癖好，还有吴里，他将其描绘为宜居、懒散、弥漫着古代情调的江南小城。"所谓古意，多多少少是一种言辞的骗术，懒是真的。"李白解释道。她回信：可惜人生，不向吴城住，我下星期去上海，途经吴里，来看你。那是一年中最热的季节。

他留在了她的住处，太子大酒店副楼朝北的一间房，暗红色的丝绒窗帘遮挡了一场大雨。"途经"是一个令双方心动的用词，似乎道路可以为瞬息流逝的爱情提供某种依据，究竟是落在爱情还是落在流逝，却无法细究。事实上他们也都清楚，吴里位于主干道的分岔小径上，它无法途经。她身上有着北方女子的温婉和大方，三十二岁的年龄正当其时，一双略带惊恐表情的大眼睛，一种被相声和评书稍稍带歪的利落语调，以及来自异国的薰衣草香。在平静之中，她道出了对于这座小城的不适应，过热的天气，宰客的三轮车，狡猾而庸俗的人。李白同意，并讲到她的家乡，一座浩荡而无聊的北方城市，市民们在街道上愁苦地行走，冬季的户外冷得让人发疯，药味弥漫，了无生趣。她也同意。他们平静地诋毁，以至于谈论爱情也变得有点难，事后，他们一致建议拉开那道暗红色的帷幕，坐在床上看大雨，像看电影。"除了雨，吴里还有什么？"她并非提问，只是叹息。李白却多余地反问："对这儿失望吗？"

"对一切失望。"

李白想起冯江说过的：一夜情，总是建立在某种遭到压抑的失望情绪下。正是失望，使人们掐断了情感的延续可能，将成本降至最低，也正是失望使人们想要获取一点什么。又想起丁波说的：你无法了解一个内心弥漫着失望的人，但这也不影响你爱她。

　　第二天她走了。愿我们在下个世纪相逢于某座干燥、明亮、气温适度的城市吧。李白暗自愧叹，为疲倦和匆忙、没能花大钱请她吃一顿而遗憾。不出意外，通信就此中断。

　　到了深秋（啊，一个又一个深秋），舒茜请他喝酒。在市中心一间酒吧，昔日大学校友已在开发区管委会任职，吴里经济发展的前沿阵地，她看李白的眼神就像看后方医院里的伤兵（如果不是残骸的话）。这一次李白没让自己喝醉，在经济面前感到茫然，他曾经将简历邮寄至开发区管理处，谋求一个秘书职位，没任何答复，说实话，他情愿寄点小说稿子出去，还能有个响。离他最近的工作是一份花木公司的销售职位，那位热爱绿化也热爱文学的单身女老板相当欣赏他，看上去一副要做他金主的样子。舒茜指出，你这个人就是不理解工作的意义，偏要扯什么男女关系。李白辩称，每份工作都有不同的意义，无法一一理解，但男女关系是差不多的。舒茜喝下一口甜酒，满眼柔光看着他，伸出左手给他看中指的铂金戒指，下个星期，这枚戒指将移到无名指。"我从没恋爱过，现在要结婚了。你是我曾经喜欢过的人，我本来可以容忍你的一事无成，但思前想后还是算了，哪怕你会做点家务活呢。"

　　一个不会做家务的废物不值得你期待。对舒茜，李白可以说是了解过度。上进，坦荡，讲义气，花大姐和鲍大哥撮合了他们两三年，问题是，她实在太爱教育李白。在这奋进的年代，如果说舒茜对人生有所失望的话，唯一的失望就是李白，不过，这道难题下星期就解开了。李白一时高兴，对舒茜的暗示给出了十分明确的答复："没问题，就算我是女的你是男的，你在结婚前向我提出这种要求，我也会答应你。"

　　"你简直混账嘛，我对你提出了什么要求？"

　　"好吧，你什么都没说。"

　　在走出酒吧的时候，一首老歌从街对面KTV的大屏幕上袅袅飘来，两人搂住，在街上接吻。已经是深夜，方圆二十米内很多接吻的人，舒茜将自己贴在墙壁上，混入这一场接吻大派对。"你是个笨蛋，李白。"她叹息道，"没女朋友，没工作，以后怎么活？"

　　"不要再教育我了，要不然就养我。"李白抬手摘下了她的近视眼镜，立即将其改造成目光散乱、茫然失措的贴墙少女。"这样好多了，不用摘戒指。希望你不会觉得我是一口隔夜饭。"

　　仍然是在太子大酒店，仍然是暗红色帘幕，李白走到窗前，想看一看星光。舒茜提醒他，这不是反光玻璃，对面的人会注意到你的裸体。李白关了灯，打开窗，让自己的上半身融入黑夜，感受到足够的凉意。"明天她要嫁给别人啦！"喊完这一嗓子，他回到了帘幕后面。

　　"你这是什么意思？后悔吗？"

　　"不，某种告别仪式。"

　　"我是和自己告别，又不是和你。"

　　"确定咱俩是一夜情吗？"李白说，"未来还能见面的、喝一杯的、由你来买单的一夜情。"

　　"确定。别告诉花大姐他们，喝醉了也别说。"舒茜仅有的要求是这个。

　　"万一不小心说出来，我就解释说这是我对你长期以来的性幻想。是的没错，我对你的性幻想是真的。"

　　第二天李白醒来，舒茜已经走了，没

留下任何东西,除了枕头上的几根长发。每当这种时候,我总是感到难过,像泥泞后被晒干的土地。请认真体会一下,一夜情之中含有的告别性质,越是接近欢愉就越是面临永别。这种爱的回响超乎生活,舒茜表达得很准确。问题是我,一旦超乎生活,就会发呆。李白抄起电话,拨了个长途,找阿波。

"炮王,告诉我,你是怎么做到超过三十次一夜情的?"

"我……是靠互联网……这一新兴媒体。"阿波还没醒。

"说的不是这个,是你的情感容量。情感容量!"

"大哥,这是现在最流行的社交方式,不需要情感容量。互联网的每一个BBS都在约,都在谈,都在想。对,每一个,读书的,军事的,政治八卦的,左派右派,文艺青年和乡下人,概无例外。"阿波说,"让我猜猜,你是不是昨晚发生了什么?现在是早上六点半,姑娘走了是吗?没留姓名地址电话是吗?"

"不用留。那是我的大学校友,她去结婚了。"

"你那根本不叫一夜情,你那叫埋雷。"阿波不顾李白的尴尬,在电话里大笑起来,而李白的念头是:我会让你小子死于切开心脏的浪漫的。

49

大学毕业那年,丁波和冯江进了一家金融软件公司,做产品销售。李白去过一次,该司一位打杂的大叔是九十年代初上海滩的股神,后破产收手,留给李白深刻印象。两人一起在门廊里抽烟,互相看着对方的潦倒样子,写字楼里来来往往都是穿西装打领带的年轻人,他们是第一代白领。"野心勃勃的小囡。"大叔点评。那是人人都想在写字楼赚薪水的年代,阿波在这里一直做到销售主管。相比之下,冯江命途多舛,他干了两年即返乡回到吴里,在开发区搞了一家广告公司,没创意,没策略,仅一个会做电脑设计的小姑娘陪着他,主要贩卖开发区沿途公路上的广告牌,靠喝酒与贿赂维持生计,没赚到大钱。到二〇〇二年夏天,软件公司被收购,阿波分到了四百万,可以不用再上班。与此同时冯江的一块广告牌被台风吹飞出去二百多米,落在一辆奔驰顶上,好在车里没人,赔了一万多,随后因安全生产责任事故被开发区管委会罚了十二万,经李白介绍,走舒茜的关系疏通,十二减八得四万。李舒二人恪守原则,没有将一夜情做出加法来。以李白当时的状态(缺钱,缺爱,自信心涨落不定),未尝不想和她再发生点什么,她拍拍李白的脸蛋,回答:我在备孕呢,生一个是你的,你养吗?

时代如此,以各种方式将你抛弃:同侪挣钱,旧恋怀孕,敌人春风得意。除了冯江可以共吊往昔,然而他是个倒霉的色情狂,在李白的参照系中以其无足轻重的方式证明了不可或缺。

继续说丁波。这个被冯江私下调侃为"被玷污的阿多尼斯"的青年诗歌爱好者,在周安娜投身于茫茫人海后,竟与李白结下了友谊(还得加上冯江,构成一个三角)。他家在杭州,人皆以为他的俊美、傲气带有江南才子的特质,不过他最终坦承,自己只是萧山下面一个镇的农村子弟,父亲嗜酒,母亲凶悍。"我对婚姻爱情的认识,就是酒神和日神的持久混战,初级版本的那种——酒鬼和大头鬼？"阿波自嘲，"大学时代，我根本不相信爱情，连做爱都不相信，所有的快感都是我脑袋里的化学反应。"

"希望你的痛苦也是。"李白追加调侃，"你会达到一种中产阶级禅修的境界。"

冯江经常回忆他与阿波的穷困年代，刚刚毕业，囊中羞涩，身份低微，合租一套二居室的朝北房间，南间则是两个女性同学，从事品牌公关业。这一配置不含任何情色意味，其阶级意味（蚁族、沪漂、月光）也因为奋进的时代气息而遭忽视。他们过得快乐。麻烦的是，这个公寓里的任何一人想伴侣，都没法带回住所（就像一道二元二次方程式）。有一天，冯江终于一不做二不休，决定解题，与南间的一个姑娘谈上了恋爱，两人商量妥当，选择征用朝北的房间二小时。另一个姑娘不得不与阿波在阳台和厨房之间来回打转，二居室十分狭窄，冯江的动静大了些，阿波和姑娘关上房门，走到阳台，又关上阳台门。姑娘抽着烟，望着延安路上的灯火与往来车辆，她的短发被风吹得凌乱，没错，她的名字叫叶曼。她瞥了一眼阿波，在夜晚，他看上去是固执的，不通情理的，没有方向的。"你还在想周安娜。"叶曼指出。在朝北房间做爱的冯江听到阿波惨叫一声，感觉他是遭了电击。冯江冲了出来，阿波已经摔门而出，留下叶曼扼腕叹息："天哪，我真以为他会从六楼阳台上跳下去。我就提了一句周安娜。"

"你就像一个心理医生在背后偷袭了精神病患者。"冯江数落叶曼，"何必呢？你要是喜欢阿波，把他灌醉了脱光光就好，何必提什么周安娜呢？"

失去周安娜是阿波的致命伤，不，慢性自杀的开始。在那个冬天，周安娜手术成功，病愈出院，唯一与之告别的人是李白，随后不知所踪。她像一个赌徒随意抛弃了手中的扑克牌，造成一种漫天飞舞的视效。在一首掐头去尾的诗中，阿波写到了想象中的她，飘散长发离去的背影，一个萧山农家子弟看多了港片以后的不自觉反应。李白立即纠正：你太浪漫了，不是这样的。她离去的时候剃了一个大光头，头上还有一道疤，她还说要永远剃光头，人潮人海中，易于相认。阿波被这一光头、受伤、毁损、离去的周安娜的形象逼疯了，追问李白："她有没有提到我？"

"恪守承诺起见，我不能告诉你。"

不要再谈论她，不要再回忆她，作为一个象征物，不要让任何人阐释或修正她。一种由空间和时间混合浇筑的壁垒已经生成，光头女郎的形象是自足的、圆满的，她所有的故事可能都是幻觉，她不再为过去的一切负责。这一形象经由李白的描述，彻底粉碎了阿波脑子里的港片意象，差不多变成了法国新浪潮电影，显然更具毁灭性。阿波啊阿波，李白感叹，一个反应弧过长的情种。又过了半年，他主动劝慰阿波（也可以说是撩拨），以李国兴举例："我叔叔和你相反，总是在姑娘爱上他之前就逃跑了，有时甚至都没来得及上床。"

"波仔，讲讲你的一夜情。"冯江大笑道。

"一夜情这种事，止于口舌。上半句很难听，不说了。"阿波翻看手机，"今晚我要去希尔顿。"

"哦，是吗。"李白张口结舌。

根据冯江介绍，就在阿波惨叫着离开出租屋的那晚（还冲回来一次，拿钱包），他晃进公司，打算通宵加班，开电脑上网，在某个上海地区的聊天室里发了发神经,一个署名卡桑德拉的姑娘主动给他发了私人消息。具体讲了什么不清楚,卡桑德拉是一个正在经历情感困扰的姑娘,住徐汇区,半小时后他们在某间酒吧相见。"漂亮吗?"李白问。冯江摇头表示不知道,阿波从来不谈姑娘的姿容和年龄,事实上他应该庆幸,卡桑德拉不是男人,也不收钱。他们去了一家中档酒店,不会被警察踹开门的那种。"并不是每次都希尔顿,太贵。"冯江说,"第二天早上卡桑德拉都没理他,直接走了。"

"以阿波的姿色至少可以要个电话吧?"

"谁愿意和一个在网上瞎钓马子的男人保持友谊呢。难道各自讲一讲乱搞的历史,你是我的第五十个,我是你的第一百个?"冯江说,"阿波觉得她直接走掉挺好的,胜于他直接走掉,反正是直接走掉。你可以不用为他担心了,他把自己治好了。"

"我觉得他病得更厉害了。"

冯江不以为然。在冯江内心,性是用来治愈的、完全无副作用的特效药。到了新世纪,阿波的一夜情根据他回忆已经超四十,接近周安娜的极限。冯江终于坐不住了:"你说对了,他确实病得不轻,根本不谈恋爱,只猎艳。这是要和周安娜比赛吗?"

"周安娜最后提到的人是他,也许可以视为施咒。"

阿波与李白同龄,二十七岁赚到四百万(再说一次,那是二〇〇二年),像一个童话写到了结尾,揣着大钱,他决定消失。有一天他来到吴里探访冯李二位,顺便逛了逛伽蓝巷,隔围墙看着枇杷树,枝繁叶茂,一群麻雀绕树而飞。倘若早两个月来,树上还能有枇杷。李白沉默地做了一回导游。阿波终于发问:"周安娜临走前说了什么?"

"她失去了记忆,但还记得几个人。"

"她到底说了我什么?"阿波嗓音嘶哑。

"抱歉我不能告诉你。"

那天中午阿波牙疼,在吴里找了一家诊所,经查,有四颗智齿,左上方那颗发炎。阿波决定就地拔掉它,医生不干,请他回家先消炎,否则麻药失效。阿波坚持要体验一下那种痛感,据说痛入骨髓。医生摇头说:"你当我是吃素的吗,拔就拔。"在一片鬼哭狼嚎声中,李白与冯江骇然看着一颗血淋淋的大牙被钳子掰下来,落入盘中。

"你果然不吃素,今天我让你开大荤。还有三颗没发炎的也给我拔了。"阿波捂着嘴巴,含混不清地说道,"它们迟早也会疼。"

冯李二人不忍再看那场面,跑到外面去抽烟。幸好这回麻药是管用的,没再听到惨叫,只有叮叮当当的凿铁声。"经过狂蜂乱蝶的青年时期,阿波仍然在想着周安娜。她临走前到底说了什么呢?"冯江感叹,"不要再折磨阿波了,给个痛快吧。"

"阿波实施的是一种象征意义上的自我阉割行为,"李白摸了摸自己下巴,他的智齿正在长出来,"一个浪漫而幼稚的人如果发了财,他就永远不会长大了。"

"什么意思?"

"现在的周安娜并不需要一个幼稚的男人。"李白说,"我猜是这样。"

50

在进电梯的片刻时间里,手机信号没了。出电梯后李白继续拨冯江的号码,后者正在客户公司谈广告牌生意,没说几句就挂了。半小时后,冯江又回拨电话。李白正在咖啡馆里,信号微弱,一路喂喂,跑到慢车道上才听清冯江的声音。操蛋的年代,讲点事情相当费劲。

"昨晚上的事,你还记得吗?"冯江问。

"记得,我去了叶曼家。"

"我并不知道你去了叶曼家,靠,你居然去了叶曼家。她是有男朋友的。"冯江说,"你可能会有麻烦,不过我先请你回忆一下晚饭时,自己对阿波说了什么?"

"忘了。"

"你讲了整整一小时的周安娜。今天早上阿波叫了一辆出租车,直接去伽蓝巷了。"

"我讲了她什么?"

"用你的话来说,一次告别。"冯江用前所未有的忧郁语调说道,"在阿波赚到四百万、拔掉四颗牙以后,你终于把故事结尾告诉了他。"

李白站在街上抽了根烟,极为仔细地将烟蒂投进窨井孔,回到咖啡馆,一个姑娘占了他的座位,正在读文件。桌对面还有一张空椅子,他没问有没有人,直接瘫坐下去,呆看着姑娘。在她作出厌恶表情之前的短暂时间里,他经历了一场时光漫游。

不要随便讲述你做一件事的动机,即使已经被人估算到结果。这是告别时周安娜对李白说的话。一张去往广州的飞机票捏在她手里,不必为她担心,南方将展开双臂拥抱她,一手梦境,一手现实,挂满琳琅之物。"我有一部分记忆消失了。"摘除脑瘤的周安娜变得安静而忧伤,像一匹将要回归深林的独角兽。"我记得你在我家吃枇杷的样子,昨天晚上梦见你裤兜里揣着根黄瓜。记忆就像在吴里的小巷绕来绕去,我追踪它们,追得相当辛苦,有时运气好,在一个转角又会撞见它们。"李白闻听此言不胜悲凉。放心吧,我和你之间没有太多的回忆可以追索,写出来也就两页纸。征得同意,他举起傻瓜相机,以冬季的街道为背景给她拍了几张照。假定我也会跳入深井找回记忆,这些照片将是凭证。

"还能记得起来谁?"他问她。

"有一个叫阿波的人,他为我写过诗。"周安娜最后向他微笑,"不要把我们的告别告诉任何人。"

——我把这件事说了出来,也许正当其时。这一跨世纪的低吟之语,相爱,离别,哭泣,痛得满地打滚,爽到四颗智齿都挡不住的激情和愁绪。那个要命的九十年代啊,李白在咖啡馆里猛烈揉搓自己的脸,像是要把某一年龄段上的、膨化食品般的矫情揉搓成一个实心面团,也可以比喻成宇宙黑洞对物质的无情压缩。再过一些年你会怀旧的,把面团重新扔进油锅里炸酥了,那将是你的中年。他这么告诉自己。半数情况下,他会不由自主将内心的独白念出来(遗传了李忠诚),十分之一的概率会念得很大声。现在就是。对面姑娘惊异地瞟了他一眼。李白可怜巴巴地将手掌托腮,露出眼睛。姑娘低头看手机。李白忽然想与她说话,从肝脏升起的强烈搭讪念头。

"抱歉,我有点失态。"他说。

"没关系,你看起来是失业了。加油。"姑娘把手机放进提包,收拾收拾桌上的文件,走了。

她一共说了十三个字,我以为她最多撂下两个字就走(白痴,滚蛋,嗯哼),这已经相当不错了,超出了我们坐同一张小板桌的友谊。接着他感到口袋里的手机在振动，掏出一看是一连串的短信。第一条是冯江发来的：真他妈的想看到你和阿波一同去寻找周安娜的局面，她也曾经是我心目中的女神啊，堕落女神。李白回信：少说几句吧，何必苦苦挖掘内心。第二条是编辑发来的：你的长篇真的写得不行，故事破碎，矫情，粗俗，还经常倒叙，让读者不知所云，换一家出版商试试吧。李白回信：你不是阅读障碍，你是人格障碍。第三条是阿波发来的：我见到了她父母，拿到了她在深圳的地址电话，她现在单身，我还没想好怎么和她说，我在感情上是个迟到的人。李白回信：想开点，你早几年去找她，那四百万就挣不到了，现在祝你好运。

感谢阿波，他将自己化作一封信，投递到了南方，这封信中未尝不含有李白的片言只语。一切都落定了。经历了不短不长的时间，无法归纳的转折，可知与未知的际遇，终于可以不再提起。她是我用一颗泡泡糖换来的银色长笛，此外的所有都已经不存在。李白努力让自己轻松下来，一口气喝光了纸杯里残存的咖啡。第四条短信来了：我是叶曼，三张照片在我手里，你打算什么时候来拿呀。

李白回信：很多人只能接受日常生活中轻轻的、更轻轻的小玩意，像害怕手表停掉一样害怕倒叙，一种根植于沉默的茫然，茫然继而抱怨，抱怨继而讨价还价。把讨价还价的结果标榜为完美，并力求做一个精神上的全科保健医生，对任何病症都是内行，既知晓动机也明了结局的交易专家。在我看来，这才是人格障碍。

叶曼回信：说什么呢，发错了吧？

李白回信：没发错，晚上我来拿照片。

51

一次倒叙就能让你失去十分之一的读者，再来一次，逃走一半。对于倒叙爱好者李白来说，这样的局面合情合理。倒叙就像喝酒，有人能喝爱喝，有人能喝不爱喝，有人爱喝不能喝，有人全他妈完蛋。他还想到第五种可能：有人压根不知道酒是什么。

在一堆绕口令似的念头中，李白为他的一夜情做出解释。"喝醉了上床与喝醉了打老婆并无本质不同。"他告诉叶曼，"至少都需要道歉，或忏悔。"

"你想太复杂了，昨天我也喝多了。"叶曼说，"当然，没有你多。"

接着，倒叙开始了，两人又做爱一次。"昨晚上你浑身冰凉，像条冻鱼，今天相反，人形电热毯。"她满意地说。李白心想，看起来我是真的喜欢你，否则我是不会发烫的。回魂酒，回魂爱，多巴胺被刺激后，日间的抑郁感有所缓解。李白半躺在床上，抽起事后烟，开始贩卖他的二手知识。人类学家认为，从远古时代起，聚众饮酒就是对人际关系的重塑，部落成员在饮醉中忘记恩怨，重启彼此之间的信任。想想那个没有法律惩戒只有血亲复仇的漫长时代，一群嗷嗷乱叫的原始人哪能理解什么叫"我者"，但他们在酒精驱使下竟然也辨识出来了，并且因为有了"我者"，他们理解到"他者"，然后一棍子敲开了他者的后脑勺。

"什么意思？"叶曼问。

"我的意思大概是说，酒后的一夜情比普通一夜情更令人难忘。"

李白专注地看着叶曼穿衣服，她有一

个完美的背部，像是被雕塑家甄选出来的。等她穿戴整齐打开吸顶灯，他又将目光投向房间，有很多未被注意到的细节，也可以说是景观：一摞时尚杂志，两瓶威士忌，墙上是霍克尼的油画仿品，羊绒毛衣搭在沙发上，羽绒被子，浅灰色五件套床上用品，宜家靠垫，皮靴，手提电脑，波西米亚式的窗帘，保养得当的名牌包。大体来说，二十一世纪初的居家时髦生活，除了审美之外，也必须体现一点职业色彩。端一杯威士忌站在高楼阳台上俯瞰城市，这一动作并非没有意义。李白捞过一本画报，发现是日文的，又捞过一本，法文。"你懂法语和日语？"

"你手上这本是意大利文的。"叶曼说，"不懂，看看图片。"

"读图时代来了。"

"那也要读得懂才行。"她说，"讲讲你今天的遭遇吧。"

"没什么遭遇，遇到几个二把刀，不太懂行的。"

"我也遇到个二把刀。开口跟我聊《玛丽嘉儿》，摇着肩膀念成 Maly-juer，我不得不纠正他：Marie Claire。"

"你喜欢纠正别人，而我就不会这么干。"

"念准名字并非没有意义，你不是写小说的吗？大卫·科波菲尔该怎么念，叶甫根尼·奥涅金呢？你们总是学着亨伯特·亨伯特的口音念洛、丽、塔，对吗？"

"我和你一样痛恨外行、二把刀、山炮，但我的矛盾是：既痛恨误读，又瞧不起准确。"

"我要去参加一场派对，你呢？你看起来很疲倦。"她起身在衣柜里挑衣服。

"我回旅馆，我不太擅长和小圈子的人打交道。"

"这次是上千人的大场子，你可以去玩玩。据说你的文笔做个时尚记者绰绰有余。"

"这是冯江的污蔑，我是个性取向正常的男人。"李白说，"我很乐意去体验一下，今天有个文学编辑让我写写时尚界的乱交小说，看来这个题材会极其时髦。"

"别胡猜，这行业里的人把身体当筹码，相当洁身自好。"叶曼冷笑，"用冯江的话说就是很难搞。"

这天凌晨，李白想，算了，让我迅速了结掉与叶曼之间的孽缘吧。一场马拉松式的时尚派对，位于恒隆广场一楼，没有自助餐，没有座位，所有时尚人士的腰腿都有一把子力气，他们站了足足三个小时。李白头昏眼花，膝盖全软，睾丸隐隐作痛，他已经找不到叶曼。这伙人真应该去坐绿皮火车，一张站票天涯海角（不，按照叶曼的说法，他们就是站在绿皮火车上来到上海的，并且再也没回去）。他跌跌撞撞跑到外面，找了个不起眼的台阶坐下抽烟。他喜欢这些人身上散发出的对于一切的冰冷嘲讽，那是上一个时代未曾出现过的况味，坚决地否定而不是肯定，坚决地唾弃而不是共情，一种混合着工人阶级和殖民地买办的气息，既熟悉又陌生，但它实在是太不适合谈恋爱了，而且对腰腿的要求太高（还有睾丸），确实很难搞。一名高挑出众的男性时尚主编在他不远处抽烟，叶曼偷偷介绍过：他是同性恋，外地来的，他的哥哥开出租车的，把他送到火车站时还向他索要了车费。啊，他怎么可能不唾弃一切？这个行业里最大的笑话人尽皆知：月薪三千块的人在教育着月薪三万块的人怎么穿衣服。这很正常，李白说，月薪一千块的殡仪馆工人将把所有人送上天。

"他们根本不需要我来写，他们自己就会写，一群纠正狂。"李白决定不再寻找叶曼，他爬进了一辆出租车，回旅馆。

"干你们这行也不容易。"司机问，"今晚挣了多少？"

"陪酒三千，口活两千，现在出台，一晚上能挣一万。"

"轻松，爽快。"司机说，"听说有一种传染病，从广州传出来的，你要当心。"

李白并不爱和司机聊天，也不想讨论什么传染病（他以为是性病）。在凌晨的出租车上很适合意识流，他看了一会儿计价表，像心跳一样平稳，确定司机没做手脚。这些年来，他在不同的城市之间晃荡，多数时候没有什么目的，没有事可做，但就像写小说一样（或者说就像人生），在无事可做的旅程中你总要找到一点意义，哪怕只是为了离家更远。陌生的城市像陌生的题材，除了当头炮一样的抢劫和诈骗，你还有机会遇到卧槽马式的艳遇。他考虑过落脚到别处（除了广州），最适合的是北京或上海，但此时此刻，他告诉自己：到旅馆睡一觉，明天收拾收拾回吴里。

叶曼发来短信，问他在哪里。他回复：我困了，回旅馆睡觉。然后呢？然后回家，冯江那家没前途的广告公司有份差事等我去做，至于你的建议，很抱歉，我能理解自己去广告公司坑蒙拐骗，但不能理解自己为何要做一名时尚记者。就此，再见啦。

很好，叶曼回复。又发来一条：冯江的公司与我有生意谈，我们很快会见面，以甲方乙方的身份。"我操。"李白骂了一句，收起手机。出租车在高架上跑得很快，未及听完两首电台夜歌，已经停在旅馆门口。司机忧心忡忡地提醒李白："朋友，你到这种小旅馆来出台？你今晚搞不好被人抢走五千，酒也白喝了，那个也白舔了。"李白发笑，递上车钱，司机连看带甩，以确定它不是（或者正是）假币。

52

《太子巷往事》发表于非典之年，那份折磨李白数年的《××文学》仿佛突然开了天眼，决定让他压卷，并勒令大改。与此同时，吴里的城市化改造之手指向了现实中的太子巷，令人又想又怕的拆迁运动最终没来，倒是很贴心地接通了下水道系统，现在李氏父子可以用上舒心简便的抽水马桶和电热水器。李白得以将对付拆迁办的那点心思用在对付编辑上。

某种程度上，修改文章就像修改人生，除了错别字以外（把它们想象成一记又一记的耳光），其他任何改动都是被迫的，它的严重程度远远超过耳光。女编辑在QQ上说：请不要用阉割这种词，这是一个医学术语。李白同意，这同时也是一个哲学术语，法国人最爱用的，但它确实不是一个修改小说的术语。女编辑说：砍头和阉割之间，你总要选一项。

李白在写一篇关于拆迁的小说，不是压路机碾平老大爷的那种，而是常态的，市民生活的，有高额补偿可拿的，其中当然也牵涉到一些投机分子的吃拿卡要。太子巷没动静，他不得不走访其他小巷，托了李国兴的关系打入拆迁指挥部，只见一片狼奔豕突，灰烟四起，虽不强拆照样进入了战争状态，有人敲着脸盆大骂拆迁办主任，一些抗拆同盟因为奖励措施而迅速分崩离析，变成群众之间的互殴。"国人最擅长内斗。"一名拆迁官如此解释。

"只要是人类都经不起这种利益诱惑，先签字多给两万块呢。"李白为变节群众申辩，"你用的是孙子兵法。"

女编辑来信：你的人物性格特点不够鲜明。李白还击：伊格尔顿说过，二十世纪作家的重要任务就是把人物刻画方法从十九世纪作家那里解脱出来。女编辑说：那就把你自己当成十九世纪的作家，我是十九世纪的编辑。李白回答：十九世纪没有女编辑。女编辑说：你这会儿要是在我眼前，我就把手里的桔子扔你脸上。

她说这房子从十九世纪就是她家的，我提醒她，家里有一男五女的户口是去年冻结之前迁进来的，都不知哪来的亲戚。拆迁官向李白抱怨，十九世纪的女人根本没有财产继承权。我算是和十九世纪干上了，但我们全都没见过十九世纪。李白说："你不能阉割别人的继承权。"

女编辑来信：冗余章节就像违章建筑，要拆除。这么糟糕的比喻我简直难以置信出自一个文学编辑之口。拆迁官说：违章建筑就像你小说里的冗余章节，想拿补偿就是骗稿费。好吧，你和我的编辑是失散多年的兄妹。女编辑说你的长篇简直是在平房上面又盖了一层。拆迁官说他们一听按面积补偿就连夜加盖违章建筑，按人头补偿就连夜怀孕，快死的老人也送进了急救室。就在前天，某家某户，喜迎双胞胎出生。李白说："是你的游戏规则有点蠢。"女编辑和拆迁官一致反驳：这不是游戏！

无聊死了。对李白来说，无聊是一件需要被呐喊的事，这样的话，呐喊也被纳入了无聊。有一天他又端着速溶咖啡瓶子改装的茶缸走进拆迁指挥部，这位深具文学功底的拆迁官正唉声叹气往外走。"我要去说服一个刚死了老婆的男人。他很难搞。"

"请尊称他们为鳏夫。"

"各种琐事。约了十点钟，现在都中午了。"拆迁官说，"希望这位鳏夫有点耐心，我快烦死了。"

这句不祥之言在十分钟后得到了印证。拆迁官走进鳏夫的家，后者在院子里坐着等他，没有讲一句话，站起来朝他脸上扔了一包石灰，然后用屁股底下的小板凳敲烂了他的脑壳。这个提着沾血的板凳的刚死了老婆的男人走向拆迁指挥部，李白正哼着歌出来，看上去非常像另一个该死的拆迁官。他注意到鳏夫满身石灰，一脸杀气，尚未来得及仔细看板凳，在一种小说家的敏感直觉驱使下，即刻扔掉茶缸，撒丫子狂奔出二百米。警察擒获了鳏夫，在他杀第二个人之前。

他说得对，这不是游戏。日常生活的痛苦本质总会揭开面纱，露出麻风病人式的脸，但你不能预料是何时何地，你只能凭本能瞄见某个人要动手而逃远点。你谴责这个，谴责那个，但你的本能是逃远点。一名报社女记者试图就此事采访李白（她看起来像是李国兴的某一个前女友），李白问她，我能什么都不说吗。女记者说，你是写小说的，总该说点看法吧。

"你去找个虎背熊腰的专栏作家来说吧，最好学过空手夺白刃。"李白说，"他杀人仅仅是因为他很苦闷，他杀了另一个苦闷的人。"

有关这件事，他和女编辑在QQ上聊了一夜。"你在骂我吗？"她问得直接，"改小说就是拆迁？"

"两者当然有本质的区别。"

"那么呐喊几句又何妨？讲庸俗点，你

就是吃人道主义的饭的。觉得表达是一种表演？"

"表达一下当然也行，但我当时走神了。我想的是，一只马戏团的老虎在学会跳火圈之前，得先挨过多少毒打。"

53

不用多久，李白就会忘记非典之年的种种细节。整个春天该下雨下雨，该天晴天晴，戴口罩的人们四处溜达，让他想到了万圣节。他回忆起童年时，冬季很冷的日子，白淑珍出门总是戴一个棉纱口罩，仅露出眼睛，像个医护人员。李白厌恶口罩，他无法揣测她的表情，表情所代表的心情。两人走在路上，他不断仰起头看她的眼睛。"你在偷偷地笑。"他说。

"我没有笑，我板着脸。"她说，"我天生长着一双带有笑意的眼睛。"

"我也是。"

"你长得像李忠诚，眼睛有点耷拉，三十岁以后会是三角眼。"

这是他最常想起的一段对话，他厌恶那个洁白的口罩所代表的空缺和虚无，并憎恨其顽固地嵌在她的脸上。作为一个累赘得庞大的隐喻，白色口罩像具有引力的无底洞，可以在瞬间吸干他所有的伤感或怀恋。那口罩后面扭转而去的究竟是一张怎样的脸，他毫无把握。

四月份钟岚打电话给他，让去她的私房菜馆，在已经消失的蓝莲咖啡馆后面一条小巷中，是她姨妈的私宅，门面局促偏僻，一个小天井，屋里只能摆一张圆桌。开张之前，她曾让李白给饭馆取名，他说就叫一桌吧。钟岚嫌其庸俗，李白说，那就别致些，取单个字的名，叫岚吧。钟岚说这个字不好，正中一个大叉，代表着倒霉。李白想起他喜欢过一个叫赵爽的姑娘，名字里大大小小五个叉，是个欢快无忧的人，最后还是跟别的文学青年跑了。钟岚让他不要走神，说单名蛮好，借你名字用用，就叫白，麻烦你提毛笔给我写个白字，我好去做块匾。白字单拆出来十分难看，亦无甚趣味可言，读白字，吃白食，拆白党，一穷二白，李白找了纸笔，边写边嘀咕，只怕你生意不会好。

"就开一桌，你管我生意好不好呢。"

"白"试营业期间，钟岚请李白去体验一下什么叫势利。提前预订，没有菜单，每晚就这一桌，不翻台。这类馆子李白只是听说过。吴里盛产河鲜，钟岚擅烹鱼，问李白一道烤青鱼该取何名，李白说《刺客列传》写专诸献上炙鱼，即从中拔出鱼肠剑，将王僚扎了个透心凉，至今苏州仍有专诸巷，剑是短刃，炙字多半是烤的意思，司马迁却没讲清是什么鱼，就叫专诸鱼如何。钟岚听了不胜感慨，说我当年差点就在曾小然面前捅了你，只是你不知道。又说，现烤的鱼才好吃，哪有烤好了送上门的。

她的敢爱敢恨被李白写进了《太子巷往事》，高潮部分是她的老爸钟高强。钟副局长受贿腐化落马，举报人之一即是钟岚，不仅判了十五年，还没收了部分家产。痛快的是，她让老钟的三个情妇鸡飞蛋打，其中一个刚从农村调进环保局的姑娘（只比她大两岁）旋即被送回了乡下，短期内是不可能翻身了。老钟已经在吴里市监狱蹲到第五年，据说是模范犯人，有望减刑，也在食堂干活。

"你和钟高强一样不是个东西。"她曾经说，"但你没贪国家的钱，我也没权力把你送进监狱。"

"我很佩服把爸爸送进监狱的人。"

爸爸是不能背叛她的，而李白可以，因为李白背叛了所有人。在长达二十多年的交情中，她唯一不能释怀的是曾小然的出现，后者取代了她青梅竹马的位置，差不多在六岁那年她就失恋了。其后在二十岁时，他又一次让她失恋，他的背叛是无穷的。

"白"开张后，生意好极，除了春天的河豚必须请大师傅来做，余者皆钟岚亲自下厨。名菜有青鱼秃肺、刀鱼馄饨、田螺塞黑毛猪肉、鲍肺汤、蒸白鱼，又有一种太湖小杂鱼，煎干后拌虾籽腌渍当酱菜用，是李白的最爱，可以当零食吃到口角发炎。店内仅雇一个小妹，名叫爱玲，是钟岚的远房表妹，马台镇人，十分伶俐。小店名声渐传渐远，苏沪两城皆有食客来访。李白想到另一个叫爱玲的女子引用过的名言：食道通往男人的心。后半句不提了，尽管后半句才是重点。

李白行走江湖多年，交了一群讲不清道不明的朋友，皆为眼高于顶的文青，口袋里没几个镚子儿，扒拉一份盒饭就能动笔写小说的。或有结伴来吴里探访他，就带至"白"去吃一顿，钟岚在天井里安排一个小桌，三五人喝酒小叙不成问题，不收李白的饭钱。来的次数多了，钟岚便总结，你那些扒盒饭的朋友都很有意思，不像有钱人那么挑剔无由。李白说你都免收饭钱了，他们自然也不能说坏话。钟岚说，非也，你曾带来一个朋友早年是做厨子的，后来写诗，他也夸我手艺好，农民出身的必能吃出水产是否新鲜，学者型的则注重菜品，总之不枉我费心，没给你丢人。又说，还有人喊我嫂子。李白本想夸她，立即哼哼唧唧，转而谈谈中国作家的士农工商性质。

非典期间饭馆基本停业，也无人来拜访李白，约有三个月不见，电话里钟岚的语调阴郁，他本以为是生意差，要亏本。进门见她在天井里坐着，地上有一个砸碎的碗，并不值钱。"看来不是什么大事，否则以你的性格应该砸了店里最贵的碗。"李白揶揄。钟岚回答道："这是曲冰的饭碗。"

"谁是曲冰？"

"去年你带来的那个眼镜。"

当李白说他不记得某个人时，多半是想说，此人不值得他记起。曲冰就是这样一个人。戴金丝边眼镜，作风浮夸，有一说三，他的缺点当然也是李白的缺点，所以在李白看来，那是格外地不能忍受。他们之间没有交情，曲冰是跟着另外两个上海朋友来吴里的，吃了一顿饭，聊了几句随后平淡散去。我和他之间就像逗号和句号一样不可能肩并肩。李白提醒钟岚，"眼镜"这种绰号已经过时了，满大街都是戴眼镜的人，它不再是呆头呆脑的知识分子的专利。再说了，无论哪个年代，金丝边眼镜都不能被喊成"眼镜"。

"我不要再听你讲屁话了。"钟岚说，"北方人叫'有的没的'。"

"我想知道这个跟着我来混了一顿饭的家伙，他怎么会有一个饭碗在你店里？"

"你也有一个，专用的。"

由钟岚来讲述曲冰，基本上可以浓缩为以下几点：他和你一样，也写点小说（没发表过）；他和你一样，也没工作（但比你会花钱）；他和你一样，让人动心（嗓音比你有磁性）。"我以为没有男人能像我一样让你动心。"李白继续不着调。

"女人是要哄的，哄哄就动心了。"钟

岚说,"是主动的哄,不是你那种被动的、像死鱼一样的哄。"

"我只在另一种场景下形容异性为死鱼,非常不正确,具有侮辱性。这个比喻我已经不用了。"

日常生活的伸缩性就像小说,一个女人上了当,可以是一部完整的中篇小说,可以是连载长篇,也可以减缩为一句话。钟岚犯了糊涂,动了心。事情要是摊开了讲,李白可能会把自己搭进去。总之,饭局之后,曲冰像猎人一样隔三岔五来到吴里,他很快赢得了钟岚的芳心,有几晚留宿在她家,并且不多不少借了她五千块钱,而这一切李白全都不知道。他冲出去看了看店招,还是叫"白",没有改叫"冰",松了口气。最终的结局是钟岚发现曲冰不仅猎获了一头母鹿,还顺便打了个兔子,这一天她撞见他在厨房里和爱玲亲嘴。这个有着《三言二拍》气质的故事,现在换了女主人公。曲冰带着爱玲回上海了。李白想了半天,只能告诉钟岚:"又被骗钱,又被骗身,你应该早点告诉我。以不教民战,是谓弃之,我会提醒你曲冰是个渣滓。"

"曲冰和你很像。"

"你还意犹未尽了?"李白大怒,"像我的全是渣滓。"

女人经济独立以后该怎么办,是娜拉出走以后的问题的反面。李白望着钟岚,这事儿你只能认栽了,我不能替你出面。难道让曲冰把你表妹退还回来,再把你带走?"你手上有什么曲冰的把柄,我可以让他去坐牢,至少身败名裂,混不了文学青年的圈子。"

"你安慰一下我吧,晚上饭馆还要开张。"钟岚坐在小板凳上,拨弄着地上的瓷器碎片。李白束手无策,只能胡乱撸一撸钟岚的脑袋,仿佛沮丧的足球教练在更衣室鼓励更沮丧的队员。上半场已经被人打了个三比〇,红牌还罚下一个,该死的下半场你仍然得硬着头皮出来。李白替她收拾干净小规模的狼藉现场,又去厨房看了看,一切安然。他找到了自己的吃饭家伙,一个仿汝窑的天青色莲花盏,居然是薄胎,颜色和叩声都不对路子。这东西价钱高低无定,暗想钟岚不要又被人骗了。

这天晚上李白终究是气不过,找上海朋友要了曲冰的手机号码。朋友告知,曲冰根本不会写小说,也就是在报章上发点不定期的小专栏,关乎饮食男女、花鸟鱼虫,近期在向时评转型,专找政府的茬。李白更气,拨电话过去,开口就问:"你怎么把钟岚搞成这样?"

"这是感情私事,你李白是她什么人,管得着吗?"对方的语气比他更横,嗓音不乏磁性,这让李白也不由得压低了声调。"我本来就是她表哥啊,我当然要管。"他撒了个谎,心想表哥总是有说服力的。曲冰大笑起来:"李白啊李白,你糊涂了。你别忘了我此刻正搂着她的表妹吃饭呢。你不是钟岚的表哥,你是给她破处的男人。"

Fuck You。李白对着一片连绵不绝的挂断音破口大骂。

54

李白与钟岚的短暂恋情要追溯到九十年代。某一天她脸色煞白坐在马路牙子上,落叶在身边打转,头顶上红灯黄灯绿灯反复跳转,李白顶着寒风骑车经过,既帅气又一脸衰相地捏闸,停下。

"我猜你失恋了。"

"我没有失恋。是你最恨的人要坐牢了。"

"他不是我最恨的人……"

"那就是你爸最恨的人。"

老钟的风流韵事早已传遍里巷。三个情妇，他的春节假期显然不太够用，组织上需要给他放个长假。李白拍了拍钟岚的头，我想你一定听说了你爸还有个私生子的故事，听说了你爸古怪的性癖好，例如把阳台当成桑拿房，乃至引起轰动和效仿，拉动了本市铝合金小作坊封阳台的生意。你可能不知道的是，群众在发臭的、被小化工厂污染的河道边散步时，谈论的就是你爸，整个吴里的河流、山川、草木、天空都被你爸傲慢的性高潮所笼罩。去坐牢吧，老钟，把你的女儿交给我。李白安慰道："他要早几年发财的话你不至于去学做厨子。"

"滚你的蛋吧。"钟岚站起来抱住他。

在那个意外寒冷的冬季，钟岚不想回家，跟着他来到太子巷3号住下，并说清两人各睡一间。那确实是她走了衰运的日子，一条蒸鱼全是火油味，李白无所顾忌，大骂环保局长钟高强正事不干天天打炮。钟岚极为胸闷，冒雪出门又买了条鱼，却烧咸了。半夜李白口渴难耐，穿着棉毛裤满屋子找水，从凉水壶到热水瓶一滴也无，亦不见啤酒或可乐，不得不冲进院子，抖抖索索打开水龙头喝生水，发现全都冻住了。李白闯进钟岚睡觉的屋子，一把揭开被子，掏出她脚跟的热水袋，喝了两口。钟岚惨叫起来。"妈的，一股橡胶味。"他嘀咕了一句，继续喝。她发出另一种惨叫。

"李白你是神经病吗你喝热水袋里的水？"

数年之后，当他试图向她解释：我和你之间的情谊，就像热水袋里的水，那是用来取暖的，我却荒唐地喝下了它。钟岚的回答是：你后悔了，你根本不爱我，你一辈子就喜欢那种会写诗的文艺女孩，我只是个厨娘，就连曾小然现在恐怕也只是一个冷冰冰的医生，只可惜文艺的女孩你身边一个也无。好吧，李白说，我不会纠正你对于爱情的任何错误认识，尽管我是那么地喜欢纠正别人，尽管我只对真正的傻逼保持沉默，但你是个例外。

这样的句型完全是在考验钟岚的听力，她搞不清李白说的例外，究竟是指他的沉默还是她的傻逼。李白不得不再解释："我既不想纠正你，也不能无视你，这就是我对你的情谊。"

"借口！"

"你记性好一点的话应该能想起来第二天发生了什么。"

第二天上午李白醒来仍然觉得口渴，钟岚已经买了一个大瓶装的可乐放在床头柜上。他天真地以为她走了，起床发现她正坐在书桌前看稿。那是他用钢笔在四百格稿纸上涂写改划的最后年代，很快将被电脑取代。"这是你写的，你写的钟高强。"她回过头来，甩了甩稿子，就像甩一叠由他制造的假钞。在这段故事末尾，由老钟化身而来的男主人公正赤身裸体站在阳台上，对街上的群众高喊：你们这帮穷逼，回你们的卧室去性交吧。如此荒诞不经的情节就连李白自己也编不下去了，我把老钟写得像个南美洲小国的暴君。钟岚问："你这么瞎编，你心里过得去吗？"李白回答，我还真没瞎编，这段话是你爸讲给我爸听的，李忠诚被醍醐灌顶了，他不能理解在阳台上性交居然是一种特权，但思前想后，好像也有几分道理，他就这么开窍了。

钟岚愤然拍桌。她不能理解李白的注

意力全都在老钟身上，也不能理解李白为何从一个书写风花雪月的少年忽然变身为肮脏下流的性事描摹者。性是一切，李白看着自己啪啪作响的稿子，徒劳解释，性是饮食，性是政治，性是娱乐，性是体育竞赛。一支钢笔落在地上摔成两段，笔帽弹到门外，这是曾小然送给他的礼物，已经换过一次笔尖，现在它彻底阵亡。性还是破坏。

"你给我滚出去。"

"这是我家。"

"好，我走。"钟岚穿了鞋往外跑。李白也跟着穿鞋，套羽绒服，并从角落翻出他的背包。在她走后，他关了水电煤，爬上墙头观望。这一次她还真的向远处走去，没蹲在墙根，根据多年了解，不用两个小时她一定会回来找他。未及刷牙洗脸，李白扛着背包狂奔向长途汽车站，有一场远在北方的青年文学笔会正在等着他去参加，尽管他会提前两天到达。

现在回忆起来，易遭遗忘的年代既非童年也非晚年（它们分别被记忆禁锢），而是——用李白的话说——青年时期的某一个季节。它是修辞的空白点。你错误地征用了"荒唐"，就像你使用过"困境"这种词，但你知道未必就是。"那支钢笔是你的吃饭家伙，我给砸了，我赔你一个。"钟岚说。

"我已经改用电脑了，钢笔什么的，不用在意。我有好多钢笔，都扔了。"

"我赔你一个吃饭的碗。"

55

冯江的广告公司被吴里市列为著名商标品牌，它的名字叫振鑫。鑫字在某一年代曾经是中国人的最爱，上至集团公司，下至杂货铺五金店。李白向冯江推荐过??，是宝的异体字，又说，金是杀伐之气，水才是钱，上古的钱都是贝壳，从水里来的。冯江的解释是广告公司本来就很水，除了两台电脑其他没值钱玩意，不能再水了。又说，钱字是金字旁，贝字旁的那叫贱。

前面说过，振鑫的主要业务是在公路上竖广告牌，行话叫"高炮"，也就是说，从陆路来到吴里，你首先看到的必然是冯江的手笔，部分不太引人注目的广告语是李白写的。后来，业务拓展至街道，主做灯箱、路牌、路灯杆子上的吊旗。非典结束后，开发区迁入大量居民，社区成型，新型商业广场开幕，振鑫又包下了两块楼顶广告牌，每年光是租金就得支付三四百万，员工多至十二人。当时行情，房地产客户是大鱼，药品保健品客户是中鱼，小鱼则有家具、电缆、大闸蟹、旅游等等。李国兴觉得冯江是个人才，想与他合伙包下有线电视台的广告时段，冯江极感兴趣，可惜资金短缺。没过几天，国兴闯了个大祸，被发配去看车库了。

这家公司现在的总管是冯虎。九十年代下岗以后，冯虎在商场干过一阵，主管保安，每日逡巡，勇擒扒手数名，闲时亦不懈怠，带着队员们勤练消防演习。这伙兄弟都是做一休一的低薪外来工，十六小时轮班工作制，本是糊口的活计，在冯队长手下每日除站岗以外还要拎着灭火器跑上跑下进行消防演习，累脱了一层皮，苦不堪言。当然，老冯生理上也衰退了，空手打人不那么疼了（商场不许他抄家伙）。有段时间他在研究，该怎么把人轻松地打到疼昏过去，后被一位医生警告：凡是能轻松疼昏过去的部位，都有重伤致残可能，比如眼窝、蛋蛋、肚脐。有一天他终于领受到了人生第一次失败,两名扒手居然向他反击。在六名低薪保安抱着胳膊欣赏之下,老冯眼窝中拳,打倒后蛋蛋上还挨了两脚。他的职业生涯结束了,感到心灰意冷,无处可去,幸好冯江及时地发了财。

振鑫并不需要冯虎来看大门。公司里进进出出尽是些该坐牢的人,索贿受贿的市政官员,索贿受贿的甲方经理,索贿受贿的银行小头目,这些人有一个共同爱好是去夜总会。过了没几天,冯江果然把公司搬到了鑫玉兰夜总会后面。

"老冯现在的业余生活是在上班时走到夜总会后门,看着进进出出的小姐,她们有的穿比基尼,有的穿护士服,还有的打扮成日本女生。老冯从来没见过这个,自从他拳头软了之后,他就意识到自己别的地方该硬。有一天我发现他居然塞了两百块钱给一个保姆打扮的小姐,规劝她不要干这行。"冯江摇头,"他疯了,完全忘记了自己过去有多狠。"

"不要再煎熬你爸了,给点钱让他去夜总会吧。玩几次他就明白了。"

"不,我并不想看到老冯的本我,那对我没有任何意义,也不能报复他曾经鞭打我的仇恨。我在调教他。"冯江问,"你爸爸在哪儿混呢?"

"他……"李白翻眼睛想了想,奇怪,我竟不知道我爸在干什么,他最近很少说话,没有工作,每天拎着个包出门,到自家一大一小两个门面转一圈,劣质火锅店和劣质文具店,然后不知所踪,晚上才回家。他不会麻将,不会跳舞,找人聊天必不欢而散。出于一种小说家的好奇心,李白想,我得弄清李忠诚在搞什么事。

冯李二人走进振鑫,冯虎穿中山装出现,立正喊道:"老板好!"冯江示意他可以退下。李白感到十分惊诧。进办公室,冯江说:"这就是我的调教。"

人类是需要调教的动物。这一颇含色情意味的通俗格言被用在自己爸爸身上,冯江坐下后继续解释:"老冯对于身份的认知存在偏差,这使得他多年来都显得像个精神病。我终于让他理解,在这个商品经济时代,我不再是他的儿子,而是老板。他必须讨得我的欢心,而不是掏二百块在一个小姐身上买到尊严,他妈的,二百块。现在有人赐予他权力监督十二个员工迟到早退,还能有比这更具快感的事情吗?他学得很快,一开始连客户经理穿短裙都不满意,后来他知道穿短裙意味着当天要接待男性客户——客户就是利润,利润就是他儿子的财产——他立即把握住了分寸,甚至学会了鼓励员工。"

"你把他调教得像另一种精神病。"

"这是报复。"冯江微微一笑,"看到老冯企图展露本我,我就浑身难受。"

"因此你的办法是,帮助老冯实现自我。"

"一点没错。"冯江拿过杯子,倒上威士忌,"放心,我对你是真心的,对冯溪也是,你们可以犯任何错给我看。"

这让李白想到了半年前的一单活,那时冯江还认为他是一个具有销售天赋的人,至少在女性客户面前,李白展现了一定的魅力(另一部分女客户则像女编辑一样讨厌他)。流传于世纪之交的一则销售神话,说的是乙方请了一位男性话剧演员来讲方案,甲方深受蛊惑,立即通过了。想想看,甲方是多么渴望一副磁性嗓音,一种哈姆雷特或雷雨式的灵魂洗礼,仿佛他们都是些易被催眠的少男少女。冯江认为,李白对频道之内的女性具有催眠功能,一个起着寒风的下午,他将李白拉到振鑫会议室,见一位贵妇型的女老板。李白面露神秘微笑,女方抽烟,隔着雾气看他,而冯江在一边侃侃谈论公路广告牌的价值。后来,在签合同前,李白自作主张给她点烟,她斜过脸来迎接,并且搭住他的手,他手中的劣质一次性打火机因为阀门疏松喷出高达半尺的火苗,立即燎掉了她的半根眉毛……那是一场灾难,断送了李白的广告牌掮客之路。"你欠我三十万,还有两万块汤药费。"事过之后,冯江请走了李白,"再妖娆的人也架不住他身上的衰劲,你就是。"

此刻,李白坐在冯江的办公桌前,手边有一个水晶金字塔状装饰物,高达三十厘米,看来是风水迷信之物。这间公司已经让他产生了心理障碍,无端想到,如果客户不慎绊一跤,前额砸在塔尖上,那铁定就挂了。

"找我来干嘛?"

"谈谈叶曼的事情。"冯江说,"虽然全市生意圈都知道钟岚栽了,你在忙于替她挽回败局,但我还是要请你回忆一下,半年前,你在上海睡了一个姑娘叫叶曼。"

"我都能回忆起她抽你和阿波耳光的样子,那时她还是个天真少女。"李白不免有点得意,"她有男朋友,好像是个挺有钱的建筑设计师。我们迅速结束了感情,留下了很不错的印象。"

"她觉得钱包里放三张女人照片的,是精神病。"冯江说,"但也不妨碍她偶尔喜欢一个精神病。"

"为什么提到她?"

重点来了,也在李白的预料之中。冯江解释,叶曼的公司把专卖店开到了吴里,他凭着交情和口舌让该司理解到,本市GDP相当出色,且人傻钱多,二奶遍地,既然有了店铺,再投放一块商场楼顶的广告牌是明智选择。作为负责人,叶曼曾陪同老板来吴里考察,满意度很高,然而非典和李白耽误了业务进展。如今世道又恢复太平,这一必中之单却迟迟签不下合同。

"这块广告牌五十万一年,租金都是银行借钱,我耽误不起。"冯江说,"你帮我搞定这张一百五十万的单子,我就免了你以前的债务。"

"你们也太黑了,拿这么高的回扣?"

"猪都算得出来,我们签的是三年合同。"冯江说,"你他妈的能不能不要到处说回扣的事儿?"

"请问我又是怎么耽误了你的合同?"

"你向她吹嘘过,要到我公司来干活,现在她必须要你带上合同去签。"面对李白吊儿郎当的无情嘴脸,冯江终于沉不住气,"我错了,这事儿是我求你。你把人家眉毛烧掉的事情我也跟她说了,她相当快乐,更想见你。我不知道你俩是一种什么样的性爱关系,或许也烧来烧去的,我只求你去把合同签了。我欠了太多钱,两个月内再没进账我只能让老冯住到你家去了。"

"我考虑一下。"

李白说考虑一下也就意味着他勉为其难地同意了,冯江非常了解,他从未在考虑之后仍表示拒绝,这是他的天性。他所有的决绝都源于大脑中分泌出的某种激素,某种立即显效的近似狂怒的物质,但内分泌总是暂时的,一旦平静,他就变成一个无可无不可的人,既没有理智,也无法依赖直觉。"还有一件事你考虑一下,"冯江说,"我妹妹冯溪,她也被男人骗了,你去看看她吧……"

56

　　眉毛事件后，李白换了个打火机，是冯溪送的。冯溪经营着一家男士精品屋，各种来路不明的时髦衣服、箱包、配饰，大部分都还能用，除了柜台里的几块手表，那是假得不能再假。这个会发出叮咚一声的纯铜响声打火机，用冯溪的说法，多么悦耳的声音，真正的上等货。李白说家门口收垃圾的也有一个悦耳的铃，单一的音符并不能代表什么。

　　多年来，冯溪对李白的爱，就像这种悦耳的声音，本质上不是高级或低级的问题。一个曾经听过长笛演奏的男人，在面对打火机或垃圾车反复发出的叮叮声时，他能想到必然是：这家伙手闲，有点无聊。行了，不再展开了，简单来说就是冯溪有点单调，不是我的菜。李白对冯江说。

　　"钟岚也很单调。"

　　"进一步说冯溪是你妹，我不想做你妹夫，不想有你和冯海这样的大舅子，老冯这样的岳父。"

　　是的，你会心疼钟岚，但你真的心疼不了冯溪，尽管生在这样的家庭也有几分可怜，但她赢下了这家所有的男人，根本不用替她操心。"冯溪和叶曼，我只能替你去看其中一个。"李白说，"你自选。"

　　"那还是叶曼吧。"

　　"我情愿去看冯溪。"李白说，"我得先去找我爸爸，有一种不祥的预感，会再也见不到他。也许是我挂了，也许是他挂了。"

　　出于某种情谊，他还是先去了一趟精品屋。一路上他怀疑自己有人格缺陷，我曾经是个决绝的人，至少对冯溪很决绝，怎么混成这样。接着他被一支葬礼队伍拦在了十字路口，当先一张遗像十分眼熟，仔细一想是农机厂的四姑娘，当年他被冯虎暴打的场面早已被李白写成小说换钱。他并不老，四十多岁，工厂关门以后从事什么职业不知道。李白呆呆地看着，直到这支小规模的队伍全部经过，才踏着几枚遗落的纸钱穿过马路。这时他已经想清楚，我没有人格缺陷，我只是不想让冯溪在我的葬礼上朝着我的遗体吐口水，她可能真的干得出来。

　　在李白遇到的姑娘中，冯溪才是读书最多的那一个，当然，全是地摊书。李白不会歧视地摊书，从有印刷术开始，革命和先锋都是从一堆粗制滥造的纸页上起家的（目前来说他情愿当一个小资产阶级），但冯溪的书未免过于地摊了，大量的言情小说，全是论斤称的货色，重点在于，言情小说并没有把冯溪教育成其中某一个女主人公，相反更为狂野。如果说钟岚只是动手砸几副碗筷的话，冯溪可以用整个灵魂砸烂李白本人。"回头我送你些精装本吧，别再看地摊书了，你这个喜欢高档货的人。"一进店，李白就企图反客为主。

　　冯溪正蹲在一排西装下面读书，守店生活很无趣，她已经读成了近视眼。"像你这种有阅读障碍的人才需要精装本。"冯溪摘了眼镜说，"大哥，我卖的就是假时髦，你以为我是傻逼呢？"

　　"溪溪，"每次李白喊她小名，都意味着输给了她，"卖衣服的人总是比厨子透彻些。"

　　"你来干什么？"

　　"火石没了。"

　　"伙食没了找钟岚啊，找我做什么？"

　　"打火机里的火石……"

106

趁着冯溪给打火机装火石的时间，李白试了两件西装，都不合身。精品屋装潢成欧洲风格，地板与护墙板俱全，整体为深棕色调，沉稳大方，淡淡的背景音乐是她最爱听的哀怨型台湾流行歌曲。李白的理解是，她过于强硬，需要各种各样的哀怨来中和一下。冯溪继续数落：别再贪恋宽肩膀的西装了，那差不多过时了，我知道你想做一个过时的人，但你不用混在一群傻逼中间装傻逼。李白越听越头大，将西装挂回原处，又查看裤子，皆为修身版，放得进腿放不进蛋的那种，确定近期的时髦货都是给猴穿的。若不是风气如此，冯溪看再多地摊书也休想将这裤子卖出去。

"有一本书上说，从生理角度，男人才应该穿裙子……"

"你十八岁时就给我看过这本书。地摊书！"冯溪将打火机抛还给李白，"可是你后来又说穿裙子对男人来说根本不是解放，而是另一种束缚。"她将"缚"念成了"博"，不过无所谓，能记得住李白的格言就是个好姑娘。

"我收回我的话，看了这样的裤子，我情愿穿裙子。"

"你想说的不是裙子，你想说的是裸体。你为什么不说裸体？"

"好啦好啦，不要再搞我了。"李白瘫坐下来。一名顾客进店，冯溪招呼了过去，等他离去，李白才开口问她到底遇上了什么麻烦，被何等男人骗走了啥。

"冯江已经跟我说过了，你要来看我。事情比他想的简单，有一个叫亮子的男人，前阵子跟我好了，借了我一点钱不肯还。你认识亮子吗？"本地风俗，名字后面带'子'的都是流氓，李白像发抖一样摇头，表示自己不混社会。"后来我找了猛子、黑子、彪子、老鬼子一起上门，打了他一顿，把钱要回来了一半，另一半被他花掉了，写了张年息八分的借条完事。"

"太好了。"

"我比钟岚实在，没那么天真。"

有那么一些短促时间，冯溪也是沉默的、低徊的，像冲锋之后的士兵在战壕里休息，给了李白落荒而逃的机会。他跑到店外抽烟，经冯溪调校，打火机不但出火，响声亦更为清脆动听。李白再次思考关于"高档货的声音"这一命题（某种程度上他是在构思小说）：钢琴，薄胎瓷器的撞击，美声女高音在午后的客厅里随意哼唱，HIFI杂志提到的某一套器材，黑胶唱片。而廉价的呢？少女们在街头小店买的风铃，一声自以为婉转悠扬的口哨，任意年代的叹息或鼓掌……抽完烟，他没有离开，走回店里问冯溪："四姑娘你还记得吗？刚才我看见送葬的队伍走过，他死了。"

"你最近关心钟岚太多了，不知道世界上发生了什么。"冯溪冷笑，"四姑娘——算了，我还是喊他真名吧，毕竟他已经死了。他叫王飞。前两个月他去翡翠花园看房——他在那片开了家房产中介公司，楼上掉下个砧板，正中脑壳，成了植物人。我还以为他能挺个三五年，说不定醒了，可是没有。"

"抓到肇事者了吗？"李白问，"翡翠花园在哪儿？"

"在开发区，二十层楼的小高层，查不到是谁。"

"也许应该让你爸去查查，老侦察兵了，再不济动动刑。"李白开了个不合时宜的玩笑。冯溪瞪了他一眼，李白忙解释："我在写一些关于凶杀案的小说，我向你保证，只要认真审讯，一定能找到凶手。像你爸那样当然也是不对的，他能打到嫌疑人全都招供。"

"他们家在索赔。最终结局，恐怕是二楼以上的住户集体赔钱，有了钱就什么都好说了。"冯溪沉吟道，"奇怪，这案子好像把你爸也牵扯进去了，看来你不知道？"

"他妈的，原来如此。我终于知道他出什么毛病了。"李白恍然大悟。

57

李忠诚想在翡翠花园买一套二手房，因为四姑娘告诉他，房子会涨。李忠诚跟着四姑娘进了小区，见密密麻麻一片高层，间距极近，大夏天的，三层以下都不怎么能晒到太阳。李忠诚觉得匪夷所思，吴里不是香港，地皮没那么紧张。四姑娘解释说容积率高是开发商的策略，单价比同等楼盘便宜好几百。来到一栋楼下，四姑娘停了脚步，往口袋里掏钥匙，还在给李忠诚讲周边配套，一块砧板当头落下，直接把人打闷过去。李忠诚正在锁自行车，只听咚的一声，抬头看四姑娘倒卧在地，顺着台阶翻滚下去，没出血，以为他发了心脏病，又拍脸又号脉。人拉到医院，经查发现脑子已经一团糨糊，必是被重物打了。警察扣下了李忠诚，没问出个所以然，到现场勘查，一名老刑警发现一块木制圆形砧板被收垃圾的抱在怀里，正打算溜走，连忙喝止，经审问是在不远处捡的，砧板上留下的全是那个家伙的指纹。这就是事情的经过，上了本地晚报新闻版。

"根据你的描述，北窗都是厨房，想必是把砧板洗干净了架在窗口晒，不慎掉了下去。当然也不排除有人从后面那栋楼的南阳台飞出一块砧板，那就是故意杀人

了。"李白分析，"应该立即盘查各家，只要家里没砧板的、砧板是新的、砧板上的残留食物与住户排泄物吻合的，统统都有重大嫌疑。当然也不排除谁家有两块砧板。我们家就有两块，对吧？"

"我们家一块塑料的，一块木头的。"李忠诚说。

李白摸摸李忠诚的头，似乎是想确定，他没有被砧板砸着。李忠诚有点秃了，囟门位置的头发变得稀薄，像一朵边界模糊的星云。他一生阅尽荒诞，以至于李白经常怀疑自己是不是也意味着荒诞，是上帝送给李忠诚的最大的荒诞。幸好，他已经五十多岁，基本顺利地度过了更年期，男性的，较为暗涌的内分泌失调。只要他表面上不发疯，暗涌就暗涌吧。李白对父亲生出一种难以启齿的同情。

"事发之后，我每天都去医院探望四姑娘。"李忠诚说。

"但愿他不是死在你怀里。"李白对逝者毫无尊重之心，他坚信一个人死了就应该遭到恰如其分的诋毁，这表示其人已经身处快乐天堂。

李忠诚捶了他一拳。"我要找到凶手。我现在每天都去翡翠小区，看他们扔什么东西下来。"

"我也去。"李白说，"我和你一样，没鸡巴事情可做了。"

得再过两年，李白才会知道翡翠小区的开发商陈量材先生，他赞助的吴里市"陈量材文学奖"，只办了一届，有一万块钱的奖金，当然李白也没拿到奖，钱多钱少不在他的考虑范围内。陈量材先生的楼盘从吴里古城绵延至开发区，翡翠小区是他的得意之作，也是本地首开的高层住宅，据说住高层空气好（那么五楼以下给谁住

呢，李白问)。常年生活在破烂平房区的李白是无法理解高空抛物这种生活习惯的，吴里人热爱高空抛物，什么都往下扔，日常是剩饭剩菜、烟头茶水，夫妻吵架时则需要大伙发挥一下想象力了，有一次他去梦梅新村，一位狂怒的主妇失去理智，从六楼抛下了一把菜刀，砍中了邮递员的自行车。现在，他们可以体验一下由五十米高空扔下重物——冷兵器时代直接进化至太空作战的新鲜感。

"确实有一种重力加速度的眩晕。"李白走进了翡翠小区，来到事发那栋楼，坐电梯上到二十层，从楼道窗口试验性地扔下一枚硬币，接着他看见对面楼里有人扔下一包垃圾，它在落地后轰然炸开。"犯罪心理学上认定杀人、虐待、纵火的快感，应该把高空抛物也加进去，否则无以解释他们为啥要这么干。"

就是在这个地方，李忠诚已经站了整整十天，长久仰望导致他低头以后嘴巴都合不太拢。李白建议他搬一张椅子过来，可以不必那么费劲。李忠诚嫌麻烦，未及说话，一张破藤椅从天而降，落在草堆里。

"我想知道他们还扔了什么。"

"白天扔得少，到下班回来，就像轰炸一样。"

"找到扔砧板的了吗？"

"没有，那栋楼里正在打官司赔钱，他们现在只敢往楼下吐痰。"

"你考虑在这里买房吗？"李白说，"考虑一下吧。"

"前阵子有人出价收购我们家的房子，我觉得房子很破，可以换一套新的。现在想法不一样了，我情愿死在我的破房子里，不会有人朝我头顶上扔避孕套，用过的。"

这天夜里回到家，李白看到李忠诚的房间里挂着一枚胸罩，白色，棉质。李白痛骂："你他妈的活回去了，冯江都不再干这个了。"李忠诚惶然解释：它真的落到了我头上，当然不是故意扔的，是被风吹落的。李白问："那又怎样？"李忠诚继续解释，落下来的一瞬间他差点吓昏过去，以为是砧板、菜刀，或别的什么致命之物，他的心脏猛烈收缩，血压飙升，更难堪的是小便几乎失禁。他决定把胸罩带回家——就当是留个纪念？

他的行为无法解释，其中必有色情含义。父亲的更年期过于沉寂，没有摔盘砸碗，没有暴躁，没有面部潮红，在李白看来，约等于发育不良的儿童。好吧，那就这样吧，写小说的经验告诉我，不要为某种已遭压抑的心理运动寻找明确的轨迹，不要替李忠诚思考，那种思考最高水平也就和嘀咕差不多。不要嘀嘀咕咕，要等这一个致命的胸罩在他心里生根发芽——尽管胸罩的故事已经被讲得太多太多。

我应该去一趟上海，把那份合同签了，我在吴里待得太久了。李白告诉自己。

58

在他与叶曼短暂欢爱的日子里，南方似乎已经变得不可相认。雨水与地铁分别拉扯着这座城市，缓慢与快捷，浪漫或现实，时髦生活及讨口饭吃，仅需将自己纳入一次下班的人潮就能体会到的分裂感，与形形色色的人以同一面貌出现在庞大的交通枢纽，继而为了爱或爱欲走进一条寂静的小街。在这场短途旅行中你一再变身，一个古典的人，一个现代的人，一个属于今夜的情人，一个事后抽烟的没有年代感的人。

"我们这也算爱情吗?"她坐在窗台前嗑瓜子,与其说是询问,不如说是一种感叹。

"你不会问盒饭是不是饭。"

"我这几年的爱情,就像开筵吃饭,端上的尽是凉菜,没有主菜。"

"这是个好比喻,我要用到小说里。"

"不要让你小说里的男人讲这句话,很low。它专属于女人。"

好的,但愿我是你的零食,而不是菜。另一场可以被简述的爱情故事,她与男友刚刚和平结束了长达一年半的恋爱关系,具体而言,建筑设计师参加了本市某个角落里的小型多人派对,消息走漏了。李白对此相当敏感(谁不是呢),竖起耳朵想听个究竟,妈的,这年头,捉奸捉双已经不刺激了,捉三捉四才好玩。叶曼却只是淡淡地说,没什么细节可讲的,如果你想知道,就到楼下去买张日本DVD吧,任何货色都有。

不,我对这种碟片没有爱好,我宁愿夜深人静看点正常的片子,文艺的,枪战的,我最喜欢的其实是追踪杀人狂的那种,丝毫没有色情含义,如果你看这种片子看勃起了那你的麻烦就大了。总而言之,我不喜欢把自己看勃起了。李白嘟嘟哝哝,完全岔开了话题。叶曼不语,看着他说。渐渐地他又回到了原点:我想听听你男友的故事有什么不一样的。

"不讲。我只能说,性质严重,约大于我和你之间的事。"

"半吊子国产精英最擅长的还是盘算事情的性质,不管海归或文青,这说明我们的基础教育做得很扎实,至少是公平的,小学都一个班上出来的嘛。"

"丢你老母,难道看不出我在讽刺你?"

李白叼在嘴里的香烟,此前像唢呐一样昂起(对不起,这里不能使用"勃起"),现在像洞箫一样低垂下来。这代表了他的一种显而易见的情绪,顺便说一句,叼在嘴巴右边代表得意,左边代表拧巴,这不值得多谈。功臣难过太平关,他望着叶曼,像等候发落。现在他们之间可以坦荡地谈论任何问题了。

"我对性关系的认知是从周安娜开始的。"叶曼说。

"请不要再谈论一个久远的、已经消散的名字。"

然而她已经开始讲述。她大学时的男朋友包括一个事业小有成就的装潢设计师、一个性取向正常的拥有团队的造型师、一个些微落拓的流行唱片制作人。很幸运没有大学同学,不然肯定被周安娜办了。她喜欢有工作的男人,在工作中体现某种价值(或者所有的价值),但不包括土了吧唧的上班族。"我理解,都是些跟艺术沾边的,肉边菜。这个无需解释。"李白插嘴。大学毕业以后,情况差不多,建筑设计师,知名刊物编辑,民营出版社小老板。这些人的共同点是,各自拥有独立的世界,可以向她部分打开的世界。另一个共同点是,他们都不太忠贞,或者容易情绪失控。她不确定,这是否属于窥探独立世界的代价,在这座城市里"不太忠贞"和"易怒"只是一种最轻微的错误罢了。有一天她想起周安娜,一个在她少女时代被指认为淫乱的人,从未想要进入谁的世界,相反是向一群逼崽子打开了某个世界。

"这个世界并没有被周安娜轰炸过。"李白伤感地说,"不必让她为难你。"

"重点不在这里。重点在于,我反思了过去的恋爱,我总是被一个男人已经建立的世界所迷惑，我非常幼稚地想要进入其中，这使我的爱情显得廉价。谁知道呢，也许只有很少一点爱情，也许根本不是爱情。这两者没啥区别。"她说，"而你的世界，简单又混乱，没有人经营过，里面尽是些你自己才懂的东西，甚至是不懂装懂。我是个要脸的人，不会因为凉菜太多而为难你来做主菜。"

得是对爱情有多失望的人，才会将其比喻为菜。李白有点伤感，这个雨夜看上去漫漫无边，我喜欢那些馋嘴的、爱吃零食的姑娘，无聊的日子可以安然度过。这是李白第一次真正凝视叶曼，仿佛她退入到黑色雨夜中，雨经过十八楼，还需要五秒钟才能坠落在地。在这个高度上你只能假设听到水滴划过空气的咻咻声。作为交换，李白讲了他的母亲，于是他听到了雨声。

"如果我说你有童年阴影，你会不会生气？"

"会的。"

"那么，需要安慰？"

"你干脆打我一顿吧，"李白将桌上的茶杯划拉到一边，"这个夜晚变得过于忧伤，难道就没有更有意思的事情可做吗？"

我没有什么童年阴影，我从未被其规训过，我的忘性很大。在双手被绑之前，李白还是保持这一论调。叶曼换了个灯，变成粉红色，她脸部的对比度变强。李白要求把内裤穿上。"好的，"她发笑说，"按游戏规则，你现在还有两个要求可提，然后就开始了，直到你喊停。"

"没有要求了，只有一个问题要问，"李白说，"这是哪个男人教你的？"

"不讲。"

"好吧我想到两个要求了，第一是不要打我后脑勺，我那儿有疤，第二是我可以和你换一下角色吗？我有点不想挨打了。"

并不是所有要求都会被答应。"你真没劲，我以为你会要求穿上我的内衣。"叶曼让他站在床边，用两根尼龙绳将他的双手分别绑在床架上。李白试了一下，无可挣脱，除非喊救命。

"我会被知识分子耻笑的……"他嘟哝道，"那些灵魂的翅膀被长久束缚在架子上的人，他们见不得这个。"

"你怎么知道？你见过还是没见过？"叶曼厉声问。

"我他妈的当然知道。"

"M是不许骂脏话的！"她抡了一皮带在他赤裸的后背。他立刻意识到这是自己的皮带，并联想到冯虎和冯江。第二下打得更重。我妈都没这么打过我，李白摇头。接着是第三下，他发出呻吟。"这就对了，入戏一点。"叶曼说。

"我感觉是你在后入我，简直了。"李白扭过头去试图看见她，"这时间要是火灾地震，我只能扛着床架子往外跑，我会被门框卡住的。"他感到后颈一阵剧痛，叶曼扔了皮带，咬住了他。

"这也是游戏的一部分吗？"

"这不是，"她含混不清地说，"这是我在报复你长久以来的胡言乱语。"

59

告别叶曼后，他在上海了无牵挂地转了一圈，去田林新村看了看他外公外婆。三天后回到吴里，合同已经寄到冯江的案头。冯江给了两千块钱，李白又从振鑫饶了一台九成新的平板显示器，他的球面显示器已经彻底过时，画面抖得厉害，改小说几乎把他改瞎了。一个月后冯江又把他喊了过去，给了一个双肩包。

"不要弄丢，送到叶曼家去。"

"去银行转账吧，今年我不想再见到她了。"

"这种钱怎么能走账？"冯江发笑说，"是叶曼要求你送过去的。"

"何必考验我的人品呢，万一我给她花掉了呢？"

"你干不出这种事，你最多抽一两张出来花花，只要她不介意就行。办成这件事，我再送你一台九成新的笔记本电脑，你就可以像法国电影一样，在马路边的咖啡座上写小说了，记住不要趴着，观感很差。"

"我不喜欢那种挺直腰杆打字的姿势。"李白说。

第二回合天气晴朗，叶曼却搬了家，住到澳门路一间旧屋里，解释是与父母对调了一下房子，现在离公司近。李白暗想终于不用与那台鬼怪式电梯较劲，也不用再见到床架子。那几年上海扒手多，人们习惯将双肩包背在胸口，李白也学这样，挺着肚子来到澳门路，见两位浓妆艳抹的小姐踩踏着谨慎的步伐顺人行道走去，这是一个美好的下午。他停步在一棵梧桐树下，叶曼推开窗，从头顶斜上方发出一声召唤，并摇晃着手里的《××文学》新刊。

"作家，我来给你开门。"

太好了，发表长篇小说确实是件值得庆祝的事，就连我那无情的老娘也会高兴的。有那么一瞬间，李白失魂落魄、悲喜交加。这种感受不会发生在吴里，鬼地方没有文学刊物卖，更直接地说，鬼地方已经不存在"感受"，只有一些旧账新账而已。李白跟着叶曼进了一间黑漆漆的房子，往陡峭狭窄的木楼梯爬了十五级，进屋先看到一个公用厨房，两个煤气灶，两个简易洗手间，有点像路边公厕。经过这片混乱区域，踏进她的房间，大约二十平米，光线不太好，两扇沿街的窗户是亮点。"我没把家具搬过来，用我父母的旧家具。"叶曼说。

将其理解为改变态度活着，也是可以的，不过此刻我的双肩包的态度更具有时代意义。李白抚了抚床沿。我还以为会见到电视里上海人家的全套巨型西式家具，像航母舰队一样，实际上，和我外公家也差不多，八十年代流行的大立柜和五斗橱，木料一般，漆水一般，各种物件上都兜着罩布。"很好，很复古。"李白又抚了一张麻将桌。这是仍留有老年人气息的地方，阴暗可疑，非常适合做不法交易。他将双肩包从肚子上摘下来，扔到床上。

"二十万，不多不少。"

"我在看你的小说，写得不错，各种青梅竹马。"

"先数钱。"李白说，"出门之前已经数过一次啦，但是，替人送钱终究是麻烦。"

这是一种全新体验。在做爱之前，不是先吃饭，不是先聊天（更不是谈论我的小说），而是将二十沓人民币摊开在麻将桌上。一笔不大不小的钱，有人一辈子没攒下，有人一夜就能挣到。在面对某一场爱情的时候你也会产生同样的念头。

"也不尽然。爱情是我一个人的，这钱各有各主，不能独吞。"

"不要忘记你的前男友。"

"丢你老母。"她说，"他仍然是我的现男友。"

"和好了？"

"是的。你又不常来看我。"

有半个小时，李白在数钱，其间数糊

涂了好几回。他开始用吴里方言念叨数字，一种类似蹩脚的上海乡下口音，正是他的母语。"你知道，一个吴里人是没法用方言说'我爱你'的，这三个字的发音非常艰难，像在嘲笑爱情。但他们必须用方言做算术题，一旦用上普通话肯定出错。"

"你酷爱嘲笑自己的故乡。我去过吴里，那地方不错，挺可爱的，我还让冯江带着去太子巷看了一眼呢。"叶曼站了起来，走到李白身后，靠在一台翻盖式缝纫机上，同样罩着深红色绒布，"继续数钱，我看着呢。"李白点头，这个位置相当梦幻，显得这笔钱是咱俩一起挣来的，而不是我递给你的商业贿赂。让我想象一下，你是舞女，你是特工，你会掏出手枪照我后脑来一下，让我死于不明不白的贪欲和情欲。

他将二十沓钱码放在桌上，数字准确，一种轻微的纸醉金迷感正在消散，爱情与人民币合拢又分离。他回头看看叶曼，她还在读文学杂志，夕阳穿过窗户斜照在她身上，安然而神秘。"你见惯了大钱的样子就像我见惯了各种刊物上的无聊文章。"李白试图为他的彷徨找到理由，颓废感意外升起，"天不早了，我要回家了。"

叶曼走到桌前，拿起两沓钱，递给他。"听冯江说你在找出版社，我给你介绍一个书商，两万块能搞定。"

"干我们这行的如果自费出版属于自渎。"李白摇头，"进一步说，用贿赂你的钱给我自己出本书，看上去就像我在文学之路上栽得爬不起来，需要有人用担架来抬我。"

"别想这么多。钱打进我的户头再提出来给你，你就不会有糟糕的感觉了，但事实上没差别。"她说，"抱歉，我曾经梦见过给你一沓钱的场面，这是我的恶趣味，为了在醒来后验证一下我们之间的情分。"

李白打了个寒噤，接过钱。我承认了我的贪欲，这其中当然包含有情欲。我有点糊涂了，分不清钱和爱情，也分不清钱和钱、爱和爱。

"把书出了，回头我再找几个记者来采访你。"

"时尚记者吗？"

"总比你那个吴里有线电视台的叔叔强吧。"叶曼说，"只有嫖娼才会被他拍成新闻。"

"冯江到底给你讲了多少八卦？"

"拜托，大哥，你都写进小说里去了。"

未等天黑就告别，这是个好习惯。夜晚容易使人失去方向，像投身于未知的世界，实际上大部分人也只是回家睡觉。最终结局都是回家睡觉。李白对着叶曼嘟嘟哝哝，侧身爬下楼梯。另外，我会去找书商的，我猜想他是你的前男友（叶曼说，不，他不是），反正我不会把这钱挥霍掉。他们在街道上浅浅地拥抱了一下。

"我想看看你的钱包。"

"不用看了，照片都不在了。"李白说，"我不想在任何人面前显得像个精神病，包括面对自己。"

"在你的钱里有一张我的照片，请你收好。"

"好的。"李白挥挥手，向着较为明亮的方向走去。他忽然想到，那两个去上班的小姐，为何踏着谨慎的步伐，为何不是像她们的职业一样疯癫闪亮。道理上当然容易说通，但就真实感受而言，也可以认为无法解释。

"有空给我写信。"她在身后说，"既然你那么爱写信。"

"写信太累了，我最近犯腱鞘炎，数钱都不利索。"

"丢你老母，有力气自渎没力气写信？"

"拜托，大哥，我是用左手自渎的。"

这天晚上坐在长途汽车上，凑着手机屏幕的光，他从钱里翻出叶曼的照片。是她大学时的派司照，短发，翘鼻子，笑得可爱。对于这段往事，他尚未找到合适的位置摆放。叶曼发来一条短信。她说：无论如何，我不是你路边沾上的野花闲草，等时间过得更久些，你再回忆今天，我也会是你的青梅竹马。接着又发来一条：如果四十岁还没嫁，就嫁给你吧。

我感到一丝后悔，但不知悔意从何而来。李白对自己说，叶曼领会错了，我既不简单也不难懂，在这个陌生年代我只剩下一些无法解释的情绪而已。

60

《太子巷往事》出版于二〇〇四年，封面设计是冯江公司里常年抠图的小姑娘，在极个别情况下她也做一些创意设计，比如面对卖大闸蟹的客户，因此，首版封面有点旅游广告的味道，也实属正常。女编辑照例在QQ上嘲笑了李白，李白随即反击说你们杂志封面倒是富贵大气，设计得就像国产烟盒一样。

一篇署名方薇的评论文章发表在内刊上，辗转至李白手中。他对各种神秘的内刊缺乏认识，只注意到方薇对照的是杂志刊登的删节版《太子巷往事》，寻思应该给她寄一本书。问女编辑是否能联系到此人。女编辑说，这姑娘我见过，很好。又过了几天，给了李白一个手机号，方薇在上海读研究生，她允许李白给她打电话。女编辑又提醒道，你小说写得挺好，但别去跟批评家瞎嘚瑟，记住活儿好不黏人。

不过在此后很长一段时间内，李白忘记了联系方薇，等到他想起来时，女编辑的谆谆教导也早已抛之脑后。他开口就玩梗："你的薇是蔷薇的薇，还是采薇的薇？"方薇大怒，立即反击说："你的白必然是白痴的白。"李白听了很高兴，感觉这回遇到了同道中人。

就格物来说，薇字确实歧义太多。李白曾经像背诵元素周期表一样试图搞清古文中的所有名物，最终他认为这一行动毫无意义，除了让他在小规模神经失常的情况下玩玩文字梗。他请求见面，方薇拒绝，他再次请求，方薇寻思我倒想看看你是个怎样的文字流氓。见面时李白头发蓬乱（刚从旅馆被窝里钻出来），穿一件隐隐含有油渍的黑色派克服，县城小干部的最爱。方薇叹了口气："我就知道你们这种听上去像花花公子的男作家，显形时必然一副土包子样。"

"这件衣服是我父亲的，他挂在了我的椅背上，赶汽车很急，我带错了。"李白开心地说，"平时我不这样。"

"那你也是个土包子的儿子。"方薇白了他一眼。

"这你没说错。"李白说，"为了一个薇字你已经把我祖坟给掘了，满意了吧？"

自此李白跑上海变得勤快，前几次见面谈论的都是文学，像所有行业初出道的小崽子一样，狂妄和惶恐皆不可避免。再后来没啥可谈了，话题从人生道理到衣食住行，也和所有行业的小崽子一样。方薇硕士毕业后连读博士，主攻当代文学。某一天，书商那边的编辑告诉李白，《太子巷往事》超乎预料，已经卖出了一万册。"就

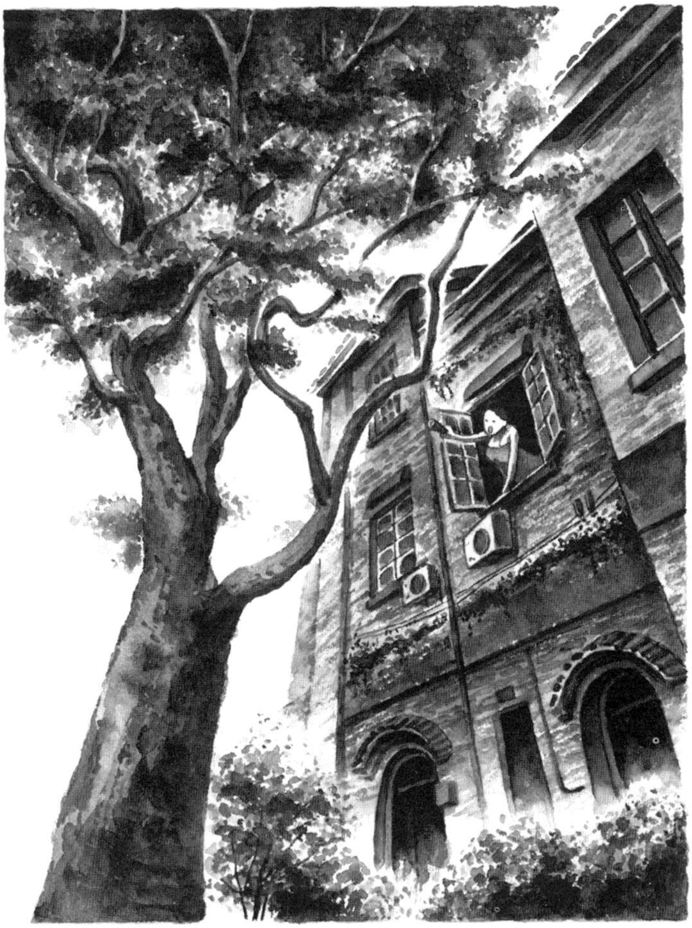

新人而言,你已经属于畅销级。"李白将这好消息告诉了方薇,请求她来探望自己,现在他的版税可以招待她吃点好的(不能去"白")。

暑假最后几天,方薇从苏州来到吴里,李白正穿衣打扮,打算去电视台。一档文化节目等待着他去做嘉宾,主要谈谈本市的民间艺术,剪纸,糖人,乡下民歌。李白假装平静地告诉方薇,他是吴里唯一一个出版小说的作家,自费这事儿已经翻篇了,目前正在紧急加印。方薇摇头说:"你不是,吴里还有一个叫莫凡的作家,跟你差不多大,早于你出版了短篇集。他写得比你好。"李白顿时无法平静,表示不以为然,听都没听过,我没听说过的作家基本等于不存在。方薇好奇,跟着一起去了。到电视台只见数位工作人员簇拥着莫凡,如众星捧月,化妆间也是单独的。李白更是气愤,终于问清,莫凡是台长的公子,中央戏剧学院毕业,不仅创作小说,还创作剧本,还会导电视剧,还能做制片人,是个全才。相比之下,李白的职场技能单薄,跟那抠图小妹差不多。莫凡是笔名,绰号吴里第一才子,第二才子是李白。当女主持人这么说的时候,李白立即反击:"我想你应该是吴里第二佳人。"

这天下午他面如土色走出电视台,方薇说想逛逛街,他莫名其妙地说:"没下雨。"

"这跟下雨有什么关系?"

"晴天时这座城市就没啥好逛的。下雨了略有江南水乡的味道,你会产生一点新鲜感。"

"别忘记我是苏州人。"

"那就更没啥好逛了,地震了才会有新鲜感。"

"不要在乎第一第二的名头。"方薇说,"也不要去调笑一个说错了话的女主持人,这很过分。"

"那我应该怎么做?"

"看着天花板,一言不发。"

"好的。"

如果你不想纠正别人,最好连调笑都放弃。面对方薇的指教,李白必须承认,正是她教会了他"当作家",这种教育在多大程度上与"做男人"相当,实在难以量化。她就像路灯,李白形容道,尽管她照亮了所有人,但在我独自走过的黑漆漆的道路上,看上去,她像仅属于我的光明。如果不是因为另一些小规模的神经失常,我会爱上她。

这天下午他们闲逛,方薇玩得开心,想去伽蓝巷看看。李白说那都是小说里写的往事,跟上坟似的,别去看了吧。在工艺品小街上,方薇看中了一顶斗笠,李白可以肯定它不是吴里特产,本地民间文化没有竹编这一项,它极可能来自浙赣一带。方薇大声说:"可是我喜欢。"

"我绝不相信你能在大学里戴着这玩意进进出出。你会像所有女生一样,下雨天拎一把折叠伞,或者没有伞,在雨里狂奔。"

"我还曾经带着你在大学里进出出呢,未曾觉得自己丢人。"方薇掏钱买了两顶,给李白也戴上。李白觉得脑壳被竹刺扎了一下。走出工艺品街,方薇做了个剑诀,口中念念有词,李白问是什么意思,方薇说,雨咒,念了这个就会有百分之五十的降雨概率。李白正想说你这又是何苦,只见天边一大片乌云压过来,宛如爱情。他心想,戴着斗笠与她在暴雨中四目相对,也不跑,这副傻乎乎的样子可能像初恋。方薇忽然拽住李白的POLO衫,说:"前面那家服装店，橱窗里挂着的和你这件一样。"李白抬头一看，心惊胆战。方薇闹着要进店，李白说："这种男士精品店都是骗乡下人的……"方薇说："我给你挑件像样的。不要再穿胸口有一抹横条纹的T恤了，你是怎么想的？远看像抹胸，近看像机器猫里的那个胖子。"李白未及阻拦，她已经闯入店中，冯溪端着一本《太子巷往事》正在门口迎接他们。尽管冯溪已经是近视眼，但李白此刻的脑袋比锅盖还大两圈，不可能不被她注意到。

"她嘴巴真大，皮肤黑黄，不像个苏州女人。"多年后，冯溪这么评价方薇。

"她胸大。"方教授反击。

61

《太子巷往事》在一年内卖到了三万册，虽然未获任何文学奖，但方薇的评论文章却在年底拿到了业内的优秀论文。"小说口碑平平，评论却拿奖了，多么奇怪的事。"

"嫉妒我吧。"方薇说。

初出道即大卖，此后李白又发表了一些短篇小说，方薇都持批评态度，认为陈旧、狗血，瞎鸡巴刻画人物。"这批人物都像是吃了药出来的。"

"哈姆雷特、堂·吉诃德、好兵帅克无一不是神经失常。"

"可你写得就像我身边的熟人忽然发了疯。"

后来，没有后来了。就像人生中一场翻天覆地的大事发生后，接着又发生了一些琐碎、拧巴的小事，以为度过这段拧巴期可以重回巅峰，其实只是临终前的喘息。李白曾经认为会和方薇发生一段震慑灵魂的爱情，结果她嫁给了别人。他呢，也没再写出长篇小说。多少事情都是这样，从曲线来看，跃过一个峰值后跌落，小幅度震荡两下，意思意思，随即歇菜。好在吴里这地方也没诞生新的作家，第二才子的名头一直混到四十岁。我感觉自己再混下去有点不行了，这些年我是靠颜值撑着的。人世间多是辜负，此后时光里，他领会了方薇教的：眼睛看着天花板。后半句一言不发，抱歉，时而能做到，时而不能。这一象征性的姿态就像睡姿一样，经过矫正后成为本能，伴随着无人知晓的梦和梦呓。

出于无聊，他和莫凡结下了友谊。作为吴里本地青年才俊，两人一起入围"陈量材文学奖"，短名单上另外八个他们全都没听说过。吴里是一个两小时就能逛完的城市，简单直白如少男之心，竟然还藏着这么多互无联系的写作者。一段时间内，李莫二人招摇过市，暗暗较劲：一名文学女青年掏出小纸片请李白签了个名然后抱着一摞书奔向莫凡；一位知名作家来到吴里，由莫凡担任对谈嘉宾，李白在台下负责观摩；某不具名的读者写信到《吴里晚报》痛批李白并盛赞莫凡，报社如实刊登，连错别字都没改；几个吴里城市学院的学生会干部邀请莫凡到校讲座（高校！），完全忘记了李白是他们文秘专业的师兄而且卖得比莫凡更好些；连冯溪和钟岚都指出，莫凡那本是精装本，你的书封连膜都掉下来了。作家哪受得了这个？连输五局，李白只想快点去死。

陈量材先生要求，所有的入围者都要印在一张四折页彩色宣传单上，当然也不能少了他的楼盘广告，夹在晚报里送至千家万户。术语叫DM（倒霉？爹妈？耽美？），有一天李白晃到振鑫，见抠图小妹正在对着自己的照片扫描件一通狂点，原来这单印刷活儿交给冯江做了。李白看了看，每位作者都有头像、简介、作品摘要，做得像模像样。这抠图小妹是个抬杠王，大声问："吴里这地方真有十个作家吗？我觉得这屁大的小城只能容得下一个作家。"李白鼓掌，求她把自己的位置调到莫凡前面。趁这姑娘去上厕所的工夫，李白滑动电脑椅，凑到键盘前面，将莫凡的作品摘要改成了最近刚刚被客户买单的大闸蟹广告语，"南方之美，金秋之味"。姑娘迟迟没回来，他被冯江喊走，忘了这茬。宣传单就这么印出来，莫凡追到公司，大伙傻眼，姑娘摔了鼠标大哭。

"老娘一定是痴呆了，老娘怕是要回乡下种地去了！"

为了挽留这个心灰意冷的姑娘，李白请客吃饭，把莫凡也请来了，不得不当席道歉，承认自己手贱。冯江极为不解："你为什么要干这么无聊的事？"

"不爽而已。"李白终于有点爽了，拍了莫凡一肩膀，"谁能想到，你也没拿到那个鸟毛奖。"

获奖者是一位七十六岁的散文作者，他在耄耋之年出版（同样自费）的一本书，寂寂无声，看来只是砸一把退休金让自己高兴高兴的。李白一生狂妄，却不愿和老人家过不去，他总是在老人和残疾人身上看到自己。莫凡告诉他们，这位是陈量材的中学语文老师，多年爱写，且十分硬气，谢绝了陈老板的出版赞助，散文集印了五百本送送亲友。据说陈老板中学时代是个肥胖、凶恶、孤僻的人，只有这位语文老师对他甚为关爱。"怪物史瑞克时隔多年报恩来了。"莫凡讲话也刻薄。

"我以为你台长的儿子，他会发奖给你。"李白说。

"是我们电视台求着他的，广告费啊。"莫凡说，"地方小台，你真把我当卫视台长的儿子吗？即使我本人也得出卖色相，陪他去喝酒。"

"何必亲自出马。他没看中台里的哪个女主持人？"

"陈老板不是那种人。"冯江解释，"农村出身，仍保持着乡下某种淳朴的风俗，认为女人不应该上酒桌谈生意。"

颁奖那天，李白跟着莫凡一起去看热闹。借了市政府的旧礼堂，场面大得离谱，一种漫无目的的喜庆和庄严，像体育赛事，像政治会议，像表彰劳模，像股市敲钟，所有追着陈量材先生的乙方全都到场。七十六岁的语文老师表现得很有风度，虽不是名家，但在李白看来，自己老了以后若能保持这份谦虚和得体，翻过人生挂历的最后一页，然后卷巴卷巴卖到废品收购站去，也不错。他主要是去看陈量材，果然一条壮汉，衣着朴素，讲话不多，有着农村人发迹后特有的严谨，想从他手里骗广告费不是那么容易。场面无聊，没啥可写，他和莫凡出去抽烟。过了一会儿见陈量材被人簇拥着出来（天知道获奖者在哪儿），陈老板看来是有急事，态度相当不耐烦了。他咳了一声，李白一听就懂，这是中国男人特有的咳嗽声，令中产阶级心惊胆战的前奏，接下来就会是吐痰，被保罗·索鲁一再写进中国游记里的标志性动作。索鲁先生在李白看来，也是不可理喻，他怎么不爬到床上去看中国男人射精呢？但见陈老板昂起头，没做任何预备动作，向苍天吐出一口浓痰，此物飞过众人，在李白和莫凡的头顶到达最高位，然后下坠，又掠过一辆轿车，稳稳地落在一棵由前前前任县长亲手栽种的桂花树上。

"牛逼。"莫凡和李白一起赞叹，仿佛观摩陈量材先生打高尔夫球。保罗·索鲁也没写过中国男人朝天上吐痰，时代已经不同了。

62

方薇读研究生时来过吴里，住在太子大酒店。这栋曾经像怪物一样崛起在李白眼前的建筑，才十年就已经黯然失色，弥漫着罗曼蒂克的怀旧气息。这里有过吴里最昂贵的爱情和赌局，也曾飘过李白与冯江们的卑贱表情，到二十一世纪初，统统成为传说。即使冯江本人发迹后带着李白入住此楼，特地让他表哥送两卷卫生纸上来，并在眺望窗外景色时不小心用手里的香烟把窗帘烫了个洞——即使如此，也不能解救他们的哀伤感，大部分昂贵和卑贱都已经被刻在时光的碑石上，你不能挽回，也无法抹去。你赚了不少钱，聚拢的只是罗曼蒂克的一地残屑。

方薇说："我对那栋酒店印象太深了，不是因为你写了它，而是……他妈的，我那天深夜看电视，竟然看到你们地方台在播放毛片。对，不是日本电视台，那酒店收不到卫星频道。我确认过，是你们吴里有线台。你生活在一个神奇的地方。"

她确实有这个习惯，无论去哪里出差，住什么规格的酒店，都会看一下地方台在播什么，类似民间考察。李白大笑起来：是不是一本打了码的日本片子，故事也发生在某酒店里？方老师你有福了，你看到的是我堂叔李国兴亲手播送的、由日本北都集团旗下 MOODYZ 公司出品的正规录像片，它家打的是薄码，培养了著名演员南波杏和纹舞兰，我就等着啥时候发掘一个宫崎薇（奇怪的是日本姑娘名字里很少用"薇"字）。方薇给了他一脚。

那个刮着寒风的夜晚，国兴值守在台里——他已经有点老了，跑新闻抓嫖都略显体能不支，做生意又亏钱，不知道该干啥好，他决定蛰伏一阵子。凌晨一点，有线台已经停止播放节目，国兴无聊，摸出一本片子插进机器，独自看了起来。他接错了一根线。

这种匪夷所思的事情，事实上经常发生，想想有人用导弹误射了民航客机吧，国兴犯的罪不算很大，仅发生过一次的愚行不应受到谴责。当晚整个吴里就没几个人看到这片子，但它毕竟还是被播送了出去，部分群众以为自己家的电视机忽然具备了超常功能，或者是政策又放宽，感到十分欣喜，经常在半夜打开电视，转到本地有线台——那时台里已经接了大量的电视直销广告，专门在深夜播放，引诱着犯了糊涂的观众们。而国兴本人，被发配到车库去看车，那里有一间小屋，台长给了他一台电视机、一台 DVD，他在车库里想怎么消磨时间都可以。

李白带着方薇去观赏国兴。在《太子巷往事》中，国兴扮演了一个不太重要、但发噱的角色，他的女朋友们也被改头换面写入故事中，其中有几位，连国兴自己都忘了。一怒之下，国兴决定与李白绝交，什么时候复交由他说了算。方李二人又进了电视台，钻进车库，国兴不在，手机也关了。负责看车库的老爹告诉李白：你叔有够操蛋，上面派他下来和我一起看车库，他在小间里放黄片，自己倒是不看，溜出去玩。这位老爹已经被李国兴搞得春潮泛滥，不停地用眼风扫方薇，又说：你叔现在关机，肯定是去太子大酒店点炮了，昨天有个外单位的女人，就停车那么一会儿工夫已经和你叔勾搭上了。李白发笑，特地钻进小间看了看，里面有一张行军床，挂着蚊帐，靠小吊扇降温，床头垒着一摞毛片。

"国兴不需要靠毛片来解决问题。"对此李白相当有发言权，"他只是有点怀旧。"

"你可能不知道，我平时也写专栏，研究毛片。"方薇满不在乎说，"这个时代真正能留在历史上的大众艺术，就是毛片。其他什么电影和小说都不值一提。"

"高见甚是，黄色评论家。"

两人穿过马路到酒店门口。方薇正打算回房间睡个午觉，见国兴一人坐在大堂咖啡馆里。隔着大玻璃，他像是又回到了青年时代，对于罗曼蒂克，他既是坚决的拥护者，也是彻底的怀疑者，这两种不同的气质在他身上组合成恰到好处的人格分裂。多年未婚看上去是他付出的代价，但也可能是丰厚回报，谁知道呢。李白仍然记得自己念高中时，国兴在一有夫之妇家中被当场抓包，他没有挨砍，绿主是一位文质彬彬的知识分子，像法国人一样礼貌地请国兴滚出公寓，只允许他穿上三角裤和皮鞋。好的，谢谢，我走。国兴叼上一根烟出去后，敲开了对门人家，说楼里着火了，趁着对门一片慌乱，抓了一件风衣裹在身上离去，顺便在煤气炉上点燃了香烟……在这座城市里，只有国兴能够做到这样从容，他的从容仅次于那位没有砍他的绿主。

"点炮以后记得开手机，不然别人会以为你搞了一下午。"李白敲了敲玻璃。国兴听不到他说什么，指指桌上的雪茄。他曾经吹嘘自己能搞到 Trinidad，不过最后到嘴还是一些普通的走私货。李白带着方薇走进去，一路介绍：这位成熟美丽的前台经理是国兴从前的相好，开房能打折，听上去是不是有点过分？方薇说，不过分，等会儿让国兴给我打个折。李白说这会导致某种轻微的误会，不过也无所谓啦，最多误会国兴变成了一个开房由女人掏钱的穷傻逼。

李国兴快五十岁了，就在走向他的片刻时间里，李白忽感恍然。我的风流叔叔，永远不缺女伴的国兴，客观地说，已经过了巅峰期。近年来他不再穿松松垮垮的黑色长裤，而是紧身的、白色的，这意味着他的生理亢奋会变得特别瞩目然而他并不经常亢奋了。他身边的女性朋友似乎也不再年轻，他抛弃了很多女人（也被抛弃过），兜兜转转，又和很多女人修复了感情，那种列车过站式的爱情在他中年以后实际是买了一张返程票。

"他最爱的女人其实是他的大学老师，一个比他大十岁的女人，并且发生过实质性的关系。二十二岁以后，他从未有机会再见到她。他总是在日本 A 片里寻找她的影子，这听起来不可思议，是真的。"李白低声向方薇解释，"她也是苏州女人，也学文学。等会儿你跟他聊天时请不要讲苏州话，如果他忽然疯了，也请保持冷静。"

"淫秽录像意味着一种不可承受的超真实，而回忆中的性爱是凹陷的虚幻。"方薇大赞，卖弄着她的拉康或是波德里亚，"这么好的故事你没写进书里。"

"我不敢写，他会杀了我。"李白耸肩说，"更可怕的是他这辈子连蟑螂都不愿意拍死一个，但他会杀了我。"

63

"我也是学文学的,最后干了扛机器拍片子这行。"

国兴瞟了方薇一眼就断定:她不是李白的女朋友——未来她也不会成为你的女朋友,你女朋友总有一种想压倒你的气势,她没有,她看不上你。李白说:"我总是爱上那些试图压倒我的姑娘。"国兴摇头:"你不是,你总是在寻找那份喜欢,找到以后你就方寸大乱。一只兔子都能压倒你。"方薇听了,拿过茶壶,给国兴倒了杯茶。

国兴的大腿上放着两本书,一本《太子巷往事》,一本《太后与我》,后者虽然纯属地摊印刷品但装帧质量不比前者差。他心情不错,更可能是刚才开房的欢愉尚未褪去。李白坐下后便四处张望,没看见女的。很操蛋不是吗,在公共场合,你很少有机会能如此明确,与你聊天的是一个刚从高潮中走出来的人,他所有的盛情、慵懒、神经质都与上一场搏斗有关,你要是蒙在鼓里的话还以为是自己身上出了什么毛病。

"你写的是一本熟人故事集,别拿往事做幌子,有本事写点宫廷往事。"国兴用普通话开始讲述,"在这样一本与电视剧差别不大的小说里,我李国兴,充当了一个可有可无的配角。低贱,搞笑,偷欢,名誉扫地。对此,我想说,去你大爷的。"

"你就是我大爷。"李白插嘴,企图结束这场对话。

"为什么不学学这本书?"国兴晃动着手里的《太后与我》。这是李白借给他的,一直没还。学什么?宫廷黄色幻想吗?李白一脸恼火。国兴毫不在乎:"你一定想说我低级,不,你这种在街头巷尾找素材的作家才是低级的。不可否认,你很会刻画人物,把我写得像一个精神病、色情狂,有一度连我自己都恍惚起来。但是他妈的,我毕竟是学中文的,后来扛了机器,而你本来应该去扛机器的,肯定不是摄像机,也许是打印机,最后你成了作家。必须指出,你没有受过什么文学教育,写写身边的熟人,刻画刻画他们,如此而已。"

"叔叔,说得好。"方薇捧哏。

"缺乏洞察力。你就像一个性技巧出众的肌肉男以为能搞定所有的女人,其实只能搞定你家里的。有时候都不是靠鸡巴,是靠拳头。"国兴嗤之以鼻,转头问方薇,"你有没有觉得,他刻画人物是在瞎鸡巴用蛮力?就像拍一个纪录片,从头到尾大特写。"

"从头到尾大特写。哲学上认为,这正是色情凝视的特征。"

"你俩现在就很色情。"李白抓起桌上的雪茄塞进嘴里,不得不忍受国兴的批评,毕竟国兴曾经给他提供过那么多素材,未来还有其他猛料可挖。在一片奚落声中,李白点燃了雪茄,向肺里深深地吸入一口醉人的烟气。一个农民,一个工人,一个抓嫖的记者,是不在乎别人说他低级的,但一个在咖啡厅里抽雪茄的人则必须注意自己的手势。"我写的街头巷尾并不指向这种生活本身,它容易被误读。"

"你的童年阴影根本不是你爹妈!"国兴继续追杀,"要我讲点你都已经不记得的往事吗?"

"想听哎,叔叔。"方薇说,"除了老妈私奔还有啥?"

"老妈私奔只不过是他使用的隐喻技

巧，撇下一个暴虐无知的老爸，两人联手摧毁了他的童年。反正只要是个作家都能编出来的故事，他自己是无辜的。"国兴已经得意忘形，"真正的秘密让我来告诉你吧，他小时候有一种尿不尽的毛病，裤裆里经常是湿的，有点像老年人前列腺增生。说起来这也是我们李家的遗传病，男人都会犯，可能先天尿道弯曲，稍稍发育后自愈。我八岁搞定，李忠诚比较晚，十六岁。根据祖训，李家的男人在童年时必须坐着尿尿。是不是很好笑？而李白呢，他五岁就搞定了，他不记得这件事了。"

"你在胡诌什么呢？"李白喊了起来。

"他为此吃了很多苦头，他想学男人一样站着尿尿，但被他老爸强行按了下去。他的裤子散发着尿味，他们像驯狗一样让他闻，然后又按下去。他老妈总是在整点时候想起让他尿尿，因此，台钟敲响，他就自动坐到了一个小痰盂上。中午当当当当敲十二下，你会发现这孩子像疯了一样。这件事深刻地影响了他的人格，是他真正的童年阴影，可他却说不记得了——我有时怀疑他是故意忘记的，一种对于创伤的自动屏蔽。怎么样，我解释得到位吗？不要觉得创伤是你们作家的专利，它早已从文学主题变成一个生活中人人都要学习的常识了。"

"我操你妈啊。"李白站了起来，把雪茄浸灭在国兴的茶杯里。

"他急了。"国兴说，"他也许记起来了。"

"你他妈的从小就在我裤裆里摸一把，然后去赌钱。你很穷的时候，带着女人到我家搞一下午，我得在冯江家里做作业。这就是你欠我的。"李白大骂，"我写写你怎么了？你活该就被我写！"

"他是不是还给你讲了我大学时期的感情生活？他憋不住。"国兴一点没怂，继续问方薇。

"他刚进来的时候才讲……"

"看得出来，他很喜欢你，想跟你谈恋爱。"国兴靠回到椅背，居下临上望着李白，"我来告诉你另一个真相吧，显然你还不知道。这姑娘昨天晚上来开房时，是带着男朋友的，早餐也是跟男朋友一起吃的。现在男朋友在哪儿呢？"

"还在房间里睡觉……"

国兴笑笑，问李白："你有没有一种想哭着狂奔到雨里的感觉？"又转头对方薇说："他的爱情总是以这一场景告终，雨停了他就不知道该怎么办了。"方薇掏出本子在记。国兴耸肩撇嘴，又放了个大炮仗："这种尿不尽的童年阴影使他在遭遇雨和泪水的时候总是情绪崩溃。"

国兴的表情过于熟悉。李白想起自己八岁时叼着一个肉包子去上学，他总是不舍得吃那坨肉馅，把包子皮啃光了才下最后一嘴。有一天肉馅落在了马路上，一群人围着他笑，正好被国兴看见。国兴用同样的语气说：你是不是懊悔得想死？记住先把肉吃了，它即使不掉地上也会被人抢走的。

我爱他摧毁隐秘情感的狂暴怯懦、冷酷乐观、盲目透彻，那个被罗曼蒂克折磨至老年的国兴，他的整个人生就是干完这一票不再想未来。但是，与我一样，与李忠诚一样，他也无法见到一生中最爱的人。我们就是带着童年时的尿道弯曲症，以为自愈，活到了老。

64

李白唯一一次向方薇表达爱意，是在

某个冬季的夜晚，他跟跟跄跄走到公用电话亭，拨通了她的手机，首先告知自己刚刚在吴里的迪厅里弄丢了手机，所有人的通讯方式都蒸发了，其次告白，在这沮丧时刻，他混乱的大脑里还能想起来的是她的号。巧的是，方薇在上海的迪厅里，四周很吵，一再要求李白大声点。于是他在深夜的街道上高喊起来，在方薇听来，就像他驾驶着一架行将坠落的飞机，向塔台发出最后的悲鸣。

"我不能为了你结束一场好端端的恋爱。"方薇抱歉地说，"但我们还是朋友。"

在另一次漫游中，李白带方薇来到寿园。她读了吴里地方志，说这一带有座清朝的书院。李白摇头，经历了几个朝代、战争和运动，能剩个房子壳就不错了。实际上，只剩一口井，暴露在街边，因有人骑车不慎在井栏上撞成脑积水（是的，没有栽进井里淹死），后被填平，就像我的爱情。方薇看了他一眼，李白解释：你那井栏式的拒绝使我免于溺毙，但脑袋上还是撞出了包。"这么幽微曲折的修辞，又有几个人能听懂？"方薇呸了他一脸。

寿园仍然安静，它挂上了市级文物保护单位的牌子，沿街的墙刷得雪白。如今再在大门上乱刻乱画，就会被警察捉走，不过在买票进门的一瞬间李白还是犹豫了一下，看了看漆水，确定"白淑珍是婊子"这几个由铅笔刀刻上去的字已经完全遮掩。

我的荒唐童年，远远地，过去了，即使那几棵紫藤是有灵魂的，它们也不会记得我了。因是冬季，园中一片萧条。李白承认，这小园子没法和沧浪亭相比，更不用说留园、拙政园。大凡园子，往往名气很大，实不足观。他去过北京恭王府，觉得那假山堆得都像复合式电脑桌，十分的超越时代。两人在竹林小径上走了走，看见墙根有一大一小两个仙人球，种在花盆里，李白大骂，这美洲植物怎么长到古典园林里来了。方薇半开玩笑说，你这园子是清朝造的，那时与美洲已经有间接贸易了，仙人球不算过分。李白固执地摇头说："我小时候真没有仙人球，我对这里的一草一木都太熟悉了。"

他的伤感语调被方薇注意到了，这是他人格中最显而易见的部分，尽管自以为藏匿得很深。因伤感而引发的愤怒，像是在质问仙人球你们为什么干扰了我的记忆。两个可怜的小家伙，无法回答，好在它们都长着刺。多年后，方教授承认，之所以没有接受李白的爱，正是预感到，自己终有一天会处在仙人球的位置上（多么粗暴的错觉）。

接下来，是寿园的小池塘，近似鞋底形状，有十平方大小，边沿堆着薄薄的一层太湖石。方薇说，园子但凡有水的，都能算中上品，水池在技术上不好处理。李白想起她住在沧浪亭边，他也曾去玩过。"《浮生六记》开篇就说沧浪亭有溺鬼，不知道你可曾遇见？"他问。方薇说，沧浪亭对面就是医院，太平间倒是一墙之隔。李白说，败兴，还是溺鬼有趣。方薇意味深长地说："一个从小与溺鬼比邻而居的人，到哪里都会提防，不要去做了别人的替身。"

寿园茶室仍保持着多年来的旧貌，一堵破烂屏风，六张八仙桌，数量不定的藤椅和板凳，八个热水瓶，墙上挂四张镶框的国画，梅兰竹菊。窗外有一个独立的小院，正中央是一株老桂树，李白围着它绕圈，不免抚今追昔。此时无人，服务员也不在，只有某张桌上一杯茶，静静地冒着热气。两人找了个靠窗的位子，藤椅有点歪了，他换了一张，仍歪，坐到板凳上。方薇说，这茶室倒与沧浪亭有几分相似，人少，若是虎丘和留园的，则游客如云，吵闹不休。李白说，这里实际是时髦场所，经常有已婚的叔叔阿姨来幽会。方薇问国兴来过吗，李白说我们李家的人都不太爱踏进这个园子。

他当然想起多年前，白淑珍坐在那截玻璃柜台后面的样子，有时她也会走出来，在桂树旁散步。现在他意识到，在这场所，时间被岁月替代，时间回归到了如下状态：一杯茶从烫手至凉透，日光照在屋子的哪个角落，桂花开了一次又一次，这固然诗意，却也失去了真实感。是的，白淑珍有点寂寥，然而李忠诚也是寂寥的，寂寥是件麻烦事。窗台上放着几本书，其中有"陈量材文学奖"获奖作家的散文集。李白伸手捞过来翻了翻，开篇就是《寿园茶室》，难怪将这书供在此处。他心头凛然，文章果然谈到八十年代，"茶室倒茶的是一个美丽女子，引来不少男客与她搭讪，后来听说她与人私奔走了。"我日你大爷啊，李白脑袋嗡的一声，老头你到底会不会用词，"男客"是几个意思？记忆已经从流溪变身为浪潮，我就知道那俩仙人球不是什么好兆头。

服务员走了进来，不用猜，是女的。李白闻到一股花露水的芬芳，正诧异，冬天居然也有人往身上喷这个，抬头见一个穿着粉蓝色锦袄的少女，梳两根长辫，手中拎一串钥匙晃荡着。天哪，我简直像回到了八十年代。李白神思恍惚，少女走过来问他要哪种茶。寿园茶室过去有碧螺春、龙井、毛峰三种，不分级，以碧螺春为佳，价格也贵些。白淑珍当年曾说过，那些喝毛峰的茶客，我是懒得搭理的。她的势利中自有一种妩媚，不是一般女人能学得像。方薇问那少女，有哪些茶。李白昏头昏脑说，碧螺春就好。少女说，现已没有碧螺春，龙井有一级和二级两种，毛峰照旧。他松了口气，终于回到了现实中，忙说：两杯一级龙井。

此后时间，李白喝着茶，目不转睛地看那少女。她是从哪里来的，这小园子工资低微，场景永恒不变，她决定从现在开始就在这里等候岁月坍塌或流逝吗？他想起一本小说里写到，某某女子唯有从习俗的消亡中认识到时光已经过去。在李白看来，称之为"惊觉"更合适，但确实，人不应该将"惊觉"这一类表情刻在脸上，仿佛自己是从动画片里走出来似的。少女在柜台后面沏茶，李白再次失去真实感，并痛苦地认识（惊觉）到，她所有的动作都来自他的梦中，这一场景每隔数年降临一次，有时也会在一周内连续来上两三把。

"其实，我已经不记得我妈是啥样了。"他对方薇说。

"好啦，好啦。"方薇连忙安慰，生恐他情绪崩溃，又打岔问那少女，"在这里工作？"

"不啦，我妈是这里的服务员，生病动手术，我寒假没事来帮她顶一个月。我在念大学。"

"太好了，合情合理。"李白欣慰地说，"你救了我。"

"李白你醒醒。"方薇伸手推他。李白摇头，表示不必担心，他已经醒了，最起码，今日份的操蛋情绪已经用光了。少女不知道发生了什么，略感困惑，走出柜台收拾邻桌的茶杯，并嘀咕道："人呢？"李白再次惊觉，某种小说家的直感令他脱口发问:"什么人?"

"一个爷叔,最近每天都来。什么话也不说,就坐这里喝茶。"

"一个人来?"

"一个人。"

李白起身拿过那杯茶,是毛峰,头道茶,喝了一两口,水还温热。他四下张望,在少女和方薇的注目下,走到墙角,面对那堵屏风。它不是什么值钱货色,木制的,漆水剥落,略具几分沧桑感。在记忆中,它和捉迷藏之类的游戏有关,无非是来自童年的极为乏味的幻想和冒险。李白叹了口气,搬开屏风,一个同样是略具沧桑感的、漆水剥落的人出现在他眼前。

向你介绍一下,这是我爸爸,李忠诚。

第四卷 火车上的桑拿房

65

李一诺生于二〇〇四年,她的亲生父亲曲冰于同年娶得一位台湾女子,拿到宝岛户口,彻底失去联系。值得一提的是,那个叫爱玲的远房表妹,又回到了吴里,经痛哭流涕,与钟岚和解。跑一趟上海还是值得的,她变成熟了,生意头脑也不错,此后帮着钟岚打理生意,在开发区又开了一家社会饭店,流水颇丰,足以养活钟家大大小小的人,包括终有一日会出狱的钟高强。

"最幸运的是爱玲没有怀着曲冰的孩子回乡,她头脑比钟岚清楚。"冯江点评。

"就当借种呗。"

"借种也不能全都借曲冰的嘛。"冯江说,"难道你就不行?"

"我并不想与人发生这么深刻的、即使经历轮回仍会留下痕迹的关系。"李白说。

孩子出生前,就其究竟应该跟谁的姓,多方讨论不定。李白的意见,当然姓钟,可是钟岚并不想替钟高强延续香火(老钟尚有别处存着香火)。若姓曲,则又便宜了曲冰。后来冯江提醒李白,你就别再掺和了,万一她倔劲儿又上来了,让孩子姓李,你岂不是完蛋?李白顿时醒悟,忙劝钟岚说,不如让孩子随外婆姓吧。钟岚看了他半天说,我妈也姓李。

一诺这名字是钟岚起的。怀胎六个月时,冯江往吴里人民医院放射科塞了个小红包,提前得知是女孩(不知为何,李白松了口气),当场决定叫李一诺。旁边一位女医生很高兴,说我的名字叫程一尘。李白看了看她的胸牌说,厉害,这么潇洒的名字。随后想起还有个叫一璇的麻醉科医生,现在不知在哪里。三个月后,孩子出生,李白与程医生的恋情差不多也走到了尽头。

"你的骨灰中也会留下她的放射性物质,半衰期长达四十亿年——够你很多很多次轮回了。"冯江点评,又提醒道,"恋爱不要短于三个月,传出去很难听,别人会以为你不行。"

"整个医院都认为我是李一诺的爸爸,我怎么会不行?"李白说,"现在他们可以去找程医生求证,我到底行不行。"

有必要讲述一下吴里人民医院,李白出生的地方。多年以前,它由几栋红砖砌成的大楼组成,拥挤,笨拙,内部光线昏暗,从一楼挂号处爬到四楼内科基本上可以要了病人半条命。童年时代的奇幻恐怖印象还残存在李白的记忆中,并且与坏天气相关,雨天,雪天,台风天,总是这样的时刻,他会因扁桃腺发炎导致的高烧而惨遭医生蹂躏,狠心而又漫不经心的护士先朝他手臂上浅浅地打个试验针,然后朝他臀部深度注射青霉素,有一次针头弯了,有一次针头留在了屁股上,还有一次莫名其妙令他全身麻痹。我感觉自己是梅尔维尔小说中的鲸,护士是英勇的捕鲸人,向我扔出她们战功赫赫的标枪。更恐怖的一次,是他目睹烧伤的李忠诚被人们遗忘在走廊长椅上(伤员太多),像一条在甲板上行将断气的大鱼,他不得不替昏迷的父亲惨叫起来。

二〇〇〇年前后,医院重建,红砖楼全部推平,造了两栋现代化大楼,与三条街外的太子大酒店遥遥相望。住院部负一层是产科,负二层是太平间,有一天李白按错了电梯键,到那儿转了一圈,气氛还不错,没有养鸡。他料想,大概率自己终有一天会来到这里。负二层也有一个挺漂亮的女医生,跟他聊了几句,挺投缘,可以替他收尸,不过目前他还是宁愿搭讪放射科的程一尘,为此毫无必要地做了个胸透检查。

"你的肺很健康,比我还健康。"李白总是会回忆起她讲话的语调,医生独有的对于肉体的淡泊感,哪怕在床上,仿佛李白只是一头没太多脂肪的瘦鲸,至少不是她决意要捕的那个大脑袋。但她同时具备着从医者的耐心,专业而轻柔地回答了李白关于放射学的种种疑问,从手机基站到核武大战,并聊到现代影像技术,一颗论文答辩的心在勃勃跳动。有一天她终于被同事告知,这长头发的家伙是从产科溜达过来的,老婆是卖鱼的。这一回,程医生要求李白回答问题:"你结过婚了?"

"难道你不记得有个叫李一诺的胎儿了?"

"有印象,是你的孩子?"

"我也不知道。"

他立即挨了一个耳光。打他的不是医生,是他的情人。

玩笑与耳光之间的界限,我总是控制不好,容易越界。假如说,玩笑开启了一场恋爱冒险的话,耳光则试图将他揍进婚姻的殿堂。次日程医生发来一条短信,我哭了一整夜。李白不敢回复,自此没了下文。"我压根没想过结婚。"他对着冯江徒劳辩解。

"你今年二十九岁,未婚。你这个年纪的男人,如果不打算结婚,为啥要去招惹别人?"冯江说,"你以为你还是十九岁吗?或者已经四十九岁?纯真爱情你过时了,轧姘头你又嫌太早,谁会陪你一个穷光蛋玩到中年?"

"我真应该留在负二层,我去什么放射科呢?"

李一诺在耳光之后的一星期出生,剖腹产,冯江又塞了个红包,主刀医生答应采用横刀手术。护士告知确为女婴时,李白极为愉悦地在走廊里抽了根烟,被罚五十块钱。冯江十分不解,按吴里当地的风俗,男婴为贵(尽管男婴也不是李白的种)。李白说:"在父子关系中,你是最终赢家。你不大能体会我的心情。"冯江说:"母女关系一样存在赢家输家。"李白不耐烦与他再掰扯下去,性别是人生的第一堂课,这堂课关乎未来,但是当你活到足够老的那天,它就像你初中时学过的解析几何，曾经如此重要，最后忘得精光。你见过有人往墓碑上刻性别的吗？

"总之生女孩就是好。"李白对着产房里三位喜得贵子的父亲大声宣告。

"我们都是顺产。"

"剖腹产就是好，费那么大劲生他干嘛！"

"不要再吵吵了。"冯江将李白拉到走廊，低声说，"你这个名义上的父亲，在名义上的老婆怀孕期间勾搭了女医生，这丑闻很多人都知道。我塞了大大小小十几个红包，替你摆平了从主刀医生到值班护士一系列人，但我真的不能给隔壁病床的家属塞红包，这说不过去。"

"你才是孩子的爹！你他妈的有红包强迫症吗？"李白大怒，拂袖而去。

这天他躺在床上，耳光导致的耳鸣终于褪去，要知道程医生日日在放射间用右手推拉那扇厚重的大门，臂力非同寻常。他当然不会想到，这毛病在他中年以后还会反复发作，那是她留给他的永久纪念（而不是钚或铀）。李白爱她的右手，但此时此刻，爱这个词已不再适合采纳。我见过有人同时下五盘象棋，但没见过能同时下围棋和象棋的，在小孩出生之际厘清另一场感情纠纷，这不是人干的事儿。他告诉自己，别再多想了，最糟糕的事情早在一开始就已经发生，此后你只能胡来，直至不告而别。这样的离去并不是自由，至多只能算自由感，把爱你的人屠戮了以后获得的短暂轻松。

两天后他去接钟岚出院，到病房一看只剩她母女两个，其他床位全都空了。"是我太凶恶了吗？"李白为自己的神经质而抱歉，"我并不会伤害他们的小孩。"

"不，是李一诺哭得太狠，"钟岚伤感地说，"她好像很伤心，哭一整夜，比所有的男孩都吵。他们受不了，出院了。"

"哭一整夜哪。"李白也叹息。抱起孩子的时候，他注意到她眼角有一颗痣，介于泪痣和桃花痣之间。她的命数模棱两可。

66

当年在北方城市游历，李白曾遇到个推卦的师傅，说他命里有轻微的牢狱之灾，猜是拘留或劳教。这一天来临了。

下午他去医院收费口结账，按规定，凭付款单据到婴儿室领孩子，在走廊里遇见冯江、冯海和爱玲三人。冯海是特地请来背产妇的，必须再讲一点有关他的故事，这位冯家的长兄十多年来以健身为乐、以健身为业，他推翻了李白和冯江的理论：男人是一种智力型的动物。不，智力并不能让男人快乐（操蛋的反智主义其实也是一种头脑风暴），肌肉可以。肌肉是无辜的，配上冯海的单线思维、温驯性格——"仿真人时代来临后，满大街跑的都会是他这样的型号。"李白点评。

在冯江看来，冯海是一件牺牲品。他本应继承冯虎的衣钵，成为专政机器上一颗令人胆寒的部件，然而他根本不敢打人，见血就晕。他的第二选择是去从事重型体力劳动，这当然也勉强符合冯家的价值观，可惜他那身肌肉不知道为什么，一旦进入劳动状态就会变得低效、笨拙。再退一个台阶，他无奈地选择了健美，成了一个让大家嘻嘻哈哈的表演者。糟糕的是，就连这也不大成功，干这行赚得实在太少，他不得不成为一件私人藏品——在二十九岁那年，跟了本地一个长相凶恶的富姐，没有名分，领取固定的生活费。这极不体面，但是适合冯海，穷人家的男孩子要找条出路不容易。他脑子再笨也明白这是一种堕落，以为这辈子完蛋了，然而好运气没有忘记他，这一年里，弟弟冯江成为了吴里市排名前三十的富翁。

"他还挺爱那个富姐的，但是作为富翁的哥哥，他没必要再出卖肉体，不得不与她分手了。"冯江点评，"他分不清爱和出卖，搞不懂自己为什么沮丧。真是一场莎士比亚式的悲剧。"

回到正题。这支三人小分队搭上李白，进了婴儿室。冯海仍然没搞懂为什么要他来背产妇。"因为担架很贵，钟岚家在五楼。"冯江没好气地回答，跟着李白满处找孩子。屋里有点混乱，暖气开足，十来个人堵在前面。"这他妈行的是哪门子规矩，绑肉票呢？"李白抖着手中的付款凭据，热得脱了外套，忽然发现李一诺在一件皮夹克下面。

"谁的皮夹克？"

"我的。"一个年轻的父亲回答道，他刚找到自己的孩子。

"你把皮夹克放在我小孩脸上了。"

"哦。"

"我操你妈。"十五岁以后再也没打过架的李白照着那张麻木的狗脸挥出一拳，正中鼻梁。接着，他发现对方人手足够，还有六男三女。混战爆发，爱玲抱着李一诺逃了出去，冯海迅速晕倒，富翁冯江向对方连续扔出三张凳子，当他伸手摸到一个婴儿的时候，某位英勇的护士扑过来照着他的手臂狠狠地咬了下去。"干得漂亮！"李白为她喝彩，他被一群人打到了桌子底下。警察拥了进来，有个女警官手里还捧着鲜花。110没这么快，是警界在搞庆祝活动。一位二杠三星的警督将李白从桌底揪

了出来。

很难解释，我为什么这么暴力，也许是我即将踏入斯特林堡式的狂怒中年，十分抱歉。李白徒劳辩白。

"没有小孩受伤算你们运气，一群白痴。"警督骂道。

"我会被拘留多少天？"

"行政拘留最高十五天。"警督说，"放心，能赶得上办满月酒。"

"太好了。"

李白伸出双手，不过，并没有手铐递过来。将会有一段糊火柴盒、睡大通铺的日子在等着他，他忽然想起方薇说的，如果你有机会去牢里住一阵，就能写出中国最屌的小说。这么屌的机会我不能让给其他作家。他摸出口袋里的香烟，上山之前，最后再抽上一根也好。围观的人不少，他瞥见程医生，在人群中呆呆地望着他。这一幕似曾相识，我是行将遭受处决的亡命之徒，你是人潮人海中忧郁的看客，一个充满矛盾和误会的情人。是何年，有人曾写下这样的场景。两人视线交汇，五秒钟后，程医生摇摇头，走了。

"你们局长我认识。"场子另一边，冯江从女警官手上拔出一支红色康乃馨（这个动作让他多拘留了两天），伴着他的金色名片，一并送到了护士面前。"把所有的赔偿账单发给我的律师。你的齿痕将陪伴我度过铁窗中的寂寞夜晚。"冯江诚挚地望着她。护士微微一笑，朝他脚上吐了口唾沫，也走了。

67

李白三十二岁这年，稳健型男子莫凡给他带来了一份活儿，有兴趣试一下电影

剧本吗?

电影。当李白念叨这个词的时候,实际飘过脑中的是一些粗糙、天真的电影印刷品,比如海报啊、刊物啊,暴露得恰到好处的性感女星,被镜头凝固的稍稍矫情的眼神,统统过时的发型和装束。时光,它眼眶里浅藏的湿润光芒,它嘴角的微笑,仿佛全世界只有他懂。这是忧郁之物,包括喜剧,他忽然想起多年前与曾小然在旧礼堂看的下午场,一部津产喜剧片,影院里就他们两人,大声模仿着台词,出来以后乐不可支地成了卫嘴子。"我跟你讲啊,和天津人吵架,谁先生气不算输,谁先笑了才是输。"——这些浅薄的欢乐只能来自十五六岁,此后你只不过是在追忆、模仿那个年纪。

"所以,在你看来世界上只需要有一些……老电影,就行了?"

"不从功能角度考虑,是这样的。"

"难怪有读者说你写得不如陀思妥耶夫斯基。"莫凡忍不住捅了他一句。

"请不要把我和这类精神病相提并论。我指的是读者,不是陀思妥耶夫斯基。"李白说,"抱歉,我有点耳鸣,刚才陷入了廉价的怀旧情绪。"

"写电影剧本吧,或者更赚钱的电视剧,那里面全都是你钟爱的廉价情绪。"

不久前,莫凡的父亲安全退休,现在你可以在城市公园的爱鸟一角看到老台长的身影,四只画眉,一只八哥,一只百灵,共六个笼子围着他,他像一个聆听高保真音响的发烧友一样坐在声场中央,脸上的舒适表情宛如嗑药。李白的解读是:这些尽情歌唱的鸣禽可以使他回忆起已逝的风光岁月。莫凡表示反对阐释:养鸟就是养鸟嘛,就像你爱下棋并不是为了去发动世界大战。李白说,你可能不知道,他给六个鸟起了名字,海蓝,林珊,小旭……都是电视台曾经的女主持人,而这类会叫的鸟,你应该知道,实际上是公的。莫凡听了拱手说,兄弟惭愧,没教好自己的爹,应该多向你学习。

父亲退了,莫凡在吴里也就无事可干,毕竟写小说赚得少,还容易精神萎靡。稳健型男子早已未雨绸缪,几年来,在京沪港布下的人脉足以使他航向广阔远方,底舱再装一个李白不是问题。"千万不要觉得是我赏你饭,咱们兄弟一场,我爱才,你考虑一下。你最擅长的年代题材影视剧,现在很火。"莫凡伸过手来,企图拍李白的大腿,发现他光腿穿着花短裤,犹豫片刻还是拍了下去。

"我没有什么擅长的。"李白横着眼睛,"只有我不想写的,没有我不会写的。"

"把我的小说改成电影剧本,愿不愿意?"莫凡说,"我已经没时间创作了。"

"鬼才愿意帮你倒洗脚水。"

莫凡走后,李白懊恼地想,我竟忘记了开价。不久前他看中了一套位于翡翠花园的二室一厅,因常年无业,银行不给贷款,把这几年来的版税攒起来,又找钟岚借了点,还差十万块。顺便说一句,《太子巷往事》如今已经卖不动一本,网上盗版倒是多如牛毛,李白收不到半毛钱。

他套上长裤,骑自行车去了吴里市政府旧礼堂。对于旧建筑的迷恋之情,如果任由他人解读,可以得出诸多答案:失心疯中年男子的平庸怀旧,半吊子理想主义者(主义?)的矫情功夫,缺乏历史眼界的旧时代遗老遗少,过期文艺青年陈词滥调式的千古咏叹……如果此际还再回忆起曾小然,则必须再搭上一个:因为性事不畅

129

导致的对青梅竹马的变态怀恋。那通常发生在有钱男人身上。不要像有钱人那样怀旧！至于你是不是中年，这不重要。李白提醒自己。

为什么在追忆时还保持着高度自觉呢，因为最近上网太多了吗？李白自嘲地摇摇头。一只黑猫趴在旧礼堂的台阶上，午后的阳光照得它通体金属感。李白素不与动物交往，对猫更是会产生恶魔效应，他绕过这个小型怪物，走上台阶。礼堂正门两个古老的 H 形把手上缠了一道铁链，他趴在门缝上，只看到里面漆黑一团。这座于八十年代初落成的建筑已经落满水锈，底部长了一层发黑的苔藓，它借鉴了苏联粗野主义风格，曾经是杏白色的，正面砌出一道道令人目眩的风琴褶子，比例失调的拱形门，在十五米高空竖着八根旗杆，还有一座带喷水池的中式假山因道路拓宽已遭拆除，其中一块石头眼下就在李白家的院子里。在过往年代，它曾经是热烈的、欢愉的，红星闪耀与爱情流转，革命与浪漫，桃花源与希望的田野，幻觉和幻觉尚未分道扬镳。他记得某年某月，曾小然用粉笔在左侧的 H 形把手下方写上英文字母，HEAVEN，右侧呢，当然是 HELL。

他在台阶上坐下，与黑猫保持了一段距离，不时看看它。在这个位置上，应该是一个相爱的人，一个听故事的人，一个重逢的人，重逢后消失了又再重逢。他伸出手想触摸它，不是抚摸，仅仅是礼貌的触摸，但黑猫站起来走掉了。比瞬间更短暂的是你给我的安慰，他与它道别。

莫凡又打了个电话过来。"《太子巷往事》的影视版权卖掉了吗？"

"没有。"李白问，"你出多少价？"

"有个导演要买，跟我去北京见见呗。"

莫凡说，"不怎么有钱的、刚出道的女导演。"

68

"你早说嘛。我给你在振鑫挂一个虚职，社保你自己交，不就可以办贷款了吗？"冯江在电话那头笑着嚷道，"给你创意总监怎么样？"

"都行。我在谈买卖。"李白收起手机，回到那家辣味呛人的火锅店。三个年轻姑娘坐在他对面，生于一九八五年之后，刚刚从电影学院毕业出来，她们的名字分别是南、扬、倩。用一个字来称呼她们，像是走进了一篇由中学生写成的先锋言情小说。对方也没含糊，胖乎乎的南给他倒了一杯啤酒："白，喝一杯。"她是编剧。

"听说编剧都很有钱，挣得比作家多十倍。"

"你讲少啦，一百倍。"南说，"不过我还没挣到钱，眼下跟倩导合租一间。"

"地下室？"

"那倒不至于，南锣。"

"我家跟南锣也挺像的，还不闹，没那么多人。"李白继续调笑。

莫凡堵在二环上，短信不断发来，让他们先吃。事实上，没有人等他。一碟牛鞭花下锅，又一碟，这种胶原蛋白十分滋补。李白知道，拍电影的都爱吃火锅，似乎象征着原始人围猎后的共享。不知道我是和她们共享呢，还是根本处于遭围猎的位置。十分钟前，三个姑娘为《太子巷往事》报了价，三万块，电影版权，她们只有这点钱。李白暗自摇头，简直白跑一趟北京，还真不如去上海找叶曼借（他们的"四十岁之约"一年年逼近）。三万块听起

130

来就像是她们每人掏了点零花钱把他买下了。

他痛快地喝了那杯啤酒，贷款问题忽然解决了，感觉手里多了几十万。扬仍在嘀咕：老师，我们是拍独立电影。李白说：等莫凡来了，我与他合计一下，他会投钱。扬摇头说：老师，我们不需要莫凡，他的钱不是好钱。李白问什么意思。扬说，坏钱约等于高利贷。

"好吧，我签给你们。"他又喝下一杯。北京小馆子里的玻璃杯比墨水瓶大不了多少，足够一次次作出豪饮状，姑娘们大喜，玻璃杯叮叮当当碰成一片。扬从包里掏出了一式两份合同，她是制片人。

"我没想到你们随身带这个。"

南递上了签字笔。

李白用短信告诉莫凡，自己已经落笔签约，一起来吃开工饭吧。莫凡打了个电话过来：怎么签的，多少钱，怎么付，是不是全版权，期约多久，是否可以转让，署名权怎么弄。李白回答除了三万块以外，其余条款都没细看。"三万块！"莫凡大喊起来，"那我该收你多少钱代理费合适？一万五吗？"

"人都没来就想对半分？"

"算了，司机，回去吧。"莫凡在电话里最后说了一句，"你好自为之，三个拍电影的姑娘，够把你卖到泰国去做人妖了。"

"他妈的你到底是要投钱还是来跟我分钱？"李白绝望地喊了起来，莫凡已经挂机，发了条短信过来：鬼才愿意帮你倒洗脚水。

制片人，导演，副导演，执行导演，编剧，策划，摄影指导，美术指导，掌镜，灯光，服化道，生活制片，司机组，剧务，场记，外联，发行人，投资人，代理人，经纪人，主创，后期，宣传，男一男二，女一女二，配角，特约，群演……对了，还有你这位原著老师。电影工业的参与人员就像一部庞大纷杂的家族小说，已经超出了李白的记忆限度。现在他只能茫然地问这三个姑娘："你们谁是导演？"他对电影的认识仅到导演为止。

"我。"倩向他伸手。这是一个剪着齐耳短发的漂亮姑娘，在李白的小说中，这种发型被形容为"像斧子一样锋利威猛"。他与她在一锅翻滚的牛鞭和毛血旺之上握了握手。相较于南和扬，倩显得更有教养，南方口音，讲话慢条斯理，一副土匪头子的模样。

"你拍过什么片子？"李白考她，心想自己是否还有机会抢回合同撕掉。

"毕业拍过一部短片——在西藏。"

"文艺青年的圣地，不去西藏就不会讲故事，对吗？"李白大笑起来。

"我们是去工作。"倩说，"不是每个人都能在海拔四千米的地方扛铁的——扛着铁还得跑起来。大叔，说风凉话死得早。"

"我错了。"

这天深夜李白喝得半醉，感觉自己全身冒着啤酒泡沫。他走到街边拦车，瞥见她们跳上一辆三蹦子离去。北方的秋天来得早。我喜欢这里的干燥和无牵无挂，我所有操蛋的、讲不清道不明的感情纠葛都发生在潮湿的南方，或湿热，或湿冷。莫凡又发来一条短信：和三个大学刚毕业的女电影人在一起的感觉很好吧？李白反击：别忘了老台长也有六只鸟。出租车迟迟不见，他沿着道路走了一会儿，行人渐少，四周全是树和围墙，脚下忽然一滑，四仰八叉摔在人行道上。北京并不干燥，他想。

"你摔了。"南追过来扶起了他。

"你们不是已经走了吗？"

"我下车了，送你回酒店。"

"没住酒店，住了个小旅馆。"李白说，"我踩到北京的狗屎了。"

"你没踩狗屎，你踩到了一个柿子。"南举起了另一个柿子，"看，就是它们。"

"这东西要是长在南方，早就被人用竹竿打个精光了，怎么还会等它落在地上？"李白感叹道，"他们连地衣都会铲起来吃掉。"

"这里是使馆区，没人敢举着竹竿乱跑。"

李白站起身向远处望，路灯昏黄，某处酒吧传出音乐，二十米开外，两名士兵正在换岗，一枚柿子在黑暗中簌簌落下。他低头望向近处。

"为什么你穿着胶靴？"李白问南，"下雨吗，北京需要穿高筒胶靴？"

"因为我穷，买不起上等的长筒皮靴。"

"你可以穿帆布鞋，今天是晴天。"

"这是我最喜欢的胶靴。"

"你真是我遇到的最有意思的姑娘。"李白说，"我要给你讲点压箱底的故事。"

69

耆那教尊者筏驮摩那抛弃家产与妻儿，苦行十二年，裸身行走于古印度大地上，任由虫蚁噬咬他的身体。那是圣人屡出的时代，但筏驮摩那尚未获得正觉，世人并不理解他的作为，将他视为乞丐、疯子、传染病人。一日，筏驮摩那经过地狱，诸饿鬼向他伸出手，又发出尖叫，乃因他法力强大，能拯救他们脱离煎熬。筏驮摩那却仍然沉思，浑然不觉，他回到人间，站在一棵沙罗树下，感到脚下有动静，低头观望，竟是一个饿鬼藏在他趾甲的泥垢中，跟着逃出了地狱。此物腹胀如鼓，头大脖子细，双眼凸出，也看不出是男饿鬼还是女饿鬼。这饿鬼说，我饿呀，给我一口吃的。筏驮摩那全身赤裸，连讨饭的碗都扔掉了，没带一口食物。饿鬼说，让我吃你，让我吃你。筏驮摩那想到圣人曾以血肉饲恶虎猛鹫，便答应了饿鬼的要求，他站在沙罗树下又沉思起来，全不在意，世间痛苦对他来说已经不存在，只有那正觉仍未思量明白。饿鬼便跪下，对着筏驮摩那捣鼓了一通，吮完之后，舔舔嘴巴尽兴而去。筏驮摩那十分惊讶，他是有过妻子的人，当然知道这一手，只是感到困扰，也困乏。久久没有答案，他便去问那道行高深的巴湿伐那陀派隐者，究竟是几个意思？隐者听了微笑说，筏驮摩那啊，饿鬼们在地狱中遭轮回惩罚，牙齿全部落光，食道细如棉线，甫一出狱，只能吃点半流质，你修行十二年，竟不知这个常识，饿鬼的遮业正是筏驮摩那你的痴业啊。

讲完后，李白解释说："这个神圣又恶心的故事，影射的是一个瓶颈期的作家。"

南说："我以为是个黄段子。"

"以黄段子的形式吧。"

再来一个。

从前，有一个法国小伙子，是处男。战争爆发后，他被征召入伍，就要去马恩河边与德军大战。他想到自己还没有尝过女人的滋味，便走进了巴黎的一家妓院，找到了一位美丽的吉卜赛女郎。那女郎与之云雨后，赞他那话儿是全巴黎最大。又说，假如落在德国人手里，按照普鲁士风俗，只要你那高卢话儿比他们大，就会给你切下来。小伙子大哭起来，他倒是不怕死，只因刚刚做了男人，十分珍惜自己的话儿。吉卜赛女郎又说，我有一法术，可以使你的话儿变成全巴黎最小，这样可保平安，只是要付一大笔钱哟。小伙子思前想后，与其切了那话儿，不如就变小点吧，当即掏腰包。女郎施法，果然灵验。不久，小伙子上了战场，一来二去，不幸被德军活捉。照惯例脱下裤子比了比，真的很小，小得不能再小，小得那伙德军都同情地落下了眼泪。一名德国老兵拍了拍他的肩膀说：孩子，我知道你去了巴黎的吉卜赛女郎那里，她给很多人施了法术，只是没有告诉你们一个常识。小伙子问，什么常识。老兵说：只要你投降就不用切鸡鸡了。

南躺在床上大笑："听上去是德国人编的段子。"

"这影射的是一个面对批评的作家。"李白说，"仍然以黄段子的形式。"

讲最后一个。

从前，十九世纪末，有一个阔佬，总爱花钱请人给自己画肖像，那些画家模仿拉斐尔的风格，模仿安格尔的风格，模仿德拉克洛瓦的风格。当然，都是些三流画家，风格也很过时。这阔佬听说在法国有一群特立独行的画家，个个牛逼得不行，他就揣着钱去了巴黎。他找到了塞尚，塞尚说，先生，我不怎么会画肖像。他找到德加，德加说，先生，我只会画女子。最后他找到了凡·高，凡·高说，先生，我缺钱。买卖谈妥，阔佬就坐在了画室里。第一天，凡高画了一张空椅子。第二天，凡高画了一张向日葵。第三天，凡高画了一张星空。阔佬生气，对凡高说，你要是再这么耍我，我就找个比你更穷的画家。凡高说，先生，在巴黎确实还有一个画家比我更穷，他叫高更，我已经把自己的耳朵送给了他，他昨天坐船去塔希提岛了，

他决定和野人生活在一起。

"这是黄段子？"

"这是我送给你的段子，编剧姑娘。"李白吻了她一下，"明天我就回乡下了。"

70

人一旦对某事物抱有哪怕最微小的期待，他的下一分钟便要接受考验。怀恋主义者李白踏入火车站，他已将昨夜的欢愉视为旧爱，无所期待，只剩一道甜蜜的迷惘。然而这种永久性的悬置，在尼采看来亦只是一次暂时的疗愈。李白没带任何行李，抄着手在茯苓饼柜台前发呆，不时摸一下裤兜，确定手机和钱包还在。去往上海的通宵列车会将他带入一场移动的梦境。

他接到一条短信，来自电影《太子巷往事》的制片人扬（天知道这本电影最后会叫啥名儿），问他在哪里。他说，火车站，瞎逛，等会儿回家。扬说，我来送送你吧，李白看了看手表，还有三个小时发车。期待与你共进晚餐，李白回复道。这样他就不必独自吃下一整盒茯苓饼了。

不知道为什么，在火车站等待的光景总是让他深感无助。火车一定会来，即使晚点，即使塞满人，它通常不会宣告这一趟老子不跑了。火车的强大意志力迫使你时不时地看一下钟表，然而它又经常拖拖拉拉，在它晚点的时刻中你加倍地看钟表，它的迟到又必到正是嘲讽尽头的安慰，你在爬进车厢的一瞬间将原谅所有，包括你的软弱的原谅。

我不该答应让她来，这样我既等待火车，又等待她。可她又是谁？李白到底还是买了盒茯苓饼，这种车站土特产，往往本地人并不吃，甚至不谈，比如吴里的枣

泥麻饼。小时候李忠诚从北京出差回来，欢天喜地，毫无意外，手上拎的必然是茯苓饼，搞得李白以为首都人民天天啃这个，比苏州人更喜爱甜食。他坐在椅子上，拆包装咬了一口，也算是童年的味道，还不坏，至少南方人喜欢。接着无意识地吃掉了第二个，第三个，第四个。两个小时过去，扬没来（又堵在二环），他右下腭一颗没发育完整的智齿不期然疼痛起来。他立即进入心律失常状态。

离发车还有十五分钟，扬出现了（李白更希望她在二环堵到天亮）。三个姑娘中，她比较没有学生味，也不大像文艺女青年，语速最快，穿名牌皮鞋。她挨近了，李白低头看了一眼，还是那双鞋。检票口开始放客。"我们的时间仅够一次告别。"他捂着腮帮子说。

"茯苓饼——"扬惊喜地说，"南方旅客最爱的糕点。"

"你是哪里人？"

"北京人，西城。"

听说西城当官的多，现在，骄傲的北京大姐遇到了李白这头南方沙猪。他说："我不得不告诉你，这种两块面皮儿夹一坨馅儿拍扁的饼子，在苏州只能喂猪儿。马路上任何一家卖海棠糕儿的，五毛钱一个，制法都比它精致百倍。"

"直接攻击一个姑娘的家乡，通常别有所图。"扬说，"这句话是您小说里写的。"

能背诵我的小说的姑娘都是好样的，这一原则不变。李白让自己高兴起来，有片刻时间，牙痛果然停止了。"关键是，海棠糕吃两个就饱了，而茯苓饼会让我永无休止地吃下去。您能解释这是为什么吗？"

"就像北京人跟您讲话，永无休止地绕下去。"

"直到我牙疼。"

"直到北京人证明了您有点二。"扬说，"作为一个苏州人，您就不该这么吃饼。"

李白笑了起来，带着她来到检票口。有一种北京式的欢乐，不知你是否有同感——身处世界中心的空虚劲头，再无他处可去的小矫情，游戏打到最后一关时洋溢着的迷狂与了然，火车发车前五分钟才放闸导致的从容镇定与火烧屁股的四手联弹。他伸出手与扬握别，尽量做出愉快的、豁达的表情。一群乘客扑过来，他们像洗衣机里两件甩干的衣服搅和在一起。李白用右手护住她的肩膀，左手被一根旅行袋的背带扯向后方，有一半身体进了检票口。他推了她一把，想助她离开这组短暂发疯的人潮，像革命时代（电影中的）某个经典画面，但她还是被几个硕大的箱子撞进了他的怀抱。李白摸出车票，塞到检票员面前，后者正在应付着一群掏着、捏着、举着、叼着车票急于进站的人，挥手示意他快点滚。

"汹涌的人群永久性地冲散了相爱的人，往往如此，也有例外。"李白说，"好吧，去站台抽根烟然后与我告别。"

"我要跟你谈正经事。"

"谈什么？"

"先去站台抽烟。"

事实上，就在昨夜，南已经告诉李白，这份版权合同签坏了。乙方是李白，甲方是扬注册成立的一家工作室，这看上去合理，然而——情导与该工作室没有关系。这是扬玩的小小花招，有教养的情导在三蹦子上看到合同以后差点把车给掀了，瞬间暴露了她的火爆性格，毫不含糊撕了合同。李白声称不懂商业，毕竟也是学文秘出身，他能够理解：就像咱们仨去打猎，

134

把长毛象摞倒以后你忽然说同伴都是你雇佣的，或者干脆是友情舍命。南建议李白：到底是签给制片人还是签给导演，你自己看着办，你总不能同时签给她俩，她俩已经掰了。

"莫凡对我说过，拍电影最是考验友谊，我和他的友谊已经破裂了。你们也没撑过一晚上。"李白踩灭烟头，走进车厢，扬跟了进来。

"补票。"她对列车员说，又问李白，"您去哪儿？"

"去上海，然后搭汽车回吴里。"

"补一张去上海的，卧铺票。"扬说，"上下铺的，我要让您重新回到大学时代，彻夜与我聊小说。你不要觉得情导是文艺女青年，跟她有得聊。真实情况是，您这本小说是我读完了推荐给她的。我绝不能让这小婊子拿着你的版权到处忽悠。"

71

我的大学是走读，本地二年制野鸡大专，学校近得就像地段幼儿园（幼儿园都是三年制的呢），我从未有过上下铺的学子生涯。重点在后面这句——我从未与人彻夜聊过小说。你问为什么，因为我讨厌分歧，更讨厌共识。不欢而散固然无趣，聊嗨了看上去就像是我要勾引对方上床，而对方可能是个男的——即使是女性，这种感觉也是猥琐的、不礼貌的。后来我发现，各行各业的人都这样，搞金融的人特别容易在办公室点炮，原因恐怕就在于：他们每个小时都需要达成共识，才能存活下去。对共识的渴望会变成一种心理投射。如此一来，等我活到老了，渴望就会变成卖弄（卖弄的孪生兄弟是迎合），到处散播我的随机生成的思想和方法，自命为人生导师，在旁人看来，就像一个诱奸犯声称自己比强奸犯高级。啊，确实是高级一点，但那又怎样呢？

"明白了，您属于活儿好不粘人的那种。"

"我属于人不狠、话也不太多的那种。"

他们站在车厢连接处，一根接一根地抽烟，火车将他们带入黑夜。李白望着这个年轻姑娘，感到一种衰老，或者是衰。他们差了十岁，更重要的是差了整整一代（这比十岁更无解），对着下一代人无休止地阐释自己，这才是死得早的征兆。在这个位置上，夜火车的车厢连接处，永恒邂逅的场所，凭借胆识和运气与姑娘搭讪的浪漫之地，他已渐渐沦为配角。尽管南安慰过他，你才三十多岁，还算青年——"还算"，仅凭这两个字就够他唏嘘老半天了。李白想再开口，智齿又开始疼痛。

"啊，真倒霉！"

他回到车厢，倒在下铺，侧身面壁，右脸压在枕头上，左侧狂跳不休的心脏在上方。扬在对面下铺，这一组六个铺位只有他们两人。他的姿势看上去就像一个关在禁闭室里的精神病人，表达着深入骨髓的痛苦和拒绝。

"三十多岁还能长智齿？"扬小心翼翼地问。

"它已经静悄悄地长了好几年，今天似乎要昭示自己的存在。"李白说，"谢谢你提醒我三十岁了，我到上海第一件事就是找个牙医拔了它。"

"我有一个挺不堪的请求……"

"那份撕了的合同是吗？重签一份。"李白没有回头，"我非常抱歉，这不是外交用语，是我非常抱歉——我已经答应情导，并且就在今天中午,她往我银行户头上打了一万块定金。"

"那你还让我上车?"

"我们的后悔是相似的。你不该上车,我不该收她钱。"李白对着黑漆漆的隔板说,"你要是坐过通宵火车就会知道,等到车厢挤进一定数量的人,等到他们开始讲话、走动、吃方便面,你的梦境中的旅程就会变得狰狞起来。它不再像所谓的旅程,而是彻头彻尾的生活。生活在规训你,你被迫抱以期待,无权走神,还得忍受一个失望的结局。"

"说到底,您还是喜欢情导这一路文艺女青年,对她来说这可是个大好结局。您睡过她吗?"

"我睡过中国最漂亮的女演员但没睡过女导演。"李白说,"别问是哪个女演员。"

"我要下车,下一站。"

"太晚了,小站下去也不安全。陪我到上海拔个牙吧。"

"我竟然就这样出局了,您不觉得内疚吗?"

"我非常抱歉,我现在牙疼,心跳就像火车脱轨一样,我已经感觉不到任何内疚或惭愧的情绪了,也感觉不到自己想睡谁。"

扬没有下车,李白的疼痛没有停止。凌晨时分,火车停在某个站头,他听到一些轻微的走动声,翻身望去,扬还坐着,听着耳机,双手捏住手机飞速按键发送短信,时而蹙起眉头发出叹息,像一个沉浸在谜局里的谍报工作者。一对年轻男女拎箱子走了进来,像是大学生,裹着凌晨时的倦怠感,女孩爬上了李白一侧的中铺。男孩正要往对面爬,女孩忽然低声说,我想和你睡。男孩温柔地说,好的。火车启动了,李白起身,拿了桌板上的香烟打火机,扬也站了起来。两人同时往中铺看去,见那年轻的男孩女孩和衣相拥而眠,像电影里的画面。

"我忽然感到自己,像失恋了。"在车厢连接处,扬抽着烟,仅对李白说了这么一句话。

72

又是一个凌晨,李白刚睡下去,接到陌生电话,一个姑娘在低声哭泣。这声音在电话里不好辨识但他还是听明白了,他用浑浊的嗓音问话,对方没回答,仍旧是哭。他猜想是哪一位前女友,也可能是并不久远的二十岁年纪在火车上邂逅的某个互留联系方式的姑娘(她可能也三十岁了)。唯求她此刻不是站在楼顶上。他举着手机从被窝直接走到阳台上(是的,他买了房子),夜很黑,远处某扇窗还亮着灯,他望着,等待这姑娘哭完。有一瞬间,早春的寒冷使他感到近距离触摸到了什么。别误会,李白对自己说,不是用直觉,是我光着腿。

后来才搞清,是情导。他差不多松了口气,正因为有了一纸买卖合同,他们之间也就不存在聆听对方哭泣的契约。"别再哭啦,你这么哭下去我会以为自己和上帝是一伙的。"他抛出了拙劣的幽默,凌晨时的幽默,"是感情受伤还是事业受挫?"

"我和小南散伙了。"

"听上去既有受伤又有受挫,这很锻炼人,用不了三回你就能学会什么是冷酷。"李白说,"抱歉,说风凉话死得早。请不要跳楼。"

"我在被窝里。"

"我在阳台上。"李白打了个喷嚏。

他完全不了解电话那头糅合了单纯、暴躁、伤感的学院派姑娘，你要说她是文艺女青年，她准保飞一个耳光过来。我搞不清她身上的执著到底是事业心，还是理想主义，还是根本自恋？糟糕的是我又想起了我的亲娘，她们身上似乎有着相类的气质，但谁会如此无聊，在和姑娘交往时首先想到的竟然是自己的妈？李白在寒气四袭的阳台上揉搓大腿，别再跟我显摆弗洛伊德，他对自己说：你从小读的就是地摊上买的叔本华。

"对付挫败感最好的办法就是找个兴趣爱好，下下棋，养养鸟。青年导演总不能天天阅片，喜欢什么运动吗？"

"帆船。"

"什么？"

"帆船运动，得去南方，比如深圳。"倩导说。

"好的。"李白遗憾地说，"我倒是有一双帆船鞋，但从来没见过帆船。"忍了一会儿，他终于发问："你为什么要拍一个街头巷尾的过时小说？为什么不拍拍女子帆船运动什么的，比较时髦、励志，很容易卖座，说不定还能拿一个国内大奖。"

"我为什么要先预设一个题材卖座？"倩导说，"你太不了解我了，这是我和他们根本的差异。"

"你是不是找到了很多钱……"李白问道，"我很少问别人的经济状况。"

"我没钱，筹备电影找我爸借了五万块，我爸是个高中数学老师。再多说一句，我干这行不靠男人。"她的语气又暴躁起来，掐了电话。

"你爸得让学生补课补昏过去才能供得起你这么玩。"李白对着挂断音嘟哝。正如南向他介绍的：倩导是一个温文尔雅、政治正确的人，脱离了低级趣味，仿佛活在世界中心——心情不好的时候除外。比较不幸的是她干了一个心情没法好起来的职业。

李白回到床上，一时困惑，打开电视，吴里有线台仍在不眠不休地播放着片子。他看到一个令人恐惧的镜头语言：摄影机深入人类瞳孔，将其放大在荧屏上，他的小小瞳孔被巨大瞳孔吞没，随之进入另一个世界，或另一些记忆。他像一个奇迹的观看者，最终被奇迹带走。

73

"电影根本不存在叙事，它被某种观看的欲望绑架了。"这是李白的偏见，"如果一个人想叙事的话，何必找上百号人扛着几大车器材到处乱跑？"当然，倩导早已反驳过他：要说绑架，你的小说何必写那么长，瞎鸡巴讲个梗概就行了，这么推论下去，你又何必开口讲话，放个屁就够了。好吧我错了，抱这种偏见的报应就是——总有一天，会来一群不大会讲话的人朝我脸上放屁。

电影？莫凡嗤笑道：他们一开始会跟你说，电影是艺术，大家都是冲着艺术追求而来，过了一阵子告诉你，电影是工业，你是工业线上的一个齿轮，最后让你滚蛋的时候，电影是商业，而你已经一文不值。李白回答道："爱情也是这样，到离婚的时候只剩下分财产这一件事。"

我想你真正收获到的既不会是艺术，也不会是工业和商业，那几个刚出道的小丫头干不成什么。莫凡继续讥笑：但你会收获一点儿爱情，你就是奔着这个去的。

在此后长达三年的石沉大海的时光中，他注意到倩导获得了一次青年导演短片比赛的首奖，南编参与的两部电影票房均大卖，扬制片则杳无音讯，至少在互联网上查不到她的任何消息。说实话，李白很怀念扬，作为一个您你不分的南方人，他欠她一次发音准确的道歉。他看了上百本中国青年导演的独立电影，直到自己心情低落，不知道晚饭该吃什么才好，必须用偶像剧来提升一下自己的内啡肽水平。有一天他终于忍不住发短信问倩导：你们会把《太子巷往事》拍成苦大仇深那种类型吗？

"你的小说写得很浪漫，我们是学院派，拍的是院线电影。"这次倩导的回复来得又快又准确。

"上次你们说的是独立电影。"

"情况变了，《太子巷往事》已经属于年代剧。独立电影拍不起年代剧，置景和服化道都太贵。"

时间确实过得太快。又过了一年，李白收到个沉重的包裹，打开一看是十本早已绝版的《太子巷往事》。倩导吩咐他签名，全都要寄给投资人的。李白获知她正在马台镇拍戏，第二天拎着书，打了个车，欢天喜地去探班。到场发现镇上静悄悄的，沿街鳞次栉比的摩配店和洗头房，阳光耀眼，大部分人都在午睡，并无剧组在干活。李白打电话问，倩导说，我们不是拍戏，是来勘景，已经结束了，现在在吴里。李白叫了一辆摩托车追回吴里，她关机了。这一极其平常的意外使得李白产生了一种在汹涌人潮中追逐她的错觉，此后时间狂打她手机，始终接不通。又过了一天，她打电话回来，快乐地告诉他："我在上海电影节呢，你来陪我吗？"

李白拎着书去了上海，被春夏之交的暴雨连人带书浇透在街上。"不是我不知道躲雨，是我走到哪儿这雨就跟到哪儿。你见过连绵不绝的暴雨吗？"他抱怨道。

"去我的房间换衣服吧，会生病。"倩导指指街对面的银星假日酒店。影城一带雨伞如云，嘉宾们夹杂其中经过。李白像八卦小报的记者一样快速搜寻着银幕上熟识的脸孔，可惜一个也无，倩导倒还是老样子，斧子头，讲话慢，吃饭抢着结账，至今只付了一万块定金。

就在蹚水过马路的时候，李白看到一男一女从出租车上跳出来，欢笑着奔向酒店。"那是南。"倩导说，"她已经是很有身价的编剧了，而且遇到了一个电影发疯的年代。边上是她男朋友，学导演的，谈六年了，刚刚拍了第一部院线电影。你说是不是很有意思，快分手了，两人忽然都成名，然后感觉又可以在一起了。"倩导站在雨里感叹，"这四年我什么都没干成。"

"为何不去打个招呼？"

"你愿意吗？"倩导瞟了他一眼，"边上是男朋友哎，去比一比？"

"我怎么可能比得过一个男导演？他还比我年轻。"

他在超市买了套内衣，又去服装店买了条沙滩裤。被雨淋湿的戏码不止出现在电影里，根据倩导现场回忆，《太子巷往事》中写到过三次。与四年前不同，李白已经不想听人谈起这本书，背诵他的句子就像是嘲笑他的初恋，目前的底限是与导演（已经付过定金的）聊聊剧本情节。两人在大堂站了一会儿，继续聊南和她的男友，李白发现自己看过后者导的独立电影。等那一男一女彻底消失后，他们坐电梯上楼，倩导说："按小说情节，你去洗个澡吧。"

"洗完以后会发生什么故事呢？"李白

说,"按电影戏码。"

"导演总是把雨戏放在最后拍,演员淋湿了容易感冒,然后他们就杀青回家了。"

"我很欣赏你灭绝人性的语调。"

他锁上了浴室的门,爬进浴缸里冲了个热水澡,感觉自己缓过来了,当然,雨带来的亢奋感也消失了。出浴时他滑了一下,内心震动,假如自己赤身裸体撞昏在里面,一切将滑向闹剧的深渊。这类在小说中经常被人诟病的偶然事件,往往主导着现实。他走出房间,发现情导已经不在,留了条短信给他,说是去开一个创投会,会议期间关机。李白坐下喘了口气,打电话让服务台过来换一下浴巾——他并不打算在这间房里留下任何使用过的痕迹,片刻后听到门铃响,心想服务员也来得太快,打开门一看是南。这是一个电影里的镜头,他告诉自己,就像我摔昏在浴缸里。

"是你,从塔希提岛回到巴黎的高更。情导在吗?"南上下打量他。

"她出去了。"

"先生我来换浴巾。"一名酒店阿姨走向李白。

"请便。"

南举起手里的两听啤酒,"昨天她告诉我房间号,说要和我叙叙旧,然后我来找她,然后开门的是你,然后你还是这样的。"

"你这句型一听就是个畅销电影的编剧,由我来陪你喝一杯吧。"李白开门放她进来,同样是四年没见,他近距离打量她,瘦了,染了栗色的头发,架起一副近视眼镜。"青涩少女,我快不认识你了,你的高筒雨靴呢?今天可是个下大雨的日子。"

"你说好了每年来看我,但并没有践约。"阿姨一走,南就扑过去反锁了门,四下张望,翻弄抽屉和床铺。

"找啥呢?"

"针孔摄像头,录音笔。"南说,"我对面这位可是最擅长摆机位的才女导演,一号前男朋友是摄影师,二号前男友是录音师。"

"是吗。"李白胆寒,连忙跑浴室里看了看。

安全了。南在外面喊了一句,李白回到房间,她已经斜倚在雪白干净的床上,李白谨慎地坐进沙发,打开啤酒喝了点,抓过手机继续翻看短信。"别走神啊,来,让我考考你——床还没动过,男主角洗干净了,女导演跑了。这是怎么回事?"

"你变犀利了,恭喜你,可能这就是成名带来的自我释放。"李白作了个双向的解释,"我和导演是相对纯粹的工作关系。请务必相信,我非常珍惜工作关系,我这一生没怎么工作过。"

"我仿佛听到有人在吹嘘自己,刀枪不入。"南吃吃地笑了起来。

李白认为,人活到某一阶段即可将自己经历过的人生称为"一生",这一时间点大约在三十五岁左右。不必过度准确地称其为"前半生",那是大人物的特权。然而,无论是一生还是前半生,他都没能讲清什么是工作关系,照书本理解是——纯粹的,简单的,不那么矫揉造作的。南向他解释:什么是工作关系呢?就是我给情导写了三稿剧本,她觉得不满意,最后给不出钱来。"心灰意冷,一别两宽,接了一本很烂的爱情电影,写了五稿,票房大卖。"南感叹道,"我那时候穷得,完全有理由去做鸡了。"

"纯真年代的论调,"李白说,"到我这把年纪只敢说穷得去打劫。"

"去讨饭。"
"去卖肾。"
"去结婚。"
"去做编剧。"

一个柔软的枕头飞到他脸上，李白让她别闹，这是倩导的房间，尽管倩导欠着他们的钱。"我要不把这房间弄乱了还真对不起她。"南抛出第二个枕头，"我们是另开一间房还是在这里？"

"别胡思乱想。我们现在是叙旧，不是剧本头脑风暴。"李白大为头疼，"我也不是种马，拉进棚子就能干的。这是贵圈的风气。"

"本圈很少听说有人拔完牙还能去跟制片人开个房的。"

"好了好了——"

"你把倩导睡了吧，求你了。这四年你都在干嘛，废柴了吗？"

李白站了起来，很快又因沮丧而跌落在沙发里。"我不得不提醒你，你已经是一位知名编剧，犯不着这么羞辱一个过气作家和混不出头的小导演。我看过你男朋友导的独立电影，只有三十分钟的四不像短片，我可以负责地告诉你，非常烂，没有任何才气。你应该及时地换个男友，嫁给没才气的导演那就像嫁给一张桌布，不吃饭还能看看，一吃饭你就得洗他，洗着洗着你就会怀疑人生，为啥不直接擦桌子，为啥不用张一次性桌布。"

"竟敢这么羞辱我。换谁？换你吗？"

"我已经睡过倩导了，只怕日后不好相见。"李白给自己点了根烟，尽管倩导叮嘱过不要在她房间抽烟。"这是谎话，但它会让你很爽，不是吗？"

谈谈镜像效应吧：人类是经不起推敲的，人类往往从他人的目光中看到自己。这是一种心理陷阱，镜像并不静止，镜像迎头扑来。攻讦他人正是李白和南这类人的乐趣所在，种马，废柴，桌布……在尽情的相互诋毁中他们达到了另一种心理效应，可能叫做马蝇效应（一匹马在被叮咬之后总能跑得更快些），也可能是别的。半小时后，南掐了香烟，并确定："非常爽，像做爱一样，内啡肽爆表了。"

"另开个房间？"经互相叮咬，李白也感到筋疲力尽，现在只能算随口一问。

"这儿早就客满了。"南说，"我得走了，参加一场没才华的导演举办的社交宴会。"

"你那叫给傻瓜助阵。"

两人就此散伙，他日再找机会比划比划，将她送到过道时，她忽然说："有件事我还是得告诉你。"

"什么？"

"倩导很爱你。"她说，"也不是爱情，也不是仰慕，也不是同情。"

"那是什么？"

"换个女导演还真说不明白，女编剧就可以。我想了很久。"

"到底想到了什么？"

"是王八蛋见得太多以后的某种伤感的爱。"

"好的。既然欠你钱，你又何必替她澄清情感呢？"李白叹了口气。

"因为我对她抱有相似的感情。"南摇头说，"拍电影不是人干的活。"

"不要扔掉你的高筒雨靴，我会来看你的。"他最后对她说。

这天晚饭时，倩导发来短信：我开完会了，你若还没走，大堂见。李白已经朝啤酒罐子里塞了十七八个烟头，房间里烟熏火燎，他扔下那十本淋湿了的书，下楼

140

去找她。人很多，各处都被征用为临时社交会，他像菜市场的税收员顺时针踱了一圈，上下打量每一个人，在一棵盆栽树边见到了倩导。一个戴眼镜、穿汗衫的胖子正在教育她，李白听了几句，明白他和莫凡是同一种型的。倩导向李白眨眼睛，继续仰头聆听。这类善意的胖子往往高估了自己的见解，如果人人都这样，世界倒也和平，不幸的是总有人会伸腿绊他们一跤。李白听得不耐烦，掏出一张五元纸钞扔在胖子脚跟。"朋友，你钱掉了。"趁着胖子弯腰捡钱的工夫，他拐着倩导离开了这个是非之地。"你这可有点过分。"倩导一路大笑。

"不要相信这种胖子，更不要让他驮着你走。等他栽的时候你会摔花脸。"

"看来你已经非常熟悉电影界了。"

"就像喝水不要呛着，我这是普遍的人世经验教训。毕竟比你们大十岁。"

"我们？"

"我必须告诉你，我在你房间里见了她。"李白耸肩说，"没干什么出格的事，抽了几根烟。"

"我讨厌宾馆房间里散不去的烟味。"

"我也讨厌，别人的气息，别人的遗留物。这一切都像我们被迫回忆起的往事，有那么多不痛快的事情，照理都应该忘掉。"

"又是我们？"

"我和你。"

他走在雨后的街道上，南方的黄梅季已经来了，他意识到自己的伤感情绪从未超出一首流行歌曲的高度。这倒无所谓。电视剧早已讲清了人世间的大部分经验教训，电影早已百倍放大了任何一种眼泪和暗示，然而人们并不能从中学到什么，正如流行歌曲式的伤感不可能找到因果，它将会消散在潮湿的夜空里。他望着倩导。这是另一个时代，当我们这么定义时，庞大之物正在显形，奇观正在落成。他没有什么可以帮到她或她们。

"我会把你的小说拍成电影的，也会给你赚到钱。"她低头跨过一摊积水。

"本雅明在《单行道》这本书里一再把作家比喻成妓女，乃至后世的作者都不好意思再这么自我揶揄，以免拾人牙慧。"李白叹息道，"就让我这个没名气的妓女陪着一位穷嫖客逛逛街吧，你若想到什么好玩的事就说给我听，钞票没有，图个开心还是可以的。"

74

李白决定买房子是因为一位唢呐艺人。某天下午他被一阵尖嚣吵醒，冲出去看，这位头发比他更长的北方汉子正在巷口卖艺。李白没好气地说，朋友，这儿没死人。汉子看了他一眼，李白忽然想到在莫言先生的小说里，铜唢呐可以劈开日本鬼子的头颅，不由退了一步。接下来，这汉子每天下午到场，李白卷了卫生纸塞耳朵里，然而世界上没有任何东西可以挡住唢呐的声音。他再次冲出去：朋友，我在睡觉。汉子说，现在是下午。李白大喊起来，下午怎么了，下午就应该在地头干活吗？汉子给了他一串百鸟朝凤。

"南方人也吹唢呐。都是中国人，不要歧视北方。"曾经跑遍全国卖农用机械的李忠诚纠正了李白的偏见。什么时候他居然也变得政治正确了？哦，对的，他一向政治正确。李白气急败坏："唢呐不是中国本土乐器，从西域传进来的，也叫苏尔奈，我们这儿叫'喇叭',更南边的蛮子发不出卷舌音索性就叫它'嘀嗒',到了朝鲜叫太平箫,泰国叫查乃,越南叫海肯,阿拉伯叫扎姆尔,日本叫茶留米罗。"他爬到书架顶上翻出《东亚乐器考》。

"你想告诉我什么?"

"我他妈的没有歧视北方人,我可能是歧视亚洲人。"李白说,"我要换个安静的地方,即使那吹唢呐的明天就消失,我依然受够了。"

李白在翡翠花园一期买了套房(2/1/1多层4/6楼一梯二户毛坯南北通透),北窗外是一片田野,能望见远处的云气。手面上还剩一点钱,把厨房和卫生间简单装修了一下,买了几样家具电器,即刻入住。搬家那天下雨,他注意到李忠诚神色萎靡,决定安慰一下:"住不惯的话,我还会搬回来的。"李忠诚摇头,房顶正在漏水。李白只能说:"我的看法,如果寂寞,你出去找个女朋友也是好的。再不济的话,找份临时工,多挣一份钱,毕竟我的房贷每个月要还两千块。"李忠诚望着他。李白不耐烦(事实上李忠诚未发一言),说:"一起还房贷也是天经地义的,我死以后你是唯一的继承人。"

"不要被砧板砸死。"

什么他妈的弑父情结,别开玩笑了,成年以后我与父亲比的就是谁讲话更操蛋而已。李白摇摇头,跳上小卡车扬长而去。从今天开始,让我们彼此重新认识世界吧。这天黄昏他坐在阳台上,看着对面楼时不时飞下一个塑料袋。他想打一个电话给谁,聊聊此刻的心情,在这个必须拥有房产的年代,我在自己的家乡拥有了一套商品房,从社会学意义上它几乎和婚姻一样重要,但在文学中,它的神圣感还比不上一座坟墓。他把椅子搬到北窗口,由近至远依次是围墙、变电站、田野、河流、树林、丘陵,视野中没有活人,至多是几头飞鸟。黄昏是一天中的错觉时刻。

他想起二十出头时,有个通信长达两年的姑娘,声称"只要你有一套房子我就嫁给你",指的当然不是太子巷的破烂平房,而是眼下这种类型的,他迟了十年才拥有的。这个文艺的姑娘很不幸地与一大家子人住在同一屋檐下,缺乏独立空间,甚至没有一扇属于自己的窗。商品房是她的梦。有一天她来信,已经大学毕业,在南京找到工作,并租了一间位于六楼的带阳台的屋子,体会到一种现世的自由感,尽管现世短暂,它依然可贵。为此,他去了南京,在一栋刚刚粉刷过外墙的公寓楼里见到了她。这是首次见面,他们在街上简单地吃了点富含味精的鸭血粉丝汤,又去逛了碟店,决定做爱。他往CD机里塞了一张《再见社交会》,两人从卧室做到客厅,从客厅做到厨房。在卫生间的洗衣机上李白提议去阳台,姑娘大笑起来。

"不。"她说,"不。"

"洛丽塔最后回答亨伯特·亨伯特时,说的也是这两个字。"李白说,"两个不字,分属于两个宇宙的拒绝。"

"阳台是我的,不想在那里留下任何人的记忆。"姑娘说,"我可以在结束后邀请你一起去那里看星星。"

"高潮以后的星星特别好看。"

假如那一次,他决定住下来,他将得到一个由女方支付租金的阳台,不过在依偎了一整夜看星之后,他还是走了,溜到南大的舞厅里找别人玩,并遇到了一群更漂亮的姑娘。那以后,她的所有地址电话都失效,再也没能联系得上。李白回忆那个夜晚,在青年时代凿凿幼稚的交谈,感到一种冷峻的后悔,一种被时间、容貌、商品房的价格搞晕了的失真感。如果此刻,当年的她仍依偎在他身边,他将不会那么轻易地跑掉。现在他能期望的,是那姑娘也已经买了房子,嫁得好,夜夜看星,不被打扰。

"只要你走出屋子,世界就是一个巨大的窗。"在她苦闷的年龄,李白曾这样安慰她。现在,他不得不用一句相反的话来解释自己:世界能被你看到的,不会大于一扇窗的内容。不知何处有人弹奏钢琴,那首曾经很流行《小草》。他坐在窗前睡了过去。

75

李白的外公外婆直到他中年时仍健在,仍住在上海田林新村,那房子变得更破同时也更值钱了,每年秋天老头过生日他都会去拜访一次(顺便见见新旧情人)。白致远退休后并无其余娱乐爱好,主要阅读各类内参文件,偶有学校或媒体请他去谈一谈欧美现状,高兴得很,像个权威。还记得李白的表姐和双胞胎表弟吗?他们都混得不错,表姐已经嫁给香港人,表弟甲混街道办,表弟乙卖二手车。一大家子聚餐时,你会注意到白致远有点苦恼。"他们都是小市民。"有一天他在电话里对李白抱怨,"只有你出了书,成了作家。你才是我的嫡孙。"

"大知识分子通常生一堆小市民的子女。"李白安慰道。

他搬家后,白致远一直念叨着要来探访,顺便游一游吴里古城。因在街上被一辆飞驰的助动车撞断腿(车主摔死了),休养了两三年,这一年终于拄着拐杖出现在李白面前。李白脸色欠佳,问其故,答曰小区业主正在与物业公司干仗,昨夜观察一群四线城市中产阶级的维权行动,被某种激昂情绪感染后,不免寝食难安。物业公司不是好惹的,清一色十八线外地仔,皆为同乡,讲话也听不太懂。一名业主收到了死亡恐吓信。

"为什么不报警?"

"收到信的那位已经逃到外地去了。"李白感叹,"在黑帮面前,这些有房有车的人就像赤贫农民一样羸弱。"

"你们不适合搞运动。"白致远强调,"乌合之众。"

"我以为黑帮才是乌合之众。"

"不,你们才是。"

李白看了看自己的外公,已经七十多岁,比过去更为矮小,且白发苍苍瘸着腿,但他内在的革命性是不可忽视的,他付出左侧股骨的代价整死了一个开助动车的马路杀手,因为这逼崽子轻视他!走过小区大门时,三个穿制服的保安正在用家乡话聊着什么。李白介绍:"就是这帮人,讲话像兔子一样快,而且喜欢押韵。有时能感到他们在骂我们,但不知道骂了个啥。"

"他们说的是今天晚上找人撬几辆助动车,给你们看看颜色,别以为他们好惹,你们只是一群有钱的 loser。"

"我靠,这你都听得懂?"

"我不只懂五国外语。"

李白将外公背上了四楼,回到家立即开电脑,在业主QQ群里放出了这一消息,众人一片哗然。群主叫赵博,负责业委会工作,比李白小两岁,在税务局上班。税务局的爷居然搞不过几个野鸡物业,李白无法理解,根据赵博的描述是对方背景太强大,然而他也什么都没讲明白。白致远在一边翻了翻李白的藏书,喝了口早春的新茶,分析说:"无非是黑白两道通吃,和某些腐败分子有着利益关系。唐人街上有这样的团伙,不过,他们并不鱼肉乡民,这说明你们遇到了一群相当low逼的捞仔。你市的政法委要认真检讨一下工作。"

"大知识分子讲话果然比小公务员通透。"李白继续赞美,"网络用语也滚瓜烂熟,与时俱进,不俗。"

他向白致远介绍了翡翠小区当前的斗争形势,十分复杂。第一,物业公司管理稀烂,强行收费,业委会要赶他们走。第二,小区一期是多层住宅,一楼和六楼多为农民回迁户,素质堪忧,他们将违章建筑搭在楼顶和院子里,部分人家甚至打算挖鱼塘和防空洞,招致全体业主的投诉,公安局正在拆违。第三,小区北侧一根高压线离李白家仅三十米之遥,上个月刚搭起来,本月所有北侧业主群起抗议,据说强电磁波容易使人得白血病,生出来的小孩是怪胎,更难堪的是沿线至少五百户人家的房价应声下跌百分之三十,众人找电力公司谈判,十五分钟即谈崩,双方动上了手,一支特警队携微冲和防爆盾到现场制服了闹事者,个别人像二十年前的街头小流氓一样挨了电警棍。李白将白致远搀扶到阳台,环望小区,条幅横幅,红色黑色——法律保障业主权利,这是针对物业公司;流氓公司殴打群众,这是针对电力公司;私有财产神圣不可侵犯,这是违章建筑在向公安局示威。

"还能比这更混乱吗?"李白感叹,"一个人人都在为权利呼喊的年代。"

"比这更混乱的我都见过,一九九〇年我在柏林,中国驻东德大使馆。"

"您的意思是,见过柏林墙倒塌?"

"它没有倒塌,倒塌只是一种政治上的比喻。它被手动拆除了。"

"您是……外交部的?"李白有限的政治知识到此已经捉襟见肘。

"不是。"

这天晚饭时,赵博带着几个业委会的人上门拜访,商量怎么在半夜里捉贼,扭送警方以证其罪行,同时把业委会的伤亡降到最低,毕竟偷车贼也可能是携带刀棍的。顺便说一句,大伙都知道李白是吴里著名作家,前两年还上过电视呢。李白想到了冯虎式的圈套(把人反锁在车库里二十四小时),赵博听了,立即指出这是农机厂的传说,原来他也是该厂老职工的后代。两人握了握手。白致远摇头说:"捉个偷车贼,哪怕警察到场,也闹不出什么大名堂。"赵博注意到这位神色冷峻傲慢的老人,土豆一样的身材,穿着宽大的西装,拐杖是银把手的(实为镀银),总之像个西西里岛来的教父。白致远说:"有哪位女同志愿意牺牲一下,待在车库里大喊强奸,做得像一点,把衣服撕烂半边,不但警察会来,新闻媒体也会跟进。"

"不瞒您说,这招已经用过了。"赵博摇头,"但不是我们,是造违章建筑那伙人,他们的女人撕烂了自己的衣服扑到民警身上。"

"如此妙招居然没用到电力公司头上,实在可惜。"李白感叹。

"我坚决支持造高压电线。"赵博说,"你们要有大局观。"

"那你滚吧,我也支持在底楼挖防空洞,把骨灰盒埋到楼顶上去。"

"不要内讧,大家都是为了正当权益。"

"在革命成功之前,没有人知道自己的

权益是什么。"白致远冷笑，"但你得知道是谁欺负了你。"

赵博决定拼了。李白心想，这个吃皇粮的家伙现在背负着本小区有房有车（含助动车）业主们的尊严。敲掉这帮小逼崽子！李白要求参加晚间的捉贼行动，满屋子找家伙。白致远提醒，不要抄菜刀，你已经进过一次看守所。李白在墙角摸到一根环形锁防身。

"你是作家，并不擅长捉贼。"赵博沉吟道，"是在找写作素材吧？"

"一点没错。"

"你简直像……"

"不要在我面前瞎鸡巴打比方，让我来替你说吧。"李白拍了拍赵博的肩膀，"就像你这个税务官看见了别人口袋里的钱，不刮点料下来对不起自己这份职业。"

"我想说你就像狗看见了骨头。"

失之准确的修辞，典型的税务局思维。李白必须再次纠正："狗对于骨头的爱是一种天性，而不是职业。出于天性我懒得管你们死活。"

这天深夜他们抄着手在小区里晃荡，一位金发女郎开着助动车经过，她叫蒂娜，乌克兰人，嫁给了本小区一个做生意的男人。众人向她望去，美丽高挑，蓝色瞳孔，可惜不会讲中国话。她是怎样从黑海之滨来到这座无名小城的，她经历了什么，为何不嫁给一个帅气的乌克兰小伙子偏偏跟了一个长得像番茄的中国生意男？赵博感叹道："如果蒂娜愿意在车库里喊强奸，那可就太好了。"

"警察、媒体、妇联、外交、统战，全都会到场。"

"你俩简直走火入魔了，喊强奸你们自己去呗，鸡奸也是可以的。"业委会一位中年女子实在听不下去，抢白并提醒李白，"要我说，中国最值得写的恰恰就是你们这些作家，你们是比较可笑的一类人。"

"我们正在写自己。"李白回答，"并随时接受你的检验。"

蒂娜走了，小区迎来了一大群黑乎乎的人，他们低声耳语，在道路上缓行，手电筒也不打一个。保安试图阻止他们进入，被几位年长的阿姨喝退。"他们在抗议高压线。"赵博说，"今晚不会有贼来了，我要回去睡觉了。"李白已经迫不及待投身群众运动的洪流。

76

白致远在翡翠花园住到第三天，李忠诚没来过一次。这天下午李白收到上海发出的快递，打开一看是一堆没有任何说明文字的小电器元件，还带一个耳机，再一看收件人写着白致远的名字。老头不在家，李白出门去找，见他在楼下草坪与蒂娜聊天，用的是俄语。蒂娜，翡翠花园的女精灵，白致远，我的小矮人外公，一树玉兰花正在他们头顶缤纷飘落，我仿佛在看《魔戒》。李白侧身守候，人们好奇，渐渐围拢过来。白致远将银柄拐杖挂在左肘，伸右手与蒂娜握别。

"她的眼珠很美，蓝色的。"李白搀着老头往回走。

"乌克兰人，会一点英语，俄语不错，读过大学，老家在基辅，是个大城市出来的姑娘。"

"哥萨克民族的骄傲。"李白追问，"您在俄国的经历从来也不跟我说啊。"

白致远展开双臂，李白照旧背他上楼。老头这腿，独自下楼绰绰有余，玩够了就会打电话给李白。有时他只是回家去趟厕所，接着又出溜下去。他在上海也这样。

"推倒柏林墙那年是怎么个情况？"

"统一大业永远会让人类欢呼。德国人也不例外。"

"当然，欢呼，谁猜不到他们会欢呼呢？具体讲讲。"李白在三楼喘了口气，继续向上爬。

"等到我们统一的时候，你要'家祭无忘告乃翁'。"

"我们统一的那天您一定还活着，就算我爹死了您也还活着呢。"

两人回到家，李白将快递盒交给白致远，问是什么，老头没回答，拿到自己房间去捣鼓。李白在电脑上聊天，翡翠花园业主群已经连吵三天，这时忽然谈起了蒂娜。有人问那矮老头是谁，李白没接茬。众人有一搭没一搭地谈到了乌克兰。

"东欧的特产是婊子！"一个具名为"K"的业主敲出一行字，群里顿时沉默。

李白喝了口水，开始敲字。

"你可能不知道，吴里在一百多年前盛产的也是妓女。她们往往冒充苏州妓女，原因很简单，苏娟的价格最贵。她们主要在上海经营生意，买卖兴隆到什么程度？时人称吴里是'种花不种稻，养女不养儿'。也就是说在座衮衮诸公，维权的，违建的，围你个鸡巴的，搞不好都是妓女的后代。想明白这一点，妓女也没什么可惭愧的。"

足足五分钟的沉默。"你妈才是婊子。"K回答，又补了两个字："老狗。"

李白并不擅长网络互骂，不，从某种角度来说，他相当擅长，只是自己还没发觉。从今天开始，一种新的语言诞生了，解构式的小说将不会有人再看，反讽将失去主客体，或拥有无限主客体，任何定语都可以轻松嫁接在"婊""渣""狗"这些词之上。李白摇摇头，这也没什么可怕的，我早已经历过红与黑的时代，我这辈子铁定能看到永生技术成真。

他不再理会电脑，起身找烟，发现白致远又消失了，电视机还开着。他想换频道，近期本地新闻有否报道翡翠花园种种匪夷所思的事端，发现遥控器不管用了，拆开一看电池不翼而飞。这样他又不得不坐回到电脑前，QQ那端，刚刚互加好友的赵博发了一大串话过来，大意是说：像你这样有身份的作家，不值得亲自去跟K这种人互骂。

"他到底是谁？"

"回迁农民的儿子，还在念高中。整一个文盲家庭，房子倒是分到了三套，积习难改，在楼顶种菜的就是他们家。到了夏天全家睡在地板上，男男女女鼾声如雷，震得楼下人家报警。你跟这种人有啥好多说的。"

"操他妈，我还以为他跟卡夫卡有啥亲缘关系。"

赵博随后提到了白致远，问其来历："如今懂俄语的人可不多了，老专家了吧？气度不凡。"

"A研究所退休下来的。"李白随手敲字回答。

"我滴个妈。"

"怎么了？"李白等了一会儿，"别他妈卖关子。"

过了两分钟，赵博回答："那是一个隐形的间谍机构。"又补充道："国际间谍。"李白跳了起来，碰翻了水杯，他已无心再看赵博炫耀自己如何知道各类内幕传闻。手机响了，白致远来电："我在楼下，背我上来。"这一次，李白一言不发，把老头直接背进了自己卧室，墩在席梦思上。白致远被这一稍显粗暴的动作搞懵了，不过很快镇定下来，李白已经钻到了床底下。

他满头灰尘扒拉出了一摞旧书，从中翻出一本一九八五年的硬面抄。这是在李忠诚扫荡白淑珍残余痕迹的战役中的唯一幸存之物，留下了她的笔迹、菜金数额、借贷款、通讯地址、一些当年流行的歌词，还夹着一张十元面值的港币。最让李白动心的是一句普希金的诗：假如生活欺骗了你。是的，生活欺骗了她，不用假如。这本子在旧物中埋藏了二十五年，直至李白搬家后才现身。他用一种极度复杂的心情简单翻阅了它，白淑珍的习惯与他一样，本子从首尾两端写起，向中间挺进，仿佛正叙和倒叙将会汇合在一个虚无的核心地带，仿佛我们将会相见于白色的南极。在倒叙部分，李白看到了大量英文，少量俄文和法文。一九八五年，白淑珍在学习外语，这件事从未被人知晓。你可以说她上进、时髦、想摆脱乏味生活的束缚，但是请你告诉我，谁会疯到同时学三门外语？

"这句话是什么意思？"李白摊开本子问老头。

Mon père est espion。白致远回答："法语，我的父亲是间谍。"

"下面这句呢？"

"Moi aussi。我也是。"

"你答对了，我在巴黎的法语译者也是这么告诉我的。"李白说，"第三个问题是，你到底是不是间谍？国际间谍，为祖国豁出命的那种。"

"我是一个学者。"白致远伸手将电脑桌上的茶杯扶了起来，"拿块布过来擦一下，你的电脑快炸了，里面的小说稿子和日本电影保不住。"

"居然还偷看我电脑？"

"借来用用，你连设个密码都不懂。"

"白淑珍是不是做间谍去了？"

"她不是，她和人结婚到香港去了。"

"你们父女两代都是间谍？"

"间谍怎么可能传代呢，谁会把自己女儿送到那种战场上去？"

"所以你还是间谍？"

"我不是。"

"你的敌人是谁，克格勃？中情局？007还是他妈的中统军统？告诉我吧！"

"我的敌人是我们所里那个不学无术的副所长。他已经死了。"

"我知道，你们这种人都受过训练，一般的审问是得不到答案的。你还学过挺刑是吗？电刑挺得住吗？"

"不用电刑，我股骨撞断那天把银行卡的密码全都招供给你外婆了。我是一个软弱的知识分子。"

李白感到一阵疲惫，颓然坐进电脑椅，滑轮将他带到墙角。赵博仍在电脑上喋喋不休：我跟你说，八十年代的中国间谍，主要就是在国外图书馆抄资料啦，很多技术都是这么抄来的，他们相当文静，跟你电影上看到的打打杀杀的两码事。白致远拿过香烟，给自己点了一根。"我明白你的心情，很小的时候，你就失去了母亲，外界传闻很不光彩，说她是个婊子。你试图在心理上切断和她的关系，这很难，即使你在某一年龄段上能做到，也不代表你此生就能彻底释然。你可以想象一下她已经死了，而不是去做间谍。"

"她做间谍被杀死了？"

"如果你想象她是间谍，你不但得不到真相，连谎言都不会有半句。"白致远说，

"我不是间谍。"

"好的。"李白说,"就这样吧,不要再谈论她了。"

白致远的西装口袋里发出沙沙的讲话声,是耳机音量太大的那种声响。李白驱动电脑椅,滑过去抢他口袋,老头没有反抗。"这是什么?"李白举着那个黑色小电器,把耳机塞到自己耳洞里,他立即听到兔子一样快的讲话声,还带押韵的。"这他妈的是一个窃听器!从你所里寄来的吗?"

"淘宝买的便宜货。"白致远仍然镇定,"耳机质量不大好,说附送的电池也没给我,拆了你的遥控器。"

"他们在说啥?"

"他们说你们要聚众冲击物业办公室,明天他们找人来群殴,带上棍子和安全帽。"

"你在物业办公室装了窃听器,你还说自己不是个间谍?"李白将自己的外公扑倒在床上。

77

一九七四年的事情说起来有点复杂。白致远在A研究所资料室无所事事,长女已经在安徽插队落户六年,尽管他时不时会寄送吃用到乡下,但她对这种生活失去了耐心。一个吴里的远房亲戚向他建言,让她嫁到这儿来。原因有三:吴里离上海极近,方便于探亲;吴里的男人比较势利,相当尊重上海女性;吴里稻米水产丰富,至少饿不着。白致远承认,那一年,他对世界也失去了信心,觉得光明不会再来。他同意了。

夏天,李忠诚坐着辆牛车来到安徽无为县某生产队,有一个叫白淑珍的上海女知青将在这里与他见面。然而他并不是那个该来的人,该来的叫朱头三(抱歉,这是绰号),农机厂青年钳工,出身好,念过完整的高中。白致远到吴里见了他一面,觉得尚可入眼,只等白淑珍本人首肯。男女双方通了几次信,勉强谈得来,朱头三还寄了一袋本地的松子糖给她。因白淑珍请不出假,朱头三必须孤身去安徽相亲。根据媒人的介绍:这个女同志相当标致。朱头三想看照片,媒人说:她不肯将照片乱散,你去了就知道,比照片上漂亮。其实媒人也不知道她长什么样。

出发当天,朱头三肚子疼,蹲在墙角起不来。媒人抱怨他没诚意,事实上,朱头三是发作盲肠炎了,他还觉得挺庆幸的,这个女同志的信写得太短,态度冷冰冰,且黑白美丑不明,他担心到了生产队回不来。肚子越来越痛,他都不用再装,临去医院之前把火车票给了媒人,让去退票。时间已经不多,媒人想了想,紧急拉了正在休假的李忠诚,乃因他父母双亡,家中两间平房一个院子,独吃独用,不但拿得出粮票,还能买下朱头三的火车票——吴里这鬼地方,退票必须去上海火车站。最关键的是,李忠诚稀里糊涂,家中没个人可以商量事情,他什么当都愿意上。

根据李忠诚的回忆,这个媒人比较不厚道,她原打算把自己乡下的侄女介绍给他的。出发前他问了一句,白淑珍漂亮吗。媒人心里也没谱,为了降低李忠诚的期望值,就说长得白白净净的。李忠诚知道,白白净净就是不大好看的意思。他先坐汽车到了上海,再从上海转火车,到合肥时他就后悔了,外出兜风的好心情荡然无存,心想我这样上门不是直接被她踢出来吗,白白净净的她毕竟也是上海人啊。

火车掀起热风，紧靠车窗的李忠诚被吹到发晕，他想要一个女人。他想要一个女人简直想疯了，但他并不知道这件事，他更不知道自己想要什么样的女人。媒人曾说过：如果你没那两间房，你连一头母猪都娶不到。我连公猪都娶不到！李忠诚恶狠狠地诅咒自己。那是一列很热很热的火车，多年后，在白淑珍离去的岁月里，他曾经很偶然地向李白讲起——有多热？就像在火车上开了家桑拿房。

经历了一个日夜，他到达了白淑珍所在的生产队，出于各种原因，知青们已经有一半跑路，没有走的人，农活翻倍。大中午的，白淑珍躺在宿舍里，一名凶恶的乡下干部在门口打转，李忠诚塞给他一包烟，他就走了。过了一会儿，白淑珍起身开门，李忠诚见到了她，没有任何曲折，他爱上了她。

"你是谁？"她问。

媒人承诺过他，事先会打电话给她说明情况。这鬼地方哪有电话？他不谙世事，现在才明白对方只是转给了他一张火车票。为此他还搭上了一盒松子糖，一盒枣泥麻饼，及她叮嘱要送到的香皂和蚊香若干，全都是他买单。妈了个蛋，他还是把东西都掏了出来，递到她眼前。

"我是那个顶替朱头三的人。"

"你是替他来送东西的？"

"不，我是顶替他的人。他来不了了，以后也不会来了。"

白淑珍费解地看着他。她有一双笑意盈盈的眼睛，在严厉的时候，她的眼神会变得像承受了巨大的失望。这是李白五岁就明白的事情，李忠诚到了五十岁还是稀里糊涂，他总是将她的严厉误认为失望。她的严厉的消失被曲解为出于某种失望，仿佛她曾经对他抱有希望似的。

"你走吧。"她说。

"我是得走了，这里太远，我的调休不够用了。"

"这里远个屁。我要是在北大荒插队呢？"

"车票一定很贵。"李忠诚说，"朱头三肯定买不起去北大荒的火车票。"

"车票钱是我爸爸出的。"

妈了个蛋，朱头三你赶紧去死吧，你都这样了还想着赚一张车票钱。李忠诚在心里暗骂。白淑珍说："我明白了。"她坐到椅子上，笑得前仰后合，"哎哟，真是太滑稽了。"李忠诚不知道该说什么好。白淑珍招呼他："来，你坐我对面，让我好好看看你长什么样。"他还能长什么样？"你像一只螳螂。"她的言语中混合着讥讽和温柔，"平时喂不饱你吗？"

"我父母全死了，没有兄弟姐妹，自己喂自己。"李忠诚羞惭地说，"我在农机厂做铸工，有两间平房，一个院子，离县政府很近。"他想起媒人叮嘱过的，这个条件赶紧抛出来。"不是这种土坯房子，是瓦房。"他踩了踩地面，"屋子里不会长草的那种瓦房。"

"谈过朋友吗？结过婚吗？"

"都没有。"李忠诚说，"我口渴，有水吗？"

白淑珍用自己的茶缸给他倒了一杯水。"以后出远门要记得带好茶缸、饭盒。这水好喝吗？"

"苦的。"

"你说得没错，这水把我的牙齿都喝黄了。"

一名女知青走了进来，白淑珍拆了盒子，招呼她来吃松子糖。李忠诚注意到她隆起的肚子，觉得不可思议。她含着糖躺到床上。白淑珍拉着他出去讲话，走至门外，她说："她是浙江人，快生了，没有人知道小孩的爹是谁，她也不肯说。这是第二胎。头胎是个女孩，一出生就被人抱走了。"她望着李忠诚，"是不是很吓人？"李忠诚默然不语，白淑珍："你的条件可以在这里找到老婆的，浙江的，江苏的，安徽的，包括上海的，都配得上你。要不要我给你介绍一个？"

"我不要，我就喜欢你。"李忠诚对白淑珍说。

78

李忠诚的眼里闪烁着光芒，他当然看不见自己，他看到的是白淑珍眼中的光芒。你要相信，光芒是神秘的事物，令人不眠不休，相比之下，爱情这个词显得太理性，也太迟缓。以上是李白为他父亲归纳的，李忠诚的原话是：我看见了她，一见钟情，整夜都没睡着，我想明天就娶她。

没有人能解释白淑珍为什么决定嫁给他。一九七四年秋天，她给远在上海的白致远写了封信，谈到同宿舍的女知青生下一个死胎，谈到她十八岁下乡的情景，如今二十四岁，有人托关系顶替了她的名额去念工农兵大学，谈到自己的牙齿，秋天掉头发，一个当地干部的儿子试图接近她，如此等等。她最后严厉地提醒白致远：请不要再指责我落后。

"你妈妈恨我。"白致远向李白解释，"六九年号召下乡，我是积极分子，别人家都躲着藏着，我是主动替她报名的。"

爱就是这样变质的，种种一切使李忠诚产生了错觉，仿佛是他将白淑珍拯救出火坑。人们明示暗示他：你没有救过她，你充其量只是捞了个便宜。他听不懂这种话，他向李白举例：朱头三的老娘一九七七年就瘫在了床上，瘫了十年都没死，你想想看，她如果嫁给朱头三会是什么境遇。这种逻辑让李白十分头疼。求你不要再说蠢话了，白淑珍曾经这么规劝李忠诚：你要永远记住人生有六个字值得拿出来反复念叨，前三个字叫无所谓，后三个字叫两码事。

他们一开始是幸福的，李白说，但在其后的日子里，大历史先于个人命运给出了答案，在一个较好的时代里，他们反而过不下去了，这也是人之常情。我的父亲并不是个坏蛋，他和白淑珍的差距在于，他本质上对于自己侥幸能活下来感到十分满足，而她憎恨这种满足感。

他们的十年婚姻，从二十四岁到三十四岁，差不多就是我过去十年的经验。然而在体感上，我无法代入进去。准确地说，我无法承认他们是幼稚的——就像我一样幼稚。我无法承认自己是一场幼稚婚姻的弃子，无法直视那个曾经神经质的爸和妈实际上才二三十岁。童年期被人喊乌龟的儿子或是婊子的儿子，这是一种创伤感，但它真正造成的恶果是困惑，过早的困惑使我变成了一个既不相信个人命运也不相信大历史的人。

我今年三十五岁了，决定相信一次，命运或历史——白淑珍没有去南方享受荣华富贵，她去做间谍了。仔细想想，这有多么重要（以及多么合理），她被父亲送到乡下，又被丈夫接到县城，无论哪条路都不是她想走的。她终于得以将个人命运和历史分离，然后重组，并作为间谍，秘密战场的一个棋子，将这两个相悖之物统统

150

押上赌台。这些年没有消息，因为她被处决在华盛顿或是列宁格勒，一个电影般的落场，一首诗的谜底般的最末一句，它将弥合我所有的分裂感，仿佛她在某年某天也同样写信给我，温和地指出：请不要再指责我落后。

"这是一个，相当幼稚的幻觉。"白致远说。

"我能指责她的（也包括您），只有一条：为什么不带上我？"李白万分沮丧，"你们把我扔在这个小地方，成了个无名的作家，写了十多年的街头巷尾、苦闷人生，就差去写婆媳大战了。你无法理解，当人们评价你的作品狭窄的时候，他们实际上是把你当一条虫子看待，那不是眼界的问题，是人格问题。我本来应该成为格雷厄姆·格林或者约翰·勒卡雷的。"

"我都没能成为，何况你。"

"终于承认了。"

"我不是，我刚才只是开个玩笑。"

"你这个年纪的知识分子正常来说是不可能知道勒卡雷的，拜托！"

"我们的谈话无法进行了，我和你一样讨厌审问，讨厌表白。说出真话以后，你可能得到赦免，也可能后脑挨一发子弹。"白致远拄着拐杖站起身，"我要回上海。"

李白订了一辆出租车。这天下午，一些居民堵在小区门口，人在不断聚拢，警车还没到。出租车开不进来，李白不得不扶着白致远多走了二百米。赵博和他们打了个招呼。"注意安全。"白致远用拐杖戳了戳赵博的鞋面。两人穿过人群，在路口找到了车。李白拉开左侧车门，让白致远坐进去，又帮他搬进左腿，将行李放进后备箱，最后递上银柄拐杖。再见了，老间谍，你很酷。

"有一件事我找不到人问，只能问你。"李白说，"我到底是不是李忠诚的亲生儿子？"

"你鼻子长得像你妈，但眼睛是李忠诚的。"

"请正面回答我。"

"实在不放心就去做个 DNA 检查吧，比我说的管用。"

"这世上哪有儿子拉着老爸去做 DNA 检查的？"李白气急败坏，"他毕竟还有两间瓦房，两间门面房。难道是我不想要了吗？"

"我的遗产也会有三分之一是你的。"白致远目视前方，向李白弹了弹手指，示意他滚。

"你间接承认了白淑珍的死。"

"В Петрополе прозрачном мы умрем，"白致远说，"我们将在透明的彼得堡死去。"

"普希金的诗？"

"曼杰施塔姆，最后死在古拉格的那个。"

汽车远去后，李白倚在一棵瘦弱的梧桐树上泪水不休。他想起十五岁那年在李忠诚面前宣称白淑珍是个婊子，李忠诚露出复杂表情，像一个被人踢中了蛋的麦当劳叔叔。我告诉他，我已经不再记得白淑珍。我的真实目的只是为了玩她寄来的那台游戏机，我对现世欢愉的渴望高于对前世的缅怀。这是个长久的借口，因为缅怀。这也是个短暂的事实，因为欢愉。最终我失去了这两者，只剩茫然。我仿佛看到李乌龟的儿子，在这个热衷于骂人是婊子的城市，他童年时的泪水洒遍一棵又一棵行道树。他是如此苍白，全力以赴与这个羞辱他的世界周旋，可悲的是，世界从来不知道这件事。

151

他听到小区门口发出一阵呐喊，打起来了。中产阶级们，为了列宁，前进吧。他走回去看到赵博一头是血坐在地上打手机报警，有人在喊：他是税务局的干部！小区保安们一字排开拦住李白的去路，人数是平时的十倍。他居然听懂了一个经理用方言喊话：等警察来了你们也躺在地上就行，现在给他们点颜色看看。李白向他走近，踩过一摊黑色的血，像个不想再活下去的人。

"退后！退后！"

"你以为你是谁？"李白问他。一名矮壮的穿着雨衣胶靴的汉子抱着个消防水龙头出现在李白对面。"这是国家暴力机器，你有什么资格使用？"李白再次质问。

"我就是暴力，我就是机器。"汉子朝他微微一笑，水带另一端通往物业办公室的室内消防栓，像一条蛇它忽然鼓胀起来。"别怕，这是减压的，喷不到你四分五裂，但是会有点冷。"汉子继续调笑。李白大怒，抡巴掌拍过去，强有力的水炮就像过去时代所有蒙羞的时间涌向他，将他吞没，令他昏厥。这一天吴里城市论坛上出现一个热帖，标题是：著名作家被流氓物业射到了墙上。

79

冯江认为，一个新时代开启了。无疑，上一个时代也同时结束了，请按自己的心情选择是结束或开始。现在冯江玩弄着一台3G手机，向李白出示一款约炮软件。是的，一夜情这个词在中国已经消失了，因为它过于决绝，过于准确，很不适合一群茫无头绪的人，他们的所有夜晚约等于一个夜晚。"任何社交软件都能约炮，黄页也能。"李白意兴阑珊地抬杠，自从被水炮打过以后他就一直这样，冯江曾在翡翠小区贴了悬赏五千元的告示，捉拿凶手。一年过去了，据说矮壮汉子已经逃到两千公里外的城市——李白不知道他为什么要喷自己，设身处地想想，可能只是为了爽一把。

"这个约炮软件可以让你找到……翡翠花园的寂寞女郎。"冯江继续介绍，"实际上是定位系统在改变世界，而不是约炮。"

"找到那个喷我的逼崽子。"李白说，"我约个炮还在本社区，我是有病吗？"

"近有近的好处，万一遇到是个男人，你可以迅速逃回家。"

"你在寻找情偶时总会先担心对方是男性，听上去不像约炮，是在跟自己开玩笑。"

这不是一个严肃的游戏，就像悬赏告示贴出来以后，冯江的助理接到了上百个诈骗电话（诈骗也是茫无头绪的），如果情爱像悬赏，结果也会是这样。李白是一个在严肃与不严肃的边界游荡的人，不久前他写了个通篇网络用语的小说，长达两万字，被那位认识十五年的女编辑退稿了，理由是：这些词到明天就会像露水一样蒸发。"用你自己的语言写小说，不要去学小逼仔，不要搞诈骗。文学不吃你这一套。"其时远在伦敦游学的方薇提醒他。

"我的朋友们正在用露水一样的网络语言约炮，由此通往他们的最高快感。"李白说，"没有比这更真实的。"

"所有人都在用网络语言说话，但所有人都痛恨用网络语言写成的小说。人们宁愿你像个猴子学点古代白话文、现代翻译体、边远地区传统方言，也不能接受你用短暂而普遍的网络语言冒犯他们的中学作文教育。"方薇最后说，"不要去模拟短暂，不要标榜短暂,这个词以绑架的形式通往永恒。算了,我们不要再谈论抽象的禅宗理论了。"

我们也不要再谈论性了,李白对冯江说,同时也是回应方薇。谈谈强权吧,长久以来,李白都在回忆矮壮汉子,他打开水炮前一刹那的眼神。一九八一或八二年夏季,在农机厂荒凉的野草乐园中,一群孩子忘记了时间,以仅有的两把塑料水枪互相喷射玩着编队追逐的游戏,一名强壮的大孩子进入队列,十二岁就长了抬头纹的霸王龙。李白和冯江,这对难兄难弟,立即俯首帖耳。霸王龙抢过水枪,左右开弓向他们二人身上喷洒,这并无太多乐趣,死样怪气的李白和贱逼抖擞的冯江。在冯江的建议下,三人捏住了一个瘦弱的女孩(余者早已逃散),向她轮番射击,并勒令她不许动弹。李白跑去水龙头上续了水,他同情那女孩,本可以趁这机会连人带枪消失,但失去了勇气,他能帮她的就是续上干净的自来水,而不是别的水。他们尽情地喷着,任由这女孩哭泣。你能明白,这种行为像什么,我就不说出来了。十五分钟后霸王龙忽然感到无聊,给李白肚子上来了一拳,将他打岔了气。"不许欺负女孩!"霸王龙叫喊着跑向工厂暑假班的办公室,一名阿姨挥拳头出来。"就是他俩干的。"霸王龙指着李白(冯江早已逃走),并问女孩:"是不是他干的?"女孩抱着胳膊瑟瑟发抖,点头,是的,是他们三个。阿姨没听清,给了李白一个耳光。

"他们的共同点是那种目光。"李白说,"人类在向你施以权力时的兴奋、狡黠、狂妄,还有一种我与他共谋而成的愚蠢。"

"我们就是这么长大的。"冯江显得满不在乎,"你应该感谢我,那次在看守所,要不是我事先打点,你每分钟都会看到这样的眼神,还有实实在在的拳头,让你爽毙。"

"所以你认为旧时代结束了?"

"争这个有什么意思?"冯江摇动着他的手机,"等咱们死了,任何时代都会结束。"

80

冯江三十五岁之前经历的两次婚姻,第一次娶了位留洋归来的女子,她似乎很不喜欢李白,部分原因是夫家全员都被他写进了小说,接下来可能就会轮到她,部分原因是冯溪讨厌她,姑嫂关系极差,连累了李白。几次去冯江新房,李白讪讪地坐着,因她下了禁烟令,不得不去阳台抽烟,有幸观赏过一场晾衣杆上的内衣秀。必须指出,她满足了冯江少年时的情结,且数量多得有点惊人,李白怀疑要么是她一天换五次胸罩,要么是她太懒,一次洗一周的存货。总之,礼貌起见,他没提这事儿。婚后一年,冯溪给她的富翁哥哥递了张纸条:麻烦你平时跟踪一下你老婆。冯江会意,某日跟进了太子大酒店,看到一个身材比冯海不差的男青年陪她进了电梯,什么都别说了,离婚吧。

他的第二任妻子接踵而来。饱受情伤的冯江,无人相信他会脆弱,他竟如此脆弱。那抠图小妹有一天深夜加班,冯江进公司,长吁短叹,小妹给他冲了杯咖啡,冯江哭倒在她怀里,打翻了咖啡。喜报传来,李白还挺高兴,抠图小妹常年对着电脑屏幕哀嚎的样子早已令他心碎,这姑娘长得不美,性格却好,有点像北方女子,能把她交到冯江手里,李白很多情地感到一块石头落了地。婚后一年,她在太子大酒店门口堵住了冯江,并一位近五十岁的中年美妇,足以登上本地八卦周刊(可惜没有)的故事。最终结果是冯太拿了一套房子和百万现金远走,公司里抠图的换成了小弟。李白倒也觉得满意,如果让他选,他也情愿放弃冯江,要点钱算了。

那个五十岁的中年美妇何许人也?当时冯江正值财貌并盛之年,李白对此感到困惑。某天当着冯溪和他的面,冯江追溯了一段往事。

她是农机厂配电站的值班电工,不是那种底层女工,念过中专。配电站你们知道,工厂重地,用围墙拦起,闲人免入,里面干干净净,甚至有空调。一个或两个值班电工在电表前每小时抄写一次数据,剩下的时间,他们呆坐。有一天冯江翻墙进去,作为保卫科长的儿子他有时会产生幻觉,认为自己可以肩负查岗的任务。他高二,没去碰楼下晾晒着的朴素款女性内衣,这早已不在他眼里。他大摇大摆走上楼梯,进了值班室,里面没人,静谧之中,上百个电表和楼下的巨型变压器发出嗡嗡的电流声,冯江形容道,就像精子和子宫在遥相呼应。李白请他不要做出这种过分的比喻,汽车和车库,书本和图书馆,词和辞典,随便搞一搞都可以是这种关系。十八岁的冯江晃进了女更衣室,看到她半裸上身,背对着他,双手反到背后,正在系一枚白色的胸罩。

"这故事讲出来像是我的性幻想,其实是真的。"冯江说,"我从来没告诉过你们,因为在过去现在,我都必须保护她的名声。"

"没关系,我也有这种性幻想。"李白回答,冯溪给了他一脚。

很难想象冯江会产生保护某人的念头,李白回忆他们的少年时代,包括那个已经离去的张幼苹,觉得不可思议,它在人物逻辑上说不通。是哪本小说里写过的,那些少年往往被年长于他们的女子所治愈,如果不使用掠夺这个词的话。他们最初的情欲将融化在一种类似晚秋的凉爽和沉静中,性经验时而被理解为获得,时而被理解为失去。确实,李白领会了冯江的比喻。十万伏高压电经由她的分流变成可以照亮他的灯光、抚慰他的冷气、愉悦他的电视节目,反正怎么样都讲得通。经由她,冯江变得平静而实用,在很长一段时间内,他对时光的期待与李白完全相反:一个念叨着快快长大去寻找成年的她,另一个则祈祷永远停留在她三十岁的某个被撩拨至心脏崩裂的下午。

他们全都没能如愿。

时代从不兑现承诺,下一季来得太快,农机厂关门了,工人星散,音讯杳无。此后岁月,他考上大学,在上海工作了一段时间,曾经暗暗打听她的下落,其后开公司发了财,这块心病没治好,索性花大钱请农机厂的老职工吃了顿忆甜思苦饭,又拉去K歌房用假酒将众人灌了个大醉,一群上了年纪的叔叔阿姨们在包厢里跳舞,唱草原之夜北国之春广岛之恋。冯江的配电站之爱在心头狂舞,方始壮胆问起她的去处,有个阿姨说,嗐,她就在隔壁西餐厅做经理啊,这些年不容易。阿姨打电话叫她过来。一小时后,她出现了。他看到了另一个她,四十多岁,不再穿着直筒形的工作服,而是深蓝色西装套裙,梳了个严谨的抓髻,妆容整齐,自强不息,跨越了一个时代仍然风情摇曳地召唤他去兑现承诺的形象。

"你倒是挺会治愈自己的。"冯溪嘲笑,"为什么不娶她?"

"她丈夫瞎了。"

"他瞎了你就更应该上去啊,嫌她老?"李白问。

"我他妈的不是在打比方。"冯江不耐烦,"她丈夫真的瞎了,两只眼睛看不见,她不想抛弃他。"

"你他妈的欺负盲人,"冯溪为李白撑腰,全然不顾哥哥的面子,"进酒店开房反正别人也看不见你俩,太损了。"

"我给了她很多钱!"冯江跳了起来。

我们的冯江才是真正的情种,甚至超过阿波,他对旧恋、新情以及婚姻同时保持的无度狂热使李白哆嗦了一下,幸好写了多年的小说,我知道有些怪物就是这样不可理喻。此刻的冯江摇动着手机,这一动作超乎情色,在反讽与自嘲之间构成了他的人格。李白知道,他不仅会秉持这一态度去爱,也会如此这般去死。

81

李一诺念幼儿园这年,李白惊讶地发现,孩子的外婆也就是钟岚的妈妈李翠芬女士,秉承吴里的传统风俗,爱骂人是婊子。超乎传统的是,李翠芬无论亲疏远近,只要不爽,自己外孙女也小婊子一个。李白追问钟岚,是不是李翠芬在老钟那儿受刺激太深,钟岚回答,这婊子从我小时候就爱骂人婊子,只不过嘀嘀咕咕的,你们听不见。

李一诺天性迟缓,讲话不多,容易受欺负。名字起坏了,李白开玩笑说,人要给出一个诺言总是会迟疑的。钟岚回答,是的,你撒谎比较快。问题是,已经没什么人值得我撒谎了,你活到中年会发现真话更伤人。有一天李白给一诺讲了世界末日的存在——到那时,一切都消失了。一切,这个词让四岁半的孩子愣了一下,随即大哭不休。在安慰她的过程中,李白不免反问自己:我到底是撒了谎,还是讲了真话?

钟岚三十岁以后变得有点苛刻,仿佛李翠芬身上的某种基因忽然显性化,这也在李白的意料之中。她谈过一次男朋友,对方是私营厂的主办会计,长得只有李白十分之一的帅气(冯江点评),开社会饭店的也不需要财务总监,最终无果。自然会有人再次撮合李白和钟岚,用一种世俗观念:看,她单身妈妈够时髦,你呢,穷光蛋一个,事业上没啥出路,彼此知根知底,从了吧。李白表示:你说得没错,我也已经对自己判了死刑,比你更彻底,是死全家那种,极不适合再拉一个垫背的。钟岚亦摇头:别信李白的,他中年花心的好日子还在后面呢,目前只是死样怪气罢了,嫁给他搞不好要跟一堆低龄文艺女青年混战,何苦来哉。

他不是一个好情人,如今努力做一个好父亲,首先制止了李翠芬向四岁的李一诺时不时发射出的"小婊子"信号。阿姨你知不知道,这很贵,花了好多钱给小孩做早教,还报英语班,跟着几个面目可疑的外国人念单词,整整三个月只学会了 red 和 blue,好像中国小孩都是文盲加色盲,你一句小婊子,这些钱全都打了水漂。李翠芬这个女版的李忠诚,讲啥啥不懂,以钱为参照物她立即领悟,自此收敛许多。接着,他通过莫凡搞定了李一诺的幼儿园,吴里著名的太阳花(要知道这种学校有多难进),几乎摘掉了头上顶了二十年的废柴帽子。

钟岚平日管店，李白常开一辆白色助动车接李一诺放学，多半还捎上李翠芬。为了让李翠芬体会一下速度的快感，他将车速提到七十码（没法更快了），于是人们会看到一个高喊着小婊子的老年妇女紧紧抱着李白，踏板上站着的小女孩捂住双眼，而李白长发飘扬，狂笑不止。钟岚知道后大骂，一是为孩子的安全，二是再这么飙下去很可能会让李翠芬爱上他。

钟岚对孩子的教育十分重视，一种二十世纪八十年代和新世纪的杂交体系，也就是她本人的童年加上各种耳闻目睹的当代教案，李白经常嘲笑她，你这不像教育，像某种中西医结合疗法，专治绝症的。不出意料，她给李一诺报了几乎所有的兴趣班，除了围棋，她讨厌围棋，李白就是那个被围棋象棋耽误终生的人。遗憾的是，这些试验田统统绝收。有一天李白不得不告诉钟岚：你女儿有点没天分，画画，弹琴，舞蹈，游泳，外语，全不大行，每个班总有一半以上的孩子比她更出色，围棋我偷偷教了，也分不清东西南北。钟岚极为沮丧，退了一万步问，孩子有无文学天分。李白心想你女儿连字都不识几个，我怎么可能猜得出来，只能安慰她：文学天分这种天分，在童年时看起来通常像个痴呆，李一诺讲话夹缠不清，句型复杂得她的大脑处理不过来，估计是有文学天分的。钟岚疑惑，说文学我也懂一点，他们说擅长短句才是好文字，清晰简洁明了。李白说你又上当了，句型属于政治学而不是文学，打发叫花子才用短句，但你不能把所有人当作叫花子。

"你忽然变得……睿智了。"钟岚点评李白。

"在伦理哲学层面我有所进步。"

"我听不懂。"

"就是说我越来越讲道德了。"

一个明显的变化是他再也看不得《三毛流浪记》了，这个冷酷而滑稽的故事，它极具文学性，但是当李白像三十年前一样坐在电视机前陪李一诺看着旧上海的富翁殴打一个要饭男孩时，两人嘴里含着零食一起嚎啕大哭。你麻痹你是不是人，他都已经要饭了，为什么还打他。哭完之后，李白沮丧地对李一诺说："我写不出伟大小说了，我以后只能去写电视剧了。"

他当然也会想象，假如李一诺是我的亲生女儿会怎么样，也不错，他伤感地说，她会给我送终。不过立刻想到，有一天她也会死去，那时他已经在棺材里。这是终极的虚无，无法言说的末路之后的末路，镜中之镜，梦中之梦。算了，现在这样就够了，我理解了李一诺对于世界末日的恐惧，我得像亲生老爸那样教育小孩，过好此生，尽管我不太相信这句话。总而言之，我本应沉默的中年必须变得略为叨逼些，似乎我什么都经历过，又仿佛从未经历过。

钟高强出狱了，十五年徒刑一天没减，终于，政府将这个烫手山芋放回人间。他先是在什么地方蛰伏了一阵，让自己的光头稍微长出些头发，吃胖了几斤肉，然后出现在太阳花幼儿园门口，与李翠芬一起牵着孩子的手回家。李白遍寻不着一诺，以为她跑丢，心中抓狂一片，在路口拦住钟高强才意识到他自由了。

"你下回接走孩子能不能先跟我打声招呼？"李白怒气冲冲嚷道。

"关你屁事。"

"钟高强先生，我不得不提醒你，你是一个刚从山上下来的人，政治权利还在被剥夺期。"

"那又怎样？十五年官司吃足，我全款买单。明白？"

听说他在牢里温驯胆怯，被教育得像只兔子，这显然是假象。李白气不过，继续教育他："太阳花幼儿园非富即贵，你这劳改犯很不适合在这儿接小孩，有些应该都是你的老同事吧？"

"他们中间早晚会有人坐牢的。"

对话仿佛多年前的李白与钟高强倒了个个儿，可恨的是后者居然没太大变化，十五载劳动与禁欲的生活将他锻炼得不错，既往小说中监狱把人折磨成渣渣的故事似乎不适合再用，而李白，已不是那个少年，生活折磨人的规律一如既往。意识到这一落差，李白再无脸面往下讲。"牛逼，再见，冻龄美人。"他开助动车离去。

老钟当然忏悔过，早已得到李翠芬的谅解，她等了他足足十五年，五千四百个日夜，让李白猜想的话，夫妻俩可能各自在床板上刻了一千多个"正"，自己都数不清了。一个忏悔并获准重生的人，他当然有资格又臭又硬，要不然你以为这会是个好莱坞电影的结尾吗？李白与钟岚说起这件事，她叹息道：我们家，已经十五年没个男人了。言下之意，她也原谅了钟高强。"他出狱后，全家第一次坐一起吃饭，他给我夹了块肉，我就绷不住哭了。他吃饭从来不给人夹菜。"

"他在牢里习惯了，恐怕天天给狱霸夹菜。"

"原来如此。"

一诺的英语班，正如大部分早教机构，除了把孩子当猴一样训练以外，想不出什么好办法。事实证明这一年龄段的孩子跟猴子差别不大，主要靠反复训，集体关一个笼子里更佳。一诺的英文名叫诺拉，同班十来个孩子，每周三和周六晚间上一小时课，学期半年，中外老师轮番上阵糊弄。有一天放学，一诺神色苦闷，李白问发生了什么，一诺的表达力始终有问题，讲了二十分钟才让他明白，班上新来一个叫Ken的小孩，十分坏，Sara不会念英文，他嘲笑Sara是哑巴。李一诺的情绪是：气愤。

"正义感果然是一种天性，我算是明白有人为什么一辈子都教不会正义感了。"李白赞赏，"我讨厌Ken这个名字，他以为他是谁，街霸吗？"下一回上课，李一诺脸上挨了Ken一拳。李白事后才知道，怒气冲冲找到培训班，那位来自多米尼加共和国的英文老师通过中国老师翻译，表示请冷静，Ken不是一个坏孩子，他只是暴躁，我会教育他。你给中国男孩打包票，你可能会栽，李白撂下话。再下回李一诺脸上挨了两拳，多米尼加老师已经跳槽去了另一家培训机构。你能信得过奥斯卡瓦奥的老乡吗？

"自己打回去。"钟岚冷冷地教育李一诺，"只有打回去才能证明你不怕他，你以后长大，也得亲手打回去。"

"她打不过的。"李白嚷嚷。

"Ken并不强壮，比同龄男孩瘦弱，他只敢打女孩，因为女孩不敢还手。"钟岚焦躁起来，"我把你喂这么壮，管用吗？"

她并不只喂李一诺一个人，李白把钟高强勾了过来。老钟，看你的了，把你吃牢饭学会的阴招损招都拿出来吧。"我不能伤害一个小孩，我是有前科的人，打了立刻判。"钟高强缩了脖子，监狱把他教育得很好。

"你这样就对了，在我面前也请保持同

157

等的自知之明。"

这一回，李白找到了 Ken 的母亲，一位还算体面的中年家庭主妇。她眉宇间显然的焦虑令李白估算，事情可能有点难缠，真希望是她老公出场，我可以教教一个中国男人怎么当父亲。他站在主妇面前，想了很久，然后突兀地说：请管好你的儿子，他要是再敢打我女儿我会亲自还手。这一极具威胁性的恳求竟然没有引起对方的敌意，Ken 的母亲抱头坐在培训班花花绿绿的椅子上，她被生活轻微折磨过的模样丝毫不能引起李白的同情。大姐，我只想解决一个悬浮在日常表面的小 bug，请不要给我一堆死老爸的理由，不要扯皮，不要诉苦，我不擅长搞这套。Ken 的母亲小声地、婉转地说："我没有办法呀，我也不知道为什么生了这么一个儿子，他从小爱打女孩，管不住自己，批评了也没用。如果你真的想教训他一下，你就吓唬吓唬他。"

"你拉倒吧。"李白粗暴地打断了她，随即离开。我从来没学过吓唬男孩，我知道男孩是吓不住的。同样，我也羞于按住一个儿童的肩膀给他讲人生道理，一个道理不够，可能要讲二百个，那使我看上去像个蠢货。

这天放学李白扛着李一诺穿过马路，夜色沉沉，Ken 在后面挥着拳头追他们。我不能在你面前打一个男孩，李白对一诺说，我不想让你看到我残暴的一面。实际上他是在自言自语。"他快要被车撞死了。"李一诺伏在他肩头，担心地嘀咕着。李白悚然回头，但见 Ken 在六车道马路中央蛇形狂奔，他的母亲徒劳地捕捉着他，接着是汽车大灯闪烁，刹车尖叫，乒乒乓乓的追尾声。苍白瘦弱的 Ken，绕过了所有的致命之物，仍然挥着拳头冲向李一诺。我也不知道该拿这个小王八蛋怎么办，即使在我经历过的野蛮年代，也未曾有这样的货色。或许钟高强说得对：每个人成年时都应该在监狱里关个半年，这样他会明白该怎么做人。但 Ken 只有五岁……他抱紧李一诺，继续嘀咕。我唯一能承诺的是不会让你任人宰割，至于 Ken，确实难搞，他不是伤害而是讽刺，一定会在你的小小心中留下阴影，但是不用担心，在狂风吹过的大地上他又算得了什么呢？

82

秋天时李白从北京回来，途中接到钟岚的电话。"我体检初步诊断，淋巴癌。"她说，"现在我是你的韩剧女主角了。"南方正落雨，他湿淋淋回到家，躺在沙发上。他的记忆已经无力回到遥远的童年，只能停在二十岁左右，他们曾经相恋的一段日子。

"你并不爱我，因为我不够漂亮，只会做菜。"当年她总是这么说，"我但愿现在就死，等你三十八岁的时候，会迷恋一个十八岁的爱文学的女孩，她比你更骄傲，她会伤害你，也会爱你。那是我。"

请不要用这种决绝来虐我，李白一根接一根抽烟。时隔多年，死亡对我来说只是一种心理暗示，它从未真正发出邀约。我认知中的死亡是一场无人幸存的战争，是废墟式的场景，约等于衰老和告别，但事实上，它并不一定就是。它的意外性正是它的必然性。

钢琴声传来，他又听到那首熟悉的曲子，斯卡布罗集市，断断续续，不太熟练。他竖起身子，过去几年里，这位未曾谋面的钢琴手弹奏的总是《小草》，没有任何长进。他猜想这是一位女士，现在她换了曲目。他决定卖房子，去掉房款、贷款和借款（除了钟岚还有谁肯挪钱给他），能净得二十多万赚头。他找了中介公司挂牌，又在楼道里贴了售屋启示，网购了十个纸板箱，将屋里的新书旧刊打包。

又是一个落雨的下午，有位女士打他电话，说是本小区的，想上门看房。他说，那就现在吧。五分钟后他看到一个长发女子站在门口，化了淡妆，戴一块浪琴手表。李白诧异，问她从哪里来。

"我就住在你隔壁单元。"

"请进，不用换鞋。"

"是毛坯房。"她讲的是普通话。

"既然住一个小区就不用介绍房子质量了吧，"李白踢开了门口几双旧鞋，"去年北边有根高压线，协调以后也挪了位置，靠西的房子，夏天不会漏雨。"

"其实我也要搬走了，来这里看看您。听说您是作家。"她说，"您总是喜欢放那首《斯卡布罗集市》，开着窗，晚上听得很真切。这些年我一直弹《小草》，忽然想换一首曲子。"

"所以，您就是那位钢琴手？我总是躺在沙发上听您弹琴，并猜测您可能是……我现在所看到的样子。"

"好多书。"

"这不算多。"他去卫生间洗了把脸，开窗散去烟气。

她拿起桌上的书："海明威，《老人与海》。最后一句是老人梦见了狮子。"

"我也经常梦见狮子。"李白说，"你对文学很熟悉。"

"《老人与海》算畅销书。"

"即使是畅销书，仍然只有极少数人能背诵出结尾的句子。"李白笑笑，"就像告别时的互诉衷肠，好听，却记不住。"

"您的话我记住了。"

这时手机响了，是钟岚，李白连忙接听。钟岚说："弥散性，中晚期，你不用考虑卖房，给我弄点好吃的。"李白无语。钟岚说："你以前有个女朋友好像也得过癌。"

"好多年前的事了。她是良性肿瘤，在脑子里，后来治好了。"

"现在还有联系吗？"

"我已经和她永久性地告别了，不知道她身处何方。"李白说，"不用担心，有人在照顾她。"

钟岚挂了电话，李白回到客厅。钢琴手并没有离去，挺好奇地看着他。

"朋友得病了，缺钱。"

"那一定是很好的朋友才会让您决定卖房子。"她像是在提醒他，"房子在涨。"

"您决定搬去哪里？我会怀念你的琴声。"

"我弹得不好。"

"对我来说是一种不可言述的心理暗示。"

"我开发区工作，租房子住这里，现在决定换个公司，去浦东。"

"我从未用这种方式与人说再见，很意外，然而也得接受下来。"

83

斯卡布罗集市，当这首音乐响起时，事物正在落幕。李白会想起有生之年听到所有噩耗的瞬间，所有告别时的色调，那些将落日和雨水夹缠在一起的短暂印象，七十年代的有线广播和领袖画像，八十年代的白衬衫和帆布鞋，九十年代的自行车和香烟，二十一世纪的电子乐和旅行箱。

一种已经消散的伤感还会聚拢,坏消息就像我亲手寄出了一封名址错误的信件,在这世界上兜兜转转,最终回到我的信箱。年深月久,我曾经不再想起它,但我早已知悉它的内容。

"癌症这种病,就像惩罚。可是它惩罚了谁呢,连猫猫狗狗都会生癌。"李白在日记本上写道,"它让痛苦回到了最纯粹的状态,定义了一个成年人经历过的时光。"

钟岚制止了他卖房子的冲动,她将手里的两家饭馆盘了出去,开发区那家卖了个不错的价钱,"白"无人问津,索性退租了事。"有人告诉我,你和邻居谈上了恋爱。"她躺在病床上说,"就像你小时候一样。"

"我并未恋爱,只是偶尔去听她弹弹钢琴,她已经搬走了。"

"放射科的程医生还没有嫁,我打过交道,她是个很不错的姑娘。"

"我以为你会把我撂给冯溪。"

"我一直在等你的《太子巷往事》拍成电影,好让我看看,是谁来演我。你喜欢的那个女导演在做什么呢?"

"听说在法国拍上纪录片了,已经很久不联系。"

"纪录片讲什么的?"

"没有情节,在塞纳河边搭了好多帐篷,邀请巴黎的男男女女进去做爱。至于她是拍人还是拍帐篷,我也不大清楚。"

"真是羡慕她。"

"不要再替我盘点情史了。"

人民医院建议他们到上海的大医院找找办法,钟岚却执意不肯去。请不要这么早就放弃,我会救你的,李白徒劳地许下诺言。其时吴里已有高铁,他托人约了专家,带着诊断报告跑了一趟上海。在阴暗的立交桥下面,有很长一段时间他竟然迷失了方向,建筑和道路皆尽相类,人们行色匆匆,他像置身于电影中,顶着风很快走入绝境。这一次,他感到死神正在身边盘旋,它确实是阴郁的、无情的、未知的,他站在这个巨大的水泥结构物中向之伸手,试图触摸,滚烫的地狱火或是极寒的地狱冰,试图粉身碎骨,但死神穿过了他,一种对于你所理解之物、你所存在经验的彻底否定。

最终他失望地回到吴里,医生告诉他,钟岚不见了。他想了想,追到太子巷那个大杂院里,见她脖子上扎着白丝巾,坐在一排紫茉莉边发呆,花期将尽。"我要是死了,你可以当是这株花谢了。"她像少女时代那样说出赌气的话。

"那当然会严重得多,像全世界的花谢了。"李白想,我给出的可能是最稀烂的安慰。

"有件事我一直没告诉你,我人生记忆中的第一个印象。先问问你,你的第一个印象是什么?"

"你早就问过,我也早就回答过。似乎是一场暴雨,然后什么地方落下了个球形闪电,在地上打转,其他不记得了。"

"我的第一个印象非常具体,是你在这片紫茉莉边明目张胆地看我小便。当时我们都穿着开裆裤,你趴在地上看我,我爸冲出来赏了你一个耳光。"

"我已经不记得了。"李白望着天说,"不过我现在还想看。"

"滚你的吧。"

她拉着李白去菜场,买了一条鲈鱼及葱姜佐料。"以后我不能再为你做饭了。"她说,"这不是赌气的话。"两人回到太子巷3号,支走了李忠诚,她到厨房忙活,他擦桌子，擦着擦着，觉得气氛不对，到厨房看，钟岚望着砧板上已经剖腹仍在翻跳的鱼，一堆内脏捏在她手中。

"它太疼了，天哪，它还在挣扎。"钟岚捂着眼睛大哭起来。

84

钟岚去世时李白人在台北，繁体字出版商将他拉到一家电台做直播，嘉宾向他提问：为什么在你的小说里，十几年前的大陆那么性自由、性开放，会不会是你在胡编？口音曼妙的女主持人插嘴道：那几年我在北京工作，我可以证明，确实是这样的。李白回答：我们就是这样长大的。他感到一丝冒犯，来自遥远的过去，又说：这股风气可能是台商带来的，他们每个人都娶好几房太太，夜总会常客，还普及了各种助长威风的药材。

很多年前，在到处游荡的火车上，我曾经遇到过一个在小城市夜总会陪舞的女孩，我们聊了一路。她告诉我，有人给她介绍了两个台湾男人，一个是养猪的，一个是养鸭的，这两个人她全都没见过，他们需要老婆。她问我到底应该嫁给哪个，我无法回答。后来，她快乐地决定，嫁给养鸭的，理由是鸭子比较有趣。

"我希望你们不会因为这个故事而发笑。"李白结束了这场谈话。

他走出电台，打开手机，随即接到冯江的短信：遗容安详。街道传递着一种他曾经在梦里体验到的热带气息，出版社的编辑陪着他走了一段路，他仍然保持着边吸烟边游荡的坏习惯，令台北街头的民众侧目而视。经编辑提醒，他找了个偏僻的角落，站定抽烟，立即有一位阿公跑过来借火。"我刚才撒谎了，"他醒过神来，对编辑说，"性自由的风气不是台商带到大陆的，他们那种，更像纵欲。"

"您怎么说都行，在台北，商人并不是很受尊重的一类人。"编辑说，"鸭子的故事我也能理解。"

"理解了什么？"

"理解了人是如何将羞辱奉还给这个羞辱了她的世界的。"

"你理解得比我更好，令我不敢轻视宝岛的作家。"李白从口袋里摸出钢笔，找了张纸，用繁体字写下钟岚的死讯，交给编辑，"请为我选一份台湾的报纸，发布这一讣告。"

夜里，他撂下同行的作家，独自走出旅店。账台的台湾妹子拦住他，求他不要再在房间里抽烟，隔壁客人投诉了，照理可以罚他一万台币的（看在他每天都留小费的份上）。李白问隔壁怎么会闻到烟味，妹子说，您抽得太厉害，通风管道传过去的。李白想说隔壁叫床的声音也传到了他耳中，也是通风管道，又记起别人提醒的，不要随便和台妹讲这些，会被告性骚扰，最起码一万台币罚款逃不掉。他走上街头，在骑楼下随意找了家小店吃东西，然后坐着看街景，一些店铺正在打烊，一些至为陌生的人正在用他熟悉的台腔交谈，那是来自过往年代的歌曲和电视剧中的语调，它们并不重要，从未影响过他的人格。在台北，这座既远又近的城市，他没有什么可以等待的人，没有多余的话要讲，没有亏欠和满足。他保持淡漠，又找了家小店，要了杯咖啡，坐在街边整夜抽烟，整夜守着某一颗星。"没有人必须忠于自己的前世——前世，这个词本身就意味着背叛。"他整夜说着这句话，多年前他曾经这么回

161

答钟岚，但他并不能解释清楚何为背叛，何为重生。

他错过了钟岚的葬礼，一如错过了她一生中的所有邀请。他曾想象自己的晚年生活应该是穿一件半新不旧的丝绒睡衣，趿着拖鞋走进她的饭馆，要一份炒饭加一份鱼片。他不再写书，仍然矫情，继续抽烟，用最过时的观念谈谈那个世代的人与事。他将失去睿智，成为糊涂蛋，终有一日在她的看护下挂掉。我被卡在一个虚妄的位置上了，这很要命。李白在松山机场寻找吸烟室，同行的作家告诉他，这里没有。他最终在免税店买了瓶威士忌，现场开封，一路喝上了飞机。

我送你到一万米高的平流层。他坐在舷窗边发出低语，然后睡了过去。

85

做五七那天，李白等人在翡翠花园喝酒。冯江数落他半生薄情，李白则恼怒冯江大殓当天扎了一个穿西装、笑眯眯的纸人，胸口署的竟是自己名字，扔进一堆纸扎中烧了。两人互殴起来，又接着再喝，直至大醉。冯江无法开车，冯溪叫了辆出租车送他回去，单留下来照顾李白。第二天第三天，冯江的奔驰一直停在翡翠花园，李白怕他喝死，打电话过去，冯江不接，即刻挂断。李白又找冯溪，冯溪在电话里像死老爸一样说，出大事了。当晚冯江先是被司机扔到了离家几百米远的地方，然后走反了方向，一直走到了城乡接合部。在那里，一个花坛深处，大半夜的，他猥亵了一名妇女，然后睡着了。

"被抓了？"

"保出来了，花钱解决吧。"冯溪说，

"他没脸声张，让我出面去谈。"

对法律知识相当匮乏的李白以为冯江又偷了件内衣，没当回事，倒是对冯溪的未来牵肠挂肚。冯溪三十多岁了，一直没个着落，这天喝酒时说起，不久前去杭州进货，识得一位当地教师，除了上课还在淘宝摆摊卖童装。两人谈上了恋爱，她在杭州买了套房，打算去民政局登记。李白闻此一阵唏嘘，也就是说，那个永远抬杠、永远反对的冯溪，一年中有三百天都在藐视他的人，现在将要告别。

他睡了一觉，梦见钟岚，梦见冯江在牢里痛哭。醒后听到敲门，冯溪来了，拉着李白去见冯江。

猥亵既遂，这在某些年里无足轻重，某些年里判枪决，某些年里令人身败名裂的罪行。一路上，李白又说起那些往事：向一个女孩喷水枪是不是猥亵，对大学里的女同学讲黄色笑话是不是猥亵，精神猥亵和语言猥亵，眼神的猥亵，弹舌头的猥亵，双手插在牛仔裤兜里，用拇指指向自己生殖器的猥亵，还有，对于一切的猥亵——这才是冯江最爱干的。冯溪沉默地听着，最后打断了他。

"冯江猥亵了一个捡垃圾的妇女，扒光了她的上衣，然后他居然就射在了自己裤子里。"

"天哪。"

他们去看了看现场，离冯江的别墅约一公里，柏油路铺到一半断了头，四周皆为工地，再往前走是吴里市堆埋垃圾的荒地，到了夜晚没有路灯，亦少有行人经过，那花坛里种的也不是观赏植物，是蚕豆。李白发了一会儿愣，见冯江从远处晃过来，也望着花坛，神色凝重。猥亵终于让他变得严肃。

五万块。冯江用这个数字弥补他的恶行，五万块摆平这件事，随后又不免数落冯溪：怎么能让李白知道这种糟事，他会写进小说里。未及李白发怒，冯溪已指出：你像个真正的富翁那样无耻了。

　　"难道我身败名裂、吃了官司，就能弥补吗？"冯江叹了口气，"我是一个有自尊心的人，五万不行就十万。"

　　"无论你出多少钱都是打了折扣的。"李白说，"这个世界归你统治。"

　　这天下午去取钱，李白顺便看了看冯江价值二百万的新宅，一栋带烟囱的英式别墅，客厅卫生间里有个大吊灯，正指着坐马桶的人的囟门。若是请个风水师父过来，一定会说这格局让主人精虫上脑。冯江仍在嘀咕，那个拾荒女人生活有困难的话，我可以介绍工作给她。冯溪极不耐烦，从沙发上拽过一个名牌运动提包，装了十沓现金，挂在李白脖子上，两人出门。在城乡接合部的窝棚区，一阵风吹来荒烟，李白忽然生出一种将要在此与冯溪离别的感觉。

　　"我简直是看着你长大的。"他说。

　　"你在说什么？"

　　他重复了一遍。

　　"你并不知道我是在何时长大的。"冯溪说。

　　"正是这样的迷惘使我感到放心。"

　　"不要说这些，你总是爱说这些。"

　　冯溪进了一间黑漆漆的铁皮房子，李白背着包在门口抽烟，听到里面讲话的声音。他望着一堆压扁的包装盒和铝制饮料罐，夕阳的余晖落在其上，一条黄狗走过倾斜的街道，一架台钟在某处敲响半点的钟声。他关闭了自己的思维，让世界自行运转。在冯溪愤怒的时候，他通常会安静下来。半个小时后，她走出来，从他肩上摘下包，钻进窝棚。又过片刻，一个头发凌乱的中年女人送她出来，后面跟着一个七八岁大的女孩，脸是脏的，看来也没处上学。

　　"我会给你们做主的。"冯溪蹲下，似乎想抱抱那女孩，最终只是摸了摸她的下巴。女人轻声道谢，孩子没有任何反应。两人往回走，冯溪要了李白一根烟。"外地女人，带着她的孩子到这里来谋生，男人半年前在工地上摔断了股骨，送回老家去治了。我先问她三万块够不够赔，她说老板再加点可以吗。"

　　"然后呢？"

　　"然后我决定帮她们去谈到二十万。"冯溪说，"谈不下来我花钱给她们请律师。"

　　"二十万是正义的天花板吗？"

　　"正义是冯江就不应该投胎生下来。"冯溪摇头，"但是没有这种正义存在。"

　　"讲得漂亮，像我亲妹妹。"李白按住她肩膀，"你鞋带开了，别动，我来帮你系上。"

　　他蹲下，从泥土里拾起她的鞋带两端。"每年换季我会给你寄衣服的，"冯溪在他头顶说话，"毕竟我不会那么容易死。"

　　"寄内裤就够了，你以前给我的那些衣服足够我穿到死了。"他将她的鞋带合拢并打结，站起来又看了看，像是一桩心事落定。

86

　　李一诺读幼儿园大班时，班上换了个年轻老师。李白曾经错误地喊她们"阿姨"，遭到一片讨伐，既轻视老师也轻视女性。这位年轻老师注意到李一诺进食速度极慢，全班倒数第二，比她更慢的是一个吃饭从头哭到尾的女孩，顿顿如此，无法解释。总之李一诺每个星期的小红花都会因午餐而扣掉五朵。那惨哭的女孩倒是无人敢惹，她能哭到全园孩子睡不了午觉。

有一天晚饭李一诺也大哭不止，钟高强和李翠芬劝不住。李白恰好晃过来蹭饭，问其故，答曰老师告诉她有一个"慢吞吞王国"，吃饭慢的人都会被送到那里去，那里的一切都是慢的。这个故事把一诺吓着了。李翠芬听了大笑，长期服刑的钟高强则默然不语。李白自尊心受挫（竟有人拿童话吓唬我的闺女，简直拔我的旗子），拍筷子大骂。第二天刮干净胡子，喷了点古龙香水，又套上多年未穿的西装，在午睡时间进了幼儿园，找到那位年轻老师。

"请教，什么是慢吞吞王国？"他微笑地看着她因为趴在桌上小寐而压歪了的脸。她张口结舌，没想到有人会为了童话来找她麻烦。李白追问："你就告诉我慢吞吞王国的典故出自哪里，是格林童话还是安徒生童话，是《山海经》还是《镜花缘》？"另一年长的老师看他来者不善，紧急跑到园长办公室汇报，片刻后追过来说，园长有请。"我不要见你们园长，何必把事情往上捅？"李白正和那年轻老师社交到兴头上，双方已经约定不再吓唬孩子，争取把吃饭名次提高到倒数第三，小红花一朵不能少。

"园长说，与你是故交。"老师冷冷一笑。

"幼儿园园长……通常是女性，对吗？"

"我园连花匠都是女的。"

他感到莫名其妙，跟着那位老师上楼下楼，左拐右拐，感觉她是在故意绕自己。到园长办公室门口时他已威风全无，活脱像个犯错的小男生，抬眼窥去，见一身材娇小的女子立在窗边俯瞰野景，只有背影。李白踟蹰不前，老师轻抚其背，一掌将他拍进门去。园长转过身来，目若朗星，短发爽利，年纪与他相仿。他在记忆中搜索，小学同学，中学同学。她自我介绍叫廖美琪。李白的脑子还在读盘，眼珠乱转嘀咕道，美琪。"请喊我廖园长。"对方严肃更正他，随后关门，邀请他坐在办公桌对面，隔着两米，隔着一盆兰花，像土匪打量肉票一样上下看他。李白更怂，看她脑后墙上一张三尺宣，四个墨字，守真志满，落款美琪辛卯年书，不框不裱，用图钉按在墙上，字体像苏东坡，知道她不是吃素的。

"李白，吴里著名作家，这些年我一直很关注你，你出的书我看过。"她一直讲着标普。

"感谢捧场。您要再这么看我，我可能会报警。"李白急于把气氛搞活跃，回报以北京腔，"加个QQ吧。"

"先谈正事儿。"

我不想把事情搞得很夸张，我只想让小孩安静地吃下早饭和晚饭，安静地入睡，而不是为了中饭和你的小红花嚎啕大哭，这件事我已经与老师谈妥了，我可以走了吗。李白表述得完整、合理，忍不住又揶揄道：慢吞吞王国是你们幼教师范传统吓唬小孩的段子吗？

"当然，我们有各种王国送你去。"廖园长满不在乎。

"您这么说就不大像是在谈工作了。加个QQ吧，好让我想起来你是谁。"

"你可曾记得二十年前幼教师范那个追到你家里讨要扫帚的女生？"廖园长支肘托腮凝视他。

"果然是你！"李白跳了起来，推开椅

子，龟缩至门背后。

"你没有忘记我，是的，你怎么能忘记我呢，你把我写进了小说里，虽然只有短短八百零三个字。"

"虚构，小说是虚构的。"

"你把我送进了某个王国。"

"天哪。"

在小地方当作家就是这样，当现实主义作家尤其难，他们被迫书写自己的三亲六故、闾里见闻、情史性史，被迫展现小镇风貌，富的穷的、好的衰的。如果不嵌入几句方言的话，全中国的小镇也都显不出什么区别，如果嵌入方言又会被编辑教训，简直不知道该怎么混饭吃。李白无暇抱怨这个，他变得语无伦次，在饮水机边拿了个一次性纸杯，给自己蓄了二百毫升的凉水，喝了下去。

"我非常抱歉，我那时候太穷了，只想用稿费换口吃的。当然也不是穷得必须写你，而是想写点什么。这种欲望有点像仇恨，让人昏头，所以我招致仇恨也是必然的。如果你恨我，我接受惩罚，但请不要把惩罚加诸于李一诺身上，因为——她根本不是我女儿，没任何血缘关系，你整了她也没啥意思对不对？再说她已经是个孤儿，你胜之不武。"

"坐回来，坐好。我怎么可能把这笔账算在小孩身上？"廖园长说，"我与你的老友莫凡也有交情，孩子是他托我办进园的，我还与他谈到过你。"

"他说我什么了？"

"一直很穷，脾气怪，人挺好，小说写得不错但没什么人赏识，他想帮你，你也不领情。"

"那就好。"李白松了口气，紧跟着又叹气，"我们彼此都不要把对方送到某个王国去，这太可怕了。"

"确实可怕。"

"我可以请你吃晚饭，吃最贵的。刺身怎么样？"

"这个主意还行。"廖园长将一支铅笔含在嘴里，不过很快就吐了出来。

"下班我开助动车载你去。"

"那就不必了。"

他回到座位，廖园长站了起来，绕过办公桌走到他身后，替他掖好后颈的西装领子。"衣服穿成这个鬼样，也敢到我园来惹事。"她轻声叹息。

87

吴里开发区颇有几家寿司馆，不过最好的那家鱼生店开在太子大酒店里边。"那个地方我很熟。"李白说，"你的扫帚搞不好还在我家院子里。"

两人约了六点钟见面。这天放学李白将一诺送到老钟那儿，回家冲了个澡，又找出旧书将那八百零三个字重温一遍，确定没有把她涮成猪头，开助动车回到幼儿园门口，见她挎着个名牌包包在传达室布置工作（该园的保安毕竟是男的），学童家长们皆已散去，等了一会儿，她走了出来，冲他撇嘴。"美琪。"他亲热地喊道。她白了他一眼，径自走到路口喊了辆出租车奔向太子大酒店，李白不得不驱车在后面猛追，美琪放下车窗向他喊道：不要闯红灯！

她不想让晚餐毁于一场车祸，哦不，她只是职业习惯，她们幼儿园的日常教育不就是这些吗？这倒也别有情趣，我甚至不用假装自己是中学生了。日料店没什么客人，它的高消费、它的生食方式暂时还不能让吴里人信服。店里规矩大，进门就得脱鞋子（这对吴里人又是一个考验），李白与她光着脚坐在榻榻米上。"这种桌子叫horigotatsu，有被子的那种叫被炉或暖桌，夏天取走了被子，就不知该叫啥好。可以翻译为堀座桌。"他又贩卖二手知识。

"我经常站在办公室窗口，看你开助动车，穿一双拖鞋来接小孩。"美琪打断他。

"你早就应该来找我。"

"凭什么？人人都知道你是饭馆老板娘的面首，还被你写进了小说里。当然，她去世了，不谈这个了。"

"不谈了。有人知道我写过你吗？莫凡？"

"笑话，连你都不知道你写过我。"

好吧，李白想，我今天只能多喝点了。抬头看到美琪泪水涟涟，拿过餐巾纸伸手替她去擦。是芥末，拜托，她推开了他的手。李白苦笑着摇头："我三十岁以后变得笨拙了，对任何事情都想做出解释却偏偏经不起质问。这是一种莫大的过错，来自我人格中的缺陷。"美琪摘走了他停在半空的餐巾纸。

李白望着她。你是唯一撂话说我残忍的人，这句话震撼了我，二十年都没忘。我当然可以将它视为十六岁少女的胡言乱语，我听过的难听话多了去了，不差这一句。通常我会承认，我就是一个×××的人，无可救药，但我不能承认自己残忍，所以它反而不像是胡言乱语，像下咒。这是我记得你的唯一理由。我设想过与你重逢，就像我设想过与大多数告别过的人重逢一样，夹在幼稚的过去和衰秃了顶的未来之间，对此前和此后都做出解释。这种解释必须依靠重逢，而不是别的。重逢，它所具有的深邃性，人得有多好的运气才能恰如其分地重逢。

李白连说一堆重逢，越说越颓，忽然感觉自己的左脚被她踩住。桌上酒，堀下盟，两人都惊呆了，抬头看对方，她很快把脚挪开。"对不起，我不是故意的。"美琪脸红。

守真志满，逐物意移。半小时后李白拎着打包袋跑到太子大酒店前台，当班经理仍是国兴的旧相好，冲着他连连眨眼。"很久没来开房了。"是啊。"你叔最近在哪儿呢？"我不知道！"你没吃多久嘛。"你管我吃多久呢？"豪华套间今天可以对折给你。"感谢！李白拿了房卡就跑。太子大酒店部分楼面重新装修过，电梯间有一股油漆味，他拉着美琪的手向上升。我怎么才能学得像国兴中年以后的样子呢，那种坦白，那种绽放，那种时光倒流。

"你是我睡过的年纪最大的姑娘。"在浴缸里，他纠正了一下时态，使之更拗口，"将要睡过的。"

"竟敢如此羞辱我？"

"不，我只是陈述一个客观事实，它无关于你，是我陷入了时光的迷局。"

"你在气我！"美琪照着镜子，转身向他扔过来一个牙刷，"如果当年你和我谈恋爱，我可能是你睡过的年纪最小的姑娘。"

"有道理。"

从饭桌到电梯到浴室，他们脱鞋穿鞋又脱鞋，讲述各自的际遇。美琪害羞，不肯开大灯，至衣服全脱光时，两段漫长流离的人生也在昏暗中简述完毕。她的经历，与李白大吵一架后，又读了两年幼师，顺利毕业，分配到一所条件很差的幼儿园做老师。二十六岁结婚，婚后丈夫升至市里当秘书，育有一子。靠着各种关系，工作能力也够出色，三十五岁做到太阳花幼儿园园长职务，与此同时发现丈夫出轨，小三相当粘手，为前途考虑，双方默认这一局势。这不是个浪漫的故事，不值得多讲，浪漫的那部分在于：大吵一架以后她就开始跟踪李白，在她的少女时代，断断续续，目睹他的自行车书包架上载过各色各样的姑娘，目睹他的绝技——在大街上一边骑车一边扭过头去与姑娘接吻（确定他不是个可以托付终身的家伙），目睹他成为作家，在电视上翻白眼，然后有一天她在他的书里看到了自己，一个哭哭啼啼爱赌气的少女，为了根扫帚将男主人公臭骂一顿。她还以为会像日剧一样引出什么浪漫的后续，不料李白这个混账，情节布置全然不讲套路，亦不懂好莱坞十二段落法等等，只会写那种土虐土虐的"散文小说"，她满怀好奇一直读到结尾，读到了版权页，读到了封底，再读回到封面，像转经一样，妈蛋，赌气少女再无音讯。有一天她情难自禁，冒充无辜读者，给李白写了封信（绕了个大圈子寄到出版社再转交作者），希望他能续写《太子巷往事》，并指出赌气少女的故事不该有头无尾、偷工减料。是的，偷工减料的是出版社，那个纸张泛滥的地方，他们根本没将信交给李白。她留了地址电话，等他复信，当然落得一场空，再回首云遮断归路，她的二十岁年纪就这样天真又散漫地逝去了。可笑的是三十五岁以后，她隔着大老远又看见了这个家伙，如她所描述，助动车，夹趾凉拖，一头长发，叼着香烟混在人堆里。

李白躺在一池热水中，这已经是当天第二个澡。如果当年你和我谈恋爱，你可能至今还在幼托班里给小孩喂饭，被人喷一脸，不如就像现在这样吧。"什么喷一脸？"美琪吃吃地笑，也跨进浴缸，往他头上倒了点迷迭香型洗发水，哼着词句不清的儿歌，这显然是故意的。豪华套间的心形浴缸可以容得下四个人同时泡澡，不过此刻，两个人就够了。做爱时他觉得浑身发热，要求暂停，爬到墙边开空调。美琪说她没吃饱，饿了。两人从打包袋里拿出带冰的刺身拼盘，李白说，来个女体盛如何？美琪说还是给你降降温吧，你做得太急了，前戏也不像个样子。遂连冰带菜铺在李白胸腹，也不拿筷子，一边笑，一边低头吃了个干净，因不慎打翻了一碟酱油，李白又不得不跑去冲了个第三个凉水澡。

"如果当年，我在家门口吻了你，你会怎么办？"李白望着天花板和她的眼睛，问道。

"回到十六岁，我会叫我哥哥来暴打你，然后让你娶我。"她微微伤感地说，"若是我吻了你呢？"

"你那么矮，亲不到我。"

"又羞辱我，我让你尝尝矮个子姑娘的厉害。"她俯身向李白胸口咬去。

这天夜里十点，美琪穿上衣服说要回家，儿子在等她，一直不肯睡。李白点头，美琪问他是否要在这里过夜，李白说你我皆已得偿所愿，太子大酒店可不是谈恋爱的风水宝地，不值得留恋，一起走吧。美琪问为什么，李白说，以后告诉你。出了酒店，美琪站定在旋转门口，微微出汗，小模样端庄风流。李白浑身牙印，敞着胸开助动车过来，载她回家。夜风习习，美琪忽然说："我感觉不大好，重逢就上了床，应该下一次才对。"

"我们会有下一次的。"

"你要回过头来亲我，不许停车。"

"会摔死的啦。"

"摔死也要亲。"

"我的腰已经不是十八岁了，这你难道感觉不出来吗？"李白吐了嘴里的香烟，放慢车速，试图回身，几次之后两人大笑起来。

"美琪啊美琪，你还是太矮了！"

第五卷　南方饮食

88

曾小然与李白聊了一夜后即失去了消息，无论他在微信上讲什么，皆不作回应。李白心如刀割，回到吴里闲晃一阵，又乘火车去杭州参加一场青年作家笔会，方薇也将到场。李白算了算，已经十年未受文学活动邀约，顿时有重返江湖之感。按照惯例，四十五岁以下的作家都可以被称为"青年作家"，这一年他四十三。

方薇访学英国后，丈夫在家就地出轨（就是当初她带到吴里去的那位），未及归国即离婚。此后几年，李白与她常在微信上聊天，却一直没见面。两人电话里对了一下行程，她的火车比他早半天。方薇忽然提到：昨天学生告诉我，你被豆瓣某组评为恶臭蝇作家，好样的，活出息了。

此事李白知道（李一诺发给他看的），与事实略有出入。他解释道，有人把《太子巷往事》从坟堆里挖了出来，摘录其中几段，立了个帖子逐字逐句批判，并把他早年留在网上的几张照片贴了上去。"我写的是一个男人怎样在野蛮世界中长大。不过那几位批判我的年轻人似乎不这么理解，他们更在乎把人揪出来吊打。"李白抱怨，

"我也不确定他们是不是年轻人。"

"你的知名度有所提升，那本书现在根本没人知道了，稍作修改，找家出版商再版吧。"

"不必，野蛮世界消失了。"李白说，"批我的那个人，豆瓣账号叫'肛门漩涡'。实在无法理解，一个人给自己取了这样的名字居然还有脸跳出来做卫道士。在我经历过的年代，最低级的流氓尚留有一份自尊。也许这就是当下文明的特点吧。"

车到杭州，两人在宾馆签到处见面，拥抱了一下。方教授有在朋友圈发健身照的爱好，虽说十年未见，李白仍能时不时看到她，低体脂率，小麦肤色，隐隐有腹肌，具体多少块没仔细数。十二月的天气，方薇穿短款皮夹克，长筒靴，扎了个高马尾，李白裹在一件沾了咖啡渍的白色羽绒服里。"你还是像当年那样，爱穿白颜色的衣服。"方薇拨弄了一下他的头发，"短发精神，像个莘莘。"

"白头发多了。有一篇小说里讲，中老年男人如果一头白色长发，在做爱的时候会显得十分诡异。"李白说，"忘了是哪位女作家写的了，给我提了个醒。"

"没秃就好，秃了说啥都是你的错。"

几个人坐电梯上去，经二楼餐厅层时，进来两个中年男女，衣冠楚楚，颈上挂名牌，兀自闲聊。女的说，这里还在办什么作家会议。男的说，我早就不看中国文学了，一群没有灵魂的作家在一起讲点无聊话题而已。方薇看了李白一眼，有放狗咬人之意。"你把笔会想象成奥运会了，应该朴素地看待我们每一次相见的机会。"在他们走出电梯时，李白回了一句。

"他妈的个叉，我知道他们是谁。"负责接待他们的女生说，"这宾馆还在开一个

什么医学会议,你说这些吃回扣拿红包的医生有什么资格谈灵魂?"

关于灵魂问题,这是永远争论不清的,就算奥运会最初也只是古希腊男同性恋的秀场,李白说。那些去看脱口秀的人绝不会对脱口秀提出精神价值方面的要求,人们普遍来说是宽容而愉悦的,但至高的圣徒确实独自行走在世间,全身赤裸,连讨饭碗都抛弃了,他们只有精神,并给人以沉默而忧伤的感觉。到底哪一种是真实的,如果两者兼容会不会像个投机犯?偏偏,这个世界的一切道德指责中,最不应该的就是指责他人投机。也就是说,没有人不投机。人是一种投机的物种,物种不投机则会灭绝。

"不要从生物学的立场来思考文学。"方薇微笑着说。

"我和方老师看法一致,我不能容忍傻叉对文学说三道四。"女生接茬。

"你叫什么名字?"

"我叫李媛,还在读研,马上就要去北京工作了。"姑娘报了一个挺有名的民营出版公司,"做原创文学。"

"你很彪。"

"入职了请您赐稿。"

李白到房间,把手机开到静音倒头就睡,醒来已错过晚饭。他感觉自己有点睡懵,发微信找方薇,过了一会儿她喘着气用语音回复:在健身房,来吧。他追过去,见方薇戴着耳机在跑步机上奔走,运动背心已经被汗水浸透。开个会居然还带运动装。李白倚在一台类似刑具的铁架子上,不无欣慰地看着她的背影。多年前,她只是一个学院派文青,一部分温婉才女,一部分怪力少女。她与他,就像一个没有经验的水手驾着艘破船,劈风斩浪,连滚带爬,最后破船被永久性地搁在了海边,水手登岸远去。

这天宵夜,方薇带李白去一家小馆子凑局,在座多为当年同侪,四十岁上下的青年作家们。杯来盏往,李白很快喝多,嚷着要吃折耳根。众人提醒,李白兄,这道菜如今不好找,马兜铃酸,肝癌。李白说,我与方教授初见时吃的就是这道菜。中年男人的怀旧感,你的玛德兰小点心竟是致癌物。李白揪着服务员说,你现在就去菜市场给我买两斤折耳根,我要吃给他们看。这是一种怎样的情操,为往日,再度披肝沥胆。李白的酒精度继续攀升,对方薇说:"当年,你来吴里看我,就不该带着你老公入住太子大酒店。"

"为什么?"

"因为那酒店风水差,在吴里人人皆知,开房的男女没好收场。"

"当年为何不提醒我,如今才说?"方教授板着脸问。

"当年我想和你结婚,我才不会告诉你。"

方薇脸上挂不住,起身要走。众人连忙拦住。李白你他妈是疯了吗,讲这种屁话,难道今天的方薇教授就不值得你追求吗。李白知错,跳起来拉她的衣袖。方薇越拦越怒,大骂道:"这么多年你心里居然是如此轻视我,今天说实话了。"

"我错了,我给你跪下。"李白双膝着地大哭起来,"你与我有袍泽之谊,这说出来谁能相信?"

"他每次喝醉了都像是在噩梦里找一条出路。"方薇向周围的作家们介绍。

89

次日上午李媛急叩敲李白的房门,喊

开会啦。李白披挂整齐冲出去,见她手里拿了件西服。"我男朋友的,昨天您的衣服上沾满菜汤酱油了。"

"昨天晚上你也在?"

"澎湃的记者也在。"

"我这回是脸丢大了。"李白套了西装挂上名牌去开会。

方薇的发言主题是"中国民谣的文学性",略显怪诞。反正到英国之后,她的私人研究兴趣就从 A 片转向了摇滚和民谣(当然不可能获得项目资金),发言认为中国七〇后以降的民谣歌手文学水准都在作家之上,众人也不大好反驳,民谣于大部分学者而言是陌生领域。李白没准备稿子,对当下文学趋势一概不知,信口胡诌说,不知各位有否注意最近流行的脱口秀,比当代小说有意思多了。青年学者们纷纷称是(显然都是综艺爱好者),大谈脱口秀艺术的当代性。中午散场,李白饿得发昏,遍寻不着方薇,发微信她也不回,心想还是吃饭要紧,道歉的事情就暂且搁一下吧。

他在拥挤的自助餐厅端着盘子游荡,饥饿的文学家们将食物扫荡一空,他几次插队,看到的都是类似泔水的糊状残羹,实在太伤自尊,一时饥火攻心。与此同时,一支上百人的医药学术会议代表队拥入餐厅。"李老师,快!那儿有海鲜。"李媛指点他。李白疾驰过去,妈蛋,刺身没了,鱼籽没了,海胆没了,还剩两头青虾的尸体,尚完整。他拿起食品夹,忽见一条被卡地亚 LOVE 金镯缠绕着的丰腴手臂伸出,直接抓走了青虾们,留下一丝幽幽的香水味供他饱腹。"什么鬼?"李白嚷道,转身找贵妇的麻烦。

"我饿了,早饭没吃。"那四十多岁穿正装的美艳女子剥了虾就往嘴里塞。大姐,我也没吃早饭啊。李白眼瞅着她吞下了第二个青虾,注意到她挂着医药会议的名牌。"你好,专家,对一个医生来说,用手抓取食物有损于职业操守。你们不是总提醒病人要注意卫生吗?"李白嘲讽道。

"抱歉,我是麻醉师。"她听明白了他的挑衅,回过头说,"你好,作家,让我看看你的尊姓大名,也许我读过你的大作。"

名牌对名牌,他叫李白,她叫卓一璇,两人都吓了一跳。在过去年月,她的面容早已淹没在一堆悱恻缠绵、焦头烂额的情事中,不过,也不一定,每当李白仰望夜空怀念曾小然时,卓一璇就像月球的背面,偶然从脑海深处浮出,提醒他事物是立体的,事物是神秘的,总之事物不会是扁平而坦白的。"等一等。"李白企图拽住卓一璇,看起来她对食物已经没有欲望,这会儿只想速速开溜。我不能让她跑了,她很可能出门跳上一辆出租车就消失在茫茫人海,我们之间还有旧账未清。李白推开一群端着盘子的专家,人们看到他像跨栏运动员那样连续跳过两排椅子,一名穿金戴银的中年美女踏着高跟鞋在前面跑。

"抓小偷吗,李白兄?"

"遇到初恋了!"他回答。

在拦住她之前的短短时间内,他想起了某年某日的场景,这么容易,又是二十年。停尸房的那个下午,窗帘是深蓝色的,当它合上后,水磨石地坪与其他器物均在一种人造的幽暗中闪光。一只苍蝇绕头飞舞(可能在此前暂停的尸体上舔舐过),它的不规则运行轨迹,被放大了的嗡嗡声,无法预知地停在他的脸颊随即腾空而起,使他陷入停顿的意识又被迫频频抬头。这正是他前半生的一道谜渊,那场睡眠将他的少年期和青年期截然分开,但他不知道为什么。

他记得自己醒来是下午，房间里只剩他一人，那匹巨大的苍蝇也消失了。他下了床，将丧失的记忆重新接续上，拉开窗帘看到远处操场还是同一拨人在打篮球，时间并未过去太久，接着他注意到自己勃起了，摸了摸确定没有梦遗。他回到停尸床上，盘腿坐着抽烟，等待这一常见的男性生理现象褪去，然而直到黄昏，回忆滚滚而来，下体一点没软。他像一个被双重锁链困在刑柱上的人，动弹不得，且百思不得其解。这当口一群戴口罩的人推着具尸体进来，看见他那副失魂落魄的鬼样子还有满地烟头，简直气不打一处来，直接把他轰了出去。

现在，他在宾馆电梯口的一棵龟背竹下堵住了卓一璇，她勉强挤出的笑容仍带着两个梨涡。很好，LOGO还在，岁月如昨，要不然我还真的认不出你。李白变得异常严肃。

"告诉我，二十年前的停尸房，你有没有迷奸过我？"

90

那个黄昏我没有去见曾小然，我离开了医学院，撅着那话儿登上火车，像个怪物一样去了另一座城市。后来呢？后来的经历与此无关，我不想说了。对了，我还去过你的家乡，位于西南高原的小城，它有一座钢铁厂，夏季站在阴影中十分凉爽，人们似乎无事可干，遗憾的是我在那里待的时间太短，无法将它描述得足够熨帖。我也没有去看过你父亲镇守的停尸房。

"你想告诉我什么？"

"你有没有在我的牛奶里放麻药。"

"你神经了，那天你喝的是罐装可乐，我怎么能往易拉罐里下药？"

"你说对了，过于准确。"李白指出，"没有人会记得二十年前仅见面一次的男人喝的是啥，除非你在他的可乐里放过麻药。"

卓一璇继续笑。好了，李白同学，不要再闹了，我和你加起来九十岁，这个年纪的人，如果不是医生和作家，怎么好意思再谈论生理勃起？如果谈论，难道不应该保持一种职业的冷静吗？你在嘲笑我的职业操守，一个麻醉科医生是不会朝无辜群众的杯子里随意投放药片的。就算迷过你，也不可能有后面那个动作，那个动作我可以做到，但我没做。

"毕竟麻翻了我。"

"当时你给我留下的印象就是个轻狂的文学青年，脑子像打了麻药一样不大好。迷奸？说句伤你自尊的话，你不是我喜欢的类型，我年轻时喜欢伟岸豪迈、有着崇高理想的男人。但我也不讨厌你，别忘了，那顿中饭还是我请你吃的。"

"经过二十年，你那些伟岸的男人有哪位超凡入圣了？"

"请不要伤害我的感情。"

"好的。"李白摇头，"你非常贴心地照顾了我，是我不识好歹，而且很快睡着了。这么解释是合理的。"

"我坐在你身边一直到傍晚，后来我去上厕所，再回来时，就像你讲的，你已经走了。我等了很久，你没再出现。我回到寝室，曾小然当时住我对门，她好几天没回来，我告诉她的时候，她没什么反应，那当口她好像失恋的症状很严重。"卓一璇说，"可笑的是似乎只有我一个人担心你的死活，我是你什么人？"

171

"朋友吧。"

"居然怀疑我迷奸了你。我为你心忧,你却问我何求。"

"就当我是你的病人吧,快要上手术台的、小概率下不来的那种。他们对麻醉师都抱有复杂的感情,可能是母性的。如果说那个动刀子的外科医生是父神的话,母神则让他们失去知觉,回到胎儿状态,在母神手里他们经历重生。你也说不清父神的切除和缝合这一通操作到底是不是拯救,在真正的绝望时刻其实我只需要一针过量吗啡。"李白背诵着他早已写成小说稿子的段落,又添了一句,"反正从那天开始,我就活在另一个世界了。"

"你后来动过什么手术了?"

"喝挂以后做胃镜搞了一次全麻,麻醉师也是一位女性。麻药劲头过去以后,我又勃起了,和那次一模一样。那时候我已经四十岁了,相当难堪。"

"全麻后偶尔会发生这种情况,"卓一璇捧着头说,"睡醒了也会这样,不是吗?"

"虽然你是那么地贴心,我对你有着难以解释的怀恋,但终究忍不住想报这个仇。"李白说,"我根本不相信麻醉师的话,她们总是把所有的可能的结果都告诉你,失忆,成瘾,挂掉,然后让你签字,责任归你,好像是你自己在给自己打麻药。你同意了所有的结局,包括莫名其妙的勃起。他妈的写小说能这么干吗,读者会买账吗?"他横击一掌,酒店咖啡厅里人来人往,感觉劈到了什么人,抬头一看方薇正与两位学者往外走,上了一辆出租车。会还没开完,这个下午他铁定会打瞌睡。

"我们去逛街吧,吹吹冷风。"他问,"能不能像旧情人一样?"

91

"你他妈的到底有没有生理常识,如果当时睡了你,你还能勃起着坐起来?"在西湖边,听完李白追溯往昔,卓一璇连连摇头。

"是你没常识,我当时年纪完全可以做到。"李白哼唧道,"现在也还能。"

"你似乎没感觉自己老了,你这个年纪的男人,照理说,应该喜欢年轻女孩。"卓一璇指向湖边一群穿校服的喧闹少女,"放心,我是医生,不会嘲笑你的猥琐。"

"猥琐是一种精神疾病,我怎么可能这么没底气?我倒是认识一个亨伯特·亨伯特式的老男人,小女朋友还在念高二,他日常要干的事情就是帮女孩做数学卷子。中国的学校课业压力太大了。"

他们走进便利店,卓一璇买了避孕套,出来时脸色绯红,比刚才精神了许多。李白早已拆了一盒香烟在街边抽着,并竖起西装领子,冷风吹得他发抖。经提醒,他想起自己当年就是以这一形象出现在她面前。别担心,等会儿我暖和过来就会恢复原状。他挽着卓一璇的胳膊往宾馆走。她张开塑料袋给他看,四听罐装咖啡(罐装已经成为他们之间的老梗),两盒避孕套。"我用不了这么多。"李白嘀咕。

"普通装的一盒,延迟型的一盒。你有得选。"

"你还是那么贴心。延迟型的是给棒小伙子用的,在我这个年纪,固然不需要助燃型的,但延迟有点高看我了。"李白说,"泥手赠来,尽我所能,请多担待。"

"姐是麻醉师,知道给你下多大剂量的药。"卓一璇说,"啊,开个玩笑,我从来没有麻翻过你,相信我。"

下午的会,两人都不再参加。快到宾馆门时,天色更阴沉,飘下几片雪花。卓一璇分外高兴,说自己在南方不怎么能看到落雪。两人站在原地,看了一会儿天空,雪并未下大。几名开会的医生走过身边,打招呼喊她"圈儿姐"。李白大乐,也跟着喊。"看来你江湖地位很高。"

"深圳某三甲医院麻醉科副主任,麻翻过省级干部、亿万富翁、流量小生、知名作家,经手过无数人的灵魂和记忆。"

"圈儿姐,你太撩了。"李白扔了烟头,"比划比划。"

应该承认,气候影响着我的情绪,比如在下雪的阴天,总是感到惆怅,(这词操蛋吧?但这情绪不算操蛋。)那时做爱就像某位女作家在书里写的:非常寂寞。不,卓一璇答道,下雪让我兴奋。好的,圈儿姐,我感到自己已经听到了恰恰舞曲,在夏威夷海滩上喝了适量龙舌兰酒的效果,虽然我从来也没去过夏威夷。李白在她的房间里转了一圈,面积比他的大一倍,且是观景房,能看到落雪的西湖。不得不说,医学界比文学界有钱,如果有一张停尸床就更完美了。卓一璇仅戴一枚手镯进了浴室(卡地亚,卸不下来),掩上门。李白玩弄着叮当作响的波西米亚式项链,用牙啃了一下确定不是纯金的,又摸了摸她的大耳环,但没好意思碰她的婚戒。"圈儿姐,你打扮得就像 1985 年在费城肯尼迪体育场唱《Holiday》的 Madonna。"他走到浴室门口,隔着门与她聊天。

"我的耳环是一把尺。"

"怎么讲?"

"套你那儿试试,如果能套上去,就说明你不够大。"

"神奇。"李白试了一下,"哇塞,简直就是照我的尺寸打的。"

"吹什么牛,我又不是没见过你。"

"圈儿姐,我感觉你也不大像良家妇女。"

"对,你的曾小然是良家妇女。"

李白从青年时代起便恪守的准则,不要在上床时将姑娘同从前的某个谁进行比较。这一准则仅用以约束自己,不足为外人道。当然,姑娘有权进行这种比较,毕竟雄性动物的天性就是比来比去,反正他们不在床上比,也会去球场比。中年以后,他修正了这一观点,正如方薇所说,不要从生物学的角度去讨论文学,或讨论人生,或讨论别的。至于阶级论、性别论、进化论,也不适合。让我们回到诗学,不要比较,不要比较一个人在不同时间维度上的差异,最重要的是,不要大惊小怪。"我对她的认识仅到十七岁为止,此后再也没见过她,直到一周前。这不是指我怀旧,而是说,我对一个诗学现象的横向比较结果缄口不言,纵向判断则基本上是胡抡,缺乏依据,我也不信任一切既定因果关系的阐释。这么说略为费解。"李白推开门,"要我帮你搓背吗?"

"你会吗?"

"我离开你以后四处游荡就是靠在澡堂搓背挣钱的,你以为写小说能糊口吗?"李白拿过毛巾拧干,裹在右手拍了拍,发出砰砰的声音,抬肘为她擦干后背。

"我是不是胖了?"

"正合适。好男一身毛,好女一身膘。"李白上手,嘴里一截带火星的烟灰落在她的背上,招致一声提早到来的呻吟。"抱歉,正规澡堂的师傅都叼着烟给客人搓背的。"他掐了烟头,"爽吗?"

"放屁，你把我烫伤了。"卓一璇说，"去把套子戴上。"

"在浴缸里?"

"你不会不会吧?"

"好好好。"李白从命，生恐她再讲出这种可怕的句子。

她的高潮来得太快，李白将它称为首潮（以及次潮、次次潮，乃至 N 次潮）。这看上去不是我厉害，是你比较厉害，李白嘀咕。卓一璇堵了他的嘴："话多!"两人湿淋淋来到房间，她拉开窗帘，湖与大雪被他们同时看到。李白忽然想起一位浙江女作家告诉他的：在遥远的九十年代，杭州大学生们最重要的恋爱仪式是男生骑自行车载着女生在凌晨飞驰过苏堤白堤，那一座座桥⋯⋯当然也有怪力少女驮男生的。是何时，往事成心事，流年似他年。卓一璇将窗推开一道缝，冷气袭入，她又伸手出去揽雪。"圈儿姐，我们俩这算野合。"李白提醒道，"进来吧，给学生看见了不好。"

平躺时，李白感到她的床比自己的更柔软，今晚上不用回房间了。"这是我最擅长的体位。"他介绍道。"有个导演跟我说过，骑乘位适合用来拍爱情电影，它在视觉上比较优雅，传教士位不行。"

"典型的男性视角。这可不是个好词。"

"所有的体位都是操蛋的男性视角。"

李白平躺在床上，胡乱抓过一只枕头垫在脖子下面，伸手去拿烟。"你敢，"卓一璇大笑，拍开他的手，"抽烟做爱，你是在看 A 片吗?"李白递给她一根，对不起，我忘了，你是医生。他要求暂停，有什么东西硌在腰下了。"圈儿姐，刚才一阵心慌颠倒，我用错了。"李白将避孕套盒子展示给她看，"现在你体内是延迟型的。"

"难怪你话多。"卓一璇解释，"苯佐卡因只对你那侧起作用，别担心我。"

"我感觉自己是在打大 boss。"李白提议，"可以把项链戴上吗，还有戒指耳环。"

"想看我浑身叮当作响的样子?"

"略为不上台面的情趣，请谅解。"

说到戒指，卓一璇摊开李白的手，看他左手无名指的卡地亚宽版玫瑰金男戒。"你的婚戒和我的倒是同系列。"她的语气带有一丝迷惘。不不，李白斩断她的某种情思，解释道：这玩意儿是地摊货，假的，戴着玩玩，我的履历表上至今未婚。

"什么?"

"我没有结过婚。"李白把戒指套到了右手上，"看，它很骚气，不是吗?"

"我从不与未婚男子交往。"她愣了一会儿说。

"这也是麻醉师的职业守则?"李白发笑，但没再继续问下去。是未婚男子比较难缠吗，还是已婚男子比较可靠? 都不一定。有时候守则只是我们反对自己的理由，自己的无知，自己的任性，自己的过度冒险，鬼知道呢。重逢是神秘的，但你不用全都表达出来。在他看着天花板并从低角度凝视她的时间里，是的，还包括一同侧过头去看雪的瞬间，他像是正式抵达了中年——一种并不纯粹的通达。

"你在呲摸什么呢?"卓一璇问。

"我喜欢你脸上如做一道难题的表情。"李白说，"圈儿姐，你似乎又领了两次盒饭。"

"三次。"卓一璇喘了一声，扑倒在李白胸口，"你不说还好，姐做不动了，你的盒饭你自己去领吧。"

她下了李白，抓过罐装咖啡喝了点，又找他要了根烟。"这不健康。"李白说，但他并非指抽烟。

"麻醉师偶尔也抽烟,我告诉你,那些上外科手术台的医生,尤其心脏科和脑科,他们对人生的理解往往不同。他们不惜代价地追求一种稳定性,这听起来像是悖论。"

不难理解,李白点头,就像某些人狂热地追求永恒,也不难理解,我就是你的代价,你就是我的狂热。至于终极事物是否存在,这是禅宗讨论了一两千年的问题,我这么解释是否合理?窗外的雪落大了,他也开了一听咖啡。没有风,雪片垂直落下,世界变得异常冷静,仿佛无可表述。卓一璇打了个电话,让把晚上的机票改成动车。

"今晚就走?"

"是啦。"

"圈儿姐,我们都四十多岁了,你不能把我当傻小子那样扔下。"李白无耻地摊手摊脚,"你看,它现在还是这样的。"

"给你吹一个。你就算是个石佛,姐三分钟也能让你去领盒饭。"她撸下李白的套子,扔向墙角。他感到一阵刻骨铭心,圈儿姐,这么好的活,轻舟直过万重山,何必留在最后玩。我想说咱们把事情做颠倒了,这不重要,重要的是我下回见你什么时候。"我可以肯定,你麻翻过我。"李白仍然嘀咕,卓一璇摆摆手。"好吧圈儿姐,我不会再追究这件事,也不再问为什么。"卓一璇将李白吐了出来,奔向浴室。"圈儿姐你怎么了圈儿姐?"他大惊小怪追了过去。

"苯佐卡因……"她对着镜子漱口,艰难地发声,"不许再叫我圈儿姐。"

"圈儿姐,你是一个麻醉师。你怎么能犯这种技术错误?"李白目瞪口呆,忍不住偷笑起来。

92

曾小然就住在这间宾馆。

在圈儿姐向李白抛出这一惊人消息的片刻里,他糊涂了。一点不戏剧化,小然如今在一家制药外企做marketing,这种学术会议,她过来会会老同学和旧同事们,实属正常。圈儿姐恢复口齿后轻描淡写地说:"昨天晚上我们还去唱歌了,不过她并没有说起过你。"

"你应该喊上我,"李白几乎是敷衍地调笑,"一起去唱。"

"你心神不宁了,我和你今天中午才重逢。当然,此刻要告别了。"圈儿姐讲话,总是意味深长,李白刚刚学着领会,尽管他奔向曾小然的心都有,仍对眼前的人流露出一丝不舍之意。他替她拎箱子,送到宾馆门口,一辆蒙着雪的出租车正在等候她。天空中一片寂冷,雪已经停了。

"小然的情况,比你认为的要复杂。"圈儿姐拉过李白到角落里抽了根告别烟,"她妈妈去世对她打击很大,一度患有抑郁症,这两年已经停药了,情况还算稳定。有过一次短暂的婚姻,大约十年前离了,没有孩子,现有个关系一般的男朋友。她赚得挺多,年薪税前七八十万,也不用靠男人,只是工作很累,不大会照顾自己。这是我能告诉你的,相信你自己也能问到。"

"还是你告诉我比较好。"

"带她去堆个雪人什么的吧,别提往事。你太喜欢怀旧。"

"我不怀旧,我只是没有更多的话题想讲,比如现在和未来。"李白自嘲道。

一根烟抽完，圈儿姐递给他一张名片，是曾小然的，上面有她的手机号。"背面写着她的房间号，自己上去找她吧。"她为他整了整西装领子，"我终于可以把你还给曾小然了，这是我刚刚意识到的，也许有点夸张。"

"我同意你的说法。"李白说，"我想我还会来找你，仿佛我和你之间有着长久的友谊，从二十年前到现在，没有变过。"

"人不可能两次跨过同一条河流，何况第三次。"

"换一个说法，我们跨过的所有河流都可以视之为——同一条河流。"

她坐进了出租车，最后提醒李白："不要忘记你过去的承诺，把尸体捐给我。麻醉师当然更喜欢活体，不过像你这样一个人，应该为整体的人类幸福做点小小贡献。"

"由我这样一个不幸的人吗？"李白朝着汽车尾灯挥挥手，帮她圆回了这个梗。

我的人格必须靠我死后捐器官才能完善了，这不是讽刺，是事实。他并没有急于去见曾小然，裹着衣服向西湖方向走去。亮灯工程下，一辆扫雪车隆隆开过，李白无端地想，那开夜车的人是否会认为自己在做一件浪漫的事，还是一件有益于人类幸福的事，或根本只是赚个加班费？他为司机的精神世界操了一会儿心。南方的乔木尚未落尽叶子，如果此刻去踹那些树，会有许多雪兜头落下，但他没这么做。

踩雪的声音让他想起多年前的一个早晨，天还没亮，地上的雪有脚踝那么深。路灯黯淡，下夜班的职工连人带车摔倒在街上传来响声。太子巷3号的大门敞开着，他父亲李忠诚蹲在门口抽了好多烟，将烟蒂一一码齐在门槛上。就是那时，俞莞之和曾小然提着行李向长途汽车站走去，她们踩在雪上，窸窣潜行。李白有如神启，从被窝里爬起，套上棉毛裤，套上毛线裤，套上长裤，然后披了一件棉袄跑出去。李忠诚正与俞莞之交涉，他想送一送她，然而被她拒绝了。曾小然裹着围巾冲李白扮了个鬼脸，李白强作潇洒，也吐舌头，现在想起来，这应该是世界上最凄凉的鬼脸。

她们离开小巷，旋即右拐。李忠诚站在雪地里发愣（这是他们最后一次看见俞莞之），过了一会儿，他提着一支手电筒，步履蹒跚跟了上去。我亲爱的爸爸，你想怎样。李白心头千疮百孔同时幸灾乐祸，也追了上去，他穿着棉拖鞋，低头望去，李忠诚好不到哪儿去，穿着塑料拖鞋——这就是一个男人养一个男孩的下场。曾家母女并没有停步，也没有回头看一眼，李忠诚手里发射出的光照着她们前方一米的地方。

"那天妈妈低声喝止了我回头，她从未就此作过解释。"曾小然在微信里这么告诉他。

后来，李忠诚在某个地方停下脚步，李白也停下，并看着他。我不知道他心里在想什么，我所困惑的是，他所在的位置既非拐角，也非十字路口，没有桥，没有灯，没有岗亭，总而言之，无以标注。他赤裸裸地失去了追随的勇气，像一个小孩回忆不起自己在何处搞丢了心爱的纪念品。这一呆立于雪中的形象曾经被李白视为一个男人的终极失败，然而现在，他也投身于近似的境遇，经过二十多年，他可以判定，那不是失败，但那确实是终极的某物。回到这个比喻的开始，那可能就是一种终极的呆立。

93

李一诺如今念九年级，刚进IB班，她已经度过了所谓的"中二"——变得更难搞了。"我是一个作家，但你让我显得很狼狈，仿佛我这辈子没学过讲人话。"李白告诉她，"我这一年讲得最多的一句话就是，不要打电子游戏。你以为我爱说这个吗？"

是的，我没有经历过革命年代，我少年时候既没有扛过枪也没有扛过旗，我和你一样，是在电子游戏熏陶下长大的。这才是最要命的事。我深知电子游戏的吸引力，连我爸爸李忠诚和你外公钟高强都在手机上玩游戏，他们从未进过街机房，从未在一枚游戏硬币上寄托长达半小时的快乐，他们要么充值做人民币玩家，要么在无数免费小游戏上颠倒余生。就这样向享乐主义投降了，你说我气不气？

"你在说什么鬼话？"李一诺继续玩手机，"我玩的是大厂的游戏，单机版都有防沉迷的，一天不超过九十分钟。"

"一年就是五六百个小时。"

钟岚去世前，将属于李一诺的那份钱交予李白管理（还有一位穿得脏兮兮的本地律师），证明了他是她唯一能信得过的人，亦证明了情谊永恒（她单独给李白留了五万块）。遗嘱托付，孩子要留学国外，毕业后继承这笔钱。李白既不能买房亦不懂投资，钱在银行里增值无望，粗算一下，若要留学国外，他得把房子卖了才够，若不幸考上牛剑哈，只怕钟高强的棺材本也得垫进去。"我们或可寄希望于老钟在哪个地窖里埋了一笔赃款。"李白安慰孩子。

李一诺初中即念了吴里一所半真不假的国际中学。说它真，因为老师多为外国人，说它假，学生只有一个是"第一世界来的纯白种人"——这不仅仅是人种歧视，还有地域歧视和阶级歧视，以及生殖学方面的歧视。该校学费不菲，每年暑假的欧美旅行还得再折腾掉一笔钱。照朋友们推荐的办法，小孩到高中再转国际学校不迟，初中读个体制内重点中学，省钱，基础扎实，不容易学坏，当然也有患抑郁症的可能。问题出在李一诺的小学最后一年。

一诺在地段小学时，年年优秀，年年获奖，日常作业不用李白操心，属于优等生。班主任在他们还只有八岁时，就已经往每个人脑袋上敲了"好生"与"差生"的图章，二十年翻不过身的鉴定书。一开始小孩不懂这个，不幸的是，人会长大，而且不需要多久就能长大。到他们十二岁时，一名男性差生在李一诺面前脱下了自己的裤子，并且撸了两下。

李一诺被吓到神经失常，尖叫一声，一溜烟逃回了家。像多年前一样，李白又怒气冲冲冲进了学校（据说这个成语不能和这个动词连用），几乎被保安用不锈钢大圆叉捅在墙上。他找到了班主任（这次没可能有艳遇了），请她管教一下那位太早破茧而出的露阴癖。即使在我经历过的野蛮时代，也没有男孩敢这么干，相信我，咱俩都是过来人，这么干会社死的。她可怜巴巴地向他摊手。

"你为什么这么谦卑？你平时都那么横。"李白望着她，其实艳遇也不是没可能，只可惜孩子快毕业了。

"刘××今天在不同场合脱下了裤子，做了那个淫秽动作，已经有五个女生跟我汇报过了。"她说，"我首先要平息的是你的怒气，为我学生的安全考虑，请你不要再冲进学校。"

"你以为我会干什么？"

"你以为学校门口配了六个保安举着叉子盾牌辣椒水是为了什么？"

真是一位尽职尽责的教育工作者，如果平时不那么狠就更好了，但不那么狠的话孩子们就考不上好学校，难道不是吗？如此简单的道理还需要重复吗？李白拉她到外面喝咖啡：我研究过变态，没有一个露阴癖会在学校里连续脱裤子给女生看，这小男生身上到底发生了什么。班主任说：已经盘问过，你的判断没错，这是一个长期自卑的差生，即使横遭同学殴打也不懂还手的怂包（差生之中的渣渣），这一天他忽然发现，脱下裤子可以让人害怕——他就这么干了，他想知道让人害怕是什么感觉。李白愤然说：这个白痴，他掏家伙自撸的行径将会被人们永远记住，直到他的葬礼，太可悲了，让家长好好管管，实在不行就转学吧。班主任摇头：他父母已离婚多年，母亲去了上海，父亲再婚生了个女儿经查是自闭症，哪有心思再管这个小孩。

"饶了他吧，"她喝下最后一滴咖啡说，"他不会再犯这个错了，他不是露阴癖。"

"这是我今天听到的最悲惨的故事。"

他回家后将同样的话讲给李一诺听，请她忘记这件事（冷不丁看到男性的器官会对未成年女孩造成什么样的伤害，他在思量）。李一诺说，叔，你不懂女孩，我脑子里记住的不是他的器官，而是姿势，太可怕。李白愣了一下。"我不要再念体制内学校了，"李一诺阴沉地说，"他们把学生教成了疯子。"

"也不全是吧？"李白意识到她已长大，顿感胆寒。

"让我念国际中学，不然我划手。"

"好吧你赢了。"

M国际中学位于吴里开发区，过去它这一类学校被称为"贵族学校"，如今这一恶名已经淡化，其消费水准在中产阶级家庭的承受范围内。更大一部分原因，李白分析，中国人从来不相信有钱就能当贵族，凯子还差不多。经考察，该校走读制，双语教学，风气自由，伙食好，老师来自五洲四海。李白不敢拍板，问钟高强，老钟极力反对。

"就照你的意思办。"李白说，"反着办。"

"我是李一诺的法定监护人。"钟高强强调。

"你都不一定能打得过她，何必呢？"

在这所学校里，李一诺再次使用了她的英文名字，诺拉，诺拉李。她的同学包括乔安娜，伊安，约翰，彼得，苏珊，苏珊娜等等，没有凯文和托尼，有一个迪克。李白发笑，后来知道迪克是美琪的儿子，几乎笑昏过去。

美琪的傻儿子啊！身高一米七五，两条象腿，耐克鞋的忠实拥趸，电竞奥运金牌的潜在获得者，他老妈曾经花了大钱教他弹钢琴，最终他学会的是在黑暗中熟练地使用光轴键盘。他同时也是一个篮球爱好者，梦想自己有着流川枫式的眼神，如果你连打五个小时的电竞，再跑去篮球场，你的确就是这种眼神。他当然还有一些小秘密，连美琪都不知道，但一诺知道。"他的女朋友比他大一岁，是个富姐，送了他一双限量版篮球鞋。"难道美琪买不起吗？李白思量。

"有没有注意到你儿子的篮球鞋是限量版的？"某日在太子大酒店的房间里，他穷极无聊，拿美琪开涮。

"他有很多球鞋，你说的是哪一双？"

"美琪，你是一位非常优秀的……幼教工作者。"李白决定什么都不告诉她。

李一诺周末常来找李白。当年在病床上，钟岚曾与他长谈过，希望他能做孩子的父亲。女孩在一定年纪上需要父亲，这是常识，李白慨然答应。钟岚说，你一生中所有的承诺都打了折扣，这次你要像像样样答应我，因我对你别无所求了，你不能做个免费老爸。"不要再打电子游戏了。"李白继续嘀咕。李一诺缩在阳台的躺椅里不予回答。"你要是考不上个好学校，我就只能在你妈坟前自杀谢罪。"

"那好啊，我再挖个坑把你埋她边上。"一诺曼声回击，听李白没有动静，便从躺椅里探出头来看。他并没有哭晕，他只是点着烟陷入了沉思。"叔，你是几岁时和我妈发生关系的？"

"我的天哪。"李白猛烈抽烟，"你知道这个有什么用吗？"

"没什么用，只是我最近在和迪克讨论这个问题。"

"你为什么要和迪克讨论？"李白警惕起来。

"他和那富姐分手了，主要是富姐的老爸做生意亏大了，现在也没啥零花钱。他好像对我有点意思。"一诺追过来问，"你当年喜欢姑娘是挑脸呢还是挑性格？"

"挑她有没有零花钱。"

"你们都很聪明，只有钟高强是个凯子。"

"回到正题，我认为你这个年纪的女孩，和闺蜜讨论一下这种事情也就罢了，何必找迪克呢？他看上去傻了吧唧的，真没想到还能傍上富姐。"

"再说一次，他们已经分手了，迪克说他俩不适合，现在他都记不清富姐长啥样。"

"不要相信这种鬼话。一个人要结束感情，首先会强调理性，其次会强调忘性。但那都是说辞，他只是在感性层面不喜欢那一趴而已。"李白冷笑，没告诉一诺，男的通常不会爱上适合自己的女孩。

李一诺跑去开门（李白中年后听力下降，一般女性的敲门声已经听不大清了），迪克进来，胳膊里夹了个篮球，蹲在门口等一诺收拾东西。这小子傻归傻，很懂礼貌，是美琪和富姐联手调教出来的。李白注意到他又长高了，嘴唇上的汗毛剃得干净，对一个男人来说，从此它就可以被称为胡子了。李白发了他一根香烟，搭讪道："有一米七八了吧？"

"一米七七。"迪克摆摆手，"我妈说了，你要是再递香烟给我，就打断我的腿。"

你妈其实是要打断我的腿。经迪克提醒，李白想起中午还有个局。回首往日，孩子们像蘑菇一样快速长大，他和美琪之间品质优良的友谊就像二十年陈的酒基制成的上等白酒又窖藏了十年，没有比这更好的地下情了。"替我问廖园长好。"李白故作清白，有些事情说出来会吓着你们年轻人的。等一诺换了鞋子抱着篮球与迪克跑远，他给美琪发了一条微信，约吃午饭。

94

李一诺七岁时，李白带她去商场，一诺含着自己的辫子在角落里玩，被两名老阿姨喝止："小姑娘不可以吃头发。"李白看了看她们，极普通的、没有受过高等教育的本地劳动妇女。他去问钟岚，她在病床上答道，吃头发是一种女子的贱相。又说，孩子长大后你要多多留意，不可让她沾染恶习，也不可露出贱相，让人撇嘴。李白说，撇嘴也是贱相。

中年以后，他对这话题感兴趣，收集了一下，并回忆。抖腿是贱相，斜眼看人是贱相，吃东西嘬手指是贱相，嚼东西吧唧嘴是贱相，站在门槛上是贱相，抛媚眼是贱相，爱叹气是贱相，吟诵婉约词是贱相，蛇行鼠步是贱相，走路无声也是贱相。曾小然的嘴唇是贱相，周安娜的三白眼是贱相，钟岚爱甩头发是贱相，张幼苹和叶曼那就不用说了，美琪有个小小的风流动作是拎起衬衫门襟给自己扇风，冯溪爱叉腿坐着，小时候会撩起裙子往脸上扇风，卓一璇喝咖啡常不经意地用舌尖舔过上唇，至于方薇教授，外表倒是完美，但她写批评时攻击性太强。

从容貌到精神，从习惯到无意识的小动作，一切皆可诟病。李白发微信给方薇，这些贱相意味着什么？方教授回答得干脆：男性视角和阶级歧视，意味着老地主在巡视家里的丫鬟，贾政甚至觉得袭人这名字比正常的丫鬟更贱。

扩展到男子呢？李白问，抒情算不算贱相？

如果他们想说你贱，他们就会说你的抒情是贱相。方薇答道，一切皆可定性，一切皆可双标。

95

美琪如今担任 M 国际中学的家委会负责人，除本职工作，还要为一群中国家长义务打工。半年前，一个女性精神病人在午休时强闯太阳花幼儿园，两名年老力衰的保安未能拦住，美琪在办公室见状直扑下来，脸上被挠十五道杠。那以后她不再见他，只用微信联系。李白去看现场，见幼儿园围墙加高两尺，前有电网，后有铁丝网，保安加配至四个，白天有巡逻警车停在门口，完全如堡垒相仿。美琪脸上缠满纱布上了本地新闻，并被幼教师范收录为优秀校友，一战成名。

李白爱她浪漫风流，也爱她的勇，那泪眼汪汪弃他而去的少女自然已经不再，她仿佛肩负全人类的和平使命同时还捎带上李白本人。"这半年我过得神魂颠倒，"他用日式筷子戳住一个寿司，"像某一本科幻片，你去星际旅行，我在地球上天天吃麦当劳。"美琪摘了墨镜，他吓一跳，脸上的伤口已经痊愈，左眉留了道伤疤。"断眉。"她说。

"迪克说你恢复如常。"

"是我教他说的。"

"你这样会造成年轻人的猜想，他们可敏感了。"

"随便吧，我准备打离婚了。有人劝我等孩子高考以后再离，可是迪克不需要参加高考。"

她凝视着他。这个小有名气的本地浪荡子，不婚主义者，连救济金都拿不到的失业中年人。若是活在人潮汹涌的大城市里，他的情调恐怕更接近一个 loser 而不是诗人，她将不会与他重逢，日日错失在地铁里——哦不，他根本不用坐地铁。美琪恍惚了一下。"像你这样一个习惯在沙滩上散步的人，我是不会把你拖到深水区的。"她叹息道，"财产分割问题比眉毛更难办，且得打个两三年官司，你尽可放心——但是，请不要做出松了一口气的样子。"

这不至于，我还停留在某种心疼你的简单情绪里，我以为在婚姻问题上你会貌视我,现在看来也不至于。"我们要做的是打破太子大酒店的分手诅咒。"李白毫无心理负担,吞下寿司,"顺着你的比喻往下讲,我和你之间就像一支MV,后来变成了电影,现在变成国产电视剧也在情理之中。"他凑着灯光看她的脸,"你这眉型叫作远山长,眉尾入鬓显脸小,极难画好,你却天生长成这样,最好是化妆补一下。留了疤就像苏东坡写的——远山长,云山乱。"

"你有两种状态。"美琪高兴,"一种是别人爱听什么你就说什么,一种正相反。"

"很高兴你没有指责我胡言乱语。"

这天下午两人先是在市区一座旧公园散步聊天,说到M国际中学。美琪说,校风浮夸,课间不禁手机,女生到十年级竟允许染发化妆。李白说,若你认为化妆是女性的天赋人权,那么她们所享受的就不是自由,而是平等。何谓平等?李白说,你想想,中外学生同校同班,你不能只允许那些韩国人、日本人、新加坡人、印度人,及我国港澳台的孩子化妆,却偏偏限制一个吴里的姑娘,此谓之种族歧视——我们自己歧视自己。

他聊到过去。"三十年前,我念初一时,同桌是一个成绩不太好的女生,有一天她把自己的眉毛修了。她没有画眉毛,仅仅是拔掉了一些,让它显得更细。然而我校那位合不拢腿的教导主任像雷达一样发现了她,猜猜后来发生了什么?她把我同桌的一根眉毛剃掉了。"

"一根?哦,坏人。"

"那些女孩们偷偷摸摸卷头发、擦口红、涂指甲油、戴手镯、打耳洞、修眉毛、穿半高跟的皮鞋,我全都见过。面对惩罚,欢乐是潦草的。度过青春期以后,我对所有的欢乐都不太信任,这是坏的一面。好的一面是我避免了和一大群人共同庆祝,庆祝这个,庆祝那个。"

美琪并没有仔细听他说话,旧公园的冬天是萧条的,夏日又会显得杂乱而平庸。很多年前,这里是小流氓出没的场所,李白绝不敢带着任何一个女孩到这里来,至于现在,他看了看,周围好几个探头,也在看着他。听说美琪的老公在市信息中心做官,不知道他此刻有否在监视器里看见自己老婆。美琪找了一张儿童秋千坐下,李白轻推一把。这一动作中饱含着对于往日的怀念,任谁都无法逃脱,但人们并不能讲清往日为何物。李白触碰到她的黑色羊绒大衣,带有时光的遥远和善意,似乎已经对他的背叛作出宽容姿态,而实际上,往日的他并没有领略过这种手感。

"听说过M中学的卡尔吗?"美琪荡着,聊到了一个无关乎他们的人。

当然,我还看到了,李白笑了起来。有一天他去接一诺放学,见一位戴鸭舌帽的不是很黑的黑人兄弟站在校门口,上身衬衫敞开三粒扣,下身穿一条白色紧身裤,唉,你不得不承认黑人兄弟(或者是卡尔本人吧)的器官有点醒目,枪在左边,蛋在右边,李白不知道他是怎么做到的。一诺介绍,这就是我们新来的班主任卡尔,我们同学说,你会很羡慕他。我羡慕他个鸡巴,李白当场爆粗口,但卡尔确实会让虚伪的中产阶级家长焦虑,他们的焦虑甚至都有点虚伪。

"家委会担心卡尔是个色情狂。我发邮件给教务主任,她告诉我说这是卡尔的权利,她只能负责友情提示一下。"美琪发笑。

"我认为卡尔确实有权利穿紧身裤。"

李白继续抬杠，保持政治正确，"他甚至有权利穿裙子，否则的话，你就得告诉他穿什么样的裤子才是合法的，裆有多宽，腰有多低。然后你就得带他去商场里买裤子。"

"废话，你会穿成这样去开作家大会吗？"

"我不会，我没这个本钱，百分之九十九的男人都没这本钱。"李白坦言，"真没想到我四十四岁了还要去跟外国人比大小，这是全球化的福利吗？"

"你放弃了这个权利。"美琪大笑起来。哎呀呀，卡尔，怎么办，怎么能让这骚唧唧的家伙明白这是在中国。"你会不会感到自卑？卡尔可是学哲学的。"

她无意中问了一个难以回答的问题。这个世界在不断地塑造人们的自卑（而不是自卑感），使之成为歧视的凝视物——脸，肤色，性别，爹妈，学历，经历，户口，年龄，还有生殖器。最后一项很少被提及，因为我们总不至于互相嘲笑生殖器，但本质上我们就是在互相嘲笑生殖器罢了。李白心想，我应该给那个羞辱我是乡下作家的豆瓣青年批评者写一封信，澄清一个重要问题：即使作为敌人，我们彼此最好尽量望向对方头顶（如果不能越过的话），而不是生殖器。见面就向下瞄的习惯真是非常糟糕，连累我看起来也像是个逛鸭店的。

美琪下了秋千。李白又贩卖冷僻二手知识，说在东欧某些民族的迷信中，从秋千上掉下来摔死会变成吸血鬼。美琪白了他一眼，对于他这种平均一小时发作一次的间歇式社交失能症状，她领教得已经成为习惯。两人向小土丘上走，穿过一片正在开花的腊梅树，丘顶一座中式凉亭，几名中学生在里面。他看背影立即认出，这是迪克和一诺，正肩并肩站着。他想开溜，又见两人对面有一对穿实验中学校服的孩子正在壁咚，女生僵直身体靠在柱子上，男生同样抖抖索索，歪过头贴住她的嘴。"这年头的孩子，"李白向美琪摊手，"我总感觉中国的小说电影都没讲真话，要么过于纯洁，要么过于冷酷。"

"王顿！"美琪喊出迪克的中文名，冲了上去。迪克见状三步起跳，拔腿就跑，一诺也跟着跑了，没注意到缩在腊梅树后面的李白。迪克你惨了，你老妈发起飙来敢和精神病对打，不发飙也敢给你取名叫迪克，李白幸灾乐祸。美琪追了几步，没抓到运动型的儿子，气急败坏返身按住了那对少男少女。

"干什么呢？你俩实验中学的，跟王顿、李一诺什么关系？"

那瘦弱的男生给自己戴上了眼镜。"小学同学。"他有点紧张，"阿姨你放开我，这是王顿的主意。"

"王顿什么主意？"

"他觉得我俩……可以这样。"

"他觉得？这哪门子的逻辑？他跟李一诺也这样过吗？"

"那我不知道。"

瘦归瘦，没出卖迪克，也算是条汉子。李白在一边赞赏。美琪转脸问女孩："你乐意吗？你要是不乐意，我现在就把这小子和王顿都送到派出所去。"女孩立即哭泣。李白看不下去，走上前劝美琪撒手，两个孩子一溜烟跑了。他提醒道："别这样，有点法西斯了。"美琪仍然不爽，或者也有三分懊恼，往栏杆上一坐，大声说："实验中学的，好好应付考试就行了，学什么国际中学的坏风气。"又问李白："我法西斯吗？"

迪克的日子看来不好过。一阵冷风吹来，旧公园又恢复了寂静。李白改口："不，你只是像个技校出来的女流氓，纯粹是为了占这块地儿，把四个初中生吓跑了。"

96

美琪一直好奇一件事：李白，你小说里这么编派你父亲，他就不曾生气吗？李白回答：不看书的人，就算是亲儿子写的，他都不会看。但我认为这是一种节操，人不要随随便便去看别人写的书。亲儿子也是他者。

"我也想写小说，"美琪说，"我正在写，半年写了好几篇。"

"这么多年过去我终于又遇见文学青年了。"李白悲喜交加，人也不要随随便便写书给别人看。

两人往太子大酒店走，美琪戴上墨镜。"你不提出看看我的小说？"李白正在走神，摇头说你又没带稿子。美琪递上手机，李白方始从一连串回忆中抬起头来，是的，手稿时代，打印稿时代，电脑文件传输时代，全都过去了，现在用手机就能看小说，有些软件还能把稿子读出来。他在手机上划拉，美琪捂着胸口说："哎呀，好忐忑，激动。"李白说："你这态度内行，但是不要每次都说出来。"美琪拍了他一掌。

人人都能写小说，这是一种无意义的说辞，正如安迪·沃霍指出人人都能成名十五分钟，但事实并不如此。"人人可以去爱，也不一定。"李白卖弄观点，"甚至人人都会死也不一定。死是一种客观事实，有的人失踪了，没人能确定他死不死，过了两百年人们只是按普遍经验推论他已经死了。"

"你想说什么？"美琪发问，"我不配写小说吗？"

"你已经写了，这是一个客观事实。"

"他妈的。"

这天进了酒店，美琪不悦，李白十分懊恼。来到房间，美琪终于发飙，提了另一个问题：你曾经嘲笑我的婚姻稀烂，现在离婚，你娶我吗。李白更是无语，一个人在浴缸里泡着，话再说下去就伤人了。尽管你的丈夫不太忠贞、面相庸俗，但他仍比我靠得住。问题是，在四十多年的人生中，我从未想过去承担一种替人修改婚姻的责任，就像替人代笔写小说——这个比喻可能也是稀烂的。过了一会儿美琪走进浴室，嘟着嘴说："不要再谈这些了，半年没见了。"

"小说写得很好。"李白说，"实际上我要说的是，我非常珍惜你。"

"不，你是在嘲弄我，我要换个男朋友。"

"不要愤然变心，so young。"

这天做爱美琪一直骑乘在李白身上，比之三十多岁时，她更瘦了些，李白胖了十斤，尚且说得过去。美琪忽然停下说："你是不是有其他妹子了，要不然这半年怎么过来的？"

"靠吃维生素过来的。"

美琪将床头灯拉近，伸手在他胸口扒拉。看着她染成豆绿色的指甲，李白心想，这对利爪曾经在我身上挠出五六十道杠子，怎么输给了精神病人，真不可理解。"你有一根白色的胸毛不见了。"美琪厉声问，"去哪里了？"

"我何曾有过白色的胸毛？"李白给自己脖子后面加了个枕头。

"有，胸口偏左一点有一根去年就白

了。你别看,在你的视线死角上。既然不是你自己拔掉的,那么是送给哪个妖艳小骚货了?"

"这东西也能送人吗?"李白胆战心惊,"我对毛发没啥癖好,如果秃顶了我会很伤心。"

"你骗不过我,我是幼儿园老师。"

"不,你是女作家。"李白大笑,"不要写言情小说了,改悬疑路线吧。我理解了你的幽默。"

深夜时李白起身穿衣,空调把屋子里吹得很热,美琪懒洋洋,说她想在酒店过夜。他推开窗,散掉些烟气。南方冬季最深沉的某段时间正停滞在眼前,如同酷暑和雨季,如同另一些无法比喻的日子,它们在缅怀中逐渐沉落。他从玻璃的反射中看到房间里,他的情人正在灯下摸索着烟盒,作为一个幼儿园园长,她不该抽烟。十年前他当然不会想到这段情可以延续到今天,但他做到了,他感到时光就像一个不苟言笑的发牌官,只是凭着运气派发给了他一个任意的十年,他拿到了一副顺子,至于何时打光这一手牌,他仍然看着玻璃中的美琪,她的美丽、宽容、故作凶恶,以及在他背过身去的短暂时间里流露出的倦怠。

"你从来都在听我讲着无意义的笑话,我呢,坚持讲着无意义的笑话。"李白说,"似乎这样就不会失去你。"

"你在嘀咕什么?"她摇灭一根火柴。

"不,我只是在猜测。"

97

曾小然发微信过来,问到吴里实验小学(也就是李白的母校),一位向姓校长的近况。李白对此人有印象,但不记得他姓向,打电话问冯江,冯江说自己当年是农民小学出来的,不如问问莫凡吧,这些台长校长之间有着完整的县城上层关系网,搞不好还联姻呢。然而莫凡没有回答。最后是美琪告诉他,向姓校长二〇〇九年病故于外省,子女早已离开吴里。

"这人名声不大好。"美琪微信上叮嘱,"你不要多问了,牵涉到一些还在世的人。"

李白的好奇心生成,夜里与小然闲聊,她发了一张图过来,年代久远泛黄的纸上写的日记,是她父亲曾先生的手笔,行文克制,似乎早已料到数十年后会被他们所读到。其中写到:今日经过校长室,见向某体罚学生,令其褪下裤子以观赏,此行为属于何种性质? 旁又批注一条:不可声张。小然解释说,这是她整理俞莞之遗物时发现的,曾先生写日志不标年月,从上下文推断应该是一九八三年的事情。

这还能是什么性质? 要流氓呗,人都死了十年,就不知道有没有更进一步的动作,也不知道受害的女孩有几多。两人回忆实验小学的校长室,一九八三年,刚刚造起三层高的教学楼,此前他们都在红砖砌成的坡顶平房里上课,而校长室似乎一直没有搬迁。小然说,那里常年挂着天蓝色的窗帘,李白已经全忘了。

"我记得自己还进去过一次,印象极为深刻。"他说,"因为,那天下午有个老师冲进来告诉我说,我爸爸可能被烧死了。"

她二十五岁以后没再回过吴里,对这座平凡的县级市留有的印象是:出城即为农村,街道普遍肮脏不堪,晴天晒在小巷里的咸菜干和煤饼,某一片区令人感到舒心的石库门房子和梧桐树,另一片区杂乱无章的商业门面,当然还有他们曾经流连的蓝莲咖啡馆。她的记忆实际上已经跨了前后十年,但在她的讲述中,似乎又是同一年代同一场景。

"我从来没有把吴里当作自己的故乡,我去过的地方太多,也不写日记,吃了几年药,事情都记得七零八落的。"

"你十七岁时写日记。"

"后来不写了。"

正是那些混淆的记忆使我们让步于时光,不再先于它发出感慨。小然道了晚安去睡,李白不知她此刻身在何处,他在黑暗中看着闪亮的手机屏幕,无端想到,世界从哪一天开始以这种方式相遇:你面对的不再是某一张脸、某一段风景,而是可以被握在掌中的随身电器,你低头倾诉的姿态与地铁上疲倦而无聊的人们极为相似,谁又能断定他们不是在叹息,或者不是在做出攻击性的举措?一个关键性的表情包该怎样被写进小说,而人们的真实表情是否已经变成无法描述之物?

这当口李一诺发了一条豆瓣链接过来:叔,你的书又有个傻叉来打了一星。

我已经厌倦了这个用五颗星来表述的世界,所有人都像在批改作业,而其中至少有四颗星是没有什么意义的。

你这是二元论,我们老师说的,要么就是虚无主义?一诺回复。

就像你的名字,一诺,不是〇诺也不是五诺。李白打了个呵欠,告诉自己这不值得多想,早在爱迪生发明电报那天起,世界就已经奔向一行行缩写字母了,至于爱迪生以前(或者说以外)的时空里,你受得了宗教裁判所无休止的审问和伴随而来的拷打吗?一诺反驳道:"你确定电报是爱迪生发明的吗?"

冬季尾巴上的吴里古城,在某一短暂时间里会尤其平静。开发区的白领蓝领们搭乘交通工具返回祖国各地欢度春节,吴里本地的中产阶级们举家奔向旅游景点欢度春节,禁止放鞭炮的新条例要求人们文明欢度春节,大批游客和网红尚未来得及到达吴里欢度春节。像一部推理小说,一系列要素组合,古城区空荡荡。李白清晨醒来,开助动车到李忠诚家喝了杯咖啡。这一片区如今是网红街。太子巷3号,他过去的房间破墙开了间小咖啡店(是的,李忠诚现在有三间门面房),而曾小然和钟岚曾经住过的大杂院,已经装修,成为民宿。

李白用手机拍了几张照,传给小然。"大格局没变。"他介绍道,"再过两天就会有几百个举着自拍杆的少女出现了。"

"就你那狗窝吗?"曾小然用语音回复。

"你曾经的闺房如今上下层打通,变成一夜千元的炮房,全都是又丑又老的男人带小姑娘进去打卡。"李白说到这里打了个寒噤,想起楼下是钟岚家。这座炮房简直是我中年时的心理奇观,一种对于青梅竹马似水流年的彻底批判。

"怀念吗?有没有带小姑娘去开过房?"

"没有。"李白诚实回答,并收起手机,止步于民宿门口。与你所看到的相反,这是荒凉景象,像巨鲸终于决定踊入大海,废弃四肢,变作鱼态潜入深寒的海底,若干世代过去,它又回到岸边,它将搁浅在这里,它将不明晓何为前程,何为返程。

"你猜错了。"美琪发来一条微信,"向校长猥亵的不是女生。"

98

李白见到了莫凡,他从北京回来过春

节。经历了影视界热钱横流的好时光，他变得更为稳健，体重达到两百斤，李白终于赢了他一回。美琪组局，冯江没来（美琪讨厌他，而他也没有辜负这份讨厌），三人坐在网红街的一家烤串店，傍晚时分，看了一会儿往来游客。现在李白可以辨识清楚，那些拖着拉杆箱的少女们都是网红，箱子里是她们的行头，她们沿路换衣服，化妆，自拍，上传，然后赚钱。你能提款的场所就是现实存在，相反的是，眼前飘满异装少女的实体世界成为了幻境，这是他青年时代未曾有过的新型寓言，那么究竟什么是我们目睹过的、业已消逝的标志性场面？三个怀旧中年人讨论了一下，莫凡认为是《泰坦尼克号》散场后哭泣着走出电影院的女孩们，美琪认为是拥挤的人才市场抱着简历惴惴不安的女性应届毕业生，李白则说，南方某大城市五星酒店门口广场上数以百计等待客人领走的风尘女子们。

在回忆中，这些场景也是庄严的，也是欢快的，也是悲恸的。时代对人们提出的要求总是既苛刻又短暂，此后，你将分不清什么是情结，什么是情怀，什么是情绪（更严重的症状是分不清钱和爱情），这一讽刺意义上的人生多多少少也混淆了李白的真实感。

"听说你要写这个恋童癖的传说，"莫凡说，"既然美琪说到了，我不妨具以告之，毕竟那也过去三十多年了。"

"果然。"李白看了莫凡一眼，"台长的儿子也会有这种遭遇吗？"

"一九八三年我父亲只是县广播台一个唯唯诺诺的小干部。"

"你继续讲。"

他没有性侵过我。莫凡说，有一天他把我喊进校长室，关上门，让我褪下裤子，褪到脚踝，并且撩起外套，他对着我看。那时我只有九岁，你知道在吴里这个鬼地方有"摸一把"的风俗，我还以为他也要摸一把，但他并没有上手，他看着我的下体。那个时间是停顿的，因此我记不清他看了多久，也许十分钟，也许一节课，然后他就让我穿上裤子走了。

"没有威胁过你？不许告诉家长什么的？"

"没有。"

"这只能算是一种怪异的癖好吧？"

"这种癖好未免有点过于广泛，"莫凡说，"凡是长得清秀的男孩全都被他叫去看过，我们甚至交流了一下，有个小胖子没有被看，他还挺不高兴的，觉得校长不喜欢他。这他妈的就是我们当时的性教育水平，完全没有意识到怪物的存在。"

"你被看过几次？"

"一次。似乎每个人他都只看一次，但你也不能确定，这中间有没有人被他性侵。"

这不是一个好素材，李白摇头，准确地说，不是一个能够完成的素材，除非我瞎鸡巴乱编。美琪插嘴说："我初中时也被物理老师摸过大腿。"那是两码事！莫凡拍桌子。美琪不服："我话才开了个头，怎么就两码事了？"

因为，我甚至没有意识到被伤害了，这么一群男孩，在此后很多年仍然对这一事件蒙头蒙脑，直至新闻报道告诉他们这是一种侵犯，他们恍然大悟，然后沉默，然后验伤。他们的记忆是残缺的，无法拼凑，也没有上下文因果关系。有人记得校长是坐着看，有人记得校长是蹲着看，他的猥琐被误认为是一种权力的尊严。更可怕的是，当我回忆起他的目光，我都搞不清自己当时有没有穿着裤子，仿佛我是一直没穿裤子在人们眼前站着。

"天哪。"李白嘀咕。

"所以，保护好你的儿子吧。"莫凡对美琪说，"在他成为男人之前，不要随随便便被人处决掉。"

"给他改个英文名字吧。"李白附议，"比如 Moby，而不是 Dick。"

"迪克这个名字我给他起的时候社会上还没有拿迪克说事，我有什么办法？"美琪白了他一眼，"国际学校的英文名都是注册进档案的，想改都不行。"

三个人又喝了一会儿，莫凡轻松许多。老友们，不必为我的童年阴影担忧，我已经足够强大，没有任何神经症状，我很庆幸自己成长为一个正常人，更庆幸那老家伙已经死了，要不然我可能真的会找新闻媒体来曝光，这是一件麻烦事，让无数人不得安宁。美琪说："摸我大腿的物理老师还活着，但我似乎对此已经释然。"

"请准确地解释一下什么是释然。"

"就是——它已经死了。"

"我欣赏你们的真实感。"李白说，"我做不到。"

"话说，你比我低一届，小时候长得也很清秀，你怎么就没有被喊去呢？"莫凡搭住李白的肩膀，斜眼估量。李白抽了口烟。莫凡确实强大了，尽管强大这个词用在中年男人身上有点无耻，但看在他小时候被玩弄过的份上吧，他需要提醒自己强大。

"现在看来是我运气好。我被喊去了，在里面坐了一会儿，校长在干啥我忘了。后来有个老师敲门喊我，说我爸被工厂大火烧死了，救火太积极，这回我可能要做烈士的儿子。我当即大哭，跟着走了。"

"你不是靠运气，你爸救了火也救了你。"莫凡说，"包括此后，校长是不敢碰一个英模的儿子的。"

"我操。"李白抱着酒杯明白过来。

99

二〇一七年时，李忠诚在吴里城市花园广场上遭一名跳舞妇女敲诈，款额高达七千五百元。一张收回的手写欠条压在玻璃台板下，并他被打青的左眼，吸引了李白的注意力。欠条称李忠诚的借贷项目是"跳舞教学费"，老师叫王梅枝，日期已经是两周前。李白深感疑惑，他希望父亲能学点娱乐，麻将啦，广场舞啦，以支撑过晚年的煎熬，但七千五百元的学费终不免让他发问，难道你和李一诺上的是同一个培训班吗？

"跳一个给我看看，你最拿手的。"

李忠诚惶恐地站了起来，他的胯部在新闻联播之后的天气预报音乐中扭动起来，是拉丁舞，李白看懂了。你像是被打断了腿，你不会真的被打断腿了吧？李白发问。不，李忠诚的回答是，我只是被打了头。

"谁打的？王梅枝吗？"

"一个男的。"

他讲不清这男人的长相，他能讲清的是，王梅枝在广场上结识了他，然后把他拉到梦梅新村一间黑咕隆咚的屋子里教了一星期的舞蹈，是的，一对一教学。他以为可以带着她在幻觉丛生的黄昏与某个穿白皮鞋的老克勒斗斗舞，结果是她在第八天告知他，学费七千五。他没带现金，手机不具备支付功能，想趁机溜走，一个男人从洗手间冲出来按住了他，王梅枝适时地关掉了灯，导致他什么都看不见。头上挨了几下之后,他立即屈服,王梅枝立即开灯,一张早已写好的欠条放在他面前,签字后她陪着他去了ATM机上,七千五到手,将身份证和欠条还给了他。然后呢?然后她一溜烟跑了。

"你这么做是对的。"李白说,"如果你不屈服,她可以告你猥亵,那就是七万五了。"他的手腕被李忠诚拍了两下,显然带有安慰性质,但搞不懂是他觉得安慰呢,还是想安慰李白。这个问题无需多问,因为他表达不清。李白想了一会儿:"告诉我,这样的欠条还有几张?"

"就这一张。钱能要得回来吗?"

"我不是为你伸张正义的人,我是来替你管银行卡的。"李白不无悲哀地望着父亲,他已经糊涂得不适合拥有钱财了,某种程度上,我没收了他的自我。我在事物的讲述层面上破解并摧毁了他,但却永远无法带领他到达本质。

我要会会王梅枝,不就是社会下九流吗,我很擅长与他们打交道,且相当愉悦。他自信过度,开着助动车往广场去,心想就算抓不住她把柄也能抓点素材。到那儿一看昏天黑地,树木闪烁着密密麻麻的灯光,仅止于照亮它们自己,有三队人马在各自的音乐中组团起舞,另有一个黑漆漆的露天交谊舞场子,一些穿闪光旱冰鞋的孩子穿梭其中。人数上千的夜晚大派对使他产生了奇异的迷失感,并且意识到李忠诚可能也迷失了。王梅枝魅力何在,一个会拉丁舞的半老(或已老)徐娘,即使是我本人也会在这幻觉般的夜色中多看几眼吧。他四处询问,最后在交谊舞场子里找到一个黑乎乎的老年女性(看不清脸),她声称认识王梅枝但似乎不想搭理李白,他不得不扣上敞开的衬衫领子,将下摆束进

裤腰带,邀请她跳了个华尔兹。

"拖鞋,你穿着拖鞋。"她表示不满。

"我光脚都能跳华尔兹,来吧姐姐。"

"王梅枝。"终于,她搭住他的肩膀,一边旋转一边在他耳边说,"那是一个斜眼很厉害的外地女人,我们不许她来了,形迹可疑,我们怀疑她是个婊子,给老头子搞的那种,传播艾滋病,哎呀呀。"

"你竟然被一个斜眼很厉害的外地女人给敲诈了,亏你还是个做过销售的!"李白对着夜空长啸,黑暗中的华尔兹就像是把他扔进了洗衣机滚筒。

一个月后,他带李忠诚去医院做了套比全面更全面的体检,从早上到下午,兜底看了一遍。是的,他现在根本不相信七千五仅止于跳舞,他能讲出至少二十个当代老年人触目惊心的性生活的故事,写成小说没有一篇能完整发表的。体检过程中,李忠诚表现得相当愉快,甚至稚气地提醒了李白一句:你也最好做个检查,你有点耳背。李白全无心思,也不敢与他共餐,只跟护士小姐聊天。拿到了报告后,心电图和脑部核磁共振没问题,这不重要,HIV试纸和RPR血检亦都正常,他松了口气。医生把他叫了过去,谈到了阿兹海默症和退行性前列腺病变。

"如果患上了前列腺癌,那么老年痴呆也就不重要了,不是吗?"李白仍不忘炫耀一下自己的医学知识。

"恐怕你没那么幸运,他患的是前列腺增生。至于阿兹海默,还需要观察确诊,可能会在二到五年内使他丧失记忆。"

这些李白全都知道,阿兹海默症的知识点已经普及,成为常见故事题材(他最为熟悉的是丧尸题材),不止失忆,患者还会打砸抢,且无药可治。李白打断他,问

了个冷僻的:"现在福利院多少钱一个月?"

"贵点的上万,差的两千。我建议还是去贵一点的。据说在两千块的福利院里,老人很多都是噎死的。"未等李白问原因,他便微笑着给了一个听上去更像谣言的素材,"护工来不及喂饭,塞满一嘴,他们就死了。"

这一天李白顶风开车,载李忠诚回家。小便困难吗?他问。李忠诚抱着他的腰点头。还记得我是谁吗?你是李白,我儿子。还记得前妻叫什么名字?记得,她已经走了四十年。没那么久吧?李忠诚不语。好吧,有那么久了,三十年四十年对你来说差别不大,李白叹了口气,吸进大风带来的尘土。你曾爱过的人就在天上,她或她们,严厉或温柔,望向你或仍然扭过头去。你应该在死去那天想起她们,但也有一种可能是:你提前将灵魂交还给了她们,仅仅带着肉身,走进南极。这与圣人之道恰相反,然而你也说不出它是什么道。

"多年父子如兄弟。"李白停了车,转身看李忠诚,"现在起,我就是你哥。"

"好的。"

他的病既没有缓解也没有恶化,在其后两年中,他对广场舞和黑暗有一种轻微恐惧,这也在情理之中。他应该有一个女人,帮他缓解一下。李白带他相亲,就像他年轻时那样,给出的条件是两间瓦房一个院子,瓦房是不长草的那种。李忠诚默默地听着。李白总会在事后单独找对方谈一下,我父亲似乎也许有老年痴呆的迹象,我不想隐瞒你,免得你到时候后悔。大部分老太太都摇头,拔腿就走,只有一个开出租车的女司机代表她的母亲回答:若两间瓦房归我,我妈就归你。李白回家与李忠诚商量,他倒也还没完全糊涂,答道:"房子给了她们,她们会弄死我。"

那就多锻炼锻炼身体吧。傍晚,李白极为烦闷地坐在翡翠花园健身区看落日,看李忠诚在单杠上脚不离地拉动自己的身体,他一直没有告诉李忠诚,俞莞之已经过世。在李白的经验中,爱并不与死亡相伴相生,但它们的确乎有着共同的结局。面对爱与死(它们堆砌在一起又是多么俗气),他渐渐成为观察者,一个愈来愈远,一个愈来愈近。他的听力在丧失,这可能是源于年轻时频繁使用劣质耳机,挨了几个过于接近耳蜗的巴掌。假定将它与记忆的丧失相类比,他不免会猜测,我最后听到的声音是什么?天黑了,他招呼李忠诚往家走,落日早已隐没,他等了很久的曾小然的微信并没有答复。

100

与其他错误相比,幼稚遭到的惩罚未必严重,但更为多样。中年以后,李白的急性幼稚病转发为慢性,在外人看来,这像是一种成熟。他自己清楚,过往与今天的差别无非是惩罚变得单一、无趣、好猜。

某天李一诺又与他说起 M 国际中学的八卦:"隔壁班的菲比在上课时自慰。"李白心头一凉,问她,谁告诉你的。"一个男生。"一诺犹豫了片刻回答道。

"是个还蛮刺激的素材,但我仍然需要提醒你,从伦理角度来说,这种事情除非你亲眼所见,否则不可信任传言,尤其是轻率幼稚的男人。"李白说,"那会造成不必要的伤害。"

"叔,你变正经了,还很讲逻辑。"一诺同意,"什么样的男人是轻率幼稚的?"

"我这样的。"

"讲点更让你胆寒的，当代文学不会告诉你的，"一诺说，"现在的女中学生，最时髦的既不是上课自慰也不是回家划手，更不是找个有钱老男人傍着。"

"是什么请讲。"

"第一是搞百合，第二是去精神病医院开具一张抑郁症诊断书，双向情障加严重躁郁，不吃药暴跳如雷，吃了药什么都无所谓，比任何通行证都管用。"

"我已经不太懂这些了，我是一个从旧时代走过来的人。"

夏天时迪克过了生日，与一诺一起升入高中部。美琪办了一场升学宴会，请来亲朋好友，李白自然是没去，收到现场照片后发了条微信涮美琪：看上去是你给儿子和一诺办了个订婚宴，这像话吗？美琪回复：你这个幼稚的猪，为什么不来？李白答：我不想看见你那个猪一样的老公。

第二天早上，一诺满脸阴沉来找李白。他正在看新小说的校样，站在厨房满头是汗，面对一壶沸腾的热水将结尾的标点符号修正完毕，仿佛一次漫长倾诉后的告别，所有的词句正在蒸发。这部关于青年时代远游至西藏的小说很快就可以下厂印刷了，李媛发微信过来，商量去哪家地面店签售，北京的小规模首发式是否可以请方薇教授来做一场对谈。姑娘是春天入职的，李白将稿子交付给她时，原不抱什么希望，毕竟她只是初级的实习编辑，不过姑娘告诉他，主管的责编曾经是他的读者，多年来一直还记得他，愿意给他出新书。他遇到了好运，此刻，旧时光正向他投来最后一瞥，很快它将收回其深情与眷顾。"我已经不知道这世界是什么样了，你定吧，方教授由我来约。"他回复李媛，接着听到客厅里的玻璃杯乒乓作响。

"昨天有人与我说到，你和我妈的往事。"一诺气鼓鼓地坐在沙发上，低着头没看手机，这说明她真的不高兴。

"谁在讲？"

"你曾经抛弃了她，和你小说里写得不一样，不是感情不合，事实是你移情别恋，爱上了别的女孩。你让她落在了骗子手里。"

她摔摔打打的样子倒是和钟岚很像。李白将稿子装进大信封，放在桌上，并拿走水杯，防着它飞到自己头上。"恋爱与失恋，在任意年代都是平常的事，即令决绝也很平常。你还太小，我的解释在你听来会更像狡辩，狡辩是庸俗的，而我也不是一本官方出版的青少年恋爱指南。如果你一定要我讲清，只能说，当人们停留在密林中，任何行走都会成为途径，任何途径也都是错误的。这不是移情别恋，而是轻率，但是对失去方向的人来说轻率又算得了什么呢？"他从书桌上拿回了信封，对自己的演说方式感到生气，"她是与我情谊最深的人，我们告别于终点。"

"好吧，我原谅了你。"李一诺说，"我觉得你回答得很好。"

"不，我讲得丝毫不能令人信服，我只是尽力在讲。"李白坐到她身边。向下一代人解释一场二三十年前的恋爱，差不多就像博物馆讲解员介绍一个四千年前的陶器，是什么家什人人都知道，但你总得讲出点不一样的地方，下回必须得编一套可靠的说辞啊。

"对她的死，你感到遗憾吗？"李一诺问。

"如果你爱过足够多的人，她们之中总有一些会在很年轻时离开。"

"这听起来又不大像是人话。"

"我在宽慰自己。"

"叔,你描写的告别都太美好了,难道就没有人背叛过你,让你不堪回首?"

"没有,我只经历过一些寻常的告别。"李白耸肩说,"要听刺激的故事你可以去找我的爸爸李忠诚,趁早,他很快会忘记光。"

李一诺离开后,他走进浴室给自己冲了个澡,无疑,他撒谎了。是的,令他鼻青脸肿的那些姑娘们,像夏日飓风狂暴登陆,把情敌、友人、饭票,及各路不知所谓的男人们掀起在半空旋转,他像是风雨晦暝中三心二意履行着职守的气象观测员,讲述,追踪,精神涣散,时而爱着,时而被大雨和密云裹挟,直至她们谜一样地消散在内陆深处。她们曾经存在,他想,比存在更具体的是她们曾与他结下情谊,有一些背叛了,有一些相互背叛了。

101

每一年秋天,李白到北京看柿子,这是一趟豁达的伤感之旅。将两个相互抵触的形容词堆砌在一起甚至比弃绝形容词更容易,它们之间达成的平衡契约正如深秋的某一短暂时间,渐渐倾斜,滑向冬季。他先到出版公司签了几十本书,跟着李媛到附近宾馆登记入住,莫凡来见他,说这里住的藏民较多。李白尚记得二十年前到拉萨旅游学过的几句藏语,接着,李一诺发语音过来:"你的新书在豆瓣被骂成狗了。"

"怎么骂的?"他一边对着摄像头扫脸一边问,总台姑娘请他闭嘴。

"他们认为小说结尾在西藏十分烂俗,跟畅销书女作家一样。"

"要这么说起来,死亡最烂俗,它在故事结尾的出现率高于其他一切,当然,开篇也是。"李白不以为意,又补了一句,"妈的,实际上也是。"

"我还没看过呢,到底烂俗成了啥样?"莫凡翻着他的书,"西藏,你这是在拿豆瓣文青最熟悉的东西骗他们,找死呢吧。知道他们有多恨自己人吗?"

"我不知道。连我爸爸用了列侬的头像都可以去豆瓣冒充文青。"

"固执,你不知道的是今年二〇一九年。"

午饭吃得不开心,莫凡的奚落似乎预示着这本书的签售不会顺利,或者,过于顺利——两人同时对李媛讲到十几年前吴里新华书店的一场活动:他们站在长桌后面,连把椅子都没有,桌上放着两摞书,两支签字笔。莫凡与李白,当时年轻,体态俊秀,站着也好看,一个喷了点香水,另一个穿着价值三百块的T恤。买教辅的顾客们带着儿女鱼贯走过,没有人停步,没有人翻一下书,至多惊讶地瞭他们一眼,意思是你俩站着想干嘛。他们昂首,看着这群素材,并将自己投身于素材。像不像说相声的,不,像算命的,两个年轻的作家互相揶揄。"你曾经卖得不错,后来与我一样寂寂无名,现在能有人骂也是好事。"此刻,莫凡安慰李白。

傻逼你可能是小时候真的被校长办过。李白暗骂,下午独自遛出去约会,能让他心情好起来的柿子们正在秋光中摇曳,水果就像爱情,是风土与阳光的产物,也被时间所限定,无人能预料它们何时落在头顶,而掉落究竟意味着什么,怕是也难以说清。他在路边买了一瓶无味的气泡水,隔着绿色的玻璃瓶看街道的景色,这一属于十五岁时的动作过滤了另外两个十五年。四十八岁死于边境的本雅明先生,让我们坐下谈谈吧,谈这个注定不可能完整的世界,或一枚寄托了过多伤感意义的水果。

他看到乔南从街道对面走来,十年前她叫南,她已经从编剧转向成为小说作者,使用一个南辕北辙的笔名,书卖得不好也不坏,没有编剧挣得多,但每一本都能顺利地影视转化。她带来的一个坏消息是李白的新书——影视公司的九〇后策划看不懂。尽管他一再声称自己并非先锋作家,小说比通俗文学略为艰涩一丢丢而已,但看不懂就是看不懂(即使是个老手也受不了他那高速公路上开倒车似的倒叙手法)。"我真是不明白,这年头除了投稿给杂志社和出版社,还得投给影视公司,落在二十岁的小姑娘手里。"李白感叹,"最荒唐的是夏天我去上海谈影视版权,那位女士对我的小说完全没有兴趣,她只想让我陪她去游泳。"

"你有福了。是九〇后?"

"七〇后,和我同岁,职位不低。"李白嘀咕道,"你把我当什么人了嘛。"

"干我们这行的现在叫'内容提供者',属于供应链的一个环节。"

岂止,我搞不好还要做身体提供者,李白心想。可怜我这完全不会游泳的身板,想象一下,当我拙劣地抱着一块泡沫塑料在水里漂着,看到那位七〇后女子劈波斩浪,她的身材没得挑,令我感到相当懊悔,我大口吞着泳池里的水向她靠近。像小说里写的那样(更像梦里),期待着她的小腿抽筋,如此一来我就可以替她按摩,这我很拿手,但真正发生的可能是我自己抽筋呛水,狼狈上岸,像喝醉的黄鼠狼那样极其猥琐地倒在地上,这一形象才是广大网友对我这年纪男人的终极想象。"所以我没去游泳,很孤独地回家了。"他顺着自己的思路讲道。

"你去会老情儿了,上海的。"

"用遥远的事物覆盖近处吗?"李白摇头,"我真的回家了。"

他们沿着街道散步,远处的柿子簌簌掉落。在过去的十年里,乔南为他们的每一次见面营造了一种游乐场的氛围,那总是在深秋,北京的十月,南方仍然时不时升温的时节。她是个不耐烦吃饭却乐意在秋日的街道上徘徊良久的人,因而他们的单独约会总是草草啃几口披萨,各自灌下一听啤酒,然后手拿饮料直奔主题。当然不是上床,是徘徊,对于李白这么一个擅长于徘徊的人,中年后的每一个深秋,他总要被她透支一回。他徘徊在北京的景点和胡同,有一些年份,她坚持走在他左边,另一些年份则是右边,这一位置的调整(二选一)似乎意味着人世的所有变幻。他不再询问她的婚恋状况,她的没华的导演男友早已沉入江湖(李白也好不到哪儿去),余下的那些更不在讨论范围内。这种坦白的不确定性令他感到一丝安慰,那是他在一部漫长且无聊的以刻画人物、狗血情节为主的电视剧片尾听到的旋律。仅仅是旋律,你可以哼出来,但难以复述的事物。出于理智,他牵住她的手,一种被爱情释放的友谊,一种业已交代掉的伤感。"我对你的情谊似乎已经写进了我的遗书。"他望着远处,"如果在五十年前,我会把抽屉里所有的全国粮票都留给你,如今我只能说一声,我曾经爱过你。"

"迟到的表白竟也能这么突然。"

他没有接下这句话,正如她用轻描淡写的语气闪过了他的话。北京,或者说是北方，它的秋天是如此庞大，当他坐上火车到达这里时，秋天并不是渐渐显形，而是突然将他围绕。他从不在意这座城市的变迁，那与他没有关系，相同的，他也忽略了乔南的变化。每年见一次，这种稳定性是致命的，最终，它以徘徊的方式形成了时钟的刻度。

"你仿佛和以前不一样，我说不上来。"李白说。

"我怀孕啦，预产期明年三月。"她说，"于是我结婚了。"

"多好啊，你会生一个双鱼座的小孩。"

"你分明很困惑。"

"让我想一想，"他犹豫着说，"是的，我很困惑，但我想答案不会拖延到下一个秋天了。"

102

第二天上午李一诺又发来微信，吵醒了李白（他正在一场关于失恋的梦中颤抖）。"迪克这个傻逼说女人都是神经病。"

"他没说错，男人都是变态。"李白回复，"好啦我只是开个玩笑。你告诉迪克，这个念头只会发生在歇斯底里的男人头脑里，请他理智点，如果做不到像个成年人，那也不要去扮演成年的精神病。"

"他只不过是富姐玩剩的渣渣。"

公正地说，迪克的底子还算干净，他的情感污点只不过是一双限量版球鞋，等你们玩到四十岁才会知道什么叫没脸见人。李白本想从政治正确的角度纠正，"玩剩的渣渣"带有沙文主义性质，且词句平庸，不堪反驳，不过他还是扔下手机睡了个回笼觉。就让年轻人去恶搞吧，尤其国际中学的，经常教育他们会产生自我怀疑，我比他们的有钱爹妈更愚蠢吗？我比卡尔如何？会不会连校门口的保安都不如？他们都在微笑，毫无怨言，靠，而我曾经是个那么擅长微笑的人。

他再次醒来是中午，李媛发微信提醒他拍一个简短视频，又告知方薇教授上午已落地首都机场，傍晚时会过来。最后还是李一诺发来的链接：叔，又有人在豆瓣骂你傻逼了，你好像得罪过这个人，二万粉的大V哎，还是个女的，稀有动物，地位相当于正局级。有完没完？李白头大如斗，转过去一看，对方一大清早在短评里召唤他——"还他妈318国道，还他妈西藏，想告诉作者，你是个傻逼。"李白登录自己账号，回了一条：听说你在找我，我想告诉你，西藏不是你家后院，没啥不能写的。没当回事，他起床刷牙。

李白是最早注册豆瓣的一批用户，过去年代，仅把它当成个BBS。起初用一张荒木经惟的裸女作头像，某天收到一封站内短信：约炮吗，我二十五岁，很强壮。李白大乐，回了一封：我三十岁，也很强壮。两天后由于头像涉黄被直接封了号，怀疑是被约炮者给举报了，不得不重新注册。

他在豆瓣上并不活跃，有一千多友邻，皆为十几年前的朋友和读者。令他最怀念的是远在成都的一个兄弟，豆瓣上《太子巷往事》最初的一篇书评是他写的，两人同岁，从未见过面，逢年过节用站内短信问候一句，也曾约了喝酒，始终未能如愿。二〇一八年这个朋友喝得实在太多，猝死在重庆。

他这个年代的作家（以及其后出生的）大多拥有豆瓣账号，他们部分很红，部分隐身，部分不予承认。这一读书观影谈八

193

卦的网站，方薇曾经提醒过：作家与读者近距离交流是充满危险的。然而方教授本人也有豆瓣账号（以及微博、公号、ins），五千多粉，权重极高。过了些年，方薇开始研究豆瓣作者的小说，评价是良莠不齐，和严肃文学没大区别，然而不同的是：读者与作者之间的界限正在大面积融化，短视频在替代电影，段子在替代小说，短评在替代批评。短——这一在左翼思想家（诸如本雅明、鲁迅）看来需要为之正名的弱势形式，世界的碎片表达，如今已经改天换日——如果你有一百万粉，你再短也是个神。

李白坐在手机前，拍了一段六十秒视频，回答了几个简短问题。写文章是不是应该简洁明了？是的，从营销角度来说，人们会吃这套。你怎么看待批评自由的问题？我从小接受的教育是创作多元、批评独立。小说结束在西藏是为了照顾文艺青年的感受吗？抱歉，我已经不是青年了，青年与青年之间缺乏沟通维度这是我早已知道的事，他们需要热忱或冷酷些，但没有人可以指导（以及预测）他们何时热忱、何时冷酷。

他起身去门外抽烟，见李媛忧心忡忡。"您的书已经跌进6分了，"她也给自己点了根烟，"我们同事都在笑话我。"

"在潜入深海的某一时段你确实会感到浑身刺痛。"他开玩笑说，"放心，首印五千本一定会卖光的，然后我们的任务就完成了。"

"李老师，您惹了一个两万粉的豆瓣大V，您自己看看，他的粉丝正怼着你骂呢，每个人都跑上来给你打了二星，包括你十几年前的旧书。"

"这么恨我为什么不打一星？"

"因为一星太多会锁分。"李媛说，"这些人都是老手。"

"那两万V一定是个很漂亮的姑娘。"李白叹息道，"她们通常会任性一些。"

"您这么判断女性可不大好。就算她不是女生，您的说法也是对女性的一种轻微歧视。"

"是的，感谢提醒。我也曾用荒木经惟的照片去骗过人呢。"李白说，"其实漂亮的男人更是这副操性，任性是无性别、无边界的。"

他回到房间，打开电脑，再次登录网站。这本书还没开始做首发式就已经砸了，想想编辑有多惨吧，一个存在主义式的开始，一个仰慕着莫尔索的人遇到了二万零一个莫尔索。他脑袋里思考着艺术家与庸众的关系，在这关头他能讲出来的全是些气话，同样任性，无一可以服众。他当不了哲学家，无法在纯粹的思想中找到标的物。他试图回复，发现二万V已经拉黑了他，自顾在广播里一条条大骂：傻逼，没风度的作家，当代文学的败类。后面的跟骂已经达到四位数，有两百个人转了。李白打电话给李媛，借我个账号使使。

"您想干什么？"李媛疑惑地问，"您是想报复，还是想炒自己？"

"我想看看网暴到底是怎么回事。"

"您去×××作家的主页看看就行了，他比您红，今年被网暴过三次了，比轮奸还惨，他居然还反抗，新书被二百个人打了一星。还有被骂得注销账号的译者，发作抑郁症的女编辑，这是目前的普遍现状。"李媛说，"您真的不必亲自下场，不用跟这些庸众一般见识。"

"我不觉得他们是庸众，他们看的书比我还多。"

过了一会儿李媛敲门进来，掏出手机，给了他十个豆瓣账号。李白诧异，她解释说："如今的年轻编辑在豆瓣都有一打小号，有时用来损同行，有时用来灌水，有时用来网暴别的出版社的作家。至于大号，通常发点情怀类的文字吸粉，交各路朋友。您看，我也有两千粉，比您多。"

"你学坏了，看上去不像个读书人，像个黑社会。"

"至少我可以保护您。"

"女作家才需要保护。妈的，我这说法又涉嫌歧视。"

"您确定这么干吗？这不是BBS，是一个大平台。"

"我确定豆瓣的服务器不会因为我而瘫痪，怕个啥。"李白整了整手腕，面向电脑，扎入一片语言的浪涛中。

103

干死这个傻逼作家——答复：现在的消费主义新一代脸上为啥都会有革命者的表情，我也是奇了怪了。

居然连短评都回复，这作家可谓没有风度——答复：我经历过的年代各种各样，标语泛滥的，信息泛滥的，内容泛滥的，观点泛滥的，现在是短评泛滥。我为什么不能择优或择劣而回复？

作家，要八风不动——答复：根据弗雷泽的《金枝》解释，最初的国王们确实被当做神圣偶像，每天坐在王座上连头都不许晃一下，否则就意味着灾难和战争。不过后来，他们只是用王冠替代了脑袋，那玩意儿放在座位上不动就行了，他们自己到处搞女人。

无病呻吟的小说——答复：是的，无病呻吟。你很强壮，篇篇都是无痛人流，哦抱歉这太性别歧视了，这么说吧，无痛割包皮，你满意了吗？

讨厌这种不干不净的写法，讨厌肮脏的东西——答复：知识分子的虚伪是一种内在修养，但它极不适合用以自我表白。

对书评人这么嚣张的作家是吃错了药吗——答复：这位小姐是这样一种书评人：一手端着《纽约客》的香槟，一手捧着二万V的盒饭，关键是她并不想享受这两者。她想干的是把香槟浇在自己喜欢的作家头上，或把盒饭砸在自己讨厌的作家脸上。究竟是谁吃错了药？

批评自由——答复：打星，这是你此生能触摸到的自由的天花板，祝你快乐。

不做厨子就不能评价你的菜是好是坏吗——答复：你的道理是对的，但请容我强词夺理一下，哪道菜谱是你发明的？

结构不行，冗长，结尾崩了——答复：创意写作班的手淫式方案论，它们甚至没搞清电影和小说的结尾差别在哪里。

百分之十弃，不值一读，浪费钱——答复：真奇怪你还挺愿意花好几百看一场话剧，我看看剧本就够了，很少有喝倒彩或退场的经验，但无数次扔掉了手里的烂书。一本书看不下去，扔掉，也值得说吗？是你在凛然退场吗？

人物没刻画，看起来都差不多——答复：有这时间，你为什么不去玩一个RPG游戏？

出来卖就是要挨骂的——答复：你个傻逼！我这么骂只是想让你理解，不出来卖的也一样会挨骂。

这个傻逼身上全是文艺青年的劣根性——答复：你是傻逼吗，文艺青年的劣根性指的是一个人床品极差，你对此体会很深吗？

"李老师您别再骂了，天哪，"李媛哭丧着脸，"我养这些号不容易。"

"又来一个，你看，这回还是有名有姓的。"李白凑到电脑前看，"说我的小说没有任何价值，这算什么批评？什么故事是有价值的，龟兔赛跑吗？"

"您别接他，这人是个豆瓣作家，正在上升期，快到二线了。他可能是个小 gay。"

"那就算了，我从来都受 gay 的欢迎，而且没发生过什么。要是伤了他的心，别人还不定怎么想我呢。"

这当口房门敲响，李媛去开门，方薇兴冲冲走了进来。"他妈的，半个文坛都看着你在豆瓣跟人互骂呢，你算是给纯文学作家丢尽了脸面。"她收起手机，"明天首发式我得请几个保镖，防着你被人泼一脸啤酒。"李白请方薇坐，得意溢于言表。庸众，正是这个词使他想起了某句名言，大意是真正的思想家警惕的不是权力，而是大多数人的暴力。方薇冷笑，伸手指戳住电脑屏幕上那个二万 V 的名字："别以为她装疯卖傻的就是庸众，她是某社科院文学研究所的。"

"什么？"

"我师兄的学生。"方薇给自己点了根烟，"你继续骂，我喜欢看这个。"

"她一个搞学术的为啥要在豆瓣上搞我？"

"奇怪，就许你与民同乐，我们搞学术的不行？多好玩，传出去也是美谈，你跟读者互骂，读者粉丝比你多，学历比你高，讲话比你还刻薄。她成全了你想要的后现代感。"方教授向他脸上喷烟，"我中立，你想干嘛就干嘛。说实话，我在豆瓣上也干不过她，这位那可是师兄疼师弟爱的，

他们每人还再带几千个粉过来，你就天下闻名了。"

我觉得累了。李白合上了电脑，搞半天我还是跟一群传统知识分子的变体在斗，有意思吗？我不小心磕了你们的学术花瓶，这么做连我自己都感到惭愧。"你们这帮人，又像黑社会，又不够彻底。"李白数落方薇，"出来打架不亮身份，斩落了你们还觉得冤屈。"

"这个想法太古典了，你轻易地背叛了自己的后现代性。"方薇仍然不打算安慰他，"这是你身上的根本矛盾。"

"李老师你上鹅组了！"未及他解释，李媛举起手机尖叫。

"什么是鹅组？"

"你他娘的这是要红啊。"方薇也尖叫。

托尔斯泰写得了一场战争，写不了一场网络口水战。李白意兴阑珊，又收到李一诺的微信：叔，我看见你在豆瓣跟人互骂了，你咋这么多小号？我来替你报仇。李白警告：不许胡来，对方不是傻逼，社科院的，科班！一诺答：怕什么，我再过三年就考斯坦福大学文学专业了，天天跟人骂战，正好拿社科院的练练手。片刻工夫，二万 V 的页面上出现了上百条英文留言，李白全看不懂。一诺解释：我们同学全上了，还有我校头号精神病菲比，卡尔也在帮你，我发现啊，这帮搞学术的，英文不行——

那你是没遇到外文所的，各位，搞吧，我要注销我的账号，李白失望至极，这一切是多么形而下，多么像个寓言而寓言早被玩弄得脏兮兮的，沾满不同年代的蠢货们的指纹。"我操你妈。"李媛又发出尖叫。李白血压飙高，凑过去看她手机，见一条留言：一个作家居然为自己辩护，这是多

么可笑,多么虚弱。李媛一脸痛苦。"这算什么,我年轻时就听过这种话,"李白故作潇洒,"我们的一生就是在为自己辩护,在这场绞肉机式的漫长战役中你只不过是守住了一个散兵坑,无论你有没有朝对面放一枪。"

"这人是我的同事。"

"你的,公司的,同事?"李白发呆,"姑娘你的职场之路有点艰辛啊,你得罪了谁?"

"和我关系很好一女的,我帮过她很多忙,她还在我家里睡过觉!小婊子为什么要这么骂我的作者?"李媛语无伦次,坐在地上大哭起来。

104

他回到了南方。秋天倒退步伐,又再变得反复无常。我把我的爱人和敌人都留在北方了,他不无自嘲地想,更可能的是他们根本也都不存在。

此时他又翻腾出一个年轻时常用的词,性伴侣,其书面化恰恰隐含着揶揄意味。它可能还是个法律名词,也就是说,与纠纷有关。当他放下一切离开时,只能说自己失去了爱人,不能说失去了性伴侣。易逝的爱人,在一个急转弯后将李白抛进怀念的臂弯。对他来说,失去,恰好是一道屏障,一个经历了失去的人多多少少是值得敬畏的——自己敬畏自己,这种廉价情绪至少可以短暂地提醒他,不要为琐事狂怒,不要在中年以后踢翻沿街的垃圾桶,不要过度探究错误的根源。

他在一个下小雨的日子里听到楼道里传来猫叫,循声而去,一只橘色母猫在角落里站着,还很年轻,眼神清澈天真。李白蹲下,与它对望半天,确定它不是什么名种,回家拿了两片鱼干喂它,猫似乎理解了他的意图,跟着他直至门口。待伸手去摸时,它终于缩了一下脑袋。好吧,你是一只流浪猫,给你取名叫小橘吧。他不知道,取名这一轻率行为的后果,那是要为之翻山越岭的。

他没让猫进门,回家躺着,无端想到:一只动物是难以刻画的,它们无灵魂,它们有灵魂,是人在接受这矛盾的说辞。它们可能经历出生、监禁、豢养、流浪或宰杀,其一生是破碎的,其灵魂是分裂的,它们的平常命运在人类看来属于完完全全的,厄运。睡着后,他梦见了那头老狮子,眼神浑浊,隔着动物园的网状铁笼与他对望,曾经被咬碎喉咙的年轻饲养员没有出现。他试图搞清在其后的近三十年里,老狮子意味着什么,假如它从未真实存在,那么弗洛伊德先生或可做出完美解释(周公解梦也行),而实际上,他已经与它对望了太久。

此后几天,他在小区的各个地方发现了猫,经勘查,小橘就住在他家楼下的地洞里。"谁养过猫?"他在微信朋友圈里发问,第一个举手的居然是曾小然。

"你已经沉默很久了。"

"我动了个手术,刚恢复。"她说,"家养两只大公猫,一只长毛,一只短毛。"

"什么手术?"

"面谈。过阵子我要到吴里来给爸爸迁坟,他应该和妈妈葬在一起。"

第二天李白照小然说的,煮了一份猪肝去找小橘,见一名烫发的中年妇女双手抄在口袋里,看着她的狗子在洞口狂吠。他们之间冷静与兴奋的反差感招致李白狂怒,他分不清土狗和柴犬,上去给了妇女一脚，她尖叫着逃走了，狗子比她更机灵些，见第二脚过来，立即追着她跑远。李白趴在洞口喊小橘，半天无动静，他确定它在里面，但它蜷缩在暗处，并不想被他看到。

他把猪肝留在了洞口，回家上了个厕所，又再下楼，中年妇女也回来了，狗子正在吃猪肝。李白真是气疯，抄了根棍子上前，这一回，人比狗机灵，即刻跑到五十米外喊小宝快逃。他目睹着小宝吃完了所有的猪肝，挨到他脚跟嗅了嗅，作为一条不牵绳的家养狗，它并不理解棍子的意义。

"小宝是我们小区的霸王，它喜欢追野猫。"一名保安走过来与李白调笑，"不过看起来你很快就要取代它的地位了。"

"让那女的离小橘远点。"李白森然自语，将棍子抛向天空。

小然指导李白，避开遛狗的人，最好是深夜，那会儿野猫也都出来了，深秋了，给它们吃壮点好过冬。他将自己的睡眠时间从零点推迟到了两点，不久收到了小然快递过来的一大包猫粮。在接下来的半个月里，他结识了四橘三狸三黑二白一花总计十三只猫，取名字太费劲了，他终于理解了老台长的难处。其中那三只纯黑的猫，可能连它们自己也分不清谁是谁。另外他还结识了两个同样在半夜喂猫的女孩。"它们不太爱吃你寄来的猫粮，都吃那俩女孩的。"他向曾小然抱怨。两天后他收到了几箱猫粮罐头，金枪鱼、三文鱼、鲭鱼、鸡肉、牛肉、羊肉、鹿肉、鸵鸟肉、袋鼠肉……李白意识到，这回遇到了狂热分子。

"都好吃，我给自己做了顿饺子。"他回复小然。

"真吃了？"

"开个玩笑，我一个南方人怎么会包饺子？"

"我在青岛出差呢。"又过了两天他收到了小然寄来的一箱冰冻鲅鱼饺子，还有一个全新的手提式猫笼。

假如，假如在过去年月里就有快递和微信，我将不会让她走得无影无踪。那样的告别不是社交式的，它带有预言性质，仿佛我们不会相见而我们确实没有相见，得依靠命运的巧合才能触摸到重逢这个词。然而，另一种假如，假如我们拥有了一切即时的联系方式，最终仍可能出于某种原因而决裂，永不再见。此后年代，没有命运安排的失散，只剩你想要的决裂，这将是李一诺他们面对的世界。

他继续徘徊于深夜，一手夹烟，一手提着他的猫粮罐头。小橘已经可以听出他的脚步声，他也能听出小橘的叫声，现在他们彼此可以触摸。某个夜晚，当他蹲下，猫跳上了他的膝盖。按照曾小然的指导，他给它戴了一条驱虱项圈，天蓝色。自此，它就算是有主人的猫了。

"为什么不带回家去养？"有一天赵博经过，凑近问他。

"我从来没想过这件事。"

"给你搞个名种猫，银渐层怎么样？"

"那倒也不必。"

"这个猫爱上你了，看它的眼神，"赵博说，"它迷惑地看着你。"

"你总是喜欢在我面前瞎鸡巴打比方，"李白扔了烟头往家走，"它的眼神更像是个被你送进监狱的女明星。"

曾小然到吴里前一天，李白正在小区里满世界寻猫。无由的失散，这一刚刚被他否定的主题曲又再奏响，小橘不见了，它的地洞被人浇了一坨水泥进去，李白雇了两个工人撬开地缝，又深挖一米，把房子的地基都差点掘了，里面一无所有。他被保安拖走了。当晚端着小橘最爱吃的三文鱼罐头在小区里兜兜转转，不但它没出现，大部分猫也都失踪。两个喂猫的姑娘告诉他，翡翠花园业主群刚刚通过决议：抓流浪猫绝育。

"有个神经病女人在指挥，她好像很热衷搞这个，还让大伙凑钱。但她找的兽医太便宜，我们不放心。"一个姑娘说，"公猫还好啦，母猫绝育是大手术。"

"她应该先把自己老公的蛋给割了。"李白额头冒火，打开手机进业主群一看，以赵博为首的一群男人正在讨论人类永生的可能性。据说到二〇二五年，人类的平均寿命可以达到一百五十岁，部分高端人群可以达到二百岁。赵博强调，这不是谣言！

"我操他妈。"李白在手机上划拉字，不骂不足以引起重视，"我的猫被谁捉走了？脖子上有项圈那个橘猫。"他又贴了张照片。

"老狗，找猫要谦虚点，"具名 K 的人回答，"这小区里的猫，不牵绳的狗，都应该处死。"

"小逼仔，我知道你是谁，明天就去举报你家群租房。"李白回答，"我要亲手把你爸爸的骨灰从楼顶花坛里挖出来，撒进你家抽水马桶里。"

要获得一本自然主义小说的素材，如今来说何其简单，在业主群里点个炮就行了，你甚至不用自己写。李白看着手机屏，先是三五个人争论，迅速发展到几十个人站队互骂，五百户人家在围观，不断有人加入战团，而他提出的问题并没有人回答。喂猫的姑娘赞叹："叔叔你够劲爆，那辆特斯拉就是神经病女人的。你认准了车，她跑不掉。"李白点头，小橘找不回来，我会给她的车也做个绝育手术，忽然手机屏幕一晃，万物回到平静状态，归位于现实。

炸群了。

105

关于这个世界，它的敌意也正是它的善意，它总是用恨贿赂爱，或相反。第二天中午李白一脸没睡醒，开着已经发黑的白色助动车往墓区去，秋雨零星，道路湿滑，他见到曾小然穿着风衣，举一柄黑色长伞站在墓园门口，一辆苏 A 牌照的银灰色轿车停在不远处。

"男朋友在车里？"

"那是我雇的车。男朋友在南京。"

"他应该陪你来。"

他们到墓园办公室登记，两名举着铁钎和铲子的工人已经在一边等候，四个人向山上走去，墓碑渐旧，柏树渐高。我们在向一个很深的往昔返回，路途无比陌生，像奥德修斯之旅，但我们略过了种种神话、种种奇迹。"你相不相信，很多已逝的人，他们灵魂和面容，就藏在天上的云里？"小然问道。

"我相信每一种人世以外的解释。"

这是他们少年时的讲话方式，一种类近半梦半醒的交谈，隐藏着爱欲却无所适从，像云或浪中的光线反射。记忆中的修辞句正在涌来，然而记忆本身也在凝固为一个修辞。李白为小然打伞，她的身高停在了离别那年，一米六五，而他此后长高了多少公分则记不清了。

曾先生的墓碑只有半米高，单穴坟堆，用水泥裹住，因年深日久已经像蛋壳一样开裂。小然不点香烛,只跪下磕了三个头,低声说:父亲,我来接你。工人抡锤敲开水泥,小然提醒他们下手轻点,白色的瓷坛露出,穴中尚有一堆八十年代的五分硬币,已经发黑。她仍然跪着,从包里掏出一块正方形大红布,用袖子擦净瓷坛,双手端住放在红布中央,四角合拢,扎了两个结。秋雨停了,冷风在山腰回旋,小然抱着瓷坛没能站起来,李白接了她一把,觉得她浑身颤抖。"我像大梦初醒。"她说。

他骑着助动车开道,小然的轿车在后面跟。现在顶风,秋天快过去了,每一年的这个时候他都会期待冬季早些到来,像一场奔袭,不要拖延,让秋雨一夜之间成为冬雨,涤荡他所在城市的日常庸碌感。某些人在此时醒来,某些人一如既往。从丘陵地带向前,树木渐渐稀少,随之是农舍,郊区工厂,开发区,古城区,网红景点,这些暴露在细雨中的截然分明的画面像一部官方纪录片那样让他犯困。而我们之间的叙旧,关于爱情和告别,彼此空白的二三十年,若以一种可怕的导游式的方式进入,他想,该怎么形容?像车祸吗?

小然果然将住处订在太子巷8号,那间民宿。李白替她抱着骨灰坛。她去前台登记。"我订了最贵的那间,本来我应该直接回南京的。"

"让爸爸回家看看吗?"

"这么说怪吓人的。"

他们进入一条挂满画的走廊,接着是天井,厢房,客堂。客房的门在钟岚的屋子,已经换了个方向,进去后有一道楼梯,通往小然的屋子。这个装潢设计师可能已经被雷劈死了。小然把骨灰坛放入衣柜。

"等会儿我要去你家看看,你爸还好吗?"

"他的阿兹海默症暂时还没什么进展,他给自己找到了一份休闲式的零工,骑着自行车给咖啡店做外送。偶尔会送错地方,但并不代表他失智,他年轻的时候也这样。骑车对他的前列腺不太好,有时候送到半路他会去上个洗手间,然后再把咖啡拎到顾客家门口。我也不知道那些人是怎么想的,喝个咖啡为什么就不愿意出来走一趟。"

"没去福利院打听一下?"

"我去过一家,五千元一个月,离你爸的坟挺近的。条件还不错,也没有把老人绑在床上,相当人道主义。我进去参观,推开一扇门,里面五个耄耋老人在看A片,流媒体投屏。你受得了吗?"

小然打了他一下:"还是像以前那样,动不动开黄腔。"

"我困了,我们应该立即找地方吃个饭,然后,呃,我回家睡觉。"

"啊,你真是一点都没变,一犯困就撑不住三分钟。"她说,"我还想和你聊到明天早晨呢,我是一个失眠症患者。"

"话说,你动了什么手术,能说吗?"

"子宫肌瘤。我把属于女人的那部分全部切除了。"小然遗憾地摇头,"妈妈得的是差不多的病,所以我害怕了。我已经四十六岁,过着一种挺混乱的生活,远不像看上去这么整齐。"

"我几乎猜到了。"李白伸手抚摸她鬓边的头发,"如果时光可以倒退,可以抽象地发誓,我想说我一定会救你。"

"但这是一句非常没有意思的话。"

106

爱情就是我会陪着你把一手烂牌打到底。多年前,李白对她说过这句话。那是他们在暑假报名参加的游泳训练班上（实际上，是他陪她），她摘了眼镜后变得像另一个人。一个没有泳帽和泳镜的年代，她在深水区练习自由泳，他瑟瑟发抖站在池边看她。一名游泳教练走来，问他为何不下水，他说，我不会。教练一脚把他踹进深水区，然后这个混蛋走掉了，走掉了！他在水中挣扎，起初他相信自己不会淹死在一个人工水池里，但水立刻教育了他，他迷失方向，惶然下沉，肺里的氧气迅速耗尽。是曾小然把他推到了浅水区。他一辈子都没学会游泳。

不，十七岁的曾小然反驳，你说的那种陪伴是义气。不，他固执地解释，一手牌的时间是短暂的，这就是爱情。他无法自圆其说，他是一个在雨水和雾气中看到永久的人，但那实际上是短暂。不，他继续无望地解释，只差一分钟我就淹死了，还有什么比这更短暂又更重要的？

"不，现在我怀疑了，那确实不能称之为爱情。"李白想，爱情和广场舞同样短暂，同样忘我，同样经不起考验，通过比喻，它们也可以划上等号。如果你把一个故事的结尾引向喜马拉雅山，你也就此被他人引向另一本烂俗的小说——你听都没听说过的鬼东西。你终于发现与人共享着爱情、怀旧、徘徊、失去、背叛，这些词，这些名义。世界对你的训诫正是这样，不断混淆，时时修改你的意义。

"你又在自言自语。"

"我曾经像个蛮子一样去认识爱情，说来惭愧。"李白说，"把这个三十年前的比喻拽回地面，只能说：我应该陪着你把一手烂牌打到底，并且永远不去讨论它意味着什么。"

107

这天夜里，小然居然困了，至凌晨一点时睡了下去。李白坐在楼梯台阶上抽烟。她钻进被窝又说睡不着。

"妈妈一直没有落葬，因我和继父起了纠纷。妈妈生病时他没怎么照顾过她，但我的继父，他认为自己享有与她合葬的权利，他买了一块墓地，碑上刻了他和妈妈的名字。这件事惹怒了我，我把妈妈的骨灰转移走了。这是我的执念。"

"妈妈临终前怎么交代的？"

"什么都没说，但她喊了我爸爸的名字。"

"她有喊我爸爸的名字吗——好吧就当我什么都没说。"李白叹息道，"你可以代表妈妈的意志，我同意。"

"我的继父，还有他的儿子，很愤怒，找了人来堵我，还声称要和我打官司。"

"这种事情解决起来很容易，给他再找个老伴，他就不会闹了。他将来总不能和所有女人葬在一起。至于他的儿子，撒点钱或是让你男朋友打他一顿呗。"

"我就是这么干的，我的继父现在生活得很幸福。"

"干得漂亮。"

"我的男朋友是个牙医，他并不会打架。我最后是给了一笔钱。"

"他省点力气多种几颗烤瓷牙就行了。"

"我花的是自己的钱。"

"抱歉我又轻视了你。"

"哎哟，我的妈妈呀——"小然在床上打了个滚，李白抬手关灯。

她入睡后，他一直清醒，间隔十五分钟走出房间抽烟。有一段时间他感到空虚，但也只是空虚而已。他掏出手机给乔南发微信：

我并不想从生活中获得什么力量，尽管这看起来是个治愈我的好办法。你想要去生活，我不想。如果我再年轻些，我会回答，我想要去做梦。这是一个多么矫情而烂俗的说法，仿佛我除了做梦以外想不出更好的比喻。我们之间的差别就像，一个正在醒来的人和一个坠入睡眠的人，都可以用半梦半醒来形容，而实际差别之大——你可以看到同样挚爱文学的人为一本书发起的争论，有人一星，有人五星，有人犹豫或是厌倦地给了个三星并特地予以说明是三星半哟，好吧，没有比这更废话的废话了。我们彼此阅读过对方，随后背道而驰，这并不可怕，因为我们终将背离，留有一丝谅解，对后会无期这一结局保持乐观。

过了一会儿他又拿出手机，仔细读这段话，消息已经没法撤回。发错人了，他补了一句。他没有收到任何回复。

第二天上午李白摊手摊脚睡在地毯上，被小然踢醒。"你总是睡得像被人一枪击毙的样子。"

"我梦见了行刑队。"

"我要退房回南京了。"

"不再玩几天吗？"

"我抱着骨灰坛呐。玩个什么鬼。"

李白起身洗漱，五分钟后与她一同出门，车在巷口等着，秋雨又再落下。我曾经送别过她。他正为此神伤，小然问："忠诚叔叔在家吗？"李白提着箱子走到咖啡店账台，店员是个新来的年轻小伙子，告诉他李忠诚送咖啡去了。

"好吧我信了，房东送咖啡……"小然笑了起来。

"他们总是这样，"小伙子自感幽默，对小然抛了个媚眼，"我家那边好几个农村拆二代在给小区做保安呢。他们似乎想不起来有钱了该干什么。"

"等他们有一天忘记关煤气了，把房子和你一起炸上天，你就会知道事情没这么好笑。"李白撂了句话。两人走至巷口，他将行李塞进后备箱，为小然打开车门。"我会到南京来找你。"他说。

"什么时候？下一个时代吗？"她的眼中仍然饱含天真与揶揄，仿佛他的每一句话都不太可信，又被提前原谅。

"也许就是明天。我得先找到我的猫。"他关上车门，又再打开，将她被夹住的风衣一角放回座位上。尽管这一动作显得拖沓，且含有哀愁，但它确乎必要。每一个告别都应该被允许再延宕一秒。"再见。"他说出了不可反悔的话。

108

特斯拉女车主告诉李白，由于吴里城管队开始扑杀流浪猫狗，小橘等猫又无人领养，她的团队最终将其放归到了动物园隔壁的园子里，也就是他年轻时划船的地方，那里至少有吃的。"我去你大爷的团队吧。"李白看着被砸烂的车灯，一分钱都不想赔给她。

他带上了猫笼和猫罐头，开助动车去动物园，出小区就遇见美琪。"全城都知道你疯了似的找猫呢，是不是戴蓝色项圈那个橘猫？"

"你见着了？"

"昨天带孩子们去动物园秋游看见一个，很亲人。"

"你他妈也不帮我捉回来。"他跳下助

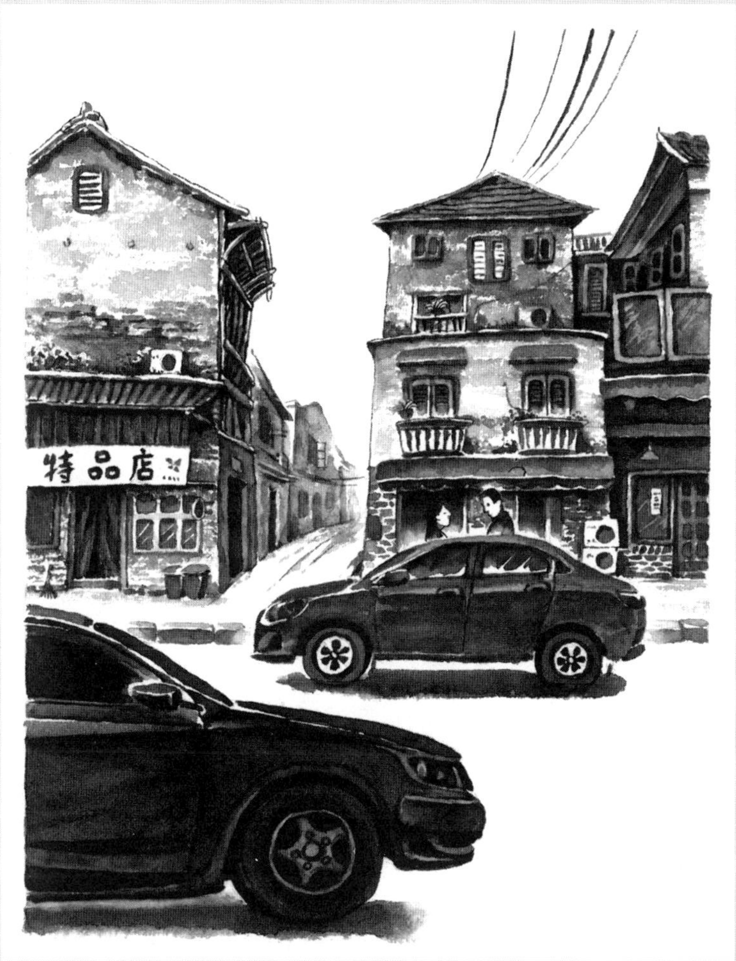
特品店

动车，在大街上吻了美琪一下，"感谢你有心，我去找猫了，替我把后面那辆特斯拉的车灯赔了，不要让那女的报警。"

他最后一次去吴里动物园是李一诺五岁时，去今也已十年。城市扩展后，一圈楼房将它包围其中，他拎着猫笼进去，发现这里没有任何改变。"天哪，简直像文物保护单位。"他转了一圈，园里就他一个游客，他得以在回忆面前稍稍表达一下自己的伤感情绪。骆驼仍然在嚼干草，狐狸作为一种要活剥毛皮的经济型动物可能不再会憎恨动物园的牢笼，成群的麻雀在空地上蹦跶，他走到空荡荡的狮笼前面发了会儿呆，仅剩的一头母狮已于数年前去世。接着他看到了一头山羊，两头驴，还有一只个头很大的罗威纳犬。

"你在干什么？"一名年轻的饲养员走过来，警惕地看着他手里的猫笼。

"你们把动物园搞成了农场。怎么还有狗？"

"前两天城管队打野狗，它似乎有点明白，自己跑进了动物园。我一开笼门它就钻进去了。"小伙子说，"我认出你了，你是码字儿的。"

"我也认识你，很多年前你被狮子咬死了，现在又活过来了？"

"不愧是写小说的，有点博尔赫斯的味道了。"

"我小看你了。"李白放下猫笼，掏出手机翻照片，"我在找这只橘猫，母的，有人把它扔到了动物园。"

"它跑进熊山了，我带你去。"

李白大喜，跟着饲养员到熊山前。那不是山，而是在小山包上挖了一个圆形大坑，砌上水泥，深约两米五，一头毛色极不健康的黑熊在角落里睡觉。"你没告诉我这里有熊。"李白说。

"很老了，本园仅剩的最后一头大型食肉类哺乳动物。"

李白找到了小橘，它贴边蜷缩在距离熊最远的地方，一丛草挡住了它。他绕过去，趴在栏杆上喊了一声，猫没有任何反应，看起来是吓呆了。"他妈的，这头熊会醒吗？"

"醒了你的猫就没了。"饲养员说，"它毕竟是一头熊，常年关在笼子里，精神有点不正常。"

"到底有几头熊？"

"一头。"

李白翻过栏杆，拎着猫笼跳了下去，听见饲养员嘀咕了一声：我操，这样我会被扣奖金的。他感到膝盖痛了一下，我这年纪已经不适合从两米五的高度往下跳了。他蹲下拍了拍小橘的头，它立即跳上他的膝盖。他打开猫笼，又开个罐头塞进去，猫钻进笼子一半身子，试图往后退，他把它整个塞了进去，锁上。猫开始叫。他抬头看了一眼，熊在打呵欠。

"先把猫笼给我接住。"他招呼饲养员，"然后嘛……"他看了看垂直于地面的水泥壁，"去找把梯子。"

"你疯了。"

"妈的，真希望是一个我讨厌的家伙跳了下来，但我讨厌谁呢？"他给自己点了根烟，就地坐下，熊还在睡。班，你好，不要讨论那些猎熊的小说了，这不友好，我们是从梦幻年代走出来的人和熊。据说人类在近距离面对猛兽时会颤抖，如果你杀死我，你会被抽干胆汁然后枪决，这个破园就只剩下一头胆怯的罗威纳犬还能称之为食肉动物了。请不要像我一样轻率。熊翻了个身，李白开始颤抖。"妈的，我真的快吓尿了。"

一把竹梯伸了下来,他抬头,逆光看到七八个脑袋,还有一片云。"李老师,我是园长,你要静悄悄地爬上来。"其中一个脑袋向他低语,"保持镇定,如果熊攻击你,我们会用石头砸它。"

"好的,请不要砸中我。"他站起来爬上梯子,这当口手机响了,熊又打了个呵欠,前爪扑了一下。"抱歉我接一下电话,否则会吵醒它。"他从口袋里掏出手机,不是美琪,是方薇。

"你小说的评论我写好了,想看看吗?这可是我二十年后又一次分析你的人格。"

"我像是掉进了熊山,面对一头正在醒来的,熊。"李白温柔地问她,"想听听我的心跳吗?"

"不伦不类的比喻。"

"不伦吗?"李白发笑。

"不要玩梗,你不是詹姆斯·乔伊斯,你也不是脱口秀演员。"

"好的,你早已说服了我。"

[特约编辑:朱婧熠]
[插　　图:尹成伟]

或符号或镜像
——读路内长篇《关于告别的一切》　程德培

　　事实上，人方方面面的存在，时时刻刻的行为，都处在两个界限之间，这一点决定了人在这世上的定位。

　　　　　　　　　　　　——格奥尔格·齐美尔《生命直观》

　　人一死就不能注视太阳了，这是拉·罗什福柯说的。他又说，人因为虚荣会什么都去做。所有心理（小说）家所依据的，就是这种朴素的前提。然而，当人类被某种现实的契机所强迫的时候，也有可能看到太阳。有可能这件事情的可怕之处，是漱石在"不寒而栗"那样的孤独中体会的。"精神世界也完全相同，何时和怎样变化不知道。而我们看到了变化的地方。"漱石看到了什么？用不着去追问，唯一值得记住的是，他是一生都被那种（发现的）惊喜困住的男人。

　　　　　　　　　　　——柄谷行人《定本柄谷行人文学论集》

　　据说，凭借苦行禁欲，一些佛徒可以修行到在一粒蚕豆中睹见一片风光。这也许正是分析故事的学者们的初衷：从单一的结构中看到世间的全部故事……我们从每个故事中抽取它的模式，然后从这些模式中推导出一个总的叙事结构，再反过来（为了验证）把它套入任何一个故事上：这是使人疲惫不堪……和最终令人乏味的任务，因为文本因此而失去差异性。

——罗兰·巴特《S/Z》

一

依然是成长类叙事，依然是那个难以丢弃的城镇故里。一个人的叙事要做到焕然一新，同以往彻底割裂那是不可能的。不同的是，这次是以重逢的形式开首。路内的"编年史"讲述，越来越接近当下了。

"'他乡遇故人，是小说的经典开篇法。'在二〇〇六年出版的《青年名家谈小说》一书中，李白写下了这句话。十二年后，他再次听人吟诵，是在上海市陕西南路某咖啡馆，曾小然从背后轻拍他的肩膀。"

这是一个不错的开头，叙事者显然很兴奋。如同发令枪声之于运动员起跑的第一步。"重逢"是一种说辞，"眼前"自以为驱逐了"过去"并欲取而代之，在这种"过去"里，有着令人不安的熟悉的身影。逝者令生者挥之不去、悔恨不已，这是一种暗自不断的咬噬；由此，历史变得可以吞噬一切、记忆变成了封闭的场所，此间发生了莫名的对立：一方是遗忘，它并不意味着被动或是损失，而是对过去的一种抗衡；另一方是记忆的留痕，它是被重新唤起的曾经遗忘了的东西：从此，往事不得不改头换面发生作用。

如同游戏总有自己的布局、规则的"招数"，小说写作也如此。尽管"招数"有明有暗、有显有隐，不同的"招数"总会暴露一个作家穷尽毕生时间的印痕，所谓风格不过也就是书写者宿命般的"重复"。我曾用其他理论学说中的"重复"概念来阐释余华的新长篇，本意是借用他人的肩膀可以站得高点、看得远点，结果依然招致一些人的误解，因为如同用"招数"多少有点轻佻，讲"重复"多少也有点习惯性的贬义之嫌。

二

不管怎样，李白和曾小然在经历了长达二十六年的未见终于又见面了。"她走后，李白独自坐在窗前，看着一辆辆汽车由北往南驶过，往事仿佛也在深秋的单行道狂刷一气。""而刚才的重逢犹如单行道上的车祸，往事正在接二连三追尾。"在小说创作中，逼真性并不是真实的保证，所谓往事的重现也只不过是布局的托词，它可以避开心理活动而有计划地进入叙事的设计之中。以告别的方式将我们引领到李白的过往生活以及一系列语境之中，此等昨日之情境，既为叙事的长度开了方便之门，同时也为当下之视角留有余地。在虚构世界中，时间的拿捏自如，顺序的收放随意，有意识流动所致，更多地还是取决于布局的考量。如果说对李白和曾小然以往生活的回顾颇有点从头道来的味道，那么请看到李白因从小脑后的伤痕而导致的发型变化的段落，讲述明显加速了。

"是的，为了遮住这道 Z 形的伤疤，整个青年时代他始终留着长发，或齐耳，或披肩，或扎马尾，在不同年代不同场合被定义为流氓、艺术家、潦倒鬼、性倒错。直到前年，受理发师蛊惑，照着街面上流行的款式剃了一个周围推平、顶部留有一丛的发型，有点像莫希干人，有点像鞑靼人，枕骨部位毕露无余。这道丑陋的疤痕经历了时光的调戏，终于变得时髦起来。想当年，在必须剃板寸的学生时代，闪电形的 Z 代表着他对曾小然昭然若揭、轰然落地的爱。Z，不是张，不是钟，不是周，不是赵，而是曾。"这是路内为时间加速的典型笔墨，以细节印象为特征，以符号叠加式的手法，夹叙夹议加调侃，呈现出时代变迁的闪回。细心的读者一定还可以在小说中找出无数此类的案例，不止这次的长篇《关于告别的一切》，甚至以往的小说中也能找到。

当随时代的文字让人眼花缭乱，追赶时间的叙述让人目不暇接。于是，细节变得厚重起来：曾小然微妙的心理特征，吴里县城第一百货商店南侧的蓝莲咖啡厅以及那一杯能壮阳的加盐咖啡。"现在回忆时刻，想起那杯未曾喝下的壮阳之水，又想起蓝莲咖啡厅早已在一场浩荡的拆迁运动中夷为平地，李白躺在宾馆的床上，不无伤感地嘀咕，时代不同了，咖啡加盐是出现了，卡座咖啡厅却基本绝迹，甚至连火车上的火车座都难得一见，甚至，不同的时代都已经消逝远去，叠加过数次的新世界一再覆盖往昔，而我们竟然还活着，尚不需要壮阳，只是不再爱着……"

三

变与不变都是相对而言，节奏也是有快有慢。当变速之后的时间慢下来时，在相对平缓的语调中我们认识了青少年时代的李白、曾小然及其同伙，包括明里暗里的对手们。除了性别不同，李白与曾小然都生长在各自残缺的家庭之中：李白与父亲李忠诚，曾小然则和母亲俞莞之。在弗洛伊德看来，他们都各自缺失了最为重要的爱与恨的对象。纯属巧合的缺失，使得两代人之间暴发了互补性的情感之战，"一九八七年李忠诚对俞莞之的爱情犹如火山喷发，倒霉的是周围人，他们被岩浆烫伤，被火山灰覆盖，心惊胆战，四散而逃。"而李白和曾小然的恋情则早熟得实属必然。两代人的为情所困都会集于荒唐，李忠诚属于堂·吉诃德式的大战风车，李白则像"少年于连尾随着洛丽塔走过明亮的大街"。最终前者落入看守所，李白则幸福地入住俞莞之家中。幸福来自于可遇不可求的巧合，苦难则诞生于误打误撞的误认之中。

在这一系列古怪而又合乎情理的故事中，我们认识了其他的一系列的环境和形象，比如钟岚和父亲钟高强一家，八十年代的迷乱，九十年代早期的"严打"与守门人的战争，吴里县城的人文地理，单位学校的规则，邻里街坊的舆情、禁忌和秩序，还有与之相对的反秩序和叛逆，不合时宜的狂妄和哀愁等。外在的东西总是围猎和堵截我们的存在。在不同的地缘人文环境中，在天然的缺失和无法弥补的缺憾之中，我们都是有缺失的存在，我们的欲望并非总是得到满足。当我们发觉我们周围的世界并非总是回应我们的愿望时，我们就会以声音和行动发出信号来表达我们自己，我们就会以顺从或抗拒的方式来进行交流和交往，随着成长的不同阶段而展示不同的姿态。两组缺失的家庭，以翻转的形式告诉我们，他或她都因失去爱的对象而处于茫然之中。这也就是弗洛伊德使我们明白的为什么渴望爱的诗歌看起来也是渴望焦虑。文学和人的罗曼司都是怀着焦虑的追求，尽管这只是一种心理修辞学。

小说叙事的文风想干什么，它追随情感，摇摆在伪饰和埋藏之间，意义忽有忽无，言东说西，经常调转枪头，它视世俗之物为宝物，经常能化腐朽为神奇，在诗里获得永生的，势必在生命里沉沦。试想李忠诚的命运：他有点傻却也不乏幸运，有点不明事理却也善良得可爱，是一个糟糕的象征物，一个顺波逐流的符号，一个不合时宜的控制狂，用叙事者的话来说，一个在"文学中承担的总是控制狂、背叛者、可怜虫、精神病、人格残疾的职能"。这个判断有点离奇，为什么只能在文学世界里呢？为什么对摹仿论那么没有信心呢？为什么对世俗之物那么不信任呢？人无法在文明之外，但却在文化的限制下，永恒的和平永远无法达到，这就是弗洛伊德所说的，快乐不在创世计划中的意思。充其量，明智的人类只能在欲望控制之间签订一份协议书。李忠诚要求不高亦很平凡，他的婚姻是特殊年代作媒，误打误撞造就的。李白外公家族的故事、母亲的失踪，可能真实但也充斥着传说和离奇的流言。再平凡不过的城镇扯出一面时代精神的"特工"旗帜，不仅格外耀眼，多少有点不着边际，而我们的阅读仍然津津有味。那是因为文学领域实行的是他者逻辑，是被科学摒弃的逻辑，科学使用的逻辑是一种同位逻辑。弗洛伊德从分析中找到他性，这种他性困扰着归化过程，并不知不觉地起着决定作用。心理分析展示了明暗双方在同一位置上的矛盾，它还可以诊断同一方位的歧义和多元性。同样地，心理分析就是一种小说类型，它和《堂·吉诃德》的共性绝非出于巧合，也不是唯一现象。如今，李忠诚之流想加入这支队伍，他出于"儿子"之视角，李白是位作家，强势的作家也是拾荒者，他创造着自己难以进入的世界，他能激活的只有自己的梦境，兜售着自己也不易觉察的爱恨情仇。

四

一个最亲近的人往往兼具我们的向往和敌视。弗洛伊德曾就家庭成员打比方说，她的部分体貌特征，可能是陌生且充满危险的，但她的手势又会唤起我们的亲近感。有时候模仿兼具竞争，求同意味着超越。"最大的竞争对手又是你最尊敬的人。"拉康如此说。

且看李白心目中的李忠诚："我的父亲是一个奇怪的人，他既暴躁，又猥琐，既懂事，又怪诞。所有的悖反都取决于他面对的是谁。我相信他的脑海里留下了俞阿姨缝纽扣的画面，庸常人生中的平淡一幕，恰恰被放置在永久性的离别之前。他并不总是承认自己庸常，毕竟他经历过妻子的决然离去，工厂火灾和厕所爆炸，受流氓暴打，遭警察拘留，很风光地做过几年厂长，然后这厂里所有工人都被遣散（极具时代感）。他只有在俞阿姨面前才会意识到自己的庸常，一种无法反省（反省了没啥鸟用）而确实如此的判决。他的痛苦是那种最容易理解、却难以共情的痛苦。"（第22节）

观其一生，李忠诚并非仅仅是为爱情而活的一生。他孤独寂寞难耐，他需要伴侣，也知道家中需要女主人。如果一个人试图仅仅通过爱情关系而得救，然而又在这个过于狭隘的落点上遭到失败，他就会成为神经症患者。他可能变得完全被动，依赖他人，害怕独自行动，害怕没有情侣的生活，无论情侣怎么待他。对象成了他的"一切"，他的整个世界，而他自己则降低到了这样的地步，仅仅只是另一个人的简单反映。他感到被困在自己狭隘的地平线上，需要自己待定的"彼岸"，然而又害怕经历这一彼岸。

李忠诚既传奇又普通，他没有那么自我与自恋，他也不会披荆斩棘只能随波逐流地随着时代的变迁而老去。小说的叙述也相当自由和随意，几十年过去了，二十五岁以后没有再回过吴里的曾小然，当重提蓝莲咖啡馆时,"她的记忆实际上已经跨了前后十年,但在她的讲述中,似乎又是同一年代同一场景。"事情就是如此,一方面是没什么变化,依靠回忆,依赖重复;另一方面又是急剧之变的面目全非,当李白在"黑暗中看着闪亮的手机屏幕,无端想到,世界从哪一天开始以这种方式相遇:你面对的不再是某一张脸、某一段风景,而是可以被握在掌中的随身电器,你低头倾诉的姿态与地铁上疲倦而无聊的人们极为相似,谁又能断定他们不是在叹息,或者不是在做出攻击性的举措?一个关键性的表情包该怎样被写进小说,而人们的真实表情是否已经变成无法描述之物?"李白的感叹包含着自身作为写作者的困惑。李忠诚自然不会,他始终是被描述的对象,自我反省的能力也因性格缺陷而被剥夺,何况如今他已垂垂老矣,身受前列腺增生困扰,阿兹海默症已兵临城下。

五

"二〇一七年时,李忠诚在吴里城市花园广场上遭一名跳舞妇女敲诈,款额高达七千五百元。"这是一件带有标志性意味的事件,它告诉我们,变与不变是如何共处的。李忠诚的一生仿佛是丢失了自我镜像和自我反馈能力的存在,我们如果试图从他身上去寻找自我意识那可能就是我们的问题了。作为儿子的李白就不同了,他不仅是观察父亲的视角、审视对象的主体,而且还是二次文本的叙事者。二〇〇四年的《太子巷往事》已经成为了事实,成为生活的一部分,它的流通阅读和评价、消费已成为了生活中的文化和文化中的生活。叙事者自称,"二〇〇四年出版的《太子巷往事》虚构了一条嘈杂、混乱的小街,生活着主人公和他的三位女友,最终毁于大火(象征着主人公玩火自焚的结局)。实际上,真正的太子巷十分安静,除了李白的父亲李忠诚不慎炸毁公共厕所粪池之外,从未发生过大小火警哪怕一次。"这里,虚构与非虚构之间似乎划了一条界线,实则不然。作为小说,《关于告别的一切》是虚构之作,你在其中镶嵌了一次虚构的文本,充其量只不过是虚构中的虚构,区别的只是此虚构与彼虚构的审美差异罢了。

归根结底,虚构的缺陷是它没有统一的意义,换言之,它没有科学的属性,因为虚构的意义是层叠的,它话外有音,虚构话语的效果既不可确定也不可控制。人工语言原则上是单义的,而虚构不同,它没有自身的属地,它是"隐喻"的。虚构在他者的疆界里不可捉摸地运行。在这里,知识是找不到容身之地的,它只有努力地对虚构进行分析,将它归结为或诠释为稳定的、可组合的元素。从这个角度上看,虚构损害着某种科学规则,它是巫术。虚构的标识不再是虚假、不现实或赝品，它指称的是语义上的脱离。在重视特殊性上，简·奥斯丁的看法更绝。她认为，小说是一种特殊的类型，它绝对不能为了外部的光彩而进行风格的完善；而且，出于对道德生活的考虑，小说必须通过融入某些不可简化，且冗长乏味的世俗现实因素而破坏其自身的美好属性。就像小说中写道："傍晚，李白极为烦闷地坐在翡翠花园健身区看落日，看李忠诚在单杠上脚不离地拉动自己的身体，他一直没有告诉李忠诚，俞莞之已经过世。在李白的经验中，爱并不与死亡相伴相生，但它们确乎有着共同的结局。面对爱与死（它们堆砌在一起又是多么俗气），他渐渐成为观察者，一个愈来愈远，一个愈来愈近。他的听力在丧失，这可能是源于年轻时频繁使用劣质耳机，挨了几个过于接近耳蜗的巴掌。"这是小说接近尾声的话语，尽管告别得未免有点急促，但依然非常小说化，有血有肉，混杂着意义和无意义，而不是为了一头而清空另一头。尽管时代地域相隔很远，路内的实践仍可看作是对简·奥斯丁的回应。

　　问题还出在这并不是真正的小说结尾，《关于告别的一切》总共108节，而这才写到99节。多少有点倔的作者不会就这么善罢甘休的，况且李忠诚的晚年也未必是李白心目中的结尾。结尾总得要和开首有着某种呼应，或者干脆神龙见首不见尾。于是，便有了最后9节的断断续续和起起伏伏。

　　"与其他错误相比，幼稚遭到的惩罚未必严重，但更为多样。中年以后，李白的急性幼稚病转发为慢性，在外人看来，这像是一种成熟。他自己清楚，过往与今天的差别无非是惩罚变得单一、无趣、好猜。"于是，我们又回过神来讨论李白的新小说，于是便有了李一诺关于小说中所写与其母亲的情感是否真实的质问，于是便有了北上签售新书之旅和豆瓣上关于小说结尾属好属烂的对掐和厮杀，据说这一切还是实录。其实，实录又如何呢？一旦进入虚构的疆域，就是上法庭也枉然。如果"现实"是无人诉说的，它便有理由"永远不讲故事"，就是说，当我们涉及到叙事时，我知道它不是现实。叙事是一个完成的话语，来自将一个时间性的事件段落非现实化。世界无始无终，相反，叙事是按照严密的决定论安排的。叙事与现实世界相互对立，总是假设一个起点和一个终点。

六

　　在我们所处的这个时代，诉诸良知的需求急剧减少。社会大规模地鼓励人们丢弃良知。与此同时，自上而下的监控网络则变得越来越细密，受监视和管控的程度已经非比寻常,我们的私人数据被拿去谋利、诈骗,我们被提供各类消费品,强制插入的广告耗尽了我们的时间。各种各样的事件也在不断地提醒我们:种族、性别、宗教和意识形态的冲突根本没有结束。在人们新发现了人类行为的心理背景之后,一种寻觅托词、逃避责任的文化顿时迸发出来。于是,良知变得无多少事情可做,它已经退回到了近代以前的水平,今天的赎罪券就是罚单和还贷。

告别小然后的李白,对于什么时候再相见的问题多少有点心不在焉,当务之急是去找自己的猫小橘,"由于吴里城管队开始扑杀流浪猫狗",小橘因无人领养而被放归到动物园隔壁的园子里。无意之中当李白赶到,小橘已跑进熊山。当年曾误进狮笼的李白这次为寻猫掉进熊山。这离奇的境遇迎来的却是评论家方薇的一个电话,李白的小说二十年后又一次经受人格的分析。《关于告别的一切》也终于结果于"不伦不类的比喻",理由是李白既不是詹姆斯·乔伊斯,也不是脱口秀演员。这能算是结尾吗?不管怎样,小说就这样结束了。或许,长篇小说的结尾可能相对自由随意些。几十万的叙事,目光所紧紧锁住的对象就这样消失了。要想完全彻底地灭掉指涉的对象也不太容易,因为你否定它之时便是在谈论它,于是对它的指涉成为否定的不可或缺的条件。倘若现代生活,和其反应的脆弱性、嘈杂的瓦解同经验的极度贫瘠、存活的短暂一起,构筑成一种难以表述的混杂,我们有时只能在黑暗中发言,不知对象的存在,因此无奈地开始与自身对话,那些有名有姓的对象其实是莫名者,是失去目标的雾行者。当感官的相对性被压向极限,它就会产生一个世界,在这个世界中,真理只不过是幻想的连锁,同一性不过是别人是你所是之物的集合,而健全的心智只不过是大多数人最近碰巧偶然发现的无论什么都一致的见解。对路内来说,"把一手烂牌打到底"绝不止于爱情问题,这是句没有意思同时也是意味深长的话,是充斥着自负、自傲和自嘲的转义性文学话语。是符号展开了我们自己与我们的物质环境之间的有效距离,这些环境允许我们将它们改造成"历史"。能够从事复杂劳动并且必定会破坏这种劳动之交流的固然不仅是符号,还有我们的身体首先被塑造的方式。语言在破坏性地将我们从自己的感官那里提炼出来的同时,还帮助我们从它们的牢笼中解放出来。

七

如果这个时代占支配地位的修辞是反讽,那是因为它明白,忽视需求得有一定的物质前提。社会生活的美学化不能单凭美学达到。在伊格尔顿看来，正如劳动包括一种权力和意义的遭遇一样，意识形态也是如此。在无论什么地方，只要权力影响含义，将它弯曲得变形，并让它们与一连串利益产生联系，意识形态就发生了。而小说家们希望小说能够深入到当代人类经验的构成中，渗透到为小说命名并使之存在的语法和修辞中，而这种深入和渗透是引人深思的。小说自我探索的品质使之保持了旺盛的生命力。在小说形式里，充斥着关于小说自身的身份地位、中心主题的死亡、故事力量的减弱，以及小说自身的文本性质和小说形成及越界等问题。某物指向某物，我们可以通过询问得知，可是此物的确存在，这是无法追问的。无论是奥德修斯，还是鲁滨逊，都是脱离了集体的孤独水手，当他们的航船葬身海底之后，他们只能把自己作为一个个体的软弱的一面转化为一种社会力量。彻底的社会化意味着彻底的异化。

路内是小说领域中的"年鉴学派"，他以编年的叙事结构，以记忆为调度，试图提供一份现世的记录，让个人成长史混迹于故土的时代变迁。李白这位孤独的水手，一会儿是叙述的对象，一会儿又是化身为叙事者、旁观者。李白是小说中无法丢弃的符号，游走于自我和他者之间，身兼数职却游刃有余。《关于告别的一切》展示给我们的是热情的记忆、痛苦的不堪回首和随意挥洒的语言混合，是在雪崩似的大量联想、甚至议论中重获的时光。这部小说如同路内的其他小说一样，提醒我们，这里虽有成长史，但其中暗藏着诸多反成长的碎片，这个故事讲述的是一个小人物如何在步入大秩序中，依然不屈不挠地表现出其无秩序的焦虑及其不满，也就是说，作品中如果有一种秩序的话，自然也包含着跟现秩序相反的秩序。误入狮笼和跌入熊山显然是插入或精心布局的寓言，而非仅仅是实然之景所能了事的。

"凭什么我不能唱这首歌？凭什么我不能念古诗？李白意识到，童年已经结束，清脆和纯真已经永远消逝在门外黑漆漆的走廊里，哪怕多一秒钟的沉溺也会让他被某种嘲笑撕开脏腑。他开始想念曾小然，那是他截至目前奔向成年的唯一途径。"（第12节）

"李白被嫉妒折磨得不成人形……他决定做一个坏男孩，可他才十六岁。"

"出了校门就满嘴脏话，经常试探性地使用一些超限词汇，壮阳也敢提，走路摇头晃肩，成天在街边和退休老头下象棋。"（第19节）

"高三下学期,李白化身为行吟诗人、冒险家、侦探、田野调查工作者、考古队员……"(第27节)

"这是一个微观的世界,仿制的时间。成年后他才会懂得,偏偏是在这样的时空里,你我使用的语言,像是意在永久的铭文,凿向坚硬的纪念碑,实际砸烂的却是一间迷你玩具屋。给我倾城之恋,给我绿野仙踪,而真实境遇却是在家门口和一个小丫头片子拌嘴……"(第26节)

这里随意摘录几段文字,不足以代表路内的叙述风格,反正在此等文字的招摇下,我们经历了李白和一系列女性的交往,诸如张幼苹的故事,一个叫舒茜的女生,和周安娜的若即若离,和卓一璇的交谈等等。还有那九十年代所经历的一系列的第一次,一系列的拆迁和重建,犹如有了《太子巷往事》后再造眼下的《关于告别的一切》。面对一种矛盾的心态,既痛恨误读,又瞧不起准确,任何阐释都会处于风雨飘摇之中,如同由"我"转而为"他"的李白:"他厌恶那个洁白的口罩所代表的空缺和虚无,并憎恨其顽固地嵌在她的脸上。作为一个累赘得庞大的隐喻,白色口罩像具有引力的无底洞,可以在瞬间吸干他所有的伤感或怀恋。那口罩后面扭转而去的究竟是一张怎样的脸,他毫无把握。"(第53节)也如同"他"转向的"我"的感叹,"在这个陌生年代我只剩下一些无法解释的情绪而已"。

八

《太子巷往事》曾经是李白最初的感受,而作为文本独立了以后,它开始和"我"的感受分离了。开始了独立文本自身的旅行,继续和形形色色的阅读打交道,和不同的记忆较劲,受不同视角的审视。写对了,写错了,甚至南辕北辙的误读也由此产生。它伴随各自不同的语境进行纠错和重写,就像养女一诺质问李白和自己母亲的往事,"你曾经抛弃了她,和你小说里写得不一样,不是感情不合,事实是你移情别恋,爱上了别的女孩。你让她落在了骗子手里。"就像美琪一直好奇的那样,"李白,你小说里这么编派你父亲,他就不曾生气吗?"质疑之声不会消失,它总会撩起重写的欲望,就像李白一次又一次地暗下决心重写那变与不变年代中国有企业的命运一样。一个文本的产生和消费,其书写与告别成了重写的另一条线索,成了另一个文本的角色、言词和事件。

从此，记忆、叙事、文本、目光都是双重的。它们以不同的时间、相异的视线寻找了解自身和外部世界更便捷的通道。这一寻觅伴随着些许的困惑、焦虑，些许的压抑和保护机制，些许的象征和嘲讽，局面并不稳定，面貌同样的不清晰。眼前的文本和曾经的文本在貌似重合的情况下彼此干仗，自惜的爱和自怨的恨是可以想见的。对列维纳斯来说，伦理永远是关系问题，但同时也是关于摧毁任何模仿或表征形式的问题。需知，人与人的关系是无处不在的，并不是因为我们在探讨它时才会存在。

符号学和拯救是连在一起的。现代思潮在某种意义上与这种联系模式割裂开来，但在另一种意义上仍然忠实于这种模式。意义不再是埋藏在事物表面之下的精神本质，但意义仍然要被挖掘出来，因为这个世界不会自发地揭示它。这种挖掘行为有个名字叫"科学"，在某种观点看来，科学就是在揭示事物运行所遵循的隐含的规律和机制。深度尚未消失，但现在在深度中发挥作用的是自然，而不是神性。诸如那笼中吃人的"狮子"，熊山上有待醒来的"熊"，还有那无法忘记将来还会重演的"非典"。

心灵的叙述也许是相当矛盾的叙述，但这种辩证的能动囿于心灵之圆形的、子宫似的封闭及其永恒的自我同义反复，自我爱恋和自我怨恨总是一种难以区分的存在，彼此纠缠、互为镜像，想要告别它也难。异化理论从另一个角度提醒我们，使我们忘记了客体的根源在于主体的努力。一旦你认识到无辜的客体实际上是一种物化的商品，那么西方现代认识论的历史看起来就不太一样了。卢卡奇认为，只有在这个时候，我们才能看清楚为什么康德被迫一方面假定世上存在着某种神秘的个人自由，另一方面又设想世上还存在着不可理解的、受规律约束的客体。这也是为什么《关于告别的一切》的整体叙述一会儿清楚一会儿迷惘的缘故。作为能指的符号和作为所指的现实不是一回事，但它们又难以区分。

九

就成长小说而言，长大总是一贯的话题，长不大则是永久的处境。四十三岁的李白事隔十年后，去杭州参加一场青年作家笔会。评论家方薇则访英回国也来赴会。叙事者感慨道："多年前，她只是一个学院派文青，一部分温婉才女，一部分怪力少女。她与他，就像一个没有经验的水手驾着艘破船，劈风斩浪，连滚带爬，最后破船被永久性地搁在了海边，水手登岸远去。"（第88节）此中一个人的一部分与另一部分讲的是双重性。黑格尔在其《精神现象学》提出了自我意识的双重意义。自我意识有另一个自我意识与他对立，它走到它自身之外。这有双重意义：第一，它丧失了它自身，因为它发现自身是另外一个东西；第二，它因而扬弃了那另外的东西，因为它也看见对方没有真实的存在，反而在对方中看见了它自己本身。之于没有经验的水手在破船上和有经验的水手弃船而去虽有区分，但就身份缺失和镜像被损上来说，它们是共同的。

语焉不详、闪烁其词，不仅只是空洞的修饰所能了却的，根本的一点还在于文本的"内"与"外"的界限是模糊不清的。文化是普遍的，但它同时又具备卓越的能力。强调对文本及其具体的地域文化和历史语境的作用，自传性质的故事，回到童年的愿望就会增强；但如果一味地关注变迁事实，迁求当下之流行，遗忘便会浮出水面。弃船而去的水手究竟是成长的成熟还是长不大的焦虑，告别是记忆还是遗忘？有时候真是难以区分，需要彼此的混杂和叠加，以及叠加之后的重写。"弃船"和"告别"说到底都是一次重写。

重写贯彻着一种将不满、失望、愤怒、对抗性和反叛性转变为嬉戏、调侃、自嘲、反讽的策略，一种基于丧失自我的危机之中重建自我的方式，一种自以为明白的东西实际上还是不明白的明白表述，此种表述同时表现为两种叙事模式：一种是支持自我意识的方式，通过关联和聆听，写作就是一种强调自我身份的尝试，即他感到被迫讲述自己的自我存在感，通过虚构的伪装形式找到自己在世界中的位置；而另一方面，一个颇具讽刺性的疏离超然的内在声音又强制地把他变成了一个"他"，从而引发了一种要与叙述保持一定的批评距离的欲望。就像小说中第62、63节中写李白的堂叔李国兴的故事，既有现场叙述，又有童年记忆，甚至李国兴还在《太子巷往事》中进进出出；既有李白作为"他"的观察议论胡诌，又有"我"的冷静分析和嬉戏调侃。"我爱他摧毁隐秘情感的狂暴怯懦、冷酷乐观、盲目透彻，那个被罗曼蒂克折磨至老年的国兴，他的整个人生就是干完这一票不再想未来。但是，与我一样，与李忠诚一样，他也无法见到一生中最爱的人。"（第63节）没有内心的图像，没有我们在电影院经历的那种回放，它更像我的记忆之物转变成生动叙事时而出现的思想催化剂。

十

告别是拥有还是失去，这始终是个问题。如同记忆是遗忘的惧怕一样。保罗·利科发现原初的回忆是对最初印象的正面修正。他坚持认为回忆并不是某种不同的东西，而是一种对所记忆的事件的持续变弱的修正。以这种非常重要的方式,记忆与现在活跃的叙述共同拥有原初记忆中的叙述。在我看来,利科的原初记忆会引导我们走向原型和人类学的境地,这是需要警惕的。不管怎么样,记忆总是事后性的,它以一种变形的方式,重复的形态得以抵御童年的创伤,保护我们不受无意识中永存的可怕困扰。我们宣称记住的东西,是我们设计用来保护自己不受事实困扰的东西。

危险来自外部亦来自内部,而从这些危险中便产生了恐惧,使儿童修改他最初的、原始质朴的内驱力,从自我与对象的分化中产生了防御与适应。它们像一把双刃剑,既可以使人成熟并获得个性,亦可以造成病态和愁苦。艺术与生活、病症与逻辑推理、笑话与哀诉、爱与恨,几乎我们生活的一切都是内驱力与防御这两个强大的对立面的某种妥协。如果说,路内及同时代人所展示的生活,他们的过往及其话语活动恰如哈桑所言,一点点现代,马上又后现代的话。那么,再现实主义的姿态,也只能在现代的狂热和后现代的反讽之间摇摆,在现代对总体性的热切渴望和后现代的多元性之间彷徨,只能在现代对无限的渴望和后现代对人类有限性的肯定之间飘荡。路内的编年叙事眼看追踪至今日,我们仿佛都听见他那急促的脚步声,以及他那人已步入中年的喘息之声,但谁又能想象当今还在困扰世界的病毒和让世人迷惑好奇的"元宇宙"之类的东西又该如何讲述呢?

外部与内部、过程与产物、理智与情感、自我与他人,在我们的心智中,把所有这一切旧的对立术语统一成盛大的辩证舞会,在舞会中倘若没有伙伴的舞步,任何人的舞步都是毫无意义的。从这个角度出发,《关于告别的一切》让李白和一群女伴轮番上阵,交替进行对话交往,包括一系列的情感活动和身体交往,其赖以形成的节奏和结构,是可以理解的,虽然这也很容易引来另一个角度的诟病。

我们不能"知情太多",否则必定造成悲剧性结局。主体要想维持自己的"自我",就必须压抑某些不符合社会常规的不法之欲,必须对自己的不法之欲有所"不知",把它排除在自己的"意识之知"之外。也就是说,主体想要保持自己的一致性,必须以某种"无所知"为前提。这些必须保持"无所知"状态的东西,绝对不能道破。所谓宿命,指的是我们无法意识到、某些事物的发生其实是源于我们的自身。

卢梭的第一本著作《纳喀索斯》是一本性喜剧,讲述的是一个男人爱上自己装扮成女人的肖像。终其一生,卢梭显然都在为自恋问题所困。他抱怨道:"我们总是在自身之外,从别人对我们的感知和评价之中获取自身的存在这一情感。"对卢梭而言,自恋实际上是一个自我疏离的问题。只有当我们成为其他人意识的对象时,我们才会为自身着迷。"世界"正是表明了这样的事实：从来就不可能单纯地存在某种客体——任何一点亟待理解的个别事实，都必须由一张巨大而纵横交织的要素之网包罗起来，都大致包含在这张网里。我们将永远无法把握全体，但也不能把握个别，这个或那个都无法穷尽，所以在个别事物那里，不管那是什么，神秘玄妙开始滋生。贝娄似乎同意劳伦斯的看法，认为表面的"性格"是装满陈旧观念的"废纸篓"。

十一

差不多两年前，路内发表了一部超长的长篇《雾行者》，当然，所谓超长也是就路内的长篇而言。我呢，也写了一篇不短的评论，也算还了应许了十年的债务。这年头，花了很多年写的小说也起不了什么浪花，何况短命的评论，石沉大海也是自然的。谁知今日又糊里糊涂答应了稿约，再次面对路内的新长篇。于我而言，短时间内复写同一作家的评论，实属罕见。之所以答应，自然是禁不起诱惑。诱惑之一是约稿者说，你对路内比较熟悉，可以两部作品比较着写；诱惑之二，读了《关于告别的一切》，觉得确有新意。答应容易，归到写作之时，才知道什么是苦活累活脏活。评论阐释的活儿，总是眼睛看着别人如何创新，却忘了自己早已沦为一台复制的机器。以不变应万变的宿命要摆脱也难。尽管如此，我还是想尽力挣扎一下，试图摆脱一下写作上的惯性动作，比如类似复述小说的内容，举例说明作者遣词造句的特色，论述一下小说的地理人情风貌等等。其实，这些新规实际上也是一种自我束缚，陷入左右为难的境地实属必然。

前不久，突然对新历史主义大感兴趣，读其领军人物史蒂芬·格林布拉特的著作有点入迷。其实，新历史主义也不是什么新思潮，30年前，张京媛主编的《新历史主义与文学批评》一书已有介绍，格林布拉特轰动一时的莎士比亚新传《俗世威尔》在15年前也有中译本。不同的是，近年来其一系列著作均有中译本出版，读来让人大开眼界。在我看来，格林布拉特的著作之所以引人注目，并在批评领域掀起新浪潮，就在于其书写时的放松自如且不拘一格，别的不说，就拿其历史书写总喜欢谈点自己身边的奇闻逸事就是突出一例。在《文艺复兴时期的自我塑造》的结尾处，格林布拉特讲述了这样一个故事，他在一次夜晚航班中坐在了一个男人的身旁，他希望这个男人不会打扰他的阅读（他正在读克里福德·格尔茨的《文化的解释》）。事与愿违，这个男人开始讲话，他告诉格林布拉特他的儿子生病住院而此刻他正在赶去的路上。这位父亲讲道，孩子的病不仅损害了他的语言能力也让他丧失了求生意志，为了恢复孩子的求生意志并能够理解儿子，这位父亲随后要求格林布拉特悄无声息地说一些话以帮他练习唇语。他请求格林布拉特说的那个句子是"我想去死"，尽管不用发出声音来，格林布拉特无法帮助他，也就是无法说出那句话，在随后的航行中，两人都陷入了沉默。

　　据说，这是格林布拉特作品中最为著名的例子之一，关于这个逸闻的解读众说纷纭，甚至包括了作者自己的解释在内。我以为，除了害怕那句话所展示的述行维度外，最为重要的作者感受到紧紧抓住自己的话语的那种渴望，那些话语才是自我意志的表达。当一个人说话时，言辞会对其身份感会有要求的。倘若想明白这一点，书写便会自由和轻松些。小说如此，评论皆如此。

[特约编辑：朱婧熠]

我无法证明岁月有脚

韦敏

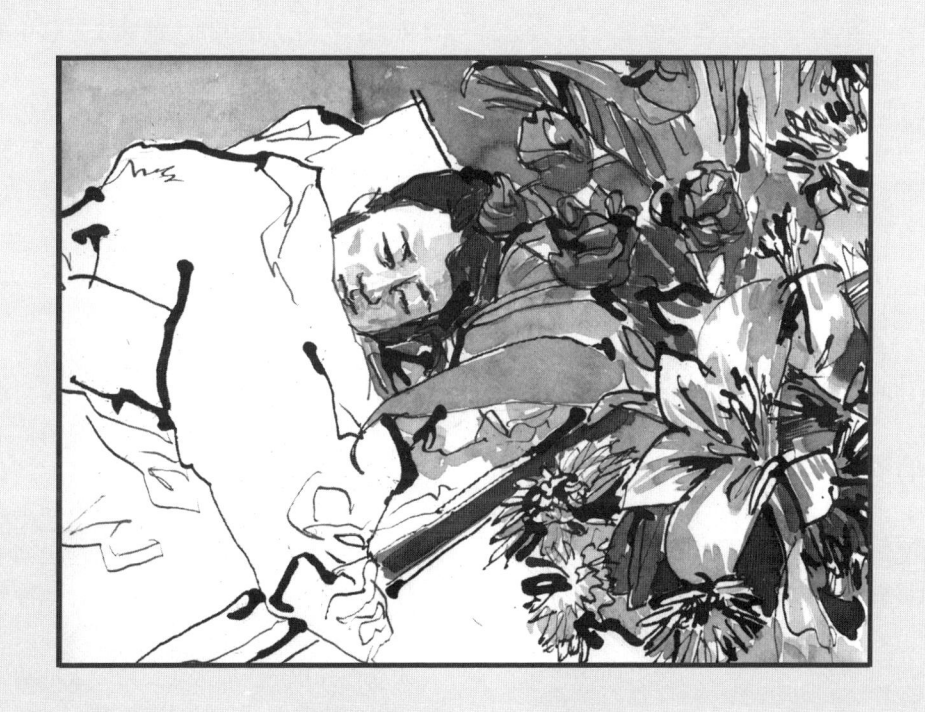

> 每个圣人都有不可告人的过去，
> 每个罪人都有洁白无瑕的未来。
>
> ——题记

故事要从1989年说起，这是个巧合。因为故事的一部分主人公是在1989年的初秋彼此相识，而另一部分的主人公，也是在同样的时节，开始准备着相互间的交集。从1989年9月11日那天起，他们在彼此的世界里，如过客般穿行，最后，把豪情、梦想和誓言也一并打包带走，让所有真实的存在也都变成了过客。

他们的故事，和这个时代勾连得如此紧密；甚至可以说，要不是因为那些具体年份的具体事件，他们都长不成今天这样具体的样子。诗人艾米丽·狄金森曾这样写过，"我无法证明岁月有脚"——所谓沧桑巨变，不过是死去的时间在我们的人生中长出了世故、玲珑与腐朽。一切似乎源自光阴之变，而所有的时光指向，让他们最终变成了——连自己都不认识和不认同的一群人。

1

梅亦可是在父母的护送下，背着大包小包的行李到珞珈大学报到的。1989年的大学新生入学，要带上自己的被褥、蚊帐和开水瓶，每个新生的行囊都无比充实沉重而又种类繁多。作为人生的一个崭新里程碑，亦可的叔叔开了辆专车把他们送到了校门口。所谓"专车"，也就是在国企当司机的叔叔跟单位车队打了招呼，象征性地交几块钱的柴油钱，然后把厂子里用于接送员工上下班的大交通车给开了出来。一辆可载五十人的大客车，就装着亦可一家三口，以送孩子上名牌大学的名义，晃晃悠悠而又空空荡荡地一路开来，奢侈、隆重、喜庆，也有些滑稽。

从亦可家到珞大的距离，说远吧，确实是要过两条大江——汉江和长江，乍听起来好像横亘着几个省市一般；说近呢，实际上，不过就是从偌大的武汉三镇中的汉口镇去往了武昌镇，大约十几公里吧。即便如此，亦可依然充满仪式感，仿佛大客车真的呼啸地驶过了无限山川田野——在城区里一路颠簸着，不断遇到红绿灯，开开停停，亦可开洋荤般把头靠在窗边，使劲地看着窗外，贪婪地吮吸着窗口吹进来的热风，如同恣意享受着一次期待已久的远行旅程。

车停了，亦可第一个跳下车。校门口正好是12路汽车的换乘总站，密密麻麻地排满了公交车和等车的人群，社会车辆是挨不上边的。亦可的叔叔把车停靠在了距离正门最近的位置，过个马路就能走到珞大标志性的牌楼下。亦可迫不及待地冲到了马路对面，到了牌楼下才意识到，父母比她要慢几拍——因为还要跟今天的功臣叔叔说些感谢的话。等候的那几分钟，亦可抬眼看了看"国立珞珈大学"的题字，脑子里千头万绪。珞大是这座城市里最响当当的高等学府，能够在这里念书，是很多孩子的梦想，但并不是梅亦可的。她是地地道道的武汉丫头，土生土长；正因为地道，她才想从这里起步，去到更加高远的地方。她一心想去上北大清华，想去另一座大城市里念书。以她的考分，进这些大学没什么难度；她的难度在于父母——她想过那种不被父母监管的日子已经很多年了，高中毕业是她第一次能抓住的合理出逃的机会。父母却总说，一个武汉伢能到珞珈山上念书就足够好了，家旁边就有这么好的大学，多幸福啊。

"你跑那么快干吗？"父母提拉着亦可的行囊，跟她在牌楼下会合。母亲站定后，劈头盖脸地质问道："你就这么盼望要甩掉我们吗？"

亦可违心地冲着母亲摇摇头。

"从今天起，你就是个大学生了，为人处世都要更讲道理、更懂事才对。叔叔这么大老远地专程开车把你送到学校来，你着急忙慌就跑了，连个谢谢都不说，基本的礼貌都没有！"

梅亦可听到这里，赶紧踮起脚，探着头，冲马路对面已经启动的那辆大客车招呼道："叔叔，谢谢啦！"

父亲拍了拍亦可的肩膀，说："别喊了，隔这么老远，叔叔听不见……"父亲说话时，看到母亲瞪了他一眼，立刻补充道，"你妈说得对，要讲礼貌、尊敬长辈，下不为例！"

"什么叫下不为例？你就总是这么跟我唱反调！"母亲一下子调转矛头，把话锋对准了亦可的父亲。

珞大因建在珞珈山上而得名。从校门口的牌楼往里走，一路都是上山的坡道。校园真大，梅亦可感觉自己走了好久，简直快要把人都走得虚脱了，才到达了目的地——学校的小操场——这是所有院系迎接新生的总根据地。小操场的四周种满了梅树，据说到了冬天就会有馥郁的梅的馨香环绕，所以它有个亲切的名字叫"梅操"。此后经年，从校门口到"梅操"之间的路径，亦可用脚步丈量过几千遍，感觉这条路是越走越短，但9月11日那一天的那种漫长的距离感，却始终无法被修正和覆盖掉。

中文系的迎新摊位上只有两个学姐在张罗。

按照报到须知上说的各种流程，入学新生要做的事情挺多的，他们要去"樱园"的中文系办公楼领取表格，再去"枫园"的校行政楼注册，然后去"梅园"的设备管理科取宿舍钥匙，再到"桂园"的宋卿体育馆排队领桌椅板凳，还要去"湖滨"登记伙食补贴……珞大实在太大了，对于梅亦可这些初来乍到的新生来说，在偌大的校园里经办这些烦琐的手续，简直就像在迷宫中探宝通关一般，轮到谁都要晕头转向。

中文系派出迎新的学姐跟亦可他们一家三口解释说，学校这么大、手续这么多，要在往常，系学生会都会组织好专人、一对一地领着新生们跑这跑那，只是今天特殊，高年级的同学们都忙着去补办团员证了，所以才没有帮手。

"你的团员证带来了吧？"学姐问道。

"带了。"亦可边说边把那个红色塑料封面的小本子递过去。

"不用给我，就是提醒你一下。"学姐说道，"学校里面现在特别强调组织关系和组织原则，你一定要把团员证保管好。办完所有手续后，再到校团委更换新证，如果找不到旧证，你会很麻烦。"

亦可叮铃咣啷地带着行李还有新领的实木大凳子、小椅子来到桂苑女生宿舍时，才发现自己居然是进入寝室的第一人：床架和书桌空空如也，她可以任意挑选其中任何一处。她就毫不犹豫地爬到窗边的高低床的上铺了。

有人推门进来，是一胖一瘦母女俩，胖的是母亲，瘦的是女儿。胖母亲热情地跟梅家三口打招呼说："哟，你们来得早，瞧我们,各种手续忙昏了头,才整完。我家孩子叫宋微,你家闺女叫什么?"

"我女儿叫梅亦可。"梅母迅速抢答完后,立刻反问说,"你们是哪里的?"

天下母亲都是外交高手,能在有限的时间中以最高效的办法获取对方的户口本全部信息以及更多的家庭衍生资讯。很快就彼此知晓,梅亦可是本地的高考文科状元,父母都是教师,父亲教大学,母亲教中学;之所以选择中文,有继承父母衣钵的意思。宋微是东北吉林的,母亲是国企里的工会干部,父亲是公务员,在区政府里任职;她填写的志愿是国际金融,因为专业选择上的竞争太激烈,所以被划拉到相对冷门的中文系。宋母送宋微来报到,打算母女俩在宿舍挤着睡一晚上,第二天就返程回去上班了。

那一天从宿舍出来后,宋微母女直接到校门口坐公汽到了黄鹤楼。母女俩把黄鹤楼各个角度的景观都巡望了一遍,然后跟着熙熙攘攘的人流走到了长江大桥桥头堡。桥头堡有持枪的战士在站岗,九月的武汉,天气炎热,周围的市民都是短裤汗衫,但战士们长衣长袖,装容整肃。

宋微悄悄问母亲,您说他们的枪里有子弹吗?

母亲摇摇头说,八成是没有的。

宋微又问,那不就是个摆设吗?

母亲压低了声音制止道:"不要乱说话。你的起点高,记住,祸从口出。"

宋微不再说话,笑着牵起了母亲的手,顺着人群沿桥头堡的台阶往下走,好像就是不停歇地一级接一级像旋转楼梯般往下转啊转,然后就下到了长江边。她们站在江堤上,碰巧看到了长江大桥华灯初上,一眨眼的工夫,灯光把天也照亮了,把江水也照通透了。

宋微听见母亲说,多好的地方啊,闺女啊,你在这里好好读书,以后国家管你分配,就在这个城市找个铁饭碗的工作,再以后找个这里的好人家结婚。你就不用管我和你爸了,我们就在家里哪儿也不去,不给你添麻烦。

宋微笑笑说,妈,我知道了,您放心,我出来了,就没打算回去了。

宋微母女去黄鹤楼看长江的时候,梅家三口在珞大门口的一家名为"小四川"的餐馆点菜吃饭。梅母作主,点了鱼香肉丝、茄汁鱼片和干煸四季豆。她总说,到餐馆里吃饭就要吃些在家里做不出来的味道。

从珞大到市区的唯一一趟公汽——12路车站就在"小四川"旁边。吃完饭天也黑了,父母说他们就从这里直接坐公交车回家。

"回去后赶紧洗澡睡觉,别惹是生非。"母亲叮嘱道。

"好的!"亦可这次答应得格外爽快,她乐得就此话别。

亦可独自回到寝室。在摸索电灯开关的那一刻,她注意到,虽然屋子里漆黑一片,空无一人,但是看起来室友都到齐了——六张床铺都已经挂上了蚊帐。估计大家都一样,在寝室里搁下了行李,就到外面吃吃喝喝看新鲜世界去了。

白炽灯管还在启辉器的带动下扑闪扑闪,亦可就迅速地爬到了自己在上铺的床上。放下蚊帐,她发现了两只个头很大的蚊子跟她同处在这密封空间里。这时,有人敲门。她身手矫健地从上铺跳下来,跑到门边,一边开门一边问,谁啊?

门外说道,请问,有人在吗?

亦可没着急开门，站在门边，耳朵贴着门，追问了一句："你找谁啊？"

门外说："我是88级的，过来看看你们有没有什么需要帮忙的。"

门外的声音很好听，声线磁性，普通话咬字极其标准。这样好听的声音会让人产生一种错觉，就类似声如其人的意味。亦可想见见这个声音的宿主，好奇地开了门。

门外的人就是董梁。董梁其貌不扬，消极地说，就是颜值和声音成反比；但若是以积极的角度来看，他的声音充分弥补了外形条件的不足。她快速打量了站在门口的董梁——个子不高，皮肤黝黑，瘦，瘦与黑相互辉映着，像是把"营养不良"这几个字写在了脸上。他俩熟悉了之后董梁总开玩笑说他从小习武，身体特别棒，唯一的毛病就是胃不好，病因是"胃缺肉"。

董梁问，屋里就你一个人吗？

亦可点头。

"那我就不进去了。我叫董梁，比你们高一个年级。"

她继续点头，说，我叫梅亦可。

董梁问，你忙吗？没休息吧？要不要我陪你参观一下学校？

亦可想都没想就答应了，说，好啊。

夜晚的大学校园即使再美好，打动人的也不会是自然景观。当亦可跟董梁一起走出宿舍楼的时候，他们同时发现，包裹他们的，除了桂花香之外，就是越来越沉重的黑与暗。"要不，我带你去看看东湖吧。"董梁提议道。

亦可说，好啊，去东湖边看看吧。她想当然地把这个夜晚理解成是初恋的开始，好像董梁就是带着某种神意来遇见她一样。

那时真是年轻，爱得唐突，连后来分手都是莽撞的。带着这样的记忆回望那天的所有细节，梅亦可能记住的美好点缀，就是满世界弥漫的桂花香。他们走到哪，花香就跟到哪。

中文系学生住的宿舍群叫"桂苑"，从"桂苑"走到东湖湖滨，还是很有些距离的。亦可慢慢地感觉到闻不着桂花香了，于是她推想，我们应该已经走了很远，是那种连秋风都没法把香气送来的遥远。她看到了东湖，黑黢黢的一片看不到尽头，跟夜色一样，天地一统。她听到了湖水拍岸的声音。董梁没话找话说，平时的东湖是宁静的，只有晚上起风时，才有这种难得的涛声。董梁问，起风了，你冷吗？

亦可摇头。虽然没有正儿八经谈过恋爱，但她也知道，在这样的语境下，如果回答说冷，接下来会有两种可能，一是他把衣服脱下来给她挡风，一是他把她搂住帮她取暖。他们不熟，她只能说不冷。

董梁问："你记住了今晚的东湖吗？"

亦可反问，你告诉我该怎么记住？

董梁说，那我为你写首诗吧，你等着啊——

他装模作样地清了清嗓子，以朗诵的姿态，用洪亮的嗓门喊了声："啊！——"

亦可就当真了，抬眼在黑暗中想找到他的目光。紧接着，董梁继续以高昂的声调对着渺茫的湖面吟诵着："啊！——东湖！——全——他——妈——水！"

听到后面四个字，亦可意外极了，忍俊不禁地狂笑起来："你也太有才了吧！"

"我这是在模仿大师的创作。"董梁道。

"模仿谁啊？"

"郭氏诗歌啊。"董梁说着，怕引起歧义，连忙补充说道，"跟你开个玩笑而已。"

"知道你在开玩笑。"亦可继续边说边笑。

董梁估摸着她是没有听懂他刚才的回答。于是,赶紧一本正经地说话,好把刚才那个不恰当的玩笑抹过去:"其实我很会写诗的……"

"你又在开玩笑了吧?"

"没有,我说真的。"

"你要是诗人,我还是作家呢。"亦可说。

"那说好了,我当诗人,你当作家。"

"真的?"

"真的!我每天给你写一首诗。"

"就这种'东湖全他妈水'的诗吗?我一天可以写一百首。"亦可轻笑着回答。

董梁听出了亦可语气中的不屑,解释说:"刚才在跟你开玩笑,以后写给你的,绝对不是玩笑。我保证——"

"你为什么要跟我保证?"

"对啊,为什么要跟你保证?我也不知道。管他呢,似乎今天给你留了个坏印象,以后要慢慢修正过来。"

他们边说边往回走。循着桂花的指引,走到宿舍没花多少时间。

"你叫董梁,取这个名字就是为了谐音'栋梁'吗?"亦可问。

"怎么说呢……这名字是我自己改的。我父母文化程度不高,原先给我起的名字是个'亮'字,简单,嘹亮。我上学后,学了些新词,觉得换成现在这个名字更有意义,就自作主张把户口本上的名字给改了……"

"你太厉害了,能把父母给取的名字都改了……换作我,连取个笔名的自由都没有。"

"啊?为什么?"董梁好奇地问道。

"我妈会说,名字和身体一样,都受之于父母;爹妈给了你生命,给了你名字,就是要你用这个名号堂堂正正地做人。当儿女的有什么资格嫌弃啊?"梅亦可瞪大了眼睛认真地回复说。

"你妈的话也有道理……"董梁应承着,接着又问道,"你们家给你取这个名字是有什么说法吗?"

答曰:"我妈身体不好,据说好不容易才怀上我,那时,我爸就跟我妈表态说,不管生的是男是女,都取名叫'亦可',就是男孩也可以、女孩也可以的意思。"

"要这么解释的话,你应该叫'皆可'更为妥帖一些……"董梁说完,自己忍不住就笑了起来。他想到的是"皆可"谐音"接客",这个笑点有点儿不那么正经。好在对方并没有意识到。

"你要把我的名字和姓连在一起读才有意思。我叫梅亦可(没亦可),听起来有点像是'就算没有,其实也可以'的那种意思……"

"要我看啊,你的名字连起来读,就是'每一刻',每时每刻啊……"

"嗯,现在我发觉你像个诗人了。"亦可由衷地说道。

快到桂苑的宿舍楼下了,他跟她说,你不太像武汉人。

她问为什么?她以为他会说她性格好之类的,毕竟武汉女人给外地人留下的坏印象基本上可以定义为"泼辣""悍妇"一类。结果他回答说:"因为你的声音好听,普通话也说得很好,没有武汉人的那种腔调。"

她回敬他说,你知道吗,你的声音才是真的好听,普通话很好,比我说得好。

亦可说的是真心话。她是真的喜欢他

的声音。如果要问他到底哪里打动了她，她一定会说是他的声音。这样的声音说出来的甜言蜜语，没有人能抗拒。

他说，我是新疆来的。我们新疆的汉族人普通话都说得很好。他又说，我见过的武汉人，能把普通话说得好的不多，不带口音的几乎没有。

亦可得意地"哦"了一声。听起来，董梁的恭维还是很诚恳的。

董梁又说："武汉人说不好'女篮男篮'，他们永远分不清鼻音和边音……"

亦可笑了起来，心里默念了一下，发现自己也咬不准。她看了看董梁，感觉这是个说话能抓住关键点的小伙子，也暗自把自己按照他的甄别归了类：到底还是个"武汉的"。

晚间的女生宿舍，已经不允许男生进入了。董梁说，你自己进去吧，我明天再来看你。说完，拍了拍亦可的肩膀。

2

亦可她们寝室满满当当地住了六个女生，来自天南海北六个不同的省份。亦可还在跟董梁漫步东湖，其他人陆续归了窝，相互作了自我介绍。等亦可回到屋子时，她们都已经熟稔了，亦可很快融入其中。以大家的好奇心和彼此开放的热忱，那个晚上，女孩子们你一言我一语地仿佛有交流不完的心里话。宿管科是每晚十一点熄灯，熄灯后辅导员老师又逐一查房点名，加上走道里总有洗漱上厕所的动静，女生们索性把第一次离家过夜的兴奋感配上一口气认识这么多同屋新朋友的激动，以彻夜恳谈的形式表达出来。她们在深夜的黑暗中，用带着各自家乡口音的普通话，交换了高考的分数，交换了原先填报的志愿，也交换了对未来的种种假设和期待……话题不断切换着，最后大家达成了共识：我们这些能在1989年被重点大学录取的，都是人中龙凤，因为本年度的应届生招生名额比往年少了好多；这样大刀阔斧之后还能被录取的，都是考分高得"直达宇宙"的……直到天已经擦亮了，她们才带着表扬与自我表扬之后的心满意足不知不觉地慢慢睡去……

是董梁的敲门声，唤醒了这群熬夜又补觉的女孩子们。这次他敲门时就直呼梅亦可的名字。亦可听到门外有人喊自己，吓了一跳，慌慌忙忙地跳下床，胡乱穿上也不知是谁的拖鞋，蓬头垢面地去开了门。

"还没起床呢？"董梁问。

亦可迷迷糊糊地点着头。

"你们寝室都没起吧？"董梁又问。不等亦可回答，他就接着说，"没事，你们接着睡，我帮你们去打点开水吧。要是再去晚了，开水房就要锁门了。"

董梁说着，侧身把书包放在寝室门边的椅子上，抓起了门口的四个开水瓶，迅速离开了。亦可赶到窗边，很快就看到了董梁从宿舍门口走出去的拎着四个水瓶的背影。这个背影不算高大挺拔，以俯视的角度看还有点压缩变形，但透过清晨的霞光，桂花香气中，亦可倒是觉得格外的耐看。

呼啦啦地洗漱完成，清洗程度虽然有限，但亦可总算赶在董梁回来前把自己收拾好了。在宿舍走道里，她听到了董梁的声音，应该是88级师姐跟他的对话，有女声在问，这么早就过来跟小师妹献殷勤了？董梁答曰："毛主席教导我们说，为人民服务！"

亦可循声开了门，一边接过开水瓶，一边说"谢谢"。

董梁说："我今天早上没课，可以带你去看看图书馆。你先去食堂吃早餐，半小时后我在楼下等你。"

离开寝室前，亦可迎面碰到了刚从洗手间洗漱完的宋微母女。她礼貌地道了声"阿姨，早上好"，之后说道："真是不好意思，我们昨晚一直聊天，吵得您没法休息吧。"

宋母笑笑说："我是在你们这里蹭着睡觉的，你们不见外就好。"

亦可回道："阿姨，您太客气了。"说完，又朝宋微说道，"真羡慕你。你跟阿姨，就像好朋友。"

宋母说："我等下就去火车站了，以后你跟宋微之间多关照，互相多担待。要是宋微欺负你了，你就跟我告状，我来保护你。"宋母说完，主动伸出双手抱了抱亦可。这种拥抱，让亦可由衷地喜欢上了这位亲切的胖阿姨，这就是她想象中的慈母的样子。

董梁带着梅亦可到学校图书馆，进去后径直去了社科部的小说区。在外国文学区转了几个来回，他拿到了几本书：《情人》《心心相印》和《霍乱时期的爱情》，显然是有备而来。亦可是新生，还没来得及办借书卡，董梁就用他的书卡把书先借了出来。

"再带你好好看看校园吧，咱们这校园，适合白天来欣赏。"借完书，董梁跟亦可走出图书馆，边走边聊，"你知道我为什么跟你推荐这几本书吗？"

亦可摇头。

"这本《霍乱时期的爱情》，是马尔克斯在获得诺贝尔文学奖之后创作的新作，刚翻译成中文出版。他的《百年孤独》对你来说，可能有些生涩了，相比之下，《霍乱》这书就通俗得多。这里面讲的是一段超过半世纪的爱情，从构思到技巧，都是极品。"

"《情人》是玛格丽特·杜拉斯的代表作，是一位古稀之年的老妇对少女时期爱情的追溯，也横跨了半个世纪。通篇最感人之处，就是男主人公对女主人公说的那句话——'我对你的爱，至死不渝'。"

听着师兄的滔滔不绝，亦可也插不上话，她只好点点头，继续往下听。

"还有这本《心心相印》，是萨特和波伏瓦的传记。"说到这里，董梁停了一下，问道，"你知道萨特是谁吧？他那句最著名的'他人即地狱'你一定知道的，对吧？"

这么冷不丁地一问，亦可有点发愣，好在董梁也不在乎她的回答，他沿着自己的话题接着说：

"《心心相印》讲的是他们彼此相爱、彼此激励、又各自活得五彩斑斓的一生。他们所有的传奇故事都在这本书里呈现了出来，简直比小说还要精彩。萨特是我特别推崇的哲学家，要是你有兴趣，以后我可以帮你去借萨特的专著。"

"好啊。"亦可说道，除了说"好啊"，也不知道自己还能说些什么了。

下午，董梁要去上课，梅亦可他们新生被召集训话。

从1989年开始，中国所有的重点大学新生都要接受为期少则一月、长则一年的全日制军事训练；他们在体验真正的大学生活前，首先要过军营里正规的新兵操演这一关。珞大这一届的两千多名新生全体集合在"九一二操场"上。1958年的9月12日，毛主席在这里接见了武汉的大学生

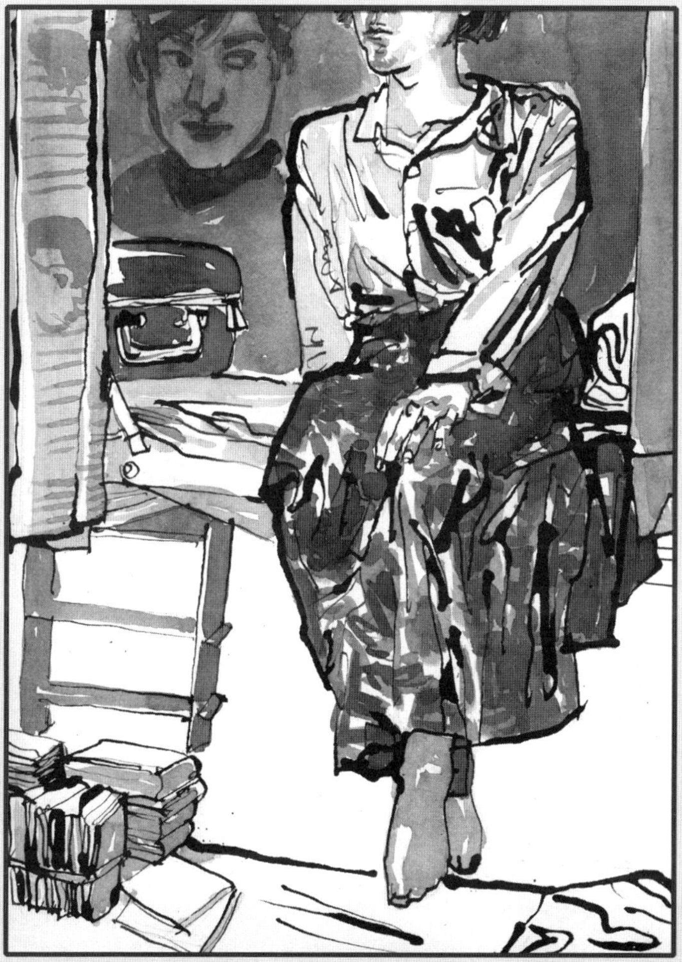

代表，操场因此得名"九一二"。巧合的是，梅亦可他们在1989年的9月12日这天，聚集在主席挥过手、讲过话的操场上，接受了"旗帜鲜明反对资产阶级自由化"的洗礼。七天后，所有新生将带上新领的军装、军用被服，以新兵的姿态，扎根军营。会后，要求所有的男生必须马上剃成光头，女生必须剪掉长发，行动口号是——"从头开始"。

散会后，亦可回到寝室，董梁及时出现。和早晨来敲门的理由一样，他说他来帮亦可她们寝室的女生打开水。

寝室里的女生一人一个开水瓶，董梁一下子解决了四瓶，梅亦可顺势也把剩下的两个空水瓶拿着，跟着一起去了水房。就这一个举动，亦可和董梁之间就具备了谈恋爱的群众基础。能帮大家排忧解难的爱情，室友们当然会理解和支持啊。

因为军训前要理发的命令，校内以及周边的理发馆一下子爆满起来。亦可本来就是短发，所以，其他女生还在商量着何时去理发馆会排队等待的时间少一些，她就能跟着董梁一起上自习去了。

大学新生梅亦可，从入校的第一个夜晚开始，遇见了一个高年级的男生，愿意奉献他所有的时间，陪伴自己所有的空间，诚心诚意在生活、学习和专业上给予关照和提携——就这么毫无准备地被置入一个看似突如其来的情境下，她急于找个理想化的名词给自己的现状作个备注，那么，"爱情"，是看起来最恰当、也是唯一的答案。1989年的爱情是什么？如果那时有人向亦可发问，她一定会茫然、激动、神往且陶醉。爱情是空气、阳光和水啊，是一个女孩子被世界接纳和承认的证明。1989年初秋里的梅亦可，在逃离了父母监控几

十个小时后，发现了不被监管的自由生活，比预先假想的还要海阔天空，还要浪漫美好——有一种看起来像是爱情的东西，给她的生活上了色。那时的她，一点也不关心对方的家世，也不在乎对方学的什么专业，毕业后能找个什么样的工作，如何才能过得上算是体面的生活，她忽略了人类生活中带有标准衡量意义的社会属性，也忽略了爱情世界里同样带有标准衡量尺度的感官属性，她甚至都不在乎对方长得够不够高、够不够帅。她是被动的，就像被抽签抽中了似的撞到了一个自诩为才华横溢的有志青年，看到他早起帮她们一整个宿舍的女生打开水、晚上陪她上自习当好学生——她有什么理由拒绝呢？如果不拒绝他给予的这些示好，那就是相爱了吧？她以为他给的，应该都是爱。董梁塞给她的所有内容都是积极向上的，对于一切不以物质来衡量的交往过程来说，这些足够美好。她想当然地顺应着心里的那份欢喜，把董梁放在了欢喜的核心。

亦可顺从地跟着他去了教学楼，顺从地坐到了他身边。她拿出了他帮她借的书准备阅读，他拦住了，说："先给你看看这个。"

董梁拿出一个比A4的尺寸还要大的厚厚的像字典一样的笔记本，翻开，里面是铜版材质的纯白素描纸面。他跟她说：

"这将是我的诗集。从今以后，我每天在上面为你写一首诗，再配上一幅钢笔画，让你看到我多方面的才华……总有一天，你会看到我光芒万丈的时刻……"

亦可一愣，一开始憧憬未来就说自己会"光芒万丈"，确实是有些诗人的谵妄了。

"这是今天下午我为你写的第一首诗，

标题就叫：一九八九年九月十二日——"说完，董梁就开始声情并茂地朗诵起来——

　　我们结识在这一天，这是一个
　　水草摇曳在玻璃深处的日子
　　从此我的手开始触摸水晶、红色鸟和湖泊
　　这一天我重新诞生　草莓的浆液
　　沸腾成最动人的歌曲，因为你
　　我被九月的天空赋予了丰厚的温良与多情

　　亦可不懂现代诗。她说不出这诗有多好，但从自己看不太懂、也挑不出刺来评判，起码这不是一首不好的诗。对于情窦初开的少女来说，有人如此执着地承诺并践行着每天专门为她写首诗，读不读得懂已经不重要了。

　　董梁问，喜欢吗？
　　亦可笑笑，点头。
　　"那，喜欢我吗？"董梁又问。
　　亦可习惯性地又点了头。点头后忽然想到这问题有点蹊跷，马上又摇头，还红了脸。
　　董梁笑了起来，说："别那么紧张。"
　　亦可的脸更红了。
　　董梁说，教室里闷，空气不好，我们出去走走。
　　出了教学楼往前走，就是全国闻名的"樱花大道"，樱花大道下是沉降式的花园，珞大的学生们喜欢把它称作是"幸福坡"。幸福坡上有各种鹅卵石铺成的花间小道，隔三五步就会有个小石凳。比石凳更密集的是灌木与树林，只要你不怕蚊虫叮咬，随便倚着一棵大树，就可以实现各个阶段的爱情细节。

　　从教学楼到幸福坡的路上，董梁说："我们新疆的小伙子要是喜欢上一个女孩，就会一手拿着鲜花，一手拿着匕首去找人家。你猜我们会跟人家说些什么吗？"
　　"你们会说……如果你不接受我的鲜花，那就请接受我的匕首？"亦可猜测道。
　　"哪会那么凶悍啊？"董梁笑起来，"我们会告诉那个女孩子，如果你不把这束鲜花捧在你的胸前，那我只好把这把匕首插进自己的胸膛……"
　　话讲到这里，他们来到了一棵树下。董梁把他们俩的书包扔到一边后，紧紧地抱住了梅亦可。她有点惊慌失措——来得太快了些吧，难道不该先有表白，再有拥抱的吗？亦可还在思量过程和顺序，董梁进行着更超前的步骤。他的嘴唇压上了她的。吮吸，然后以舌尖舔舐。她害怕极了——没想到只是一天没在父母的监视下，就把自己的生活搞成了这个样子。她以为自由即是美好的开端，哪知才刚开了个头，就全乱了套。她听见他说："张开嘴，给我你的舌头。"
　　她推开他，问："为什么？"
　　"什么为什么？"他重新亲吻她，一边亲，一边问；他试图轻柔些，以免她抵抗。
　　"为什么要用舌头？"她果断地再次推开他，很认真地问。
　　"这是本能啊。"他说。
　　"我怎么就没有这个本能？"她反问道，"你怎么可以这样对我？"
　　"因为，我喜欢你。"董梁直截了当地回答道。"我喜欢你"这四个字，他很想找个合适的机会说给亦可听……恰逢其时。
　　"但你没问过我是不是喜欢你。"
　　"刚才在教室里，我已经问过了。"

233

"你不觉得这一切太快了吗?"

"黎巴嫩诗人纪伯伦曾经说过,如果两个灵魂不能在瞬间迸发出火花,那么你给他们一个世纪的时间又能如何呢?"董梁用这么复杂的方式回答了亦可的提问后,重新拥吻起身边的这个小女生。他发现她哭了起来。

"刚才,你把你的舌头放进我的嘴里了……我想,我可能会怀孕的……"亦可一边说着,一边抓起自己的书包,飞快地想逃离。

这一下,是董梁手忙脚乱了。他不知道是该先去追上亦可,还是赶紧为她做一点生殖常识的科普。他还没想好,就听见"噗通"一声,梅亦可重重地摔倒在地。

董梁想去扶她,她推开了。她态度坚定地想避开他的一切身体上的接触。

"我不会让你怀孕的。"他说。

董梁充分表达了接吻不会导致怀孕的常识,谁料钻了死胡同的梅亦可,只是简单理解了这句话的字面含义。她继续哭着呢喃道:"可你已经做了啊……"

董梁追着亦可跑了一段路,当他们从漆黑的樱园"幸福坡"出来,走上有路灯的学院路时,迎面遇到了中文系的党支部副书记程寔。梅亦可并不认识程书记,但董梁知道啊,他赶紧停下脚步,跟书记打招呼,寒暄了两句道别后,亦可已跑出了他的视线。

梅亦可执意甩开董梁,奔跑着回到宿舍,打开寝室门一看,宋微正坐在床边大哭。

亦可被宋微的样子给吓住了。她抹了一下自己的脸庞,确定没有泪痕,然后坐到宋微旁边轻声问:"怎么了?"

"我不想剪头发!我从小就是梳着长辫子的。头发受之于父母,从来没有什么理由可以剪掉我的头发!"

听到宋微的哭诉,亦可长叹了一口气。剪个头发算什么啊,就算剪了,过段时间又能长回来,至于吗?为这点小事哭成这样,要是你换成了我,惹出了今天晚上这么大的麻烦,那岂不是连跳楼的心思都有了?

那个晚上,她俩挤睡在下铺。熄灯之后,眼前的世界一片漆黑。在亦可看来,这种黑,黑不见底,如同天塌了一般。此后许多年,每逢她遇到快要过不去的坎,她就特别分裂地先是盼望着天黑,而后是更加迫切地盼望着天亮——天之所以黑,也许就是天塌了;天一塌,所有的事物就都安静了下来,一切罪与罚也会停滞;然后,她可以在这种被无数次复制过的黑暗中,做回到十七岁的自己,在一片深不见底的回忆中,反刍着成长的真正意义。而那些无边无际的黑暗,最后又回归了黑暗本来的属性——孤独,亦可不想去做自己的孤独王,她渴望爱与被爱,渴望关怀与陪伴,渴望有一双能把自己带出困境的手;于是,她就又盼着天亮,盼着有光,盼着自己能被那束光引领和重生……她期盼着,天一亮,一切都能亮堂了。

离开父母的第二个夜晚,亦可又没能睡好。

3

梅亦可熬着每一分钟等天亮。这一夜既漫长又急促,无论是漫长或急促,都让她有一种粉身碎骨的绝望。理智告诉她,天亮以后要去做点什么,亡羊补牢也好。而情感又在说,能不能不要天亮,就这样一直一直黑下去，如果我毁灭，就从这样的黑暗开始和结束吧。她蜷缩在那种比黑暗还要暗黑的恐惧中，等着天亮，猜想还要再过几个天亮天黑她的谜底就会揭穿，而后她的人生就会如坠深渊。

天亮了。亦可起得很早，洗漱完毕，提着两个开水瓶下了楼。在通往水房的路上，她遇到了董梁。他笑着迎上来："你等等，我现在上楼把你们寝室的其他几个开水瓶也拿下来。"

"不必了。"她冷言回道。

"生气了？"他问。

"有吗？"她反问。她想说，一个生气岂能表达我的愤懑？

董梁抢过亦可手中的水瓶，她也不坚持，让给了他，然后说，那我先上去了。

等董梁乐呵呵地把两个打满水的开水瓶送还到梅亦可寝室，她拿起昨天他帮着借的三本书说道："我们马上就去军训了，这些书暂时也没时间看，先还给你吧。"

"没关系，你可以带到部队上。到了还书的时间我可以直接在图书馆续借。"董梁知道亦可想表达的是什么含义，但他试图用简单的语句来化解一下自己的窘迫。

"不用了，我想看的话，等军训回来，我可以自己到图书馆去借。"

气氛越来越尴尬，董梁接过书，轻声问道："我们可以出去说话吗？"

亦可听话地从寝室里出来，径直走到宿舍走道尽头的公共天台上。她听见他在身后说："对不起。"

"为什么？"她明知故问，言语挑衅。1989年的梅亦可就是个"十万个为什么"；她习惯性的反问语法与不断质疑提问的模式，慢慢地让董梁有了一种习惯和依赖——他喜欢听她总是问着"为什么"；或者说，当她是他的"十万个为什么"的时候，她是一张白纸，等待他来书写所有的答案。

那时候的董梁，信奉示爱是需要过程和仪式的。在他看来，这三个字不该是开场白，而应是总结语——即便他一文不名，但这三个字也是金不换的。可以让他以这三个字来颁奖的女人，便是拥有了他无限理想的一生。"我爱你"，他还没对任何女人说过，因为年轻，因为来不及，因为没有机会，因为他认为时机不到。他没说。她也不等。她不知道自己的人生会不会被这个男人毁掉。在一切看似风平浪静时，她想把自己从快要失控的边缘拉扯回来。穿过天台上晒着的层层叠叠的被褥和床单，亦可把董梁独自晾在了原地。

亦可不是琼瑶笔下的那种生活中只有爱情的小女生，能把所有的时间都交付给了师生恋或者师兄恋。她是一名刚进校的女大学生，眼下是为军训准备的高强度的政治学习。一整个白天，她和其他同班同学一起穿梭于珞大的那些历史文物建筑中，听课、受训、领取资料、小组交流……晚上回到寝室，才看到床上有一个纸折的千纸鹤。打开一看，是董梁的新作：

亲爱的　我的唇上留下了你蚀骨的温情
这甜蜜足够让我回味一生
我将因此而向世界敞开
我将因此而倾听这个永恒的秋天
注目于空气中的马群，岩石和刀锋
我找到了歌唱的理由，亲爱的
这一切全是因为你，因为从今天起
有一种声音将穿越我漫漫的一生

亦可想了想，推算这个千纸鹤应该是董梁早上送开水瓶进屋时趁自己不注意塞到蚊帐里的。她把里面的词句又读了几遍，始终觉得第一行字看起来格外刺眼。这行字里隐含了太多的信息，甚至出卖了她的恐慌；联想到头一天夜晚在樱园"幸福坡"的那一幕，这张字条就像是一份检举书和恐吓信。与其说这是一首情诗，不如说是一份罪证。

亦可坚定地把这张满是折痕的写满了字的纸撕成碎片。她还怕不够彻底，于是又跳下床，把碎纸片扔进了寝室对面的女厕所的蹲坑中。然后，拉下冲水闸。听到那哗啦啦的水声，确信所有"罪证"都处理完毕，才算舒了口气。

接下来的几天，董梁没有出现在梅亦可的视线中，就像世间所有来得快去得也快的事物一样，说完就完。不出现在眼前的人，常常就会浮现在心里，而且频次和时间比现实中还要多得多。宋微也会不经意地开个玩笑说，今天怎么没人帮我们打开水了？——真是哪壶不开提哪壶。

梅亦可胆战心惊地观察着自己身体上的每一点变化，甚至神经质般地期盼或者想当然地认定，已经出现了各种早孕的迹象：早起时刷牙，她觉得肚子疼；去食堂打早餐，闻着肉包子里的洋葱味道就犯恶心；去开水房时经过垃圾场，里面飘出来的丝丝恶臭更是让她胃酸直往口腔里狂涌……她曾看到一些文艺作品中这样表现过，便认定那些细节全能在她的现实中得到印证。

怎么办？还能怎么办？过一天算一天，瞒一天是一天。亦可突然悟出了一个人生哲理：能撒弥天大谎的人，一定是孤独的战士，只有不跟人分享任何细节，她才能不留一丝破绽。

过了看似正常新生生活的几天。

在军训出发前一天的黄昏，梅亦可穿着拖鞋准备去水房打开水，竟意外地遇到了母亲！"您……您怎么来了？"亦可问道。

"你怎么穿着一双拖鞋就到处跑？"梅母懒得回答梅亦可的问题，任何时候只要她一出场，就是女王气派，"穿个拖鞋像什么样子？我在这里等你，你赶紧换了鞋再下来。"

亦可乖乖地把空水瓶交给母亲，很不情愿地走进宿舍，按要求换成了一双塑料凉鞋。打完开水，她跟着母亲一起上楼进了寝室。梅母从随身携带的提包里拿出了一个剪贴本：

"这里面是我帮你搜集的各种剪报，都是些关于反对资产阶级自由化和反对和平演变的领导讲话、政府公文和报纸社评。你们上政治课肯定要学这些内容的，你有了这些材料就比较容易去写思想汇报了。"

亦可接过这本厚厚的、因为胶水粘贴不匀而起伏不平的剪贴本，面无表情地看着母亲。以前她觉得自己就像是一个牵线木偶，每天费力地在完成母亲需要的表演；现在上了大学离家住读了，于是她从木偶变成了风筝——反正总有一条拴着她的线是牢牢握在母亲手里的。

"我骑自行车来的，就是给你送这些资料。还要趁着天没有完全黑下来之前赶回去。"母亲说。亦可把母亲送到楼下，陪她取了自行车，准备道别时，母亲又补了两句：

"你记着，只要跟老师、跟上级说话，就拿出纸笔做个记录……没有人会不喜欢谦虚好学的晚辈。还有啊，我建议你在军训时交一份入党申请书。"

亦可一愣，问道："不是十八岁才能入党吗？"

"你要明白，只要有足够的政治觉悟，什么年纪、任何时候向党靠拢都没问题。你看刘胡兰，牺牲时才十五岁呢，她不也是我党优秀的共产党员吗？"母亲跟亦可解释道，"能在大学里入党，是一件很荣耀的事情……你跟其他人不一样，想想看，你自己不也是十二三岁就入团了吗？听我的，你一定能行。"

4

这一天，易瑾从使馆下班后，没有直接回家。苏淮说今晚有个"非常重要的饭局"，平时坐地铁上下班的她，特意开上了那辆雷诺的小破车。她要先去巴黎大学城那边接上苏淮，然后两人一起到十三区中国城里的"大家乐"餐厅。

"大家乐"算是巴黎中国城里不错的一家中餐馆，香港人开的，主营生猛海鲜和潮汕烧腊，店面大，装修风格非常喜庆，大红大亮，特别适合婚宴庆典和社团聚餐。华人之间讲场面的应酬，都喜欢在他家定个包房。他家的包房也不多，里面摆的都是能容纳十几个人就餐的大圆桌，如果三五人要预订包间，按照最低消费来看，龙虾帝王蟹都得点上才够达标。以苏淮、易瑾他们的收入水平，如果不是蹭饭或者遇到什么特大喜事，平时是舍不得到这里进包房的。

1989年是易瑾作为陪读的家属在巴黎生活的第三年，老公苏淮是她在珞珈大学高两届的师兄，本科时都是学物理的，苏淮现在的主攻方向是流体力学。1981年作为中国在粉碎"四人帮"之后的第一批公派留学生，苏淮来法国深造。那时他们这些公派生每个月有中国政府颁发的生活补贴，逢到月头就去大使馆领取，是党员的留学生们还要参加使馆党支部的组织生活。苏淮是在考上了出国研究生以后突击入的党，一年后预备期转正时，他已到了法国，于是在使馆支部走完了手续，和邹皖他们另外几个留学生党员一起，庄严地在党旗前宣了誓。使馆对他们来说，既是衣食父母，更是上级领导。因为跟使馆的关系熟稔，苏淮把易瑾办到法国后，就给她在使馆签证处的后台谋了个后勤的差事。在使馆从事内勤工作的基本上都是随夫君驻外的外交官夫人们，大家朝九晚五地相处，说着五湖四海的带着方言口音的普通话，吃着内部食堂大师傅精心烹饪的中餐，交流着用中文打印传阅的各种红头文件，基本上和外面的灯红酒绿隔离成了两个独立世界。易瑾在大使馆的这份工作，虽然收入不多，但踏实稳定，最关键的是，对外打交道时还会被洋人误以为她是外交官，这是多么提升自我认同感的误会啊。

苏淮在珞大读书时外语学的是英语，孰料在出国前强化语言培训时才被告知，自己被派到了法国。在国内匆匆忙忙学了三个月法语，就抵达了欧洲。然后从学语言开始，一路过关斩将，一直念完博士。1989年的苏淮，在拿到Ph.D之后从导师那里获得了一个博士后的研究职位，他不再从使馆领取基本生活费了，收入也从原先每月一千多法郎的标准上翻了十来番，实现量变到质变的飞跃。他知恩图报，在实验室里埋头研究，撰写论文，半年时间，几篇重大课题研究成果让他成为了领域内的学术新星。导师夸他有才华，是"天生的科学家"，还夸他做事勤奋，"就连睡觉的时候大脑都没有离开过实验室";同门师弟皮埃尔说苏淮的论文就是他案头的宝典。后来的苏淮完全放弃了科研,他的人生拐点,若要追溯起来,大概就是1989年9月的这个晚餐吧。

苏淮、易瑾两口子来到"大家乐"时,简老板已经在预订的包房里恭候着了。简老板长了张弥勒佛似的圆饼脸,总是笑呵呵的,举手投足很佛性。他是从台湾来的老华侨,到底有多大年纪,苏淮没机会,也没敢细问,但从他在台湾念完大学、又在巴黎生活了快四十年的经历来推算,肯定过了花甲之年。大家都喊他简老板,原因是他在巴黎中心区开了家小餐厅,就是那种楼下开店、楼上住家的情形,店子虽然不大,但物业是他买下来的,在寸土寸金的主城区,那也是个让苏淮不敢去想的数字。简老板似乎不指着靠餐馆的营生来挣钱,仿佛就是养了个自家的厨子,连自家食堂和来客生意一起做,每天看书、下棋,优哉游哉地过着寓公般的小日子。简老板总说,诚心请人吃饭,就一定要在外面的餐厅来消费,在自家的餐馆待客,诚意不够,所以,他早早地就定了"大家乐"的包房。

和简老板坐在一起等苏淮的,还有一位看起来很儒雅的唐姓学者。他们故意把朝着门的上座位置留出来,等苏淮夫妇推门进去时,两人一齐起身,给苏淮敬座。

几番推辞后,苏淮客随主便,坐在了简老板和唐先生中间的主座上。简老板介绍,唐先生是台湾地区的"教育部长"。知道了这个身份后,苏淮顿时紧张了起来——是那种无意中犯了大错、要想该怎么收场的紧张——作为拿着中国公务护照的出国人员,在海外和唐先生这样的人交往,是需要事先报备的。

一边等着上菜,一边闲聊寒暄,苏淮心里猜测着对方的意图,也有过这是不是一场"鸿门宴"的闪念。简老板也看出了苏淮这饭吃得不踏实,索性把话题挑开了说:"唐部长和我是多年的好朋友。这次他来巴黎度假,也想结交一些新朋友,尤其是年轻人。年轻人才是未来和希望嘛!我就跟他推荐了苏淮博士。今天的这顿饭,是唐部长做东。"

"简先生过奖了。"苏淮的回答非常谨慎,他说:"我就是个书呆子,从中国到法国,都是在大学、在实验室里面,社交圈子很有限。不知道唐先生有什么指教?"他在言语中故意回避了"部长"这种称谓,替之以"先生"的说法,淡化言辞里的政府属性。

"简学长和我来自台湾,你来自大陆,但天下华人是一家。古训道,'师夷长技以制夷',我们非常期盼像苏博士这样在海外学成的学术精英能到台湾来,用您的学养教诲更多的后生晚辈,共同建设我们的中华大家庭。"唐先生回答说。

唐先生这份直截了当的邀约,让易瑾也有些惊愕,她下意识地放下手中的筷子,全神贯注地看着苏淮的反应。

"我真有点受宠若惊了。"苏淮并不掩饰自己的毫无准备,也故意把话说得很慢,他需要留给自己思考的时间,"在巴黎,像我这样的博士、博士后,一抓一大把,唐先生您太抬举我了。"

"不瞒您说,我一直在寻找一位德才兼备的助手,希望他有足够的智慧来协助我领导和创建一个民族的教育管理体系,而他本身又是名优秀的前沿科学家;只有这样的人才,才能成为国家教育系统顶端最懂行的参与者、执行者和倾听者。"唐先生解释道,"简学长是我格外敬重和依赖的学长,您是他跟我推荐的人才,我绝对相信他的见识和眼力。"

苏淮从来没有想过,自己就这么稀里糊涂地跟一位"教育部长"坐到了一张饭桌上,更不敢想象的是,居然首次见面就是"面试"加"录取"的一条龙服务。如果站在"学而优则仕"的角度上来看,接受唐先生的邀请,就能成为"朝廷命官";只是这个"朝廷",是站在苏淮所栖身的意识形态的对立面。苏淮很清楚他若接受了邀约,是可以被定义为"叛国"的。这么想来,苏淮的脊梁开始发冷。天下华人是一家,"血浓于水"这个道理是没错的,但是,他背得烂熟于心的马克思主义理论告诉他,人是社会关系的总和,从这一点来看,人要有政治立场。在海峡两岸没有实现政体统一前,他绝对不能服务于唐先生所代表的政治阵营。这样想来,苏淮的应对就旗帜鲜明了。他跟简老板和唐先生一并打了招呼,说:"非常感谢两位前辈的邀约,准备了这么丰厚的晚宴。但晚辈实在才疏学浅,这么厚重的人情,还真是受当不起。实在抱歉,我们还有事,就先告辞了。"说完,他起身拉上易瑾,头也不回地就直接走出了包房。

坐进易瑾的小破车里,苏淮长舒了一口气。易瑾跟着说了句:"吓死我了。"

苏淮半开玩笑说道:"这世道,真是诱惑无处不在啊。"

"还好,你挡住了诱惑。"

"必须挡住啊!"苏淮很严肃地说道,"你说,那个简老板会不会是台湾的特务?……一个在巴黎开小餐馆的,怎么突然就和所谓的'教育部长'称兄道弟?"

易瑾点头表示同意,她把钥匙插进车里准备发动,听到苏淮说:"我们去使馆吧。之前不知道会见到这位唐某人,没跟组织汇报,我们赶紧做个事后诸葛亮,还来得及。"

"真是党培养出来的好孩子。"易瑾笑着说,"难怪千挑万选之后,会把你们这些人放在花花世界里,放出去了也安心。"

作为内部工作人员,易瑾在使馆是出入自由的。分管留学生工作的领事和教育参赞都住在使馆里,易瑾带着苏淮直接敲了领事的房门。听完来龙去脉后,领事让苏淮回去写份情况说明,临别前领事又多问了一句:"苏淮啊,祖国培养了你这么多年,如果现在让你回国工作,你愿不愿意?"

"要是回去能做个学术带头人,我求之不得啊。"苏淮爽快地回答道。

"国内现在很多行业、很多专业都有巨大的人才缺口,迫切需要你们这些有真才实学的学术骨干去补充和完善。你是留学生中的佼佼者,如果你能带头回国,一定会影响一大批人。"领事又说。

苏淮诚恳地答复道:"我本来就是公派出来的,随时听候祖国的召唤。"

在1989年的时事环境下,号召、动员以各种原因滞留在海外的公费留学生回国是国家的政治需要,也是这批留学生们的人生拐点。苏淮和唐先生的不期而遇,加速了苏淮的回国进程。几天后,他接到了领事通知,说是两所国内高等学府向他敞开了怀抱。从唐先生的饭局到苏淮登上回国的班机,前后不到两个月的时间。易瑾跟苏淮说,你觉得你回去符合你的人生定位,但我想留下来,留在巴黎更适合我。苏淮答应了。后来他自嘲说自己是中法友谊的桥梁,总有优秀的中国女孩子通过他抵达法国。苏淮的难兄难弟们在这句话的基础上又补充道,你这座桥梁还是定点供应的,专挑珞大的女生。大家所指的,除了易瑾,另一个就是梅亦可。此刻距离梅亦可在苏淮的视野里正式出现,还要再等上两年。

5

苏淮站在人生的新起点上与易瑾道别之时,梅亦可还在诚惶诚恐地迎接着她的初恋。她甚至不能断定这是不是恋爱。一切尚未开始,就已经完全失控。董梁还没有给她一个认真的承诺,而她就要和他在物理空间上远离。

珞珈大学新生军训驻地在黄陂,离珞大有上百里的路程,本来是个旅部规模的营地,为了配合全国上下的统一思想,对大学生进行军事化教育,部队方面硬是在千余人编制的营房空间里腾出位置,安置要进行军训的两千多名大学生。

在新生正式集合后的第七天清晨,1989年9月19日,珞珈大学迎来了专程从黄陂开来迎接新生军训的军车车队。五十多辆军车整整齐齐地从"九一二操场"排到了校门口,整个校园锣鼓喧天,广播台的大喇叭也是各种嘹亮的鼓舞斗志的红色歌曲,一派欢送亲人参军到部队的洋洋喜气。亦可和宋微她们就像真正的新兵那样,全副武装地穿着军装、军鞋、戴着老式的大盖帽军帽,把被子用背带捆成了井字格,换洗的衣物都塞进了包被里;然后,一批批地背着大背包,踮着脚尖上了车。上车后,亦可找了个紧挨着车厢挡板的位置站好。那里视线好,来来往往的人群一览无余。

"你那个谁谁过来了吗?"宋微问。

亦可自欺欺人地回答说:"懒得在人群中找他了……"

董梁是故意不来的。亦可心里很清楚。说好的一天一首诗呢?现在诗没了,人也不见了。亦可心里是难过的。可她有什么资格难过呢?又不是他的什么人,他又没有说过他爱她。互相都不了解,认识才不过七天。既然不了解,不相爱,那他为什么要侵犯她呢?

这么想着,亦可觉得身边所有的喜气和喧闹都在嘲笑自己的悲伤。

卡车终于在广播中的敲锣打鼓声中缓缓开动了。驶出校园的那一刻,亦可特别伤感。虽然只在寝室住了几个晚上,但她把那个上铺小床当成了自己的新家,那里安放了她刚刚得到的自由。她把自由留在了那个上铺的蚊帐里。不是忘记了带上,而是行囊的清单中不被允许。在那个叫作"自由"的世界里,还装着她命名的爱情——她认为那应该是爱。她被一个男生拥吻了,她甚至严重怀疑有可能因此怀孕,而她却不恨他,心里竟然还惦记着,这样的牵挂,就一定是因为爱上了吧?

驶向军营的卡车要穿越整个武汉三镇。浩浩荡荡的几十辆军车以不间断的队列行驶在上班人流必经的城市主干道上,那场面即使放在回忆中也蔚为壮观。因为这列军车阵仗的出现,车辆让道,许多市民驻足凝望,也有慈祥的长者挥舞着手臂,带着温暖的笑容冲着卡车里的学生们致意。经过长江大桥,军车车队几乎占据了整座大桥。看朝霞披肩,迎江风拂面,再望一眼桥头桥尾都被自己所属的队伍给占据,梅亦可有一种自己是凯旋的胜利者、或者是为这个世界而征战的勇士的错觉。

军车从武昌穿过汉阳，抵达汉口，行驶到武胜路过街天桥附近时，亦可抬头望见，在天桥的正中间站着两个熟悉的身影——自己的父亲和母亲！他们不知道亦可在哪个车厢，便不厌其烦地朝每一辆驶过的军车挥着双手。

"妈妈！——"军车直抵天桥正下方时，亦可一边扯着嗓子大声呼喊，一边拽着军帽使劲跟天桥上的父母挥手……那一刻，她意识到一整车的同学都把眼光放到了自己身上，大家再又顺着自己声音的朝向，转而去关注天桥上的梅父和梅母；那一刻，亦可感到自己是所有参加军训的新生中最特别、最幸福的人，因为，父母近在咫尺，爱也在咫尺。

等到大学生们抵达黄陂驻地时，已是午饭时间。参与军训的教官们军容整齐地站在礼堂前的大操场上等候着。这些现役军人们在军训序列里的称谓对应着原有军衔都提升了级别。军训生以"排"为单位进行训练和生活管理，训导梅亦可她们的"排长"姓王，从他的正装衣着上可见，他平日里的军衔是下士。王排长矮矮瘦瘦的，长相一般，属于盛大阅兵活动时不会被安排在前排或者边线显眼位置的那种外形条件。

营地不够，礼堂临时改成大通铺，头尾相连的铁架床上摆成了几条直线，上面挂满了密密麻麻的蚊帐，每条床铺直线中，只留有两个女生肩宽那么窄的过道，比电影里的战地医院还要拥挤。而中文系女生们进到自己的"寝室"去看时才发现，她们的铺位连礼堂的通铺都不如——所谓"寝室"，实际上是连队期刊阅览室改变用途的地铺。一间小小的阅览室撤掉了书架和桌椅后，就成了二十多个女大学生的军训宿舍：一边靠窗，以草垫铺地；一边靠门，底下铺的是木板。每个女生睡下来的地盘连一个军用枕头的宽度都不够。这种空间实在局促，当然支不起来蚊帐。野战营地的蚊子都是纯天然野生的大块头，数量可观，也食量惊人，比梅亦可在珞大上铺的蚊帐中斗不过的那些蚊子还要生猛许多。她们还没卸下行装，大腿就被蚊子们隔着"的确良"的军裤咬出了好多包。

亦可和宋微被安排睡在阅览室靠门的木板地铺这边。还没来得及庆幸说木板好歹比草垫能隔点潮，亦可就发现了问题——分给她们睡这一头的十二个女生的，只有七块木板。

"是欺负我们学中文的数学不好吗？连个可以整除的数字也不给。"宋微嘟囔道。

"还好吧，如果你非要整除，那分给我们六块板子，两人挤一张。这不好歹还多出一张来嘛……"亦可回应说。

"你倒是具备了革命的乐观主义精神。"宋微一边拆包被，一边接梅亦可的话茬。

"我不仅有革命的乐观主义精神，还有革命的浪漫主义精神。"亦可说。

"同学，要谨防和平演变，不要资产阶级自由化了！"宋微冲亦可做了个鬼脸。

"好的，我们要坚定不移地坚持四项基本原则，来部队洗心革面！"亦可沿着宋微的话，把这几天每天政治学习的口号顺嘴就溜了出来。

从军训的第一天起，就为一个月后的阅兵式开始准备。在第一次集合时，王排长要求全排女生把扎在军装外的武装皮带围绕腰间努力系紧。结果，有十来个女生是一条普通的武装皮带可以缠绕腰间两圈的。这些腰细的女生们被挑选成了"示范班"，站在所有训练队伍的最前面。因为瘦，亦可和宋微都是"示范班"的一员。

王排长训话说，除了洗澡之外，包括睡觉都不要把腰带解下来，要让这种约束成为生活中必不可少的一部分，慢慢就习惯成自然了。说完，王排长开始教导大家怎么踢正步。

在王排长介绍动作要领时，亦可小声跟宋微说，几天前让我们理发是"从头开始"，今天训练是"捆住腰部"。宋微接着说："现在让我们踢正步，动作要领说的是要迈开脚，其实，我们的手脚都是被捆住的……"王排长的余光注意到她俩在说悄悄话，梅亦可赶紧闭上了嘴。

除了学校派出的随队辅导员安排政治学习和《军事科学》课程，军训生的全部日程都被指定的"排长"给承包了，站军姿、踢正步、喊口令、练匍匐、学枪械、练打靶，还有唱军歌。没有伴奏，没有试听，她们学唱军歌就是用最原始的办法：排长唱一句，她们学一句。王排长教她们唱的第一首歌叫作《当兵的历史》——

　　十八岁　十八岁
　　我参军到部队
　　红红的领章映着我开花的年岁
　　虽然没戴上大学校徽
　　我为我的选择高呼万岁
　　生命里有了当兵的历史
　　一辈子也不会感到懊悔

这首歌的歌词对于梅亦可她们来说有点失真，估计词作者也没想到它会用在大学生军训上。更让人郁闷的是，教歌的王排长五音不全，唱着唱着曲调就穿山越岭。宋微索性只动嘴型不出声，亦可在跟唱时思绪比排长的歌调跑得更远，她想到了董梁，也想到了母亲，想到了自己身体里可能正在悄无声息地发生着惊天动地的变化，想到临行前母亲的叮嘱——我是不是该写我的入党申请书了呢？

军训进行到第十天，正好就是国庆节。过节总要有点节日的气氛吧，连队里组织了以排为单位的大规模拉歌赛，以及，以个人为单位的小规模智力抢答赛。前者是强制性的，人人都必须参加，后者则是自愿报名。

王排长宣布了有智力抢答赛的安排，梅亦可举手问道："报告排长，请问，抢答赛有比赛范围吗？"

王排长愣了一下，答道："主要就是些政治常识和你们最近军训学习到的内容吧。"

"就是变着花样的随堂小测验嘛。"宋微小声咕噜着。

"闲着也是闲着，要是让我选，比起踢正步，我还是愿意选择随堂小测验。"亦可道。

军营里的智力抢答赛是极具军营特色的。正午时分，骄阳似火；在空旷的草坪上，没有任何遮蔽物和树荫，没有布景和扩音器，没有桌椅板凳和任何道具，愿意参与比赛的大学生们围成一圈，盘腿坐着，就像小时候玩"丢手绢"游戏那样的布局，负责提问的辅导员老师拿着题卡站在圆心中间。老师出题，知道答案的同学起身抢答。

"第一个问题：坚持四项基本原则是哪四项？答题开始——"

这题太简单了，就像三十年后每个中国人都会背诵社会主义核心价值观一样。老师看到好多同学都站了起来，就说，这是一道送分题，不考大家了，我们来看下

242

一题：

"提问：空降兵的主要作战方式是什么，又被叫作什么兵种？答题开始——"

"空降兵又叫伞兵！以空降到战场为作战方式！"亦可的声音比她起身的速度还快。

辅导员老师点点头，"回答正确！"说完，在答题卡上记下了"梅亦可"。

"下一个问题，反对资产阶级自由化最早是何时何地、由谁提出？答题开始——"

"最早是在1986年9月的中共十二届六中全会上，邓小平指出：搞自由化就是要把我们引导到资本主义道路上去，我们要用反对资产阶级自由化这个提法。到1987年1月28日，中共中央正式发出了《关于当前反对资产阶级自由化若干问题的通知》。"又是亦可第一个站起来，回答得极其流利和周全。

老师满意地冲亦可点点头后，半开玩笑说："梅亦可同学，等下我说下一道问题时，你能稍微慢一点吗？我要求你先默数三秒钟之后再抢答，要给其他同学一些机会嘛！"

亦可不好意思地笑笑，听老师再次宣题："提问：空降兵的最大特点是什么？答题开始——"

随着老师的拖音，亦可四下环望了一下，身边的战友们都按兵不动。她注意到老师把目光投向了自己，尽管如此，她还是小心翼翼地问了一句："我可以来回答吗？"

"当然可以！"老师说。现实情况是，若是拒绝了梅亦可，可能这题就成了死题。

"空降兵的特点是高度机动化、装备轻型化、兵员精锐化。"亦可爽爽快快地站起身来回答道。

"按照标准答案，你的答案颠倒了次序，但你准确地阐明了空降兵的三大特点，所以——"老师给出的评语是，"你的回答正确！"

没有人为她鼓掌。老师后来还问了一些问题，偶尔也有个别同学也抢答成功，但总的来说这个竞赛就是梅亦可一人的独角戏。为了答题，她不断地起身，坐下，再起身，再坐下，脑力测验硬是又变成了体力活，也是累得不行。加上太阳也毒，晒在人身上无端地都会让大家都提不起兴致，比赛结束时，所有人都如释重负。在晚餐前的集中训话中，连队的辅导员老师专门走到整个队列前宣布了智力抢答赛的结果。梅亦可的第一名实至名归，大家像服从命令的军人那样给予了热烈的掌声。

晚饭后，宋微和亦可一起排队上厕所。宋微说："你还真不错，得了个第一。这下，大家都认识你了。"

"都认识了又能怎么样？也没说上厕所时可以不排队。"亦可傻呵呵地笑道。话虽这么说，但她知道，自己没放过眼前的任何一次机会。

军训中，每天晚上统一熄灯之后，所有人都要参加轮流值夜班，以"排"为单位，两人一组，两小时一岗。梅亦可她们这个排三十人，基本上是每人隔一天就要轮值一回夜班。"宿舍"的地铺上，蚊子苍蝇多不说，还有臭虫跳蚤出没，加上营地没有自来水，她们无法换洗衣物，为防范各种昆虫骚扰，女孩子们就算睡觉也不会脱去军装和长裤。她们的生物钟已经遵循自然法则，调到了一个崭新的频道，属于那种喊了就能醒，躺下就能睡的状态。比如说凌晨两点，上一班的组员拍拍熟睡的你喊你起来换班，你翻个身就能爬起来，然后一声不吭地迅速坐到楼道灯下的小板凳上；接下来值班到四点，喊醒下一组；下一组还没到位，你可能就已和衣倒在地铺上梦见了周公。

值夜班的主要任务是站岗放哨和写安全日志，同时还要负责陪同起夜的女生上厕所。所谓"厕所"，只有围墙没有门，只有月光没有灯，晚上光临此地，头顶上能看星星，鼻子里闻的是沼气，耳边是苍蝇如战斗机翱翔般的轰鸣声，还有由远及近的蛙鸣、乌鸦声、猫叫春，以及犬吠。厕所是在离营地两百米开外的农田边，以半人高的红砖加土坯垒起半包围的关栏，算是象征性的遮掩区隔；这里连扇大门都没有，就更谈不上如厕的"私密空间"了，里面看起来是一字排开的数个蹲坑，实际上就是一个巨大的化粪池上铺了块预制板，然后在预制板上敲出了几个洞。人跨蹲在板上，排泄物就通过那个不规则的空洞以自由落体的方式进入到下面的化粪池中。附近的农民隔一段时间就会到这里来提取天然肥料。这样的环境下，让半夜睡得昏昏沉沉的女生一个人过来上厕所，总归有些不安全，即使不担心有劫色的可能，也要提防着一不小心滑到化粪池出些什么意外。

所以，带着这样的责任来值这样的夜班，对于军训的女大学生而言，既是军事任务，也是革命情谊。轮到宋微跟亦可一组站夜岗，那就更是革命的深情厚谊了。

值班站岗的时候，世间皆睡唯她俩清醒，正好可以无所顾忌地聊天。

夜晚凉风习习，吹到身上，亦可和宋微都能闻到彼此身上的馊汗气味，也难怪，这个野战营地的所有供水都是来自附近的人工水塔，她们已经好多天没洗过澡了。

她俩心有灵犀地笑笑，彼此都不嫌弃对方。

亦可感叹道："幸好我们都是短发，不然，头上该长虱子了。"说完，她又想到临出发前宋微为了理发而痛哭的事情，于是问道，"之前，你怎么那么舍不得你的辫子啊？"

"我爸说，我妈年轻时特别好看，有一对很长很粗的大辫子，他看到我妈第一眼就喜欢上她了。"宋微说，"从我很小的时候起，我爸就让我妈给我梳这种长辫子。你没留过长发，估计很难理解一个人把自己的辫子当成是手足的那种感情。"

"我上初中时也扎过辫子，后来进了高中，我妈说女生留长发会分散掉学习的注意力，所以就给剪成了短发到现在。"梅亦可说着，又补充道，"等我们回到武汉了，我把我扎辫子的照片找出来给你看。"

"好啊。"宋微应和道，亦可听得出她的敷衍，就没有继续这个话题。她原本还想告诉宋微，那张照片很风光的，可不是普通的照片，是刊登在报纸上的新闻照呢。

宋微显然还沉浸在自己的叙事中，她接着说道：

"我爸是下放到东北的知青。他一直鼓励我要好好读书，只有考个好大学，我才能重新回到大城市。"

"你爸那么怀念大城市，难道就没有遇上知青回城的机会吗？"

"应该有过的吧，不过他舍不得我妈。我爸特别宠我妈。他们这种人，是只要有对方就足够了。我就想不通，他们干吗要生孩子呢，把我生下来，然后又使劲鼓励我离开他们。"宋微很无奈地笑笑，看起来有些超乎她实际年龄的早熟。这里面一定有很多的故事和细节，亦可没有追问。她在宋微提到了爱情这个话题时，联想到了自己和董梁。

"你相信世界上真有一见钟情吗?"亦可问道。

"你是不是想到那个帮我们寝室打开水的人了?"宋微咬着嘴唇笑起来。女孩子间的默契,真的是自成逻辑。

"你觉得他喜欢我吗?"亦可也不遮掩,接着问。

"应该是吧,不然,他怎么会帮我们一寝室的人打开水啊?我没看出他喜欢上我们寝室里的其他的谁了。"宋微继续着她的幽默。

"那他喜欢我什么呢?"亦可再问。

"我哪知道啊?你直接问他去啊。"宋微说,"再说了,在动物世界里,公的喜欢母的,雄的猛追雌的,哪里会有那么多因为所以。"

"你怎么把话说得这么直接?一点美好的感觉都没有了。"亦可有点尴尬道。

"我是想到啥就说啥。"宋微答道,"跟其他人没话,跟你在一起,想说的都是大实话……再说了,我又没想着说一进大学就要入党。"亦可这才意识到,宋微低头看到了自己手里的记事本,本子里摊开的那页纸上规规矩矩地写着一行字——"入党申请书"。

说不上为什么,梅亦可和宋微从第一天知道了彼此的名字后就很快成了新生中的好朋友,用宋微的话说,她们的关系很铁,铁得都快接近钢了——她们是同一间寝室的上下铺,是最早出现在寝室里的两朵姐妹花,也是父母都见过和拜托过的"世交";现在,因为地铺上的木板有限,她们又挤睡在一张木板上。宋微总结说,"我们是同窗加同床。"

在亦可看来,她跟宋微,有点像俞伯牙和钟子期——她们彼此欣赏,彼此调侃,彼此纵容,彼此依赖。她们的小心思里,对方是互补的,补齐的是自己的世界中那些缺失而又向往的内容。亦可也许算是那种自带光环的人,从小被教导着要出类拔萃;而宋微则是那种从心所欲的孩子,把机灵和聪明随意地陈列出来,不论时机对错。亦可喜欢宋微随时随地的抖机灵,那里面有她自愧不如的带着自我思辨意识的精彩。那么宋微喜欢亦可的什么呢?亦可自己是回答不上来的——她活在特别矛盾的自我认识中,有时候会觉得,自己这么优秀,又红又专,理应被大家都推崇和接受;但有时又觉得,自己这么幼稚,什么都顺从父母,活得像个很用力的傀儡,怎么会有人喜欢她?

值完夜岗,倒头大睡。女生们和黎明一起被军号唤醒,然后在渐渐明朗的晨曦中,机械地开始列队、跑步、操练。

当军训女生以排为单位集合成小队列时,管理梅亦可她们的王排长训话了:"昨天晚上,你们中间哪个人在楼梯口小便?"

王排长的普通话本来就说得有厚重的口音,加上话里面的内容超出了大家的想象力,女生们无论有没有听懂,都显得有些错愕。

"我在问你们话呢!你们中间,昨天夜晚谁在楼梯口拉尿了?"王排长这次语气更严厉,措辞也更直白。

没有人应答。

大家的沉默显然激怒了王排长,"我正式警告你们所有人!我在楼梯拐角的地方发现了一摊尿液,是你们中间谁干的,最好马上站出来!不要连累大家!如果没有人承认,今天你们所有人都不要吃早餐了!"王排长拿出了长官的威风。

让全排女生一下子都没得早餐吃了，这是开什么玩笑？早上五点起，马不停蹄地训练快两个小时，接下来还有四个小时的强度训练呢！有这么惩罚人的吗？女生们从错愕转换到了愤怒，但只敢写在脸上和眼神里。

"报告排长！我反对！"梅亦可举手说道。不等王排长接话，她接着说，"你没有资格这么随便就惩罚我们大家！"

大家把注意力都集中到了亦可身上，听她继续说道："你凭什么说楼梯口有一摊尿就断定是我们中间谁干的？你调查过吗？没有调查就没有发言权你知道吗？"

"我……我不是正在调查吗？"面对质疑，王排长有些紧张地答道。

"你这是在调查吗？你刚才分明说的是'惩罚'！我们是战士，是你的士兵、你的部下，但我们首先是人类，不是牲口！我们有最起码的教养和尊严！谁给了你权力，调查结果还没有出来，就不让我们大家吃早饭了？"

一席话把王排长问傻了。他愣了一下，吼道："你！梅亦可！你留下！其他人解散！吃早餐！"

其他人一边观望，一边散去，操场上就王排长和梅亦可面面相觑。"你！围着操场跑五圈！"王排长说完，甩手朝食堂走去。

亦可犹豫了一下，定了定神，开始跑步。那一刻，她觉得自己好无辜好悲凉。为什么她为大家讨公道，却是由她一人来背负这样的惩罚？她咬着牙，一圈一圈地围着操场跑着，坚持着跑完五圈，再走进食堂。

对于这群正在长身体阶段又接受着强体力劳动的女孩子们来说，军训的食堂永远是差那么一点儿意思的。军训食堂中，水煮盐拌的蔬菜，没有油水，自然不顶饿；稀饭、干饭、馒头，也都是一次性出锅，动作稍微慢点儿就轮不上你来添第二碗。宋微都总结过经验了，第一碗只能先添半碗饭，趁热赶紧吃完后再马上去添第二碗，第二碗就要满满扎扎地盛上一整碗，然后再细嚼慢咽；否则，就轮不上你有第二碗了。

等跑完五圈的梅亦可汗流浃背地走进食堂，残羹冷炙也不多了。有的女生在墙边刷碗，有的吃完了朝食堂外走。宋微坐在座位上等亦可，看她进来，就端着不锈钢碗招呼她说："快过来吃吧，我帮你盛了一碗粥。"

亦可坐在餐桌旁的条凳上，看到面前这碗清汤寡水、毫无沉淀物的稀粥，抬头望见领餐台上空空如也的台面，她觉得比饥饿的念头更占据她大脑的是愤怒。愤怒之下，她注意到斜对面桌子上的王排长正啃着半个馒头望着自己。这一望，亦可满腹的委屈和愤怒被彻底激活，眼泪夺眶而出。她起身端着宋微为她盛的那碗稀粥，径直走到了王排长跟前，然后，不由分说地把那碗粥连同不锈钢碗以及自己一肚子的怨气，一并朝王排长的脚下砸过去，之后，听着身后叮铃咣当的声响，头也不回地朝食堂外冲出去。

6

梅亦可怒砸铁饭碗这事仿佛像个预言。尽管她在那天砸了碗、回到寝室里的地铺上、拒绝参加早饭后的训练后，换来了辅导员老师的安慰以及王排长的道歉，也换来了她在整个军训队伍中的最高曝光率和知名度，但是，数年之后，她真的砸掉了自己谋生的"铁饭碗"时，她忽然就联想起这个军训的早晨，联想起那天怒气冲冲地砸掉稀饭碗，她想，生命中的一切，冥冥之中都有迹可循。

部队营房楼梯口的那件尿事，最终以梅亦可的抗争不了了之。这个骨子里有着倔强的坚持与分明的善恶观的女孩子，注定了是不甘寂寞的，或者说，是不甘沉默。她会去冲动地表达，就像这次关于一摊来历不明的尿迹所做出的据理力争这样；但是，所有她抒怀的心意，其实是深思熟虑的，来自她心底里的某种信仰。她不想做个平凡的普通人，也不会去做一个默然的旁观者。像她这种人，运气好的话，可能是鹤立鸡群的佼佼者；运气差的话，那就是被枪打的出头鸟了。

从那以后，王排长对梅亦可退避三舍。而军训的辅导员老师发现了亦可在抢答赛中的才智以及在砸碗风波中的正直后，明显地偏爱起这个看起来清瘦文弱的女孩子了。

一旦被人戴着有色眼镜关注起来，你身上的优点或者缺点都会被重视和放大起来。这个规律放在梅亦可身上，当然是好事连连。军训结束后，她不仅获得了全旅的嘉奖，而且作为军训队伍两千多名新生中第一个递交入党申请书的学生代表，在阅兵仪式上重点发言——这些是后话，我们按照编年体叙事的状态，现在需要讲的是她跟董梁的纠缠。

即使是军训封闭期，国庆节也是个重要的节日。大学校园里的老师和师兄师姐们牵挂远在百里之外的新生，每个院系都派了代表乘坐大交通车从武汉赶到黄陂，把物质慰问和精神食粮一并捎带过来。世间所有的关心最后落实到"吃"字上面是最实在的，校方象征性地带来了水果和月饼；随行的还有几个大大的牛皮纸包裹，里面装满的是寄到大学的家书，以及高年级同学写给低年级学妹们的信函贺卡。分发邮件时，梅亦可也被点了名，她迎过去，接到了一封厚厚的落款为"内详"的信。

不用猜，梅亦可就知道这是董梁寄给她的。她等了它很久。

展开信纸，里面按照日期，有从9月12日到9月30日以日期为题的十九首诗。除了诗作，没有一句多余的话。

这一年夏天我居住在玻璃深处
咯血　用火烧我的诗稿
黑色的灰烬像蝴蝶一样翻飞
直到他们飘起，落下
成为我身体的一部分
痛处是一股水
沿着我的每一根血管伸展
它匍匐的姿势，就是夏季的成长

在这一年，另一个季节里
我翻转记忆和陶罐的碎片
有一个姑娘，在我的眼前
像烟一样袅袅升起
她穿戴的全是夏天的浓荫
和这个季节的每一个细节的美丽
她面对着我，经过对视
她又隐入了金黄的蝉声
背离了我

这是董梁在9月14日写的。亦可记得，从那天起，她不再理睬他。

目睹从我眼前走过的姑娘。

目睹阳光和阳光相碰，一片哗然。
目睹美和美的线形流体连续瞬间的定格过程。

有的是年轻的风
在胸膛和胸膛之间回响
有的是某种诱惑与冲突
在血脉之中厮杀
只是一瞬间。

其实我目睹的是一股净水
低低地洒向蓦然摇曳的花朵
是一声脆响过后，惊惶的红马鹿
跃奔出的弧线，矫健而又美丽
它隐入了时间的风景里。

目睹从我眼前走过的姑娘。
目睹接连的美。
在我眼前倏然开放，又倏然陨落。

这是董梁在 9 月 19 日写的。亦可知道，那天是他们从校园里出发前往军营的日子，她满世界想在人群中找到为她送行的他的身影，但是没有，什么也没有。

阳光被打湿。玻璃。幻想中的鸟
掠过晴空。云和云的语言
一个女孩穿过空气，她握住一滴水
秋天。狗的叫声很白
还有音乐。埃利蒂斯的脉搏
一束光把城市切割
一群鸟，飘进了梦的水底

……

这是董梁注明在 9 月 25 日写的，此时亦可在军营里过着与世隔绝般的日子，他写到了邮筒，也许隐含的是只能邮寄思念；他以两周来计时，亦可算出来了，这一天，距离他们第一次见面，整整两周时间。

跟宋微一起值夜岗的时候，亦可把董梁的这些诗作拿给宋微看。

宋微很快地读完后评价说："要我说实话，这些诗我没看懂。你看得懂啊？"

亦可摇摇头，浅笑："看到你也不懂，我就放心了。"

"词语的堆砌、反复的吟诵、不稳定情绪的宣泄、不断冲击视觉的形式、无节奏和规律可循的语感……"宋微说，"感觉上，他喜欢女生，喜欢玻璃，喜欢把生活写成梦的样子，而且还è带着些美好细节的噩梦。这就是我的体会。"

"你以后可以去搞文学评论。"亦可说。

"文学有啥好评论的？我觉得，我就适合跟你一起说点儿风凉话就挺好。"宋微哈哈大笑起来，"不过，说实话啊，生活中有个男人这么在乎你，每天给你写点啥，你就从了他吧——管他写的啥呢，这不就是一个文人假模假式地在表达他在乎你的方式吗？就像旧社会卖艺的说的，有钱的捧个钱场，没钱的捧个人场；对于穷酸小文人嘛，写点小情小调的鸳鸯蝴蝶，混个情场吧。"

"要是喜欢一个人真的可以说得这么轻飘飘就好了。"亦可说。

"语言这玩意儿，分量能有多重……能说出来的东西，都是轻飘的。"宋微接着说。

"没说的，其实是不敢说罢了。"亦可欲言又止。

"你跟我还有什么敢不敢的？我坚信你不会说任何反党反国反社会反人类的话。"

"我想说的是……我跟董梁……你知道吗，我跟他那个什么了……要是怀孕了……"亦可嗫嚅道。

"怀什么孕啊？你不是昨天还找我借卫生巾的吗？"话还没说完，宋微就打断了她的话，"你肯定没怀孕！——不过，他把你怎么了？"

亦可抖抖索索地讲了她跟董梁亲嘴的事。宋微听完后大笑，说："唉哟，不就是个舌吻嘛，书里写过的，这种叫法式接吻，要用舌头的。"

尺有所短，寸有所长，在儿女情长上相当稚嫩的梅亦可，在政治立场上倒是格外成熟。离开军营前，学校要求每人上交一份书面作业，主题是畅谈自身如何通过军训提高反对资产阶级自由化的思想认识。因为手里有一份母亲给的贴满了各种素材的剪贴本，在如何有理、有力、有节地进行全面论证上，亦可自然比其他学生优越太多；加上她本身的悟性和文字组织能力，洋洋洒洒几千字信手拈来，而且还交了头卷。在提交这份政治作业的同时，她还递交了入党申请书。这份坚定的立场和果断的忠心，究其根本不过是梅母活了四十多年积攒下来的政治智慧，但是在一个全封闭的近似真空的环境下，以一名还不满十八岁的女孩子的言行作为体现出来，梅亦可和其他同龄人的差距一下子就明显拉开了。

在一层层的上报推荐过程中，辅导员这样描述梅亦可：她有极敏锐的政治悟性，在思想汇报上思维缜密，引经据典；她有很好的专业基本功，写得一手好字和一手好文章；她有过人的记忆力和求知欲，让她在智力抢答赛上一举夺魁；还有着极强的正义感和集体荣誉感……就这样，深夜里读着连她自己也看不懂的小资情诗的梅亦可，在天亮时刻被抬举了起来，用腰间缠绕了两圈的军用腰带，衬托着她极其纤细的腰杆，让她成为了军训返校队伍中那个在主席台上的红旗旗杆旁的领军人物。

从部队营地回到珞大校园的这天，正好是星期六的午后。迎接返校新生的阵仗远不及为他们送行的规模，梅亦可她们也不在乎，跳下军车后就不用再进行编队和整顿军容风纪了，这比什么欢迎仪式都更加受用。她们欢声笑语地背着捆绑得很紧很实很专业的包被，浩浩荡荡地回到各自的宿舍。

一进桂苑女生宿舍楼，迎面就看到墙上贴了张巨幅的红色喜报。亦可和大家一起驻足观看，只用一秒钟的工夫，她就变得很不好意思了，赶紧侧身从人群边闪过去，快速上楼。喜报内容是祝贺中文系入选珞大第一届校党校的三名学生。全系就这么三个入选的名额，梅亦可的名字居然排在了第一。

荣誉来得太突然，亦可还没准备好。她对大学生活有过许多憧憬，掺杂着各种奇思妙想，但她从来没有想过，自己竟一下子就被推向了巅峰。她在惊喜之外是惶恐的，因为那个写在喜报上的梅亦可和生活中的她其实是不一样的。

亦可跑到寝室里放下背包，洗了把脸，就直奔后面那栋男生宿舍楼了。回到校园、回到桂苑的亦可，也想早点回到那个在东湖边跟她说"东湖全他妈水"的男生身边，就像宋微说的那样，有个每天给你写诗的男孩子，那就"从"了他吧。

亦可跟宋微一起下楼。宋微拿着饭盆准备去食堂吃饭。

宋微问："你不先吃点儿东西吗？"

亦可答："顾不上了。我跟那个谁打个招呼后就要马上回家去，我妈知道我们今天结束军训，要是回家晚了，说不定她会找到学校来的。"

"那个谁"——是梅亦可和宋微之间的约定俗成。后来，这几个字反复出现在她俩的对话中，结合当时当境，"那个谁"曾经指代过很多人，有她俩的所有秘密。当然，此时此地的"那个谁"，就只能是姓董的那个谁了。

第一次进入男生宿舍楼，扑面而来的是那种弥漫着深秋武汉的潮热、密不透风的脚臭、若隐若现的狐臭和厕所里的尿骚饭馊味的混合气息，刚从军营里历练过露天化粪池洗礼的梅亦可，对这类气息的接受程度很高了。她按照事先调研过的寝室号码敲了敲那个虚掩着的门，然后也不挪步，就在门边问道："请问董梁在吗？"

"在隔壁打着牌呢！"一个声音回答着。

亦可正准备问是左边还是右边的隔壁，她就听到了那个熟悉的声音：

"谁啊——"声音比人先到。

她还是站在原地，冲他笑笑。这个笑容她准备了很久，现在，她觉得她的笑容里还带着些骄傲和荣光；她想笑着告诉他，我来找你了，我准备接受你了，我知道你是喜欢我的，你会知道我是值得你喜欢的……

董梁手里拿着扑克牌，看着亦可，愣了一下，然后说：

"是你啊——你稍等一下，我得打完这一局……"

亦可心里有点凉了半截。军训返校都没有先回家，第一件事就是直接来找他，他居然要打完这把牌再说……她站在他的寝室门口，听到里面的各种议论——

"是你的小女朋友啊？"

"没有的事，别胡说了！"

"是不是就是楼下那个大字报上写的先进女青年啊？行啊，你小子！——风向一变，就找了个又红又专的女朋友啊！"

"少来了，你安心打牌吧！"

听着这样的对话，亦可觉得她仿佛等了一个世纪那么漫长。在男生走道里的那些五味杂陈中呆站着，慢慢开始体会到空间中流动的所有气息都是刺鼻的，她想走，又不知道是不是该在走之前跟他再打个招呼？就在这样的反复犹豫中，他的牌，终于打完了。

他说，走，我们出去。

她说，我是想跟你打个招呼，然后……我要回家了。

他说，那好吧，我送你到校门口。

亦可还来不及说她还没吃午饭呢，但是，这种场景下哪里合适说先让我吃口饭吧？

于是，亦可带着欢快的心情，跟着自己默认为是的男朋友，饿着肚子朝校门口走了。

从宿舍楼到珞大的校门口公车站，也有差不多一两里地的路程吧。那时候校园还没有整治好，左边是学生宿舍，右边是农居。道路都是泥土的，窄窄的也没有个确切的形状。晴天就是深一脚浅一脚，尘土飞扬；下雨天就是一个凼子接着一个坑，走一路溅一脚泥。右边的农居朝着校园，开辟成了各种小门面，餐馆、发廊、简易卡拉OK厅，以及录像厅。梅亦可关于青春的所有记忆都是有着其他附着物的，比如说味道，比如说颜色，比如说声音。她记得那天往公共汽车站走的路上，路边小餐厅的大喇叭播放的是赵传扯着嗓子的声音,"我很丑,可是我很温柔——"

他和她一开始是沉默的,有太多话想说,往往却不知道该怎么起头。正巧听到了赵传的歌声,于是,他们的话题从这个不相干的歌曲说起——

"我挺喜欢赵传的歌,你呢?"董梁问。

"他的声音很有特点……主要是歌词有特点。"亦可回应说。赵传这类摇滚唱将不是她喜欢的类型。她是那种正统教育出来的、温室里成长的孩子,她喜欢的港台歌手,是那种平和温软的、悦耳流畅的、像邓丽君一类的轻歌曼舞。但她知道怎么说话不扫兴、不冷场,所以,就算不怎么喜欢赵传,也能找到这个歌手的优点。

"我也喜欢他的歌词。"董梁说,边说边跟着唱起来,"我很丑,可是我很温柔……我很丑,可是……我妈妈喜欢我。"

亦可听着笑了起来。

看到亦可的笑容,董梁放松了些,问:"你们军训怎么样?"

"还能怎么样?就那样呗!"亦可学了些宋微的俏皮的口气,但言辞中充满了得意。

"听说你受到了嘉奖,还在庆功会的主席台上发言了?"董梁问。不等亦可回答,他接着说:"我是说——你比我想象的要勇敢得多。"

"是吗?"亦可又问道,"为什么?"

"感觉你错了一个时代。"董梁答道,"无法想象,你要是早一年进校会是什么样子……"

"哦,你是说几个月前吧?"

"那一页已经翻过去了……"董梁没有直接回答亦可的问话。"现在,我只问风雅,不问时政。"

"真的啊?"亦可问,"所以,你才每天写一首诗?"

董梁犹豫了片刻,接着说:"诗是写给你的,你记住,每句话,每个字,都是写给你的,认真的。"

亦可一时语塞。她以为以她的腼腆和他的固执,也许还需要铺垫很多无关的话题才能绕到这个主题上,没想到一下子就点题了,速度快得让她的思维有些跟不上。

"你说你是认真的,但是刚才你还让我先等你打完牌再说……"

"这是两码事。打了一半的牌局,如果有人说走就走,就是给大伙儿拆台了,我不能这么做。"董梁解释道,"不过,我可以跟你保证,为了以后能让你随叫随到,我坚决不再上牌桌。我们拉勾——"

董梁把亦可逗乐了,她这种女孩子,其实是好哄的。"拉勾、上吊,一百年,不许变——对了,我们为什么拉勾?"亦可问。

"为了'一百年、不许变'。"董梁答。

"一百年的什么,不许变呢?"亦可启发式提问。

"你说呢?"董梁偏不上道。

"你不说就拉倒了。"亦可开始激将了。

"别拉倒啊,说好了拉勾的。"

"那为什么拉勾?"

"为了——我、爱、你。"

终于等到了这句话,梅亦可如释重负。那个师出无名的亲吻所带来的道德上的负重,还有这许多天来夜夜失眠的惊恐,亦可终于可以为之加冕了。她笑起来,依然像个孩子。他们的手指勾在了一起。

"我今天又给你写了新的诗,其中有两句我念给你听——那高于天堂的幸福,我想给你;那低于尘世的卑微,留给自己……"

"是你临时现编的吧?"亦可问道,心

里兀自欢喜。许多年来，这两句话让她刻骨铭心；以至于她都产生了疑问，这到底是谁说给谁听的呢？这两句话，其实更像是他们关系中她的写照。

那天，他陪她走到校门口。他们不舍得分别，就一起在车站等车。车来了，因为是起点站，他主动陪她上车，说是陪她等着发车。等汽车真的发动了，他故意装作是没来得及下车的样子。他等着她求他说，陪我再坐一会儿吧。就这样，他们坐到了终点站。那是长江边的码头，她要在这里换乘轮渡过江。1989年的武汉，轮渡是很日常的交通工具。

然后，她听到他建议说："我们在江堤边坐坐吧。"

她就顺从地牵住了他的手，往江堤方向走。

7

梅亦可回到家里，父母投来了既期盼又惊诧的目光。母亲开玩笑说，你怎么一下子变成了个煤球呢？还是个实心的。站在父母面前的她又黑又胖，黑是晒出来的，胖是吃出来的，即使是毫无油盐的饲料，如果每天只是运动然后喂食，消耗快也吸收好，不长胖才怪。母亲的"实心煤球论"抛出后，转个身又来了个新比喻，说亦可是刷了黑漆的巨型葫芦，因为这一个月来军用武装带始终要勒紧成两圈又扣上，所以，亦可的全身上下哪里都长肉，但腰间那一圈却是缩进去的……亦可对这些评价毫不在意，因为在她从小到大的教育中，被要求做三好学生、学习尖子、懂事的女儿、听话的学生干部……没人要求她漂亮好看，没人要求她做成一个可爱的小女生。

她的女性特质一直被忽视着。听母亲这么说，她照了照镜子，发现镜子里的梅亦可同学真是个水蛇腰的黑胖子。

亦可说，妈，我还没吃中饭呢。

母亲说："那好，我们赶紧做饭，晚饭早点吃。两顿合成一顿。"

"我要先洗个澡，浑身都是臭烘烘的，我都快嫌弃我自己了。"亦可说。整整一个月在野战部队的营地里，因为没有自来水，女生们都没能用流水洗过一回淋浴。

在她准备洗澡的衣物时，母亲问："你交了入党申请书了吗？"

亦可头也不抬地回答道："交了啊。"

母亲道："把你写的草稿拿给我看看。"

亦可愣了一下，说："我好像没带回来。"

母亲用不可置疑的口气命令道："那你洗完澡后，赶紧把你写的入党申请书默写出来。我要看看你是怎么写的。"

为了迎接亦可的归来，也奖励她在军训中收到的嘉奖，并且是中饭晚饭一起吃，母亲声势浩大地准备着丰盛的晚餐——用陶制的老汤罐来煨排骨汤，武汉人把它称为"铫子煨汤"：要有铫子里的泥土气，加上陈年煨煮积攒的油脂香，还有慢慢地熬着，顺着厚厚的罐壁丝丝渗透的火热劲，这气、这香、这劲，缠绕在排骨由生到熟的炊烟中，传袭成武汉人家最正式最隆重最经典的大餐。一铫子排骨汤，厨具、火候都如此讲究，主材就更在意细节了：排骨要用直排，加些棒子骨，这样才能熬出白滟滟的排骨高汤；等汤炖得入味飘香后，把排骨盛出来，留下筒子骨，加入新鲜的莲藕，等藕块炖到从米白变成粉红色，把藕的清新滋味以肉眼可见的鲜嫩形式完美展现，再让排骨和藕块以小别胜新婚的亲

252

热劲头,烩到一碗汤中;此时撒点翠绿的小葱花,那幽幽的葱香最终成为了一碗打着武汉烙印的排骨汤的色香味之点睛一笔。这样一碗铫子煨出来的排骨藕汤,汤是透着藕荷色的浓汤,肉是纹理清晰、入口即化的好肉,藕是咬一口能带出无数细丝的粉藕,就连筒子骨,外面的骨节上的脆骨吃到嘴里满口香,里面的脊髓吸出来一口油。在物质并不是极大丰富、全国人民都还在使用粮票来定量吃饭的1989年,武汉人的家里煨上这样一铫子精致用心的排骨藕汤,是需要理由的。

军训后的这次排骨藕汤,梅亦可印象特别深刻。母亲慢条斯理地完成着煨汤的每一道工序,食物的香味在过程中逐渐弥漫了整个屋子。对于在军营里也患上了"胃缺肉"毛病的亦可来说,她浑身的所有细胞都被炉子上的那个老汤铫子给调动起来了,何况,她上一次进食还是早上七点钟在部队食堂吃的稀饭馒头。那点儿清汤寡水的稀粥,在经过快十个小时的肠胃蠕动和肢体运动后,早就消耗殆尽了。

但是,母亲要求梅亦可,喝汤前,要先把她的入党申请书默写出来。

对亦可来说,默写自己写的申请书不是件难事,就是当时从无到有地写出来,她也没花太多的工夫。回到家就被要求默写各种考试答案、考试作文,这是亦可在中小学阶段每次考试完之后的常规任务,作为中学高级教师的母亲就是通过这种方式,可以提前并且准确地掌握亦可所有的考试成绩。

面对母亲,亦可不具备任何抗争或者反驳的力量。把这种母女关系理解成是某一类的斯德哥尔摩症,也许太过牵强或残忍,但是,梅母对亦可思想上的控制与囚禁,亦可心底里的渴望逃离与形式上的绝对服从,何尝不是一种病态的执着?

于是,她顺从地开始默写,被排骨藕汤的香气调动起来且愈演愈烈的饥饿感和被迫默写入党申请书的敢怒不敢言的委屈,争先恐后地在脑子里打架,她不由自主地想到了董梁——他会是为我带来改变的那个勇士吗?

等亦可默写完交卷,母亲满意地默读了全文后,竟然被字里行间的语句给感动了,她用一种极为赞赏的口气要求道:"写得真好,亦可你读一遍,让你爸也感受一下。"

汤好喝,菜可口,米饭香甜也管饱。亦可一下子回到了幸福的人间。亦可一边吃,一边介绍军训的各种趣事。关于军训,值得复述的故事有很多,她习惯性地报喜不报忧——绘声绘色地再现了自己怎么在智力抢答赛上夺魁的过程、手舞足蹈地演出她在主席台上作为代表发言的场景;"还有一个特别好的消息,我被选成学校第一批党校学员了!整个中文系也只有三个人入选!我还是个新生呢!"

"那太不容易了,可喜可贺!"父亲夸赞道。虽然在这个家里面,梅父始终是比较弱化的一股力量,但有这么股力量加持,也是好过把这股力量推到对立面的。亦可感激地看着父亲,说,谢谢爸爸夸奖。

"你看,还是要多亏我提醒你在军训时就赶紧交入党申请书吧!你还总觉得上了大学要远走高飞,你说,要是离开了我,你哪有今天啊?"母亲迅速把话题的主导权引回了自己手中。对于母亲的回应,亦可不意外,但还是有些小小的难过。为什么母亲就不能像父亲一样,先说点好听的话让孩子乐呵一下呢?有时候她就觉得自己像是一条小狗，母亲用一根喷香的肉骨头来牵引着她，于是，她就循着香味拼命地奔跑，可无论她怎么提速，永远都跟那根骨头保持着可遇却不可得的距离。

母亲接着说道："如果你能在大学期间入党，那你的整个大学时代就又上了一个新台阶。想想看，你小学时是少先队大队长，念中学时十二岁就入团，这么一路走上来，有几个人能跟你比？加上你又这么聪明和勤奋，没准你还能成为你们学校、甚至全省、全国的大学生标兵呢。事实证明，听妈妈的话，不会有错……"

"你是恨不得把亦可获得的所有奖状奖章都贴在她脸上，有机会就显摆一下。"父亲在一旁拦住母亲的话，说道，"你不觉得这样会让亦可的压力很大吗？"

"这哪里是压力呢？这是动力，是给她指引一个明确的方向。你也看到了，我给她指的路都是捷径。如果不是我对她严格管教，老是像你这样，顺着她的心意，取得一点成绩就沾沾自喜，以她的秉性，估计早就荒废掉了……"母亲跟父亲争执了起来。

"你觉得她的秉性是什么？"父亲问道。

"顽劣。"母亲说得异常坚决，"不光是梅亦可，所有的小孩子都是生性顽劣的，所以，他们需要教化。我们当老师的，看待这个问题，比谁都有发言权……"

"顽劣"这两个字，听得亦可头皮发麻。在母亲嘴里，前一分钟自己还具备着能成为全国大学生标兵的潜质，后一分钟就被定义成了秉性顽劣。这样的描述，如果不是母亲很分裂，就是母亲眼里的亦可——是人格分裂的。

"我们家亦可正是开足马力一路朝前冲呢……她需要的是我们给她加油鼓劲，才不是你这样得过且过的德行。"母亲又说道，事实上，她的攻击对象不是亦可，而是亦可她爹，被批评为"顽劣"的亦可，属于被误伤的。

从梅亦可记事起，父母就开始这么争执了，从来都是以父亲闭嘴而结束，换来的代价就是母亲以更严苛的要求来对付亦可。亦可甚至想过，以父亲的聪明才智和他跟母亲共同生活的阅历经验，实在不应该老去尝试这种屡败屡战的事情，所以，这种情况的不断发生只能解释成是他俩的双簧。他们沉闷的生活需要有些调剂，所以，他们需要在平坦的路上设些不构成威胁的路障来打发些时间。

好吧，我顽劣，我需要被教化；好吧，我就是台永动机，你们始终握着操纵我的遥控器——梅亦可这样想着，继续喝汤。话虽然不好听，但汤还是好喝的。

"我跟你先打个预防针啊，你不要一进大学就跟那些坏学生一样，谈恋爱，乱搞男女关系。"梅母说教完梅父，把话题搁回亦可身上了。亦可有点心虚，埋头喝汤。

母亲接着问："你们班上有没有人谈恋爱啊？"

父亲抢着回答说："哪这么快啊，她们才到校一个月的时间，还都是在封闭训练的军营里。"

"那可不一定，说不定有的学生在中学就开始早恋了呢？"母亲说，"你看我带的这些高三毕业班学生，总有那么些个课下悄悄递小纸条、还偷偷摸摸一起去看电影的。我从他们的抽屉、书包里都搜到过很多乱七八糟的书，净是琼瑶、金庸这些人的。依我说，琼瑶是女流氓，金庸是男流氓，总教人不务正业，一辈子不是谈情说爱，就是打打杀杀。我们家亦可只看世界

254

名著，所以才没学坏。"

亦可一边细嚼慢咽，一边在心里偷偷地自我安慰着——在母亲的势力范围之外，我已经有了董梁这么一个地下党的同盟军了，有朝一日，我们会从农村包围住城市的。

在家睡了一个晚上，梅亦可早起后在家练了一个多小时的书法。亦可生逢的那个时代里，练字是父辈唯一能给予的课外技能培训。没钱学不了艺术，写得一手好字是不花钱、又能跟艺术沾点边儿的才艺。她的小学时代，曾经以硬笔书法抄完过一本成语词典；到中学时代，母亲会让她用蝇头小楷来抄写《资治通鉴》。母亲虽然对亦可有许多教条，但家务事却是不舍得让她多做的。母亲会说，这么好一双手，是应该用来写一手好文章的，让她来帮我洗碗就可惜了。所以，以身作则地，梅家的家务活主要是梅父来承担。只有逢年过节或者家里有什么大喜事，梅母才会带有奖励性质地下回厨，以示重视。

亦可在家吃了午餐，母亲专门又新炒了一大锅雪里蕻炒肉末，装了满满的两个铝制饭盒，把方方正正的铝盖扣得严严实实后，又用塑料袋罩住捆好，再三交代亦可，要带到寝室里跟大家分。母亲说，这是腌过的雪里蕻，口味重也不容易变质，吃不完的密封好，放在通风的阴凉处，能搁两三天，给寝室里的女生们当个搭筷子的调味菜，也可以借此跟室友们拉近关系。母亲还说，你要想吃什么等到下个礼拜六回家时我给你再做，这两个饭盒里的菜你就不要吃了，让寝室里的其他女孩子们多吃点儿，你也不缺这一口。

亦可点点头。

她心里已经有了主张，这两个饭盒里的雪里蕻肉末，一个放寝室，一个给董梁。

母亲又说，你要懂得知足，懂得感恩——看看你们寝室的其他同学，人家的父母都在千里之外，多可怜啊，只有你可以每个礼拜都能回家，蹭吃蹭喝。

亦可当着母亲的面不断点着头，但她心里很想反驳说，我们寝室里的那些女生才不需要你的可怜呢……没有自由的人，才最可怜。

下午一回到学校，梅亦可就马上投入到整个寝室的大扫除中。为了整顿校容校貌，学校搞了一系列活动，大到教学楼的整体粉刷油漆，小到每个院系的每间寝室的考核打分。周六梅亦可回家那会儿，系办老师晚点名的时候就下达了通知要求：学校要举办最佳寝室评比，每个院系都参加，中文系一定要得个名次。作为新晋的受到嘉奖的学生代表和大红喜报上的"党校学员"，遇到这种和院系荣誉紧密相连的群体活动，梅亦可自然要比其他同学更加积极才行。

晚饭时分，董梁准时跑过来帮亦可寝室打开水。等董梁打完开水回来，她悄悄地把从家里带来的装满了雪里蕻肉末的一个饭盒塞给了他。

董梁会意地接过来，笑应道："你对我太好了，今天我又加餐了。"

亦可挥挥手，示意他不要再多说这个话题，招呼道："你赶紧去食堂打饭吧，我就不陪你了。"

董梁说，等下我们一起上自习，我吃了饭就去图书馆占位置。

亦可摆摆手道，今天就算了，寝室里还有好多事要做。我昨天没在，今天要抓紧时间表现一下，不然别人会觉得我有意在偷懒。

亦可脑子里掠过母亲昨天的警告，那个"不许谈恋爱，不许乱搞男女关系"的禁令言犹在耳。她知道"将在外君令有所不受"的道理，但心里还是有所顾忌的。

星期一的清晨，梅亦可他们正式开始大学校园里的学生生活了。所有的新生在军营里"脱胎换骨"后，以院系为单位，最后一次依照严格的军容风纪，集中在"九一二操场"进行军训汇报及阅兵演练。这是刚上任的珞大新校长的首次正式亮相。这位数学家出身的齐姓校长戴着眼镜，有张敦厚的圆脸，说起话来声音洪亮，整个致辞的过程没有讲稿，但逻辑清晰，思想开放，谈吐幽默。

亦可记得那天齐校长讲到了关于在校园里谈恋爱的问题，他说：

"你们是血气方刚的年轻人，到了情窦初开的年纪，要谈个恋爱，也是正常的。我们的校园又这么美，不谈点恋爱实在是可惜……

"我对于大学生恋爱的态度是'四不'主义，就是不反对、不阻挠、不鼓励、不支持。

"我来解释一下：不反对，就是说，你们在大学里跟喜欢的人写个情书，表达一下爱意，我们是理解的；不阻挠，就是说，我们不会因为有些同学谈恋爱了，就要以组织的形式来找他们来谈话，强迫他们分开；不鼓励，其实是对前面两条的一个补充说明。我想跟同学们说清楚，作为你们的老师、你们的长辈，对你们的青春萌动，我们也是过来人，心知肚明，我们不反对、不阻挠你们谈个男女朋友，但并不就意味着说鼓励你们大胆恋爱，好像把这件事当成必修课一样；至于说不支持嘛，指的是，如果你们在学校里确定了恋爱关系，想等到毕业时以照顾恋爱关系来要求学校给予分配工作上的便利，那是不可能的。我们实行的是统一招生、统一分配的政策，一贯都是优胜劣汰，你们要是专业突出，成绩优秀，当然会优先考虑，区别对待，但是，如果你们来找我说，校长，我谈恋爱了，你能帮我和我的对象安排到一个城市工作吗？那我现在就明确告诉你，绝无可能！……"

从校长的训话中可以知道，在学校里谈恋爱不算过错，但校方的倾向性还是非常明确的。简单来说，你在大学里谈场恋爱没什么风险，不过，要是不去谈恋爱，显然各方面都会更加稳妥安全。亦可还记得齐校长当时开了个玩笑，说：

"虽然我自认为不是那种很保守的老古董，但你们要是在校园里光天化日之下，旁若无人地搂搂抱抱，卿卿我我，把上学当成拍爱情电影；或者，在学校食堂里两人分吃一碗饭，互相你一口、我一勺地喂饭吃，那也不要怪我们老师会出面制止你们的。"

隆重的列队阅兵式、校长训话后，作为军训优秀学员的梅亦可再次上台发言，她剪着齐耳短发、穿着军装、严格扣好所有风纪扣、军用武装皮带依旧围腰扎着两圈的形象，像极了某个年代广告宣传画里的人物。校团委的张书记事先跟亦可强调过发言的内容要求：尽量简单明了、体现出决心和力量就好。于是，擅长演讲更善于听话的梅亦可，在台上铿锵有力地说了一系列以"我代表""我们坚信""我们遵循""我们承诺""我们郑重宣誓"为首的排比句，在热烈的掌声中光荣地结束了她在"九一二操场"主席台上的首次公众发言。

回到中文系大部队里面的梅亦可跟宋微一道，随着人潮朝桂苑走。

宋微说："我们齐校长说话有水平，有涵养，他说不要把上学当成拍爱情电影，我觉得，他想说而没有说出口的是，不要把上学当成拍爱情动作电影。"

"有什么区别吗？"

"当然有啊，你要是不清楚的话，去问问你们那个谁吧……"

8

董梁每天晚饭前都会准时到女生寝室先给她们打完开水，再约亦可一起上晚自习。接连好几天，亦可的课余时间都有政治学习的安排，不是去上属于一年级新生的公共必修大课《中国社会主义建设》《中国革命史》，就是每周一次的校党校课程。董梁说，现在他感受到了落后学生跟进步青年谈恋爱的压力了，连献诗讨好的时间都凑不到一块。

亦可回应着说："好吧，组织上已经看到了你积极追求进步的渴望，我代表组织向你作出郑重承诺：时间就像海绵里的水，要想挤总是可以挤得出来的，保证本周内一定找机会让你跟进步靠拢。"

董梁诙谐地问道："连你都看出来了——我是通过追求进步青年来追求进步？"

亦可反问说："要是连这都看不出来，进步青年哪里体现出了进步性呢？"

董梁顺势又试探性地问："是'进步'和'性'吗？"他故意把"进步性"这三个字拆成了两个词。

亦可瞪了他一眼，问："说啥呢？"

董梁马上识相地支吾过去了。

星期五下午，由系党总支统一组织，中文系学生过集体组织生活，所有在籍在册的本科生、研究生和插班生都要参加。一年级新生最早抵达指定的大阶梯教室。新生们自觉地坐在了前几排，亦可和宋微坐在第一排。等待会议开始时，她们就像门房的保卫一样，逐一检阅了鱼贯而入的每一位师兄师姐。

梅亦可和董梁几乎是同时就看到了对方。心心相印的两个人总是心有灵犀的。他们默契地选择了只是凝望对方一眼后，就把注意力闪躲到其他的地方。亦可扭头去看宋微，而董梁则是迅速地跟随其他同班同学挤挤蹭蹭地走到了最后一排。

宋微轻轻跟亦可耳语道："你俩都挺能装的。"亦可害羞地笑了笑。

宋微就是那天遇到于佳迅的。于佳迅是中文系的插班生。在1980年代，珞大是中国高校改革的先锋代表，最早创立了类似"作家班""插班生"这一类为在职人士提供在大学校园里全日制回炉深造的可能。"作家班"是"插班生"里的名人提纯，其实都是插班生性质。这些比应届生年长不少的社会人士，给校园里带来了象牙塔之外的春风秋雨。插班生于佳迅在中文系比较打眼，他带着点武汉公子哥的玩世不恭和敏锐观察力，在走进阶梯教室的第一眼就看到了坐在第一排的宋微。于佳迅盯着她多看了一眼，马上从她眼里读到了他与她展开关系的可能性。

这次全系学生大集合的组织生活，在大家日后记忆中被标注为一次相亲见面会，一定是系领导们始料未及的。这一天，中文系负责党务、行政和教学的领导们悉数出场，从党总支正副书记到系里的正副主任、教研室主任，这些既有行政职务也有教授职称的重量级人物，每个人都现身说法地给学生们上了一堂政治教育课。会议是党总支副书记程寔老师主持的，开场白一下子就把梅亦可给吸引住了——他说：

"今天，我首先要代表我们中文系所有的教职员工欢迎 89 级入学的这些新同学们。珞珈大学之所以能成为中国最好的大学之一，从建校以来，中文系的师生所作出的贡献功不可没。从闻一多、黄侃、沈雁冰、林语堂到谭介甫、叶圣陶、朱光潜，这些大师们都曾经站在我今天这样的讲台上为大家传道、受业、解惑。我们深以为荣。但是，我也必须告诉中文系的这些新同学们，你们要明白一个道理：从创建伊始，中文系就不是培养作家的地方。"

紧接着，程寔副书记提出了几个问题，那也正是梅亦可听到这个论点后产生的疑问：

首先，中文系不是培养作家的地方，那么，中文系是培养什么人才的地方呢？

其次，连中文系都不培养作家，那么，哪里才能诞生作家？

第三，大家来到了中文系，那么，你们以为自己来到的是个什么地方呢？

程副书记让大家带着这些疑问好好地来聆听接下来的讲座和讲演。有趣的是，接下来的教授们的所言所述，梅亦可都不记得了，她偏偏记住了老程同志的这个开场白，记住了他的论点和他的提问。

那天的议程以梅亦可上台发言作为最后的点题。作为军训被嘉奖的典型性人物，亦可代表了这个曾经被资产阶级自由化侵蚀过的大学校园里的新生力量——这个"新生"是语义双关的，既是指的大学新生，更在指代新时期在党的领导下的崭新的生力军。她知道，自己就是这个活生生的新生符号。

事先充分准备过，梅亦可自然从容上台，毫不怯场。她声情并茂地说道：

"在我填报大学志愿的时候，曾有人问我，为什么会在第一、第二、第三志愿都填写珞珈大学。

"我是这样回答的：

"第一志愿里的珞珈大学，是世界顶级的学术学府，早在 1948 年，英国牛津大学就认可了珞大毕业生在牛津之研究生地位。胡适先生曾对外国友人说，你若是要看中国怎样进步，可以去到武昌看看珞珈山的大学。

"第二志愿里的珞珈大学，是培养国之重器的摇篮，自 1893 年张之洞创立以来，秉承'自强之道，以教育人才为先'，英才辈出，服务社稷；文以载道，武以立国。即便抗战期间易址西南边陲，在那个金瓯残破的年代，乐山文庙大成殿一度成为珞大图书馆，矢志不渝地在硝烟中传承学脉。

"第三志愿里的珞珈大学，是在中国共产党的领导下、肩负着新的历史使命、致力于为建设有中国特色社会主义而输送人才的革命熔炉，经大风大浪之磨砺，以大江大河之气场，显大智大勇之精魄，书大汉大家之新篇。

"能在这样的校园里学习和生活，三生有幸，无上荣光！

"前辈先烈的高歌言犹在耳，朴诚有勇，陶铸一堂，学盛国斯强；

"吾辈定当遵循先师训导——

"今朝，书山跋涉，学海遨游。风霜雨雪途，弦歌不辍；困苦忧患时，英隽与翱翔；

"明天，铁肩担道义，弘毅气自强。玉汝于成，始于珞珈；做党的喉舌，写遵命文章！"

全系师生的政治学习结束后,梅亦可终于和董梁一起上了回晚自习。这一回不去图书馆,董梁选的是在离桂苑宿舍楼距离比较远的化学楼。董梁占座位的那间教室里只有四个学生,而且还是成双成对、窃窃私语着的,看起来就不像在好好上自习。

亦可问,怎么找到这种人迹罕至的地方啊?

董梁嬉皮笑脸地回答说:"为了找机会跟你亲热一下啊……"他看到亦可的脸色沉了下来,马上补充说,"其实是为了能跟我们的进步青年更贴近一点呗!"

亦可孩子气地笑了起来,她觉得董梁总说她是"进步青年"比较滑稽。

董梁又说:"你下午的演讲太恐怖了,把我们的瞌睡都给吓醒了。"

"那是啊,我花了那么多心思,把校史、校训都加进去了,你们不睁大眼睛好好听,听得懂吗?"

"听一次你的演讲就受一回教育,然后就惭愧得要面壁十年去想怎么才能追赶得上你……"董梁阴阳怪气地说道。

亦可见状,问道:"你们是不是觉得我'左'得可以?"

董梁笑道:"原来你也知道你很左啊……你左起来的样子有点像……"

"我'左'起来的样子就像你们'右'起来的样子。"亦可帮董梁把话说完了,"其实还是你们右派厉害。"

"那当然了,右派用爱情俘虏左派——"董梁接着亦可的话说道,"听我为你新写的诗。"

秋天之中,我老是找不到自己的影子
我听见沙子,在一个地方流淌
人是飞鸟,迷失或陷落
金属的阳光一直是这样
听着沙漏,我的心安宁而又凄凉

在夏天闪烁的是另一种玻璃
我们被浓荫覆盖,我们的皮肤和手
都在歌唱　我们的腰肢
可以像水草一样摇摆
果实饱满,深沉
向地面垂悬出一种姿态

……

"你能感受到我想表达什么吗?"董梁问。

亦可不知道该怎样回答,就装出一副很专注很虔诚的样子,歪着头望董梁,说:"我就想听你说给我听。"

"和你在一起,我常常会有很多奇怪的幻觉,有时候感觉你就是我身体的一部分,你我同在,我就特别亢奋;有时候又觉得你特别虚无,好像是我的一个梦境,甚至不是梦里的一个人,而是一种物质,可能是水,或者是水草,或者是一棵树,或者是麦子……我怕失去你,就想方设法要留住你。"

"我读你这首诗,想到《诗经》里的一句话,'所谓伊人,在水一方'……"听完董梁的话,亦可真诚地说,"我是不是像个掉书袋?从小被我妈逼迫着背了一肚子的经史子集,然后就不会说自己的话了。"

"给你带来了《诗经》这种意象,算是一种暗合吧。"

董梁和亦可说话的声音显然影响到了其他人。董梁正好找了个借口说:"我们走吧,好多话还想跟你说。"亦可点头跟着起了身。

珞大依山而建，几乎所有的教学楼和宿舍楼都顺应山势设计和建造。一般来说，从正门进，可能看到的这个建筑是四层楼；若要绕道后门，数着楼梯看楼层，就是五层楼了。白天，教学楼敞开着前后左右所有的门，迎接各路过来的师生；为了便于管理，晚自习时间就只保留正门作为唯一的出入口，其他的门道全部锁上。保安师傅在给其他入口上完锁后，连通往过去的楼梯和走道的灯，也顺手关上了。

董梁牵着梅亦可的手从教室出来，一层层下楼。到正门口，他没有走出去的意思，继续拉着亦可顺着楼梯往下走。亦可看到，接下来的这层楼道没有灯光了，黑黢黢通到底，就是一把上了锁的大门。

董梁飞速地拽着亦可走完最后的台阶，四周寂静。他迅速把她顶到墙角，然后扔开书包，用整个身体把她贴紧。梅亦可被压挤在董梁和墙壁之间，他那么使劲，好像要么就要把她变成墙体的一部分，要么就把她变成他身体里的一部分。他就像那种极为肃静且厚重的空气，沉沉地包围住了她。

他紧张地亲吻她，她则是错愕地看着他。

她看到他的激动、他的忙乱，看到他像个饿极了的孩子在努力地寻找他可以吮吸的物件，看到他的眼睛闭得紧紧的，面孔有点扭曲。

四周寂静、黑暗，抬头望去，浮尘隐约能捎来来自楼上教学区的光亮的投射。她看得见他的慌张和欣喜，也听到在寂静中弥散的亲吻的声音。她想，我是不是也该闭上眼睛？是不是也该显得很急促很迫切的样子？

在他手忙脚乱的时候，她是不知所措的。比起下午在阶梯教室的讲台上的落落大方，现在被挤压在化学楼楼梯下的这个女孩子，像只受到惊吓的小兽，对于发生在自己身上的充满攻击性和侵略性的所有过程，她既茫然无措，又充满了好奇。

他把手伸进了她的衣服里。她没有挣脱。她很想知道接下来还会发生些什么。她想到他曾经说过那些属于人类的本能，她想知道所谓的本能到底能有多深的内涵。

他开始摸她的胸，不仅是摸，而且是捏，是搓，是揉，是按压，让她很有些疼。她想喊疼，但又害怕他会误以为是拒绝，或者是引诱。无论是拒绝，还是引诱，都不是她的本意。她的本意是顺从——顺从爱，顺从所爱。此刻，她坚定地认为在相爱的名义下做一切事情都符合情理，而她能给予他的爱情，不就包括了这一切的合情合理吗？

他亲她的嘴，两个人的鼻子碰到了一块儿。她试图把脸稍微侧个方向，以便给鼻子们腾出点空间来。但是他以唇为圆心、为重心，用他厚重的头颅把她的整个面部固定了，她张大眼睛透过从楼上投射下来的微光，看着他像啄食美味一样把她的整张脸都吻得潮湿无比，她隐约能闻到空气中有唾沫的气息。

她像个旁观者一样审视着全部的过程，突然想到了他写的诗，以及他解释的诗中的那些幻觉。是不是她也有类似的幻觉了啊——她游离在他和她的场景之外，审视着这亲吻、爱抚中的激情，清醒地充当着被动的角色，沉浸在一个并不享受的被爱着的过程中。

亦可记得那天的寂静，还有始终半阴半阳的顶光的投射，总有种正在被人监视或者被人窥探的恐慌。她抬起眼看到了头顶不远处有悬挂的蜘蛛网。她甚至想到，也许面前的这个男人就是从网上掉下来的继续结网的蜘蛛吧……

也许，他们的亲密关系从一开始，就没有开个好头。他指引她，但他也不在行。他的勇气来自本能，但他并不知道，本能也是需要被训练和调教的。两个生手去探险，尽是顾着去摸索和求知，哪里会有享受和快乐可言？所以，每次他们走得更进一步、更近一些的时候，他总给她一种把事情办砸了的结果：他们的第一次接吻，在"幸福坡"的那一次，她觉得屈辱，事后还误以为就此失身，饱受疑似怀孕的困扰；他们的第一次亲热，她觉得好奇，丝毫没有一点互动的愉悦或者本能的迎合……后来，他进入她，但他并没有觉得自己被接纳；后来，她离开他，不过是想收回自己对身体的所有权。多年以来，他看她，始终是个强势虚荣、而又自以为是的女人，而她，在真正被唤醒和开启了本能之后才知道，离开他是个多么符合本能的决定。

1989年深秋被挤压在化学楼底层墙角的梅亦可，头脑装的都是些被母亲往里灌装的东西。母亲认为不需要、不正确的内容，她自然不会懂得。正因为不懂，她才真诚地、恳切地、甚至怀有着期盼的心思，迎接并接纳着发生在自己身上的一切。她渴望以速成的方式，从母亲牵引下的那个风筝般摇曳的少女变成为成年人般的自己。她盼望董梁能成为她的先知、同盟和帮凶。如果他想当她的救世主，她也是心甘情愿的——她需要用一种仪式来锁定他俩的共同立场，她甚至有一种把自己奉上祭坛的初衷——母亲不是总说她顽劣吗，那就做一件顽劣的事情吧，以免辜负了母亲多年来的寄语。

她任凭他为所欲为。他先用嘴吻她的脸，用手摸她的胸，然后，嘴和手向下平移，嘴吻到胸上，手移至腹下。她不推，不恼，像一尊有体温的雕塑，听任他的游走探寻。最后，他拉住她的手，往裤子里拽，她的手碰到了一个坚硬的物体，一下子就像触电般僵住了。

从化学楼回桂苑的路上，梅亦可看到前面有个背影很像是宋微：一个身材瘦小的女生小鸟依人般半靠在一个男生的胳膊上，两人相互依偎着也往桂苑宿舍的方向走。

"前面的那两人像不像是我们寝室的宋微啊？"亦可问。

"宋微我不熟，我看那个男的有点像是我们年级的一个插班生。那是个有名的花花公子，叫于佳迅，你们武汉本地人。这人靠着有点色相，还有点小钱，到处拈花惹草。"

"这要真是宋微和这个叫于什么的，那可完了……"

"都是小鸟惹的祸。"董梁说。

"什么？"

"算了，你没听清，我就不毒害你了。"

既然董梁说"算了"，梅亦可也不深究，她想到了下午程寔的讲话，问道："我们系里的这个程书记讲起话来不按套路啊，他是怎么当上书记的啊？"

"他啊，以前不是系里的书记。"董梁说。

"就是嘛，我也觉得诧异，他看起来就不像是个领导。"亦可想当然地说。

"以前，他是校领导。"董梁解释道，"珞大在刘校长时代，青年才俊一统江湖。

261

老程以前是校党办主任，三十几岁就是学校的大内主管；现在嘛，连降了好几级，贬到中文系来当个党副。他不是书记，只是个副职。"

"为什么？"

董梁在夜色中看着梅亦可又好奇又无辜的神情，轻笑着答道：

"还能为什么啊？不过，老程现在坐在党副的位置上，任何时候想要收拾我们，也还是绰绰有余的……"

梅亦可回到寝室就找出稿纸开始帮董梁誊抄诗作，她想帮他投稿。寝室熄了灯，她端着大凳子和小椅子坐到宿舍的走廊夜灯下，以简易书桌的形式，一丝不苟地抄写着。而董梁也同样不眠，他在和亦可咫尺之遥的男生宿舍中，偎在蚊帐里、打着电筒手写着新诗。他写下了他和她在化学楼底层的故事，给这首诗取名为《静极》：

嘘——
谁在花蕊之上，感动我？
静极。唯蛛网和灰尘在降落

请让黄铜里弥漫的声音安静
请俯身面向一束光芒，请猜测这一种安宁

泥土的火焰，在土地和河流之间燃烧
谁拥有大美而不言？
静。静极
唯流乌丝长发至我，倏然入花朵内部而去。

静极。
而后有人自大荒东来，一路浩歌。

9

不知不觉，一个星期就过完了。梅亦可要在周六回家，董梁责无旁贷地送她去校门口的公车站。

这一次，董梁没有陪着亦可一起重温同坐公车的浪漫。1989年的珞大食堂里，二两饭票外加一毛四分钱就能买一大碗热气腾腾、芝麻飘香的热干面了，管饱还抗饿；而坐一趟12路车从起点到终点要花掉两毛钱，对于董梁这种大学生来说，往返四毛钱的开销，也是要过脑子算一算的。

发车前，董梁陪亦可并排坐在停靠在起点站的空车的双人座上。直到司机上了车，把汽车点着火后，董梁这才起身，亲了亲亦可的额头，说："亲爱的，我们明天见。"亦可的脸红了，想起该有个回应，又主动去亲了亲董梁的脸颊。

汽车缓缓移动着，售票员职业化地催促道："刚上车的，赶紧朝里面走！没买票的，赶紧买票！有月票的，请出示！不坐车的，赶紧下车！"

董梁应声再次拉了拉梅亦可的手后，快速地跳下车；他站在原地，目送亦可坐的这辆车驶远。然后，他犹豫了一下，迈开了步子，却没有朝校内的方向走。

梅亦可还是老规矩，先是坐12路车到终点，然后走到汉阳门的轮渡码头坐船过江，下船后沿着跟江岸垂直的路线往中山大道方向走，再换乘2路电车回家。好在她有月票，换多少次车船都不用考虑价钱。就这样，她提着大包小包，回一趟家，就像出一趟差，整个行程折腾下来两个多小时。等她回到家，天都快黑了。

亦可的父母是老师，家就安在学校的

职工宿舍。她从出生起就住在母亲就职的中学校园里。每次回家,亦可都要穿过整个操场,穿过那些在操场上跑步、打球或者嬉戏的学生人群。这回,亦可一进门,母亲就招呼说,晚饭已经做好了,就等你回来开饭啦。

照例,晚餐时间是亦可跟父母汇报一周学校生活的时段。晚餐的过程是漫长的,就在这漫长的、汇报会一般的晚饭快结束时,她突然听到窗外有个熟悉的声音——

"董——梁——董梁!"

亦可吓了一跳。这是董梁的声音,他来了吗?很明显,董梁在用呼喊自己的名字来呼唤她。他怎么来了?亦可心里充满了疑惑,但更多的是恐慌。亦可吓得手脚都软了,感觉连夹筷子的手都开始抖了起来。

董梁喊两声,停一会儿,然后再喊两次。他只知道梅亦可家在这所中学里,但具体是哪栋楼的几门几号,他并不清楚。相处时他没问,就是不想让她洞穿他的企图。他没等到回应,以为她没听到,于是持续不懈地喊着。他喊的是"董梁"而不是"梅亦可",这是他们的暗号,或者说,不是暗号,是默契,是他想给她的惊喜。他不知道,于亦可而言,在梅母的直辖区中,所有未曾预先准备的事情,只要发生,没有惊喜,都是灾难。

本来,窗外的这个声音混杂在校园里的喧闹中不足为奇,放学后的学生们在操场上互相扯着嗓子大喊大叫也属正常,但是,梅亦可在这个呼唤声有规律出现的反常表情,提示了梅母。直觉惊人的母亲问亦可:"这个董梁是谁?你看起来很紧张啊。他和你有什么关系吗?"

亦可的头低下来,快挨到餐桌上了,恨不得能钻到桌子底下去。

"他是来找你的吗?"母亲又问。

沉默就是回答。

"这人怎么会找你找到这里来?"母亲追问道,"你准备让他一直喊下去吗?"

亦可摇摇头,摇头的时候也不敢抬头。

"那好,你现在就出去跟他讲,让他赶紧走。把他遣走以后我再跟你谈话。"母亲命令道。一个"遣"字,包含了斩立决般的不容置疑。

亦可不解释,不申辩,立刻起身离开餐桌,歪歪斜斜地往门外走。母亲在身后说:

"你跟他说完话就赶紧回来,少磨蹭!院子里都是熟人,少给我丢人现眼!"

见到董梁,他的脸上有辛苦跋涉的潮红以及看到她的喜悦。而她,面容惨白,劈头盖脸地就问道:"你怎么来了?"

"我走过来的,走过了长江大桥,走过了汉水桥。我厉害吧?"

"怎么也不事先说一声呢?你闯大祸了!"

"我以为你见到我了,高兴都来不及呢……怎么了?"

"我没办法现在跟你解释,你赶紧回学校吧。天黑了你会搭不到车的。"

"晚一点也没事,我准备再沿着长江大桥走回学校去,正好可以边看江景边想你。"

"你赶快走吧,等下我妈出来了麻烦就更大了。"

"你看那个朝我们这边走的阿姨是不是你妈?"

梅亦可顺着董梁指的方向扭过头去,她在扭头的那一瞬间就知道了答案。好吧,母亲过来了,藏也藏不住了,听任处置吧。

"同学,你是叫董梁吗?"

"是。"

"刚才就是你在不停地喊自己名字?"

"嗯……"

"你是梅亦可的大学同学?"

"是……我比她高一个年级。"

"是梅亦可让你来这里的吗?"

"不是不是,完全不是。"

"那你是打算来干吗的呢?"

"阿姨,您别误会,我没打算干吗。我就是路过,就想看看梅亦可在不在。"

"路过?"

"对对对,就是路过……"

"你在这附近有亲戚啊?"

"那倒没有……"

"哦……你找她没什么具体的事情吧?"

"没有没有,完全没有。"

"那好,没什么事你就赶紧回学校去吧,天也黑了,晚上在外面也不安全。"

梅母跟董梁说话,气势上咄咄逼人,几十年担任高中班主任的经验,对付董梁这种晚辈手到擒来。几句对话就让董梁明白了,老姜到底有多辣。董梁毕竟年轻,加上面对的又是亦可的母亲,想着这以后还要喊她丈母娘的,自然是胆怯着,谦恭着,讨好着,以他的阅历所能悟出的最卑微的虔诚,来赔着小心。"那……那就不打扰您了。"董梁说。

亦可也不知道哪里来的勇气,跟她母亲说道:"妈妈,能不能给他一块钱?——他过来的时候,身上没带买车票的钱。"

记得文学大师雨果曾经说过,"真爱的第一个征兆,在男孩身上是胆怯,在女孩身上是大胆。"这话放在此刻的董梁和亦可身上,恰如其分。

母亲沉着脸,不回话,兀自从口袋里掏出几张零钱票子,数了数,递给了梅亦可:"你给他吧,我又不认识他。"说完,梅母直视董梁,看他木讷地从亦可手里接过钱,那眼神,比厉声呵斥说"你赶紧滚蛋"还要凌厉和强势。

临走前,董梁还不忘跟梅母说了句"阿姨,再见",然后又极小声地跟亦可说了声"拜拜"。他最后留在操场的风中还有三个字,不知道亦可有没有听到,他说——

"对不起。"

亦可听到了,但她什么也不敢说,什么也不能说。她在母亲的控制之下有多么憋屈,积攒的叛逆就会有多么强烈,但是这种叛逆永远不会以势均力敌的方式跟母亲正面交锋。

"说说看,你们怎么回事?"回到屋里,母亲问,"你在学校谈恋爱了?"

亦可不回答。她知道,无论她怎么回答,结果都不会比沉默更好。

"你们确定恋爱关系了?"

还是沉默。

"我不是跟你说过不要一进校就谈恋爱的嘛,你才多大啊,你那么缺爱吗?我们这个家给你的爱还少了吗?我教了一辈子书,在我眼里,那些早恋的学生差不多就像是在耍流氓……你是怎么想的啊?"

继续沉默。亦可咬定了一条,就是坚决不说。她很清楚,母亲是那种易燃易爆炸的个性,她的燃点从来很低,自己说什么都会激怒母亲;在母亲已经自燃的前提下,多说一个字都是火上浇油。亦可的沉默让母亲用一连串的发问启动了自我引爆程序——

"跟你说过,不要一进校就乱搞男女关系呢?胆子还大得很呢,直接招惹到家里来跟我示威?我辛辛苦苦把你养这么大,难道就是为了你莫名其妙在十七岁就招个乱七八糟的男人来我们家吓唬我吗？"

"你也喜欢他？你看上他什么了啊？"

"他长得那么矮，样子那么怂，一看就是小地方来的，对吧？你知不知道你找这种男朋友就是在自取其辱？"

"他家是哪里的？你知不知道老人们都说找对象要门当户对，其实不是说什么门第成见，说的就是小地方出来的人没见过世面，非常自私，还会特别固执，很难相处？"

"你们到哪一步啦？……你们没拉拉扯扯搞得不清不楚吧？"

"我这么好面子的人，脸面一下子就被你给丢光了！"

……

亦可始终沉默。终于，母亲熬不住了："你现在翅膀硬了，我也管不了你了。你要是认定了要跟他在一起，就把他带回家里吧。"母亲说，"与其让你们在人前给我出洋相，还不如在我眼皮子底下，起码出不了什么大事。"

亦可谨慎地抬起头，望着母亲。

母亲接着说："我现在就可以告诉你，就算我不拦着你跟他谈恋爱，我敢断言，你们也长久不了。你们都才多大点儿啊，整个人生是八字还没一撇……我们走着瞧，总有一天，你会哭哭啼啼跟我说，后悔当初怎么没好好去听妈妈的话。"

亦可还是不说话，她想说，我不会后悔的，如果是因为我自己看走了眼，我认；我在你面前一直都是认怂的，如果下一回换成是我跟自己认怂，这就是进步。

"我跟你说，你不要以为我管不了你，也别以为我现在是在纵容你。这次我不打你，你知道为什么吗？"母亲自问自答道，"因为这个问题太严重了，不是打你一顿就能让你长记性的！"

母亲说完，示意梅亦可赶快把桌子上还没来得及收拾的碗筷收拾一下。要在以前，母亲是不舍得让亦可做这些家务事的。亦可也算是乖巧，看到母亲给了自己梯子，赶紧顺着梯子下台。终究还是心虚和紧张，亦可把饭碗和菜碗都收拾着摞在一起准备拿到厨房去的时候，手一抖，那些碗盏就急速地顺着地心引力的召唤脱离了亦可的把握，脆亮的落地声带来了一地欢腾的碎片。亦可呆了。她想去找扫帚清理，却看到母亲就站在自己跟前。她嘟囔着说"我不是故意的"，话还没说完，脸上就迎来了母亲的一掌耳光。

"真把自己当千金小姐啊？连收拾个碗筷都不会！"母亲咆哮道，之前的怒气瞬间倾泻了出来，"把你在家里养得娇惯了，就想着要跟别人谈婚论嫁，当别人的小媳妇？你以为你是谁？我跟你爸爸养你，宠你，结果才十七岁就心花了要私定终身，真是羞耻啊！"

挨了打，挨了骂，梅亦可心里踏实了。这才符合她们母女间的逻辑。母亲说些什么并不重要，重要的是让母亲把想说想骂的话都说完，这事才能算完。这一晚上，亦可失眠了，心里竟然是欢喜的。不管母亲是出于什么动机，但她答应了亦可下次可以把董梁带回家。同意了进门就是一种姿态，以后他不用喊着他的名字呼唤她了。

这是一场意外，亦可认为这是一个里程碑性质的美好的意外。

10

熬过了意外的星期六，到了星期天下

午，梅亦可依然是带着满满两大盒雪里蕻炒肉末准备返校。母亲把菜装好之后，再次清点了亦可要带回学校的干净衣物。等她背着行装要出门了，母亲终于说到了董梁：

"到了星期六，你就带他一起回来吧。"

亦可不知道母亲说的是正话还是反话，直白而困惑地问："带他回来了，怎么办？"

"学校有青年老师的单身宿舍，他们有的星期六不住校，我提前找他们要张空床。"

亦可说，谢谢妈妈。

"你要是真心感谢我，就跟他了断，这才是我想要的感谢。"母亲说完，又严厉地警告道，"你到学校后给我老实点！他要是跟你要流氓，你一定不要犯傻啊！"

亦可点头，心里乐开了花。

出门前，亦可突然想起了什么，又跑回屋子里，打开抽屉，从一本缎面的记事本里取出了一张折叠得整整齐齐的剪报照片，放进了书包。

坐在返校的汽车上，梅亦可充满了对未来的无限联想：她应该会一毕业就跟他结婚吧，然后，有间属于他俩的小屋子，屋子里应该有书柜，摆上很多他们喜欢的书；他们可以坐着甚至躺着看书，一起大声朗读书里的文字；他还会给她写很多的诗，她会帮他工工整整地誊抄好；他们还会有自己的孩子：要是个男孩子，不傻不笨不懒就行；如果生个女儿呢，担心的事情就会比较多，担心她不好看，担心她早恋，担心她叛逆，就像我……

亦可这么想着，看车窗外的一切风景飞速地退后，觉得日子也会是这样飞驰着，一下子就过成自己设想的这些个样子了吧。还记得上小学时，老师只要讲到未来，就会打比方说，到了2000年，我们的生活会变成这样变成那样，反正不管怎样，都是无比美好。现在亦可知道了，她在返校的路上，是去遇见董梁的路上，这些，都是奔向美好未来的道路。

亦可先回到寝室，放下从家里带来的换洗干净的床单被罩，即刻就拿着一盒雪里蕻肉末去找董梁。到了董梁的寝室，她象征性地敲了一下门后，径直进去。董梁看到她，把她带出屋。他从口袋里掏出昨天亦可给他的那些纸币说："还给你妈，我没花这钱。昨天，我还是走回来的。"

"真的？那要走好几个小时啊，你回来的时候，管宿舍的阿姨都锁门了吧？"

"那些不重要。我想让你妈知道，'廉者不受嗟来之食'。"

"别这么说啊，这又不是乞讨。是我妈给我，我再给你的。我愿意给你。"亦可坚定地说，"记着，我给你的，你都应该接受。"

"不行。"董梁坚持说。

"算我求你了，好吗？"亦可想了想，妥协道，"这钱呢，我还给我妈。以后我的钱我都交给你。这次我在军训中受到旅部嘉奖，所有受到嘉奖的学生，学校都给伙食补贴，每个月五十块钱，要发一年呢。这笔钱是天降横财，我妈不知道的……"

"这样不好吧？"

"有什么不好？你不是总说'胃缺肉'吗？正好给你加餐啊。再说了，我一顿饭也就是一毛四一碗的热干面，花不了多少钱，学校每个月发给我们每人的二十七块一毛的伙食补贴都花不完。你放心，我不会告诉我妈的。"

"我知道，我们的梅亦可同学天不怕地不怕，就怕她妈妈。"董梁笑着承应道。

"别装得好像你不怕似的。"亦可冲董

梁做了个鬼脸。说完,她从随身的书包里掏出了那张专门从家里带出来的剪报照片,递给董梁,"给你看件东西……"

——些许泛黄的报页上,有一张新闻图片,图片正中央,一名笑容甜美、穿着白衬衣、背带裙的女中学生,被一位西装革履的年长外宾牵着手,周围簇拥着欢笑的人群。照片下面的文字说明写道:"1985年10月11日,齐奥塞斯库在中共中央总书记胡耀邦陪同下访鄂,数十万人夹道欢迎罗马尼亚贵宾。"

"你看看,这是我以前留长头发、扎辫子的样子。"亦可说。

董梁指着那幅有折痕的照片中的女学生头像,惊异地朝亦可问道:"这是你吗?"

"是啊,"亦可点头说道,语气中有一种掩饰不住的优越感,"没想到吧?"

"你把我今天晚上的瞌睡都给提前吓跑了……"

亦可本想作些解释,转念一想,越解释越多余,于是,圆回到原来的话题说:"就是想让你看看以前我扎辫子的样子好不好看啊……"

"在你身上,还有多少故事啊?"董梁问道,"这些事情,为什么会选到你呢?"

"我是被选的,又不是我有得选……"亦可实话实说。

被梅亦可所经历的世面给镇住了的董梁,再次仔细地端详着照片和剪报,反反复复看了几遍后,把报纸按原样折好,交还给亦可。他说:"这些会写进你档案的东西,你平时就别张扬了……你在学生中间本来就是个有争议的人物……"

亦可不明所以地点了点头,有点扫兴。

为了丰富同学们的业余文化生活,珞珈大学一直着以跳交谊舞会来联谊的习惯。高年级的学长们志愿为新生来上速成舞蹈课,美其名曰是扫舞盲,其实也是借机跟学妹们套套近乎。桂苑女生宿舍的楼顶上经常有各个院系组织的扫舞盲活动。作为上了墙报的进步青年,梅亦可对于一切集体活动都表示出了极大的热情。董梁不一样,他从小生长在新疆,习惯认知是女人能歌善舞,男人要孔武有力。亦可问他要不要来女生宿舍楼顶天台跳舞,他嗤之以鼻说道,跳舞的男人太娘里娘气了,我不去!

星期天晚上是提前说好的扫舞盲时间。董梁独自去了图书馆,梅亦可就到宿舍顶楼天台上,准备跳舞。几个高年级男生提来了红色的圆塑料桶,摆放在天台的四角,再把预先准备好的蜡烛底部点燃融化后,嵌进桶底。烛光在纵深的红桶中跳跃着,仿佛变成了站在地上的一个个大红灯笼。

音乐响起,同级的一个男生来到亦可身边怯生生地问:"可以邀请你吗?"

亦可笑着说,当然。然后牵起了那个男生的手。

跟亦可跳舞的男生属于扫盲对象,紧张得时不时地就会踩到对方的脚。踩了几次后,他不好意思地说,我太笨了,要不就算了。亦可说,没事,再练习一下就好了。她心想,如果就此打住,那之前的脚不是白给踩了吗?好人好事要做到底,起码也要等到这首曲子跳完再说。

曲子终于停下来了,学生们都从天台中心退到了边上。新的一曲响起,过来邀请梅亦可的是位高年级同学。"我叫石川。"邀舞的男生自我介绍说,"你不认识我,但我们都认识你,你是中文系的名人。"

"真的吗?"亦可用提问来掩饰尴尬。

"是啊。"石川回答道,"我们还知道,

你是董梁的女朋友。"

"你是不是说我跟董梁太张扬了?"亦可追问道。

石川摇了摇头,欲言又止。

曲终,石川松开握着亦可的手,躬身向她致谢。亦可也回应着躬膝做了个姿态。她听到石川说,你很特别。她冲他笑笑,意思是,我听到了。

第二天晚上,梅亦可跟董梁同上晚自习。她问他,你们班的石川是个什么样的人?

董梁警觉地看着亦可,问道,"什么意思?他骚扰你了?"

亦可意识到董梁的态度有点偏激,马上解释说:"你怎么会这么想啊?你也太敏感了吧……昨天我跟他一起跳了一支舞……"

"他真没骚扰你?"董梁一点没有放松警惕,"男生寝室里的那些色狼看到你们女生,就图谋不轨。"

"你也跟他们一样是吗?"梅亦可问,"只是,你比他们下手下得早了那么几天?"

"你不知道我是珍稀动物吗,你错过了我,那才真的是过了这个村,没有这家店了呢!"董梁马上回应道,"不过,听你这么说,好像我们全中文系的男生都在暗恋你一样,难得你的自我感觉这么好!"

"如果你的女朋友大家都喜欢,没什么不好啊。"

"我不喜欢别人染指我的女人,也不喜欢听你跟我说到石川或者其他的男生。"董梁道。

"吃醋了?"亦可问,接着又道,"我喜欢你为我吃醋。"

"是有点儿了。亦可,你要知道,我吃醋了,不是因为不相信你,而是你在我心中太美好……"

亦可打断董梁的话问:"真的吗?"

"我还没说完呢——我是说,你在我心中非常美好,尽管……你其实并没有那么优秀。"董梁说。

那天晚上,董梁回寝室后把石川邀到了男生宿舍的天台上。他问石川,如果我俩打一架,谁会赢?

石川说,你这个问题问得很愚蠢。

董梁道,为什么我会这么问,你心里很清楚。

石川答,抱歉,我还真是不清楚。

董梁说,那好,算我误会你了。不过你也可以把我的话当成一个警告。你记着,我不喜欢跟女人跳舞,不代表我喜欢别人搂着我的女人跳舞。

董梁说"搂着我的女人跳舞"所指为何,他俩都心知肚明。石川没有回话,甩下董梁,独自从天台回到寝室里。

那晚,石川、董梁和梅亦可都没睡好。

亦可辗转反侧睡不着,下铺的宋微敲她的床板说,睡不着就下来吧。

等亦可钻进宋微的蚊帐里,宋微轻声打笑道:"又有麻烦了?又开始担心怀孕了?"

亦可"嘘"了一声,说,我哪有那么疯狂啊?

宋微道,这不是疯狂,是本能。

亦可压低声音说,我们还是去天台吧,寝室里说话是透风的。

这两个女生,在蚊蝇的密度直追空气中氧气含量的深夜天台上,穿着背心短裤,靠在了围栏边。

亦可问宋微:"你跟那个谁怎么样了?"——这次说的"那个谁"是指于佳迅。那天晚上,亦可和董梁从化学楼回寝室的路上看到的一对高矮悬殊的情侣背影，就是宋微和于佳迅。能把第一眼相中的女孩子在几小时后就变成牵手的女友，估计只有在大学校园里发生，且只有是插班生经手，才能如此快准狠吧。

宋微耸耸肩，回答说："能怎么样？先处着呗。他看着我爽心，我看着他悦目，就这样了。再说，他是武汉的，比较符合我妈找女婿的基本标准。"

亦可说了董梁对于佳迅的评价，提醒宋微要小心些。宋微很不以为然地说："我有什么要小心的？我除了年轻以外，一无所有。就算是看人看走眼了，大不了拉倒重来，还是除了年轻以外、一无所有。我没什么好损失的。"

"那也不是全部都能归零了的啊。"梅亦可说。

"不是全部？你是指的搂搂抱抱？你放心，我心里有数——我才不会轻易失身呢！"

听到宋微这么说话，亦可吓得一愣，"你说，什么叫失身？"

"你是真不懂啊？"

"可能我懂的和你懂的范围不一样吧？"亦可自我解嘲道。

"男女之间，亲一下，摸一下，这都不是失身。失身一定是要有实质的动作的，你中学时不是上过生理卫生课吗，难道生物老师没教过你们——精子、卵子和受精卵？"

"讲这些内容时老师说书本上都有，你们就自己回家看，反正考试也不考。"

"所以，你就没看？"宋微问。

"那时候，我觉得看这些东西挺不要脸的。"亦可申辩道。

"作为一名学生，学校里该学的知识不好好学，这才是不要脸呢！"宋微开起了玩笑，"不过，话说回来，你可真是个好孩子，怎么会连关于这些事情的好奇心都没有呢？我们同学中间还有人传那个手抄本《少女之心》呢……"

亦可耸耸肩，尴尬地笑笑。现在她知道了，母亲眼里的好学生，以及老师明确表示说考试不考的内容，这些都不符合人性。"在你看来，我是不是知道得太晚了？"

宋微解释说："以后，就让你们那个谁给你慢慢补课吧……他的'本能'比较多。"

亦可赶紧澄清加掩饰说，我跟董梁见面的时间都很少。宋微拍拍亦可的肩膀，又说道："我们优秀的亦可同学啊，你是我党的重点培养对象，不仅要在政治上旗帜鲜明，生活作风上也要意志坚定，不然的话，'千里长堤、溃于蚁穴'啊……"

"你怎么说起话来就是进步青年，做起事来却是自由主义啊？"亦可问。

宋微说："我爸爸跟我说过，一个真正有水平的人，要具备独立思考的能力，不是人云亦云，随便就能被谬论谣言给洗了脑。所以，我喜欢质疑。我认为善意的质疑是人类思想进步的根本前提。当然，讲大道理，我也能头头是道啊，我爸说过的，要在特殊的政治生态中活下来，就要学会大家通用的语言方式。"

"你爸这种人在他们那个时代就叫作右派、走资派，你这种人在我们这个时代就叫作玩世不恭。"亦可开始严肃起来，她真心实意想规劝宋微。

"我和你不一样。我不打算入党，当标兵、受嘉奖，也没玩世不恭。我就是想边走边看，看到头来，是我改变了世界，还是世界改变了我。"

"你的心也够大的,怕是你还没被世界改变,就被自己给毁了。"

"我不在乎啊。"宋微说:"我的人生,要毁,也要毁在自己手里。"

11

在跟主管部门充分沟通后,苏淮决定接受水木大学的聘请,担任物理系教授,同时着手筹建一个国家级的重点实验室。苏淮一直坚信只有回到中国才能有更广阔的舞台,但易瑾不这么想,她一路跌跌撞撞地成长,以能够在巴黎落脚为荣,她舍不得放弃。

易瑾从湖南县城考到珞珈大学这样的名牌大学,本科毕业以为天高任鸟飞,谁料被人排挤,被发回原籍,安排在县城中学当物理老师。去新单位报到时,她特别委屈——如果早知道是当老师,还不如一开始就去念师范。她和苏淮在大学里并没有相恋,要不是因为她在大一暑假时听说苏淮要出国留学了,就专门跑去找他送了张自己手绘的祝福卡,她可能要在湖南的小县城里成家立业,待上一辈子。易瑾比苏淮低两届,在校时交往不多,但那张卡片让她给苏淮留下了难以磨灭的、善解人意的印象。刚到法国的苏淮人生地不熟,学妹易瑾就成了独在异乡的他在寂寞孤单时会常常想起的名字,他俩一直保持着通信。写信、寄信和等回信,逐渐演变成单调生活中的一件大事,因此滋长的情愫,也在文字来往中越来越清晰地呈现。在县城教书的易瑾,夜深人静时跟苏淮倾诉工作中遇到的不公和不满,学长自然心疼学妹,但远隔千山万水,鞭长莫及。终于有一天,苏淮在信里写道:

"如果我邀请你来法国,你愿意接受我的邀请,和现在的这一切道别吗?"

收到信的易瑾当天就跑到县城里唯一可以打国际长途的电信局,交了五十块钱押金,在漫长的等待后接通了远在巴黎的苏淮的电话。电话杂音大,音质差,彼此都要扯着嗓子说话。接到电话的苏淮很意外,很激动,为了给易瑾节约话费,他省却了各种弯弯绕地铺垫,直接说道:"你等我,我马上回来跟你结婚,我带你到法国来陪读。"那时的苏淮也年轻单纯,求爱求婚搞得像是英雄救美似的。一个意料之外的国际长途,苏淮就此决定了自己的终身大事,很难说这到底是源自男方的果敢还是女方的手段,但对于一个月工资才几十块钱的易瑾来说,那天爽爽快快押上五十块打出这个昂贵但改变了命运的国际长途,确实有着非同寻常的行动力。

一个月后,苏淮请假回国,在易瑾简陋的单位宿舍里,两个单身男女变成了已婚青年。他俩一夜之间拥有了对方所有的第一次,初恋、初吻、初夜、初婚……易瑾牵着苏淮的衣襟刚到法国时,看什么都觉得美好,怎么过都开心,眼前的一切和县城生活有着天壤之别,她幸福知足地在家里为苏淮洗洗涮涮。日子久了,新鲜劲过了,想法就不一样了。毕竟也是名牌大学毕业的,哪能年纪轻轻就成全职家庭妇女?苏淮听不得小娇妻的嗔怨,于是,先帮易瑾交学费学法语,接着又拜托使馆的领导给她安排个工作。易瑾外形好,嘴也甜,见了领导会来事,很快就成了在使馆里上班的不占编制的"外交官"。

在巴黎的好日子刚刚开始,苏淮却执意要回国发展,那份决心的坚定,就像易瑾当年火速结婚时一样。易瑾说,我理解你的追求，支持你回国，尽到了妻子的本分；但也希望你能够尽到丈夫的义务，理解我的心意，支持我留下。苏淮感慨道，自古家国不能两全，现在算是体会到了。易瑾嗤笑他，你还真以为你肩负了什么时代使命？我们不就是芸芸众生吗？国家没了你，一样会有千军万马在建设着，但我们俩的小家少了你，顶梁柱就抽掉了。苏淮不以为然，说，使命是时代赋予的，也需要个人敢于承担，你要当我是顶梁柱，你就跟我回国吧。

就这样，他俩谁也说服不了谁，胜在易瑾的点子多，她找到了一个新借口："如果你希望我今后回国，那我就要把专业捡起来；出国一趟，好歹也要镀点金吧，你临走前帮我把读硕士的事情落实好……"

易瑾的要求提得在情在理，苏淮自然全力照办。苏淮的导师一直器重他的才华，在请求导师收留易瑾在其麾下求学时，导师不仅利索地应承了，还主动给了奖学金。易瑾留在巴黎是没问题了，生活费也有了着落，于是对苏淮多了些不舍和担忧。她问苏淮："你回中国后就是单身了，身边每天围绕着的都是些女大学生，你会不会挡不住那些莺莺燕燕的追求和诱惑？"

苏淮摇头道："你还不知道我吗？在法国的头几年，我是真单身，怎么鬼混都不犯规，可也没乱来；每天在花花世界里出没，还是万里迢迢地跑到中国去找你。现在，我是有老婆的人，就更不会瞎搞了。"

"我了解你，'乱来'和'瞎搞'的事，我倒不担心。"易瑾说道："我担心的就是那些女大学生们，她们身上的那些看起来天真无邪的东西，才是你这种人的致命伤。"

苏淮作为在风云变幻的1989年中拒绝敌对势力的邀约、毅然决然回国效力的留学生代表，在他离开法国前，使馆专门为他举办了欢送会，邀约了几乎所有在巴黎学习、生活的中国留学生参加。除了那些每个月要到使馆报到、领到生活费的在籍留学生外，另外一批早年以公派留学抵达法国、但已改变签证类型的"老留学生们"也在邀请之列。苏淮是中国粉碎"四人帮"后最早一批派到法国的硕士生，是所有"老留学生们"的老熟人，以他的名义邀约，于公于私，影响力都不小。那年头，中法之间往返的航班并不多，回一趟国也很不容易，尤其是像苏淮这么兴师动众地回去了，这些曾经同在异乡为异客的老朋友们什么时候能够再见，还真是不好说。考虑到了这层因素，欢送会那一天，平时不怎么露面的，也都应约前来。

就这样，苏淮见到了久违的邹皖。

邹皖和苏淮一样，出生在受过教育的家庭。他有个当县长的父亲，这让他的整个青少年时代享受到了"地区高干子弟"的特权，下乡锻炼也能被安排去当大队会计，不用下地出苦力，还能抽空读书学习；粉碎"四人帮"后恢复高考，他一举考到了北京，给县长父亲脸上添了不少光彩，三年后又考上了公费出国留学生。他跟苏淮是出国前的法语培训班的同班同学，两人都是班上年纪垫底的，比较投缘，后来又坐同一趟航班抵达法国。苏淮学理科，邹皖学的是经济。最开始，使馆要求留学生外出必须两人成行，邹皖就总是和苏淮结伴。到法国后，苏淮从预备党员转正，邹皖也跟苏淮同一批在使馆里进行转正后的入党宣誓。邹皖和苏淮的初始轨迹是相似的，不同的是，邹皖在完成硕士学历后就没有再读博士了。他先从大家的视野里消失了一段时间，再见时就是巴黎一家知名投资银行的"高级分析师"了。苏淮这些在读博士们还靠着每个月从使馆领的补贴来操办衣食住行，邹皖则很快地买了车，从大学城的廉租房搬到了市区的豪华公寓，穿衣戴帽不光是西装革履，据说还都是定制款，袖口处专门绣的有他名字。关于邹皖的发迹，有人说他是认了个有背景的干爹，还有人说他是娶了个有钱有势人家的女儿，邹皖对此不做任何解释，巴黎的华人圈子几乎看不到他的影子。

见到阔别已久的邹皖，苏淮格外开心，使馆为这次欢送会特意准备的那几瓶茅台也启了封，苏淮便跟邹皖敞开了肚量，一杯接一杯地干。以豁出去的干劲来喝酒，这是中国人之间最浓厚的交情。酒喝到位了，效果也就达到了。散会时，苏淮不胜酒力，尽显醉态，邹皖有心地找到易瑾，问清楚了苏淮出发启程的具体日期。

苏淮离开巴黎的那天清晨，天还没有亮，他就听到了敲门声。打开门，门口站着的是邹皖。邹皖跟苏淮说："兄弟，我特意起了个早床，为的就是一定要开车送你去机场。"

"太不好意思了。"苏淮感动地说道，"等下我打电话叫个出租车，也很方便。"

"你跟我讲什么客气啊，以后你再回巴黎，提前通知我，还是我去机场接你。我们兄弟一场，跟你当司机的资格你还是要给我的吧？"

苏淮一时无语，情不自禁地伸开双臂，把邹皖紧紧搂住。"兄弟一场"这四个字，涵盖了过去几年中他们彼此呵护关照的所有细节，而拥抱是他能够给予的最好的回应。

之所以邹皖突然出现，突然叙旧，突然示好的真正原因，苏淮没有深想。他并不知道，此刻的邹皖已经决定要回国发展了。苏淮是响应号召，敲锣打鼓地欢送欢迎的归国明星，邹皖则将是携带着资本家的授权，到中国跑马圈地。同样都是草根出身的留学生代表，他俩兜兜转转，殊途同归。邹皖需要在不可知的未来中，保留住他跟苏淮的"兄弟"情谊。

12

午休时，中文系89级的学习委员到每个寝室逐一敲门说，提交选修课程本周截止，不管有没有试听，所有同学务必在周六前把自己的选修科目报上去，教务处要最后汇总并跟进考核上课出勤率。

到了上晚自习，梅亦可问董梁："你都选了些什么选修课啊，给我参考一下吧。"

董梁说他选修了中西比较美学、西方哲学史，还有自然科学史。

亦可问，就三门课？

董梁答："是啊，以前可以多修学分，提前毕业；现在规定学分和学时挂钩，你多学课程也没用，都要熬满四年才能毕业。"

亦可点点头，又问："如果我坚持想多选几门呢？"

董梁不以为然地说道："想多选就选呗，没人拦你，反正上课也是免费的。不过，你别以为你傻呵呵地选一堆课，好像占了多大的便宜；到时候考试过不了关，成绩单发下来就很难看了，万一再有一两门课还不及格，那就是偷鸡不成蚀把米。"

亦可昂着头说："我偏不！我就要选得多多的！"

"行、行、行，你跟我们不一样，你是

与众不同的梅亦可同学，是进步青年、学习标兵！"董梁说完，换了个腔调，"你知道吗，我们平时是怎么看待那些学习标兵吗？我们会说，那人啊，是个'婊'——兵！"董梁专门把"标"字用长音加滑音的形式，说成了"婊"的读音，怕梅亦可还没听懂，补充道："就是'婊子'的'婊'啊！"

"你们这些人怎么都这么刻薄啊？人家刻苦学习当上学习标兵，跟你们有仇啊？"

"你以为现在的标兵都是因为学习刻苦吗？"董梁反问。

"至少，像我这种人要是当上标兵，一定是因为我比别人更多地付出。"梅亦可说。

"像你？你还不是也因为会说上面喜欢听的话？"董梁回声呛道。

"好了好啦，不谈这些，不是说选修课的嘛，扯远啦！"看到董梁生气了，亦可赶紧圆场说，"我们不吵架，吵架也分不出真正的输赢。"

"算你赢了。"董梁悻悻地答道，"你干什么都贪多好强，结果留给我的时间越来越少。我最近刚写完了一部中篇小说，本来还想让你抽空帮我誊抄好试着投稿的……"

"没事啊，不耽误的。"亦可爽快地应承道，"你把文稿给我，我保证保质保量帮你抄好，连投稿邮寄、跟编辑写信这些琐事我都负责到底。想着你说迟早有一天要光芒万丈，我更要好好表现，好好学习，只有这样，才能在现在和将来都配得上你啊……"

梅亦可一口气选修了六门课，加上他们第一学期的中国社会主义建设、中国革命史、军事科学、古代汉语、古代文学史和现代汉语这些必修课，亦可创造了一学期进修十二门课程的记录。董梁说她这样选课不是为了挣学分，是为了证明她是个"学疯"。亦可回应，"你别以为我们武汉人就说不好普通话，'学分'和'学疯'，还是能分得很清楚的！"

在《书法》选修课上，梅亦可见到了坐在第一排的石川。爱学习的学生都喜欢坐第一排。她走到石川身边，指着旁边的空座位问："这里有人吗？"

石川摇头。亦可坦然地坐下。等到下课后，亦可跟石川一起往桂苑宿舍走。

石川问，你也喜欢书法？

亦可说，是啊，我从小就被母亲强迫练字。我妈总说，字如其人。

石川笑了，说："印象中，董梁的字写得一般啊。"

亦可回应："我妈认为字如其人，不代表我也这么看。"亦可想到，董梁也知道自己字写得不好看，但他不是有我来帮衬着吗？

"是啊，情人眼里出西施……哦，不对，你是'情人眼里出潘安'……"

听到石川这么一板一眼地说话，亦可道："不用纠正，我明白你的意思。"顿了顿，她问，"你有女朋友吗？"

"你很关心这个问题吗？"石川反问道，这让亦可有点儿尴尬。她就是没话找话。

"随口一问。"她答。

石川递过来一本薄薄的书，亦可接过来看到，这是本有简谱和中英文歌词对照的外国歌曲集。石川说道："我平时会弹弹吉他唱点歌，这书里面的歌我基本都会……找时间可以唱给你听……"亦可浏览了一下目录，第一首是 Sad Movie——《伤心的电影》，她记下了这个标题。

石川和梅亦可同行，直到在桂苑的女生宿舍大门口分开。他继续朝前走，迎面碰到了董梁。两人互相点头示意，没有说话。

亦可前脚进寝室，董梁后脚就跟了进来。董梁问："刚才石川来找你了？"

"他干吗要来找我？"

董梁说，在楼下见到他从你们这边走过。

亦可实话实说："我跟他都选修了《书法》课。"

"他约你的？"

"你想多了……我们就是在课堂里碰到的。"梅亦可拍拍董梁的肩膀，说，"到点儿了，我们吃饭去。"

不巧的是，当亦可和董梁一起走进食堂、准备排队打饭时，发现队尾站着的正是石川。

亦可不仅眼尖，脑子转得也快，她指着食堂门口新开的拉面摊跟董梁说："今天换个口味，我们去尝尝拉面吧？"说完，拽着董梁径直往拉面的方向走去。

这个兰州拉面摊是刚在食堂里开设的试点窗口，他俩都是第一次来。管收钱收粮票的师傅问，要素面还是加牛肉？没等董梁张口，亦可就抢先说："一碗素面，一碗牛肉的。"说完又抢着付了钱。等到面出锅，她又抢先，"有肉的给他，我吃素的。"

坐定下来，两人开吃。

董梁说："感觉你有点像我妈……我妈就是总把肉留给我吃的……"

亦可道："好吧，就算是我替你妈照顾你了。"

董梁说："你身上有一种圣母之光。"

"啊？圣母之光？"亦可笑了起来，说，"你别吓着我了。"

吃面的时候，亦可下意识环视了一下食堂四周，她没看到石川。她想，也许他是打了饭菜就直接回寝室去了吧，也好，免得又撞见。

上完晚自习，董梁送梅亦可回寝室。还没到熄灯的时间，难得寝室里的其他女生还没回，他就在寝室里多逗留了一会儿。原本是想找些机会跟亦可亲热一下，谁知还没开始热乎，宋微就带着于佳迅进了门。

四人相对时，两个女生比较坦然，因为这是她们的主场；两位男士就有些不太自然了，大概是他们都能洞穿彼此的心事，也都暗地里埋怨对方坏了自己的好事。

于佳迅毕竟年长，跟董梁打了招呼后，朝宋微说："把你安全送到，我的任务就完成了。再见——"

看着于佳迅说"再见"，董梁也就跟着道了别。看着两个男人一前一后出了门，亦可和宋微两人互相做了个鬼脸。宋微从书包里取出两本精装书递给亦可，说："你看，这是这位于同学今天送给我的。"

亦可接过来一看，是泰戈尔的《飞鸟集》和三毛的《万水千山走遍》。她说："很经典嘛，远的近的，男的女的，外国的中国的，都齐整了。"

宋微道："这年头，男人追女人难道就只剩用码字来壮胆了吗？你看，你们那谁是自己写，一天一首，笔耕不止；我们这谁吧，自己懒得写，估计也写不出来，索性就把人家诺贝尔奖获得者的作品抬出来，一送就是一整本，是想让我自己找点啥感觉吧……"

"人家送了两本呢……还有三毛呢……"梅亦可顺着宋微的话接着说，翻开书的扉页，就念出声来——

"大地啊，我来到你岸上时原是一个陌

生人，住在你房子里时原是一个旅客，而今我离开你的门时却是一个朋友了……"

"我跟于同学说过，作家里我最喜欢三毛。每个人都有梦，却不是每个人都敢去追梦的。三毛却像是一个完全活在梦里的人。她活得那么勇敢又那么通透，我永远做不成她，但心里住着一个像她一样生活的自己。"等亦可念完，宋微跟着说道。

"你别说，人家于同学还挺有心……我记得泰戈尔最著名的一句诗就是，'天空没有翅膀的痕迹，但鸟儿已飞过'，这诗就像是为三毛定制的。"亦可放下了三毛的书，翻阅起那本《飞鸟集》时说道。她的余光突然注意到，宋微今天穿了条新裙子：藕荷色的连衣裙，有着松紧边的泡泡袖，裙摆是大波浪的荷叶裙边，看起来特别时髦。亦可问道："这也是那位于同学送的礼物？"

"我还说呢，你怎么现在才看到啊？"宋微的回答算是默认了。

"这裙子很贵吧？"亦可又问，"你觉得这样好吗？"

"他肯在我身上花钱，说明他在乎我。他花得越多，他就越不舍得放弃了。"宋微说道，"其实呢，他花钱买的是礼物，我接受的是安全感……"

入夜，桂苑宿舍的所有寝室统一熄了灯。宋微和梅亦可都没睡，她俩躺在各自的蚊帐里，打着电筒读书，上下铺隔层的微光中，宋微读三毛，亦可读泰戈尔。这时，窗外有清幽的旋律传来，是一个男声伴着吉他在弹唱。就在女生宿舍的楼下，声音忽明忽弱，依稀能听到有一句歌词在反复吟唱：

"Sad movies always make me cry……"

梅亦可忽然想起了什么，跳下床，借着窗外透过来的月光，从抽屉里找出了下午从石川手里拿过来的那本小册子。她翻开书中的第一首歌，看到了歌词——

他说要工作，所以我单独去看电影
剧院里关上灯光，投影机打开
就在开始播放环球新闻的时候
我看见我的恋人跟我最好的朋友走进来
虽然我坐那儿，可他们都没看到
他们就选坐在我的跟前
当他俩接吻时，我差点昏死过去
彩色卡通电影开映，我开始哭泣
噢！看悲伤的电影，总让我哭泣！
我起身，慢步朝家里走
妈妈见我眼中有泪，问'出了什么事？'
为了隐瞒，我说谎了
我说，是那部悲伤的电影，让我哭泣……

Sad movies always make me cry……

13

梅亦可把董梁带回家的第一个周末正好是她的十八岁生日。周六晚上，董梁被安排住在梅母所在学校的青年教工宿舍里，星期天早上天一亮，他就赶紧起床跑到亦可家报到。梅家生活素有规律，等董梁到了，一家人已洗漱完毕等他"过早"。武汉人习惯把吃早餐称作"过早"，这让来自新疆的董梁特别不理解。他问，如果吃早饭是"过早"，那么约人吃夜宵是不是可以说是邀你"过夜"？本来他想用个轻笑话来体现点儿幽默感，让自己尽快融入到这个家庭中来，殊不知话一出口，没人接茬。董梁意识到自己说错话了，本来就高度紧张的神经简直有快崩断弦的态势。

　　武汉人早点选择之丰富，在全国美食中也数得着。梅母按照亦可的口味准备了热干面、豆皮、欢喜坨和蛋酒，当梅母把热腾腾的蛋花冲米酒递给董梁时，不知所措的董梁忙乱地伸出右手，单手把碗接了过来。

　　梅母的脸马上垮了下来，毫不客气地说："你们现在的年轻人啊，长辈给你们准备吃的喝的，盛好了，端到你们面前来，不要求你们毕恭毕敬，但最起码也应该是伸出双手来接盘子接碗吧。这是基本的礼貌啊……"

　　董梁连声道歉说："是是是，阿姨，我错了。刚才是太紧张了，所以疏忽了。"

　　"习惯好、懂规矩的孩子，细节里都看得出教养来。"梅母毫不掩饰对董梁的挑剔。

　　"不是所有的孩子从小都这样被教育的。"梅父帮董梁解围说。还没等董梁表态，梅母马上接过话说道："所以说，家教很重要啊！当然了，那些生在穷乡僻壤的孩子，也不该苛求他们能得到什么好的家教。"

　　董梁窥探了一下梅亦可，看到她埋头不理的样子，明白自己是得不到支援的。他只想着迅速地喝完这碗让他蒙羞的蛋酒，离开餐桌。哪知这是碗用滚烫的沸水现冲出来的鸡蛋花米酒，虽然看起来不冒热气，但囫囵一口下去，董梁立刻觉得满嘴生烟。他吐也不是，吞又不能，还不敢失态。

　　午餐很丰盛，梅母照例煨了排骨藕汤，也准备了新鲜上市的洪山菜薹，用春节时攒下来的腊五花肉来烩炒。新鲜菜薹炒出来紫红色的汤汁，映衬着腊肉中渗出的黄金色的猪油，烘托环绕着像山一样堆积陈列的菜薹梗和五花片。梅母还在菜场里买了卤好的牛腱子肉，切成薄片后用大葱爆炒出来的回锅牛肉，以肉铺底，纹理细腻，口味深入，点缀些绿白葱段，不像学校食堂里的牛肉，只闻牛油香，半天找不见一块牛肉粒。菜端上桌，梅母说，菜薹和牛肉我都炒了两份，你看你们是吃了晚饭再返校，还是就把饭菜打包带到学校里去吃。不过呢，带到学校里就不能你们吃独食了，要跟寝室里的其他同学们分一下。

　　董梁不敢多话，连声说，听阿姨您的。

　　亦可见状说："我们就在家吃晚饭吧，菜薹和牛肉那么贵，知道是您专门为我们准备的，就不带到学校胡乱撒人情了。"

　　"是啊，让您费心了。"董梁附和着说。

　　亦可紧跟又说："要不，您就再炒一份雪里蕻肉末给我们带到学校去？雪里蕻这种腌菜，比牛肉还是便宜多了。"

　　梅母看了他们一眼，说，哦，还知道内外有别啊？梅母又说："也别每个礼拜都是雪里蕻了，这回换个口味，做干豆角烧肉吧，往菜里头搁点儿辣椒，提味也保鲜，带到学校吃不完，把盖子盖紧还能多放上一两天。我多做一点，你们两边的寝室都分一分。"

　　吃完午饭，梅母差使梅父去菜场买干豆角，她跟亦可一起收拾碗筷。董梁见梅母没给自己派活，心想也不能闲着，那就给长辈留个爱学习的好印象吧，于是掏出书包里的书来看。梅家不宽敞，董梁不敢随意走动，就在餐桌边找了一角，做出勤读的样子。梅母把餐具收走后开始擦桌子，她边擦边问桌边看书的董梁："你平时在家都做些什么家务啊？"

　　董梁拘谨地捧着书答道："我们家的家务活都不要我插手……"说完，他感觉不妥，又补了一句说，"我们家生活也很简单，没什么家务要做的……"

"是吗？"梅母反问道，"家务怎么会少呢？扫地拖地、淘米做饭、洗衣服、缝被子……事情多了去了，忙家务比上班还累。不过，我们家的家务事都没舍得让梅亦可来做，我跟她说了，只要她好好学习、听我的话，这些杂事，都不占用她的时间。"

"是是是。"董梁只好唯唯诺诺地应承着。

"你妈妈也这么跟你说的吗？"梅母又问。

"那倒没有……我妈是个普通农民，特别朴实，她讲不出大道理，就是希望我好。"

"我懂了……"梅母接着说，"你能考上名牌大学，你妈该有多骄傲啊，估计你在你们家就是个大人物了，对吧？你们这些外省的考生，本来录取分数线就比武汉要低得多，加上你又是新疆的，还要特别加分吧……我们家亦可，是我想让她留在武汉，不然的话，凭她的分数上北大清华也没问题。你再看我们家，我跟你梅叔叔，都是文革前的大学毕业生；包括亦可的外公外婆，他们在民国时期也是上过大学的……"

"其实，不管我能不能考上名牌大学，我妈都把我当成是她的骄傲……"董梁还是年轻气盛，他听出了梅母言语中的机锋，便用自以为礼貌得体的方式回应说，"我家条件不好，但是，家里的餐桌上要是有一只鸡，那个鸡腿我妈一定会留给我……"

"难怪人家说，穷人养娇子……"梅母继续轻言细语地展示着自己的优越感，一句"穷人养娇子"，就把董梁嘴里的母子情给彻底碾压了。

"您家里一直都是武汉的吗？"董梁只好换了个话题，问梅母。他心里想的是，都说武汉人难缠，今天算是领教了。

梅母答道："我是，你梅叔叔他不是。他是从外地考到武汉上大学的，毕业后就留下来了，能留在武汉不容易啊。你们这些小地方来的，要想有个武汉户口，只有靠考大学，然后国家统一分配，这是唯一的途径。我们只有亦可这一个孩子，就希望她毕业后在武汉找个好工作，再成个家，跟我们也能有个照应。"说完，梅母又拿出长辈的口吻问董梁，"你妈对你以后留在武汉有意见吗？"

董梁摇摇头，说："我跟我妈还没聊过这么远的话题……再说，我也没想过我以后一定会留在武汉。"

"难道你妈还希望你回新疆？"

"那倒不是。"董梁说："我肯定不回去了，到底是留武汉，还是去北京，还在考虑。亦可是我要留下来的唯一理由。对我来说，只要不回老家，在哪里都是重新开始。"

"年轻人有梦想是好的，但也要脚踏实地。你要是想留在武汉，我们冲亦可来看，肯定会给你一些帮助。"梅母注意到董梁在桌子底下翘着的二郎腿一直有节奏地抖着，就又说道，"亦可从小就被我教育说，站要有站相，坐要有坐姿，这是一个受过教育的人的基本教养。我是最见不得人一边说话一边抖腿的。有句老话，'男抖穷，女抖贱'，说的就是那些喜欢抖腿的人没教养。"

梅母说完，也懒得去看董梁的反应，转身进了厨房。在厨房里，她跟亦可说："不是我在他身上挑刺，你看看他站的坐的那些个样子，真的是缺乏家教；而且，一

277

点看事做事的眼力劲都没有。受人恩惠，如果不能对等回报，出力干活也是自尊的另一种方式。这点做人的道理都不明白，你真是给我们家找了个大爷。"她故意把"大爷"这两个字说得特别重，生怕身边的亦可和不远处的董梁听不到。

把要带到学校去的吃的喝的穿的用的都整理好，梅亦可和董梁就准备返校了。出门前，梅母跟亦可叮嘱说："今天起你满十八岁了，是成年人了，要学会对自己负责了。"

亦可故意撒着娇地问母亲："您舍得把管我的权利交还给我吗？"

"你别老嫌我管你，总有一天你会体会到，能有妈妈管着你，是你的福分。我小时候，你的外公外婆忙着做生意，把我交给奶妈和保姆管；后来念书了，又被送去上寄宿学校；我特别羡慕那些总有爹妈来管着的孩子，哪怕是被父母打骂，都是一种幸福……"

梅母说完，又冲董梁说："你们这些年轻人，有才华，也有理想，就是太年轻了，相当的自以为是。我希望你跟亦可能够互相监督，互相提醒。亦可从小到大，各方面都很努力，很出色，这你是看到的。应该说，作为学生，她比绝大多数同龄人都优秀得多——当然，也包括你。你要承认，你是不如她的。我们家以前在武汉是望族，亦可的外公外婆都是老汉口的资本家。虽然这些经历给我们带来了不少磨难，但从亦可身上你可以看到，见惯了大世面的家族养出来的孩子就是和其他人家不一样。我们家几代人起起伏伏，希望都寄托在了亦可身上……"

董梁点头。

梅母又说："我欢迎你来我们家，把你当成自己的孩子。我们为你所做的一切都是因为我们爱亦可，这一点你不会不清楚，对吧？"

董梁再次点头。

从梅家所在的中学校园里走出来，董梁长舒一口气。他跟亦可说道："到你家来，就跟进了渣滓洞的提审室似的。别人是喜欢忆苦思甜，你妈倒好，张口闭口都是炫耀，你们祖孙三代都是了不起的大人物……她嘴里说的那些话，就像熊熊燃烧的傲慢的火焰，能把人烧得片甲不留……"

赶回到学校，就是晚饭时间了。校广播台这天晚间节目开播的第一首歌是郑智化的《生日快乐》，播放时正好是董梁在亦可的寝室里跟大家一起分食着干豆角烧肉：

生日快乐
祝你生日快乐
握着我的手
跟你一起唱这首生日快乐歌
有生的日子天天快乐
……

紧跟着，音乐慢慢淡出，广播中出现了一个亦可熟悉的声音——

"今天是我女朋友、中文系89级学生梅亦可的生日，今天她十八岁了，我为她点播了这首别人唱的《生日快乐》。我还想送给她一首诗，我自己写的。我想跟她说——无论是借用别人的歌声，还是抒发我自己的诗句，我只有一个心愿，就是想让你知道，我是真心地祝福你的生日，祝福你的人生，梅亦可，每一刻。

下面就是我为她写的诗——

很久。很久以来
我在寻找一双手

我突然从冰雪的额头滑下来
注目于一双来自花朵之上的手

我握住它，我轻轻地
坚实地果敢地，握住它

我们的手牵在一起

我知道，有一种易碎的东西
被我们紧紧握住
我们的手一松
它就会落地粉碎

这
就是爱情啊

亦可听到广播时惊讶得整个人都定住了。董梁当着梅亦可一寝室的人说道："亦可，有生的日子天天快乐，我会陪你一起过。"

"过多久？"亦可问。

"当然是一辈子啊！"董梁不假思索地回答。

就在梅亦可她们整个寝室都被这惊天动地的广播以及突如其来的表白弄得一惊一乍时，中文系的政工老师金展旗逐个敲门通知说，晚上7点钟，全系女生都到宿舍顶楼天台集中，要集体点名和政治学习。

晚上七点钟的天台政治学习内容，让中文系的所有女生始料不及，主题是学校对某位在籍学生的处分文件通告。金老师借着走廊里的灯光逐字逐句地宣读着文件内容：法学院三年级学生赵希希，跟一个有妇之夫发生了不正当的两性关系，经核实，学校给予她开除留校察看的处分。让女生们特别讶异的是，这份文件中，详细介绍了赵希希和那个有妇之夫一同旅游了多少次，在这期间发生了性关系多少次，又在哪里租房非法同居，期间发生了性关系多少次……

在亦可的认知里，但凡红头文件，应该都是号召、指引或者宣言，而这份被金老师抑扬顿挫地宣读着的文字中，充斥着的竟是"非法同居""有妇之夫""发生性关系"这样的表述。刚过完十八岁生日的梅亦可的道德空间中，一下子塞进这么多的高阶词汇，她有些难于接受。是羞耻吗？也许吧。不要说文件所涉及的当事人了，就是她这样一个被动的听众，听到汉字以这种排列组合在大庭广众下公布出来，也有一种莫名的羞耻感。亦可无法想象这个赵希希是受了什么样的诱惑才做出这样的举动，她更无法想象，一个跟自己同住在桂苑宿舍里的女生，怎么可以坦然跟人交流与核实自己"发生性关系"的次数……能考取珞大的学生，都应该是有教养的，即便抛开了教养不说，生而为女人，也该有廉耻；在这个赵希希的世界观里，是什么样的教养与廉耻在主导？还有，金老师这么着急地把全系所有女生召集整齐就是为了宣读这样一些具体到极易产生丰富联想的文字，这是满足猎奇？还是为了警示？或者，还有什么更深层次的启迪？

梅亦可在听金老师铿锵有力的朗读的同时，也悄悄像个旁观者一样四下观望。她注意到这位看起来一身正气的政工教员，穿了条极为紧绷的洗水帆布的牛仔阔腿裤，那种紧身程度所体现出来的时髦感，和政治思想品德老师应具备的谨慎态度有着巨大的反差。高年级女生中有人小声议论说，金老师最近刚去过香港，在教研室跟其他老师聊天时言必谈"跟香港比起来"，或者"不去香港你不会知道"——要知道，1989年的香港还是没归还给中国的"大英帝国"殖民地，那也是盛产资产阶级自由化的地方。

金老师宣读完文件后总结说："我们中文系的插班生比较多，构成也很复杂，他们不像你们应届本科生这样单纯，希望你们眼睛擦亮点……有些话我点到为止，前车之鉴已经在这里了。"听到这里，梅亦可看了一眼宋微，宋微正用三个手指在旋转着一只圆珠笔，看起来心不在焉的样子。

金老师问大家，你们还有什么想说想问的吗？——这是活动结束前的预告，女生们都心领神会，没人接茬。

回到寝室后，亦可问宋微："你说，这个赵希希就住在我们这栋宿舍里吗？"

"应该是吧……法学院的女生都住这楼里。我们这栋楼也是个盘丝洞啊，什么妖精都能装进来。"宋微道。

"她以后还怎么在学校里待啊。"亦可显然比宋微考虑的问题要严肃得多。

"轮不到你来操心吧。敢做就要敢当呗。"

"我估计她一开始也没想到会有这样严重的后果。"亦可继续猜度说。

"敢当妖精的，就不怕被人当成鬼。"宋微语气坚定，对赵希希没有一点同情。

"你说，她干吗要跟人非法同居啊？"亦可又问。

"同居可不都是非法的吗？合法的同居不就是结婚了吗？"宋微答。

"搞不懂……又不是宣扬什么真善美，让我们学这个有什么意义啊？"亦可再问。

"杀鸡给猴看呗。"

"要是猴不看呢？"亦可不经心地反问。

"——那就杀猴啊！这还有什么好说的！"宋微脱口而出。

"当我们都是猴吗？"亦可接着问。

"你以为你不是？"宋微有些不屑地反问道，说完拍拍亦可的肩膀。

半夜，窗外突然下起了雨。深秋的武汉，暴雨是说来就来的，挟裹着狂风，一阵阵撕扯着宿舍的木框窗户。睡在窗边的亦可被雨声惊醒，赶紧从上铺跳下来，把寝室的几扇窗户全都关上，紧紧地插上扣栓。爬回床上前，她看到下铺蚊帐里的宋微依然戴着耳机，举着电筒在看书。她隔着蚊帐问，看谁的书啊？宋微的耳朵被堵住了，没听到。亦可也不坚持，借着电筒打出的微光，透过有些发黄的老麻布蚊帐看宋微夜读的剪影，感觉她像极了油画中的样子，再配上耳边雨敲窗棂的击打声，觉得正是暴雨衬出了眼前的安宁。

14

"插班生"制度在中国 80 年代是以珞大为旗帜的，简单来说，就是一群有大专同等学力（不是"学历"）的在职人员，通过校内自主招考后，直接插入本科生三年级的全日制课程中，再完成两年的学习，即可获得教育部颁发的正式本科学历和学士学位。相对于理科生"同等学力"的严苛要求，文科专业，尤其是中文系、新闻系的量化标准就比较宽泛了。于佳迅这类发表过一些铅字作品的非著名作家，摇身一变都成了"插班生"。

插班生跟其他应届生一样住在六人间的宿舍中，鉴于大多数插班生都结婚成家了，学校对他们的考勤和作息就没有严格的要求。这样一来，六人间的寝室常常会成为插班生们的钟点房，如果其中某位有什么需要，就跟其他室友打个招呼，说个时间段。金秋十月的最后一个礼拜天，于佳迅跟其他室友们打了招呼后，他把宋微带到了属于他的"钟点房"。

甜言蜜语的铺垫、耳鬓厮磨的拥吻之后，于佳迅拉着宋微坐到了床边。

继续拥吻，他抱着她倒到了床上。

他亲她，把手伸进她的衣服试探，然后开始解她的衣扣。

宋微被他压在身下的那一刻，问道："你们寝室的人呢？"

答曰："亲爱的，你放心好了，他们不会来打扰我们的。"

"要是有人来敲门呢？"

"不开门不应声就行了，只当是屋子里没人的。"于佳迅说，说完又补充道，"只要我们动静小点儿，不把这里搞得像个风化区就行。"他边说边开始解自己的皮带。

那一刻，宋微又问："你想干吗？"

他以为她是在试探，或者配合气氛的迎合，于是边吻边说："你说呢？还能干吗？干你啊！"

面对挑逗和挑衅，宋微并没有制止，在于佳迅看来，那就是接纳了。他大概也见多了十几岁的女孩子在所谓爱的引诱下的无助与顺从，想当然地把宋微提前列入到他的战利品之中。在他看来，这个来自东北小城的女生，世面肯定见得不多；人长得又不是特别的漂亮惊艳，遇到的诱惑自然不多；他送她的礼物她照单全收，看起来是来者不拒；最关键的是她年纪小啊，一个十几岁的女孩子如何是他这种阅人无数的情场高手的对手？

他的手开始往她的下半身逡巡。唇依然黏在她的嘴上，既是温存，又能阻挡住她企图用言辞表达出来的拒绝。她把脸移开了几厘米，正好把嘴的空间留出来说话。她问他，"你爱我吗？"

他答："宝贝儿，你说呢？"

宋微没有这方面的历练，但也不至于平生中第一次被男人称呼成"宝贝儿"就乱了方寸。她坚持着自己的问题，再问："我就是要问你啊。"

他有点不耐烦了，答曰，当然了。

她又问，当然什么呢？

他答，宝贝儿，我的小祖宗，当然爱啊。

她追问："爱什么？"

他有些焦灼了，说："别玩语言游戏了好吗，宝贝儿，别说话了……"

她说，可是……可是我就是喜欢跟你说话啊。

"好吧，你说吧……"说完，他要扯她的裤子了。

宋微知道有些事情如果再不制止就无法阻挡它们的发生了。她知道再不踩急刹自己就完蛋了。宋微的脑子转得飞快，也许，那一刻她的脑子就是一片空白——不管是什么状态呈现出来。在那种场景下，她突然冷静且平静地问道："问你一个事儿——你……你想给我多少钱？"

他一惊，停了下来，瞪大了眼睛看着她。

宋微顿了顿，又说了一遍："我想知道，你想给我多少钱？"

他从她身上爬起来，坐到床边，点了一根烟，抽烟的手有点抖。

屋子里异常安静，安静得就像屋子没有人气。她当他是空气，他也是。

她撑起身，把衣服整理好，看了他一眼。而他，竟然是连头都没有抬一下的。也许是不敢，也许是不屑。宋微想，管他呢，就这样了。自己为什么会说出这样的话？心里真的这样想过吗？应该不是。她不爱钱。真正爱钱的人不会在这种场景下谈钱。那她用这样的方式来拒绝？任何急中生智都应该有生活基础啊，我的基础在哪里？——宋微不懂。记得有哲学家说过，我们能遇到的最好的和最坏的人，都是我们自己。这次，宋微是见到了。

她再次检查了自己的衣服，穿好鞋，打开房门走出去。她不回头——已经回不了头了。她不知道这算不算是自己的初恋。她想，自己还是喜欢过这个男人的吧，这么挺拔，这么好看，和他一起走在路上，那些片段很温暖。但他不会属于我的，那么，他和我，彼此都是有限的付出。我这样做，没什么不好吧？

她从他的寝室出来，慢慢地、一级级地走在男生宿舍的阶梯上，把布鞋穿成了拖鞋，拖拖沓沓的。周围的空气很重，全都压在胸口。

她问自己，要是他现在追出来了喊我，我该怎么办？

一个声音回答说，那就停下来，跟他走。

她又自问，你知道回到那个房间会发生什么吗？

那个声音又答道，不管会发生什么，只要他喊我，我就回去。

于是，心里的两种声音合成了一份期待，我慢点走，你快点来啊，你追出来啊！你快赶过来喊住我啊！

一切都没有发生。走出男生宿舍大门的那一刻，她想到了一个问题——他会怎么看我呢？

答案是什么并不重要，宋微跟自己说。但是，心里有另一个声音站出来反驳道，我是在乎的，我在乎他会怎么看我！他一定以为我是个只爱物质的女孩子，不是这样的；不爱物质的女孩子有多可怕他知道吗，她要的东西是他给不起的他明白吗？

宋微回到寝室后就把自己关进了蚊帐，晚上，木然地跟全系女生一起参加金老师召集的政治学习。等到整栋宿舍楼都熄灯后，她爬到上铺亦可的蚊帐里，轻声说道："我……可能失恋了。"

言语虽轻，但梅亦可听清了每个字。"你们吹啦？不是开玩笑吧？"她问。

"真的……没戏了。"

亦可又问："他把你踹了？"

"不是……他没甩我，就是我们不合适。"

"他都跟你分手了，你还帮这个人渣说话！"亦可有点义愤填膺。

"也没明说分手。"宋微解释说，"就是我觉得没可能再继续下去了……今天他想跟我那个什么，被我拒绝了……"

"他把你怎么了？"亦可追问道。

看亦可那真诚而又有些犯傻的神情，宋微突然有种想笑的冲动。她说："没什么……他能把我怎么样啊？我这么一副百毒不侵的德行，兵来将挡，水来土掩。就是觉得他太轻浮了，我不喜欢。"

"轻浮"——这个词恰到好处，同时在亦可心里也盖了个戳。

"我突然又想到了那个赵希希的事情。"亦可说。

"没人希望自己落得她那种下场。"宋微道。她还有后半句没有说出来——要是我今天白天没躲过那一劫，没准我就是下一个赵希希了吧。

那晚上她们聊了很久后,宋微才回到自己的下铺。等到后来梅亦可被暴雨惊醒起床关窗时,已是下半夜时分。宋微失眠了,打着手电筒继续读着她从图书馆借回来的三毛作品集。三毛的文字总围绕着她和荷西的生活,那些在沙漠中点燃的人间烟火,被她描绘得如焰火般华丽而浪漫。

第二天一早,天是明亮晴朗的,地面上竟然连被雨水打湿过的痕迹都没有。学生们如常背着书包出门了,或去教室上课,或去图书馆自习。宋微的书包鼓鼓囊囊的,她径直去了中文系系办。在系办门口的信箱中,她往88级插班生的那个抽屉中塞进了一个厚厚的包裹。包裹上的收件人是于佳迅,里面装着他送给宋微的所有礼物。

15

巴黎在东一区,比在东八区的北京要晚七个小时,所以,在巴黎吃完早餐后出发的苏淮,经历了十个小时的飞行后落地北京,还能赶上午餐。下了飞机,走出海关,一下子就在等候人群中看到了有人举着写有"苏淮教授"字样的欢迎牌。这是水木大学的专用迎宾板,在自己名字正上方的水木大学校徽让苏淮感觉亲切而骄傲。他这么一个珞大的本科毕业生,在三十岁不到能成为水木大学的教授,说是荣耀也不过分。

校办主任到机场亲自为苏淮接机,校党委副书记在校园内的"水木园"贵宾厅设宴接风。起飞前,苏淮还是巴黎的实验室里埋头做研究的技术人员,落地后,他就成了中国的顶级学府以最具中国特色的最高级别来接待的座上宾。

对于苏淮这种"特殊人才"的安排是自上而下的,所以,职称、职务、待遇、住所,只要文件下达了,各部门的配合执行落地生效。但是,对应的实验室、课程安排、研究生培养计划,牵涉到许多具体细节,还要逐步落实。接风宴上,校领导跟苏淮说,您先适应一下国内的生活状态,如果想在北京走走看看,了解一下您离开的这些年祖国的发展变化,就让校办跟司机班安排派车。

苏淮大老远地从巴黎跑回来,自然想大展一番宏图,哪里愿意像个海外观光客般游山玩水?他回复领导说,我闲不住,首都的风景以后慢慢找时间来看,您还是尽快给我安排工作吧。

就这样,苏淮开始了"尽快"的工作——回国第三天,水木大学在学校大礼堂里正好有一次全校范围内的青年教师思想政治教育专题课,除了青年教师、学校里所有正副职的党务人员都要求参加。专题活动中,苏淮作为主讲嘉宾之一,被安排坐在紧挨着校党委书记的右边座位。

苏淮的发言被安排在最后一个。开场和压轴,都是重头戏。苏淮的主题是:"志存无限高远 植根祖国大地",他说:

"在我很小的时候,听过这么一个希腊神话故事:有个叫安泰的大力士,力大无穷,百战不殆。很多被他打败的人心有不甘,就总想找到他的弱点,打赢他。敌人观察了很久,终于发现了一个秘密,原来,大地是安泰的母亲,也是他无穷无尽的力量之源;只要站在大地之上,他就永远立于不败之地。

"这个故事对我的影响特别大。小时候,我希望自己能成为安泰那样的勇士;后来,我读懂这个故事的真正含义,没有大地母亲的滋养，就没有安泰的奇迹。

"我是八十年代的第一年出国的，在八十年代的最后一年，我回来了。今天，站在水木园的土地上，带着对这个校园和诸多前辈的景仰之情，呼吸着祖国的空气，面对着这么多优秀的同龄人，用自己的母语来抒发心意。我深切地体会到了'热血沸腾'这个词语的真实内涵。对于祖国，好像我从来没有走远，又好像在我离开的这九年的时间中，每时每刻，都在准备着回来。

"感谢祖国对我的栽培和器重，感谢学校的领导对我寄予的信任和厚望，让我得以带着这些年来的所学所悟、所思所得，来到水木大学工作。水木园从来就是人才辈出的摇篮，无数'学术大师''兴业英才''治国栋梁'从这里诞生。今天，校领导安排我上台来给大家来汇报交流，心底里，是有些胆怯的，受之有愧。我应该是坐在你们队列的一分子，于我而言，更需要的是聆听你们的故事，倾听你们的声音。

"今天给大家的汇报有两个主题，前面一个是'志存无限高远'，这是我用来向今天与会的各位老师们致敬的；后面一个是'植根祖国大地'，这是我的心声、我的姿态和我从今以后的全部人生指向。我是学物理的，遣词造句不是我的强项，如果有些地方词不达意，希望老师们海涵，也希望你们多提携、指教和帮助我。"

苏淮的演讲内容赢得了台下热烈的掌声，那些掌声让苏淮能产生一种错觉，好像自己真是一个不可多得、众人拥戴的杰出人才。

会议结束后，苏淮准备回他住的专家公寓，有人喊着"苏教授"追了过来。苏淮停下，两名学生跑上前自我介绍说，他们是校刊记者，想预约做个专访。

苏淮不想让学生扫兴，也不愿再找专门的时间来面对这样的事情，他盘算着大概就是几句话的事吧，于是笑着回应说："要不，就现在？"

学生一边点头说好，一边拿出了本子和笔，开始了提问："请问，是什么促成您决定放弃国外优厚的待遇而回国的呢？"

千篇一律的问题，苏淮心里想着，但他还是带着礼貌的笑容回答道："其实，九年前我登上飞机离开祖国时，并没有想过自己一走，会走这么多年。我从未想过要留在国外，所以，做出回国的这个决定，不需要决心，不需要勇气，更不需要什么理由。"

苏淮的回答简明扼要，等待下一个提问。两个学生相视而望，好像都在期待对方说些什么，苏淮看出了学生的紧张和缺乏准备，问道："你们想好了怎么来写吗？"

学生眼神中带着歉意地摇摇头。

"咱们学校里有许多值得大书特书的先进典型，我初来乍到，成就也很有限，你们就别写我了吧？"

"那怎么行……苏教授，您太谦虚了……"

"要不，你们给我几年时间，等我做出点成果来再写？"苏淮委婉地推辞道。

"那不行，再过几年您有更大成就了，您的时间就更紧张了，我们可能就没有机会再约到您了。"到底是水木大学的学生，冷场之后圆场的话，张口就来，"苏教授，就麻烦您跟我们校刊的读者说点什么吧……"

苏淮想了想，说道："十年前，我还是一名在校大学生，举国上下都在响应水木大学的同学们发起的'从我做起，从现在做起，为社会主义现代化建设多作贡献'的口号。这口号放在今天依然是新时期知识分子的时代号角，我们就以此共勉吧……"

说完，苏淮跟两位学生握手道别，但他在脑海里重复着自己刚说的话——"从我做起，从现在做起，为社会主义现代化建设多作贡献"——这才意识到，即兴就能背诵出这句流淌了十年的老话，意味着语句中所表达的，原本就是他灵魂深处的声音。

大概也正因为如此，接下来校领导跟苏淮约谈，问他是否愿意接受系党总支副书记的兼职工作时，他毫不犹豫地就接受了。

这是我想要的吗？起初，苏淮这样问过自己，但是，他很快又说服了自己——送我出国是祖国建设的需要，让我回国同样是国家发展的需要，不要纠结于你想要什么，你要做的，就是服从组织的需要。他甚至这样说服着自己，从实验室走出来的，绝大部分都成为了优秀的科学家，但祖国建设也需要有人为培养科学家、管理科学家和引导科学家来服务。如果我放弃了自己成为顶级科学家的未来，却是更好地造福于祖国的科研事业，同样是我对祖国的回报，这样的贡献，甚至比当科学家更有意义。那位来自台湾的唐先生曾说，他看好苏淮将会是教育管理领域里的"懂行的参与者、执行者和倾听者"——许多年来，这句话无形中就给苏淮的职业定了位。

1989年冬天的苏淮，刚告别了易瑾，就马上投身到政教工作中，这样的生活节奏下，他是忙碌且自律的。起初，他每天都跟易瑾写信，写日记一般或长或短，等到积攒了一个星期后，就把厚厚的信件从邮局里寄出去。那时连苏淮自己都以为，"日色变得慢，车、马、邮件都慢，一生只够爱一个人……"

他在信里跟易瑾写道：

前几个月，我坚定地想回国，那时，我把回国当成了终点。回到国内了，我才意识到，一切才刚刚开始……

你回到学术圈了，而我却变得没有时间花在研究上了，从科研转型做党务，有时候我也很茫然无措。我是一个学习性极强的人，适应力也强，但让我快三十岁时又重新涉足到一门新的领域，我也怕自己会有闪失，或者，力不从心。你知道的，我不想输，也输不起。

人生就像从千头万绪中找出属于你的那根丝线，有时候也困惑着——我现在使劲的方向，是在打结，还是在解结。

这是不是也是一种围城，城里城外的人，一边无限展开人生畅想，一边又用有限的生命来做着身不由己的事情……

易瑾在回信里说：

又回到了书信的世界里，就像我们恋爱时那样。我们真是活在围城状态中，进去了想出来，出来了又怀念在里面的日子。

别太委屈自己了，如果实在不习惯，你就回来吧，导师随时都欢迎你。

更重要的是，我在这里，等着你。

苏淮又写道："回不去了，我们都是成年人，要对自己的选择负责。"

易瑾回信说："我们要是有个孩子就好了……"

苏淮无奈地回复道:"也许是老天爷觉得我们还没准备好去做父母吧……"

16

又到了星期六。这一次,董梁跟梅亦可说,他就不跟她一起回家了,在自己的寝室里睡觉还是比睡在别人的床上要舒服些,礼拜天早上他会起早床,赶到汉口去找她。他把亦可送到校门口的公共汽车站,临别时说:"我们别老窝在家里了,在你家,我感觉每分钟都被你妈监视着,很恐怖。明天早上我去你家约上你,然后我们去逛逛街吧。"

就这样,星期天早上,亦可跟董梁去了江汉路。他俩一起挤公共汽车,一起逛街轧马路,一起在街边的零食铺子上买小吃。她挽着他的手,他会冷不丁地亲一下她的脸庞。望着沿街的小摊小贩小铺面,董梁问,在你们武汉人看来,这里最好的商店是哪一家?

亦可没有多想,直接就说:"中心百货、六渡桥百货公司,或者工艺美术大楼……这些店里的东西都比较贵啊……你要买什么呀?"

"我……我想给你买件礼物。"董梁顿了一下,道出实情。本来想给亦可一个惊喜,年轻人的心思,还是没藏住。他坚持把亦可说的这三家百货公司的女装部逛了个遍,最后在工艺美术大楼里选中了一双平底、有袢扣的猪皮皮鞋,花了五十五块钱。

董梁付完钱之后,就让亦可脱下脚上穿的鞋子,直接换上新鞋。

亦可摇头说:"那哪行啊。这么贵的新鞋子,哪能随随便便就穿上?"

董梁惊讶地看着亦可,他不相信这个出生在大城市、祖辈是资本家的女孩子,居然从来没有穿过价值五十五块钱的皮鞋。

"我妈说,很多人过日子,穿衣服是'新三年,旧三年,缝缝补补又三年',她把我打扮得干干净净、整整齐齐,让我不穿打补丁的衣裳,这就不错了。新衣服新鞋子,要有重要的节庆才能穿。我从来没穿过这么贵的鞋子。我妈总说,我一直还在长身体,所以没必要给我买特别好的衣服鞋子,穿不了两年就会嫌小了,那就是浪费……"

"你外公外婆不是很有钱的吗?"董梁问。

"文革时都充公了啊……我外婆还因为被红卫兵抄家抄出了古董字画,给剃了阴阳头游街示众……估计是有了心理阴影吧,我妈就是那种谈到钱就害怕、拼命把自己过得特别朴素的人……你别以为她见人就显摆,她跟你说那些事还真是因为跟你不见外呢……

"我妈一直教育我说,外公外婆带给我们家的财富和磨难两抵了,到她这一辈,她和我爸都是最普通的知识分子,他们能做的,就是尽他们的努力让我得到最好的教育,为我创造最好的机会。除此之外,就要看我自己的造化了。"

"从今以后,我就是你的造化。"董梁肯定地说道。

星期一早上返校后,89级的通讯员就到女生寝室送来口信,程书记要梅亦可去系办开个会。虽然程寇是中文系党总支的副书记,但在学生们的称谓中,都省掉了"副"字,既是简化,更是敬畏和尊重。直觉告诉梅亦可,这应该和她入党有关。亦可一路小跑,见到程书记时,脸涨得通红,还有些上气不接下气。

程书记开门见山说:"组织上安排我做你的入党介绍人。"

亦可紧张起来。她知道这件事迟早会发生,但是突然就面对了,还是有些措手不及。

"我们发展学生党员的宗旨是成熟一个,发展一个。既不会因为你们年少就忽视你们追求进步的热情,也不会迫于任何压力来鼓动学生中的积极分子火线入党。"程书记继续说道,"我看了你的入党申请书,激情昂扬,立场坚定;文笔优美、字也写得漂亮。现在,我正式作为你的入党介绍人,想了解你的入党动机。说说你的心里话吧。"

亦可的脑子飞速运转,从党章到反和平演变的理论课学习,还有这两个多月来被掰开了、揉碎了、嚼烂了的那些政治分析逻辑……这些她早就倒背如流,但是,程书记要求讲"心里话"……怎么办?亦可犹豫了一下,做了个深呼吸。以前的讲话稿、发言材料,都有母亲事先把关。现在,母亲不在旁边,得要自己来做决定了。她想到母亲前几天说的那句话了——"你别老嫌我管你,总有一天,你会体会到,能有妈妈管着你,是你的福分"——没想到,这一天来得这样的快。

定了定神,梅亦可立刻进入了状态。

"程书记,您要我谈谈心里话,迫切地渴望加入中国共产党就是我的心里话。我生在红旗下,长在新中国,当我会唱儿歌的时候,就学着跟大人们一起哼唱《没有共产党,就没有新中国》。上小学,我是全年级第一批戴上红领巾的,那时就觉得特别的光荣,因为我们是共产主义事业的接班人。上中学后,我又是全年级第一批戴上团徽的,我很自豪,自己成为了共产主义青年团的一员。作为一名学生,能够第一批入队,第一批入团,这些都是三好学生、四有新人的证明,我渴望沿着这样的轨迹成长成熟,通过自己的不断努力,得到组织上的肯定,也得到更多为人民服务、为党服务的机会……"

听着亦可的表述,程书记不时地点头,既表明他一直倾听,也是对讲述内容的肯定。

"我们都知道你很优秀,在89级学生中,你的各方面表现都很突出。我们总说,中文系学生要实现'三个一',就是一手好字、一手好文章和一副好口才。你都达标了。"等梅亦可说完,程书记评价道,"但我还是想提醒你,加入中国共产党,这是极其严肃的人生大事,不是让你写一篇命题作文或者搞一场专题演讲。我们在发展学生党员的时候尤其慎重,就是担心你们年轻人一时冲动。我们需要对党的组织原则负责,对我们党的未来负责,对你们负责。所以,我必须要很严肃认真地问你——你,准备好了吗?"

"是!"亦可的回答斩钉截铁,"如果我能加入中国共产党,我一定会对党忠诚,积极工作,为共产主义奋斗终生,随时准备为党和人民牺牲一切!"紧接着,亦可把入党誓词背诵了出来。在这样的情境和氛围中,以这样的口气,说这样的语句,再恰当不过。

"关于你入党前的组织谈话就到这里,我会把我的看法写在我的推荐意见里。如果没有什么意外,接下来会履行组织流程,你将会有一年的预备考验期……我在这里就提前说一句,梅亦可同志,我代表党组织,真诚地欢迎你!"

听到程书记的话，亦可紧绷着的神经终于放下了，重要的是，结尾竟然是被书记称呼为"同志"！"同志"这两个字第一次跟自己的名字连在一起，那一刻，亦可真的激动得想哭。程书记伸出手来，握住了亦可的右手——握手是社交生活中最能传达温度感的一种仪式。亦可非常明白，这次握手，将引领她登上一个新的人生阶梯。

"还有件重要的事情要通知你：省教委要组织一个全省大学生的坚持四项基本原则、反对资产阶级自由化的表彰汇报大会。校党委和学工部、校团委讨论后，一致决定派你代表我们学校参加这次表彰汇报活动。你要好好准备，把我们中文系的优良传统和新时期风貌都展现出来。"程书记平静地说，"我知道你能胜任……不过，作为长辈和比你早二十年毕业的师兄，我说句题外话，所有年少成名的孩子，一定要戒骄戒躁，谨慎做人。"

"程书记，我一定会牢记您的教诲！"亦可边说边鞠了个躬，"您是我的长辈，更是我的恩师。我一定会听您的话，不辜负您的厚望。"

亦可起身告辞，临别时，程书记问道："我听说，你跟88级的董梁在谈恋爱？"

这问题可把亦可给问住了——她一时猜不出程书记的意图，也搞不清楚书记的立场；因此，找不出合适的回答。她试探性地反问了一句，道："您的意思是——？"

"你别紧张，我听到有同学和老师这么议论着，想跟你证实一下……我不干涉你们年轻人。只要你们好学上进，身心健康，我们当老师的都为你们高兴。"程书记看到亦可有些惊慌的神情，轻言细语道，"我们都知道，董梁很有才华，但你跟他不一样，你是被寄予厚望的……适当的时候，还是要注意点影响。"

最后这句，书记显然是话中有话。亦可有些紧张，但不敢深想，她的小心脏里装不下太多的心事。

告别程书记，梅亦可第一时间就直奔董梁的寝室。在桂苑男生宿舍的楼梯上，她遇到了石川。他问，来找董梁？

她在楼梯口站住，停顿了一下。

她没有直接回答，只是问："你去上课啊？上什么课呀？"

石川也明白，她并不在乎他的回答。他就不回答了，冲她笑笑，准备径直下楼。

亦可说："我想告诉你……我入党了。"

"那，很不简单呢……恭喜你啊！"

"谢谢！"

说完，两个人在楼梯上各奔东西。

从寝室叫出董梁，两个人同下楼梯的时候，亦可说："今天找你，是因为有喜事，我们加餐去吧！吃点好的，到食堂点'小炒'去！"

董梁道："真要是打牙祭的话，我们就到校门外的小四川饭馆呗。"

亦可说："行啊，你稍等我一下，我到寝室去取钱！"

董梁问："不是开玩笑啊？你真打算破费啊？"

亦可得意地仰着头回答："那是，本小姐喜逢人生第二大喜事，一定要隆重庆祝！"

"第二大？……第一大是什么？"

"第一大喜事，是我'从'了你呗！"

校门口的这家名为"小四川"的小馆子，对于1989年的珞大学生来说，简直就是御膳房，除了毕业生的散伙饭之外，只有和家人团聚、有特大喜讯、或者巴结老

288

师的时候，才会踏脚进去。梅亦可和董梁在馆子里坐了下来。董梁点菜，他拿着那张手写的包括了全部菜谱的牛皮纸看了半天，最终点了一菜一汤、两碗米饭，菜是锅巴肉片，汤是白菜肉丸汤。等着上菜的时候，梅亦可顺手拿起桌子上用来写菜下单的纸笔，在上面写了一行字：

"你是年少的欢喜。"

写完后，她递给董梁看。他看后笑笑说，有那么点儿诗味儿。亦可没告诉他，这句话若是倒过来读，也是一样的意思。

在梅亦可的印象中，那天的锅巴肉片不仅色香味俱全，还带着音响效果。厨师把肉炒好之后，垫在碗底，再把锅巴摆在面上，端到饭桌上来；然后，在亦可和董梁的注视下，把一锅烧得滚烫的花椒红油淋在了菜上，锅巴当即噼啪作响，还有些米泡花儿和小花椒壳儿奔腾着跳了起来，看起来就极其欢快喜悦的样子。

那天，他们去"小四川"饭馆加餐本来是为了庆祝梅亦可入党，结果，这个主题在儿女情长的铺垫下，被亦可选择性地隐藏了起来。就像她自己说的，这是她的"第二大喜事"，当她和董梁在一起时，什么都退居其次了，甚至，当她看到董梁大口吃肉的样子，她觉得，这个时候说自己入党，是不是有点不太合适？董梁之前不是还转述过、有人嘲笑她这种红得发紫的标兵是"婊"兵吗？这样想着，她把喜讯变成了秘密。董梁开始还追问到底有什么喜事，问了两遍，亦可都没回答，他也就不问了。他以为这就是亦可的一个小伎俩，一个刚满十八岁的女孩子，用"喜事"这种借口来跟男朋友撒个娇，不很正常吗？加上头一天董梁刚刚把手头的一个月的生活费拿出来给亦可买了双新鞋，这顿"大餐"完全可以理解成是他俩之间的相互示好与示爱了。

那天，他俩吃完了锅巴肉片里的所有固体物，连里面的大葱大蒜都没有放过；也喝完了肉丸子汤的最后一滴汤汁，汤碗干净得就像没盛过菜一样。董梁喝完了一瓶啤酒后，梅亦可帮他又叫了两瓶。结账时，亦可看到账单上三瓶啤酒的价钱，感动于自己的慷慨，就像头一天里感动于董梁对自己的大方一样。她记得母亲的教导，所有的人情都要记住，适当的时候都要归还；只有"来得去得"的情谊，才有自尊，才会长久。她把爱情里的受与施，也归在了这一类。得到了宠爱，她首先想到的不是自己值得，而是如何报答。她甚至想到了一个词——"贤妻良母"——在那个年纪上，她觉得自己所做的一切，就是在靠近这个词的境界。这是她想给和能给他的回报和未来。几个小时前，程书记传达给她的喜讯，以及临别前给她的忠告，都被董梁带给她的这种"贤妻良母"般的联想给覆盖了。

那天，脸上泛着微醺的粉红的董梁，搂着陶醉在自己的幸福感中的梅亦可，又去到了化学楼底层楼梯口的那个在夜晚不会有人经过的隔空层。像是为了证明一场赌局的胜负，又像是迎接一场早应来临的胜利，更像是一种青春必经的洗礼，这两个带着书包的大学生，在那个忽明忽暗、有蜘蛛网悬挂、有硕鼠在身边逃窜的空间里，纠缠着，交与了对方。亦可不是被迫的，但她是被动的。她惊讶于他的熟练与激情。她始终像个好奇的学生一样观察着他的一举一动，甚至从一开始就默数着时间，计算着会在什么时点，以什么状态结束。

梅亦可看到把自己挤压到墙角的那个年轻的会呼吸的马达身体终于安静了下来，迅速地整理好了自己的衣装和头发。她甚至忘记了是不是该看看有没有血痕，或者表达一下自己的疼痛。在她记忆里，她和他的每一次，就像这次真正的深入的关系的开始一样——她既不快乐，也不痛苦。那就是一种仪式，证明一种关系和一种存在的仪式：证明了心心相印，证明了你中有我，证明了你占有我。

那天夜晚，在从化学楼回到桂苑宿舍的路上，她问他，"你爱我吗？"

而他反问她，你会背叛我吗？

她说："你知道我的回答。我把我能给的，都给了你。"

"是啊，如果你跟我都这样了，你还背叛我，那你就成了别人眼里的破鞋了。"董梁这么说的本意，是想以此表示他对她的所有权——他喜欢的东西，害怕给别人抢了去，于是他就像个孩子似的用了最简单的办法，说，这不是个好东西，你们别要了……

董梁脱口而出"破鞋"这个词，让亦可很是吃惊。她突然就想到了"赵希希"这个名字。在她的意识里，"破鞋"是应该扣在赵希希这样的女生头上的，是那种不知廉耻、乱搞男女关系的女人才会戴上的帽子，怎么会和自己扯上关联呢？

我是谁啊？今天程书记还说过，我是代表路大风貌的优秀学生，怎么会成为别人眼里的破鞋了呢？而且，说这话的人是董梁，是我愿意为他成为贤妻良母的对象，是我把自己的未来和身体都一并交付的男人，他怎么可以说我是"破鞋"呢？

你送了一双新鞋子给我，如果我珍惜你，那就是美好的爱情，如果我离开你，那就是破鞋……这是董梁希望亦可去领悟的逻辑吗？

正因为"破鞋"这两字是如此的提神醒脑且便于记忆，以至于后来每次看到董梁求欢的神情，梅亦可似乎都能从他的眼神中读到那两个字——是的，"破鞋"。无论是接受还是拒绝，她都是不快乐的，她无法让自己的注意力回到人的本能之中；对亦可而言，她意识深处的本能就是，我让你进入了我的身体，我把自己变成了一双破鞋。

17

在书法选修课堂上，梅亦可理所当然地又遇到了石川。修这门课的学生不多，教务处就把授课地点安排在那种摆放着十来张扶手椅的小教室。石川到达教室的时间比亦可要早，这次他没坐第一排，选了最后一排墙边的两个座位。他在其中一把椅子上坐下，把书包放了另一张椅子上——为了帮梅亦可占个座。看到亦可进来，他笑着跟她打了招呼，还没等他把旁边椅子上的书包拿起来，亦可就径直在第一排中找了座位坐下。他也不坚持，在他看来，就这样和亦可坐在一起，中间只隔两把椅子的距离，也很好。

一个半小时的授课时间，老师在讲台上口若悬河地宣讲着，石川也用笔在笔记本上刷刷刷地记录着，像极了那种专心听讲做笔记的好学生。一堂课下来，在他的笔记本上，写满了和"梅"字有关的各种成语："青梅竹马""摽梅之年""梅妻鹤子""望梅止渴""盐梅之寄""雪胎梅骨""望梅阁老""驿寄梅花"……

下课铃响，石川赶快合上了笔记本，

但他故意放慢了收拾书包的速度，想等梅亦可先起身过来跟自己打个招呼。如他所愿，亦可背着书包没有直接走出教室，而是回过头来望着他。这时，其他同学都走光了，教室里只剩他俩。

石川说："你现在是我们系的骄傲啊，恭喜你啊……"

梅亦可知道石川在说自己入党的事，有点不好意思地回应说："除了你，暂时没有其他人知道……"

"今天晚上在樱园楼顶的学生俱乐部有联欢舞会，你想不想去？"石川问。

梅亦可跟董梁在食堂里一道吃完晚饭后，又一同给全寝室的女生打完开水，然后，在宿舍门外，亦可轻声跟董梁说，宋微找我有点事，你先去上自习吧，我晚一点过去找你。

董梁没有多想，点点头就背着书包朝化学楼方向走了。亦可回到寝室，趴在楼上的窗边看到董梁离开的背影，转过头来跟坐在床上的宋微说道："等下陪我去樱园楼顶的学生俱乐部吧，今晚那里有舞会。"

"我不去。你又不是不知道，我不喜欢跳这种交谊舞。以跳舞的名义跟人搂搂抱抱，浑身鸡皮疙瘩都起来了。"宋微在蚊帐里递出了她的回答。

"我想去看看……你就陪我吧，我们互相有个伴。"

"算了吧，我刚报名了要参加明年一月份的大学英语四级考试，每个晚上的学习时间都很宝贵……"

"怎么了？看破红尘就发奋读书了？"

"主要是要找点事情填补此时间上的空白啊。"宋微自我解嘲地说道，"你们每天在我眼前上演爱情动画片，我怕我受不了刺激啊……"

"那就赶紧找一个啊。"亦可顺着宋微的话说道，"你看我，连董梁这样的我都不挑……你跟我去参加舞会，没准今晚就遇到了一个……"

就这样，梅亦可拉上宋微一起去了学生俱乐部。珞大的学生俱乐部是校园内一座相对独立的历史文物类建筑，这座修建于1930年的老房子，依据山势，稳稳地修建在樱园楼顶上，纯木质、琉璃瓦、古色古香加飞檐斗拱，是那种有舞台、有开阔敞亮的大平层空间的礼堂，真材实料的大气。为了改善室内的采光和空间布局，半个多世纪前的设计师在传统的歇山顶上又增加了双层亮窗和马头墙屋面，形成了独具特色的三重檐山顶。据说房梁上还专门雕琢了"宝葫芦插三戟"，寓意着从这里走出来的学子们都能连升三级。连"学生俱乐部"这个名称也是历史文物，1937年秋，恩来先生在这里做了《关于中国共产党抗日救国的十大纲领》演讲，那时这个礼堂的名称就叫"学生俱乐部"，不少师生受到鼓舞，自此投笔从戎。为了保留革命传统，"学生俱乐部"这个名称就一直沿用至今。

一进学生俱乐部的大门，亦可就看到了站在门边的石川。舞会还没开始，整个大礼堂人声鼎沸，男生女生顺着墙边簇拥着，兴致高昂地大声说话，笼罩着浓厚的相亲氛围。亦可确信石川也看到了自己，于是，拉着宋微往里走，找了个可以站住脚的地方。

音乐终于响了起来，马上有男生凑过来，梅亦可和宋微都很礼貌地冲邀请者摇了摇头。接着，石川走过来了，朝亦可做了个"请"的姿势。

"这么巧？遇到师兄了……"亦可佯装

着问道,"我们俩,你想请的是谁?"

"哪轮得到我来挑啊?"石川腼腆地回答道。

宋微察言观色,她看了一眼石川,又看了看亦可,道:"你们熟,亦可,你赶紧!"

亦可也不忸怩,清清爽爽地就走上前一步,把手搭在了石川的肩膀上。

跳到了舞池中间,亦可凑在石川的耳边轻声说:"你装得挺像那么回事儿啊……"

"你说的是你自己吧……"石川说完问道,"怎么把你的室友也带过来了?她是不是在跟我们年级的一个插班生在谈恋爱啊?"

"那已经是过去式了……他俩吹了。"

"你们这些新生,厉害啊……有老师说,自从89级的女生来了,就把中文系这一潭死水搅和成一池春水了。"石川接着说。

"不至于吧?我们89级的,从进校开始就是被从严管教的对象,都是很听话的好孩子啊……"

一曲终了,梅亦可和石川像按下了暂停键一般,停在舞池中间。他们松开了勾搭在对方身上的手,还有意隔开了些距离。谈话就此中断,彼此看起来生疏得就像在这个舞池中随机遇到的两个舞者。

舞会结束后,亦可气喘吁吁地赶到了化学楼,整间教室只剩董梁一人。她主动问,今天写的诗呢?

董梁摊开那本厚厚的"诗集",翻到最新写的那一页,递给亦可。诗文字迹潦草。亦可第一次主动来朗读,读着读着,感觉有些不对劲了——

害怕被空气所伤害
因此我小心翼翼地生活
和学着恋爱
空气嘶鸣,有蝗虫群惊惶地奔涌
为了躲避明处的猎人
我因此不停地迁徙移动
和鹿群一样,怅望目光尽头的家园

没有一只鸟能够映照露水
不拥有斧头,难以砍伐树木
也难以收获自身
我知道我单纯,明净,脆弱
在风景之外　我谈着恋爱
拥抱恋人　环顾周围
我害怕被空气所伤害

"今天写的?"读完之后,亦可明知故问,"怎么这么伤感啊……"

"莫名其妙地就觉得心慌……也许是我太在乎你了吧……"

那天,读完了董梁的新作后,他俩就起身离开教室,径直回桂苑。那夜的月色很亮,一路上他们都没怎么说话。快到宿舍了,董梁看了看夜空,叹了口气,借着如水的月光凝视着亦可的眼睛,说道:"月亮白白地照在你的身上……我白白地等了你一个晚上……"董梁把亦可送到宿舍楼下就道了别,破天荒地没有把她送到楼上的寝室门口。

梅亦可不知道的是,董梁在晚饭后离开她寝室并没有直接去化学楼。

那天深夜,在桂苑的中文系男生宿舍的公共洗漱间里,董梁一拳挥向了正在刷牙的石川。背后被人突袭、没有任何准备的石川挨打后脚下一滑,重重地摔在了地上,前额磕在了水泥砌起来的洗手台的墩子上，当即血流如注，鲜血铺满了整个面颊。

18

看到石川的额头被水泥台撞出了个大血口子，鲜血直流，董梁惊呆了。事态的严重程度超出预期，他赶紧蹲下身来，把石川从地上扶起。正好又有别的男生走进洗漱间，见状就跟董梁搭了个手，一起架着受伤的石川，飞奔着朝校医院冲过去。到了急诊室，值班医护处理清洗了血迹和伤口，打完破伤风针后，赶到的外科大夫立即给石川做了紧急缝合术。石川的脸上，从右眉间到右鬓角处，密密麻麻地缝了二十多针。他的整个右脸肿胀得厉害，包扎了纱布后五官有些错位。医生宽慰他说，年轻人恢复得快，不要有太大的思想包袱，万幸是没有伤到眼睛。

直到石川从手术室里被推出来，董梁一直都守在急诊室里。见到石川，董梁咬住嘴唇说道："对不起……"

石川摆摆手说："……是我自己不小心。"

董梁和石川拥有了共同的秘密，他们谁也不说，谁也说不出口。自此，石川再也没有在校园里参加过任何舞会，直到大学毕业留在武汉工作了，分配到市直机关工作的石川，才因为"政治任务"去参加了团市委组织的青年联谊舞会。那个舞会上，他遇到了后来成为他妻子的江萍。他们很快就决定结婚了，婚礼前一周，石川带着江萍到老同学梅亦可家送请柬，也许是石川生来腼腆，也许是江萍不善言辞，总之那天的见面既匆忙又有些寡淡。亦可第一次见到江萍，除了说些恭喜和祝福的话，竟然连贺喜的红包也忘了给。因为和出差的时间冲突了，亦可没能参加他俩的婚礼；婚礼之后，逢年过节时再来跟亦可打交道的，就是代表着石川的江萍了。他们的婚姻很稳定，就像他们夫妻俩和梅亦可之间的友谊一样。石川从来没有跟江萍说起过他和亦可的故事——《伤心的电影》、深夜的吉他、书法课笔友、还有……他在校园里的唯一舞伴——当然，他和她的这些算不上故事的"故事"，从开始到结束，还有一些踩了刹车后依然滑行的惯性事故……

石川受伤后的第二天一大清早，董梁匆匆忙忙跑到梅亦可寝室，反常地没有给大家打开水，直接把亦可喊出门去，拉着她就往外走。董梁边走边说："石川受伤了。"

亦可一惊，问道，怎么回事？严重吗？

石川说，还算好，你去看看就知道了。

从桂苑走到校医院还有些距离，经过小卖部，董梁停下，买了几个苹果和梨子。董梁对石川的这种关切让亦可有些意外，但她想到探望伤病、不能空手登门的基本礼节，也就没有过多揣摩董梁的动机。

那天，他们三人之间说了些什么，彼此都不记得了。梅亦可记得窗外飘来一阵阵的梅花的馨香，把医院走道里的八四消毒水的气味全部盖了下去。校医院所在地是珞大的梅园，深冬时节，这里的梅花一整片一整片地怒放着，散发的香气能打通人的嗅觉、味觉和一切幻觉。

很快就到了12月25日圣诞节这一天，所有的人都回家了，就连赌场在这一天也是关门歇业的。在巴黎的易瑾过着第一个孤单的圣诞节。她蜗居在曾属于她和苏淮的小屋里，给苏淮写信。而同一时刻，苏

293

淮作为专职党副，正在主持召开全院的党总支会议，进行年度工作总结。

梅亦可清晰地记得，圣诞节这天，她代表珞大参加了教委在政府大礼堂举办的"反对资产阶级自由化先进个人表彰仪式及事迹报告会"。从珞大的桂苑宿舍到省政府礼堂，如果沿着东湖和水果湖的滨湖小道走，也就两三公里，步行有点儿远，但要是坐公交，还要绕道上大路再转两趟车。董梁找同学借了辆自行车，让梅亦可坐后座，他专门送她去会场。

梅亦可特意穿上了董梁送的新皮鞋，坐在车后紧紧地揽着董梁的腰。滨湖小道顺着山势起伏，遇到上坡，董梁就要支起整个身子来蹬踏板，这样才能保证承载他俩体重的自行车能够持续前行。头一天，武汉刚下过小雪，地面和树枝上的冰凌呈现着江城冬天里的那份看得见的天寒地冻。人张口说话，都能带出白雾来。

按照程寔书记事先的交代，梅亦可参加完表彰大会，就立刻返回到学校，把自己的奖状、证书、发言稿一并交给了校团委的张书记。董梁把梅亦可送到大礼堂后就返校了，亦可从团委办公室出来后，直奔桂苑的男生宿舍。

走进男生宿舍大门，几个男生正贴着喜报。梅亦可凑过去看了一下，上面写的是祝贺几位同学预备党员转正。她的心里踏实了——还好，跟我无关。她总记得，董梁在表示惊讶时会说："你把我的瞌睡都给吓跑了。"——吓跑他瞌睡的，都与亦可的各种喜报有关。

亦可已错过了学校食堂的晚餐供应时间，她看到董梁的第一句话是："天都黑了，我好饿啊。"董梁笑着接话说："我就喜欢你这种酒囊饭袋的德行。"然后，变戏法一样，他从身后变出了一个装满了饭菜的铝制饭盒。

"我给你打了饭……刚才我一直把饭盒搁在被窝里暖着呢……"

"你对我太好了……"亦可坐下来，一边说，一边狼吞虎咽地吃起来。

饭吃完，亦可说，现在很有点晚了，外面也很冷，我就赶紧回寝室钻被窝里去了。

董梁起身，送亦可下楼。

宿舍门口的那张预备党员转正的大红喜报提醒了她，亦可犹豫了一下，吞吞吐吐地说道："还有件事要告诉你……我……入党了……"

19

又到了星期六，亦可准备回家，董梁照例送她去校门口的12路公车站。亦可知道董梁不喜欢，甚至是惧怕见到她母亲，所以也不再主动邀请董梁跟她回家了。董梁调侃说，每次去车站送亦可，就有种"小别胜新婚"的依恋。等车时，董梁忍不住搂着她亲她的额头，低声说道，我身上的每一个细胞都在渴望你。自从有了那次在化学楼的"无缝衔接"，他跟她独处时，总是主题明确地暧昧着。

"渴望什么？"亦可问。

董梁露出一个坏笑。

"我要是怀孕了怎么办？"亦可说出了自己的担忧。

"你是不是个傻丫头啊？亲你一下，你会怀孕；碰你一下，你又会怀孕；像你这样疑神疑鬼，总有一天，你会认为我们面对面呼吸的时候你也能怀孕的，因为，我呼出来的空气被你吸进了肚子里……"

294

"不跟你开玩笑啊……"亦可认真地看着董梁，问："你告诉我，要是我真怀孕了，怎么办？"

"那就生下来啊……"董梁觉得老是探讨这么小儿科的话题实在无趣，索性用一句狠话堵住梅亦可的嘴。

梅亦可回到家，发现只是一个礼拜没见的工夫，家里就变成了一个大仓库。原先，房间虽狭小，但整洁有序，现在，屋子里堆满了各种鼓鼓囊囊的蛇皮袋，连个站脚的地方都难找。看到亦可进屋子了，母亲迎过来喜气洋洋地说："你爸单位分房子，我们分到了一套两室一厅。过了元旦，我们就能领到钥匙了。"

"说搬就搬？"梅亦可问。

"是啊，我们现在抓紧时间把所有的东西打包好，一拿到钥匙就搬。你下礼拜六回家，就住新家了。"

吃完晚饭，父亲招呼说，亦可，你过来搭把手，家里的书啊文件啊资料啊太多了，你来看看哪些你用得上，就留下来，否则的话，现在就扔掉，免得再折腾着往新家里搬。

亦可应声过去。书柜是父亲的专属领地。在他们家，母亲作为最高统帅，没有自己的书桌抽屉，把一切霸权化之于无形。她不把学校里的工作和文件带回家，反正家就在校园里，有需要随时可以去办公室跑一趟。梅亦可有个自己的小柜子加抽屉，学习资料都放在那里，因为空间有限，每到学年更替，父母就会把她头一年用过的书本作业当废纸卖掉，腾出地方装新教材。书柜是家里唯一能代表父亲权威的证明，这个"文革"前的大学中文系高材生，用一个陈旧的书柜浓缩了他全部的情怀与收藏。所以，平日里，不经许可，梅亦可是断断不敢去碰父亲的书柜的。

得到了授权，亦可开始整理书柜。书柜里的书，里外摆了两层，靠外的是父亲常用的时令书籍和字典辞海一类的工具书，摆里面的书都有些泛黄了，看得出来有年月没动过了。梅亦可把它们一本本地取出来码好，顺便也翻开看看，难得有机会满足一下好奇心。

就这样，亦可看到了一本用旧报纸来包住封皮的竖排版的书，打开扉页，映入眼帘的是三个大字——《金瓶梅》。

亦可偷偷地看了一眼父亲——父亲在客厅里，她快速地把这本书塞到自己的书包里，然后像什么都没有发生一样，继续装模作样地整理着书柜。

董梁估摸着梅亦可回校的时间，就特意跑到公共汽车站去等。几周来，独自回家的亦可也习惯返校时在车站就能见到董梁。

两人一见面，亦可就迫不及待地把书包里的书拿出来。她说，我要给你看件好东西。

一看外形轮廓就知道肯定是本书，董梁明知故问道："什么好东西啊？——难不成……是本人体画册？"

亦可继续卖关子说："你就喜欢些乱七八糟的东西……不过，还真沾了点边呢……"

董梁接过书，一看到书名——"金瓶梅"三个字顿时让他两眼放光。"还真是件好东西呢……你看过吗？"

"没看过。"亦可说，"你又不是没见过我爸妈怎么管教我的，他们怎么会让我看这种黄色书籍呢。这书极有可能是我爸偷偷买的，我妈都不一定知道……你好好收着，自己悄悄地看。别让你们寝室里的人看到了，免得惹出什么麻烦。"

接下来，两人一起吃晚饭，去化学楼上晚自习。梅亦可在教室里复习功课备考，董梁则迫不及待地读那本《金瓶梅》。直到准备结束自习时，亦可问董梁，书好看吗？

董梁做了个鬼脸，回答说："你爸都买《金瓶梅》了，干吗还要买个洁版的？"

"本来就是本黄书，还分什么'洁版'和'污版'？"亦可问。她的说法，让董梁觉得好笑。他纠正道："文艺作品需要读者自己去粗取精的，哪能一棒子打死呢？依我看，这书一点也不黄。"

"如果不'黄'，它就不会这么著名了。"亦可坚持说。

董梁道："我发誓，以后我一定要当个研究《金瓶梅》的专家……"

"然后，汲取其中的精髓，做一名优秀的情色作家？"亦可接着董梁的话，也用他惯用的那种嬉皮笑脸的神情，边说边笑，"你这么一说，我想起了另一件事，你推荐的《霍乱时期的爱情》我看完了，说实话，这书写得也很有点儿黄啊……"

"看你这么无知的样子我就知道，文艺评论还有漫长的民间启蒙的道路要走……《金瓶梅》是部哀书，所有人都被欲望主宰，被欲望毁灭。西门庆是个典型化的病态极致，他无法自救自赎，性欲便成了他逃避和放逐自我的唯一渠道……而《霍乱》这书里的性描写，每一处场景都有深刻寓意……"

"我们不要这么大张旗鼓地谈什么'性欲'了好吗？你不觉得难为情吗？"亦可道。

"行啦，今天的学习讨论时间到此为止，咱们撤！"董梁说着，收拾好书包，牵着亦可从化学楼的自习教室走出来。他俩一前一后地下着楼梯，到正门口，亦可就径直朝门外走。董梁从旁边拽了她一下，她笑着看他，摇了摇头。

她轻声说："我真的担心，我可能怀孕了……"董梁看她神经质般地一而再再而三地纠缠这个话题，既扫兴也无奈，只好说，我们明天去医院检查一下吧。

1989年12月31日，星期天。20世纪80年代的最后一天，梅亦可和董梁一起上完晚自习，各自回寝室歇息。天亮之后，就是新的一年。学生宿舍要关门熄灯，他们无法在一起熬夜贺岁守夜；更重要的是，那个年代，大家也没有聚在一起倒计时来迎接新年的习惯。其实，董梁心里是希望有个跨年仪式的，比如说，他进入她，就像旧年进入新年……但是，从"旧"年代中一天天走过来的梅亦可，还没有变成"新"青年。

亦可跟董梁有了新年里的第一个约定——第二天早起，两人乘车去汉阳，找一家医院去验孕。为什么要选汉阳呢？武汉有三镇，武昌、汉口和汉阳；珞珈大学在武昌、亦可家在汉口，只有汉阳这个片区和梅亦可的学习生活半径都距离遥远。1989年的最后一天，给他俩的未来留了一个悬念。

20

20世纪90年代的第一天，董梁和梅亦可天还没亮就迎着晨雾乘坐着空荡荡的早班公交车辗转武汉三镇、跑去了一家跟学校八竿子打不着的公立医院，结果被告知，元旦是公共假日，医院只接待急诊病人。两人愣住了，怎么办？

等车返校时，董梁告诉亦可，好像学校大门口附近有家退休的老军医开的妇产科诊所，他在12路公车站等她时，看到周围的电线杆子上都贴着他们家的小广告。

"要不……去那里看看？"董梁提议。

亦可点点头。

老军医开的妇产诊所在民宅深处。顺着标注在电线杆上的、接力棒一样递进指引的各种箭头，董梁他俩穿过了各种巷道，曲里拐弯地来到一幢离珞大校门口直线距离极近、但空间距离感完全迷失的简陋楼房的楼底下。在它的一楼外墙上，很显眼地挂了个白色底漆写红色黑体字的"退休老军医妇产科门诊"门牌。顺着门牌看去，有一扇自建的小栅栏门，门是开着的，进了栅栏门有几级小台阶，走上去就是"诊所"。

董梁说，你进去吧，我在门口等。有什么需要你就出来叫我。

亦可把书包交给董梁，头也不回地往里走。

从这个元旦的这件事开始，亦可重新认识了自己。原来，自己是勇敢的独立体，不需要陪伴、协助，哪怕在重创重伤之后，连形式与形体上的搀扶也不是必需的。从这天起，她清晰地知道，人生是自己的，该由自己来定夺，无须等待、乞求其他人的帮忙与协商；哪怕重大决定，也无须反复斟酌，万千思量，就在一念之间，便是永不悔改。这样走下去的人生，如果被证明是失败的，那你的决定就是草率、仓促、和不负责任的。任何人的搀扶和自己的眼泪都于事无补。若不想失败，你在同样的草率、仓促和不负责任地做出抉择后，需要加倍谨慎、从容和负责地活着，要把这个决定所带来的各种大大小小的坑，一点

点用严肃、严谨、严厉的方式，强迫自己去填充平整。起先，梅亦可被母亲灌输了一种信念——离开了母亲的呵护和指教她会活不下去。后来，她以为她获得了替换母亲的力量，力量的源泉来自董梁。直到走进那一天，亦可才知道，人生中的意外与意外中的艰难，就像名字中"亦可"两字的寓意一样，只靠自己，亦是完全可以面对和解决的。

问诊的是位五六十岁的女大夫，大概是为了强调"军医"的身份，她在白大褂里穿了件洗褪了色的军装。接诊时，白大褂是敞开的，里面的军装一目了然。老军医满脸的皱纹褶子，笑起来褶子显得纹路更深，看起来很和善，也很有经验。亦可想好了要编个假名字，报个假年岁。谁知对方根本不关心这些，笑着打招呼说："姑娘，快进来——"

亦可一进屋，老军医就直奔主题地问："你来做流产的吗？"

梅亦可赶紧摇头，说："我……想看看有没有怀孕。"

"来这里的，都是先检查，再做流产的……"老军医还是和善地笑着，一边说，一边把白大褂的扣子逐一扣上，"我帮你做个化验吧……"

亦可点头——之后，她俩的交流，基本上就是老军医提问，她点头。

"你确实怀孕了。那……我们现在就准备开始做流产？"

亦可点头。

老军医让亦可坐上那张让人后仰倒挂般的手术椅，自己则走进里屋，取出一个用老麻布包裹好的手术盒。麻布上深深浅浅的褐色斑迹看起来有些年头了，估计是碘酒着了色后就褪不掉了。亦可看她打开

麻布，里面是个金属托盘，摆放着各种刀、剪、锥、钳。

"这些都是消过毒的，你放心。"

亦可点头。

"把裤子脱了，躺好……双腿分开……"

亦可照办。

"会有一点疼，你不要怕，很快就好……"

亦可点头。

"要是疼得实在受不了了，你就喊停，我们歇一下……"

亦可点头。

……在那间既是门诊又是化验室、还是手术室的袖珍诊所里，亦可硬是一刻也没停顿地让医生一鼓作气地做完了手术。没有麻醉，她异常清醒。仰望着头顶上的天花板，听到手术过程中不断更换各种器械时金属器件和托盘之间触碰发出的声音，她想象着刚才看到的那些尖锐的器具在自己身体里发生的一些作为，那些摧毁性的、撕裂的、剪断的，都是她的血肉……她一声不吭。疼，不是没感受，也不是不害怕，只是她很清楚，就算暂停了也还要继续，躺在这张行刑般的椅子上为的就是终止和结束，想要结束，就要切割，就要流血，就是要疼……疼痛让她无比清醒地明白，既然疼不可避免，不如早完早了。在疼痛中，她突然想到了个名字——"赵希希"——就是那个因生活作风败坏而被全校通报警告的丑闻女主角，亦可跟自己说，如果你还想做回那个骄傲的梅亦可，而不是成为下一个赵希希，这些疼，就是你必然需要付出的代价。

躺在漫无边际的疼痛之中，梅亦可忽然觉得自己长大了，原来，长大就是这么一瞬间的事情，当你突然面对一件从未经历、也未曾被人启迪、并且没有时间和机会与其他爱你的人去商量的事情时，你用自己的方式解决了——拿出你能够支付的代价，交换你想得到的结果。她想到了美人鱼——那个为了有双可以站立的腿脚、能和心爱的王子并肩行走的女孩爱丽尔，用自己美丽的歌喉跟巫婆做了交易，她变成了哑巴，每走一步都像是踩在刀尖之上那般刺痛……亦可把自己想成了另一个模板中的美人鱼。

亦可选择性地遗忘了美人鱼的最后结局。

"好了……你真是勇敢。"医生夸奖道。亦可尴尬地挤出一丝微笑。在她看来，这种表扬像极了嘲讽。她忽然想到了母亲，如果母亲知道此时自己的处境，会怎么做？是会心疼地过来拥抱自己，还是看都不看就抛下一句话——"这么不要脸，你还有脸活着？"或者，"养你这么大，难道就是为了你这么给我丢人现眼吗？"

她依然仰躺着，看不到医生的脸。只听见医生在问："清理出来的胚胎组织，你要不要看一下？"

终于，亦可摇了一回头。

"你可以到旁边的那张床上躺会儿……"医生指着房间角落里的一张小床说道，她把亦可的衣物递给她，等她穿好后架着她从手术台上下来。

落地了的亦可站定，稳了稳神。她目测了一下，从脚下到床边，最多三步的距离，于是说道："您不用管我了，我自己走过去……"

医生也不坚持，转身进了另外一间屋子。亦可慢慢地把身体挪到了床边，然后把自己放平了下来。她看见医生从里屋出来，手里端着个底部有些掉了瓷的军绿色陶瓷水杯:"姑娘,喝点红糖水吧,补一补……"

亦可感激地接过杯子,还没来得及道谢,又听到医生说:"你男朋友是在门外吧,我让他进来,把钱付一下……"

时隔多年,梅亦可偶尔也会想起这段往事,想起那个在记忆中已经面容模糊的医生,想起她那么简单直接、没有一句废话的表达。不管她的医术到底来自部队,还是来自她这家小诊所的营生,这位"老军医"应该是见过很多像亦可这样的还没有准备好就莫名其妙地怀了孕的女孩子吧。亦可宁愿相信她真的是位经验丰富的退休军医,至少,在亦可的案例上,她清清爽爽地解决了问题,没有带来任何隐患。

董梁被喊进诊所。他看到了躺在休息床上的梅亦可,紧张地走过去,牵了牵她的手,然后就被老军医带进里屋,交钱付账。估计是医生已写好了收款单递给董梁,他看了数字二话没说就付了款,所以,一墙之隔的亦可,没有听到里屋有任何的对话。

在诊所里躺了大概半个小时,亦可说,我们走吧。董梁问,你行吗?亦可有气无力地点头说,行的。

从诊所回到宿舍的路,大概是梅亦可这一生中走得最漫长的一段路了。董梁提出过,要不,我背你?但被拒绝了。在回去的路上,她甚至连他的搀扶都不要。她不是不想跟他示弱,只是,她不愿让周围的人看出异样。就那样一步一步地往前走着,心里说,多走一步,就又近了一点——就像之前的手术时她咬着牙在心底里跟自己说的话一样——再疼一下,就结束了。亦可第一次有一种明知目标在哪里、却实在力不从心的无奈:桂苑三楼寝室里的那张上铺的床,竟然是需要她排除万难才能抵达的乐土。

那天,他和她都刻意回避了"怀孕"这个话题。事情就是这样:猜谜时,异想天开;谜底揭晓了,尘埃落定。无论之前猜对猜错,已经没有任何更改的机会了,还有什么讨论总结的必要呢?他俩都知道,在唯一的谜底面前,她独自做出了唯一正确的决定,从那一刻起,这件事就终止了。无论过去、现在、还是未来,这都不会是他俩关系中一个有趣的话题。那天,他们共同埋下了一个秘密。秘密在光阴的土壤中慢慢地生长,直至长成了一个奇怪的东西,从这面看,它是青春的痕迹;从另一面看,是青春的咒语。

回到寝室,梅亦可径直爬到了自己的上铺床上,拉开被子,把身体卷成个虾米的形状,蜷缩在被窝里。腹部很疼,她以为用四肢把肚子包裹起来,再罩上厚重的棉被,就能把疼痛控制住,让它们一部分留在肚子里,一部分推到被子外,而自己的头脑和四肢,慢慢就会远离受伤的起点,人就感觉不到疼了吧。

董梁问她想吃点什么,她说,去食堂买碗拉面吧。

很快,董梁返回,手里端着热腾腾的面条。亦可看了一眼,纯素面,清汤寡水。她想起自己跟董梁说过喜欢吃素面的,看来他是记住了。但是,今天的亦可,是不是该吃份病号饭,或者在面里加点肉丝,打个鸡蛋呢?亦可的身子疼,心里也有些疼,她有那么一点点的难过。这份难过算不得什么,从诞生到消亡也就是她望了面碗的那一眼工夫。

她跟董梁说,你把面条留在这里吧,

等下我慢慢吃，你先回去吧。

董梁知道自己不宜在女生寝室久留。他帮亦可披好了被子和蚊帐，离开前又叮嘱说："趁热吃吧，现在天冷，面条马上就会凉了。"推门出去时他又回过头来，既是招呼亦可，又是说给寝室里的其他女生，"晚饭时我过来给你们打开水。"

董梁离开后，宋微趴到亦可的上铺床沿边，问她："生病啦？怎么不舒服？"

亦可隔着蚊帐回答说："还好，就是有点累……可能是痛经吧……"

宋微也不多话，安慰亦可说，那就赶紧睡一觉，补一下元气。

躺在床上，亦可却睡不着。马上要期末考试了，还有很多功课等着要复习，但她实在没有心境和动力去看教材看笔记。算了，也不勉强自己了，刚经历了如此巨大的磨难，就让自己休息一天吧。

她在枕头边摸到了圆珠笔和日记本，忽然有了个念头：给十年后的自己写一封信——1990年1月1日，20世纪90年代的第一天，亦可想跟十年后的自己遥望和交流。这个灵光一现的主意，后来成为了她成长过程中的一种必不可少的仪式——每隔十年，她就会打开过去的自己写的来信，认真品读；之后，再给未来的自己，新写一封。

1990年元旦，梅亦可写下了第一封致未来的自己的信：

亦可姐姐：

你好，久违了。你是十年后的我，比现在的我要大十岁，所以，我该喊你一声姐姐，对吧？

我很想知道你打开这封信时的样子，是笑着的吗？从今天的我到十年后的你，一直都是笑着的吗？

你知道吗，我今天很想很想哭，想有个人和我说说话，想得到一个拥抱……但是，我没有——没有哭。没有说话。没有抱。你知道吗，在今天，差点儿我的天就塌了。我想到了你。你是唯一懂得我的人，对吧？所以，跟你写这封信。

想跟你说，我今天没有哭，就是为了成为十年后依然可以微笑的你。

隔着这十年的辛苦路，我们抱抱吧。

今天是元旦，辞旧迎新。今天所发生的事，对你我来说，都是刻骨铭心的。第一次领悟到了'辞旧'这两个字里的断舍离，体会到了最真切的疼。只有身体里每个细胞都疼得揪心，那才是真实的心疼，心里疼。

从我到你，还会这样疼几次？

你都记得吗？

你真的数过吗？

姐姐，你比我年长十岁，见过的世面、周遭的人群、积攒的阅历，比我多得多。站在你的见识上，你喜欢我吗？

你有没有想过，如果时光可以倒流，回到十年前的今天，让你遇见我，你会不会教我换一种做法，换一种活法？——这种假设，其实就是后悔，对吧？我是个很固执的人，也觉得自己还是很有责任心的，那么，我们来做个约定吧，无论如何，我们对说过的话、做过的事、爱过的人，不要反悔。

我们拉个勾勾吧，拉勾，上吊，一百年，不许变。——哎呀，一百年，太久了吧，我们活不了那么久的……你要答应我，一定要好好的，不要有什么意外，不要跟自己过不去，不然，你就对不起今天的我，和我的这份委屈了。

亦可姐姐，能喊你一声姐姐真好。要是我一生下来就有个姐姐，我是不是会被保护、被照顾、被温暖地爱着……妈妈太凶了，她一直都在用她自以为是的方式来养育我，可惜我感受不到那是一种爱，至少，那不是我期待的、没有任何附加条件的、温暖的爱。

我爱你，希望你也能像我爱你一般，发自肺腑地爱着我的一切。如果你觉得我幼稚，请批评我；如果你觉得我无知，请教导我；如果你觉得我太单纯，那么，请你羡慕我吧……在我没有成为你之前，单纯，应该是我最能向你炫耀的品质。

姐姐，你读这封信的时候都已经2000年了，你们实现了四个现代化了吗？在1989年，我经历的最大的事情是考上了大学、入了党、谈了恋爱，还有……今天这件事；我们身边最重要的关键词是反对资产阶级自由化、反对和平演变；在你所处的年代里，你又经历了什么大事？遇到了什么新鲜的时代语汇？

我很好奇，你现在做什么工作？让我猜一猜你的职业。你会是记者、编辑、教师、政府公务员、还是政工干部呢？你不会是个像金展旗那样的马列主义老太太吧，穿着裹不住屁股的紧身牛仔裤，却满口仁义道德地整天高谈阔论？

我当然也很好奇，董梁还是坚持每天在给你写一首诗吗？如果他真这么持之以恒的话，他的诗集摞起来要比他的个头还要高了吧？中国有那么多文字让他这么每天来做拼字游戏吗？我就不在这里说他的坏话，一是怕你不高兴，二是我也不愿意去想他的坏处……这是我自己选中的男生，没有人把刀架在脖子上要求我跟他在一起，所以，这笔账要认下来。

你现在当母亲了吧？生的是个男孩还是女孩？给孩子取的什么名字？孩子像爹还是像妈？当妈的感觉，是不是特别幸福？作为母亲，请你一定要让你的孩子感受到你的爱。如果你生的是个女儿，一定要成为她的朋友。只有这样，在她最无助的时候，她才敢于跟你讲述她的困难，你才有机会去拉她一把……我相信，在她想哭的时候，你会想办法让她笑起来；在她身处黑暗的时候，你能为她指引光明——这是我在今天特别特别想说给你听的话，你明白我的心意吗？千万不要走你母亲走过的路，不要让你的女儿在十八岁时成为下一个我。千万千万啊！

我很想知道，现在的你还惧怕母亲吗？她依旧跟你在一个城市里生活吗？是你留在武汉，还是你到哪里都带上了她？她还是会试图了解你的一切并左右着你吗？这些年来，你造过反吗？

说实话，我无法在十八岁的时候去假想自己二十八岁时的生活，就像我无法在1990年的元旦去想象2000年时的景象。我能做的，就是提问，以及对你寄予希望。

现在，我是真实的，你是虚无的；等你看到这封信的时候，你是真实的，我已经消化在你的记忆里了。你是唯一能跟我感同身受的人。在我慢慢走向你、成为你的日子里，请不要忘记了在遥远的地方等待着你的拥抱的我。

姐姐，请善待你回忆中的我，记得我的悲欢与苦痛，如果连你也不记得了，那我岂不是白活了这许多年？

在你看来，你和我的最大区别是什么？——你不妨把这个问题也去问问十年后的那个三十八岁的亦可老姐姐吧。

301

21

整个巴黎从每年的 12 月下旬就进入休假模式。圣诞节是待在家里阖家团聚，到了 26 号就是蜂拥上街扫货，去抢购那些没有来得及在圣诞之前卖掉而狂降价格出清库存的节礼。在 12 月 31 日这一天，该约会的约会，该聚餐的聚餐，该喝酒的喝酒，该唱歌跳舞看戏的尽情娱乐，等到深夜，狂欢守夜的人群就像一株株从地里长出来的植物，不拿自己的身体把闹市区的空间填满，不用尽兴的吼叫把沉静的夜空惊醒，那就对不起这个一年只有一次的除夕夜。转钟时分，大家都聚集在埃菲尔铁塔下，或者是凯旋门前，把从香榭丽舍大道通往协和广场的路面，挤得水泄不通。巴黎的每一个新年元旦，都是被疯狂的迎新人群的声浪给呼唤出来的，万千人群齐声高喊着倒计时的数字，就像长江后浪推着前浪，声音的浪潮硬生生地把所有人架在夜空之中，推送进零距离的新年。

1989 年 12 月 31 日这一天，易瑾的导师做东，邀请他门下的所有实验室工作人员和硕士研究生、博士候选人一道，在老佛爷百货楼顶的法餐厅聚餐。"革命就是请客吃饭"，这是属于全人类的真理。搞科研的团队，同样需要强调核心竞争力和团队凝聚力，在一年到头之际以大老板的名义召集大家吃顿团圆饭，仪式上的意义显然大过吃这件事情本身。正式的法餐规矩多，程序也复杂，从开胃酒到头盘到主食再到饭后甜点，餐盘换得勤，消耗的时间也漫长得很。食客们一边吃着眼前的，一边等着待上的，一边海阔天空尬聊着。我们平时说"一顿饭的工夫"是用来形容时间紧凑，要是换在法国人的餐桌上，这"一顿饭的工夫"，三个小时都打不住。在 1989 年岁末这顿冗长的实验室团队聚餐中，易瑾被安排坐在皮埃尔的邻座。她的法语不怎么好，跟实验室里的其他法国同事也不熟，聊不到一块儿去，好在皮埃尔耐心耐烦，总是在找话题让易瑾跟他能有来言去语。

皮埃尔问易瑾，苏淮现在在中国过得好吗？

易瑾说，苏淮回国才一两个月的时间，他需要一些时间去熟悉和适应。

皮埃尔问，那他什么时候再来巴黎？

易瑾苦笑着开了个玩笑说，做梦的时候吧。

好不容易吃完了这顿隆重、昂贵、且持久的晚宴，食客们各自安排后续的活动。

从餐厅出来，食客们在门口排着队等侍应生帮忙取外套，这时，皮埃尔问易瑾，等下你有什么打算？

易瑾摇头说还没想好。

皮埃尔提议说，那我们一起坐地铁去凯旋门吧，跟人群一起迎接新年凑个热闹，一年一次，机会难得。

易瑾答应了。这是她期待的。

巴黎的冬天很冷。一个城市的气温并不会因为人们的热情而升高。当易瑾跟着皮埃尔从地铁的凯旋门这一站走出地面时，呼啸着迎面而来的寒风，刮得她的脸生疼。为了表现对导师召集的晚宴的重视，易瑾今晚专门打扮收拾了一番，特意穿了条很正式的礼服裙。想着室内都有暖气，易瑾也没做太多保暖准备，外搭一条羊毛披肩就出门了。等到夜色深沉，站在四面窜风的凯旋门广场上，易瑾深切地感受到了那种渗到骨髓里的冷。她开始止不住地发抖，皮埃尔见状，赶紧脱下自己的大衣，盖在两人的身上，为了让身体的热度在大衣的笼罩下不被流失，他紧紧地搂住易瑾的肩膀。

"真是不好意思，是我考虑不周，让你冻着了。"皮埃尔充满歉意地说道，"我们离开这里吧，我送你回家。"说完，他继续搂着易瑾朝地铁口走去。

进到地铁里，封闭的空间稍微暖和了一点儿，易瑾这才缓过劲来。地铁里到处都是搂搂抱抱的情侣或者借着过节喝酒装疯的男女，相拥着裹在一件大衣下的易瑾和皮埃尔，像极了这种氛围里的一对安静的恋人。地铁车站里依然有着穿堂风，皮埃尔没有松开自己搭在易瑾肩上搂住她取暖的手，易瑾也不刻意挣脱，这份温暖，是她舍不得推开的。那一刻，易瑾竟然有一种错觉，也许，他和她，此时、此刻、此境，都是天意。她想要的依靠，还有温暖，他是能够给予她的，甚至更多些，她也想要。

深更半夜的巴黎城原本没有地铁运行，因为这是新年除夕，地铁公司特意延长了运营时间。午夜前后的班车，人流量巨大，不便售票和检票，索性全部免费，但班次不多。间隔时间比平时要长，乘客需要一些耐心来等待。

易瑾和皮埃尔，就这么像一尊紧密焊牢的雕塑般凝固在站台上等车，像是生命中同被按下了暂停键。她舍不得脱离他的温暖，但又没有胆量顺水推舟地让这种临时的亲密变成长久的关系。她意识到，如果皮埃尔再多一丁点儿的表示，她就能够被他激活。孤零零地在异乡的她，渴望着被激活后绽放的生命，就像刚才在寒风中渴望温暖那样。巴黎，是她想久留的城市，她甚至想把它从异乡变成家乡。皮埃尔是离她最近的人，也许，也是一个可以让她在这座城市真正扎下根来的对象。他给了她拥抱，在她需要的时候。如果他给她更多，她也不会拒绝——她需要，甚至渴盼。晾久了的寂寞，就像晒干了的枯柴；燃点虽然很低，但还是需要火引的。易瑾自怨自艾地想到，自己就像一堆等待着导火索的干柴，在日复一日的推演中，兀自地枯竭着——她惧怕自己会很快地变成灰烬。

就在这个时候，邹皖也从凯旋门另一个地铁入口进入，迎面来到了易瑾他们等车的站台。邹皖平时是不会坐地铁的，这个晚上他陪一位相当重要的、将会决定他未来人生命运的商界大佬吃了新年饭，喝了不少红酒，所以他没法自己开车；加上香榭丽舍大道从晚上八点钟就禁止机动车通行，他连出租车都打不到。跟邹皖共进晚餐的大佬的豪宅就在香榭丽舍大道上，吃完晚餐后跟保镖一起走两步就到家了，而邹皖则不得已要选择乘一回地铁。好巧不巧，破天荒乘地铁的他，就破天荒地遇到了在站台上被皮埃尔紧紧搂住的易瑾。邹皖是多善解人意的人啊，从易瑾身边走过时，他把头一偏，故意错过了和易瑾对视的可能。他传达给易瑾的信息，无非是"我没有看到你"，或者是"就算看到了，我也装作没看到"——无论是哪一种情形，他都是为了让易瑾宽心——你放心好了，我知道你是苏淮的老婆，可我什么都没看到。

这个晚上的偶遇，邹皖对苏淮守口如瓶。他刻意地保守着这个秘密，因为在他心里，这件事的严重程度，必须上升到秘密这个级别。

火车来了，易瑾他俩和邹皖没有进入

同一节车厢。乘客太多，车厢拥挤得跟沙丁鱼罐头似的，目光和身体都被牢牢锁定在方寸之地。易瑾和邹皖就这么悄无声息地错开了，直到几年后易瑾回国，他们才在某个圣诞饭局中再次相遇。

易瑾住在"犹太城"，这是离巴黎市中心最近的城郊结合部，是市区地铁7号线的终点站。皮埃尔陪着易瑾坐到终点下车。犹太城的午夜，和香榭丽舍大道是完全不同的两个世界，一下子从人声鼎沸变成人迹罕至。街面上静悄悄且阴森森，若是让穿着单薄的晚礼服的易瑾独自去走这段夜路，任何绅士都于心不忍。皮埃尔护送着易瑾，一直把她送到了公寓楼下。一路上，易瑾期待皮埃尔会说些什么，也做好了准备邀他上楼去坐坐，甚至幻想过在这个新年除夕夜他俩之间也许会发生些难忘的纪念。但皮埃尔只是坦然地跟易瑾拥抱道别，真诚地说了句——新年快乐。仅此而已。

回到公寓的易瑾第一感觉是有着暖气的屋子才像是人间。但是，躺在人间的床上，她辗转反侧地睡不着。已婚妇女的除夕夜，理应是有着另一半陪伴的岁月静好与现世安稳，但陪伴易瑾的，只有这一屋子的暖气。她望着摆在床头柜上的她和苏淮的合影，百感交集——自己坚定地追求和追随苏淮所期盼的夫荣妻贵，被苏淮所追求的人生新高度给拆解了；合影里笑得像花儿一样的连体小夫妻，连孩子都还没来得及生一个，就变成了"生活态度很积极、但生活目标不明确"的区隔在两个时区里的个体。现在为了留在巴黎，她开始读硕士，难道为了同样的理由，以后她还要读博士、做博士后？⋯⋯难道为了留在巴黎，就硬生生地把她这样一个不喜欢做学问的人掰成一位资深学者？看不到尽头的学习让她觉得前途无望。易瑾问自己，如果可以选择的话，像苏淮之前那样顶着博士头衔继续搞研究，你会喜欢吗？答案是No；那么，像苏淮现在这样顶着教授的名义回国从政，你会愿意吗？答案还是No；——她就是想过那种无忧无虑的生活：上班做些老板吩咐的事情，下班做些老公吩咐的事情，没什么压力，也不必担责，无宏图大志，但求生活在巴黎。要说巴黎到底有多好，易瑾也没有特别系统的理论逻辑来回答，但是，在20世纪80年代，光凭"生活在巴黎"这几个字就足以囊括让其他国人艳羡的万千条理由，这就够了。

睡不着的易瑾想跟苏淮写封信，犹豫了一下，又打消了这个念头。自己的生活乏善可陈，如果老是写信说希望苏淮早回巴黎也不合适，就还是算了吧。她打开抽屉，把苏淮的来信取出来一封封地一读再读，抱着这些信纸，她终于睡着了。

易瑾醒来时，窗外的天空已大亮了。冬日的暖阳慷慨地铺洒在大地之上，目光所及之景色，都像撒了层金粉一般；隆冬巴黎的室内暖气热力十足，易瑾仅穿着单衣单裤，从里及外，都看不出过冬的样子。

冬天来了，春天还会远吗？易瑾想到了这句诗，但就算春天来了，又有什么会和从前不一样呢？易瑾想起今天是元旦，新的一年了——新年，意味着自己又老了一岁。这么想着，她拿起电话，接通了电话总局，说："请接通中国北京⋯⋯"

她想跟苏淮说句"新年快乐"，结果，开场白却是："苏淮，我这里天好亮啊⋯⋯"

苏淮的回答是："我们这里已经天黑了⋯⋯"

易瑾说，新年了，我们要有些新气象、

新变化吧——我不想和你这么两头牵扯着了。

苏淮没有察觉到易瑾语气中的异样，他简单直接地说，那你就赶快回国来吧。

易瑾说，你知道我不想回。

苏淮道，你也知道，我下定决心回国，就彻彻底底在国内扎根了。

"我们俩不能一辈子都这么两地分居吧，"易瑾说，"你就没想过为我做些妥协吗？算我求你，回法国来吧。"

"你了解我，有些事一旦决定了，就认准死理。"苏淮说道，"不管未来是好是坏，我都会踏踏实实在中国待着，我快三十岁了，不会再瞎折腾了。"

"你做决定的时候考虑过我吗？"易瑾问，"要是让你把你最看重的事情逐一排序，我会被摆在一百名之后了吧……"

"你说的是你自己吧……你要是真在乎我，就不会执意留在巴黎了。"苏淮把话顶了回去，"你那么舍不得巴黎，到底为什么？你真的爱我吗？有时候我在想，当初你那么坚定地跟我结婚，就是因为我能让你出国。"

"你是这么看我的吗？"易瑾愤怒了，"好吧，我崇洋，媚外，把结婚当出国的跳板……既然我这么不堪，那……离婚吧，免得我这么虚荣，拖累了你的大好前程！"

他和她都在电话中沉默着。还是易瑾打破了沉默。她说道："算我说错话了，对不起，我错了。你忘掉刚才那些话吧……年轻人犯错误，上帝都会原谅她的……"

在电话的另一头，苏淮平静地回复了一句："我希望你懂得一个基本的道理——不要轻易说离婚，如果说出口了，就要做好分手的准备。"苏淮的语气不怒而威。国际长途的话费很贵，他不想再继续任何尴尬的话题，于是问道，"还有别的什么事要说的吗？"

易瑾语塞，想了想，说道——

"晚安。"

天亮时说着晚安，这就是他们的婚姻。

22

离开了梅亦可的寝室，董梁就急急忙忙地往校办印刷厂赶过去。由他发起创立的"珞樱诗社"准备新年给大家看到"开门红"，他们悄悄组稿编辑后的新年诗刊专号《三千里》已经完成了第三次校对，之前就跟印刷厂的排字师傅们说好了元旦这一天去取清样。每到年底，印刷厂的活儿就特别多，师傅们都是加班加点地在赶工。《三千里》这个诗刊专号虽然在校党委宣传部备了案，也申请到了拨款，但还是属于计划外的出版物，能够排上这个年末档期董梁费了不少口舌。好在印个诗集字数也不多，所以，递上一根烟，排字工人就收下了董梁说的所有好话，接下了印刷《三千里》的活。

筹办诗社，编辑诗刊，董梁都没有事先告诉梅亦可。所有文学爱好者，都有一份"铅字情结"的执念。20世纪80年代的中国诗坛，人才辈出，董梁没有在其中留下姓名，他归结为是自己太年轻。错过了一个时代没关系啊，咱还可以再创造一个新的——进入90年代的董梁就是这么想的，他想成为那个在北岛、顾城、海子之后一鸣惊人的诗人。所以，这本《三千里》，既是董梁想自立门户的敲门砖，也是他想带给亦可的惊喜。

在出刊的最后时刻遇到了亦可流产这

事，董梁当然分得清楚孰轻孰重。从放在贴身口袋里的印刷款中抽出一百块钱付了梅亦可的手术费后，接下来的几个月他要靠借钱度日了。远在新疆的父母，节衣缩食地每个月邮寄五十元的生活费。生活本来就紧巴巴的董梁，谈起恋爱来，花五十五块买鞋，掏一百块付给了"老军医"……董梁是认账的，但到了给梅亦可买拉面的时候，他犹豫过三秒钟——要不要买份肉丝面呢？他想到了亦可说过喜欢吃素面，也想到说如果多花钱加了肉丝，结果这份心意亦可又不在乎，那岂不是可惜？这个节骨眼上的董梁，心甘情愿地承担了一百块钱的意外支出后，再经不起任何不必要的浪费了。他只买了一份拉面，趁着热火劲儿把面条送到了亦可的床前。从食堂到女生宿舍的路上，热汤汤的面条碗里飘出来的酱油香，不断地刺激着从一大清早起就滴水未进的董梁。他跟自己说，算了，别吃了，能省点儿就是点儿吧，晚上还要跟寝室里的兄弟们开口借钱堵窟窿呢……

就这样，饥肠辘辘的董梁气喘吁吁地跑到印刷厂车间，当他看到《三千里（创刊号）》的清样时，心里又激动又忐忑。激动的是这铅印出来的诗集太完美了，忐忑的是学校拨付的印刷款里少了一百块，还没来得及借上钱把窟窿补上的他，怎么跟印刷厂交代呢……

捧着诗刊清样的董梁，跟师傅致完谢后吞吞吐吐地说："师傅，有个事儿……很抱歉，我出来的时候走得急，要付的印刷款没带在身上……"

董梁的话还没说完，师傅就摆手道："我不管收钱。我们工人是星期天和元旦都在加班，但是会计他们是不加班的，交钱得等他们上班了再说。钱的事情不急，你先看看书这么印行不行？"

董梁赶忙说着"好"，师傅说，那你就在清样上签个字，我们就照此开印了。

董梁点头准备签字，这时师傅又问道："你们为什么给这个诗刊取名叫《三千里》？是不是来自毛主席的诗句——就是那句'自信人生二百年，会当水击三千里'？"

董梁一愣，反问道："师傅，您也爱诗？"

"哪敢在你们大学生面前班门弄斧啊？我文化程度不高，初中毕业就顶了我爸爸的职，来印刷厂上班了；每天的工作就是跟书打交道，所以也喜欢读读书……"师傅有点不好意思地说道，"如果我没记错的话，这句诗是毛主席对他那首《沁园春·长沙》一词中'中流击水'里面的'击水'二字的批注……"

"是啊，我们给刊物取名时就有这个用意。"董梁激动地回答道，有种遇到了知音的感觉，"不过，'水击三千里'是借用《庄子·逍遥游》中那句话，'鹏之徙于南冥也，水击三千里'……"

"是啊，毛主席诗词中有不少是引经据典的……现在这时候，全党上下要统一思想，坚持四项基本原则，你看，我们这里每天印的宣传学习资料都是这些内容……你们大学生都是紧跟党走的，所以，我猜你们要给一本书取名字，会拿着毛主席诗词来挑，既不会犯政治错误，还发扬了毛泽东思想，一举两得啊！"

听到师傅这样说，董梁刚以为遇到了知音而加速跳动的小心脏又回到了原来的频率。本来他还有个闪念，想把自己创作的那首题名为《闪电》的刊首诗念一遍给师傅听听呢，他都酝酿起当时创作的那股激情了……人生就是这样，有些意外的惊喜来得快也去得快——拉长了时间段来看，所谓惊喜，都经不起一喜。

从印刷厂走回寝室的路上，董梁终于还是按捺不住，一边走着一边沿途大声朗读着他饱蘸情怀的诗作《闪电》。这首诗需要在人群中高声朗诵才能体现它的意境、风骨与呐喊。就算迎面而来的路人对他侧目而视，他也毫不在意——如果没有足够的听众观众，那么好吧，脚下的每一颗石粒、头顶的每一丝云彩、身边的每一片树叶，你们都有聆听的耳朵，我朗诵出来的声音，每一个字节跳动、每一段音韵起伏，都是属于这首诗的掌声……

闪电的根须猛然飘吐，而后又飘然陨落
紧接着这一刻是雷声碾过头顶
起风了，风将皮鼓奏响
十万种声音一起呐喊
像狼烟一样弥漫
啊 大雷雨 青春的大雷雨
仿若一张骚动、紧张、迷乱、狂乱的大风
以太阴的名义，迅疾地从黄昏那里卷向我们蓝色的年龄

……

23

一月份是大学校园里的"考试季"，学生们都在为了应付考试而临阵磨枪，自顾不暇。《三千里》虽然紧赶慢赶着在月初问世了，但这份"新年献礼"并没有在校园里翻出什么水花来。董梁非常失望，尽管他也知道这是情理之中的事情。

对于女孩子来说，年轻不是必胜的本钱，但年轻就拥有逞能的资本——梅亦可就是这样。她把发生在老军医诊所里的那段经历当作是场噩梦。然后，用一顿半梦半醒的觉，就让自己从中抽身，气定神闲后准备应考。之前，为了显摆一个优秀的大学新生的好学实力，她信心十足地一学期选了十二门课，临到考试前才发现，这样大跨步来走路，确实有点不好平衡。摆不平也不能摔倒啊，只有硬着头皮应战了。于是，梅亦可奔波在从一个考场赶往另一个考场的路上，身体的疼、心里的痛，都被当作多余的包袱给扔掉了。她甚至都不用自我调节，因为她深知自己的本分；她还知道，自己和其他同学不一样——被领导和老师们寄予了厚望，"高处不胜寒"……自己竟然差点儿就从巅峰跌到深渊，好在及时化险为夷，算是侥幸和命大。

每天晚自习，梅亦可和董梁依旧会找间教室坐到一起，她温她的课，他读他的书。

亦可听到寝室里的女生都在商量着寒假回家买火车票的事情，就问董梁，寒假你打算回去吗？

董梁摇头说，去年我就没回去。从武汉到新疆，要转好几趟火车，前后差不多要折腾三天，劳神费力，寒假也短，回家待不了几天又要往回赶。

亦可说，那你到我们家过年吧。

董梁问："真把我当成了你们家的上门女婿啊？"

亦可反问说，难道不是啊？

"感觉在你妈面前，我从头到脚，毫无任何尊严可言。"

"想开一点啊，在我们家过年，吃着热热闹闹的年饭，好酒好菜地招待你，总好过在这寝室里冷火秋烟的吧，不需要上升到'尊严'的高度吧……"

"你真准备把一辈子都交给我了？"董梁问。

"难道不是吗？"亦可反问道。

"也是啊，除了我，还有谁会珍惜你呢……只有在我这里，你才是'原装'的……"董梁接话道，"不过你放心，我一定会对你好的……"

因为要全力备考，元旦后的两个周末，梅亦可都没有回家。到了第二个礼拜六，大部分的考试都考完了，剩下的科目也多是开卷考试，不用太担心。她在食堂门口的布告栏上看到周六晚上"梅操"放映电影《喜宝》和《欢颜》，就拉着董梁说，去看个电影吧。

放映电影的"梅操"是露天影院，学生们要自带小木凳，在空场地上随意找座位。这是第一学期的最后一个礼拜，先考完试的学生不少已踏上返家的归途，所以，"梅操"里的观众稀稀拉拉。一月份的武汉之夜，阴湿的寒冷深入到骨髓，早先在露天看戏时还有人墙能挡点风寒，到这会儿，凛冽的寒风单挑着操场里每位观众抗冻的毅力。冷得直打哆嗦的董梁和梅亦可只好紧紧拥抱，相互取暖。被电影里的缓慢叙事节奏弄得昏昏欲睡的董梁顺势倒在亦可的怀里。亦可抚摸着他的脑袋，有一种怀里抱着个儿子的错觉。

"你知道吗，靠在你胸前，都能闻到你身上的奶香……"董梁半仰着头，借着电影荧幕辐射过来的微光，望着亦可说。

亦可没有理他，继续看电影。荧幕上是老戏骨柯俊雄扮演的勋存姿那张不容置疑的面孔，这些影像投影在观众群里时再看，就好像是你看着的那个人，长了一张勋存姿的脸。

《喜宝》和《欢颜》后来成为梅亦可印象极为深刻的港台片，除了电影本身的魅力和配曲配乐的精彩，还有就是那晚上在"梅操"和董梁相互依偎的记忆。她记得《喜宝》，记得影片里勋存姿的面孔和董梁脸庞叠化的瞬间幻觉；记得《欢颜》，记得电影散场时整个校园里都同声和唱着片尾那首《橄榄树》……

直到第二部电影《欢颜》的片尾曲响起，董梁总算是直起了身子，长舒了一口气，"你看，我顽强地坚持到了最后。"他右手牵着亦可的手，左手提着两个人的小板凳，边走边说道，"要不是为了陪你，我才坐不住呢……"

在桂苑的女生寝室楼下，董梁他俩遇到了亦可寝室里的其他女生，大家都是刚从"梅操"看完电影回来。这是那个年代的住校大学生们仅有的公共娱乐。已经接近晚上11点要熄灯锁宿舍门的时间了，董梁跟亦可道别说："明早见。"

刚从旁边经过的宋微见状，开玩笑说："明天早上记得过来打开水啊！"

董梁呵呵地笑承着说"好好好"，在空中跟亦可又抛了个飞吻。

亦可跟着宋微一起上楼回到寝室。

"我一直希望得到很多爱。如果没有爱，有很多钱也是好的。"宋微还沉浸在刚才《喜宝》电影的氛围中，她跟亦可说道，"亦舒的这段话实在是太精辟了。喜宝代表了很多人，她们不介意出卖她们的青春，反正，青春不卖也是会过去的。"

"你觉得她也代表你吗？"

"我？我觉得三毛能代表我……我们愿

意去拿青春交换的东西,都和金钱无关……"宋微笑着说道,搂住了亦可的肩膀,"对你来说,金钱不是爱情的必选项,对我来说,就连爱情,也不是人生的必选项。"

"如果你要这么说,那你可不是三毛能代表的。三毛的生活里,爱情就是全世界。"

"我最欣赏她的就是她对自由的向往和憧憬,'为了天空飞翔的小鸟,为了山间轻流的小溪,为了宽阔的草原流浪远方……'"宋微边说边唱。

在梅亦可还要准备最后两门课的考试时,董梁已经全部考完,彻底解放了。他想着趁放假前老师们都还在学校的最后时机,去系办找一下搞现当代文艺研究的老师,看看有没有机会毛遂自荐一下他们的《三千里》诗刊。于是,带着几本样刊,星期一下午他跑到中文系办公楼上下转了一大圈。结果,各个教研室的大门都是紧锁的。

系办门口负责收发信件的师傅问董梁,你想找谁啊?老师们基本上都去监考了。

董梁恍然大悟,尴尬地笑笑,然后走到传达室门口的信箱前,装作是来取信的样子。

一般到系办的人都会顺手帮大家取个信带回去,这是约定俗成的习惯。无论是老师的个人信箱还是学生的班级邮箱,都是开放式的抽屉状,所以,董梁先看了看88级的,取走了里面的信;之后,他打开了89级的信箱。在89级的一堆信件中,董梁看到有梅亦可的汇款单和一封寄给亦可但没有邮票邮戳、寄件人为"内详"的信。这种信件一般都是校内的人直接投递过来的。董梁一下子警觉起来。他匆忙地把亦可的信和汇款单连同88级的邮件塞进书包,快速离开了办公楼。

从系办回寝室的路上,书包里那封寄给亦可的落款为"内详"的信,就像是个装了魔鬼的瓶子,沉甸甸地让董梁觉得必须把它拿出来看个究竟。他拐进了某个教学楼的一间教室里,在角落中迫不及待地拆了封——

梅亦可同学,你好,新年好。

想了很久,还是提笔给你写了这封信。希望你耐心读完它。

对我来说,你是一个很特别的存在,你知道吗,有一天,我默写了所有记得的和'梅'字有关的成语,为了一个名字中有这个字的人。

有些话想跟你说,但开不了口。现在提笔写信了,发现同样的内容我还是下不了笔。从小到大,我都不是一个勇敢的人。这个新年,我收到了一份上天给我的礼物——'勇气',所以,想把它展示给你。

我鼓足了勇气来问你,能给我一次机会吗?让我关心你、照顾你、陪伴你。

如果这个问题太唐突太冒昧,我可以等,直到你愿意回答它的那一天。

来日绮窗前,寒梅著花未?石鲸吹浪隐,玉女步尘归。

信末没有落款署名,但无论从字迹、还是看内容,董梁都能猜出这个"内详"出自何人之手。他有一种被冒犯、被侮辱、被伤害的感觉,全身的血都在往大脑上涌,所有的指向都是在跟自己说,去找他!收拾他!!给他一个教训!!!看来之前的直觉没错,别看那个石川文质彬彬、弱不禁风的样子，挖人墙脚这种事情干起来头头是道，就算挨打到头破血流也坚持不懈，手段更是不断地推陈出新：就这么几行字，成语、唐诗都用上了，还把两个人的姓氏藏在诗文中，心思够深的！

董梁想不通，难道石川还真是个愈挫愈勇的狠角色吗？对梅亦可一厢情愿的单相思顽强坚持到这个份儿上，也真够不要脸的了。但转念一想，难不成是梅亦可给了什么暗示，才让他以为天降"勇气"？她愿意跟他搂搂抱抱着跳舞，是不是跳出了什么火花？

……董梁越想越多，越想越愤怒，他毫不犹豫地把信纸和信封撕得粉碎……一边撕一边自问，我该怎么办？还能怎么办？对这个石川，骂也骂了，打也打了，人不能在同一条河流中跌倒两次，同样的错误不能一错再错。那要怎么办？

董梁把撕碎后的那些纸片扔进了厕所，看着水流把它们冲走后无影无踪，这才长叹了一口气，走出教学楼。

晚餐时间，董梁来到梅亦可的寝室，如常般先帮女生们打完开水，邀上亦可同去食堂吃饭。离开寝室前，他把汇款单递给亦可。

亦可一看上面的数字——"贰佰元整"——当时就惊叫了起来："天啦，飞来的横财啊！"她把汇款单翻过面来，看到附言上写着，"团省委专项表彰事项汇款"。

"这是我之前评选上那个全省标兵的奖励，上次你骑车送我去开表彰会，我俩还摔了一大跤。"亦可凑到董梁耳边悄声说道，"你看，当标兵还是不错吧，精神文明、物质文明双丰收。明天早上你带上我的学生证到邮局帮我把汇款取了，钱你就留着。我知道你为我的事花了不少钱，这

笔钱正好救急。"

"这怕不好吧……"

"没事，只要是我妈妈不知道的事情，我就可以自由支配。"

"总感觉我跟你妈在抢你。"董梁无奈地说，"你好像也很习惯了被你妈控制。"

"凡事总有个过程的嘛……等你以后光芒万丈了，八抬大轿地娶我，我就只听你的……"亦可开着玩笑说，"你放心，从过去到未来，我都是忠心可鉴的……你看，我忠于党，忠于国家，忠于人民，忠于我妈，忠于你……"

看着亦可一脸无辜地满怀憧憬、说着有关"忠诚"的话题，董梁想，也许是自己多虑了，她看到汇款单时想都没想就交给了自己，这种忠诚是装不出来的——那封"内详"的信所带来的猜疑和不悦，暂时被压制了下去。董梁跟自己说，当它从来没有出现过吧，老天爷在帮我，才会让我今天阴差阳错地看到了它，也销毁了它。

24

董梁在梅亦可家过春节，是他和她的第一次，也是最后一次。

放假期间，说是让董梁住在亦可家，其实是梅母为董梁在学校的单身宿舍中找了一间空屋子。要过年了，单身的年轻老师们都回家了，这一次属于董梁的，不再仅是一张床，而是拥有了一间房。老谋深算的梅母带着董梁去宿舍认门时就话中有话地提醒他，这是我们单位的集体宿舍，就是给你晚上睡个觉、歇个脚的，隔壁就是党办的值班室，每天都有人值夜班，你要注意各方面的影响，不要给我惹出什么麻烦来。

大年三十的中午，董梁跟着梅家三口去了亦可的叔叔家吃了团年饭，就是开学报到那天开着大客车送亦可到大学报到的叔叔。亦可穿上了董梁给她买的新鞋子，还特意告诉母亲，这鞋是董梁送的。梅母只是多看了一眼，说了句："你们年轻人啊，还没学会挣钱，就挺会花钱了。"亦可冲母亲笑笑，当着母亲的面，紧紧地牵住了董梁的手。

晚辈给长辈拜早年，长辈给晚辈发压岁钱，这是团年饭全过程的组成部分，本来梅氏两家人都是独生子女，互相给对方的孩子发一份红包也就是走个过场，两家人凑个热闹，本质上来说，压岁钱的金额是"两抵"的；结果，亦可带上了董梁，叔叔家显然就超预算计划了。董梁坚决不要叔叔给的压岁钱，但长辈的面子怎么能被一个红包给驳回了呢，推搡之下，只好恭敬地收下。

从叔叔家出来，亦可的父母还要去另一家远房亲戚家拜年，亦可就跟他们道了别，说好了晚上一起回家吃饭，然后同看春节联欢晚会。

在公共汽车站等车时，亦可跟董梁说，我把叔叔给的压岁钱已经还给我妈了，你把你的那一份也给我，等下我再退给我妈去。

董梁二话没说，就从口袋里掏出红包。他懂得这其中的人情世故，也深知跟梅母打交道要万千小心的道理。正好，汽车来了，亦可赶紧把红包塞进自己的裤兜后，跟人群一起使劲地挤上车去。

大年三十的下午，街上都是走亲戚串门赶着吃年饭送节礼的人们，等车的人多，挤上车是个气力活儿。好不容易上车了，乘客们也都是前胸贴后背。就这么一路挤挤蹭蹭地捱到了他们要下的车站，一下车，亦可发现，董梁刚退给她的红包不见了！不用多想，遇到小偷了。小偷也是要过年的。梅亦可慌了神。按照往年的习惯，亦可家和叔叔家之间交流的压岁钱红包里装的应该是一百块，搁在1990年的消费能力看，一百块钱可不是一笔小数字。之所以给这么多的压岁钱，因为到头来总是"两抵"的嘛，金额高低，都只是个过年凑热闹的礼尚往来的游戏。本来准备交给母亲让她找机会退还给叔叔家的人情，现在，亦可把钱搞丢了，游戏玩出意外了，怎么办？

亦可说："你刚才给我的钱，在车上被人偷走了……"

董梁无比错愕，下意识地说道："早知道这样，还不如不给你呢……"

话说得没错，如果能长后眼睛，亦可也会毫不犹豫地把红包留在董梁身上。可谁会想到发生这样的事情呢？亦可说："帮我想想办法啊……"

"钱已经弄丢了，我能有什么办法？"董梁道，"要我说，要不是你妈那么纠结琐碎，你也不会这么谨小慎微……你看，我有这个内口袋，钱放我身上，还真丢不了……"

"事已至此，说这些话有意义吗？"

"怎么会没意义呢？如果你和你妈之间的关系不调整，不改变，这一类的事情还会一而再、再而三地发生，难道你没意识到吗？"

"那你的意思是……"亦可顿了顿，问道，"你要我为了你去跟我妈决裂吗？你这是什么逻辑？是我不小心搞丢了钱，结果你倒好，把所有的罪过都推到了我妈身上？"

"我的逻辑条理清晰,如果你想偷换概念的话,那我就当你是在胡搅蛮缠了。"

"我被小偷偷了钱,希望得到你的安慰,也不希望因此被我妈妈怪罪……你什么都没帮我,结果还给我扣了顶胡搅蛮缠的帽子!"

他俩开始争吵了起来,路边有人闻声朝他们这边看,董梁不想事态扩大,便不再接话。他俩一前一后地从车站往亦可家的方向走,都憋着一肚子的气。

除夕夜的晚饭,是真正意义上的团年饭。梅母提前做了不少的准备,腌腊肉、卤牛肉、蒸蛋饺、八宝饭、藕圆子、炸酥饺……光是汤品就准备了好几种,桃子煨的排骨藕汤是武汉人的保留节目,但凡有个说头的宴席,这是排在第一位的;还有鱼餐汤,十余斤重一条的巨型胖头鱼,取鱼肉剁为肉泥制成白如雪的鱼丸,留鱼头煎炸后煮成白花花的高汤,然后鱼头、鱼丸连同鱼鳔、鱼肚烩到一起,雪白的鱼餐汤和粉红的排骨藕汤并排放着,显示出鱼米之乡的美食风趣——这两款是咸汤,除此之外,还有甜羹:融银耳与莲子肉,着冰糖慢炖细熬,点米酒枸杞加小汤圆,再撒一些干桂花,一碗琼浆炼乳般浓稠的甜汤,集齐了色香味……看着满桌的美食,董梁真切地感受了"家"的氛围和"年"的喜庆,几小时前跟梅亦可之间憋着的那股闷气,被这一大桌子好菜好肉给彻底灭了一干净。

菜品准备得多,多得一张大餐桌都放不下,梅母也就起起坐坐地边吃边上菜。

从客厅到厨房进进出出的过程中,梅母诚意地招呼着董梁说:"今天是吃年饭,我们准备得足够多,你要敞开肚子使劲吃,每样都尝点儿,不要辜负我们长辈的心意啊……小董啊,你们年轻人正在长身体,多吃点儿,来年更结实、更健康、更上一层楼!"

"谢谢阿姨这么费心,您别忙了,坐下来一起吃吧,这么多菜一顿也吃不完啊……"董梁感激地说。

"你是我们亦可喜欢的人,所以,我们也喜欢你……你应该看得出来,我跟你梅叔叔把你当作自己家的孩子来对待……"

梅母的"感恩激将教育式"语句无处不在,董梁慢慢学着在适应:"我知道,我懂……谢谢您和梅叔叔……"

董梁一边说着,一边夹着菜往嘴里放。武汉的有些特色家常菜,董梁作为一个一年多以前才从新疆考出来的穷学生,还真没机会尝试过,所以,他顺从地把每道菜都往自己的碗里夹了点儿,品个鲜。

餐桌的中间是一条红烧大鳊鱼,完整的一条鱼,先走油炸至半熟,再用酱油烹煮,以黑木耳、黄花菜、胡萝卜丝勾芡淋其上,看起来就勾人味蕾。董梁把周边的菜式都蜻蜓点水地尝了后,筷子落在了这条大鳊鱼的肚子上。他夹起一筷子肚子上的肉,连着鱼刺一起扯了下来。本来是一盘酱色的红烧菜,因为被挑走了这么一小块中间的肉,鱼肚处就突兀地呈现出一片白色的区域来。董梁注意到,亦可的脸色变得有些紧张了,再转眼去看梅母,之前还笑嘻嘻的脸立刻拉长了起来。董梁有些纳闷,不知道自己又做错了什么。

梅父打破了突然尴尬起来的氛围,说道:"小董,感觉怎么样?味道不错吧?"

董梁忙不迭地点头,这时,梅母说话了:"小董啊,我也不把你当外人,要告诉你一个规矩:武汉人的年夜饭里有道菜,叫'听话鱼',就是桌子中间的这条烧全鱼。为什么叫它'听话鱼'呢，就是说，它是摆在这里听大家说话的，不是让你动筷子去吃掉的。年夜饭里的这道菜不能碰，要完完整整地剩下来，这样代表着'年年有鱼'，年年有余……"

"年轻人不懂这些老规矩也很正常。"梅父继续打着圆场说，"我刚到武汉的时候，也不知道有这个'听话鱼'的讲究。"

"那是啊，像你们从偏远地方过来的，一年到头都吃不到一回鱼，见到了大鱼大肉，哪还顾得上什么规矩？"梅母不依不饶，毫不留情地连梅父一并批评起来。面对着满桌的佳肴，董梁和梅亦可都吓得放下了筷子。

"今天过年，自家人就不讲什么七七八八的规矩了，再说了，每个地方的讲究都不一样，入乡随俗也需要慢慢来嘛……"梅父见状，开腔救场地说道，"小董啊，阿姨是好心，教你一些武汉的风土人情，我们边吃边学，不然，菜都要冷了……你呢，以后要学的东西很多，你看，我跟阿姨过了几十年，还在'活到老、学到老'呢……"

看着梅父那张和事佬般的无奈地赔着笑的脸，董梁一点食欲都没有了。他在想，面前这个怕老婆的中年男人的现在就是自己的未来吗？是什么会让一个男人如此卑微地活在婚姻里？这也是源自爱吗？董梁突然想到了那本用旧报纸来当作包书皮的《金瓶梅》，这样一种包裹，到底是梅父的自我保护，还是他的虚伪人生？

董梁无法获知梅父的答案，但在他的意识里，那些被梅母蹂躏得千疮百孔的尊严在自我修复中诞生出新的力量，这个力量告诉他——我可以低头，但这所有的卑躬屈膝，不过是为了更精准的憎恨。

一场好端端的年夜饭，因为冒犯了"听话鱼"的规矩，所有人都觉得败兴。亦可帮母亲把吃剩的餐盘端到厨房里，一切收拾干净后大家集中在客厅看CCTV的春节联欢晚会。董梁在梅家如履薄冰，春节晚会自然也看得索然无味。

快到转钟的时间，梅父梅母实在熬不住了，就跟亦可说，你们接着看吧，我们要睡觉了。梅母进卧室后又立马出来，跟董梁说道："今天太晚了，你等下看完节目后就睡在客厅吧。这么深更半夜的，让你一个人走夜路去教工宿舍那边，我不放心。"

董梁嘴上说着"谢谢"，但心里已经生产不出任何感激的情绪。等亦可的父母都进了卧室关了门，他才敢伸出手来，搭在亦可的肩膀上。

"你看，我妈还是很心疼你的。她就是这种人，刀子嘴、豆腐心。"亦可说道，还轻吻了一下他表示安抚。

"真是受不了你们家，都20世纪90年代了，还有那么多繁文缛节的家法。连条鱼放在你们家，也都是要学会听话的……如果换在旧社会，我一定要带着你私奔。"董梁被亦可的轻吻激发出了更狂放的联想。

"奔向哪儿呢？"

"奔向你广阔的胸怀啊，"董梁补充说，"我要天天躺在你广阔的胸襟上……"

"有你这么憧憬人生的吗？"对于董梁说话间就能迅速引到"胸怀""胸襟"这一类的话题，亦可实在有些不太喜欢。

"要真是私奔的话，带着你去哪儿都行……只要有口饭吃，有张床睡，不用看你妈这种刀子般的嘴脸……"董梁没有感受到亦可的反感，还在继续自说自话。

"你就这点儿志向啊，我劝你还是别做这种梦了。等你有自己的饭碗、自己的床铺、自己的窝，再去想带我私奔的事吧。"亦可打断他的话说，"如果我们真的生活在旧社会，真的一不小心脑袋发热私奔了，估计你还得靠我来养活你……"

"你怎么跟你妈一个德行啊？你们武汉女人都这么强势、这么张狂吗？"董梁一听到"我来养活你"这种又冲击到他的尊严的话语，瞬间被激怒。

"你怎么分不清好话坏话呢？"亦可申辩道，"就算是我来养你，我也没说我不愿意跟你一起私奔啊……"

"你把我当成什么了？"

"问问你自己吧，你觉得你是什么？"

"是不是在你眼里，我就是一条寄生虫？在你妈眼里，我就是你们家捡回来的一条癞皮狗？在你爸眼里，我就是和他一样，是个哭着喊着要留在武汉的上门女婿？"

"你怎么可以这样跟我说话，你还有一点良心吗？我怎么对你的，我们家怎么对你的，难道你真的不识好歹吗？"

"你怎么对我，你们家怎么待我的，你放心，我都记在这里呢。"董梁彻底失控了，连同这一天从早到晚积攒起来的怨懑，他一股脑地抖落了出来；他把搭在亦可肩上的右手抽了回来，然后，用右手食指指尖点了点自己的心窝，又点指了亦可的额头，说道：

"我警告你，梅亦可，我识不识好歹，不用你们母女来对我指手画脚地教训！我从小地方来，没有你们大城市生活的人们那种与生俱来的优越感，但也不代表说我生来卑微、龌龊和低人一等！我有必要提醒你，你想想你自己是个什么东西！你以为你优秀，你是标兵，你是党员，你了不起啊？把你这些光鲜的东西都扒掉，除了

我，没人会在意你、珍惜你，你信不信？如果人家知道你真实的样子，我敢保证，你就是大家眼里的破鞋！……"

沉默。

许久后，董梁重新伸出右手来，搂住亦可的肩膀，说："对不起，亦可，我说错话了……我太冲动了，对不起……"

亦可还是不说话。

"我收回刚才所说的所有的话可以吗，亦可，我错了，你要明白，我真的很爱你，很在乎你，很怕失去你……求你，原谅我好吗？"

25

多年后，梅亦可跟苏淮一起回望1990年的这个春节，自己当时还纠结于和董梁的小情小爱，而苏淮他已然是大鸣大放地引吭高歌着爱党爱国的史诗了。她引用了伟大领袖很著名的一句语录的前半段："世界是你们的，也是我们的"，然后，用自己的话补充说道，"但终究还是你们的，你们这些'60后'的。"

她是这样跟苏淮解释的：

"我感觉，这个世界从来就没有属于过我们'70后'过……你们当红小兵的时候我们才出生，你们上大学了我们才刚进小学，你们读研究生，出国留学，回国当领导了，我们还在等着大学毕业后统一分配，你们迅速地占满了所有的好工作、好岗位、好机会之后，还是年富力强的中坚力量，轮到我们的，就只能慢慢地熬，熬到你们退休，熬到你们腾出位置来，结果，你们老了，我们也过气了，新的接班人是'80后'了，因为'年轻人朝气蓬勃，正在兴旺时期，好像早晨八九点钟的

太阳'……当我们年富力强的时候，所有的阶层空间都固化了，大部分的社会角色也锁定了，属于我们的向上攀爬的通道被封死了，即使我们拼尽了全力——就像我，就像宋微，我们从来不曾放弃过任何机会，从来不放松地随时随地在学习，可依然眼睁睁地看着一个时代从身边滑走，从未真正拥有过……"

"但你拥有了我啊。"那时，苏淮这么告诉梅亦可。

她叹着气，说："梦里不知身是客罢了……"

"文人都有些矫情，但我喜欢……"苏淮接着说道，"有时候甚至觉得，我不顾一切地回国，就是为了遇见你……"

置身1990年春节的苏淮，还不知道在一千公里以远的武汉有个会让他怀疑人生的女孩子用自己的方式朝着他俩的交集"拼尽全力"；他也不知道，自己的好兄弟邹皖正悄无声息地做着回国前的准备。法国的一家高端奢侈品牌BNT想到中国开拓市场，在猎头公司的推荐下，邹皖通过了几次面试，最后由公司实际控制人钦点，他被任命为BNT中国事务部的CEO(Chief Executive Officer)。20世纪80年代的最后一个新年除夕夜，他就是跟BNT公司的大股东贝恩先生一起在香榭丽舍大道上共进晚餐。就是那个晚餐后，邹皖在地铁站台巧遇到了紧紧依偎的易瑾和皮埃尔。1990年元旦那天，他陪同贝恩先生乘坐着他的私人飞机从巴黎抵达了北京，确立了BNT在中国大展宏图的方向。那是邹皖第一次乘坐私人飞机，第一次和国际顶级富豪如此零距离地相交相处。他喜欢有挑战的生活，毕竟，从一名从未坐过飞机的中国公派留学生转变为乘坐私人飞机抵华的"洋买办"，他只用了不到十年的时间。

春节那几天，亦可和董梁之间相处得并不怎么愉快，两人大吵了一通后，董梁及时道了歉，看起来无大碍，但距离感总是有一些的。这种距离恰好适用于梅家的氛围。跟长辈朝夕相处，他们既不亲昵也不忸怩，没有什么让梅母看不惯或者抓住小辫子的不当作为，一切貌似风平浪静。年很快就过完了，大学生们陆续返校上课，董梁他们也带着年货小吃回到了校园。

开学第一周，梅亦可被校团委的张书记喊过去谈话。张书记先是告诉她，综合各方面考虑，决定不在全校范围内对梅亦可作为"反对资产阶级自由化先进个人"单独表彰，但会把这个先进事迹记入她的档案，以后在毕业分配、保研推荐等方面作为优先考核、优先安排的依据。亦可当然没有异议，她感谢张书记对她的提携和呵护，也表态说一定会继续严格要求自己。在她准备告辞离开时，张书记又语重心长地跟她说了另外一件事：

"在征求了中文系领导的意见后，我代表校团委和校学生工作部正式通知你，你被任命为珞珈大学1990年度校学生会副主席……"

亦可一点准备都没有。张书记接着说道：

"鉴于校领导对学生工作的指导意见，我作为专职团干，以后会直接负责和你们对接，把校领导对学生工作的重视放到实处，以便更好地配合你们展开学生会工作，也能及时把学生的意见、要求、想法直接传递到相关负责领导那里……"

亦可脑子转得飞快，她想问的是，学生会主席、副主席什么的难道不应该是竞选演讲、投票产生的吗，张书记没有给她解释这个"任命"的过程，她也不敢多问。

她听张书记接着说道：

"我们认真看过你的个人档案，知道你专业能力强，口才好，受到过不少锻炼，见的世面也不小，是一棵党旗下成长的难得的好苗子。你是我们学校近年来唯一的一位在大一阶段就参与到校级学生会领导工作的学生。这是学校对你的信任和期待，希望你更多地发挥出聪明才智，带领各个院系的学生会主席，团结身边的同学们，共同围绕在校党委周围，把这一届的学生工作办得有高度、有特点，体现校学生会的方向性和凝聚力，也彰显你作为优秀学生党员的号召力……"

亦可认真地点头，诚意地听取。她想起母亲之前叮嘱过的话——任何时候跟老师跟上级交流，就拿出纸笔做个记录——马上从书包中掏出记事本和圆珠笔，准备记下张书记后面交代的事项。张书记摆摆手，拿出一张打印好的名单递给梅亦可，说道：

"你不用记录了，这是这一届校学生会主席团的成员名单，都是各个院系党委考核推荐的，你拿回去熟悉一下。你是副主席，正职的主席叫李兵，之前是政治教育系的学生会主席，高你两届。你们都是政治立场很坚定的学生干部，相信你们会相处得很融洽。这个礼拜六召开本届学生会成立大会，你需要在大会上准备一个专题发言。"

亦可满口应承下来，干脆地回答说："您放心，我一定会慎重对待。"

"难怪程寔老师对你极力推荐，赞赏有加，你是我见到的第一个跟老师说话随时准备好纸笔准备做记录的学生。"临别前，张书记又说道，"从这些细节都能看得出你的教养和素质。"

新官上任总要烧三把火的。梅亦可跟李兵搭了班子，一副一正，都是文科生；人在自己擅长的领域内才是驾轻就熟的，在讨论部署工作时他俩自然就会偏文科的内容多一些。三月份是樱花盛开的时节，珞珈大学的樱花是远近闻名的一道城市风景，所以，李兵他们就围绕着樱花季来做起了文章。在反复商量讨论后，校学生会决定组织各个院系的学生轮流负责在赏樱时节维持秩序，义务导游和打扫清洁，同时在学校的东南西北和湖滨的五个主要出入口售卖入园券。持有珞大工作证和学生证的本校师生，免票自由出入，其他外来人员，每人收一毛钱门票款，门票的收入所得统一上交到校团委，充实学生工作经费。

在整理赏樱时节校门口售票事项的具体执行办法时，梅亦可又提出了新的建议：我们能不能搞一个"樱花节"，举办以樱花命名的诗会、笔会、舞会、球赛、论坛等系列主题活动？把樱花盛开的这一个月安排得丰富、充实和有意义？提议得到了李兵的充分肯定，责成梅亦可负责落实协调。于是她联系了文体部长、学习部长和生活部长，把球赛、论坛和舞会三个项目分别分配给他们。亦可把"诗会"和"笔会"这两项任务抓在了自己手里，因为她有特别的考虑。

在跟董梁去上晚自习的路上，梅亦可说到了校学生会筹办樱花节、尤其是"樱花诗会"的计划，她跟董梁说，你们不是有个珞樱诗社吗，这次诗会你们来承办吧。

董梁闻讯兴奋不已，道："好啊，这事只有我们能办好。我们先征集诗歌，再请专家评选。在今年的'樱花节'中还要有一场获奖诗歌的朗诵大会,到时候,一定是专业水平、豪华阵容、超强人气……"董梁按捺不住心里的激动,憧憬和想象着即将发生的诗坛盛况,恨不得立马就行动起来,他接着说道:

"我这就跟周边的几所大学联络一下,像师范大学、民族学院、政法大学里面都有不少诗歌写得相当不错的笔友,让他们代表各自的学校都来参加,把这个'校级'活动变成'校际'盛会,一定空前隆重、盛景无限!"

"你还是要注意把握好分寸,别好心办坏事。"亦可提醒董梁说,"我觉得你们的《三千里》诗刊就特别好。要是觉得筹办时间太短,征集新的诗歌作品有难度,你也别为难,就从这本诗集中找些作品来参赛也不错……第一次办诗会,大家都没有经验,我没有太高的期望值,就是希望通过组织这个诗会活动,能够帮到你……"

"你太小瞧我了吧?"董梁说,"是不是在你眼里,我的才华从来都是不值一提的?你现在成了学生会副主席,当官了,所以我就要拾你的牙慧,靠牵着你的衣服角来讨个生活?你看看你自己,小小年纪,除了整天写思想汇报,谄媚地巴结讨好老师之外,你有什么真本事?堂堂一个名牌大学里学中文的科班生,不读书,不写诗,不作文,天天就往行政大楼里跑,领导手一挥你就跟着表决心,你看起来比谁都忙,你学到什么了?你有真才实学吗?亏你还有脸跟我说你做这一切就是为了帮到我?"

亦可无言以对。她慢慢发现,她和他陷入了一种怪圈:他们离不开彼此,但又无法接受对方。他在乎她,在乎她的一切,包括她的优秀——以他那么骄傲的人,如果她不够优秀,他是不会选择她的。但他太傲慢了,傲慢到他无法正视她的优秀,傲慢到敏感、乃至疯狂地以为,无论她多么优秀,既然她是他的女人,他便是她的王。在他看来,她并不接受这种傲慢,甚至不断制造新的高度来俯瞰他,所以他痛苦,痛苦到他必须要求她也感同身受。

亦可在心里默数着数字,从一到十,再从十到百。她不敢说话,怕说出来又是新的事端和误会。她知道他是冲动的,或早或晚,他会平静下来,然后跟她道歉,求她原谅。她知道事情就是这样发展的。她什么也不说,等着他自己回心转意的那一刻。

26

在筹办"樱花节"系列活动的分工中,梅亦可独揽下来的除了诗会,还有笔会。说是"笔会",是为了对应其他名目的表达能顺口些,亦可想举办的是书法比赛。亦可跟董梁说的是心里话,对于这些活动,她没有太高的期望值,毕竟,于她、于学生会、于珞珈大学,这些都是首次尝试。能办得多好真的很难说,关键就是要起步,先把事情做起来,把气氛带起来,从无到有地开创一件前人没有做过的事。基于这样的考量,计划中的"樱花笔会"的班底,就是那门书法选修课堂上的师生群众。此外,还没有成型的思路——她需要帮手。

整个珞大校园里,能被亦可随叫随到、又对书法有爱好的,非石川莫属了。《书法》课在上学期末已经结束了。午饭时间,亦可和宋微一起打了饭菜后在食堂门口附近找了个座位坐下来,看到石川,就主动招呼了他。他们一边吃着一边开聊,主要是石川听亦可来介绍情况：

"樱花笔会还在筹划中，等思路完善了，就跟其他几个主题活动一起作为首届樱花节系列活动来实施部署，所有计划都需要事先报请校团委和学工部审核。"亦可说，"时间很赶，笔会的事情，就要仰仗你了。"

石川还是那种中规中矩、不疾不徐的语调，说："这对我来说是个新课题，容我先消化一下吧。"

"行啊，还可以先等你把午餐消化完再。"亦可开着玩笑，把"消化"这个词偷换了概念。

石川虽然言谈举止有些迂腐，但执行力很强，何况是梅亦可拜托的事情呢？上学期放假前写给她的信没有收到答复，他还担心亦可因此已跟他绝交。今天在食堂里亦可主动招呼他，他知道事情没那么糟糕。既然亦可请他帮忙策划"樱花笔会"，就要"受人之托、终人之事"，把细节想得尽可能周全完善些。在他看来，首先需要一句别致的宣传语和一张醒目的海报。午饭后，他径直回到寝室开始研墨，铺开一张大的旧报纸后，他练起笔来。下午，一张写在旧报纸上的宣传海报草稿完成了："花珞吾珈——首届樱花笔会征集令"，就是石川的创意。这里，"珞""珈"二字取自珞珈大学校名，又谐音"落"与"家"，把"花落吾家"的意境上升到一个新的高度。石川迫不及待地带着还有墨香的手稿赶到女生宿舍，希望得到亦可的认同。

梅亦可不在寝室。室友说，要不你晚饭时间再过来吧。石川犹豫了一下，他估摸着晚饭时董梁会陪着亦可，感觉自己还是回避一些比较好，于是，就把海报初稿留在了亦可的寝室里。

石川想的没错，到了晚饭的餐点，董梁跟梅亦可前后脚来到寝室。室友告诉亦可，石川下午来过，留下了一份什么东西，放在你床上了。

亦可问，他没说什么吗？

室友说没有。

亦可打开卷成桶状的旧报纸，看到了石川用毛笔书写的那些遒劲的大字。她情不自禁地点着头，赞同石川的创意。一转头，她看到董梁的脸上写满了愤怒。

"你找石川了？"董梁问。

"是啊，我们想把樱花节办成诗会、笔会、球赛、舞会这样一组系列活动，我又没有三头六臂，就必须调动大家的积极性才行啊。诗会的事情交给你了，石川的字写得好，就让他承办笔会……"

董梁听不得、见不得、想不得"石川"这个名字。亦可的话还没说完，他的怒火就熊熊燃烧了起来："你为什么要找他？为了他，你非要和我对着干吗？学校少了你就办不下去了吗？你离开了姓石的就做不了事情了吗？你明知道我不喜欢他，还偏要去找他，你心里有我吗？之前说得好听，说想帮我，结果，给我一个诗会，给他一个笔会……你这种脚踏两只船的主，平衡得倒是挺好！"

"你什么意思啊？"

"我倒想问问你，到底是什么意思？你们之间有什么不可告人的事情？"

"你想到哪里去了啊？"亦可知道董梁又开始他的间歇性情绪失控了，这一次她不能靠在心里数数来保持沉默，有些事实她必须要及时澄清。

"是我想多了吗？你别以为我不知道你们那些破烂事，你老实说，他又给你写了什么甜言蜜语？"

"又?"——中文系的学生,对于副词和虚词的用法,自然格外敏感,亦可追问道,"什么叫'又'写了甜言蜜语?我跟石川之间清清白白,你不要生气起来就无事生非!"

"你别以为这么掩耳盗铃就能骗得了我,你们之间眉来眼去又不是一天两天了。之前他还跟你写信,说什么'来日倚窗前,寒梅著花未',肉麻不肉麻啊……"

就这样,董梁自己说漏了嘴,让亦可知道了他私拆和销毁石川来信的事情。那一刻,亦可的脑子"嗡"的一下炸开了。董梁在被迫吐出全部实情后紧张地道歉说:"对不起,亦可,是我错了,我总是犯些低级错误……也许我这种人就不适合恋爱,太敏感,太执着。这种敏感和执着总是唤醒着我的占有欲、控制欲和疑心,也会勾引出我的狭隘、自私和暴怒。我知道这每一种情绪都让我们彼此痛苦……对不起,我真的太在乎你了……"

"我突然想到,我妈说她就断定我们长久不了……现在看来,这些话没说错啊……只是,我为什么非要等到自己撞得头破血流,才知道她是对的呢……"

一听到梅亦可提母亲,董梁的气就不打一处来。他一直认为,在他俩的爱情里,梅母充当的角色就如同巫婆一般,而"长久不了"这种预言,简直就是巫婆的咒语。"别说你妈了好不好,我们俩的事情,我们自己来判断。我知道,你是爱我的,不管你妈妈怎么说,你都是爱我的,对吧?"

"我妈比我多活几十年,她带着这几十年的阅历来帮我判断一些人和事,当然比我更有经验。只是我太年少气盛,总想找些地方来证明自己比她要高明……"

"亦可,对不起,真的非常非常对不起……我从来没有想过要伤害你。我有多在乎你,你知道吗?小说《简·爱》里面有一句话,是简说给罗切斯特听的,我现在也想把它说给你听——如果上帝让我拥有财富和美貌,我一定会让你难于离开我,就像我现在难于离开你一样。"

"不是的,董梁,事实不是你说的这样,就算你没钱,也没有一张好看的脸,可你还是不断地嫌弃我,鄙视我,用你的言语来侮辱我,伤害我;你的占有欲跟勋存姿不相上下,要是给你一把猎枪,说不定你冲动的时候也会扣动扳机……所以,我不能再勉强自己了;不是你对不起我,我要是这样被侮辱和伤害之后还跟着你,就太对不起自己了。"人在气头上,说话都有些偏激,梅亦可厚积薄发的言语机锋,尖锐犀利。"没钱""长得不好看"——这些让董梁听起来刺耳的大实话,对应着董梁引用的《简爱》里的对白,联想到他一以贯之喜欢用经典名篇来抒怀达意的卖弄,憋屈已久的亦可此刻对他的挖苦,毫不逊色于他乖戾时的刻薄。

"你是要离开我了吗?"董梁问,"你也跟你妈妈一样地瞧不起我,是吗?"

看到眼前的董梁,梅亦可想到金庸《鹿鼎记》里的那个韦小宝的自述——我人虽小,却偏喜欢骑大马,好显得不太矮小——这种好面子又爱充大的卑微,其实是一戳就穿的泡沫,如果没有高头大马的抬举,卑微之内核与矮小之外表,贴合得严丝合缝。

自从知道了石川给自己写信的事情后,梅亦可也反复审视她和石川之间的关系。也许自己也有处理得不妥当的地方吧,给对方带来了错误的暗示,就像多米诺骨牌的连锁反应一样,最终导致董梁会猜忌和

319

做出一些过激的事情来。她决定拿出明白无误的姿态和立场,跟石川把误会挑明。

亦可直接找到石川的寝室,当面告诉他,考虑再三,樱花笔会的时机不够成熟也来不及准备,所以决定放弃;很感谢石川费心费力来筹划,但事情到此为止,占用了他的宝贵时间,非常感谢,也非常抱歉。石川的寝室就在董梁的隔壁,她站在他寝室门口所说的这一切,相信董梁都听得真真切切。

石川很礼貌地回应说,没关系,我也没帮到你什么。

27

珞珈大学首届"樱花节"活动远比预期设想得要圆满和成功。李兵和梅亦可,校学生会一正一副这两个主席,都是那种上台就能滔滔不绝、下地又能踏实做事的人,他们在幕后的组织协调能力和在台前的抛头露面风光,得到了各个方面的一致好评。自此,"樱花节"成为珞大的保留节目,樱花节期间收售入校门票也成为惯例。多年后的一个春日,作为社会人士的梅亦可花了二十元人民币买了门票进入母校,她想起了当年他们学生会首次售卖赏樱门票时的定价——"一毛钱"——时过境迁。

1990年的首届"樱花节"活动中,珞樱诗社是最大赢家。这既要归功于董梁个人的倾力付出,更得益于全国高校诗坛的风生水起。那个连清华大学电子工程系的叫高晓松的高材生都写诗写歌写到了退了学的年代里,任何以诗歌的名义来召集的大学生社团活动,都不用担心会冷场。作为压轴活动的"樱花诗会颁奖大会暨获奖作品朗诵大会"在珞珈大学樱园楼顶的学生俱乐部里召开,整个大礼堂人山人海般挤得水泄不通。从周边各大高校中赶过来的大学生诗人们,以此作为年度诗歌盛事。那天晚上,董梁亲自朗诵了他的夺魁作品——系列组诗《珞樱:春天的火焰》中的片段,激昂的诗行、高亢的激情配以他天生的磁性嗓音,让他成为了武汉高校诗坛风头无两的领军人物。梅亦可则是以校学生会副主席的身份担任了诗会的主持人。看到董梁在台上高声朗诵、台下掌声雷动的场面时,站在幕布后面的亦可,心里是欢喜的——他终于从只写给她一个人看的孤独诗人变成了诗坛的一道新光,这不光是他的闪烁,也是她的荣耀。

朗诵大会结束后,梅亦可指挥着学生会的志愿者们清理"学生俱乐部"现场。听见台下有人在说:"今天的那个主持人就是董梁的女朋友。"她抬头想去找寻声音的来源,看看是谁把属于她的董梁当成了明星,结果,迎面看到了"明星人物"正满头大汗、殷勤渴望地站在自己跟前。梅亦可什么也不说,不管不顾地伸出双臂搂住董梁的脖子抱住他,狠狠地亲了他的脸。他的脸上有汗水,亲起来是咸湿的甜蜜。这是亦可第一次如此主动地接近董梁的身体,还是在人群之中、在主席台上。她就是想让其他人看见,让那些把董梁当成明星的人们看到,看见他们的亲昵,看到她的欢喜。

"我说过,总有一天会让你看到我光芒万丈。"被亦可亲过的董梁,把她的脸掰过来,认真地说,"那一天还没有真正到来……但你要相信,离那一天已经不远了!"

董梁和梅亦可风风火火举办诗歌朗诵会的这一天,宋微一个人跑去看了一场演唱会。为了省下公共汽车票的钱，她从珞珈大学步行走到了洪山体育馆。她把所有的积蓄还加上未来生活费的透支换来了一张八十块钱的门票，带她走进了摇滚歌手崔健的全国巡演武汉站。据说那场演唱会有着那一年全中国最好的舞台布景和最疯狂的音响效果。可以容纳上万人的体育馆，每个加入其中的个体都是声嘶力竭的，万众同声，混响惊天，震耳欲聋。"那根本就是一个发泄的场合，大家都憋坏了，所以使着劲儿地撒着野。"宋微后来跟梅亦可描述现场的场景时说，"如果只是看到那些人群魔乱舞的样子，你会觉得全武汉的流氓今天都集中在这里了，那种癫狂亢奋的状态，我实在担心他们中间如果有个人煽动一下，其他人就会一把火点着，把整个场馆给烧了……"

"你没在那里遇到一个志同道合者？"亦可问。

"我就是想在现场感受一下崔健，亲耳听他唱那些我喜欢的歌。他是这个时代最敢发声的人。但是，谁要是想在那种场合找男朋友，肯定是疯了。"宋微答，"我的脑子还是很清醒的。"

事实上，宋微花了八十块钱买到的现场感加上耳鸣后遗症持续了将近一周，而那种追星的狂热，是她一生中唯一的一次放纵。宋微清晰地记得，崔健在开唱《投机分子》前说："一有机会，我们就要表现我们的欲望，展示我们的力量"。欲望和力量，是宋微始终在寻找的东西，见识过了崔健后她知道了，如果要以疯狂来点燃生命的火焰，她宁可停留在黑暗中。那天，崔健唱着《假行僧》的上半句"我要从南走到北"，后面就有人跟着喊"我还要从白走到黑"；崔健接着唱"我要人人都看到我"，底下的人就续唱着"但不知道我是谁"——台上台下相互呼应，在密闭的空间里，疯狂像病毒一样疯狂地传染着。在没有一个熟人的体育馆中，宋微让自己跟着大家一道，撒了一回野。

随着人群走出体育馆时，宋微就很清楚地意识到：这种经历，一次足矣。

就在樱花节以诗歌朗诵会圆满收官的第二天，亦可接到了系办公室秘书老师的通知，说是她父亲给系里打来电话说，梅母出车祸受伤住院了。亦可急急忙忙赶到系办，问清楚了基本情况后，直接请了假回家。

梅母是在骑自行车上班的途中，被另一辆快速逆行的自行车撞倒的，右脚被裹进了对方的车轮里，造成了右腿小腿骨骨裂、右脚踝处粉碎性骨折、右脚脚掌多处骨折，虽然伤势不轻，好在身体其他部分没有受伤，没有生命危险。发生车祸的地方几米开外就是派出所，很快有公安警察过来维持秩序和现场处理，梅母被送上了警察呼叫来的救护车。

梅亦可赶到医院时，母亲已经拍完了X光片，在急诊室做完了紧急处理后转到了住院部，正等候骨科专家制定手术计划。母亲的病床前围满了人，有学校的工会干部，有同年级组的其他任课老师，还有母亲以前教过的学生……母亲像是在上公开课一样，中气十足地在众人的簇拥中讲述着自己受伤的过程。

亦可凑到母亲身旁，还没开口，就有其他人替母亲发声道："亦可，你终于来了！"

亦可问，爸爸呢？

"你爸爸在跟医生讨论手术方案。"梅母答道。

"您现在觉得疼不疼？"亦可没经历过这样的事情，也没有看望和问候病人的经验，所以，她本能地关心着母亲，疼吗？

结果，母亲劈头盖脸一句话反问道："你说疼不疼呢？你真是个傻丫头啊……我的整个右脚的骨头都给掰断了，人们把我送到医院来的时候，这个脚面和小腿是呈直角垂直的状态吊着摆的，你说这样疼不疼？"

亦可立在母亲的床前，没法接话。她听到母亲转过头跟其他人说："嗨，现在的孩子啊，都是娇生惯养的，真遇到了什么事，指望他们是指望不了的啊……"

亦可不说话。在母亲面前，她永远是孩子；在母亲的"光荣正确"面前，她永远是做得不够、做得不好的。她听见母亲身边的其他人说，"小孩子嘛，能够马上赶过来就不错了，不指望他们做什么……有我们在，您就放心好了……"

梅母笑着回应道："是啊是啊，患难见人心啊，这人生啊，只有遇到了麻烦，才知道你们对我是真感情……多亏有你们啊……"

"您家亦可也是很不简单的，小小年纪考进珞珈大学，高材生啊……"亦可听到，来言去语中，话题又引到了自己身上。

"那是啊，她现在还是珞大的校学生会副主席呢……"亦可听到了母亲话锋一转，进入了对自己的先抑后扬的吹捧模式，"他们是重点大学，要求高，学习任务重，现在她又当了这个假模假样的学生官，每天忙得要死，这两个礼拜她在学校搞活动，都没有时间回家，就算在同一个城市里，这也是一个月难得见到一回面了……有一说一，亦可这孩子自己也蛮争气，说心里话，我不想跟她添麻烦……"

"那是啊，社会上多少跟她一般大的孩子还要父母操不完的心呢。"亦可听到探视群众中有人接话说，"能养出亦可这样优秀的孩子，还是因为您家教好、从小管得严……"

"我在中学里当了几十年的班主任，天天跟十几岁的孩子们打交道，我还不清楚吗，这天底下的孩子，都是'三天不打、上房揭瓦'……"梅母毫不客气，听到众人的夸赞，马上顺着梯子往上爬，大谈起自己的育儿经验，"亦可能有今天，还不是我打出来的……话说回来，'家鸡打得团团转，野鸡打得满天飞'，我们家亦可还是经得起敲打的……"

自己成为众人的谈资，亦可羞愧难当，但大家好像聊得越来越尽兴，梅母持续享受着众星捧月般的盛赞：

"看来老话说的'棍棒之下出孝子'还是很有道理的，我们的孩子要以亦可为榜样，我们也要跟您多靠拢……以后等您病好了，我们要带着孩子多拜访您，跟您走得近，那就离成才不远了……"

"要我说啊，养这个女儿，这是我的面子；但真正遇到事情需要帮手，还是要仰仗你们，你们是我的里子……"梅母的话绕了一圈，从亦可又绕回到探视她的众人身上——"面子"说到"里子"，简简单单几句话，里外兼顾，把大家都褒奖了一遍。

亦可在一旁看得叹为观止，一方面深感着自己与这种氛围的格格不入，另一方面又不得不佩服着母亲千锤百炼出来的生存智慧。

就这样，帮不上忙的亦可，像病房里的一件重要的摆设，站在母亲的病床前。她看到父亲手里握着各种单据大汗淋漓地走进来，说：

"我把住院手续都办完了，押金也交了……医生说已经安排好了，明天一早上动手术，骨科主任亲自主刀，你是他明天的第一台手术……"

"这个医院的院办主任是我以前的学生，多亏她关照啊。"梅母跟大家解释说，"我们当老师的无权无势，但就是桃李满天下，总能享到学生的福……"

亦可看到，母亲虽然右腿严严实实地裹了里三层外三层的厚厚绷带、看起来病情严重，但从母亲的气色和言谈来看，她一点都不像是个受伤后病恹恹的患者；她的思维逻辑之清晰、先抑后扬之精准、控场能力之周详，体现在每一个细节上。母亲其实是个幸福感极强的人，每句话的每个字，都吐露着满足的喜悦。

在医院里陪着母亲折腾了一晚上，亦可基本上没怎么睡觉，天还没亮，护士就到病房为梅母做手术前的各项测试和消毒准备。梅父也很快就赶到了病房。一直等到母亲被推进手术室，亦可才松了一口气。

手术持续了四五个小时，医生要在梅母的右腿打上钢钉来铆合固定断裂的骨头，各种修修补补，刀锯电钻等设备都用上了，工程还是不小的。梅亦可的叔叔婶婶一直都陪着亦可父女俩在手术室门外候着。等母亲被护士从手术室里推出来时，主刀医生告诉大家，手术很成功。叔叔婶婶和父亲一致劝说亦可赶紧回学校去，"俗话说，伤筋动骨一百天，你妈妈的伤势还有一个漫长的康复过程，你在这里耗着也帮不上什么具体的忙，不如先回学校去，等到周末再过来陪你妈……"

亦可跟长辈们道了谢，听话地返校了。

到校后，她径直跑到男生宿舍里找到董梁，告诉他："我妈出了车祸，右腿受了重伤，刚做完一个大手术……她对你不错，每个星期都给你做好吃的，又帮你洗衣服洗被套的，等到了星期六，你跟我一起去医院陪我妈啊……"

"你妈这次可真是倒霉……"董梁的反应让亦可非常震惊，他说，"就算我陪你去了医院也不能让她的腿伤马上好起来啊……再说，你妈又不是我妈……何况，就是我妈遇到了你妈的这种情况，我现在也没办法赶到她身边去陪她啊……"

"你怎么可以这样说话呢？"亦可质问董梁道。

董梁答："你妈并不喜欢我，我何必在她住院的时候跑过去装好人呢？就算我想讨好她，她也不一定领情，说不定还会以为我是想抓住每一个机会来巴结讨好你们家呢……"

亦可是真的有些生气了，问道："你怎么这么狭隘啊？"

"我从你妈那里学到了很多东西。如果你说我这样是狭隘的话，那么，这种狭隘也拜你妈所赐。"

"你太让我失望了！"

董梁面色冷静而又冷峻地反问道："你不是一直想逃离你家，逃离你妈妈的掌控吗？你不是一直觉得能够上大学住校就是你摆脱你妈魔爪的第一步吗？我倒是很诧异，你怎么突然变成了一副孝子贤孙的模样？"

亦可辩解说："我想要自立，和我妈住院时需要我的照顾，这是完全不一样的两件事；你把它们搅在一起，简直是不可理喻！"

"我说过，我总觉得在跟你妈抢你……现在我知道了，我抢不赢你妈。"董梁说完，逼问道，"如果我问你，你未来的生活里在我和你妈之间只能选一个，你会怎么办？"

"如果你要我为了你，对我妈不管不顾，那我做不到！"亦可的回答斩钉截铁。她想到了头一天下午在医院里被众人包围的母亲，想到了她在人群中喷薄而出、绵延不绝的弥漫着市井味道的幸福感，这个通透着人间烟火气的母亲，活得琐碎纠结，但也是可爱的。

"我可以想象到，许多年以后，你大概就是你妈的翻版。"董梁冷笑了一声，接着说，"你口口声声说你爱我，可是当我说想带你去私奔的时候，你根本不屑一顾；你口口声声说以我为荣，可是你妈言行举止中从不掩饰对我们这种小地方出来的人的蔑视，随时随地践踏我的尊严。我从未看到过你为我做过任何辩解和抗争……你在骨子里是认同你母亲的，你们武汉女人真的是太可怕了，高攀不起啊！"

"武汉女人"——董梁和亦可的争执再次上升到地域歧视，亦可不再坚持，扭头走开。她气鼓鼓地回到自己的寝室。坐在床上带着耳机听英语的宋微见状，取下耳机，抬头问亦可："你回来了？听说你妈受伤了？阿姨情况还好吧？"

听到宋微的问候，亦可想到了一句俗语，"人心都是肉长的"，至少，从宋微关切的眼神中，她感受到了"人心"的柔软。但是，董梁的那颗心呢？

亦可坐进了宋微的蚊帐里，轻言细语但负气十足地把她跟董梁的争吵如实道来。宋微听完之后叹了口气，说："我现在知道不谈恋爱的好处了，一个人过日子，再糟糕又能糟到哪里去呢？你看看你们，几首情诗的热度，哪够去温暖这扯皮拉筋中的炎凉啊……"

亦可问宋微，我该怎么办？

"先不去想闹心的事儿了。"宋微说，"你母亲的事是我们的头等大事。这个星期六，我陪你一起去医院看阿姨去！某些人有没有资格成为你妈的女婿我们还无法预测，但是，要是阿姨不嫌弃的话，她可以多认我这么一个女儿；我也没什么特别的能耐，不过，让我像亲闺女一样，跟你轮流换班来照看你母亲，我还是办得到的。"

就这样，到了星期六的晚上，和亦可一起出现在梅母病床前的，是宋微。梅母既意外又惊喜，她跟陪护在旁边的梅父说："难得宋微这么小年纪就这么懂事……"

梅父坚持不让孩子们夜里留在医院里陪护，考虑到夜晚也不方便让宋微一个人从汉口赶回武昌返校，于是，亦可带着宋微一起回了家。父母都不在，两个女生就舒舒服服地睡在了亦可他们家主卧室的那张大床上，放松地敞开说一些悄悄话。

那晚上，亦可跟宋微说了自己怀孕流产的事。宋微惊呆了，说："你太勇敢了……流产，是不是特别疼啊？"

"那时我就理解了一个词，叫'痛不欲生'……不过，咬咬牙也就扛过来了……"

"要是换成我……我想我可能过不去这个坎……我特别怕疼，也许我的神经末梢敏感度比普通人要高吧……"

亦可叹了口气，道："只有身临其境才知道，所有的勇敢都是被迫的，谁又不怕疼呢？又想要脸，又想要命，还想不疼，怎么可能？"

"你有承担错误的勇气，所以你勇敢朝前走……我没有。所以我不能容许自己犯错，一次都不能有。"宋微说，"我们做女孩子的，有时候真的分不清楚什么是情网，什么是陷阱。你掉进去了就完蛋了……"

宋微说着，想到了那个叫于佳迅的人，想到了他们之间第一次也是最后一次在雷池边缘的摩擦。她忽然有点庆幸自己当时用一种极其荒诞的方式了结掉了对方的试探；听了亦可的故事后，她对那段感情彻底释然了。

天一亮，就是星期天了。宋微又跟亦可一起从梅家去医院探望了梅母。陪着聊了一阵子家长里短后，梅母跟宋微说，你赶紧回学校吧，我这里有亦可陪着就足够了；从昨天到今天，耽误了你这么多的时间，真是过意不去。

宋微笑眯眯地抓着梅母的手说道："阿姨，您就别跟我客气了。每次亦可从家里给我们一寝室的同学带来您做的好菜好饭，我都在想，您家里还缺女儿吗？只是，您家的亦可太优秀太完美了，我没机会啊……现在，终于有了一个在您面前图表现的机会了，您就让我试试看，做您的女儿合不合格……"

宋微一席话，把病床前的告别演绎得充满了人情味和幽默感，梅母被逗得眉开眼笑。等到亦可送走宋微重新回到病房时，梅母点评说："亦可，你要跟宋微学学怎么做人，你身上缺的就是她为人处世的这种灵气。"

"您就别通过表扬别人来贬损我了吧……"

"你妈随时都要灭一灭你的威风，免得你得意忘形。"梅父冷不丁插个话，"只有这样，你才跳不出她的手掌心……对了，董梁这几天在忙什么？刚才宋微在，我没好问。"

"他刚搞完樱花诗会，现在在忙出版诗会特刊的事情；这几天忙着校对定稿，印刷厂催得紧，所以……"这个借口是亦可早就想好的，所以脱口而出。

"时间就像海绵里的水，要想挤，总是可以挤出来的，"梅母说，"亦可啊，我早就说过，你找这个董梁，可真是给我们家找了一位大爷啊……我动了这么大的手术，他都不过来看我一眼，对你的亲妈都能这么硬的心肠，你们以后怎么一起过日子啊……"

在回学校的公共汽车上，亦可一直在掂量着母亲说的这句话，"你们以后怎么一起过日子啊"。她思考的着眼点不是在以后怎么过，而是还要不要有"以后"。

12路公共汽车的终点站就是珞珈大学的牌楼大门。从汽车上下来时，梅亦可在车站又看到了那个熟悉的身影——董梁一如既往地守候着她的归来，而这次，她不再感动了。

"你知道我等了多久吗？看到你，我就踏实了。还在生我的气吗？"董梁的问话，风淡云轻的，就好像他们之间什么事情都没有发生一样。

"我没生气啊。"亦可吐出了几个毫无生气的字眼，"犯不着跟你这种人生气。"

"别把上一代人的偏见带到我们的关系中来，好不好？我想了一晚上，想明白了，我爱的是你，想要的是你，以后娶的是你，所以，我们就简简单单地彼此相爱，不把整个家庭都搅到里面来，好吗……我以后不去你们家了，你妈也不用看着我就心烦了……"

"我想了一晚上，也想明白了……你以后不用去我们家了，我妈不欢迎你，我也不欢迎你。"

"……你是说，你要跟我分手？我在这里辛辛苦苦地等了你一个下午，就等来你跟我说你要甩了我？"

"我们不合适。道不同，不相为谋。"亦可冷冷地回应道。

"你太傲慢了，还自以为是！你真以为我死皮赖脸要跟你在一起吗？你真以为你有多可爱，我离开了你就活不下去吗？我告诉你，我第一次去你寝室找你的那一天，就是想去低年级的女生寝室里找个可以恋爱的目标，正巧你在，也就是只有你在；我是说服了我自己，那天不管遇到了谁，我都会用心追一下，我怕的是自己年纪轻轻就患上了爱无能！你以为你很特别吗？我告诉你，你太高看你自己了！你风光不了多久的！迟早一天，你会作为多余的词句被历史无情地删去！"

"谢谢你终于跟我说了句实话。"面对董梁的狂躁，亦可继续心平气和地回应道。她记住了他的这个词组——"多余的词句"——这是他给她的评价，一个自诩为将要光芒万丈的诗人对于他的初恋爱人的评价。在这样的交流下，任何牵扯，都是多余。

第二天，梅亦可他们班的同学从系办捎来了大家的来信。亦可看到了其中有一封用珞珈大学信封装起来的一封写给亦可但落款为"内详"的信，没有邮票，没有邮戳。信封上歪七八扭的字迹代表了写信人站不稳的心态，亦可知道这封信是出自何人之手。

里面是一首他新写的诗，写到了他因为失恋受到的打击，还有彻夜失眠的柔情：

仿佛花朵遭到了有力的一击
你今天的额头碰到了高处
在生长的时候停下来生长
在饥饿的夜晚犒劳自己

没有营养的白昼
你消化沉痛的记忆
从中打捞出幸福的片段
让它变成满汉全席

你要谨慎地生活　热烈地奔跑
把每一位亲人深深地医疗
还要擦亮眼睛怀抱温柔
通宵达旦地思念才会带来黎明

这样的爱情终结是开放式的，就像所有有着开放式结尾的文艺作品一样，开放就意味着多种走向的可能性。他对她的道歉是诗意的，她看这些文字的时候也觉得温暖。他的寝室抽屉里锁着的退稿信里装的还是她一笔一划为他誊抄的稿件，她挂在床头的棉袄外套上还留着他俩一齐从自行车上摔倒后留下的泥斑。她知道他对她是惦记的，她的许多牵挂也无处置放，只是，惦记和牵挂庞大而沉重，连文字都无法包容，他们一下子也找不到盛放这些东西的容器。

28

全世界都过得惊心动魄的1990年，连柏林墙都给推倒了，董梁和梅亦可之间的那堵墙，却始终巍然耸立着。他们刻意地躲避着对方，刻意在每一个细节上要跟对方泾渭分明。之前总是和董梁一起去上晚自习的梅亦可，在没有其他事务性安排时，变成了每天和宋微形影不离。梅亦可选修了多门功课，宋微则是专攻英语。CET的四级顺利考过，宋微就再接再厉备考六级；在应试教育和题海战术中成长起来的宋微，把为了考级证书而学习当成是最直接有效的前进动力……在宋微看来，考试比其他很多事情都要简单得多——只要对自己下一点狠心，就一定可以实现预期目标，不像别的，比如说谈个恋爱、当个学生干部、入个党，这些光靠个人奋斗是远远不够的。

每到星期六，梅亦可都一刻不耽误地赶回家。作为家中的独女，家里有个右腿上打着钢钉的母亲，于情于理，她都需要尽可能地陪伴母亲，尽心尽孝。董梁彻底从梅家的生活中消失了，亦可的父母自然能够察觉到两个年轻人之间的罅隙。老同志们也不多问，梅母则做了一件更积极的事情，她在前来探视她病情的人群中看中了一位从"少年班"一直读到博士的年轻人，旁敲侧击地鼓励这位后生追求亦可。于是，有一个星期天中午，那个年轻人"碰巧"地来梅家探望梅母，"碰巧"地留在梅家跟亦可一起吃了午饭，"碰巧"地下午要去珞珈大学办事，然后，以顺路的理由，一路送亦可送到了宿舍楼下……母亲终究还是错误判断了梅亦可，以她们这种微妙的母女关系，婚姻是亦可能够彻底剪掉受制于母亲的这根脐带的唯一途径，她怎么会去接受一个母亲安排的相亲对象呢？其实，亦可更低估了她的母亲。梅母本来无心在亦可十八岁时就为她张罗着相亲，只是亦可带回家的董梁实在是太让她失望，所以，她开启了相亲这道门，不过是为了让年幼无知的亦可看一看，世界很大，男性很多，你的路很长，有的是男人让你慢慢来挑肥拣瘦。

这一年，梅亦可跟宋微在学校的"梅操"看了一场电影《滚滚红尘》，这是她后来三十年中反刍和回味次数最多的一部片子：三毛的编剧，林青霞的主演，张曼玉的陪衬，陈淑桦唱的歌，每一个元素都符合了那个年代文艺女青年的标配。在梅操那个下完雨后、脚下全是泥泞的放映场里，亦可和宋微看的是张爱玲和胡兰成的故事，想到的是三毛和荷西的人生，忘不掉的镜头里却是林青霞和秦汉。

宋微说："如果在生活中遇到一个像秦汉这样好看的男人，真的可以理解影片中的林青霞为什么明知道他是个汉奸，也会飞蛾扑火般地对他爱得要死要活。"

亦可问："那你是在等待你生命中出现这么一位美男子吗？"

宋微笑着应承说，当然啦。说完她又补了一句："如果没有秦汉这么好看，像荷西那种很阳刚的男生，我也是愿意接受的。"

亦可说，你还真是有三毛情结呢。

亦可接着问道："三毛又开始追求王洛宾了……这种满脸沟壑纵横的老才子你也会喜欢上吗？"

"她有追求爱的自由，从这一点上来看，她喜欢上谁，都是传奇。"宋微回答道，"有的人生来就是传奇，比如说三毛……还比如说你……"

"我？"亦可诧异地问道。

"是啊……相信我的直觉。"宋微认真地说。

"你是太了解我了，也知道我喜欢听好话……我有自知之明，还谈什么传奇呢，我搞出来的那些破烂事，不提也罢，说出来丢脸……"

"哪个女生谈恋爱的时候没把自己的脸拿出去让人丢来丢去过啊？"宋微笑着说，"你看，现实生活里的张爱玲，《滚滚红尘》里的林青霞，都一样……"

宋微这样说着，既安抚着梅亦可，也安慰着自己。她记住了林青霞扮演的沈韶华跟张曼玉扮演的月凤之间的那段对话。

沈韶华问："女人的身体，是不是老是跟着心走？"

月凤回答道："我自己是，不过，男人不是。"

——和宋微一样，梅亦可也对这段对话念念不忘，因为当时她想到了自己和董梁。她醍醐灌顶般突然明白了为什么自己并不怎么喜欢董梁的身体、他的触碰和亲昵。她想，原来是自己的心里还不够爱吧。而董梁那么纠缠于和亦可的肌肤之亲，其实，也并不真的只是因为爱啊。

生活在1990年的梅亦可把自己的人生代入到《滚滚红尘》的电影中对应的女生是月凤——单纯，执着，为了感情勇于牺牲；她会做梦般一脸向往地说："他把他的心交给他的梦，我把我的心交给了他。"直到亦可跟苏淮分分合合之后再重看这部电影，她才知道，滚滚红尘中那些不经意和不经事的传说与爱恨情愁中，跟她一起沉浮的，不是董梁，是苏淮。也许所有的初恋都一样，它为后来的恋爱作了序幕，让人们更欢喜一些细节带来的欢喜，学会着经营和珍惜。

那一年，苏淮也在电影院里看了这部《滚滚红尘》，这是欧美同学会组织的一次联谊活动中的包场电影。后来他跟梅亦可说，他最怀念的是那个在林青霞卧室外的露台上，林踩在秦汉的脚上、旋转着轻歌曼舞的样子，林的头顶盖上了一袭披肩，好像新娘子大婚时的盖头，这样的胶着，就是他想象中的诗意爱情。听到这话的亦可当即就把苏淮从床上推到地下站着，然后，伸出双臂抱住苏淮，把双脚踩在了苏淮的脚背上。她仰着头冲苏淮问道："你转起来跳啊，你看，是不是就是这个样子啊？"苏淮听话地抱住亦可在屋子中间旋转起来。亦可想起了电影里还有一份道具披肩，于是她跑去抓了条浴巾盖在两人的脸上。靠脚背来承担着亦可全部的体重，苏淮实际挪动的每一步都是有些笨拙的，于是，亦可紧紧地搂住苏淮，在浴巾下，脸贴着脸地问他：

"你说，像这样踮起了脚尖，我们就能离幸福更近一点吗？"

转眼就到了暑假。

一年没有回过家的董梁，跟随着暑假大学生返乡的大潮流，踏上了辗转回新疆的漫漫长路。自从在家书中得知儿子找了个武汉的女朋友之后，董梁的母亲在心底里就把这个叫作梅亦可的女孩子当成了自己未来的儿媳妇。董梁和亦可分了手，但他和所有报喜不报忧的孩子一样，并没有把这个坏消息传达给几千公里之外的母亲。回到家后，被瞒在鼓里的董母反复跟儿子打探亦可的各种信息，董梁也只好各种敷衍；哪知道母亲越说越来劲，非要董梁给亦可打个电话，她说她要亲口谢谢她喜欢上了董梁，还要邀请亦可来新疆作客。董梁不好明说，只好陪着母亲去打了这个长途。也不知道是幸运还是不幸，那天这个打到梅家的电话始终无人接听。其实，董梁也想找个体面的理由跟亦可联系一下，哪怕只是稀松平常问一句好也行。那个暑假，纵使隔着三千公里的云和月，亦可也还没有走出董梁为她书写的那些诗篇。

董梁打电话的那天，父母为什么不在家，亦可不清楚；但整个暑假，她没着家。

响应国家号召，珞珈大学校团委和学生会组织了三个规模庞大的社会实践支队，分别前往钢铁车间、田间地头和深山腹地，"到工农中去，到基层中去，到劳动人民最

328

需要的地方去"。校团委的张书记带领李兵和梅亦可作为领导小组，带着省电视台新闻部的记者和摄像师，走访了这三处，全程现场跟拍。记者们很专业，为了体现时效性，人还在前方现场，新闻素材就发了回去，随即作为省台的新闻头条做了报道。播出后，梅亦可跟张书记请示说，我们这次的社会实践活动参与的同学数量是空前的，同学们付出的辛苦也是空前的，一条两分钟的新闻报道完全不能全方位地展现同学们的热情和风貌；有没有可能再请记者老师们帮忙制作一个时间长一点的电视专题片，既是对我们珞大时事活动的主题宣传，说不定将来还能作为校史的档案资料。

张书记对这个提议非常认同，他马上就跟省电视台专题部主任茅曙光做了沟通。茅主任也是珞大校友，母校的事情他表示完全支持，但需要校方提交解说词脚本，专题部会剪辑合成配好音后尽快安排播出。

张书记问亦可："解说词这活儿就派给你了，没问题吧？"

亦可硬着头皮点了点头——写电视解说词，她还没试过。但制作专题片是她的提议，自己挖的坑，可不就该自己来填吗？

数次易稿后，梅亦可最终提交的解说词标题为《钢铁是这样炼成的——珞珈大学暑期社会实践专题报道》。她以一个女大学生的视角，讲述了走访和参与到珞珈大学这三个社会实践基地活动的心路历程。

小时候，我捧读《钢铁是怎样炼成的》，脑子里想象着，这应该是一个记录炼钢人的故事。虽然作品中保尔·柯察金的故事深深地震撼了我，但心里始终还有个谜——真正的钢铁，到底是怎样炼成的呢？

今年暑假，跟随珞珈大学的社会实践小分队，从武汉的红钢城，我走进了钢铁的故事……

亦可记得随拍的电视台记者捕捉到了大学生们在武钢车间被那飞溅的钢花之美所震惊的目光，捕捉到了大学生们在锅炉前协助调试、帮忙运煤的操劳背影，捕捉到了厚重的头盔和厚厚的近视镜片之间流淌的黑色的汗水，她这样写着画外音的解说：

当我置身于钢铁熔炉前才明白，在烈焰中播种，在火光中收获，撒下铁的种子，熔炼出钢的果实；

"人的一生应该这样度过，不因虚度年华而悔恨，也不因碌碌无为而羞愧"，这句话正是钢筋铁骨在滚烫的千锤百炼中带给大学生们的智慧与启迪……

从武钢的车间场景切换到宜昌的水稻农田，亦可是这样描述的：

带着把生铁化成钢水的灼热记忆，来到田间地头，那些原本分不清韭菜和小麦的文科生，如今已对双季水稻如数家珍，"手把青苗插满田，低头便见水中天，六根清净方为道，退步原来是向前"……

最后，亦可写到了走得最远、路线最长的从宜昌、枝江一直奔赴到长阳土家族自治县山区的社会实践"清江支队"；张书记带着李兵和梅亦可的走访慰问活动中，跟随这个支队的时间也最长。珞大的学生代表专程参观了"金融卫士杨大兰、潘星兰"誓死捍卫的枝江县董市镇信用社，祭扫了杨大兰烈士的墓地，拜访了重新回到工作岗位上的潘星兰。

半年多前那个寒冷冬夜的凌晨，就在这片简陋的平房中，两个十九岁的女孩子，面对持刀入室抢劫的歹徒，临危不惧，英勇搏斗，赤手空拳地用鲜血和生命保卫了国家财产。

她叫杨大兰，被歹徒连砍九刀，壮烈牺牲。

她叫潘星兰，在被歹徒残暴地用刀划开左手、割下左耳的情况下，以惊人的毅力协助公安部门缉拿了歹徒。

有人说，她们是田野上盛开的两朵山兰花；也有人说，她们是新时代的刘胡兰。

凝视着这两位不屈的"中华姊妹兰"的照片，感叹着这份属于同龄人的美好与默契；

我终于找到了多年来一直在寻找的答案——

钢铁是这样炼成的，以钢铁般坚强的意志，书写钢铁般不朽的篇章。

张书记把梅亦可手写誊抄好的解说词交到茅曙光手上，茅主任看完后连声惊叹道，这女孩子的一手好字、一手漂亮文章，真是拿得出手啊，后生可畏。

张书记顺着茅主任的话，继续夸了一下他的这个得意门生："写串词的这个女生叫梅亦可，普通话也不错，做大型晚会的主持和脱稿即兴演讲的口才都相当了得。"

茅主任说，既然你说她普通话也说得好，那就干脆让她来给这个专题片配音吧。

就这样，梅亦可倡议、执笔和配音解说的这部专题片，以一位电视生手的探索笔触，脱离了寻常专题片的构思套路，把90年代初的大学生们走进工农、参与社会实践的风貌，呈现出了新颖的视角和别致的观感体验；而渗透于字里行间的主旋律的欢呼，用一位非专业播音员的个性声音婉婉道来，耳目一新。时值全国上下学习"两兰"的英雄事迹，这部切合时政的专题片直接从地方台送到中央台。梅亦可这个大一女生误打误撞的首次"触电"，把她推到了更广阔的舞台。

站在这个舞台的聚光灯下，梅亦可终于吸引到了苏淮的注意力。

29

入秋之后，过完暑假的大学生们陆续回到了校园，而苏淮则接受组织安排，离开大学履新，到中直某机关新组建的政研室当副主任。回国的这大半年，他的岗位不断调整，首都的一些比较活跃的青年精英社团组织中也陆续出现了他的名字。国庆前后，他受邀参加了团中央组织召开的全国青联和全国学联共同召开的年会暨换届大会。在这次大会上，苏淮被增选为全国青联主席团成员，同时，遇到了代表珞大出任全国学联副主席的梅亦可。

听起来，全国学联副主席这个名头很大很响亮，实际上顶着这个头衔的有来自几十所大学的校学生会主席。梅亦可本会淹没在众多精英人群中，由于她参与主创的《钢铁是这样炼成的》电视片不久前刚在中央台播出，在这次青联、学联大会的专题报道中，她就被挑选为重点访谈对象，走进了电视台的演播室。跟她并排坐在一起接受采访的，是另一个代表性人物——苏淮。

他俩初次见面的这一天，为了采访时

上镜的需要，电视台安排专人为梅亦可化了妆，做了发型，但凡五官端正的女孩子被这么精心地捯饬后，都能有惊艳的效果。采访的录制过程有些漫长，等到结束时，天已经全黑了。苏淮问，你是按照会务组的安排住京西宾馆吗？亦可点头。苏淮说，那我们就一起打出租回去吧。

苏淮在街边拦下了一辆"面的"，上车后，他跟亦可在车厢里局促的空间中面对面地坐着。"你多大啊？"苏淮问。

"快二十了。"亦可不卑不亢地答道。

"看起来就不到二十岁嘛。"苏淮说，"刚才你接受采访的时候，我一直在旁边观察你，感觉你不够聪明……"

亦可一愣，在她的感觉中，如果说她"不够聪明"，那么，汉语里的"聪明"这两个字可能需要重新来定义。

看亦可没有接话，苏淮接着说："这么说话没有冒犯到你吧……我刚从大学校园里出来，跟你们这些大学生们打交道，可能还带着点好为人师的习惯，别介意啊……"

"那我就喊您苏老师吧……希望能够得到苏老师的指教。"亦可礼貌地回应道。

"你是珞珈大学的对吧，珞大的毕业生在全国各地的政界、商界，都很厉害，能在学生时代就代表珞大抛头露面，肯定很优秀。我说你不够聪明的意思是，你把那股聪明劲都写在了脸上，这样，就不算大聪明……"

哦，不就是想讲一下大智若愚的道理吗，亦可心里这么想着，动了一丝丝要反驳他的念头，但聪明如梅亦可，怎么会在这个时候跟这样的谈话对象去抬杠呢？

"其实，你根本不用太聪明，像你这么漂亮的女孩子，如果还绝顶聪明，再加上勤奋好学，其他的人岂不是没有活路了吗？"

从说她"不够聪明"，到"你很优秀"，再从"不用太聪明"，说到"你这么漂亮"，苏淮的先抑后扬，每个急转弯都来得太快，梅亦可哪里招架得住？关键是他的落脚点居然是在夸她漂亮，这实在是太让她受用了。梅亦可从小到大，光环很多，也许正是因为有了这些光环，人们会习惯性地围绕她得到这些光环而付出的努力去肯定她，说她优秀、聪明、勤奋。在这些褒奖中，她的性别符号被完全无视了，没有人会注意到，其实，她也是一个漂亮的女孩子啊。万千人群中，苏淮是注意到这一点的第一人。

"算起来，你不应该喊我'老师'，我是你师兄……我也是珞珈大学毕业的。"跟亦可还挤在"面的"里的苏淮又说道。

校友是个很有魔力的隐形群体，"师兄妹"更是一种意味深长的关系。这回轮到亦可诧异了，诧异中带着惊喜。难怪刚才苏淮使劲夸珞大，原来暗地里做着自我表扬呢。亦可还没回话，苏淮又问道："你在大学里学什么专业？"

"我是中文系的。我们专业的全称叫汉语言文学。"亦可完整地回答道。

"我有一点纳闷，中文和汉语，是每个中国人从生下来学说话学写字时就一直在用的，还需要到大学里专门去学吗？我感觉，你们这些中文系的学生啊，上学的时候一定都不怎么好好学习……实在是没什么非要在课堂上跟着老师去学的啊……"跟梅亦可这样年纪的学生说话，苏淮放得很开。

"我感觉，您上学的时候一定都不怎么好好学习，不然，怎么会连几千年传统文化教导我们的最起码的道德文章您都没有学会呢?"听到苏淮拿"中文系"来调侃,梅亦可终于忍不住地按照苏淮的语气语调,迅速地回击了他。

"看来我这人没有幽默的基因,想开个玩笑,结果,不光不好笑,还得罪了小师妹……"苏淮随即道歉。

"对不起……我误会您了……还是我太年轻,经不起玩笑。"亦可也跟着向苏淮致歉,之前的尴尬,瞬间缓和。

"你叫梅亦可对吧?我记住了你的名字。我叫苏淮,祖籍江苏淮安,是周总理的老乡……这么说了之后,你是不是也能记得住我了?我家里只有兄弟,没有姐妹,你比我小这么多,又是我名正言顺的小师妹,如果你愿意的话,就做我的小妹妹吧……"

"面的"把苏淮和亦可送到了宾馆。他们进了电梯后就直达了自己房间所在的楼层,干净利落地在电梯口说了"再见"。接下来的会议期间,他俩就再也没见了。如果不是苏淮后来主动联系,梅亦可会认为自己随着会议的闭幕就被他忘掉了,就像她在那次会议上遇见的许多其他人一样。

临近中秋节,亦可收到了苏淮的来信。信封上写的收件地址是"珞珈大学汉语言文学系",看来苏淮记住了她跟他说的每一句话。他在信中说,我想把你当成我的小妹妹,你没有拒绝,我就当你是愿意了。中秋节快到了,这个团圆的节日里,当然要问候一下远在千里之外的小妹妹。

亦可读着信里的文字,揣度着苏淮写这封信的用意。认真读起来,似乎信里面的每个字都是没话找话说的废话,但是,如果有人愿意这么长篇大论地给你写信,连收件地址都不嫌麻烦地写那么长一大串,那么,他是很在意她的吧。

亦可给苏淮的回信中继续称他为"苏老师",这个称谓在之后的许多年逐渐从敬称变成昵称。她写道,感谢苏老师的关心和器重,也希望将来还能多得到老师的指点和提携。对于一个大二学生来说,这些话既是客套,也是实话。

很快,亦可收到了苏淮的回信。他在信中介绍了自己的工作单位、每天的工作事项,还有部门里的其他同事。在结尾处他写道,如果你对我的这份工作感兴趣,如果两年后我还没有调离这个岗位,那么,至少在你毕业分配时,我是能给予你一些提携的。

很快就入冬了,苏淮在信里跟亦可说,北京的暖气通了,我想到了在武汉的你,我在武汉上过学,知道那里的冬天比北京还冷;你们湖北虽然叫"北",但冬天不给暖气,就说明你们不够"北"。

梅亦可回信说,我们寝室里的东北孩子在武汉长了平生的第一次冻疮,瞧瞧,武汉就是这么让人大开眼界,一定有办法让你找不着"北"。

到了12月份,亦可突然收到了来自北京的一个大大的包裹。拆开一看,有许多亮晶晶的彩色圆球,塞在一件用白衬衫手工缝成的包裹中。苏淮在随后寄出的信中说:

这些彩球是法国驻华使馆搞圣诞节庆时的礼包,本来应该挂在圣诞树上,每一个都代表着一份美好的愿望;中国的土壤长不出圣诞树来,但我们的心里,还是会种下祝福和希望。

希望它们能为你带来好运气。

关于包裹的外包装，苏淮特别解释说，提着礼包到了邮局才知道没有合适的邮包，工作人员建议说最好扯一段白布自己缝一下，收件人地址可以直接写在白布上，一目了然。苏淮这样写道：

> 平时寄信都是直接交给收发室的，这是我第一次专门跑邮局寄包裹，结果还碰了一鼻子灰。一个大男人，到哪里去找白布啊，裁缝店也从来没去过。想来想去，最简单的办法，就是剪掉一件白衬衫，改装一下。回家找出了一件，剪掉了袖子，把剩下的部分缝成了你看到的这个样子。这是我第一次当裁缝，意外地发现自己无师自通，手艺还行……

苏淮想写但没有写下来的话是，希望你看到它们，就会想到我。这话不写，收到彩球的梅亦可也能读出来。那个年代，车马虽然慢，但并不妨碍人们去多爱几个人。

作为一个武汉本地的学生，突然像外地学生一样有了频繁来往的信件，稍微细心点的小伙伴都能看出端倪来。宋微问亦可："有新故事啦？"

"是北京的……算是笔友吧……"亦可支支吾吾地回答道。

在上个世纪90年代，没见过面的笔友彼此在薄薄的信纸上寄托厚厚的心事，不足为奇；让宋微好奇的是，什么样的笔友能写出比董梁还让亦可感动的文字来？

"你上次到北京开会时认识的？"

亦可点头。

宋微点评道："还是我们梅亦可同学厉害啊，去首都开个会，就能活跃起京汉邮路；要是你以后经常到各地出差，指定都能促进整个中国邮政事业的飞速发展了。"

"不过就是写写信罢了……"

"写信只是一个开始嘛……"

宋微的话提醒了梅亦可——"写信只是一个开始"——这是一个什么样的开始呢？亦可说不好。对于那个在信中总称呼自己为"小妹妹"的苏老师，她好像很熟悉、很了解、很亲近了；但这种熟悉、了解和亲近，代入他们之间的空间距离和年龄差，马上就变得虚幻缥缈起来。她需要这样一种熟悉、了解和亲近的情感吗？亦可答不上来。至少她喜欢被人喜欢的感觉，不介意多一些人来关心自己。他在信中并没有介绍他的家庭、他的婚姻，不过是几封信的交情，梅亦可也不方便主动去问。

"那个谁谁，就彻底翻篇儿啦？"宋微问。

"应该是吧……人家现在不也躲着我吗？"

"依我看，董梁也好，这位写信的北京同志也好，这些个谁谁谁，都是我们梅亦可同学的备胎……"宋微说。

"看你说得头头是道，你怎么不身体力行一下你的'备胎哲学'？"亦可反问道。

"我有啊。"宋微说，"没看我在苦心学英语吗？我的备胎就是无限发现我自己。"

"你真的就那么想出国留学啊？一个中文系毕业的，出国以后干吗去呢？"亦可问。

"这么想想总是可以的吧。"宋微说，"你知道的，作家里面我特别崇拜三毛，她不也是先学国学，然后自学英文，慢慢地，就把地球上的万水千山走遍吗？如果有机会，我很想像她那样，任性地生活，随性地游走，像风一样，自由地飞到地球上任何我想去的地方，用我自己的眼睛看，用

333

我自己的脑子想……"

30

1993年的初春，梅亦可和宋微第一次走进了北京的冬天。大四学生借着最后一个寒假的机会四处游走，初衷是为了遇到一份好工作。据说93届是全国大学生的最后一次带着干部指标的统一分配，谁也不想错过这趟末班车。为了成行，好几个周末亦可都拉着宋微回家，帮忙说服母亲。梅母终因宋微"情商高、做事做人得体周到"，答应了亦可跟她一起寒假赴京，彼此照应。梅母还专门把宋微喊到一边嘱咐说："亦可就是人小心思大，我把她拜托给你，你们到北京后，任何时候千万都不能单独行动。"梅母还特别强调说，"我知道，董梁毕业后分配到了北京，你可得把亦可盯紧点，别让她又搞出什么新花样来。"

宋微冰雪聪明的女孩子啊，她对梅母提出的所有要求照单全收。梅母哪知道，亦可和她的死党宋微在对付自己的道路上并肩携手；梅母更不知道的是，这趟北京之行，所有"得体周到"的前期准备，其实都是董梁在张罗。

董梁在头一年的夏天毕业，如愿地来到了他向往的京城。当时，北京市属的一些事业单位联合到珞大来招录应届生，有单位点名需要中文系的，董梁就这么不挑不捡地到了首都。安定下来后，他给梅亦可写了封信，没有情诗和情话，就是简单明了地告诉她他在民政局上班了，然后，像对待所有老朋友那样，在信末写了一句客套话：

"以后你要是来北京的话，我愿尽地主之谊。"

很难说董梁的这封信是为了叙旧，还是炫耀，或者，两者兼而有之吧。于梅亦可而言，她和他之间最大的纠结，在于他的暴躁与狭隘，也许，一份足够真诚的道歉，可以抚平所有的裂痕，但她从信里没有读出任何歉意来。以前，他也不是没有尝试过，但她总觉得分量不够。就这样，董梁跟亦可分手后，两人在桂苑宿舍区低头不见抬头见地平行生活了两年多，彼此连一句问候都不曾有过。毕业前夕，董梁曾想过临走前跟亦可打个招呼，但他俩之间惯性的冷漠，让他还是止了步。梅亦可也有心结，因此，收到他的来信后，没有马上回信。直到大四上学期快结束了，亦可跟宋微商量着要去北京——"你说，我们是去找董梁好，还是找苏淮呢？"

"还是先找董梁吧，毕竟你们是那个啥啥啥过的……你跟苏淮，顶多就算是信写得多一些的笔友而已……"

亦可听信了宋微的建议，跟董梁写了封迟到的回信。她在信里直接说，她和宋微想利用寒假到北京找工作，如果可能的话，希望董梁帮忙安排一个住处。

董梁很快就回信说，他目前住在单位的筒子楼，不太方便留宿两个女生，但他联系了在北京的其他朋友，有位诗人老兄在方庄跟人合租了一个两居室，过年前他要回老家，屋子会临时空出来，正好可以给亦可她们暂住。

找董梁帮忙落实了住处，亦可再跟苏淮写信咨询看看有没有合适的实习机会。苏淮回信说，不就是个实习吗，小事一桩，等你确定了到京的具体时间，我就来安排。

就这样，梅亦可和宋微来到北京。按照董梁提供的地址，她俩辗转到了方庄那位诗人老大哥的出租房。这套窄小的两居室是诗人老兄跟另外一对小情侣合租的，亦可她俩到的时候，小情侣都在屋里。小情侣中的男生问道，你们是董梁的朋友吧？亦可点头，算是彼此对上了暗号；对方又说，董梁昨天来过，怕你们夜里冷，给你们留下了一件军大衣；他说今晚下班后会过来的。

亦可嘴上说着谢谢，心里想，这声谢谢应该留给董梁。她环视了一下，这套两居室，麻雀虽小，五脏俱全，有卫生间、厨房和几乎放不下一张餐桌的客厅，两间卧室门对门，客厅的空间正好够两户人家彼此转身回屋。她俩走进属于诗人老兄的那间房，陈设很简单，有张斑驳的书桌，有个摇摇晃晃的书架，有张木头靠背的双人床；床垫是棕垫，床单和床垫之间夹了一层薄棉絮，枕头被子都有，整整齐齐地叠着，很居家的感觉。1990年代，两个女大学生跌跌撞撞到北京，能有这种独立的房门带锁的卧室来借住，还不用花钱，算是很高标准了。

亦可后来才知道，董梁接待她们那时，名义上是在民政局上班，但真正的工作地点是殡仪馆。这段经历被董梁深深地埋藏在拥有北京户口的荣耀背后。那段时间，他给所有熟人留下的通信地址都是机关宿舍门牌号，给所有人寄出的信件用的都是民政局的公函信封。现实生活中某些难以启齿的细节，被其他方面体现出来的真实的现场感给完美覆盖。他保留体面的方式是——有些事情，我可以选择不说。

有一份正式的工作，有一间属于自己的宿舍，配上自己未来还能努力工作的四十年时间，董梁相信，自己的人生一定会低开高走。他发给梅亦可的那封信，其实是想试探性地问一句，明年你毕业，会不会来北京？他记得自己曾经问过她，要不要和我一起私奔？她给出过模棱两可的答案——我没说不愿意。

收到梅亦可回信说要到北京来找工作，董梁是有点儿小激动的。方庄这套出租屋的租客，其实并没有离京。董梁硬是把诗人老大哥拽过去跟自己一起挤在了单位宿舍里，为的是腾出屋子能让亦可和宋微落脚。这么做是因为还爱着亦可吗？董梁不愿意承认，但是谁也不能否认，年少的爱情都是最当真的。当然，董梁更愿意让亦可看到的是，别看我到北京还不到半年，我的活动能量已经很大了，能在北京给你们找到不花钱的住处。也许，这才是埋藏得很深的情话吧——在举目无亲的北京，如果你来投奔我，我有能力照顾你……

到了晚上，下班后的董梁来到了他为亦可安排的住处，提了一大包各种口味的方便面。他跟亦可说，之前我来看过，这屋子里的厨房功能有限，你们初来乍到，也不太容易在这里生火做饭；但这寒冬腊月的，回到屋里了，下一碗热汤面条还是很舒服的。亦可点头说，那我就不客气了。董梁又说，我记得你是喜欢吃面条的。微妙关系中的久别重逢，隐约蕴含着昨日依旧的善意。

董梁看了看亦可身边的宋微，礼貌地问候她："你是北方人，应该比亦可要习惯这里吧……"不等宋微回答，他又直接跟亦可打招呼说，"你们早点休息，过两天我请你们吃饭。如果还有什么需要，你可以打我的BP机……"

"BP机"，上个世纪90年代初既时髦又昂贵的个人通讯设备，机主可以随时通过呼叫中心总台的信息传递，接收到被呼叫信息，或者呼叫人的电话号码，然后在

第一时间回电；买一台 BP 机要花两千多块钱，只有生意人或者有实力的企事业单位才会配备。腰间挂上一台 BP 机，是那个年代有身份有财力的象征。像董梁这种刚参加工作、每月挣着两三百块钱工资的年轻人，竟能配上如此昂贵的 BP 机，说到底，还是缘于他比较特殊的工作地点和工作性质，毕竟，从遗体告别厅到焚烧炉，到殡葬园，再到办公区，相隔的距离都不近，而且，也不是那里的每个部门都适合摆上一台座机电话的。董梁就像一只开屏的孔雀，他想让梅亦可在再次重逢中见到的，都是正面最好看的那些样子。

"我看你俩都是旧情难却的样子，需要我帮忙捅破这层窗户纸吗？"等董梁离开后，宋微问。

"我可不想让他误会了我是因为想来北京就巴结他……"

"以你的水平，犯不着巴结他吧？"宋微回应道，到底是铁磁朋友，永远坚定地站在梅亦可的立场上，"皇城脚下，一个大学毕业刚参加工作的，还不就跟只蝼蚁似的，就这身份地位，也敢自认为有人要巴结他了？……说是要请你吃饭，也没定个具体日期，听起来就没什么诚意；不过，这方便面送得倒是很贴心……"

宋微和梅亦可在出租屋的小厨房里烧了开水，泡了面。同住的小情侣洗洗涮涮忙乎了一阵子，就把自己锁进房间了。亦可她俩不着急睡觉，吃完面条后，就把房门敞开着，坐在床上聊着天，很快，听到隔着墙壁传来窸窸窣窣的动静，她俩面面相觑地不说话了，静等下文。那边的动静越来越大，屋子本来隔音也差，呼天抢地的震撼，完全无视了同一屋檐下还有另外两个女生的存在。从未见过这种阵仗的亦可和宋微，佯装没听见显然是不可能的，她们对视着，很有些尴尬。

亦可主动下了地，去把房门关上；但是，关上门也于事无补。

她俩安静地沉默着，那一阵一阵弥漫过来的声浪，把整套房间的气氛搅和得格外地怪异。宋微耸耸肩说道："接受了一堂现场教学的生理课……"

"这只是配音效果吧，要真是现场教学，那就太可怕了……就算他们愿意教，咱也不敢学啊……"亦可一边摇头，一边回应着点评说。

"配音——你这词用得好。"宋微继续打趣道。

"来来来，我有个坏主意了……咱俩都到床下来，一人扶着一边的床架，我们也来晃晃床，跟他们呼应一下。"亦可提议道。

宋微心领神会道："好，还加点儿音响效果，论配音这事，咱也能干……"

于是，这两个灵机一动的女生一边晃着床架，一边哼哼唧唧起来，她们突然找到了一种恶作剧的快感。很快，隔壁的声浪安静了下来，宋微看着亦可，问："他们是被我们给吓着了吗？"

"也许他们是想停下来听听我们的故事吧……我们继续……"

两个女孩子，在寒冷的北京冬夜，站在朋友出租屋正中间的床架边，双手扶着床架，像拉锯一般地把床晃得咯吱作响，为的就是对抗这夜色中的情色，和这夜色中的无聊。亦可记不清她们那晚上到底把握着床架晃了多久，反正是直到最后确认隔壁的小两口已经完全安生了之后，她们也累趴了……

天亮了。

两居室只有一间共用的厕所，早起后，亦可她俩要跟小两口排队上厕所。人家是主，自己是客，亦可也就憋着尿耐心等。对方也知道她们在等，完事得比较利索，之后还招呼一声，说："厕所没人了，你们去吧……"

亦可应声开门，正好遇到拿着牙具准备去厨房刷牙的小两口的女生，对方看了她一眼，很快就把头偏了过去，亦可在那眼神中读到了既害羞又惊恐的神情。她回到屋里跟宋微说："估计人家把我们当成同性恋的怪物了。"

"希望他们今天晚上能够引以为戒，稍微消停点儿……"宋微边说边摇头。

早起出门，亦可按照跟苏淮事先的约定直接去他单位，宋微说她就先自己逛逛北京城。两人约好了天黑前回屋一起吃方便面，就在地铁站口分了手。梅母在她们临出发前千叮咛万嘱咐的"切不可单独行动"，在她们抵京的第二天，就变成了耳旁风。

31

梅亦可刚走近苏淮所在单位的大门口，就被持枪站岗的武警卫士拦住了，武警告诉她，要到旁边那个小门里的传达室去领取入门条。等进了传达室，又被值班的大爷告知，你先用内线电话联系一下，接通了以后把电话递给我来确认。亦可打通了苏淮的座机，她把电话听筒递给大爷后，听到大爷跟她招呼说："姑娘，你就在这等着，苏司长马上来接你进去。"

很快，她就看到苏淮骑着辆叮铃咣当的28自行车过来了，这作派和亦可想象中的京官形象相差很大。他从传达室的另一个小门进来，跟值班大爷打了个招呼，就把亦可直接从这个门里带进了院子里。他推着自行车，亦可走在他身旁。"我们单位院子大，平时到其他部门串个门走起来费劲，所以踩个自行车方便。"苏淮解释道，"我们这院子里有不少在职的、退休的部长、副部长也都是踩自行车的，大家都习惯了。"

"刚才传达室的大爷喊你'苏司长'？"

"对啊，我们部门从政研室换了个名头叫政策法规司，以前的主任刚好到了年纪退休了，山中无老虎，猴子充大王，我就接了班……就是去年年底的事……"

进了苏淮办公室，亦可四下打量了一下，空间紧凑，书桌、柜子、茶几上都堆满了报纸和各种红头文件资料，待客的沙发其实是张两用的折叠沙发床，沙发边的空地上是码得快到沙发扶手高度的党报党刊。茶几上所剩不多的位置中摆放了四个带着盖子的陶瓷茶杯，茶几的旁边还有个洗脸盆架，上面嵌进了一个印着富贵牡丹的搪瓷圆脸盆。在这间办公室里，看得到岁月的沉淀，找不见与时俱进的清新。

苏淮用陶瓷杯给亦可泡了茶，然后说到她关心的实习的事情："我跟几个好朋友都打了招呼，有电视台的、电台的，还有报社的，估计这些单位都跟你专业对口。等你决定去之前，我再打个招呼就行。"

"我没有这方面的经验，还想听听您的意见和建议……"

"你要是真想听我的实话，那可能就是给你泼冷水了……"苏淮直言不讳地说道，"马上就要过春节了，你肯定要回家过年，所以，我建议你这趟过来就别搞什么实习了……实习个三两天的，也没多大作用……"

亦可点点头,接着往下听:

"我对实习这件事是持保留态度的。如果你以后想到某个单位工作,先实习一下,以便今后更快上手上岗,那还有点意义;如果单纯想增加一点工作经验,或者说是见点儿世面,那就不必打着实习的旗号浪费时间了……"

"是吗?"听到苏淮说实习是"浪费时间",亦可有点诧异。

"是啊,你看,我们单位也经常有北大清华的学生过来实习,本科的、研究生的,都有;你说他们在这里混上几个月,能学到什么东西啊?有这么多顶着头衔、领着工资的国家干部在上班,重要的事情也不会交给实习生去做啊。他们来这里,每天还不就是给大家打扫办公室,抹抹桌子,端茶倒水,有时候让他们誊抄稿子,或者帮忙校个对,加班时去买个夜宵,干的都是苦活累活和没有技术含量的事……你觉得这是你想象中的实习吗?"

亦可不置可否地看着苏淮。苏淮继续说道:

"我不是在打击你,只是把你当小妹妹,跟你说点实在话。你写信说想来北京实习,我想,有些建议还是当面说给你听比较妥当……如果你不爱听,权当我没说……"

"那您的建议是……"

"你想好了毕业以后一定要来北京工作吗?"苏淮直接问道。

亦可摇头道:"我们家就我一个独生女儿,父母希望我待在武汉,有个照应……"

"既然这样,听我一句劝,你这么出色,在武汉也不愁找不到好工作。在北京实习这事吧,我建议你就算了……"苏淮说着,看了看亦可的表情,怕她误会就又补充道,"当然,如果你坚持想去电视台、电台或者报社实习,我会替你安排好……"

"苏老师,我知道您在为我着想,我听您的。"亦可真诚地回答道。

"这样吧,我们'既来之,则安之',你在北京这几天,我抽时间带你到处走走看看,也不冤枉你这么大老远地跑过来一趟。"苏淮说,"今天晚上,有个跟我一起公派到法国留学的老朋友请我吃饭,说是祝贺我'扶正'。我邀请你一起参加好吗?"

"我还有个同班同学跟我一起来北京,我们约好了一起吃晚饭的。"亦可想到了宋微,实话实说,"我要是天黑前没回去,会让她担心的。"

"这问题好解决。等下你跟我一起到我们单位食堂吃个工作午餐,然后就回你们的住所,跟你的同学写个留言条,她回去了看到你的字条就能放心了。正好我下午有个会,也管不了你,晚上六点我们直接在昆仑饭店中餐厅见面。"

亦可听从了苏淮的建议,她连工作午餐也顾不上吃就先告辞,径直往方庄的出租屋那边赶。毕竟她和宋微都是答应过梅母说"须臾不分开"的,这是起码的交代。亦可用从苏淮办公室里拿的A4打印纸写下了留言条:

微微:

我跟苏淮和他的朋友一起晚餐,可能会稍晚一点回来,你不用等我,晚上再见。

亦可　正午字

写完,她把这张大大的纸片放在出租屋的床上正中间,确保足够显眼,宋微进门第一眼就能看到。然后,她放心地出门,去找昆仑饭店了。她没料到的是,这个补救措施并没有及时通知到宋微……

那天早上，宋微跟亦可在地铁站分开后，随意地坐上了一趟列车，从站着到有了座位坐下，车厢里面的温暖，驱走了她在站台上独自候车时的寒冷。室外的北京，哪里都是一个"冷"字，所以，地铁往哪里开、在哪一站停，对于没有目的地的宋微来说，一点都不重要，重要的是，她需要找个温暖的地方来打发时间，等天黑时再回去，和亦可作伴。

宋微这趟来北京，说起来也算是顺路，本来回东北老家也是要在北京转车的。名义上说，她是和亦可一道来京找工作，实际上她就是亦可的挡箭牌和幌子、亦可的陪伴和随从。她之所以愿意，因为目的地是北京——以前转车时从未出过站，这次，她想在首都好好看看，到处走走。到了北京才发现，哪里的冬天都一样的冷。方庄是宋微见到的第一个京城民居，在她眼里，这里的房子似乎都是凭一张图纸，按一个模子盖出来的。那些方方正正的居民楼群，和她东北家乡的宿舍大院，感觉差别也不大。在这种从天到地，场景都极其类似的生活空间中，人们要离乡背井，从四面八方削尖脑袋往北京挤，这里的空气中一定深藏着抓得住人心的磁场。

北京的地铁，是宋微找到的第一个"磁力"中心。

在1993年年初的这一天，宋微花了两三块钱买了一张地铁票，随意上了一辆地铁列车，开启了她一趟又一趟周而复始的地铁环游。她就像被吸附在一块巨大磁石上的小别针，一动不动地窝在车厢角落的座位里，看人来人往，看周遭的每一个人也像被磁铁吸住了一样进入、然后又摆脱了磁力而离开；开门关门，上车下车，一幕幕场景的替换，各种南腔北调的交流……宋微瞪大着眼睛，用自己的视角，看京城的活幕戏剧，和时光对峙。

中午时分，地铁经过前门，宋微听到车厢内广播说想去天安门广场的乘客要在这里下车，于是起身下车，从地下钻上地面。正午的阳光晒在身上暖洋洋的，宋微便在阳光下围着天安门广场走了一圈。这个宋微从有记忆开始就不断在书本上、年画上、宣传广告上看到的广场，在宋微的真情实感里，用一个简单的词语就可以概括——"温暖"：温暖的地面，温暖的阳光，温暖的行人，温暖的城池。她想到了自己小学一年级《语文》课本的封面画：一个系着红领巾、穿着白衬衣、海军蓝裙子的女生，站在天安门广场，对着冉冉升起的五星红旗致以少先队的敬礼。她恍惚觉得自己就好像是那个从课本封面上走下来的女孩子，把高举右手的敬礼，变成了发自心底的敬意——这是我的祖国，我的首都，我来这世界一趟，就是想做些不一样的事情，想有点不一样的成功。

地铁的暖气和地面的暖阳，带来了暖意，也带来了唇干舌燥。站在人民英雄纪念碑前的宋微，听到了腹中响雷般的叫唤。马路对面有家清真面馆，于是，她穿过马路，走进了这家街边小馆，买了份拉面。面馆的师傅问宋微，要不要多加点儿汤？宋微说"好"，师傅又说，我这里的汤好喝又管饱，你想要喝等下还能加。宋微听进去了，把面条吃得汤水不剩又过去找师傅，师傅二话不说就给她舀了一大勺热汤热水。面汤很烫，要稍微凉一下才能入口，坐在油腻腻的餐桌边等着汤水降温的那一刻，宋微突然又想到了中学课本中学过的一篇课文《陈奂生进城》，"乡下人进城"这件事情，透过那一缕缕升起的滚烫的面汤的热气，让宋微一下子就找到了划时代的代入感和认同感。孤独穿行在北京腹地的二十岁文艺女青年宋微，记忆不断切换闪回，从小学到中学到大学所受到的各种教育，毫无逻辑地就蹦弹了出来，然后又瞬间沉淀凝固在现实眼见的各种画面里，让她在自问自答中，更新她对这个城市的感受。

她问自己，为什么哪怕就是这里的一碗面汤也能喝起来比平时要香甜呢？

她给出的回答是，大概是因为面汤也借了皇城之气吧。

她靠着一张地铁票就蹭了半天的地铁暖气，又靠着一碗清真面馆热腾腾的面汤找到了切实的满足，之后，她重回到地下，用另一张地铁票，继续穿行于皇城根"下"，度过天黑前的另一个半天。

宋微在地铁里晃悠到了下午五点钟。她估摸着到这个时间点亦可快回来了，于是就走出了地铁车厢，站在早上道别的站台前的台阶旁，开始等亦可。这是乘坐地铁回出租屋的必经之路。如果不是为了给亦可一个惊喜，宋微直接从地铁出来回到出租屋，就能看到亦可的留言条了。

她俩都有些想当然了。

在昆仑饭店吃完晚餐后，梅亦可是由邹皖安排司机给送回去的。她到出租屋时已经晚上九点了，留言条还在原处，宋微却不在屋里。那会儿，宋微还在地铁站台苦苦地守望着每一站下车的人群……宋微天真地以为，她等待的地方，就是亦可的唯一来路。和宋微一样天真的，还有同龄的亦可。她们困在了彼此的约定中，但凝固在了不同的节点上——宋微想到的是回家前的最后一个出口，亦可想到的是殊途终要同归。结果，宋微在人潮人海中胡思乱想着亦可是不是有什么奇怪的遭遇，而在出租屋的一片冷清中，亦可也绞尽脑汁地猜测着宋微为什么还没回来。

1993年的即时通讯中，先进的BP机终于派上了用场。亦可跑去小区内的小卖部，用那里的公共电话拨打了董梁BP机的呼叫总台，她留言说，我是梅亦可，我把宋微弄丢了，请回电。

收到信息的董梁赶紧回了电话，他关切地问道："要我过来陪你一起找她吗？"

此时此刻，梅亦可当然需要董梁的陪伴。在人生地不熟的北京城，哪怕刚跟苏淮和邹皖吃过了一顿无比奢华的晚宴，她也并没有把他们当成是自己最无助时可以求助的对象。她在心里说，董梁，老天爷又给了我们一次机会，这次，如果你来了，我就"从"了你。

亦可在电话里没有直接回答"要"，她想等董梁自己说"你哪里都别去，我马上过来"。而电话那头的董梁，在提出了问题后，也想等亦可说一句"我等你"；只要她说，他就会放下电话直奔过去。遗憾的是，他们都在等着对方，结果，对方什么也没有说。

董梁看亦可没有肯定地回复说"你快过来吧"，也不想放下自尊，自讨没趣，于是说道："你看需不需要报警？"

亦可听董梁把话题转到了报警，也没接话说"我马上过来"，于是回道："我自己想办法吧，你忙你的……"

"我还在办公室加班赶写汇报材料，你要是想要我过来陪你，就随时call我吧。"董梁顺着亦可的话锋，说了句两可的话。

骄傲如董梁和亦可的这两个人，终究停在了这一步。

亦可放下电话，坐到了小区旁的花坛

边。夜晚的北京比白天更冷，户外的寒风刮得也凛冽，亦可竟然就没有觉得到冷——她想到了几年前，也是一月份，也是寒冬中，武汉的那个深巷里的老军医的诊所里的记忆，以及自己一个人窝在被子里想向十年后的自己来求救……似曾相识的无力，欲哭无泪的沉默。她忽然非常非常地想念她的母亲，她再一次自问道，如果我不那么任性和自以为是，听从母亲的话，我是不是就不会像现在这样惨？

梅亦可记不起来自己是什么时候离开小卖部的，也记不起来自己如何回到出租屋，但她记得，当她走到自己住的那个楼栋前，看到属于自己的那间卧室里面亮着灯的时候，她的心里有种成仙般的狂喜。她知道自己离开这个屋子时没有开灯，看见了灯光，说明宋微到家了！

32

梅亦可和宋微终于在出租屋见到彼此时，她俩脱口而出的是同样的话——

"你把我急死了！"

宋微主动上前拥抱了亦可，亦可伏在她的肩头，耳语道："对不起！"

跟亦可紧紧相拥的宋微回应说："我的小心脏受不起这样的打击啊，我不能把你弄丢了啊……"

这一幕，又戏剧性地被同住的小两口的女生看到了。三个女孩子对望着，每个人的眼神里都有各自的遐想。

回到卧室，关上房门，梅亦可告诉宋微，晚上她是跟苏淮和他的老同学邹皖一起在昆仑饭店吃的晚饭。亦可说，她接受苏淮的建议，不在北京实习了，接下来的几天就好好逛逛北京城；亦可又说，那个叫邹皖的，看起来就是个大老板，手里拿着个砖头一样的"大哥大"，吃饭的时候还能接听全世界打来的电话；他有自己的专车司机，开的是那种加长的大轿车……这几天，司机把他送到公司上班后就会过来带我们逛故宫、爬长城。

宋微听完，拍拍亦可的肩膀说："我就等着跟你一起飞黄腾达吧……以后我也不那么傻了，一根筋的，以为你只有坐地铁才能回家……"说完，宋微拿起桌子上董梁头一天晚上送来的方便面，开门去厨房烧水泡面了。

看着宋微端着一碗方便面吃得津津有味的样子，梅亦可没好意思再继续多聊有关苏淮和邹皖的事。苏淮带她见的那些世面，她就偷偷地埋在了脑海里——这是邹皖精心安排的晚餐，他们三人坐在一间古色古香的巨大包厢中，一桌子的山珍海味；宴席进行到一半时，包房的屏风移开，中餐厅自备的大舞台开始了京剧表演。那晚上，演员们盛装出演的是折子戏《霸王别姬》……

苏淮跟亦可说，你别看我在北京住了几年了，今天这样的专场和排场，我也是第一回见到，都是邹皖老兄破费啊……

邹皖谦逊地摆摆手，道："这些都是资本家的钱……"

"那也要资本家舍得啊……"苏淮说。

"花钱来交朋友，这是资本家最划算的买卖。"邹皖继续低调地说，"吃吃喝喝是小事，何况今天是要庆祝苏淮兄荣升'司令'……"

在邹皖的言语里，他轻松地带出了把"司长"夸成"司令"的幽默。说完，他把随身的提袋交给苏淮，道："这是我们今年的第一次见面，一份小礼物——新年快乐。"

苏淮接过提兜一看，里面是一台最新款的爱华牌随身听。

"发票我也放在袋子里了，要是有什么质量问题，可以随时退换。"邹皖接着说道。

苏淮看了一下袋子里的小票，三千多人民币，说道："这礼物太贵重了吧？无功不受禄啊……"

"嗨，你跟我客气什么啊。"邹皖笑着说完，把话题转到了亦可身上，"真是不好意思，不知道今晚还会遇到一位新朋友，所以没有事先给你准备礼物啊……"

苏淮二话不说，就把整个提兜挂到亦可的座椅靠背上："我就借花献佛吧……"

"这怎么可以呢，苏老师。"亦可马上推辞道，"这是您朋友送给您的……"

"你一口一声喊我'老师'，这么大的礼性，我转送一份礼物给你，应该的。"苏淮笑言道，"话说回来啊，这么贵的东西，是邹总的礼物，你要记在邹总的人情上。"

邹皖左右逢源地笑笑说："今天我是最大赢家了，一个提兜，送出去了两份人情。"

接下来的三天里，邹皖的司机开着加长的林肯车，不仅护送梅亦可和宋微去了北京的各大名胜景点，连买门票、午餐这些事情也一并包揽了下来。人是很容易进入到某种状态的，宋微还在私底下感叹北京人的豪爽，亦可经不以为然地说："反正这些人情最后都会记到苏淮的账上，他现在是司长，我估计啊，邹皖这种国外回来的买办，要想在北京扎下根，少不了要仰仗苏淮这些人的抬衬。"

"司长"到底是多大的官，亦可也不清楚，但从邹皖对自己这种"爱屋及乌"的关照可以猜测得出来，苏淮还是算个人物的。亦可说起苏淮时的那种得意，宋微看在眼里，她既不羡慕，也不嫉妒，在心底里她相信，你是谁，就会遇见谁。来自东北的她，在见识过地铁的京城和地上的京都后，感觉自己已经离不开这座城市的磁场了。她的童年和少年，都在那个吉林的小城中长大，但三年多的大学生活后，小城里的天空已经画不出她的梦想了——眼见着梳着粗黑的长辫子的母亲，从照片中的窈窕淑女，变成体态臃肿的中年大妈，她不希望母亲的今天就是自己的明天；眼见着母亲逍遥地享受着父亲的宠爱，日复一日与世无争地工作，但前不久刚听母亲说到国企改制，不在生产一线的员工如果不被下岗也会要求提前内退——在四十几岁的年纪上就没了工作，宋微不敢去想自己会有这样的未来。她曾经以为自己一直在寻找一个像父亲那样深情而智慧的男人，但生活告诉她，男人是不可靠的。记得古语说，"求其上者得其中"，所以，宋微想出国。如果出不了国，她要在北京这个至高无上的城市中，成就自己，成为自己。

在北京开开心心地玩了三天后，亦可她们准备回家了。离京前一天，苏淮请亦可和宋微两人吃饭，算是送别。这是宋微第一次见到苏淮。其实，梅亦可比她，满打满算，也就多见过苏淮三面。一晚上，苏淮从湖北人的九头鸟传说，聊到了东北人的活雷锋，看起来就像个带着江苏方言口音的相声演员。

梅亦可并不知道，苏淮那天完全是强打起精神在"舍命陪君子"。一个人若是在自己在乎的异性面前有着超常发挥的亢奋，如果不是孔雀开屏般的炫技，往往就是刻意在掩盖他对这种待发展的两性关系的无望,仿佛一位绝症患者的回光返照——在这一点上,苏淮是两者兼而有之。他跟易瑾旷日持久的分居两国,三年多来从彼此的牵挂慢慢演变成与日俱增的冷淡,再从冷淡升级成责难和抱怨,加上苏淮越来越忙,他们之间的联系越来越少,少到苏淮的世界里几乎可以无视有个婚姻的存在。易瑾曾经对苏淮、对他俩的婚姻,有着绝对自信的掌控,但他俩在客观世界中的隔绝现状,让她总有种要变天的预感。她渐渐意识到,婚姻就像个跷跷板,坐在两头的双方总是有轻有重的,如果想要平衡,一定不能顺其自然。如果代入时间当量来算计,男人坐的这一头,他们各方面的权重就像他们的体重一样,分量越来越重,重到坐在跷跷板上的他们,脚能点地,重到他们随时随地抽身,能毫发无损。而女人则不然,跷跷板上的女人如果失去了另一头压秤的男人,悬在半空中,那就是上不沾天下不着地了,易瑾不希望自己的婚姻也变成这个样子。她把自己定位成那个在跷跷板上掌控全局的角色,要么,她控盘,他们平起平坐;要么,她砸盘,她全身而退。她想过骑马找马的招数,但患得患失的她,又撑不起东山再起的决绝。她只有"离婚"这个杀手锏,箭在弦上,时不时地拨弄一下弓弩,就是这种将发未发的气势,最有震慑力。在易瑾看来,像苏淮这种既没后台、又想要在体制内有一番作为的,"离婚"是他不敢碰的软肋。何况,她了解他,过去的几十年,他在男女问题上木讷得简直像个未成年人,易瑾甚至想当然地怀疑他是否具备追求女性的能力。所以,但凡两人联系,易瑾就一定会远远近近地扯出离婚的话题,从把离婚当威胁的手段,到把离婚当撒娇的说辞,她的底气是,她敢说,他却不敢去做。

在跟梅亦可见面前,苏淮刚跟易瑾通完电话,她又提到了离婚。苏淮不胜其烦,直接在电话里呛声道:"离吧离吧,既然你这么想离,那就早完早了。你我都能解脱了……等你回来了,我们就把这事给办了。"易瑾也不示弱,回应说:"行,我马上买机票。"苏淮气得当即就挂了电话掐了线。

苏淮是带着一肚子的憋屈跟梅亦可和宋微见面的,他故意装得言谈自若,挥洒自如。在初次见面的宋微面前,他想掩饰自己对亦可的好感,但只要看到亦可,又抑制不住地表示亲近。他不知道自己和亦可未来会成为什么样的关系,但他害怕他和她迟早会变得没有任何关系。也许,他俩就是见一面少一面了,那么,他想给她留个好印象;也许,他离婚之后她会和他走到一起,那么,他就更需要让她看到他身上的好了。就这样,三十而立的苏淮就像个十三岁的男生,在两个鬼马精灵的中文系女生面前,竭尽全力地掩耳盗铃。

散席后,苏淮帮女孩们打了辆出租车送她俩回去。车开了,宋微问亦可:"我今天是不是一盏特别亮的电灯泡啊,害得你俩连句悄悄话也没机会说。"

亦可瞪大了眼睛说:"我跟他之间,没什么悄悄话啊……你没听我张口闭口都是喊他'苏老师'的吗?"

"嗨,你这趟来北京,要不是因为这位苏老师,没准你跟董梁就旧情复燃了呢……"宋微说,"你妈在临出发前还告诫我,一定要阻止你跟董梁见面,我当时想的是,你们之间要是干柴烈火啥的,我躲都躲不及,哪还有本事阻止啊……现在我算知道了,新的不来,旧的不去……"

"我们之间真的很纯洁……"

"我知道啊,你们之间大概连手都没牵过吧……但是,这就更微妙了……"

在离京前的头一天晚上,梅亦可又跑到方庄小区小卖部的公共电话呼叫了董梁的BP机。董梁回过电话来,亦可告诉他,我们明天就回去了,房门钥匙能不能就留在出租屋的桌子上,也谢谢他的军大衣,一并都留在出租屋里。

董梁感到非常突然,他说,钥匙、大衣都不成问题,怎么安排都行,关键是,怎么这么快就回去了?

亦可答,到处看了看,发现北京不太适合我们。

董梁又说:"还没认真请你们吃顿饭呢……"

"下一次吧……"亦可说,"如果你再来武汉,我请你。"

就连亦可自己也没有想到,她这一次到北京,住在董梁安排的住处,他俩之间竟然只匆匆地见过一面——没有单独相处,没有任何叙旧,甚至连老同学相见时的握手之礼都不曾表示一下。对董梁而言,梅亦可说来就来,说走就走,他不知道她心里到底在想些什么。他曾经以为这会是一段重新的开始,但突然听到亦可在电话里说就要回去了,他有种被人戏弄的悲凉。一个人终究团圆不了两个人的感情,你忙着靠近,她忙着离开。

董梁没有告诉梅亦可,在她第一次呼叫他的BP机之后,他激动得一晚上都翻来覆去睡不着。夜晚,他爬起来写了一首诗,想在他俩单独见面的时候读给她听——

我再一次触摸了星光,触摸了星星

黑夜比空气纯净
我的语言烈焰熊熊
星光抚摸我的头顶
……

亦可没有看到这首新诗而带来的遗憾,并不会让董梁更加难过。分手之后,他为她写的许多诗,她都没有看到,再多一首,其实也无妨。把它们都攒起来吧,也许有一天,在一个阳光明媚的日子,他和她,能够高高兴兴地肩并肩地坐下来,一页页地翻阅,一首首地朗读。也许这一天永远不会到来,那就留给世人们吧,等他努力活到光芒万丈的那一天,让全世界的朗读声来打动她的耳膜,变成关于他俩故事的一次辉煌隆重的祭奠。他俩连一次正式的告别都还没有举行,那就总还有机会的,哪怕是为了告别而再见……就像顾城在诗中写道:"我们告别了两年,告别的结果,总是相见。"

33

寒假结束后,梅亦可和宋微及时返校了。苏淮的来信比亦可更早一些时间来到她的寝室。信中这样写道:

亦可小妹妹:

这次在北京见到你,感觉好像重新认识了你一次。

上一次见到你的时候,你是演播室里的口若悬河的女学生干部,就算你长得漂亮清秀,但也掩饰不住你身上的那股子咄咄逼人的锐气,甚至是杀气。

后来跟你通信,感觉你像是一个青春期叛逆的小妹妹,既希望得到兄长的呵护,又揣着许多欲言又止的小秘密;我和你之间,总隔着一层,就像这写信的纸,但是,纸是不能戳穿纸的。

这两年的时间中,我见证了你的成长,听到了你的许多好消息,我也想到过,难道你的生活中除了考出好成绩,当个好干部之外,就没有其他的吗?这回再见你,你好像长高了,长大了,更好看了,我也看到了你在那些好消息之外的很多东西,比如说你的单纯、善良、可爱……

你大概也看明白了,我写了这么多,其实就是想告诉你,我很喜欢你……

但,好像,我们也只能到这里了。

老苏

亦可读懂了这其中的每个字。信里的内容,是她意料之中的,但是,被人白纸黑字地写出来,再这么翻来覆去地看进去,亦可还是满心欢喜的。她读信的时候,大概连眼睫毛都是笑着的。他信里说,"我们也只能到这里了",这个"这里"指的是哪里呢?亦可知道,敢把喜欢说出来、写下来的人,一定是不甘心被封锁在任何界限之中的。何况,喜欢是任性,爱是克制,他这么克制地写下了任性的情话,那就是爱吧……

梅亦可没有着急回信,也没有把信的内容告诉宋微,但在心里面,她真想跟全世界宣告,我被一个优秀的男人爱上了!

回到学校,梅亦可又回到了那种仿佛"我来了世界就不一样了"的节奏。系里的程寔副书记告诉她,解放军总参谋部某局来中文系要笔头过硬的党员毕业生,系里首先推荐了你。"下个礼拜,总参就会来人面试,你好好准备一下。你是面试的第一个。"程书记跟亦可半开玩笑地说,"你符合党要培养的'又红又专'人才的全部标准,好好干,前途无量,以后我们都要以当过你的老师为荣。"

那些天,亦可并不在意程书记说的那么遥远的"前途无量",她脑子里反复回味的是苏淮的那封信,那些字,那句话——"我很喜欢你"。在她记忆中,苏淮为她所做的一切都是在注释他说给她听的那十个字:"你这么漂亮","我很喜欢你"。这十个字里蕴涵了她所期待的全部褒奖,让她都快膨胀到不认识自己了。

苏淮的来信,梅亦可留守武汉的工作方向开始动摇。如果想跟苏淮走得更近,她需要赴京;如果想在北京工作,毕业分配是捷径。在梅母调动了身边各种社会资源要帮亦可在武汉找份好工作的同时,梅亦可一声不吭地配合程书记的通知,带着自己厚厚一大摞的获奖证书,拜见了专门从北京赶来面试的总参首长。

面试是从下午开始的,地点就在校行政大楼的三楼小会议室。部队派来了三位军官,一字排开地坐在会议室环形会议桌朝向门的那一边。尽管见过不少世面,梅亦可推门进去时还是有些紧张,毕竟这是决定未来前途命运的一次考核。军官们坐的位置背后是一排窗户,从他们身后的窗子里射入的强烈阳光明晃晃地闪着眼睛,亦可感到了额外的压力。

"你为什么想要参军?"居中的主考官一边翻阅着梅亦可的资料,一边提问。

"中学时我们学过作家魏巍写的一篇散文——《谁是最可爱的人》,那篇文章让我对军人充满了景仰之情。进大学后的第一件事就是军训,我们像真正的入伍新兵一样接受训练,那一个月给我留下了不可磨灭的深刻记忆。如果能成为一名光荣的中国人民解放军军官，那将是我莫大的荣耀，也是我报效祖国、为人民服务的最好机会。"亦可从容地答道。

"如果我们决定录用你，会要求你签署一份七年的工作合约，在这段时间里，你是不能脱下军装，离开军营的。你有这个思想准备吗？"主考官又问道。

"我听说过一句话，军人的天职就是服从。如果我有机会像您一样穿上军装，那份成为军人的荣誉和责任，就是我最大的动力和使命。我想，如果我有幸加入军营，那么，指导我未来工作和生活的，不仅仅是约束我的一份契约，而是我要报国的志向。"

"听到你有这么坚定的决心和信念，我们也很高兴。我也还要告诉你，这七年的时间里，如果你希望继续深造，完全可以攻读研究生、博士生，脱产或者不脱产学习，都没有问题。"主考官旁边的另一位面试官开始介绍起入职后的一些可能性了，听到这里，梅亦可猜测，她被录用应该是没有悬念的。今天的面试中，自己的真实想法是什么已不重要，重要的是她要按照标准答案完成了一切规定程序。

面试的时间比梅亦可预想的要短一些。她从会议室走出来时，被持续的强光刺照着的眼睛稍微舒缓了一些。这时，她看到会议室门口的长廊上站了几个其他院系的学生，估计都是排着队等着面试的。她想到程书记之前说过，她是面试的第一个。从这些竞争对手面前走过，梅亦可的脸上带着稳操胜券的喜悦。

走到楼梯边时，她停住了，突发奇想要看看这幢大楼。站在这座五层高的正方形大楼中，仰望顶部，全部是重檐的孔雀蓝琉璃瓦盖顶，钢梁屋架。中央为集中采光的封闭天井，由透光玻璃覆盖。每一个太阳升起的日子里，阳光便从顶部直射进来，形成明亮的玻璃中庭。天井四周，绕以回廊。既有古风，又颇为实用。最早，这幢楼是珞大的工学部教学楼，旧时的那些新青年学生们，课间活动就是在这样敞亮的阳光投射下，在天井的回廊中或穿行，或嬉戏，或打闹，或上下呼应。梅亦可有阵子经常代表学校接待来访外宾，在她的讲解中，总会特别骄傲地介绍说，我们珞大的行政大楼是全世界最早采用空间共享概念的建筑之一，哪怕是在国外建筑界，在大型公共建筑中采用"共享空间"和"玻璃中庭"的设计艺术，也是 20 世纪 60 年代以后才逐渐流行起来的。

梅亦可熟悉这座楼的故事，熟悉这座楼的每间办公室，甚至认识平日在这幢楼里上班的许多老师。进入大四，她从学生会的工作中卸任，行政大楼就来得少了。毕业在即，穿行于校园的时日，更是进入倒计时。行政大楼对她的意义，远不仅仅只是珞大校徽上那幢外观上看起来飞檐斗拱的老房子。从入学第一天新生报到，几年来进出楼里各种不同的房间，她从一张平整的白纸，被设计、折叠和渲染成了现在这个将要展翅高飞的样子。

梅亦可站在行政大楼的三楼长廊的一个角落中，扶着栏杆，漫无目的地看中庭里进出的人群。她很少这样放空思绪，让自己发一会儿呆。紧张的面试结束了，她觉得自己可以稍微喘口气。突然，她意外地看到了宋微——宋微背着书包急急忙忙地冲进来，三步并两步地沿着中庭的楼梯上楼，然后，气喘吁吁地跑到三楼会议室门口站定。宋微似乎犹豫了一下——靠近会议室的门口想敲门——瞬息的工夫，她退了回来，接着又退了两步，背靠在会议室门口正对的栏杆上，和其他等待的学生并排在一起。宋微有些气急，估计一路是跑过来的。所以，她一边做着深呼吸，一边四下里张望。

宋微看到了梅亦可。她俩几乎站在同一个楼层对角线的两点。即使这样隔着天井，她们也都从对方的眼神里读出了惊讶。要参加总参面试这事，在此之前，她俩都没有跟对方提及过。梅亦可跟宋微挥了挥手，算是招呼。宋微也冲她点头笑笑，算是呼应。已面试完的梅亦可心态是放松的，那种十拿九稳的结果让她的脸上更是多了些神采飞扬。相比之下，宋微就怯弱慌张得多了。

在这幢说个话都会有回声的大楼里，肃静是日常氛围。没过几年，楼门口挂上了"闲人免进"的大招牌，进出要有凭证。大楼不但禁了声，连足也是给禁了。对于梅亦可他们这一批 89 年进校的大学生来说，他们的大学生活是循规蹈矩的。即使在规矩还没出来前，他们心里也有许多的规矩。懂规矩的梅亦可和宋微，在大楼里相遇，彼此用眼神和手势示意，却没有任何言语上的问候。

行政大楼不宜久留，梅亦可跟宋微打完了招呼，就下了楼梯，走出大楼。

大楼正门口有一对游客打扮的情侣驻足，女生摆出各种姿势，让男生帮她拍照。梅亦可走过去，问男生，要不要我帮你们拍个合影？女生马上甜蜜蜜地说道，那太好了，说完就挽住了男朋友的胳膊。

"我帮你们多拍几张，尽量把大楼最有代表性的地方都拍出来。"说完，梅亦可举着照相机，把镜头上移，为的是能把屋顶拍摄入画——这是这栋楼的精髓所在。珞大的行政大楼是双层屋檐的，每处伸展出去的檐角都有"仙人骑马"的雕饰，这是宫廷建筑的气派，寓意镇势锄奸。而在骑马的"仙人"背后，还跟着狮面的"脊兽"，更显排场和气场。这样的重檐汇聚到顶尖处时，托举出了由四个反扣的橘红色陶缸叠成的宝塔，方顶以圆柱来收束，尽显了传统文化中的方圆规矩。

望着照相机镜头里以行政大楼为背景而依偎着的小情侣，梅亦可突然想到了董梁。他俩以前常常从这幢大楼里进出，却从来没想到过要在这里合个影。有点遗憾吗？也许吧。不过，她转念一想，没有合影照也好，免得有新的故事开始时，这样的物证还无法安置。

晚餐时间，梅亦可照例在寝室里等着宋微一起去食堂。宋微进屋后放下书包，就钻进了蚊帐。"我不饿，不想吃晚饭了，你自己去吧。"宋微从蚊帐里递出这句话来。

"不能不吃晚饭啊，要不我帮你打点饭菜回来？"梅亦可应答道。

"你不用管我。"宋微说，"吃完饭后你也别等我，我不去图书馆上晚自习了。"

梅亦可拿着自己的饭碗走出寝室。她明显感到了宋微情绪的异样，但她不能确定这份异样，是不是因为今天在行政大楼里相遇的事。同去应试总参招兵这事，梅亦可和宋微之间，事前没有交流过，事后也没找到合适的机会和方式来交流，于是变得有些讳莫如深。

没有悬念的，在军训时就受到嘉奖、档案里有一堆先进事迹和模范表彰的梅亦可，面试后不久就收到了接收函。挂号信寄给了系里程书记。程书记见多了每年毕业季中巴心巴肝想去北京的学生，他以为总参的这份工作是亦可梦寐以求的，就好心好意地专程跑到行政大楼里的招生分配办公室，盯着让人直接给梅亦可开出了盖着珞珈大学圆印的《派遣证》。当他再次通知亦可到系办时，见面就说："恭喜你……"

亦可伸出双手、毕恭毕敬地接过《派遣证》，但心里"咯噔"了一下。参加总参面试这事，母亲是不知道的。现在，《派遣证》都拿到手了，回家怎么交代啊……在她家的家规中，先斩后奏是不被允许的。

母亲得知她要去北京参军的消息后的反应，大大出乎亦可的意料。她原以为，母亲会暴怒、会咆哮、会用排山倒海般的气势来教训自己，但这次却不是这样的。一贯强悍的母亲简直像变了个人似的，她吃惊地听完了亦可拐弯抹角的铺垫、叙述，平静地看到了盖着大学公章的《派遣证》，然后，整个人就像一尊沙雕崩溃似的瘫软了下来。

"为什么要等到木已成舟，你才告诉我？"母亲问。

亦可支支吾吾地搪塞道："我只是参加了面试，没想到后面的进展会这么快……"

"面试的事情，也没听你提过啊。"母亲接着问，"你是故意想瞒我的吗？"

"你是很想去参军，还是很想去北京？"看亦可没有说话，母亲又问。

"我只是想试试，大家都说这个机会很难得……"亦可避重就轻地为自己开脱。

"那还有改变的可能吗？"母亲无力地问道，"我就你这么一个女儿，你真的舍得离开我吗？我还记得，你小时候我牵着你的手引着你学走路，那时我是你的指挥棒；后来，我看你每一天的成长，心里就憧憬着等我老了你能成为我的小拐杖……你知道我一生最大的荣耀和成就是什么吗？就是我生了你，把你养大，看到你如此的优秀。我不敢去想，如果生命中没有你，我的人生会是个什么样子……"

人心最怕的就是被软刀子来磨，她疼你也疼。亦可看到了母亲的眼泪。她提醒自己，没有理由让生养自己、深爱自己的母亲如此痛苦。

"那我马上去学校找程书记吧……"亦可向母亲低了头，母亲用爱来划地为牢，亦可猜想自己也许一辈子都无法越狱了——不是出不去，而是走不脱。

"你先缓两天吧。"母亲想了想后，说道，"我托人在联系省电视台，据说他们今年的招录计划已经提交领导在等签字了，很快就能有准信。等电视台这边落实了，你再去推掉总参的工作，免得折腾半天，到头来还有可能两头失踏。"

一切依然都在梅母的掌控之中。亦可这种弼马温级别的猴子，是斗不过如来佛祖的。

梅亦可被总参录取这事，在中文系的毕业班里不胫而走。中文系里只有她一人拿到了去总参的派遣证。梅亦可知道这事里面包含的变数，所以，她尽量保持着低调和回避。她不仅不主动跟任何人谈毕业分配的事，甚至还有些刻意地躲闪着宋微。在她俩都想抢的这份蛋糕里，她先赢了，但她又不想要了。作为最好的朋友，她跟宋微之间，是问候也不是，安慰也不是，所以，只有"躲"这一招了。

等待是充满煎熬的，哪怕是骑马找马的等待，也让人心神不宁。好在两周后，省电视台那边有了确信，等得心急火燎的梅母干脆直接当上了邮递员，自己跑去取回了梅亦可的接收函。

就这样，短短几个礼拜的时间里，梅亦可的人生箭头，从远赴京城的戎马生涯，转回到留守江城的媒体部落。她带着省广播电视厅发出来的写着自己名字的接收函，灰头土脸地到系办去敲了程书记的办公室房门。

亦可开门见山，直接请示说："书记，我想改换派遣单位，您看我该怎么办？"

她低着头，不敢跟程书记对视。她听见书记说："我知道你可能有一万条理由支撑，让你做出这个想改变派遣的要求，但是……"

"对不起，程书记，我辜负您了……"

"你不是辜负了我，是草率地做了一个重大的决定。你知不知道你的改派会有多少连带的负面影响？你已经拿到了派遣证，如果不去，这个工作机会就相当于给废掉了。这不仅是你个人失去了这么好的入职机会，也浪费了我们学校的一个进京指标，而且，因为你的违约，极有可能影响到总参明年继续在我们珞大的招录计划……"

"是不是我必须要顾全大局，服从分配？"亦可问。亦可的心是不定的，如果程书记此时坚定地回答说这是一个无法改变的结果，那她就不改了，她就有了一个可以跟母亲交代的理由——去北京，去总参，去到苏淮的身边，这些都是天意，天意不可违。

程书记答："就业，是人生的大事，你不该轻率地做出决定，但我更不希望你勉强自己进一个不情愿的行当。你未来的路还很长……"

"程书记，我想请问您，我们班的宋微也参加面试了，她最后被总参录取了吗？"

程书记摇了摇头："宋微很想去北京，知道总参有这个面试，就极力要求要我帮她安排争取一下；她不是党员，虽然她交了入党申请书，但这个门槛很难跨过去的……"

梅亦可试探性地问道："那有没有可能把我的这个名额让给她呢？她也很优秀啊。"

"你以为毕业分配是小孩子过家家啊。"程书记无奈地叹了口气，"如果你早点说要改派的话，可能跟部队那边还有商量的余地，我也乐得为系里其他同学争取一个机会。现在都过了几个礼拜了，换谁来不及了……"

就这样，主动帮梅亦可办好《派遣证》的程书记，又再次专程为她跑去行政大楼沟通改变派遣的流程。按照规定，梅亦可缴纳了二百块钱的违约金。二百块钱在当时可不是个小数目，但用它换得了一份重新定义未来的可能。梅母爽快地掏钱替梅亦可填了这个窟窿。当亦可带着学校重新开出来的《派遣证》回到家时，她从母亲那张灿若桃花的笑脸中读到了熟悉的味道——那上面写满了一个母亲由衷的满足，其中还隐含着女儿对自己的忠诚与臣服，一切都在昭示说，自己对女儿的掌控持续有效……

大家都知道梅亦可要去北京、去总参时，她显得很谦虚的样子；后来她不去北京、改留武汉后，她就更低调了。即便如此，她改派这事，还是成为了大家的谈资。她的谦虚，成了她做戏的嘴脸。梅亦可能够想象到，大家在背后议论她是"吃着碗里，看着锅里"，什么好事都要占尽——生活又给她上了一课：如果你没有足够的能力逃离母亲的掌控，那就别折腾了吧，免得误伤其他无辜的人。梅亦可对宋微是心里有愧的。如果早知道宋微也去总参面试，也许面试前还能给她一些帮助，毕竟自己见的世面比宋微要多；如果早知道自己提前跟学校说改派，说不定还有一线希望能为宋微争取到顶替自己进京的机会，也许她不会那么自私地再拖两个星期，等拿到新的接收函才跟程书记汇报……她不知道宋微怎么看待这件事，但很担心，于宋微而言，是不是心里有怨？

尘埃落定后，梅亦可跟苏淮写信说：

我已经拿到了去省电视台报到的派遣证。

之前差一点到北京呢，想到要去北京就要参军，最后还是打了退堂鼓……

改派这事，亦可没敢跟苏淮说实话，她怕他觉得她太把大事当儿戏。她在信里还有句想说但没敢说的话是："我没有去成北京，你有没有一点遗憾啊？我们差一点就可以生活在同一个城市里了。"

苏淮回信道：

不去参军也好，你一个女孩子家，难道还真要'不爱红妆爱武装'吗？

刚认识你时就觉得你身上英气重，锐气浓，你要真穿上军装，当了军官，那就是新时代的穆桂英了，想想都觉得高不可攀……

苏淮在上一封信里写到过，"纸是不能戳穿纸的"，"好像我们也只能到这里了"。这句话似乎是为梅亦可跟苏淮接下来的通信定了个调子——"不戳穿"，"到这里"。但是，他还是明白无误地写下"我很喜欢你"。有这五个字背书，亦可再读他写的每句话，都能读出不一样的味道来。这次他说，"高不可攀"，多么暧昧的意味深长啊……

梅亦可并不知道，当初苏淮写下"好像我们也只能到这里"的真正用意，其实是在暗示他的处境、他的婚姻和他的游移——远在巴黎的易瑾，是苏淮生命中不可忽视的存在；在还未离婚前，他是没有资格朝亦可走得更近的。在梅亦可北京之行的同时，苏淮和易瑾正式谈到了离婚。他们的婚姻有了变数，起因并不是来自于亦可，但她的出现，让苏淮变得勇敢了起来。正因为如此，苏淮才敢跟亦可在信里说，"我很喜欢你"，但写完之后，又怯生生地补上一句，"好像我们也只能到这里"。

回国后的苏淮，生活像是按了快进键，什么都是提速的，这一次，连离婚也说风就是雨了。梅亦可来北京，对苏淮来说，像是一场意外，却又没有发生任何意外。苏淮自认为算得上谦谦君子，他跟梅亦可之间，任何授人以柄的暧昧都不曾有过。他称她为小妹，她喊他为老师，他俩有着可以坦然面对世人的距离，无论谁来质问，他都毫不愧疚。后来亦可问他，你明知道易瑾马上就回国了，为什么还要招惹我？苏淮实话实说道，我这人一根筋，以为易瑾说她回国是为了来跟我离婚的，就当了真。我也真想离，所以愿意去信这样的话。亦可又问，你为什么不能等到离完婚再找我？苏淮说，我胆小，遇到自己喜欢的女孩子，怕被别人给抢跑了，所以一听说自己马上能获得自由，就赶紧跟你报到啊……苏淮还说："你别怨我，我是好不容易壮着胆子才敢给你写信，把心里话说出来。你那么优秀，追你的男生一定很多，我怕跟你当面说，被你拒绝啊……"

在机关工作的苏淮，寄信是不需要跑

邮局的，他只需要把信交给传达室门房，值班的师傅们每天在跟邮差交接时就会把整个大院里要邮寄出去的信件包裹直接交到邮递员手中。苏淮是午休时间把写给梅亦可的信放在传达室的，想了一下午，觉得不妥当，又紧赶慢赶骑自行车去门房，想把信追回来。谁知等他赶到时，邮差已带着当天的信包离开了。大概这也算是天意吧。

34

毕业前的最后几个月，大家忙着毕业论文答辩，忙着找工作，忙着互相串联在《毕业纪念册》上留言。梅亦可和宋微表面上看起来还是很友好、无话不谈的样子，只是，她们的共同语言和共同话题里，毕业分配这件事，是闭口不谈的。

梅亦可的毕业去向是省电视台，这份工作一波三折，看起来是夙愿以偿，但她心里始终有一种隐隐的不甘，就像她高考后进了珞大一样。她的理想就是离乡，上大学没能离开武汉，毕业分配依然留在武汉，似乎一辈子就只能在武汉三镇原地打转了。宋微最后是回吉林，服从分配到了原籍所在地的一所技校。她做过出国梦，还做过进京梦，梦醒了，就该要收拾铺盖回家了。

梅亦可一拿到《毕业纪念册》，就先去找了程书记，请他题辞。看到程书记写的八个大字——"戒骄戒躁、尽善尽美"，梅亦可感受到了来自前辈的祝福和微词：自己身上的骄与躁，还有那么多不尽完美的瑕疵，四年来，程书记都尽力地在提携、宽容与纠错，也许在她以后的人生中再帮不上具体的忙了，那就语重心长再提醒一次，以免她忘记。

从程书记那里取回纪念册，梅亦可就把它放到了宋微的床上。她的整个大学生涯，宋微是她最好的朋友。宋微用了一个下午，在梅亦可的纪念册上写下了这样的话：

如果我不回来了，要记住，我曾经巴不得，巴不得，你不要松掉我的衣袖，在一个夜雨敲窗的晚上。

——亦可，这是三毛写给她朋友的最后一封书信。临别前把它抄写给你，希望你喜欢。

微

抄写三毛的话来致辞，梅亦可知道这绝不是宋微的敷衍。三毛经典的语句有很多，单抄这一句，宋微肯定是用心的。"夜雨敲窗"这个词，让亦可想到几年前那个半夜时分，她被暴雨惊醒，跳下床去关寝室的窗户。那夜骤雨敲窗时，她曾经透过蚊帐凝视过电筒光映照出来的宋微的剪影，美得像幅画儿一样。那样上下铺相守的夜晚已走远，而那雨夜里的帐中人，也要走了，"不回来了"……

看到宋微这样写，亦可顺着同样的思路，在她的毕业纪念册上回致道：

三毛说，她是个像空气一样自由的人，妨碍她心灵自由的时候，绝不妥协。

她是我们的偶像，她的文字是我们青春的纪念。而你，是我整个青春的镜子。有时候，你像是另一个我；更多的时候，你就是我身边的那个鲜活的三毛，率情知性智慧，不问你从哪里来，你的故乡在远方。

如果我们还能回到校园里重来一次，我巴不得，巴不得，不松开你的衣袖，在那个夜雨敲窗的晚上。

你的挚友，亦可

中文系89级学生离校前最正式的散伙饭是在珞大的樱园食堂里举行的，就在"学生俱乐部"的正楼下。那天，似乎所有的人都在喝酒，喝很多很多的酒，然后借着酒劲来玩一些类似真心话大冒险的游戏，嬉笑怒骂，都是之前不敢讲的大实话。人群之中，只有梅亦可始终只喝白开水，不论周围的人怎么劝，她就是滴酒不沾。她在任何时候、任何场合，跟任何人在一起，都不端酒杯，这个习惯，自她成年，就从来没有改变过。她不想让任何人看到她的失控和失态，这种社交场合上的自律，最开始来自母亲的严苛，慢慢就变成了习惯，后来竟然成了本能。

在散伙饭的那天，宋微对所有的敬酒都来者不拒，毕竟这是大学生涯里的最后一次的年级大聚餐。把醉酒当成日后回忆中一种有纪念意义的仪式，其实也很别致。宋微本是有些酒量的，但也扛不住一满杯接一满杯地不歇气地往嘴里灌。她喝得有些微醺，看身边的梅亦可那么坚定地挡着酒，就冲她耳语道：

"你这是干吗呢，难道连借酒失身的理由也不给自己留一个？"

亦可笑着点点她的额头问，你喝多了吧？

宋微摇头，道："我跟你不一样——我从来不装，喜欢就明明白白喜欢，讨厌的东西能躲多远就躲多远，不像你，心里喜欢的是三毛，嘴上整天却都挂着马列……"

亦可看了看四周，没有人注意到她俩，于是又说了一遍："你喝多了。"这一次，把口气从疑问语气变成了陈述语式。

"不就是多喝点酒吗？今天不就是来吃散伙饭，喝散伙酒的吗？反正你也不喝……我又不跟你争，不跟你抢……就算我想跟你争，跟你抢，我也赢不了你啊……就这，你还怕我喝多吗？"

"争""抢"——借着酒劲，宋微终于说破了她跟梅亦可之间的那个心结。对于梅亦可抢到手却又浪费掉的那个进京指标，她确实是在乎和计较的。

"对不起……"梅亦可说。

"你没什么对不起我的……其实我也不是特别想参军，我就是想去北京……话说回来，你知道的，我最想的事情还是出国，北京也只是我的备胎……"宋微说着搂住了梅亦可的肩膀，说，"我也是眼高手低，想出国又出不去，还口口声声把北京当备胎……好像北京就是我想去就能去的地方……像我这种人，活该就被打回原形……"

宋微说着，抽泣起来。梅亦可的眼泪，也跟着涌了出来。她不知道自己该怎么安慰宋微才好，这种"旁人醉、自己醒"的状态，让她简直有也把自己灌醉的冲动。

好在带来的白酒和啤酒都喝得底朝天了。这时，负责组织散伙饭的年级生活委员号召大家说，我们上楼吧，在学生俱乐部，今晚上还安排了一个告别舞会。

那晚上，在学生俱乐部——这个珞大最盛产典故、故事和事故的地方，梅亦可跟着同年级的男同学，一个接一个地跳着舞。

舞是怎样跳完的，亦可不太记得了。在她记忆中，好像酒醉的感觉也是能够传染的，因为在那个晚上，虽然她滴酒未沾，但在和那些醉酒的同学们的共舞中，旋转、拉扯、拥抱，也像发着酒疯一样。舞会结束后，同学们陆续散去，梅亦可拽着宋微，从樱园楼顶的学生俱乐部走回到宋微她们在桂苑的学生宿舍。夜深了，校园内的路灯也极昏暗，也许是酒精壮了宋微的胆，而宋微又用歌声壮了亦可的胆，她俩手牵手，走在路中间，边走边扯着嗓子喊起了崔健的那首《假行僧》："我要从南走到北，我还要从白走到黑……"让亦可错愕的是，就在她俩唱完这两句之后，樱园宿舍里立刻传出了呼应她们的男声——"我要人人都看到我，但不知道我是谁！"就这样，从樱园走向桂园，宋微她俩唱着上半句，就有不知名的男生从窗口应和着唱着下半句，那一路浩歌，加入的人越来越多。歌声中仿佛磨砺出扎破了他们嗓子的利剑，更仿佛还有着新的诞生。那诞生出来的，仿佛还要乘着愈加宏亮的歌唱，刺透苍穹——

亦可从歌声中触摸到了这诞生出来的晶莹闪亮的飘向天际的东西，那是他们校园生活里的最后纪念——

假如你看我有点累　　就请你给我倒碗水
假如你已经爱上我　　就请你吻我的嘴
我不愿相信真的有魔鬼　也不愿与任何人作对
你别想知道我到底是谁　也别想看到我的虚伪……

宋微是最后一批离校的，走之前她参加了托福英语考试。她跟梅亦可说，上班后就没有这么完整的时间能去学习和应试了，正好宿舍里的人也走空了，清静，用来备考都不需要去图书馆了。

梅亦可问，你还想出国吗？

宋微答："想啊，从来没有放弃过。机遇只偏爱有准备的头脑。我考上了，不一定能出去，但是要没去考，那就完全没可能了……你也知道，我是个不给自己找借口、也不想在未来留遗憾的人。只是，可能我差了那么点儿运气。"

"我们以后的路还长着呢，你别说自己运气不好了，谁笑到最后，还真不好说。"亦可安慰她道。

"我只是觉得有点对不起我爹妈。他们这么用心地培养了我一场，希望我能奔出来一个远大前程，结果还是被遣返原籍。我拿到派遣证那天我妈打了个电话，她可能是怕我难过，就跟我说，好啊好啊，我们心底里就是盼着你回来啊，你在武汉上学的这四年，我天天都盼着你回来……她越是这么说，我就越难过……"

宋微拜托梅亦可帮忙在一个月后去ETS考试中心取她的托福成绩。她说，"到时候你告诉我分数就好了，成绩单你帮我保管好，等我们下次见面时再交给我。"

"那下次见面是什么时候？"

"想见的时候就见到了。"宋微故作轻松地回答道，"实在没有见面的借口，我就跟自己说，去找你取托福的成绩单吧……"

离开武汉的那一天，梅亦可到武昌火车站为她送行。宋微把她的那些成色还好的日常用品和衣物都留给了低年级的学妹，最后带走的只有一个双肩包和一个小的拉杆箱。亦可陪着宋微在站台上等车时，看着如此单薄的行李，感觉很有些悲凉。车进站了，宋微伸出手来，抱住了亦可。那一刻，她俩都泪如雨下。

送走了宋微，梅亦可又在家歇了一个月，直到9月初才按照规定到省电视台报到。赋闲在家时,她每天晚睡晚起,没日没夜地看着录像。她家附近新开了一家录像带租借店,押上五十块押金,就能把许多经典电影电视录像带借回家看。一个月的时间里,她过足了影视瘾。快到月底,她记着要帮宋微取托福的成绩单,跑去ETS中心一看,六百六十八分的满分,宋微考了六百三十分。这么高的分数让梅亦可羡慕不已,她用家里的电话拨打了长途跟宋微报喜,电话那头,宋微也是不加遮掩地欣喜若狂。宋微说,我知道考得不错,但没想到分数有这么高。亦可说,祝贺你啊。宋微说,别着急祝贺我,光有托福成绩还够不上出国念研究生的门槛,要考GRE才行;我已经报名了,准备参加明年的GRE考试。

梅亦可参加工作的这一年,正好赶上广电部批准在湖北筹建一家自负盈亏的经济电视台试点,他们这批应届毕业的新人就一锅端地划到了刚组建的"长江经济电视台"团队。长江台的新任台长茅曙光是个想在媒体圈里干点实事的红二代,父亲是省里的老领导,他自己也是珞大毕业的,之前担任省台专题部主任。组建长江台后,行政级别还是正处,但他一下子从诸侯变成了拥有一个完整播出频道的王者,大家也改口称他为"茅台"。

梅亦可去广电厅人事处报到的那一天,碰巧厅党委班子召开商议"新长江"的机构设置、人员安排和待遇标准的扩大会。本来计划上午开会,下午迎新,结果因为话题过于敏感,讨论异常激烈,到下午要接待办理应届大学毕业生入职手续的时间点,所有的部门主任、副主任、厅人事处的全体办事人员,都还在厅党委大会议室里争执不休。广电厅门岗的传达室哪里容得下几十个来报到入职的新人,为了不影响传达室的正常接待工作,梅亦可他们就都站在了鄂广大院从传达室到进门的武警岗亭前的那五级台阶处。这几十个年轻人拥挤在方寸之间,等得倦了就席地而坐。过路的人看过来,这群人像极了跑到电视台来上访静坐的班子。梅亦可原本幻想得无比严肃严谨的入职手续,在现实中打开,竟然充满了闹剧和喜剧的色彩。

梅亦可他们这批被困在鄂广大院进门台阶上的大学毕业生,隐约也听到周围的电视台员工们在热议"新长江"的命运和走向,从其他人看他们这些大学生的带着怜悯的目光中,他们感受到了自己走进了一个有争议的未来。作为注定被"欺生"的新人,他们别无选择地将穿上印着"新长江"台标的制服。但在茅台的极力争取下,他们拥有和"老湖北台"完全一致的福利待遇。也就是说,那天的厅党委会明确了有关新长江"自负盈亏"的定义,只是针对栏目制作经费和广告收入,不与个人福利与收入挂钩。"新长江台",依旧属于省电视台的事业编制,依旧从国家财政拨款中发工资。不过,在传统电视人看来,"新长江"的员工是被边缘化的,那种被歧视的滋味,就像名义上拿着民政局的工资、实际上在殡仪馆上班的人一样。

新组建的"新长江"机构简单,"老湖北台"的很多细分部门在这里都重组了,包括台长办公室也和总编室合并在一起。茅台之前就通过专题片《钢铁是这样炼成的》知晓了梅亦可,分工时特意把她安排在总编室,算是放在了自己近旁。

每个人看待问题的角度都不尽相同,总编室里日常事务性的工作——收片、看片、审片、排片——显然不对梅亦可的胃口,而台长办公室的职责更像是茅台的日程记事本,所有公函的分类整理,回复跟进,全是没有技术含量的琐事。上班头两个月,亦可觉得自己就像个上班时间陪领导看片子、午休时间替领导写回信、下班时间帮领导写发言稿的全能打杂。她想到苏淮说的"实习无用论",走上工作岗位才发现这就是真知灼见。自己这种被领导器重的正式员工上岗之后也不过就是个跑龙套的,要是当时死乞白赖在北京留下来实习,还指不定有多少被轻视、被白眼的心痛回忆……

虽然工作内容不足以体现自身实力,但到手的收入还是让刚走出校门的梅亦可看到了个人价值的货币化——第一个月就领到了四百七十五块。拿着工资单逐项研究每一项收入的名目,她看到有个事项叫"高频补助"。身边的老同志们解释说,电视台需要用高频率电波来传送信号,据说这些信号对人体有一定程度的辐射,所以台里所有的正式员工都能享受到这份特殊的财政专项补贴。亦可问,这算是核辐射吗?老同志笑起来了,"你听谁说过电视台是核电站啊?不用担心,发射塔早就搬到远郊去了,我们这个鄂广大院里,除了人与人之间眼神交流的电波,没其他的了……"

快到中秋节,梅母提醒亦可说,你们茅台长对你很关照,你应该专门到他家拜访一下,以中秋节的名义,送点礼,表份心意。母亲说:"人情世故这些事,你要听我的。你永远都要记得跟上级低头。你要知道,中国人多,有才华有能力的人哪里都有,不缺你一个;只有懂得低头的人,才终将会有抬头的一天。"

亦可心里想说的是,到哪里找像我这么善于低头的人啊,尤其是我在母亲大人您面前,就从来没有抬起头来过。心里虽然这么想,但说出口的话,一如既往地顺从母意。她说:"我在台里一直都很温良恭俭让啊,头低得够下的了,不仅低头,还那么努力。"

母亲接着说道:"只有努力,你才有被重用的机会。但是,就算你再努力,也要有人看得到、认可你啊。过年过节跟领导送个礼,这是最简单的办法了。我给你准备好了,就给你们茅台送两瓶'茅台'酒,这酒贵,拿得出手。"

就这样,梅亦可提着母亲替她准备好的茅台酒,去敲了茅台家的门。结果,台长不在家,保姆出来应的门。梅亦可犹豫了一下,找保姆要了纸笔,写了张简单的留言便签:"恭祝茅台长及您全家,中秋快乐。梅亦可敬上。"

第二天一大清早,茅台就出现在总编室的大办公室里。他先是找总编室主任询问了一下工作上的事情,转头就跟梅亦可说,你到我办公室来一下。

亦可心里一惊,不知道是不是昨晚送礼送出了麻烦;结果,进了台长的独立办公室,就听见茅台爽朗的声音冲自己说道:

"你这个小师妹,人小鬼大……谢谢啦!"

以"师妹"来称呼,说明彼此从工作关系切换到了私交的频道。茅台从桌子上的一堆文件中找出一封邀请信,递给亦可道:

"下个月在广州有一个电影节活动,组委会邀请我们台派记者参加。我考虑了一下,就安排你去吧。你去出趟差,吹吹南风,见见世面。"

才参加工作两个多月的梅亦可,在同

事们艳羡和不解的目光中，单枪匹马地到广州参加电影节去了。也许，这个公差的初衷不过是茅台长的一次随机的回礼；但当他看到亦可带回来的成果后，也乐于去承认，自己就是有心来栽培梅亦可这匹千里马的伯乐。

整个电影节上，年轻记者们忙着追港台明星，年长采编们沉迷于看经典影片，梅亦可这个电视圈的初生牛犊，光杆司令一枚，在没有摄像师陪同的情况下，居然在电影节各种活动的间隙，跑去采访了组委会主任和承办电影节的南国电视台台长。作为开全国电视界先河的"长江经济电视台"的前线编导，梅亦可每天在鄂广大院中耳濡目染的就是电视媒体能不能从计划经济走进市场经济的探讨，所以，她把对电影节采访的关注点放在了"双文明建设"上——如何在宣扬精神文明的同时创造物质文明和创收，如何在重大活动的筹办和投入中找到自负盈亏的盈利点。本来，对方接受采访是礼节性的，以为说一些千篇一律的宣传语再加上一点兄弟单位鱼水情深的问候就够了，哪知道这个女记者的问题提得独到，他们也有话料可以深谈，于是，访谈的长度、高度和深度都超乎预期。回到武汉后，她不歇气地熬了两个通宵写稿，落笔不是在写电影节花絮，而是完成了一篇题为《电视台长的电影梦》的专题特稿。

这篇特稿在广播电影电视部的评论专刊上发表后，梅亦可接到了南国台台长专门打来的致谢电话。台长说，以后随时欢迎你来广州作客，我们南国台再举办什么重大活动，也很诚意邀请你来现场感受一下。想到了长江台的"自负盈亏"，亦可很朴实地问了一句，那您这边能管我的差旅费吗？对方肯定地回答说，你是我们电视同行中难得的知己，更是我们台邀请的客人，差旅费和本地的接待，当然该我们管！

南国台台长的这个电话给了亦可一个新的启示：如果我能把兄弟电视台的资源对接起来，充分发挥我自己敢想、能写、善谈的优势，那就完全可以在不找台里额外申请制作经费的前提下开创一个新的栏目——"台长访谈录"——把全国几十个省级电视台的台长走访一遍，倾听和再现他们作为省级电视平台为宣传改革开放而独树一帜的心声。这个选题放在哪里都是为时代背书的主旋律，被采访对象一定会积极响应。梅亦可更进一步地想到栏目的实施细则：自己只需要事先做好访谈前的沟通准备，然后就在各个省台的演播厅，请他们台里的摄像师来协助录制对各个省台台长访谈的素材。"新长江"电视台这边，除了批准梅亦可来完成选题外，不需要另外安排人手、匹配设备、财务预算，而以被采访对象的团队资源配合完成的制作母带，品质毋庸置疑。

亦可把自己的这个想法向茅台汇报后，茅台当然全力支持。他表态说，对于这样的弘扬主旋律的大主题，只要你能驾驭好，制作过程中需要经费、人手和补贴，台里全力支持；虽然我们是家经济台，但作为喉舌机构，在讲政治的时候是不能一味只算经济账的。

梅亦可跟茅台承诺的计划是：用两年时间，以每个月走访一个省级电视台的频率，完成至少二十个省级电视台台长的访谈，要把《台长访谈录》做成中国电视圈的一个标杆性的高端系列栏目；同时，她私下里盘算着，这样坚持下来，自己也能交到几十个重量级的台长朋友,顺带还能在采访之余,走遍祖国的大好河山。她记得母亲说过的,人生在世,少不了要向人低头;她更想证明给母亲看的是,如果我对自己狠一点,事情做得漂亮一点,那么,以后再需要我低头的时候,就会少一点。

十个月之后,梅亦可的《台长访谈录》制作播出了十二期,她因此成为了全国省级电视台台长圈的名人,也给茅台和"新长江"带来了意料之外的好口碑。省广电厅迎接四十五周年国庆时,梅亦可披上了挂着大红花的大红绶带,成为了站在主席台上的全省广播电视系统青年标兵和优秀共产党员。亦可是那一年站在主席台上的唯一一位女性,当同样身为女性的常务副厅长为她颁发证书时,亦可听到李副厅长握着她的手时跟她说:"巾帼不让须眉,小梅啊,好样的,祝贺你!"

领完奖的那天晚上,梅亦可给苏淮写了封信。为了便于联系采访,台里为亦可配了条能打国内长途的专线,她心血来潮也会跟苏淮通个话。但这次评上了先进,她想来想去还是写信好——自我吹嘘这种事,写起来会比电话里说要含蓄些。亦可写道:

苏老师:

告诉你一个好消息,我被评选为我们全厅的青年标兵和优秀共产党员。这是两项荣誉,全厅只有我一人占全了这两项(主要是够格的青年标兵还没得及入党,能当上优秀党员的,又都不年轻;我沾了自己年龄小、入党早的光)。听说接下来我的工资会加两级,如果真是这样的话,下次见面,我请你吃饭。

今天给我颁发证书奖牌的是李厅长,她是我们广电厅的常务副厅长,是位杰出女性。有人议论说,以后我就是李厅长的接班人。我知道,这种话只能当笑话听听,但还是悄悄地告诉你了——好话谁不爱听呢?

之前跟你说的我那个系列栏目《台长访谈录》,已经播出了十二期,还有两期正在后期的编辑整理中。原先是想做至少二十期的,但是,做了快一年,觉得有些不好玩了,这件事越来越变得像是流水线上的批量生产。最初的新鲜劲没有了,想在每个台长身上找独特的亮点也很难——能坐到台长这个位置上的,就算经历背景不一样,但谈到工作,谈到愿景,讲的话都大同小异;也不怪他们,职责和使命是一致的,他们怎么敢随便标新立异?

被评为标兵,本来应该是件特别高兴的事情——当然,我也是高兴的——只是,想到今后,想到未来,又不那么高兴了。我现在的工作好像已经触到了天花板,想要再往上走,就不知道该怎么办了。就算我确实很想去当李厅长的接班人,但从现在熬到她那个年纪,还有几十年的光阴要过。难道这几十年中,我就慢慢把自己变成和其他老同事一样,每天高高兴兴地领些台里分的油盐酱醋,再扛上分到的几十斤的大米回家?

看到这里,你会不会觉得我太矫情,得了便宜还卖乖?可能是我的路太顺,有些不知天高地厚,请不要批评我。希望你明白,我走到今天,也是吃了不少苦的;之所以跟你说这些话,因为除了你,我没有第二个可以如此倾诉的对象。

好了,好的坏的都写给你看到了,我在你这里,快成为一个透明人了。

遥祝一切安好。

盼复。

亦可

苏淮很快跟她回信了，信里说：

亦可小妹妹：

很高兴又看到了你的好消息。也祝贺你涨工资了。你要答应我，不论你工资涨多少，我们要是在一起吃饭的话，一定要让我来付账。这是原则问题。

看到你在来信中跟我吐的那些苦水，我能理解你。你在字里行间所透露出来的，不是矫情，是可爱。这么可爱的小妹妹，我不会批评你的。但，如果你愿意听听我的建议，我也就胡乱瞎说一下了。

我不太看好电视圈，这是一个太花哨的圈子，并不适合你。你千万不要相信'近朱者赤、近墨者黑'这种道理，所有掉进染缸的，只会变黑，没有人能变红。

我想了想，可爱这个词，也不太适合你。你已经从一名女大学生变成了一位职业女性，今天的你，不应该希望人人都觉得你可爱，你应该努力做到让人觉得你可敬。当然，我这么说，其实是有私心的……你不必接受我的观点，但希望你能理解。

老苏

亦可后来辞职到了北京，当着苏淮的面，拿着他写的这封信，一边念，一边逐句解读说："你不就是想告诉我三件事吗，第一，你养我；第二，你爱我；第三，你希望我离开电视台，然后，去做一个只让你觉得可爱、别人都敬而远之的人。"

苏淮解释说："现在看起来确实有你说的这么些个意思，但我当时写信的时候真没想得这么透彻直接。我就是按照你信里的内容一条条来回复的，说的都是大实话。"

"你知道你说了这些大实话的后果吗？"亦可问，问完，她就给出了回答——

"你给了我一个错觉，误把飞蛾扑火，当成了凤凰涅槃。"

35

梅亦可开始在长江经济电视台上班的那个月，回国大半年的易瑾也去新单位报了到。她跟苏淮说的是回国离婚，买的却是从巴黎到北京的单程机票。出发前一个月，她迅速地退租了房子，卖掉了车，处理了所有带不走的物件，彻底撤离了巴黎。在关键时刻所展现的先斩后奏的行动力，易瑾和梅亦可如出一辙。在人生的重要关口，她俩的坚定果敢，都彻底地碾压了苏淮。苏淮说，他这辈子就做过两件勇敢的事，一件是放弃高薪，回国转型；另一件是放弃婚姻，和梅亦可牵手。但这两件事他都做得虎头蛇尾，不是他不努力，只是一旦遇到艰难险阻，他缺乏与生俱来的斗志。也许，他喜欢过的易瑾和梅亦可，终究属于一类人，她们身上有他所匮乏的勇气、决心、执行力和应变力。她们和他是互补的平衡，而她俩之间，是势均力敌的较量。

当易瑾带着大包小包的行李在首都机场落地时，苏淮去机场接她。苏淮原以为，吃一顿接风的散伙饭之后，两人就好说好散了，谁知，还没开始吃饭，跟着苏淮回屋先放下行李的易瑾，就直接把苏淮拽到了床上。他俩又回到了之前那种"床头打、床尾合"的圆圈里，苏淮终究还是一介文弱书生，又顶着那一纸婚书的紧箍咒，做不来那种翻身下床就能翻脸不认人的决绝。何况，身体的记忆能唤起许多美好的念想，再说，苏淮的生活中也缺少女人。离婚这事，就先搁了下来。单位给苏淮分的宿舍就在机关大院里，易瑾归国后，自然是女主人归位的设定，跟苏淮的同事们在院子里低头不见抬头见，她也乐得每天在机关食堂吃完晚饭后跟苏淮一起在大院里散步晃悠。无论是遇到领导还是下属，只要看到苏淮跟对方打招呼，她都会得体礼貌地陪着苏淮向对方示意问好。眼见着苏淮在单位的好人缘，眼见着苏淮在人群里的被器重，离婚这事，她就再也不提了。

易瑾有好几年没回过国了，她说想回老家陪陪父母，又说苏淮这么多年也没陪她回过一次老家，硬是架着他随行。在京城做官的女婿陪着从国外念完硕士的女儿回门，这是件光宗耀祖的大事，一下子在易瑾的老家成了轰动性的新闻。被父老乡亲所有人都夸赞的这顶"好姑爷"的帽子一扣上头，苏淮几乎被灭掉了关于离婚的所有念想。易瑾就这样重新锁定和套牢了苏淮，丈夫苏淮重新成为她的"一丈之内的好夫君"。当所有的外部舆论以前所未有的合力帮她把这个婚姻重新箍紧的同时，易瑾也一刻都不耽误地在北京找了份新工作。她有自知之明，既不想做研究，也不想上讲台，但她看中了大学的寒暑假，所以，带着海归精英的头衔，貌似屈尊地在大学校园里当一名分管人事工作的干部，无科研压力，也没有教学任务，她非常满意。

那时，易瑾满脑子想的就是，既然找了苏淮这个优质原始股，那就夫唱妇随

地好好过日子吧，夫荣妻贵指日可待，唯一的不足就是缺个孩子——三角鼎立的家庭关系才最为稳定。这个本来快走到尽头的婚姻，被"天时""地利"加在一起，造就了"人和"，苏淮也找不到非离不可的理由。之前渴望和梅亦可展开新生活的美好憧憬，就变成了"女方积极备孕，男方消极配合"的一地鸡毛。苏淮还是跟亦可保持着通信，但"我很喜欢你"这种话，他就不敢再说了。同样不敢跟亦可说的，就是他的婚姻。曾经近在咫尺的离婚，变成了昙花一现的梦境，他只敢在心里骂自己"窝囊"。

尽管易瑾铆足了劲头把怀孕当作头号大事，肚子却不怎么配合，回国一年多，依然事与愿违。她问苏淮，我俩是不是该去看看医生啊。苏淮回答说，还是你先去检查吧。苏淮骂自己的话又加上了一个字——"窝囊废"。让他百感交集的是，要是查出易瑾有病，他可能就永远离不了婚了，因为他不能做一个背信弃义的人。要是易瑾没病，他们很快有了孩子，他就更不能离婚了，哪有说孩子生下来就被父亲抛弃的呢？要是易瑾没事，是他苏淮的毛病，那他无论是否离婚，都不能再找梅亦可了，明知道自己有病，还去祸害人家女孩子，那还算是人吗……

本来，苏淮的婚姻兜兜转转后回到了正轨，所有的偏离也不过是灵魂出窍的一些文字，这种只有脸红心跳、却是连手都没有牵过的交道，放在当今社会的道德体系来评说，绝对可以被四舍五入地认定为，他依然是个忠诚于婚姻的好丈夫。他以为属于自己和梅亦可的那扇门已被堵死。在他几乎想收回曾经说过"我很喜欢你"这句话的时候，命运让梅亦可再次站到了聚

光灯下。

就在梅亦可跟苏淮写了那封她说她评上了全厅的青年标兵但也还是不怎么快乐的信之后不久,邹皖跟苏淮打电话,问他身边有没有合适的人选可以推荐一下。邹皖说,国际知名的法国桦绯出版公司想在中国设立办事处,想找个有行业背景、又有政府资源的华人来担任首席代表。

苏淮当即就推荐了梅亦可——"有个人选很合适,就是你在昆仑饭店请我吃饭时我带过去的那个女孩子,她的新闻专业能力绝对过硬,得过的专业奖项不花上个大半天都讲不完,至于政府关系嘛……有我来撑腰,问题也不大。"

邹皖当然记得梅亦可,他还记得苏淮把刚收到的"随身听"转手就送给了她——从那时的亲眼所见,到此刻的隆重推荐,很容易猜到这是个什么样的故事。与其说邹皖看重梅亦可作为候选人的专业素质,不如说他更在乎苏淮说的"有我来撑腰"。彼时的苏淮已从某中直机关政研司调动到另外一个职能性更强的部委办,新闻出版口正好就是他们的管辖范围。

"你推荐的人才,一定没错!"邹皖应承道,"我第一时间就联系你,就是相信你这里有人才储备。"

"人家在电视台上班上得好好的,如果要接受你说的这份工作,就得要辞职了。要让人家砸掉铁饭碗,代价是什么?"苏淮直言不讳地问道。

"法方那边是参照他们本国员工的标准来定薪酬的,底薪是五万美金一年;应该还会有租房补助、养老保险、子女教育和一些公关费用吧。"邹皖说,"具体的细则和金额还要到时候再仔细看看合同。"

——五万美金,放在1994年的民间外汇黑市交易中,可以直接兑换至少五十万元人民币。按照梅亦可涨了两级之后的工资单上每个月依然不到一千块的收入来看,五十万元需要她不吃不喝工作四十年。这是一份让人无法拒绝的薪酬。挂掉邹皖的电话后,苏淮联系了梅亦可。他说:"你尽快来一趟北京,如果跟单位找不到出差的借口,请假也要过来。"

打电话之前,苏淮还在自欺欺人地告诉自己,帮梅亦可找了一份高薪体面的新工作,这是大哥哥对小妹妹的顺手人情。电话一接通,听到了话筒里传来的亦可的声音,他就想明白了自己真正想要的是什么——为什么他会这么看重她这份新工作的报酬,因为他把她放进了自己的未来。无论他们未来能不能在一起生活,有这份工作垫底,她的未来都站在了一个新的起点上等着他。在他心里,从来就没有忘记过那句话——"我很喜欢你"。

接到苏淮电话的梅亦可,那几天正是郁闷恼火的时候。

梅亦可所在的新长江台是整个广播电视厅里最精简的部门,员工们普遍比其他部门的同事承担的任务要重,自然加班也多。事业单位拿的是死工资,加班也没有额外报酬,靠的是责任感、事业心和革命觉悟。简单来说就两条,一是来自领导们振臂一挥的号召力,看看上头给底下画了多大多圆的一张饼;二是靠打了鸡血的群众自觉性,考验职工们对这份职业的认同度。虽然整个广播电视产业从业人员的平均收入领先于其他事业单位,但是放在体制内吃大锅饭的平均主义环境下,"新长江人"多少是有些心理不平衡的,毕竟干得多,但拿得不多。台里的员工们抱怨得多了,茅台就跟厅党委汇报,新长江台的工作强度普遍较大，在倡导员工多为单位作贡献的同时，也需要从提升工作环境、完善工作场所舒适度等方面来满足员工们的"幸福指数"，增加部门的凝聚力。厅里同意单独调剂出一个活动大厅作为"新长江"的职工俱乐部，并划拨经费采购彩电、冰箱、空调、卡拉OK音响、投影仪等物资。那个年月的办公设备采购不需要走招标流程，靠的就是"一人为私、两人为公"的监督机制，于是，台长办公室就安排梅亦可与财务同行。

梅亦可和台里的钱会计一道，拿着介绍信、空白支票和采购清单到了W商场的大宗采购部经理办公室。钱会计没少跑采购这条线，跟对方很熟络，对方接待起来也非常热情。经理承诺一周内会把所有物资配齐送到"新长江"，相关的报价也会是市场最低价。20世纪90年代初，空调、冰箱、"画王"彩电这些紧俏物资都是有计划指标、凭票供应的，一般人想买都买不到，就更谈不上货比三家来比价了。能调到货的大商场都是国营的，国营店家的价格也让人放心。

钱会计跟商场的采购部经理一边谈配货，一边也聊着家常，从孩子的升学到老母亲的住院，谈这些闲话的时间比谈正事还长。梅亦可在一旁听着无趣，也临时内急，就问道，厕所在哪？经理说，我们这层楼的女厕所坏了，你要到大门外的公共厕所。

梅亦可点点头，跟钱会计打了个招呼，独自出门。刚走到公共厕所附近，就闻到阵阵恶臭，那味道让她很不舒服。她感觉尿急这事还能憋一阵子，这么有味道的厕所，不是非进不可。这样一想，她就没有继续往前，转身往回走。走回到商场的采购部经理办公室门口，她听到钱会计正在说：

"除了这两台柜机空调外，麻烦你再配两台挂机，对，就是那种分体的、家用的……然后把总价写到一起，发票开出来的科目还是空调，记得把柜机的单价写高一些……"

对方回答说，没问题，您放心。

钱会计说："那我就把支票押在你这里了，等你备货的消息……那两台挂机……"她的话还没说完，就看到了迎面进屋的梅亦可。她稍微有点吃惊，打断了自己的话，问梅亦可道：

"这么快？"

亦可点头，直视钱会计的眼睛，等她接下来说的话——"那两台挂机就先放在你们商场的仓库里，到时候我把送货地址发给你。"钱会计说完，拉着梅亦可跟经理告辞。

出门后，钱会计边走边跟梅亦可说："我让商场这边多配了两台挂机的空调，你我一人一台。反正都是公家的采购，账就算到一起了。你也知道，武汉这鬼天气，冬天冷死，夏天热死，要是家里有个空调，那日子就好过多了……回头你把你家里的地址给我，我让商场这边安排送货安装。"

"这怎么能行？"梅亦可坚决地抵制道，"这种事情，轻一点说是在占公家便宜，说重一点，就是贪污啊……"

"你还太年轻，有些事情，睁一只眼闭一只眼，你好我好大家好。"钱会计轻描淡写地回复说，"这就是天知地知你知我知的事，你不说，不会有人知道的。"

"商场的经理就知道啊。"梅亦可看钱会计一副无所谓的样子，很警觉地提醒道。

"经理那边，你尽管放心好了，他这边

又没什么损失,卖多少货收多少钱,就是开发票的时候少写两项内容而已,总价还是对得上的。"钱会计看梅亦可不开窍的样子,就耐心地跟她解释起来,"我们跟他是老客户了,总是找他采购,也是在关照他……武汉也不是就只他这一家大商场,像我们这种提前就把支票打过去预付货款的单位,商场是最喜欢了,他要是翻撬(武汉话,'翻脸使坏'的意思),那不是断自己的财路吗……"

"我建议您最好马上回去跟经理说清楚,让他就按照介绍信上列出来的采购清单来备货,其他的东西多一件都不能有。"梅亦可不容置疑地说道,"如果您不好开口的话,那我现在去跟他说。"

"你这是在干什么啊,犯得着这么做吗?"钱会计问,"说出去的话泼出去的水,收不回来了吧……要不这样吧,这一次就算了,我们下不为例?"

"有些事情明知道是错的还要坚持,那就是错上加错。"梅亦可说道,"台里派我跟您一起来采购,这是对我的信任,我不能拿着这份信任来中饱私囊。如果我这么跟您好说,您不接受的话,那我就直接跟台里去汇报了。"

钱会计愣在原地,发了几分钟的呆。梅亦可也不躲闪,就站在她旁边,看她接下来怎么做。那几分钟,她在犹豫,到底有没有必要说出更严厉、更严重的措辞来阻止钱会计的一意孤行。她也想到,自己是不是太不近人情,或者太固执己见。梅亦可还想到,假如自己刚才去上了厕所,晚五分钟或者十分钟再回到商场的采购经理办公室,是不是这件事情就能瞒天过海?她也拿不准,钱会计说多要两台空调,她的初衷真的是和自己来瓜分,一人一台,还是因为事情败露而不得以为之的分配?不管怎么说,梅亦可的道德和良知不会让她搅进这样的浑水,也不能无视这种侵犯集体利益的事情在她的默认下发生……几分钟后,钱会计扭头往回走。梅亦可毫不客气地跟了上去。于是,她跟钱会计一前一后回到采购经理的办公室,看着钱会计跟经理说道:

"那两台挂机我们就不要了,你就完全按照这份公函上的采购清单来备货吧……"

经理一头雾水地看看钱会计,又看看梅亦可,对于这短短十来分钟发生的变故,一脸似懂非懂的样子。

一从经理办公室出来,钱会计就甩下了梅亦可,快步地独自下楼。梅亦可追了上去,说道,"钱会计,您放心……我不会再多说一个字。"

钱会计横着眼睛望了她一眼,"哼"了一声,更快地加速下楼,像躲瘟神一样地想逃离梅亦可的视线。

梅亦可来到了W商场的大门口,又闻到了公共厕所飘来的刺鼻的臭味,那种骚臭积攒出来的近乎沼气的味道,呛得人头疼。这种味道一下子唤起了她的许多其他以这类气味来背书的记忆——那一瞬间,梅亦可脑子里突然想到了军训时矗立在田野中的营地,想到了参加大学生社会实践时在枝江走访的那个简陋的信用社,那些地方都有类似这样的味道,这是农村田间地头最通常最朴实的空气的氛围。那一瞬间,梅亦可又想到了挂在董市镇信用社里的那一组黑白照片,照片里有永远停留在十九岁的杨大兰的笑容,还有斑驳的平房前空地上那一长条潘星兰用身体碾出来的粗重的血痕……她曾以为这些记忆都被归类为成长道路上的说教范畴,她还记得董梁曾多次嘲笑过她谈这些心得体会时的慷慨激昂，但在今天这个突发事件面前，她明白了，有些属于社会责任的东西，在自己生命里扎下了根。

本来这事就这么过去了，梅亦可也说到做到，跟任何人都绝口不提陪钱会计去采购的过程和细节。那时她还年轻，也胆小，经过财务室的时候都故意绕开些走，不想让钱会计看到自己，以免对方难堪。她并不知道，跟钱会计之间结下的梁子，怎么可能轻易绕过去呢？

36

自邓公南巡后，整个社会都在"春天的故事"里生长发芽，从选址到请款到设计施工、历经了十余年建设期的湖北彩电中心，也乘着春风，长成了武昌沙湖边最高大的一幢地标式建筑，据说到94年底竣工后，那里将有世界上最先进的电视制作播出设备及装备，还会有中南地区第一个一千五百平米的演播大厅。到时候总台会重心迁移，现有的老办公场所和制播系统就暂借给新长江台使用。这样一来，全都升级换代，鸟枪换炮。作为配套，彩电中心内也新建了几幢宿舍楼。普通居民宿舍的建安标准显然不能和专业度要求极高的电视大楼相提并论，所以，在彩电中心尚未交付前，宿舍楼先期完工并验收合格。

"福利分房"是许多人愿意一辈子蹲守在事业单位的终极目标，在事业单位转轨改制进程中，谁都不知道即将瓜分的分房大蛋糕会不会是大锅饭福利的末班车。本来就挤破头的住房分配，在这种人心惶惶的时间点争夺起来就更加硝烟弥漫。那几幢崭新宿舍楼的每个门栋的每套房子最终将由谁入住，既像猜谜，更是各方势力的角力。组织人事部门有统一的考核体系，每次分房方案大同小异，按照惯例会采取打分制，其实不用等到最后揭晓，每人心里都有一杆秤，够不够分量，对号入座，实力说话。大家私下里猜测评议的同时，也有包打听的好事之徒拐弯抹角地散布些"内部消息"，真假莫辨的传言中，梅亦可在内定的分房名单中。本来就因为梅亦可得到的荣誉多而看她不顺眼的某些人，知道她不是系统内子弟，也没有后台靠山，便抓住她只有一年多工龄的这条小辫子大做文章，找人事处，找工会，找妇联，找分管台长，找一切可以申诉扯皮的部门负责人，开始了抗议和呼吁。事实上，分配方案没有定稿，分房名单更是无中生有，蒙在鼓里的梅亦可莫名其妙就成了炮灰，以讹传讹的口口相传中，她简直成了对分房抱指望的人们的公敌。

本来，这些事情都是台面下的文章，就算有人拿梅亦可当靶子来说事，也都是私底下捣鼓，暗中"戳反梭子"（武汉方言，"讲人坏话"的意思）。孰料竟有人不嫌事大，估计也是欺负梅亦可年纪小，又"没兜子"（武汉方言，"没后台"的意思），添油加醋地硬是把死无对证的小道消息做成了有模有样的"权威信息"。这些人里面，最来劲的就是钱会计。她是台里的老会计了，大家无论是报销、领薪还是拿年终奖，都要跟她报到，是众人眼里的"财神"，人缘自然不错。自从上次"空调事件"被梅亦可抓了把柄后，她悄无声息地把门庭若市的财务室变成了关于梅亦可的各种小道信息的交流中心，从一开始编排说梅亦可被破格分房，逐渐演化成这个"破格"中是茅曙光在为她撑腰，说是梅亦可刚报到没几个月就被茅台指定关照、拿着公款到广州出差旅游，才上班一年就又加了两级工资。也只有钱会计这种台里的"老资格"才敢挑起茅台来说事，加上她还能拿出公款报销、加级加薪这种有真凭实据的信息，大家自然信服。茅曙光的"新长江台"试点是系统内一个长期争议的话题，对他不满的大有人在，不乏有人想借机给茅台一个下马威。如此搅和后，身为长江台台长的茅曙光和台长办公室的编导梅亦可之间的桃色新闻，在这个出产新闻的圈子里，比流感的传播速度还快。有了这类上下级的绯闻做备注，大家对梅亦可获得的所有荣誉就都找到了"合理"的解释：和主管领导之间玩暧昧，是这个工龄一年多的小女子的成功捷径。

这种暗箭飞了好一阵子，终于扎到了梅亦可的眼里。人心之恶和人言可畏，让初涉人世的她，既愤怒，又恐惧——尤其是当她听到这些传闻或多或少都跟钱会计有关。既无害人之心，也无防人之意的她，很想找个人聊聊，至少倾倒一下苦水，但她发觉，身边竟然没有一个可以倾诉的对象。

跟母亲诉说？这绝无可能，在梅母的思维定式中，梅亦可永远都是做得不对、不行、不够好的，她会要求梅亦可从自己身上找问题。

跟苏淮诉说？亦可想过这种可能，她还记得苏淮在信里写到过，电视圈是个大染缸，他担心她早早晚晚会"近墨者黑"……如果他没跟她写下"我很喜欢你"，也许她会真的把他当成师兄，跟他说点什么，哪怕仅仅是抱怨几句。但是，自从他用纸戳穿了纸，她也小心谨慎地拿捏着和他交往的分寸，她不希望自己被流言误伤，更不愿意自己成为流言的传播者，万一苏淮想多了呢？董梁说的那个词——"破鞋"——又被她从记忆中唤醒，要是所有人都像董梁这样思考，关于她和茅台之间的谣言，也真是像"破鞋"的轨迹……

如果说和钱会计之间的过节是插进梅亦可眼里的隐形暗箭，她有苦难言却拔不出来，那么，再补上一颗不偏不倚射过来的明枪子弹，梅亦可就明白无误地在光天化日之下让所有人看到她如何被击中靶心，成为众人的笑料……

作为电视台总编室的编辑，梅亦可除了《台长访谈录》的专栏外，日常工作中每周要轮班当夜间新闻的值班编辑。时事新闻的播出流程是，新闻部把编辑好、配好字幕的播出母带送到总编室，夜班编辑负责初审签发，提交值班台长确认后播出。

梅亦可出事的那个晚上本来不是她当值，同事小王说是老家临时来了客人要招待一下，于是梅亦可替班。她还是被小王打BP机，从外面喊回到单位里的。小王临走前跟亦可交接，把播出母带交到她手上时说，片子我都看完了，没问题，等下可以直接签发。

梅亦可对小王说的"没问题"深信不疑。一家经济电视台的夜间新闻，在90年代初的制播能力下，基本上都是炒的省台新闻的剩饭，无非是黄金时间播出的本省新闻的再编辑和重播，不会有政治上或者原则上的毛病。谁知大家在媒体里工作得久了，提着一根筋儿地想的都是会不会出路线问题，以为只要政治上没问题就可以高枕无忧了，却忽视了一个编辑的基本职业要素：所有的问题都不能轻视，非原则问题捅了篓子也是问题。

那晚，梅亦可在签字送审前还是走马

364

观花地粗略浏览了一下播出带的内容,看到当天的长江夜间新闻内容和旁白解说都是中央台新闻联播和省台新闻的剪辑版,就爽快地签了字。一起值班的分管副台长看到梅亦可的签字后,二话不说地也跟着签发了,于是,一条字幕上把"总理"写成"总经理"的新闻,就这么在层层审核后给播了出去。

当晚,总编室就接到宣传部的问责电话。虽然新长江台没有上卫星播出频道,其夜间新闻的收视率也极低。那时的电视栏目尚无选择重播的功能,这条错误的受众面也就是那两秒钟一闪而过的字幕呈现,但作为一家省级媒体出了这样的错误,是零容忍的。

宣传部打过来的电话就是梅亦可接的,问责的口气隔着听筒也能感受到非常严厉。下了夜班回到家,父母都睡了。她也没有惊动老人家。她一贯报喜不报忧。整晚上她都睡不着,听到隔壁传来母亲的鼾声,又想到了母亲曾经的警告——站得高的,跌得也重。

第二天一早,关于"总经理"的段子,就在整个鄂广大院传了个遍,连机关食堂里涮热干面、炸油条的师傅们都津津乐道这种罕见的奇闻轶事。几乎没有人看到屏幕上的那稍纵即逝的两秒钟,在人们的嘴里被栩栩如生地复刻重生。大家都知道这就是个笔误,是个可以当笑话讲的段子。大家也知道,所有牵涉到的当事人都遇到了大麻烦。而这么"经典"的错误,又是梅亦可这样一个先进典型犯下的,无疑又让本来就想看笑话的人更觉得这是个经典的笑话。

一大清早,梅亦可就早早地在总编室的大办公室里坐着了,为了迎接会随时到来的处罚。一看到茅台从门口出现,她就立刻主动起身跟上去,茅台前脚开门进到台长办公室,亦可紧跟着后脚进了屋。她故意把办公室的门留着是敞开的样子,免得又多些闲话。

茅台在办公桌后坐下来,看着惴惴不安的梅亦可。他说:"你这次的麻烦有点大……这就是武汉人常说的那句话,见惯了大风大浪的,却在阴沟里翻了船……"

"对不起。"梅亦可说着,眼泪就跟着掉了下来。她是真委屈,也真的觉得抱歉。认错,是负责的表现;眼泪,是年轻的表现。没经历过失败和挫折的梅亦可,第一次在人前栽了这么个大跟头,哭出来,是她的本能,也是她在茅台面前急中生智的自救。她从来没有这样在人前示弱过,大概也是因为她从来没有这样在人前出丑过。不管别人怎么议论她跟茅台,但她自己很清楚,他是她的领导,这是他们之间唯一的关系。他赏识她,重用她,提拔她。而今,她幻想着,也许在这层关系下,他也会庇护她,偏袒她,成为她的救命稻草。

"这次也是跟我们所有人提个醒,不要以为我们新长江的节目没人看,只要一出错,全世界都看到了。"茅台语气平静地继续说道,"算是你运气不好,我看了一下本周的值班安排,昨天本来不是你,估计昨天换了谁都一样……"

茅台的话里充满了理解和体恤,这让梅亦可提到嗓子眼的担心稍微舒缓了一下,但是,她所期待的袒护,并没有出现。她听到茅台说:

"出了这种事,光哭是没有用的,我也保不了你,该惩罚该处理的,还是按规矩来。也不是光处理你跟新闻部的那个编辑,连我在内,一起受罚。"

"对不起。"梅亦可再次说道。

"别哭了，吃一堑长一智吧。"茅台说着，从口袋中掏出一包餐巾纸，隔着办公桌，朝梅亦可递过去，轻言细语安慰道，"那个新闻部的审稿编辑，你，还有昨天的值班副台长，再加上我，是这次播出事故的主要责任人，我们要扣基本工资作为惩罚。另外，全台职工这个月的奖金和季度奖都没了，算是大家伙儿的一个教训吧。"

"整个台里的同事们的奖金都要扣掉吗？"亦可问。

"是啊，这是厅里的处罚意见。"茅台无奈地摇了摇头，接着说道，"你以为我愿意啊，我情愿多扣我一些，把我这个月工资扣光都行……但我说了不算啊……"

听到这里，直觉告诉梅亦可，这才是自己真正遇到的大麻烦——一个字的疏忽，一下子就让全台上下几十号人的月奖和季度奖打了水漂，等消息公布出去，该有多遭人恨啊！

"除了罚钱，会记过吗？"亦可小心翼翼地说出了自己的担忧。

"这一点你放心，我会保你的。"茅台说，"大家都心知肚明，那个打字幕的新闻编辑又不是恶意使坏，你也不是故意放水，就是校对的时候都粗心了……也许过几年再看，就是个笑话罢了。"

笑话？梅亦可心想，这是一个多么让人悲伤的笑话，又是一个多么昂贵的笑话啊！

就在这一天下午，苏淮给梅亦可打了电话——这简直就是个救命的电话。梅亦可正在写检讨，放下电话后她看似平静地接着把检讨书写完，然后把它放到了茅台的办公桌上，悄悄地走出鄂广大院。

回到家，她既没跟母亲说自己遇到了麻烦，也没说她要去北京的真实原因，只是说单位派她去北京出差，就从家里抓了几件换洗的衣服，直奔火车站。苏淮在电话里说"尽快"，她"尽快"到买了张站台票进站上车，连火车票都是上车后补买的。没有卧铺，梅亦可就在餐车车厢找了个座位。火车咣当咣当地开了十几个小时。一路上，她就坐在车窗边看窗外，看到田野飞驰后退，看到夜色逐渐降临，看到进入隧道的瞬间眼前顿时黑暗，她在想，这一次，是真的下定决心要远走了。

37

清晨到达终点北京站时，梅亦可看到，苏淮就在火车站的站台上。他站的位置和她的车厢隔得有些距离，她下车后跟他招手，他立刻就奔跑着朝她赶过来。她也迎着他走过去，那种相向而行的吸引，就好像是久别重逢的恋人。

他问她，路上还顺利吧？

她点点头。

他伸出手去摸了摸她的脸，说："没洗脸吧？我那个同学邹皖昨天就帮你在京广中心订好了房间。酒店就在他办公室楼上，回头你去谈正事时也方便。我先带你去酒店。"

她笑着点头，应承着。她已经想到了接下来会发生的所有事情，但她就是这样单纯地轻轻地笑着，看上去一无所知却又心甘情愿的样子。

出了火车站，苏淮带着亦可直接打了辆出租车。他像个绅士似的帮她打开了车门，等她坐进去之后，又绕到另一边，和她一起坐在后座上。

车开了，他望着她，她也回望，两人

都不说话。然后，他把手伸了过去，慢慢地盖在了她的手上，再一点点地握起来，直到能把她的手紧紧地握在他的手心。

从车上到车下，他握住她的手，一直都没有松开。她也像个乖孩子，顺从地被他握紧着，下车的时候都不挣脱，就跟着他一起，从他坐的那个方位走下车来。

进到酒店，苏淮牵着梅亦可径直上了电梯，他告诉她："昨晚我就在这里住的，为了等着今天早上去车站接你。"

开门进去后，苏淮顺手关上了房门，然后，轻轻地拍了拍比他早一步进门、背对着自己、站在一步之遥的梅亦可。

亦可转过身来。他看着她的眼睛问："我可以抱抱你吗？"

亦可从来没有被人这么温柔地凝望过，也从未被人这么深情地提问过，她没有回答，也不拒绝，只是仰着头，用同样的温柔和深情，凝视他。此行北京，她做好了一切准备；她想看到信纸上书写的喜爱变得完整。武汉的那个圈子里人们说她跟茅台如何暧昧，她不屑去辩解，但她想让自己得到，心有所属的女人因为爱而获得的、对抗全世界的力量。

他站在原地，把她搂在怀里。他说："我等这一天，好像等了一辈子。"

她伸出双手，抱住他的腰，听他接着说道："你知道吗，追你追得真是辛苦啊……"

"你追我了吗？"亦可问。

"从见你第一面起，我就在追求你了，你看不出来吗？"

"那你记不记得你当时跟我说的话？"问话时，亦可的眼角在笑，嘴角在笑，心里在笑，连每一根头发都是带着喜悦的。

苏淮没有去看亦可的表情，他只是轻轻地捋了捋她鬓角边的头发，免得它们挡住了他想和她肌肤相亲的脸庞。他说："当然记得……我说，你不够聪明……我觉得，只有这样说话才会被你注意到，才会被你记住……"

"还有呢？"亦可追问。

"我记得我当时夸过你，特别漂亮……你当时真的是漂亮，不过，等到第二次见到你，发现你不如第一次那么好看了……"

"有你这么说话的吗？"亦可嗔怨起来。

苏淮解释道："第一次见你，感觉是惊艳；第二次见你，感觉是惊心……"

"这一回算是第三次吧，那，这一次的感觉呢？"

"这一次，是贴心。就这样，我们心贴着心……"

那一天，是她和他的第一次，对她来说，仿佛也是她人生中的第一次。那样被温柔抚摸，那样被温软善待，那样被温润进入。他想当然地认为，他认识她的时候她才十几岁，她就像一张白纸，任由他勾画，无论勾画的是身体的曲线，还是未来的承诺。他跟她说，你在信里写你在工作中不太顺意，其实我回国的这几年，不顺心的事情也不少，但是，一想到我只有回国了才能遇到你，我也就不那么烦闷了——多么美好的解释啊，梅亦可没有理由不相信，这就是她期待的爱情。

那一天，梅亦可没有告诉苏淮，她的生命中曾有过一个叫作董梁的人，这个人拥有了几乎所有能用"初"字来组成的、和她的爱情进行时有关的词汇。那也曾经是非常美好的日子，她也曾经相信过要和他一生一世。他给她写过很多诗章，用各种意象来描画他一再强调的生命的"本能"。梅亦可直到和苏淮在一起才终于发现，自己跟董梁的爱情里，是没有本能的，或者更确切地说,没有生物体的那种本能。他们相识的年岁上,她还太过年轻;他们相爱的季节里,她的脑子里填充的是各种因为所以、各种动机意图、各种理论依据——所有这些,组合成了她意识中条件反射般的成长的本能,唯独就没有真正意义上的生理的本能……数十年后,和当年的梅亦可同龄的新一代年轻人创造了一个网络词条叫"出道即巅峰",亦可听到它时就联想到,这种表达好像适用于她的前半生,但是,在那样的巅峰时代,她和她的小爱人,充满激情地燃烧着青春的热焰,却从未到达过真正的快乐的巅峰。

那一天,亦可想到了董梁,想到了他们之间屈指可数的几次亲密,想到了小巷深处的老军医诊所,想到了董梁说的那个词——"破鞋"——这是一个让她铭记一生的词语,她不曾跟任何人提起过,但它总会在很多关键的时刻莫名其妙地就闪现出来。梅亦可不敢去假设的是,如果苏淮知道我的过去,他会不会也用这个词语来定义我的未来?因为埋藏了这个天大的秘密,她是心虚的——她把自己在跟苏淮的爱情对位中,打了个折扣。

那一天,苏淮告诉梅亦可,他有老婆,叫易瑾,也是珞大校友,比他低两届。他在留校工作时做过她的辅导员,后来她得知他考上出国研究生后主动追求了他。结婚后,他把她办到了法国留学,两地分居了多年,现在她刚回国不久,在大学里工作。刚刚被苏淮的甜言蜜语和雷霆雨露给灌晕了的亦可,听这些话的时候沉迷在一半事实、一半基于事实的利己的联想中。只从苏淮讲述的侧重点——易瑾是倒追上苏淮的——梅亦可就感受到了自己被宠爱。

"你会为我离婚的,对吧?"亦可主动地问到这个话题。

"易瑾一直在提离婚,闹了很多年……"苏淮说的是实话,"你要给我点时间……这几年来,我无数次地想过我和你、我们之间会发生些什么。我原本期待的是能给你那种很传统的婚姻,我先离了婚,然后认真地追求你;等到我们举行了婚礼之后,我和你之间,才像今天这样……"

"那你为什么又改变了呢?"

"很多原因吧。"苏淮迟疑了一下,说,"最重要的是,我真的等不及了……我怕我还没来得及娶你,你就被别人追走了……"

亦可没有继续追问,那一刻她想的是,你这么优秀,值得我去等;我这么年轻,我也等得起。那一刻她还想到的是,我并没有你想象的那么单纯,所以也不该要求得太多太高。亦可甚至想当然地帮苏淮来把这个爱情故事讲得更加圆满一点,你看,这才是真正的爱情啊,不是因为一个人留守在国内空虚寂寞才去找个填空的人,是在易瑾回国之后有比较、有鉴别了,才发觉到真爱的归属是在我这里。

他俩在酒店里闭门不出地待了一整天。苏淮把房间里厚重的窗帘全部拉上,于是,他俩的情爱变得没日没夜。梅亦可第一次意识到,爱是可以做出来的。在她以前的爱情定义中,爱如同诗文中流淌的情绪,或静谧,或澎湃,或激昂,或恣意,这些虚无的感情丝丝缕缕地纠缠在生活的琐碎细节中——好像只要相伴,牵牵手就是爱了;如果再亲热些,亲亲嘴也是甜蜜的。爱就是灵魂的撞击,而那些更具体、更深入、更紧密、更激烈的交流,从前的她总以为,不过就是一个"性"字,或者变成两个字——"性欲",那不是爱。她是渴望很多很多爱的,但她拒绝哪怕一丁丁一点点的性。她不得不面对爱和性串连在一起的偶尔发生，她是无奈的，因为——爱和性都以她的身体为宿主。直到遇上苏淮，直到苏淮为她拉上窗帘，她的那个真正的可以做出爱的世界，终于到来。他当她是白纸，事实上，她的茫然、紧张、惊喜，何尝不是因为她本就是白纸，一切才会如此昭然若揭？

第二天，苏淮起床后去上班。临走前他跟她说："有人说，一日不见如隔三秋，现在对我而言，你一转身，好像我的一个秋天就来了。"梅亦可笑着回答说，你还老说自己是个理工男，其实你离诗人的距离也不远啊。亦可说完，心里悄悄又闪过一个从前的名字，那个总喜欢在自己名字前冠以"诗人"头衔的年轻人。那个叫董梁的诗人，还有他俩曾经如诗歌般炽烈而又跳跃地热爱过的故事，在她迟到的真实而又明媚的激情的映衬下，变得像是一个熟悉却遥远的童话。

吃完早餐后，梅亦可在酒店大堂换乘了上写字楼的电梯，径直到了邹皖的办公室。她比预约的时间早到，谁知邹皖来得更早。秘书电话通知了邹皖后，让梅亦可稍候，然后问道，您喝点什么？卡布奇诺、还是美式拿铁？亦可以为秘书是要帮她在外面专门去买，就推辞说，不用麻烦了。这时，邹皖走过来，顺着她俩之前的对话说，不麻烦的，我们办公室里就有咖啡机。接着，他跟亦可说，我带你参观一下我们公司吧。

当年，京广中心是北京最高楼，这幢摩天大厦集写字楼、公寓和五星级酒店为一体，是各种国际知名机构的聚集地。法国人的企业，讲究排场和格调，邹皖的公司在京广的高层区整租了两层楼。在这两层楼的独立空间中，华丽与庄重的布局，让梅亦可第一次领教了外资大企业的大手笔。邹皖把梅亦可带到公司内部楼梯的拐角处，那里有一大片开放空间，大屏幕彩电、吧台、高脚椅、咖啡机、还有墙上的酒柜以及琳琅满目的饮品，站在那里，看起来不像在上班，更像是消遣。邹皖介绍说，我们的工作强度大，经常要加班，这里常备各种吃的喝的，大家可以随意使用。邹皖看出了亦可眼里的惊讶，接着说道："等你确定了这份新工作，回头你的公司也可以这样来布置。"

亦可有点不好意思地笑了笑，邹皖说的这话，她没法回应。

楼上楼下都转了一遍，邹皖把亦可带到他的办公室。房间不大，条形的格局，在黄金分割处摆着一张看起来像是红木的巨大办公桌，桌上分门别类地堆满了各类文件。桌子背后的一整面墙是从地到天的书柜，桌子正面对的一面墙是从地到天的博古柜，都是用的和书桌同一色系、同样材质的工料，凝重而典雅。书柜和博古柜里有序地摆满了陈列用的书籍和物件，书都是有书脊的硬装精品系列，一套又一套。摆件也是或金或银或水晶，一眼看去尽是一个"贵"字。这种精致排列带给人的观感，不是书香萦绕，而是豪阔气派。连接书柜和博古柜的一侧，是一整面的玻璃幕墙，从地毯到天花板，没有一寸空间堵住了阳光。走过去站在窗边，透过蓝色的玻璃，尽收京城十里的风景。房间里没有摆放待客沙发的空间，夹在书桌和博古柜之中，有两张高大的真皮扶手旋转椅，明白地显示出主客之间的公事公办。

邹皖拉开一张转椅请亦可坐下，然后指着桌子上的一摞文件说："这是我让秘书帮你整理的法国桦绯出版公司的一些相关资料。上午你就在我办公室里好好读一下，临阵磨枪也能知己知彼。巴黎跟我们有六小时时差，约定的电话面试时间是北京时间下午三点。等下我去开会，正好把办公室腾出来让你安心使用。午餐你就将就点儿，在我们公司的休闲区跟大家一起吃个工作餐，我已经让秘书为你安排了。"

上世纪的90年代中期，互联网还不普及，各种信息搜集检索基本上要靠剪刀功夫。看着邹皖留下来的那厚厚一打复印好的文件，梅亦可由衷地感激。能在面试前有这样丰厚的背景材料来临时抱佛脚，至少赢在了起跑线。而邹皖待人处世的条理性、分寸感与周全度，都实实在在地给梅亦可上了一场难得的职场现场课。

下午三点，邹皖陪着梅亦可准时跟远在巴黎的桦绯出版公司负责人进行了电话面试。梅亦可的英语并不好，好在对方是法国人，讲英语也带着口音，亦可虽然结结巴巴但也不算特别露怯；加上有邹皖的实时翻译还顺便随时为双方做一些相关的补充说明，电话面试结束时，亦可的新工作就这么定下来了。

"桦绯公司是我们的合作伙伴，确切地说，我们公司是他们的大客户，常年在他们出版的杂志上投放巨额广告，彼此互利互惠。他们很信任我。"面试结束后，邹皖跟梅亦可介绍说，"接下来，我协助你在北京先把这个办事处建起来。租办公室、置办办公用品，还有帮你租房子，这些事我会让秘书去办妥。工作启动了，你还需要组建一个团队，要有几个得力的助手，我会委托猎头公司去物色。你就赶紧回武汉去辞职吧，等你再来北京，你的新身份就是国际出版人梅总了……"

梅亦可有点害羞地点点头。

"代表国际企业在中国来开拓市场，刚起步的时候最重要的是建立起网络，这方面你要多听苏淮的意见，有些资源，他会来帮你挖掘和对接。"邹皖接着说道，"今天晚上，等苏淮下班后，我请你俩去王府饭店吃日餐。"

那天晚餐后，邹皖跟苏淮提议说，这家酒店的楼下是北京比较集中的国际品牌的旗舰店，我们一起过去看看吧。从日餐厅下了楼，邹皖把苏淮和梅亦可带到了Ferragamo的门店，他建议说，他家的鞋子质量很好，我一直很喜欢，你们也进去看看吧。

亦可看了看苏淮的表情，苏淮耸耸肩说："我不追求名牌，不像我们邹总；不过，你的新东家旗下有不少时尚杂志，你还是要多了解一点名牌啊、潮流啊这些信息；听邹总的，进去看看了解一下。"

梅亦可跟着邹皖和苏淮一道走进了空无一人的店铺，直到他们站在了展示柜前，才有西装革履的导购先生从里面走出来。

"是给这位女士挑选鞋子吧？您看，这是这一季的新款，您穿多大码的呢？"

导购一边问，一边按照亦可的回答找出了相应码数的鞋子，"您试穿一下，虽然今年推出的这一款在鞋跟处有些创新，但总的来说，这款设计始终是我们菲尔噶莫的经典款，从奥黛丽·赫本时代直到今天，这款都是代表着潮流的……"

"我们不做代表潮流的，要做，就做领导潮流的。"苏淮看着梅亦可试鞋的样子，笑着跟导购员开着玩笑。

亦可把一双鞋都上了脚，穿定之后走了两步，感觉确实轻盈舒适。

"大小合适吧？"邹皖问。

亦可点点头。

"那就它了吧。"邹皖转头跟导购员说道,"我来刷卡。"

鞋还穿在脚上的亦可吃惊地看着邹皖,又转头望向苏淮。邹皖说:"鞋就穿着吧,不用脱了……上次见面时就差你一份新年礼物的,拖了这么久,才有机会补上。"

苏淮朝亦可点点头,说:"你就收下吧,在外面,也不好扯来扯去的。"

很快,导购员把亦可之前脱下的旧鞋子包装好,放进了本属于新鞋子的包装袋,然后,把购物小票双手递给梅亦可手中,说:"请保管好小票,要是有什么质量问题,您可以随时过来找我。"

亦可接过来的时候瞥眼看了一下票面上的金额,四千八百元。她不动声色地把发票放进购物袋,说了声"谢谢"。这声谢谢,是说给在场的每一个人听的。

亦可知道,和上次收到的随身听一样,礼物是给她的,但人情要算在苏淮身上。她在心里记下了这份人情,也想着今后该如何来回报。缺爱的人往往就是这样,在收到礼物的时候,和惊喜同时滋生出来的心思,就是盘算着要怎么来报答。"只有这样,尊严才有根。"妈妈说的。

那一刻,她又想到了,之前也有人给自己买过鞋,那个人也在北京。她长这么大,得到的荣誉远比她得到的礼物要多,所以,她清晰地记得每一份礼物背后的故事。站在苏淮身边的梅亦可知道,那个人始终清晰地刻印在她生命里,但那一页,已经翻过去了。

从那天起,梅亦可需要积攒的是说服身边所有人接受自己辞职履新这个事实的力量。她先说服了自己,你正被一个优秀的男人用心地偏爱着,他的偏爱将引领你远离那个正在侵蚀你的染缸。你也正被这个感性的男人性感地吸引着,你们彼此焕发的激情鼓励你执着地投奔到和他长相厮守的未来。当你回到武汉的那些蝇营狗苟的人群中后,你必须拿出要为迎接这个未来去做任何事情的勇气。

从北京回武汉的路上,梅亦可就想好了,辞职这事必须先斩后奏,否则的话,母亲会想方设法把它扼杀在摇篮之中。去找茅台长时,她特别镇定,直接是双手递上了自己的辞职报告。报告写得很简单,因个人事由,恳请辞去公职。

茅台快速地看完后问道:"什么个人事由?是因为上次出错受罚的事情吗?"

"不是……我想去北京。"

"嫌我们这个庙太小了啊?觉得在这里委屈你了?如果你觉得上次台里的处罚给你的打击太大,你想换个庙烧香,那我要跟你说句实话,只要在中国干媒体这一行,无论走到哪里,都是一样的套数和玩法……"

"您别误会,我真不是负气离职。"亦可道。

"那还有什么个人原因呢?我们先把之前的所有不愉快放在一边,平心静气来讨论一下。"茅台疑惑地看着亦可,问道,"你走了以后,你的栏目、你的台长访谈录,接下来怎么搞?你要是很想去北京,我们可以考虑在北京开设一个记者站,把你派过去,或者干脆给你成立一个工作室,为你破个例,这些都不是不可能的……"

"那怎么好呢?"亦可答道,"我哪敢跟您提这样非分的要求……"亦可心想,就现在这种单纯的上下级关系就已经谣言四起了,上次"总经理"之错,茅台处罚起她来毫不含糊,算是以正视听了一回。果真重新为她开小灶，搞特权，那还不是坐实了谣言并非空穴来风？

"那也好过你这么说走就走啊……"茅台长挽留道，"我要是接受了你的辞职，这条路就回不了头了。电视台的这份工作，外面多少人削尖脑袋挤都挤不进；你现在手里端着的，在世人眼里就是个金饭碗啊……就算遇到了点挫折，人总是要朝前看的嘛……"

"您太小瞧我了。"亦可咬着牙，说了句狠话，"就这么把'总理'写成了'总经理'的校对失误，谈不上什么挫折吧……"

话里弥漫着的不识抬举、不领情的傲慢，着实把茅台给气到了。他无可奈何地摇了摇头，若有所思地问道："你是不是听到了什么谣言，才让你觉得在电视台待不下去？"

"谣言止于智者。"亦可答非所问，但她相信，茅台明白她的用意。她婉转而坚定地说道，"我很幸运一参加工作就能遇到您这么好的一位上级，跟您辞职我也舍不得……"

"你离开'新长江'，是我们台的一大损失。"茅台端详着梅亦可的辞职信，反复地看着，沉默良久后，开腔说道：

"小梅，我很想把你留下来。你的到来，对我们台，对我来说，是个难得的惊喜。我以为你会是个勇敢的小伙伴，不管外界有什么样的压力和非议，至少协助我把'新长江'起步时最艰难的这几年走完……你去意已决，一定也深思熟虑过。作为你的同门师兄，我想送你两句忠告：首先，这个地球缺了谁都照样转，过去你得到的机会和荣誉，是因为你很优秀，但并不代表就非你不可；同时，人生在世，除了才华傍身，还有一点更为重要，那就是责任——对自己负责，对信任你、看好你的人们负责。抗压，是负责的另一种写法。只有负责任的人，她的未来才让人仰视……"

亦可没有告诉茅台，北京有份等着她的新工作，她更不会说，北京还有份她要投靠的爱情……如果她没有退路，她会扛起抗压的责任，继续在"新长江台"夹着尾巴做人，日久天长后，她也许会变成世故、势利、庸俗，或者谄媚、粗鄙、琐碎。

在这个世俗的世界里，责任之所以要忍辱负重，因为你置身于四面楚歌的境地却还想绝地逢生；浪漫之所以能遮人耳目，是因为它在不同的格局下，始终以精打细算的现实为基础。苏淮帮她考量权衡了一切之后，才放心地把这个机会交予她，给了她一个更辽阔的平台，还给了她一个无比温情的承诺。而亦可也相信，我才二十出头，不把余生桎梏于跟小人来斗智斗勇，这才是真正的对自己未来负责——走好自己的路，既不同流合污，也不成为异类，更要让小人们永远追赶不上。

梅亦可直接到厅人事处办完了所有的辞职手续。在众人错愕的目光中，她找设备科要了一个大纸箱，把办公室里属于她的私人用品全装了进去。那一天，台里又分了水果，分给亦可的那两箱就在她的办公桌下。她的双手拿不了那么多东西，于是转头跟其他同事说，这水果我就不要了，你们谁要谁就拿走吧。说完，她头也不回地抱着大纸箱，走出了有持枪的武警战士站岗的鄂广大院。

端着大纸箱，梅亦可站在路边等出租车。她浏览着喧嚣嘈杂的街道上每一个擦

372

肩而过的陌生人。这是个很普通的日子，身边的这些普通人也都如常般做着普通的事，然后，天会黑，今天会成为昨天，人们走进新的一天。但亦可知道，对别人而言普通的今天，自己做了一个天大的决定：任性地砸掉了甚至还能拿到"高频补助"的铁饭碗。她联想到进大学军训的那一个月，自己同样任性地砸出了盛稀粥的铁饭碗——这是任性的一种惯性，还是命运的奇特预言？她无法定论。

亦可带着大纸箱子回了家。一进门，梅母还以为这又是台里分的什么福利。亦可轻声解释道："妈妈，我辞职了，准备去北京工作。"

梅母愣住了。这一回，她不打悲情牌了，直接质问道："你是有多喜欢北京啊？还是因为放不下那个董梁吗？"

"跟董梁没关系。"亦可坦然地回答道，"我应聘了一家法国出版公司在北京的首席代表的工作，对方决定录用我了。"

"人家凭什么要录用你？还法国公司呢？你倒是说句法语给我听听……"梅母的口气中充满了不屑。

"您别以为我把工作当儿戏，下家没找好之前，我也不会轻易就砸了铁饭碗。"

"你也知道你砸的是铁饭碗啊？你知不知道有多少人羡慕你能占这么好的一个位置？不说其他人，就说你最好的朋友宋微，如果把你这份工作给她，你看看她会多努力，多珍惜！我真想不明白，武汉有什么不好，你为什么总是想方设法要离开这里。北京到底有什么好，你三番五次就要赶过去？早知道有今天，还不如当初不改派了呢，让你去参军，有部队纪律来约束你，料定你也不敢这么轻易地就辞去公职！"梅母唠唠叨叨地抱怨着，亦可站在原地一言不发。母亲的话都在理，所以，她顺从地让母亲发泄。

这时，父亲下班回家，知道了原委后，他安慰梅母说："亦可也不是小孩子了，这么擅作主张，确实该骂，该打！但事已至此，就算我们骂她打她，也于事无补。算了，我们坐下来，听亦可讲讲她的新工作……"

梅母还在气头上，愤怒地说道："就是你总这么纵容她，她才敢这么胆大包天！"

"不关爸爸的事情，就是我自己的决定。我马上要去北京的那个工作，每个月工资底薪是四万块。"亦可看到梅母把火又烧到了父亲头上，这才发声说话。

"你开什么玩笑？"这是梅母听到"四万块"时的第一反应，她问亦可，"你怕不是遇到骗子了吧？"

自此之后，梅家母女之间开始冷战。直到亦可动身去北京，也只有父亲一人去火车站相送。父亲说："你妈舍不得你，所以才会那么生气。她今天没来，但要我一定叮嘱你，一个人在外地，要照顾好自己。记得常给我们打打电话，报个平安。"

在站台上等火车的那几分钟，亦可告诉父亲，我在北京有个男朋友，但不是董梁。父亲说，难怪，原来你是奔着爱情去的。说完又问道："那你之前说的在北京工作这事，还是真的吧？"

亦可搂住父亲的脖子，撒娇地说道："工作是真的，男朋友也是真的……"

就这样，梅亦可在父亲的凝视下，登上了北上的列车。她一直想出走，离开母亲，离开家乡，离开熟悉的人群，离开亲人们为她指引的道路，如今，带着这简单的行囊，终于如愿了……

38

等梅亦可再次抵达北京的时候，住处和办公室都由邹皖让秘书给安排妥当了。帮梅亦可租的房子在朝阳区团结湖，那一片紧挨着东三环的地段，有一大片中直机关的宿舍群，亦可的住处跟苏淮家就是"一碗汤"的距离，就是说，你在家炖一碗汤，趁热把汤送到对方家的时候，汤还是温的。

梅亦可租住的是一套紧凑的一室一厅，月租一千块，基本的家电和家具都提供了，连锅碗瓢盆也一应俱全。原房主要公派出国做一年的访问学者，所以要求租户实打实地预付一年的房租。一年的房租外加三个月的押金，一万五千块，邹皖清清爽爽地让秘书垫付了。他把房门钥匙交给梅亦可时告诉她，公司给你的租房补贴会直接和工资一起发到你的银行卡上，等你拿到后，再把钱还给我秘书就行。

梅亦可拿到钥匙的第一件事就是跑去配了套备用钥匙。她把新配的钥匙交到苏淮手上，跟他说："以后，这是我的家，也是你的。"

苏淮接过钥匙，熟练地把它们套在了自己的钥匙串上。他把钥匙串揣进口袋后，抱着梅亦可亲了一下，说："不光这钥匙，连你，也都是我的。"

亦可狡黠地笑了笑，回应说："最后这句话，看你有没有胆量去跟我妈再说一次。"

等第一个月的工资拿到手的时候，梅亦可同时还看到一张代扣代缴的税票。这张写着梅亦可名字的税票上，明明白白地写着她缴纳了八千多的税款。第一次当这种大额纳税人的感觉来得有些突然和意外，梅亦可小心地把这张税票放进了自己的记事本。

梅亦可的办公地点就在京广中心，这也是邹皖帮忙安排的。有家租了半层楼的美国公司临时决定退出中国市场，邹皖让秘书把租约接了下来转给桦绯公司，梅亦可也省却了操心装修事务的麻烦。

第一次在这种五星级的办公场所中当家作主，梅亦可外表上是平静的，但私下里必须承认，自己有那种"开洋荤"的感觉——拥有了独立的办公室，坐在那么光鲜气派的大班桌旁，看到烫金的名片上在自己的名字后跟着的是"首席代表"的字样——这样的场景突然就变成了她的生活现实，而她还不到二十三岁，大学毕业也就两年的工夫。这两年里，受过嘉奖，挨过惩罚，得过宠，受过憋，职场的起落，无论升降，速度都很猛。那时梅亦可还没有玩过"过山车"这种游戏，还不知道人生的大起大落也许会来得更加猛烈。她记得茅台在她辞职时说过，在中国，只要还端着媒体的饭碗，就是一样的套数和玩法——茅台参透了"喉舌"的生态法则。但是，他怎么会想到，她会跳出这些套数，掌握新的玩法呢？

梅亦可的玩法，是现学现用的。总部交给她的主要任务是跟国内的期刊界保持密切的联系，尽快把法国公司自持的几个时尚杂志品牌在中国落地，同时以广告代理为媒介，逐步实现版权合作。大树底下好乘凉，法国公司的牌头大，虽然看好中国市场，但真正的市场运营的核心团队还是在巴黎，说到底，就是把法语的版本点缀些中国本土的热门话题再内销一次，原本自带的那些广告客户也就跟着在中文版本上再亮个相。这种资源输出型的合作，对梅亦可来说挑战不大。真正让她感受到挑战和压力的，是她绕不过的语言关。

坐在属于自己的新办公室里，面前的电话机可以随意拨打世界上任何一个国家的电话号码。梅亦可想到了宋微，记得上次跟宋微通话时她说她要考GRE的，自己稀里糊涂的，竟然忘了问候一下后来的情况。这一年多的折腾和变故太多，无暇顾及去跟宋微联系。于是，布置完办公室，她拨通了宋微的号码。

听到梅亦可的声音，宋微特别惊喜。她俩异口同声地说道："你好吗？"

梅亦可告诉宋微，自己换新工作了，把根据地挪到了北京，给一家法国公司打工。"我做梦都没想到我会要靠外语来谋生……现在有些后悔了，当初怎么没有跟你一起好好学英语呢……"

"你那么聪明，遇到任何麻烦，都有别人赶不上的决心和勇气；学英语这事肯定难不着你啊……"宋微答。

"你是去年考GRE的吧？真是不好意思，都没及时问你考试结果……"

"你跟我讲那些客套干吗啊……去年考了，成绩还行，两千四的满分，我考了两千一。"

"又是这么高的分数啊？我都怀疑你高考那会儿填错了志愿，你不该学中文的，可能去学英文系更合适你……"

"咱俩好不容易通一次话，你就尽把宝贵的时间用在吹捧我身上了……搞得我都不好意思了……"

"那你申请了美国的大学吗？"梅亦可继续问。

"申请了啊……收到了两所大学的入学通知书……"

"天啦，你办成了这么多大事，居然都不主动跟我说一声，也太沉得住气了吧……"亦可惊讶地赞叹道。

"嗨，没啥好说的，拿到录取通知但没去，还不是等于啥也没有嘛，有啥好说的。"宋微平静地说道。

"为什么没去？"

"我们学文科的，拿不到全奖，如果去美国，还要自己出一部分生活费。我们家的经济条件你也不是不知道，我妈几年前下岗了，单位里连社保的钱都不管交……我想再等等看吧，说不定哪天我被好运气砸中了，得了个全奖呢？"宋微轻描淡写地说完自己，把话题转到了梅亦可身上，"说说你自己吧……你现在到北京了，是跟苏淮在一起了吧？"

"他还是老样子。"梅亦可犹豫了一下，思忖着措辞，但马上还是照实说道，"他还没离婚，我现在是在他家附近租房子住……不说他了，你怎么样？交了男朋友吗？"

"找男朋友这事，我妈比我急。"宋微在电话里笑了起来，"她每天在家闲得发慌，天天念叨着让我赶紧结婚生个娃，趁她还年轻，可以帮我带……可我真的不着急。我也未见得会一辈子待在吉林吧，要是现在慌忙急急找一个，以后想走就不容易了……"

"你总是那么不慌不忙的，跟你比起来，我好像就是那一类特别恨嫁的女生。"

"你是那种需要很多很多爱的女生。"宋微道，"记不记得我们在梅操看的电影《喜宝》，里面有句经典的话——我要很多很多的爱。如果没有爱，那么就很多很多的钱；如果两件都没有，有健康也是好的——你看看，你是爱、钱和健康都占全了，多好啊……"

"你就别上竿子给我灌我爱听的话了，我知道自己的斤两。"梅亦可说，"我现在最大的短板就是我的外语：英语不好，法语更是一窍不通。你英语学得那么好，教我两招独门秘诀吧……"

"我学英语靠的就是死记硬背的笨办法，听《美国之音》练听力，拿一本《牛津英汉字典》来背单词，每天给自己定个任务量，强迫自己必须要背完和熟练掌握几十上百个单词，完不成任务，不吃不喝不睡觉。这么坚持一年下来，词汇量上去了，其他方面都不成问题。"宋微说道，"要说短板，我也有短板，我的英语就是哑巴英语，会听会读会写，但讲不出来。好在托福和GRE都不考口语。你现在是要学应用英语吧，可能要更侧重实用性一些……"

"好吧，我就先按你说的试试看。"亦可应承说，"你别忘了，你的托福成绩单还在我这里呢……"

"送给你吧，作个纪念。"

从那天起，梅亦可说到做到，背词典，记单词，听海外广播，锻炼听力。苏淮送给她的爱华随身听真的成了她的随身用品。为了避免宋微说的哑巴英语，梅亦可要求苏淮跟她在一起的时候也必须要说英语。苏淮开玩笑道，你要正式地拜个师。亦可说，拜师没问题啊，本来就是喊你苏老师的。苏淮解释道："这个拜师是有专门含义的。以前我们在法国时流传了一个段子，说是学语言这事吧，'要想学得好，得跟师傅好；要想学得会，得跟师傅睡'……"

没有应酬的情况下，苏淮都是会跟梅亦可一起吃晚饭的。有一天，他跟梅亦可请假说晚上有事，因为"Alliance Française 法语联盟"来中国了，他应邀参加他们在中国建立语言培训中心的新闻发布会和晚宴。第二天，苏淮跟梅亦可带来了法语联盟的宣传资料，上面说，这个机构1883年创立，所有的法国总统都自动成为其名誉主席。看到介绍得这么牛气冲天，梅亦可毫不犹豫地又跑去"法语联盟"的周末班报了名。

梅亦可住地团结湖的附近，有几家国字头的出版单位和媒体，几位珞大的学长在那里上班，于公于私，梅亦可都迫切地上门跟他们取得了联系。师兄见到师妹总是格外亲热的，尤其是双方都单身的前提下。当着普通编辑的师兄虽然在版权合作的问题上帮不上忙，但他们有集合校友的本事。择日不如撞日，就在最近的一个星期天，在京城当编辑的珞大校友们，就以美女师妹梅亦可的名义，攒出来一个饭局。

在那天的饭局里，梅亦可再次见到了董梁。他的平静和其他人对她表现出来的热情形成了巨大的反差。抵达餐厅包房时，梅亦可有备而来地带了一些最新出版的期刊，还把随刊赠送的化妆品和香水试用装也装了几份礼品袋，进门时就递给各位师兄人手一份。人来得比预想的要多，董梁见状主动就把礼品让给了其他人。

师兄们接过杂志和礼品就开始夸赞，外国公司的杂志就是舍得下血本啊，全铜版纸彩印，这么厚厚一大本，售价才十块钱，怕是连印刷成本都包不住吧。亦可笑应道："到底是行家，拿本书掂量一下，就开始算开本，算印张，算几色套印的成本，感觉你们比资本家的账算得还精明。"

有师兄问："出版行业在中国是特种行业，你们外国公司想进场，一开始都是靠赔钱挣吆喝吧？"

376

"资本家怎么会干赔钱的买卖呢?"梅亦可继续笑着回答,"我们的杂志定位可能和大家惯性思维里的出版发行不太一样。我们既和传统出版公司一样,是内容提供方,有自己的采编团队,但更重要的盈利点还是广告收入,所以,大家可以看到,我们每期的杂志有超过一半以上的篇幅都是广告。靠印数和发行肯定是赔钱的,但是只要有广告费收入,就不仅能补差,还能赚钱了。"

"怎么样能够有广告啊?"又有师兄问,"我们杂志就一直鼓励编辑记者出去拉广告,给的提成也高,广告费的百分之三十呢……别说一半的杂志篇幅登广告了,我们每期连封三和封底的广告都卖不出去……我们给人家登广告还附带写软文,都找不到金主。"

"那就跟你们老总说,找我们合作啊……在我们公司,市场团队和编辑团队是完全独立的。我们的广告业务都是法国总部的市场团队在统一调配,不用我操心。我在北京的主要工作是负责公共关系和编辑事务。"

"你管编辑这摊子事,管组稿吗?"

"当然管啊。我们的杂志主要是面对二十五岁到四十岁的白领读者,要引导这个年龄段的时尚消费风潮,所以,季节性策划的题材比较多,为了吸引注意力,每期也都要挑选一两个有意思的社会话题。只有始终能制造话题的杂志,才能始终成为报刊亭的热销刊物。这些重大选题,最后是我来把关的。"

"你们都选过什么样的社会话题?"

"上个月,我们推出的话题是——那些中外联姻的故事,我们专门采访了几位有故事、有写头的组合家庭,其中既有嫁给洋教师的体育世界冠军,也有娶了洋外交官的音乐鼓手,还有住在外交公寓、和洋人同居但没有结婚的职场精英,最著名的采访对象就是那个从泸沽湖的走婚习俗中走出来的杨二车娜姆……"这就说到梅亦可的专长上来了,讲自己的杂志、自己的日常工作,她绝对是如数家珍。

"杨二车娜姆,那可是个新闻人物……下次再有这种采访,可以考虑安排我……"有师兄接着亦可的话说道,"你们的稿酬怎么算?"

这个问题是梅亦可最能给出傲娇回答的:"我们的标准是千字五百元,如果是我们的指定采访,还额外提供车马费和茶水费。真的是茶水费啊,就是可以报销你请被采访对象喝咖啡的钱。"

"按你这么说,写一篇五千字的采访稿,就把我一个月的工资加奖金都能挣回来。"

"是啊,如果你愿意,马上就给你派个活儿——我们前天刚定的新选题,谈中国的精子库和捐精现状……"

梅亦可是一本正经地说,但听众们显然联想到了更多的内容。没有人接话,但餐桌上,大家笑声一片。梅亦可见状,索性抛出一个更生猛的话题,说道:"去年,我们杂志还搞过一个手淫调查报告,后来据我们聘请的调查公司的反馈结果来看,这期选题的被关注度和好评率是年度最高的。"说完这话,梅亦可专门看了看坐在对角线的董梁。她是故意说到这个话题的,也是临时起兴要故意说给董梁听的。他们分手后的这几年,她的变化,她希望他能看到。那个总是闪躲着不愿意走到化学楼底层的女生,那个提到《金瓶梅》就会说这是黄书的女孩,已经可以面对一桌的男同胞面无惧色地谈这种敏感话题了。董梁没有跟着大家起哄，就是安静地吃着盘子里的菜，好像是这张桌子上最饿的那一位。作为餐桌上唯一的一位女性，面对周围的数位虎狼年纪的师兄，她那么坦然地讲性、讲精子、讲手淫……着实是有些把董梁给镇住了。她记得，以前他表示惊讶时会说，把瞌睡吓醒了，把下面吓软了，那么，现在，如果让他说，他会选择什么样的表达呢？

董梁什么也没说，就是用筷子不断地往嘴里塞着肉和菜，堵住自己的嘴。他不想说话，也不便表态。

终于，有师兄注意到了餐桌上那个安静地吃着菜的董梁。于是，话题引到了他身上。师兄跟大家介绍说，董梁刚刚从市民政局调到民政部下属的一本期刊当了副刊编辑。师兄说，"革命就是请客吃饭，董梁你高就了，欠大家一顿好酒好菜呢。"

董梁礼貌地冲大家笑笑，马上起身敬酒道："那是必须的，一定请，一定请！"等大家一杯酒下肚，这话题就过去了。坐梅亦可身旁的师兄悄悄说，董梁这小子就是鸡贼，抠门得很。亦可笑着没有接话，她心里想的是，说话的这兄弟不知道她和董梁的故事吧。

等到大家酒足饭饱、服务员拿着账单过来结账时，梅亦可接过账单，也有其他人起身做出要来抢着付账的姿态。亦可摆摆手，说："说好了今天我请客，跟各位师兄们拜码头。"师兄借着酒兴打着哈哈说道："哪有师兄跟这么秀色可餐的师妹吃饭，到头来却还让师妹付账的道理？"亦可抬眼看了一下圆桌那一头的董梁——他正在跟身旁的另一位校友说着话，完全没把注意力放在买单的这一头。

从餐馆出来，师兄们人手一本梅亦可送的杂志和礼品，只有董梁两手空空。要是换其他人，梅亦可此刻肯定会说一句，我回去后就安排人给您多寄几本。但她什么也没说。

师兄们交头接耳，有人说是骑车过来的，有人说坐地铁，梅亦可说她打车回团结湖，问有没有人要跟她同路。这话是说给董梁听的，董梁大概也听出来了，回应道："我要去拜访一位前辈，前辈家就在这附近，我走路过去。"

负责邀局的师兄接着话头问董梁："是去牛大师那里吧？"

董梁礼貌地笑笑，算是默认。谁知这位老兄借酒装疯地又来了一句，说："我说老董啊，我看你最近傍着人家大师就像小蜜傍大款似的，如胶似漆啊……大师在文坛位高权重，呼风唤雨，你的新工作就是人家大师一句话给关照来的吧？是不是就这么傍着傍着，你就会把自己变成大师的接班人了？"

梅亦可招手喊停的出租车已靠在路边，她没有去看董梁的表情，径直上了车。离开你之后，我过得很好——这就是这顿饭局中她最想表达的主题。她的目的达到了。

39

自从梅亦可在桦绯公司上班后，她跟邹皖就在一幢楼里办公了。他俩这种楼上楼下、进个电梯就能直达的距离，更是有着"一碗汤"的亲近。两人都是工作狂，周末时也都喜欢在办公室加班，有时候到了饭点，邹皖就跟梅亦可打个电话，约着一起吃个饭。邹皖喜欢找些生僻而又幽静的雅致去处，日餐或者法餐，从摆盘到上桌,都是精致讲究到恨不得连上菜过程都要采用慢动作来凸显格调。这样的账单自然是价格不菲。用完餐后,亦可总要客气地说一句,让邹大哥破费了。隔着十来岁的年龄差,在工作场合,亦可称邹皖为"邹总",私下里,喊他"大哥"。而邹皖,任何时候都是喊亦可为"梅总"的,只不过是有时候语调正式,以示尊重;有时候语气诙谐,显得幽默。比如回应说他请她吃饭这事,他会说,"梅总时间这么宝贵,是我要感谢你抽时间陪我共进午餐";或者说,"跟梅总一起吃饭聊天,连喝下去的汤汤水水都好像幻化成了诗意江山"。邹皖不止一次地跟亦可提到过,他从小就做着艺术家的梦,先是想当画家,可家里连像样的笔墨纸砚都买不起;后来上学了爱上了读书,又想当作家,但是为生计故进了财经圈,经年累月阅读商业计划书而对文字形成的那种条件反射,总是聚焦在投入产出比和数字的关联性上,所以,他特别向往那种在炎凉人生中还能书写诗酒年华的才子佳人。在他看来,苏淮和亦可,就是这一类总能把日子镀上诗意的人。

有一次,星期天又加班的邹皖带着梅亦可到中国美术馆附近的一家法餐厅尝鲜。午餐后,亦可提议说,要不我们走两步——饭后百步走,活到九十九——你看,拐个角就是三联书店了,一起进去看看?

邹皖说好。进到书店,门口最显眼的地方摆放的是西蒙·波伏娃的《第二性:女人》。梅亦可一看到宣传海报就被吸引住了,她站在书架旁,把书取出来翻阅。

邹皖问:"喜欢她的著作?"

亦可答:"刚进大学那阵子,看过一本写她和萨特的传记《心心相印》,对这个女人印象极深。"

"那就多买些回去慢慢看。"邹皖说完,朝正在身旁理货的工作人员问道,"你们这里还有没有其他的波伏娃和萨特的作品?麻烦您帮我找出来,我都要。"

"干吗呢,逛个书店都要显露出豪阔的气派?"亦可问。

"在买书的问题上,怎么花钱都不为过。"邹皖解释说,"这些书是买给你的。"

"给我买的?"亦可问。

"像我这种人,每天的功课就是读文件,看报表,恨不得连睡觉的时间都不够用,完全没空去看任何'课外读物'了。"邹皖笑呵呵地说道,"所以啊,我真诚地希望梅总以后更多地读书,把前人的智慧都变成她脑袋瓜里的收藏。这样的话,我就可以在跟梅总共进午餐时享受到更多的精神食粮……"

书店里的工作人员一下子递过来十几本各种不同版本的萨特和波伏娃的著作,邹皖让他们全都打包捆在一起,交到亦可手上。

"我就恭敬不如从命了。马上就到圣诞节了,我当这些是你送给我的圣诞礼物吧。"亦可说着,感激地看着邹皖,"你看看我,简直是太贪心了,蹭了这么昂贵的午餐,还白得了这么多的好书。"

"别说得那么见外。"邹皖道,"你又不是买不起……是我要谢谢你,给了我这么一个买单的机会。等你以后成为大作家或者大思想家了,我也可以偷着乐一下,好像我也做了点微不足道的贡献吧……"

"那下次我们聚餐时,你也给我一次买单的机会?"亦可问道,"不然的话,我欠你的人情就太多了……"

"买单这事,你就别跟我争了。"邹皖说,"你要是总记着还什么人情债,那你就太小瞧你自己了。"

"我妈总说,这个世界上没有人会无缘无故对你好的。"亦可道。

"你妈跟你讲的是人生大道理,但是还有一件事,你妈没告诉你——"邹皖答,"因为你值得。"

梅亦可和苏淮在"一碗汤"的空间中生活,日子过得难免有些戏剧化。尽管苏淮总想多找些时间和亦可待在一起,但碍于客观条件,他俩的见面基本上就是"趁着月光来,趁着月光走",苏淮说,她的存在,让他沉迷于这种如履薄冰的快乐。

梅亦可跟邹皖同逛三联书店的第二个礼拜天就是圣诞节。临到星期五,邹皖跟苏淮打电话说,周末一起聚聚,吃个圣诞餐,也算过个节,他又说到刚在电梯里碰到梅亦可就顺便问了她,她这个周末正好也没有其他应酬。

苏淮想了想,说,我把易瑾喊上吧,最近她有些神经质,老怀疑我是不是在外面有人,要是圣诞节都不跟她一起过,好像有点说不过去。

邹皖问,那我们的梅总呢?

苏淮犹豫了一下,答道:"到时候要是易瑾问起来,你就说她是你的女朋友吧……"

邹皖说,行吧,反正你别当真就好。

这个圣诞聚餐,邹皖就安排在了京广中心的顶楼餐厅。跟梅亦可确认就餐信息时,他有点尴尬地提醒道,到时候苏淮可能会把易瑾带过来,你先到我办公室,我们一起过去。

梅亦可"哦"了一声,没有多说多问。

这种组合下的聚餐,注定就不会留下什么愉快的记忆。梅亦可去之前精心地做了打扮,第一次和情敌见面,她希望自己能有赢家的气场。但当她跟邹皖一同走进餐厅时她就知道自己输了:苏淮和易瑾比他们早到,当侍应生把亦可和邹皖领到座位时,苏淮起身迎接,然后竟然主动跟易瑾介绍说:

"这位是法国最大的出版公司在北京的首席代表梅总,梅亦可……"

亦可还没来得及回以礼节性地问候,苏淮又接着说道:

"这么年轻有为的国际出版人,是我们邹皖兄的红颜知己……"

那顿晚餐,梅亦可从头到尾都不怎么说话。邹皖专门准备的昂贵的波尔多酒庄红酒,她也坚决不端杯。她找侍应生要了杯番茄汁,还特别要求说一定要撒些黑胡椒粉在上面。每次邹皖举杯敬酒,她就端着她那红得发紫的番茄汁跟大家碰杯,一口抿下去,其他人的杯壁上挂着的是晶莹流畅的红酒余痕,她则是黏黏糊糊的红的黑的颗粒。那时,她听见有个声音在跟自己说,如果早知道是现在这个样子,今天打死我也不该来的。

邹皖为这次聚餐专门预订的是窗边的座位,他说,这是北京的制高点,我们坐在这里,就有"一览京城小"的感觉。亦可扭头看了看窗外,夜色中,东三环的车水马龙已经微缩成闪亮的萤火虫般的蠕动。她接了这个话头,说:"我恐高,'高处不胜寒'……"

邹皖不想让梅亦可继续这种怪腔怪调的言辞,就打着圆场道:"还是我们大才女厉害,动不动就抛出一句唐诗宋词,没点儿诗文功底,跟梅总对话都接不住啊……"他在言辞中不经意地表达出和梅亦可之间的距离感,明眼人都能察觉出来。

整个晚宴,易瑾忙着跟邹皖和苏淮叙

旧,几乎每句话都是以"我们在巴黎""上次在巴黎""巴黎那个谁"这一类的话来起头,彻底把梅亦可这个从没有出过国门的陌生女孩排除在话题之外。她并不清楚梅亦可和苏淮、邹皖之间有些什么,但同性总是相斥的。易瑾恰到好处地甩出一句话,"你们出版时尚杂志的,没去过巴黎那怎么行",就是想打击一下这个初次见面的女生——你不是仗着自己年轻吗,不是有份好工作吗,我想提醒你,等你到了我们今天这个年纪,看能不能有我们这些海归精英的见识!

好不容易熬到晚餐结束,他们四个人乘坐同一辆电梯,一齐下到门口。在大堂的旋转门前道别时,易瑾跟大家说,我们家就在这附近,我俩溜达一下就走回去了。

邹皖意识到自己今天要扮演亦可男朋友的角色,于是跟亦可说道:"我还要回办公室加班,有个文件等着我最后定稿,我让司机先送你回去。"

苏淮想早点撤离,说道:"那我们就先走了,今晚谢谢你们了。Merry Christmas!"

憋了一晚上闷气的梅亦可,听到苏淮竟然一再把自己和邹皖拉扯成"你们",终于绷不住了说了句:"我也走回去,吹吹风,清醒一下。"说完,她第一个冲进旋转门。

旋转门的这边,是热烘烘的暖气包围的人间,只用一个四十五度的旋转,带你走进去的,就是寒风凛冽的冬夜。室外下着雪,北风挟裹着雪粒,直愣愣地拍打在梅亦可的脸上。终于有液体出现在了脸上,亦可的眼泪有了伙伴。

邹皖紧跟着从下一扇旋转门中追上来,他跟亦可说,下雪了,还是雨夹雪,你等一下,我给你去拿把伞。

梅亦可知道五星酒店都有免费为客人提供的雨伞,但她摇摇头,话里有话地说道:

"这雪下得四面八方的,就算撑把伞,也没什么用啊……"

苏淮和易瑾也跟了出来,四人并排站在一起。邹皖二话没说,把身上的外套脱下来,搭到亦可肩上道:"那就穿上它吧,好歹挡个风寒。司机马上就到了,我陪你等一等。"

亦可和邹皖站在原地,目送苏淮和易瑾的背影走进夜色。不知道是冷的缘故,还是故意的起兴,易瑾没走出两步,就伸出手来紧紧地搂住了苏淮的臂弯。回国之后,易瑾养成了这种人前秀恩爱的习惯。邹皖见状,向前走了半步,侧了个身,试图挡住梅亦可的视线。他拍了拍亦可的肩膀说,别跟自己过不去,今天是圣诞节,让自己快乐儿点吧。

"何苦要在我面前显摆着,好像有多恩爱的感觉?"亦可委屈地抱怨道。

"你可能想多了,真正的恩爱是不需要展示给其他人看的。"邹皖安慰亦可说,"你也别太跟苏淮计较了,他留下,或者他离开,总有他不得不去面对的理由。"

"那他非要把我夹在中间算什么?"

"他自己才是夹在中间的那一个。"邹皖继续给梅亦可开解着,"其实,易瑾也有自己的故事……前两年,苏淮先回国了,易瑾一个人留在巴黎;有一年也是圣诞节前后吧,我在巴黎的地铁站亲眼看到她跟她的男友……"

"你怎么知道那是她的男朋友?"亦可又疑惑,又好奇。

"那么亲密的搂抱在一起,放在哪种民族文化下,都不是普通的朋友关系吧。"邹皖客观地说道。

邹皖的这句话，让亦可在心底里无比同情起苏淮来，也更加相信了，苏淮和易瑾的分开，是迟早的事情。

40

圣诞节聚餐后的第二天一大清早，苏淮就急忙忙地赶到梅亦可的住处，想跟她道歉。北京的清晨寒风凛冽，连走带跑迎着冷风赶过来的苏淮连鼻子都冻红了。虽说他俩的住处相隔着"一碗汤的距离"，但这样的距离遇上这样的寒冷，多热的汤都会凉透的。

到了亦可家门口，苏淮使劲地敲着门，梅亦可坐在屋里，就是不理不睬，装作没听见一样。苏淮尝试了好几次，连敲带喊的，亦可就是铁了心不应门。这是中直机关的宿舍楼，平日里邻里互不走动，所以宁静太平是楼栋的常态。苏淮的动静显然算是很大了，他听不到里面的回应，又担心再敲喊下去，惊扰了隔壁左右的人家，就只好掏出自己兜里的一大串钥匙，找到了那把梅亦可家的备用钥匙，捣鼓了半天，自己开门走了进去。

心里有愧的苏淮，进屋后赔着笑脸走到梅亦可身边，他一边脱着外套大衣，一边讨好地找着话题说："外面可真冷，还是你这里暖和。"

梅亦可鼻子里"哼"了一声，都不抬眼看他。苏淮耐着性子继续放低身段求和道："哟，我们家的女强人脾气还挺大啊……总要给个梯子让人下台吧……"

"你需要我给你梯子吗？"梅亦可反问道，"你不是自己有钥匙吗？"——梅亦可看到苏淮把刚开完门的那一大串钥匙放在了客厅的餐桌上，一语双关地讥讽道。

"这些钥匙开不了你心里的锁啊。"苏淮说着，伸出双手想去拥抱亦可，他说，"笑一笑吧，开心点，求你了……别用这种板着脸的样子对待我……你干吗要用我犯的错误来惩罚你自己呢？"

亦可挡住了苏淮的手，质问道："我砸了铁饭碗，离开武汉，一切归零，从头开始，为的就是过来投奔你，追随你。你这么对待我，还是个男人吗？"

"我知道，昨晚的事情是我没处理好，让你受委屈了。对不起。"

"我最瞧不起那些吃里扒外的人。"梅亦可说，"什么好处都想沾一点儿，什么鸡肋都舍不得丢……你是把我当成了这把备用钥匙吗？"话说到这里，她抄起苏淮的那一大串钥匙，熟练地从里面取出自己当时亲手交给他的那一把，负气地就把它从钥匙串上扯了下来。还没等苏淮回过神，她走到窗边，打开窗户，使劲把钥匙甩了出去。她住的楼层高，扔出去的力度也大，钥匙在窗口留下了最后的抛物线后，连个落地的回响都听不到了。窗户还没关，呼啸着挤进来的冷风，一下子就充斥了整个客厅。

苏淮赶紧走过去关上了窗户。他扭头把梅亦可拽进了怀里，说："别这样……钥匙可以扔，你别把我给扔了……"

"我只扔属于我的东西。这钥匙是我给你的。"即便在苏淮的怀抱里，梅亦可依然不为所动，固执地说道，"你是我的吗？我有资格扔掉你吗？"

"我？当然是你的……所以我才害怕你今天甩钥匙，明天就把我给甩了……"苏淮答道，"有件事我犹豫了很久，还是觉得应该告诉你——易瑾最近体检，查出来有

382

些问题，要是在这个时候我跟她提离婚，那就太不近人情了。"

"有时候我会想，你们这每一天的日子是怎么在过的，之前能够这么波澜不惊地一天天过过来，就说明今后也还能细水长流地接着过下去……"

"你不要逼我，好不好？"苏淮很清楚梅亦可这样说的用意何在，他说，"如果天底下的婚姻都是这么说离就能够离，那婚姻就没有任何约束的意义，也没有存在的价值。"

亦可也不示弱，推开苏淮，硬气地说道："我没有逼你做任何事，也不会去逼你做你不情愿的事情。我只是记得，你说你追我追得很辛苦，所以，我成全了你，把自己的未来都交给了你。你要明白，既然我敢这么做，就敢于承担未来的一切后果……如果你还不够了解我的话，我提醒你，不要忘记了今天这把钥匙的下场。"

"你不要用这种口气跟我说话！我承认，是我追求的你，招惹了你；但是，我也给了你一个更高的起点，难道不是吗？"梅亦可和苏淮之间，当她温顺如小兔的时候，他愿意和她嬉戏追逐；当兔子急了要咬人的时候，人也是有脾气的——苏淮也不例外。

"你以为我走到今天是因为沾了你的光吗？"梅亦可做了一个深呼吸后回击道，"没有遇见你之前，我也差不到哪里去！"

如果以这样的方式继续讨论下去，梅亦可能够想到会有什么样的后果——那就是真的是把他给"甩"了——和苏淮分手，并不是她这么强词夺理的初衷。杀鸡给猴看的人，本意上是不想杀掉猴子的。

苏淮再次把亦可拥入怀中，她知道这是求和的姿态，这次，她没再推开。

他说："你看看你，批评我的时候也不忘强调一下自己有多优秀，我就喜欢你这么自信的样子。"和梅亦可交往后，苏淮才发现自己的情商是如此之高，不用事前酝酿准备，事到临头，急转弯和急刹车永远都是恰到好处。

"你就是喜欢嘴上说喜欢，心里却不珍惜……"亦可见状，也卸下了盔甲，道，"昨天一整个晚上，你们都在说巴黎长巴黎短的，我在旁边听着，就像是个井底之蛙在听一群大雁讲着天空中的奇遇……"

"你确实应该出国看看。"苏淮说，"不过，每个人对国外的理解都不太一样。那些在报纸上写出国见闻的，多半都是跟个旅行团十天七国游的，看什么都新鲜，捡个耳朵根子的道听途说就能长篇大论；反倒是在国外待得时间长的，没那么多要抒怀的感慨。人家在国外也是正常生活过日子的，你问他，国外和国内有什么不一样？他会说，其实都差不多，中国有的，外国也有，哪怕就是疯子、傻子、叫花子，国外也一样都不少。"

"可你那位易瑾女士，昨晚谈起巴黎来，简直是昼夜无休地滔滔不绝啊。"亦可说，"她不是也在法国生活了好多年了吗？"

"她就是想跟你显摆呗，不然，一晚上的风头都被你占尽了，她不甘心啊。"

"我也有我的不甘心。"亦可接着说道，"下次找机会，我要你陪我去巴黎。"

"你是法国公司的员工，去巴黎是迟早的事情。"苏淮一边说着，一边思考着换个话题。他摆弄着亦可的短发，说道：

"你把头发留起来吧，我喜欢看到女孩子扎长辫子的样子。从我见你第一面起，你就剪着这么个短发，看起来是很干练，但是，缺了点儿女人味。"

听到苏淮这话，梅亦可一下子就想到了宋微，想到了宋微像捍卫生命般捍卫着那一头乌黑长发，也想到了他们军训前理发的口号——"从头开始"。女人在成年之后刻意地修改一以贯之的发型，无论是单纯地向往"更加好看"，还是用外形的变化来宣誓一种决心和态度，这都意味着主观上选择了新的生活起点——"从头开始"这四个字的字面呈现，就是它本来想要表达的全部内涵。"好，我听你的，留长发，从头开始。"亦可说道，"那你也要答应我，待我长发及腰，先生娶我可好？"

苏淮看到亦可露出了笑容，顺势为她宽衣解带道："要我说，待你长发及腰，从此君王不早朝……"

苏淮和梅亦可之间，就这么吵吵闹闹、分分合合地过了一年多。离婚这事，他俩都不回避，因为这迟早会是他们生活中的一个必然，经常拿出来说说，就像箱子里的存货需要适当晒晒太阳，证明大家不健忘。最重要的一点是，他们俩的人生中，爱情和婚姻不是唯一的主题。苏淮从1989年回国后的头两年，从做学术到管学术，他慢慢意识到，实现报国之志有多重途径，走出实验室，走下讲台，放下教鞭，站在更高的平台上服务于社会，以他的见识和视野，也许为国家作出的贡献会更大。正因为他是如此真诚而投入地践行着他的梦想，生活也给了他更多的回馈——三十岁到了司局级的位置。当他知道自己人生的棋局彻底更换了摆盘之后，他愈加渴望成为一颗被重用的棋子。苏淮兢兢业业地工作着，以比之前做学问更专注执着的状态和精神，全力以赴地把自己从学者塑造成学者型的官员。

而梅亦可，如苏淮所言——"我们不代表潮流，要做，就要领导潮流"——在一年时间里，由她牵线主导，跟国内七家杂志签下了品牌输出和广告合作协议，再由法方团队重新定位和策划包装后，这些杂志成为了国内最高端的时尚杂志，连他们每期刊登出来的广告画，都会被追求时尚的女孩子们挂在床头。走到城市街头的任何一个书刊报亭，最显眼处摆出来的那些印制精美的全铜版纸彩印杂志，翻到版权信息页，一定可以看到他们公司的名字。这几本杂志为母公司一年带来了以千万美金计算的广告收益，这个业绩能够让亦可踏踏实实地在北京坐稳"首席代表"的交椅。梅亦可用不到一年的时间，把自己妙笔生花的中文功夫，变成了英文主导的公文书写，她曾经张口就来的"喉舌论"，彻底变成了为资本铺路的"遵命文章"。她也在她主导的杂志上开设一些随笔专栏，用风花雪月的雅致，给小女生们浇灌些"只要生命不息，浪漫便无处不在"的鸡汤。后来有人把她这种角色称为时尚界的"教母"，在她风头正劲时，那些后来被冠以教母名号的女主编们，还奔波在给杂志社投递简历的道路上。

有事业垫底，梅亦可也能拿自己不尴不尬的情感状态开点玩笑。她跟苏淮说自己是"未婚少女、已婚待遇"，明明是单身，却活生生被他这么棵歪脖子树给耽误掉整片森林；苏淮也跟着煽风点火继续调侃，说自己是"已婚青年、未婚待遇"，天天承受着要跟易瑾离婚的压力，还要积攒向亦可求婚的实力。梅亦可曾无数次在和苏淮的耳鬓厮磨中畅想过，要是我们以后结婚了，我挣我的美金，你走你的仕途。我们的生活，一半是烟火，挣钱时我们活得接地气；一半是清欢，你"登堂入仕"，代表了高于柴米油盐的品相。尽管彼此之间如此恣意地调侃着，但自从那把团结湖租屋的备用钥匙被梅亦可从高楼上扔下之后，她没再给他新配一把，他也不找她索要了。

上了苏淮的船，亦可就跟着做起了风雨同舟的梦，祈祷着等他离婚靠了岸，他就是她的靠山。结果，船还没靠岸，遇到了新麻烦——梅亦可怀孕了。

一早就用早孕试纸测出了两条红线的梅亦可，一直等到苏淮过来团结湖跟她一起吃晚饭时才当面告诉他这个消息。她问苏淮，我没打算用这个孩子来逼你离婚，但是，你有没有想过，要如何给这个孩子一个看到父母的机会？

苏淮说，之前告诉过你，易瑾身体不太好，医生说她有不孕症；我要是因为你怀孕了就离婚，会不会让她以为我就是为了要个孩子而抛弃她？

亦可反驳道，就算我没有怀孕，你也说会离开她的，何况现在我们还有个孩子呢？

"趁着年轻先把事业干好，孩子可以晚两年再要。"苏淮说道，"你端的不是铁饭碗，外企老板之所以愿意开这么高的薪水，还不是因为工作压力大，任务重，要求适应变化的能力也高，等你年纪再大一些你就干不动了，那时候你也财务自由了，就干脆退休，我们一条心在家养孩子。"

"按你的逻辑，挣多少钱算是财务自由？一个和我同龄的公务员，就打他月薪两千，一年到头，刨开吃喝用度，能攒下一万块钱就不错了；算他从二十岁干到六十岁退休，工作四十年，满打满算能攒下四十万吗？以这个标准来看，我们已经自由了。"梅亦可毫不客气地把苏淮的话给顶了回去。

"你说的都对，只是目前这个时机不太对，你说我们自由了，但自由不等于自在。"苏淮有点为难地说，"组织部门刚找我谈过话，我有可能会被派到下面去工作，去到地方上的某个城市当个副市长。在这个时候闹离婚，那不是搬起石头砸自己的脚吗……"

"原来如此。"亦可说完，无奈地摇摇头。

"任你怎么骂我，怎么怨我，我都认。我手里的这个饭碗不好端啊——我站在明处，背后都是一双双盯着你看的眼睛。多的是人想看我的笑话，想我出问题之后给他们腾位置。回国这几年，我的专业全扔了，所有的鸡蛋都放到现在这份工作的篮子里。之前是易瑾闹着要离婚，我是顺水推舟；拉拉扯扯好几年，她忽左忽右，我拿她没辙。从结婚到离婚，我一直都是被动的；要是突然我主动了，她知道这不符合我的个性，一定是外面有人在给我撑腰。她要知道有你这档子事，还马上要生孩子，她不会善罢甘休的。以她的个性，鱼死网破都有可能。如果我因为闹离婚搞得身败名裂，你也不愿意看到吧？"苏淮接着说，"我们都不是小孩子了。就算我们想要孩子，也要为这个孩子多考虑一下吧……"

"你有你的取舍，说到底，你是什么都想要……"亦可道。

"我不想向其他任何人示弱，但你不一样。希望你理解——这种关键时候，我很迷茫……"

"所谓迷茫，无非是你意识到了，你正清醒地审视着自己的贪婪。"亦可面无表情地评价道，"我不迷茫。我就是想把这个孩子留下来……为了这个，我什么都可以放弃。"她告诉苏淮，自己不在体制内，不用担心砸铁饭碗的问题；给外国老板打工，不用担心向组织汇报的问题；离开了武汉和老妈，不用担心受制于母亲的问题；有自己的积蓄，不用担心钱的问题；就算生孩子耽误了工作，以她的履历，不用担心找不到下家。

"至于你想不想要这个孩子，决定权不在于你；甚至你在未来岁月中是否参与这个孩子的成长，也不是一个必须的选择项。从小到大，很多长辈跟我说，衡量一个人成熟的标志在于她是否敢于担责，以这个标准来看，我成熟了。"亦可说。她没有告诉苏淮，自己已经放弃过一次了，几年前她要是留下那个孩子，前程尽毁，那是对所有人的不负责任；这一回，她不想走，也不会再走从前的老路，就算要付出难以估量的代价，也在所不惜。

"你不能打着自己要成熟的旗号，做一些不顾后果的决定。你说你敢于承担责任，但你所说的责任，还不是得要我跟你一起来扛？"

听到苏淮这样说，亦可反驳道："你说爱学术，爱科研，爱我，其实都敌不过你爱你自己。你不用害怕，你可以去当你的市长，也可以去做易瑾的好夫君，你甚至可以今天从我这里离开后再也不跟我联系……你怎么迷茫，怎么决定，都不是我能左右的。但我可以保证，我说我敢于负责，就做好了独自去面对的准备。"

"如果你想让我付出代价，或者说，你想彻底毁了我，那你就按你的想法去办吧。"苏淮毫不掩饰地坚决说道，"你要知道，你以为的勇敢，无非就是在做一些让亲者痛、仇者快的事情。"

梅亦可一晚上没有睡着，天还没全亮，她早早地跑去办公室。职场生涯能给女性带来压力，也能成为女性的避难所，一旦工作繁忙起来后，那些剪不断理还乱的破烂事，就能被暂时搁置在一边。她上班时，同事们一个都没来。站在偌大的空荡荡的大平层办公区，她把屋子里的所有顶灯全部打亮，她是这灯光里的孤独王。下班后，同事们都离开了，亦可又走出自己的办公室，把大平层里的顶灯全部关黑。窗外暮色渐浓，窗内一片黑暗，她的目光，成了这连成一片的漆黑中的唯一亮光。她不想回去，回到团结湖，团结湖里没有她想要的团结。在那个不能被称之为"家"的住处，她依然也是一片暗黑中的孤独王。她想抓住属于自己的一束光，她希望那束光能一直陪伴她。

在梅亦可看来，这个上帝再次赋予她的孩子，就是她的光。她以为孩子能让她和苏淮的手牵得更紧，把苏淮也融进去，化成一片光晕——但苏淮拒绝了。可她还想留住点什么，哪怕没有光晕，一束光也好。她又想到了电影《喜宝》，姜喜宝说，如果没有很多的爱，有很多的钱也是好的；对梅亦可而言，如果得不到很多的爱呢？她的答案是，那就希望有很多爱我的人吧……她想到了一个人，那个陪她一起看《喜宝》电影的人，那个曾经标榜过深爱她、又用爱来伤害过她的人。她记得宋微以前把他比喻成"备胎"——此刻的亦可意识到，人生确实是需要有备胎的。她试着拨通了董梁的办公室电话。一个一个按下数字键的时候，她想，如果这时他还在办公室里，就当是老天爷想成全我们吧。

——他居然就在！他接听了她的电话。

她问，你怎么没下班？他答，今天要发稿，所以得加班。她说，我请你吃晚饭吧。他答，我来请你吧，我们单位旁边有家新开的牛扒馆，环境还行；关键是吃完饭以后我还要回办公室赶活。

放下电话，她就直奔过去。他们的再度单独重逢既不惊喜，也不生疏，就像是两个久别的老同学，坐在了一块儿吃个饭。她知道，她约他，他一定会来；而他也明白，她约他，她一定有事。

这家牛扒馆的装修风格是那种西洋味道的小情小调，墙上贴着猫王、梦露、列侬的经典老照片，和隔壁的东北菜餐厅比起来，这里既素雅，又冷清。董梁解释说，我也是第一次来，顾客不多，我们说话的时候可以不被打扰。

亦可笑笑，说，"这里挺好啊……你怎么样？新工作很忙？"

"还行吧，每个月也就发稿和校对的这几天忙一点。"董梁犹豫了一下，还是开口问道，"怎么突然想到来找我？"

"想见你，就见见呗。"亦可故作轻松地答道，"不可以吗？"

"当然可以……我感觉，你不是想见就见，而是想见才见。"

"您是大诗人，咬文嚼字我比不上您。"

"你又来挖苦我了……我写的那些诗你不是看不上吗？"董梁自嘲道。

"有吗？"亦可反问道。

"难道不是吗？"董梁也跟着反问说。

服务员把滋啦啦冒着热烟的铁板牛排端了上来。等餐盘落定，董梁换了个话题说道："听说你挺不容易的，在北京的珞大校友圈里，有不少关于你的传说。"他抬眼直视她的眼睛，用一个中性的、带着强烈的同情色彩的词汇——"不容易"——把所有关于她的江湖传闻做了一个总结，然后说，"亦可，过了这么多年……我们重新开始吧。"

亦可愣住了。这句话是今天她来找他的用意所在，他脱口而出时，她还是有些震惊。

"牛排做得不好，不吃了，我们去你那里。"董梁又说道，"我送你回家。"

从牛扒馆出来，他们打了辆出租车，梅亦可以为接下来的将是一种旧情的延续和一份崭新的开始——自那年那月第一次东湖漫步的诗情画意的延续，从今时今刻再一次聚餐后的儿女情长的开始。出租车来了，她以为董梁会和她一起坐在后座，结果，车一停，他就利索地打开前门，坐到了副驾驶的位置上。董梁想的是这是付车费的人的座位，而亦可希望，他和她坐在一起。他俩对于浪漫和生活的理解，始终缺乏默契的对位。

到了家，开了门。打开了灯，他和她站在一起。这是他们自认识以来，第一次在一个可以放心地、不被他人打扰的、私密空间中，单独相处。他如她所期待的那样，抱住了她，这个久违的拥抱，距离上一次，相隔数年。

她听见他再一次说道："我们重新开始吧……"

她回应着他的拥抱，他们贴得很紧，她能听到他的心跳。她听见他说：

"这些年经常会想到你。我们分开的那年暑假我回新疆，我妈还一个劲地问你，非要我给你打电话，一定要亲口谢谢你喜欢上了我……那一年你好像参加社会实践去了，所以没找到你……我妈到现在偶尔还会念叨一下，那个武汉女孩子怎么样了……"

听着董梁的诉说，亦可叹了口气。他继续说道：

"我跟朋友们去卡拉 OK 唱歌,脑子里装的都是老歌,赵传的、齐秦的、郑智化的、崔健的……每首歌都有故事。除了这些老歌,新的不学。朋友们说,你声音这么好听,不去唱歌可惜了。听到这话,就想到了你——你是第一个夸我声音好听的女孩子……人生来都挺贱的,有时候想起你来,就会觉得,你的拒绝,也是一种吸引;而我们要去歌唱和写作,是为了遗忘。"

亦可没有打断董梁的话,他所倾诉的,也是她的故事——

"离开武汉前,我又去爬了一遍珞珈山,那是曾经和你一起用脚步丈量过的每一寸土地;走了一遍东湖湖滨,这是和你从初识起我们散步的路径;我还沿着长江大桥一步一步从蛇山走到龟山,最后吹了一遍和你一起面对的江风;我记得去江边的路上,第一次被你逼着说出了'我爱你'……离校前收拾行李,很多东西要取舍,我把你帮我熬夜誊抄的文稿和我写给你的诗全都带走了,连一张纸片也舍不得扔掉;临走前一天,我一个人去吃了校门口的那家'小四川',点的是我们第一次去那里点的'锅巴肉片'……本来想约上你,一想到我们分开了那么久,还是没有勇气去找你。端起酒杯的时候我就在想,你也会记得这些吗……"

"怎么会不记得?"亦可喃喃地说,"我的记性好得超乎你的想象。"

董梁接着说道:

"最后离校那一天,我提着大包小包的行李在 12 路汽车站等车,又看到了电线杆上贴的小广告,想到了我们共同经历过的许多事情。我一直把'12'当成是自己的幸运数字。知道为什么吗?我们第一次接吻,是在 12 号这一天;汉字里,朋友 12 画,恋人 12 画,爱人 12 画,家人也是 12 画,所以,这些和 12 有关的名字,背后都是你。而这趟 12 路车,以前我总在它的站牌下等着你回来……"

董梁用他那充满磁性的仿佛诗朗诵一般的声调,把憋了这许多年的话娓娓道来,梅亦可真的感动了起来——尽管他删却了故事中那些不堪的部分,抹掉了从前那些真正导致他们决裂的细节——仿佛他与她,只有爱与思念、等待与守望。

"我们分手的那年暑假,我在老家买了一把特别好看、做工特别精致的新疆小刀,一直等着在我们和好时,能把它当成礼物送给你。就像古时候的侠客赠人信物吧,幻想着我们俩携一把宝刀同走天涯。到现在,这把小刀还在我宿舍……"

"还记得吗,你以前告诉过我,你们新疆小伙子见到喜欢的女孩子,就会一手拿花、一手拿刀吗?"亦可问。

"当然记得……难得你也还记得……"

"我们之间的故事,上帝安排的本来应该是另外一个样子……"亦可伤感地问道,"那个孩子要是留下来,现在都能打酱油了……"

"我实在想不通,就那么一次——为什么会那么巧?"董梁问。在他看来,这是巧合,是意外;于她而言,却是实实在在的灾难。他并没有意识到,梅亦可刚刚在他的叙旧中找到的温情,因这句话而搁浅。他接着说道:"想到你曾经为我付出的一切,我就特别心疼你。希望你明白,我爱你,愿意包容你,原谅你,拯救你……那天你在校友饭局上的那些表现,我知道你是想来刺激我……我知道你在乎我,所以,不管你这几年做过些什么,也不管你到底有没有背叛过我……"

"是吗？你一直认为我背叛过你吗？"忽然听到"背叛"这词，亦可打断董梁的话。

"你知道大家私底下怎么议论你吗？说你凭什么年纪轻轻就能当主编、当买办，还不是因为你又是傍大款，又是傍大官的……"

听到最后这句话，梅亦可触电般定住了。"你想通过拯救我来证明自己很伟大吗？你是不是一直觉得我背叛了你，而你却像个情圣一样，不计前嫌地来当我的救世主？"亦可松开了抱紧董梁的双手，瞬间拥抱过的温情也瞬间流逝，她庆幸自己还没说出怀孕的事情。"我不在乎一些人在背后说我什么。"她为自己辩解道，"喜欢说三道四、搬弄是非的，无非就是：你有的东西他没有，他想模仿你的方式未遂。你以为没有人在背后议论你吗？上一次的校友聚餐，你没听到人家怎么说你的吗？'傍大师''当小蜜'，说这些话的，就是那些垂涎我们的生活、又不肯像我们这样拼命的人，你难道不明白吗？"

松开了拥抱的手，梅亦可跟董梁面对面地站着。她看到他穿的深色大衣肩头处的羊毛面料中吸满了斑斑点点的头皮屑，那黑白分明的对照，让她有一种本能的排斥。也许这就是生理上的本能吧，本能告诉她，他和她，真的是回不去了……她往后退了半步。

"你怎么这么强词夺理呢？亦可，别这样……你这个样子让我很心疼……"

梅亦可把注视的目光顺着头皮屑往上移，然后落在他的目光里："请你不要反复说你很心疼我，你的心真为我疼过吗？我记得，有人跟我说他很爱我，但一转身他又警告我说，如果我离开他，我就是没人要的'破鞋'……"亦可自嘲道，"我以为，所谓爱，就是全世界都抛弃你了，有人还会站在你身后，陪伴你，支持你，随时随地给你一个光芒四射的拥抱；我曾经以为这个人是你……我无数次地设想过我们共同的未来，无论在哪个城市、无论什么样的境遇，我们都在一起。我记得你许下的宏愿说，总有一天你会光芒万丈，我曾经无比期待你能成为一个拯救我的人，从我母亲的高压管制下，从周围人的诋毁伤害中。直到今天见你之前我还奢望，你或许能把我从一种窘迫的困境中拯救出来。哪怕拯救不了，我们一起沉沦也好……终于明白了，在你眼里，我从来就是双'破鞋'……"

"亦可，你太固执了，我很可怜你……你就像一根蜡烛，好的部分都烧光了。"董梁用莎士比亚的这句话作了回答。他不再说"心疼"了，用的词是"可怜"，他再次走近梅亦可，亲了亲她的额头，然后说：

"我不知道你是怎么理解爱情的，但事实是，我深爱过你。我承认，这么多年，我动摇过，也喜欢过其他的女生，但兜来转去，总还是想等你回过头来。坚定的选择不是一开始就有的，过了这么些年，翻看以前写给你的诗，就明白了深爱一个人是什么感觉。求你不要老为我以前在气头上说的几句无知无畏的话耿耿于怀，为这句话，我已经道过很多次歉了，何况，我们之间隔着太多的误会和阻挠。如果我们总因为翻旧账而不能在一起，你会后悔的……我还要回去加班，你早点休息吧……"

董梁离开了，这一次算是告别吗？亦可不知道。他和她都希望能够重新开始，但她的初衷,只是想让他来做一件属于备胎的事。她把日积月累的老茧般厚重且尖锐的怨怼如刺一般地给了他,而他唯一的防守是他尚有记忆余温的拥抱。他想要的是"重新开始",她所求的,却只是"帮我个忙"——以前她爱他爱得卑微,现在卷土重来,她要求他至诚至善。他们都不是当年的他们了。

董梁走了,屋子里只剩下梅亦可。她关上了屋子里的灯,为了能够看见一束光。可她还是什么也没看见,因为,光的前面挡着了一座大山;她想搬走山,让光照进来……

41

怀孕,迎接一个新的生命,本来是件可喜可贺的事情,但对于没有任何思想准备的苏淮来说,这无疑是个重磅炸弹。他怕自己的前途就这么被一场意外给炸飞了。两情相悦的欢喜和未来几十年的仕途比起来,他有自己的掂量;他甚至开始怀疑自己是不是犯下了天下男人都会犯的错——耐不住寂寞,又挡不住诱惑;最关键的是,诱惑不是来自于外界,诱惑来源于他的内心。他听到心底里有个声音在说,现在的这个婚姻,一直都是易瑾主动表示、主动靠拢,我还没有真正地体验过付出爱、追求爱;所以,在行有余力时,他让自己放开手脚去爱了一回。好吧,不管不顾地爱过了,爱的负担和责任明晃晃地摆在眼前了,他又开始困惑了——我要的是欢爱,不是包袱——他给不了梅亦可想要的理解、认同和呵护。如果说她和他这两个在北京的外乡人的谋生就像是人生风浪中的飘零,现实是多么滑稽啊,她当他是可以停靠的

彼岸,而他,不过是个自身难保的泥菩萨。年长成熟又如何?海归高知又怎样?当起缩头乌龟的时候,所有的甜蜜过往和光鲜愿景,都不如那张丑陋的硬壳更能保护他自己。面对苏淮的懦弱和冷漠,梅亦可有种溺水了的窒息感。她不想被淹死。她想自救,想抓住身边的救命稻草,她找到了董梁。她猜中了开头——他俩都想重新开始,却没有料到结果——破镜终究是难圆的。董梁说她是根"好的部分都已经烧光了的蜡烛",梅亦可自问,难道我只剩下一种选择吗?就像几年前的那个冬天,我必须要再次躺在那个像是刑具般的手术椅上吗?

一筹莫展时,梅亦可想到了宋微。她俩有一阵子没有联系了。隔着一千多公里的空间距离,又都为了生计各自努力,她们小心地把对方锁在了属于过去和未来的抽屉里。不是那种天天把对方挂在嘴边、常常热线联系的,才叫好朋友;真正的知己,是像镜子般能映出自己心事的倾诉对象,无论远近,只要连上线了,传递的就是自己渴望听到的声音。亦可想好好跟她聊聊,宋微的意见对她最有参考意义。

梅亦可拨通了宋微的办公室电话。电话接通后,对方听说是要找宋微,就很诧异地问:"你是谁?你不知道她早就住院了吗?"

梅亦可愣住了。她说:"我是她的大学同学……她是出什么事情了吗?"

对方告诉她,几个月前宋微得癌症了,现在住院治疗。

梅亦可挂掉电话后,找京广中心的前台帮忙查询了火车的班次信息,跟公司的同事交代了一下,就直接打车去了火车站。宋微老家是那种K字打头的快车都不停靠

的城市，梅亦可虽然心里十万火急，但也只能坐在那种像公共汽车一样见站就停的慢车里，一点点接近目的地。那十几个小时里，她止不住胡思乱想，却不断想要把自己的脑子放空。按常识，只要说到癌症，就会想到死亡，而梅亦可的思绪，在这样的递进中直接短路了。她不让自己去想癌症患者的下一步，而是在回放和倒推，往前去想：宋微那么个轻松俏皮的小女生，怎么会得癌症？是不是为了应考，压力太大，把自己逼得太狠，所以才得了病？癌症是病，是最坏的一种病，所以，不会有更坏的事情了，她在治疗，她就会好起来……

当你爱一个人的时候，如果她得了很重的病，医生跟你说了一个百分比，你一定会把你爱的那个人放进百分比里那个属于治愈部分的数字。如果医生说，治愈率有百分之八十，你会想，那么多人都能治好，她也不例外；如果医生说，治愈率只有百分之三十，你还是会想，不是还有百分之三十的人治好了吗，三分之一呢，她做得到；如果医生说，治愈率也许不到百分之十，你会说，十分之一也不算奇迹吧，世界上几十亿人呢，十分之一也有好几亿了，她一定就是那十分之一……

在火车上心急火燎地要去见宋微的梅亦可，并不知道，如果癌症是病，死亡也是；死亡才是所有病兆中最严重的那一种。无神论者唯物，不信上帝，也不信死神，在物质世界中，所有的形体都会消亡。无论是人体，还是物体，走向消亡的衰败过程，就是生了病，从轻症慢慢加重，最后殊途同归。

下了火车，梅亦可一刻不停地就赶到医院。肿瘤科在住院部顶楼，宋微住在肿瘤科的一个四人间病房里。亦可进去时，看到四张病床上不同面孔但同样虚弱的病人，她第一次没法在人群中一眼找出宋微来。病房里有病人持续不断的痛苦呻吟着，有家属忙前忙后地服侍着。亦可看到了宋微的母亲，于是，就朝着阿姨身边的病床走了过去。

宋微睡着了。躺在枕头上的她，剃光了头发，露在被子外的面孔浮肿而虚胖。亦可站在床边，凝视着眼前这个既熟悉又陌生的身体。梅亦可跟阿姨轻声打了个招呼后不再说话，她不想惊扰到宋微的休息。大概是有感应吧，宋微似乎意识到被人关注，她睁开了眼。一看到梅亦可，她的眼睛放出光来，吃力地问道："你怎么来了？你不要上班吗？"每说一个字都带着喘气，吐词也很有些含混。

梅亦可握住她的手回答说："我想你了。"

"那么好的工作，别搞丢了啊……"宋微的一句话，就把梅亦可的眼泪给说了出来。

阿姨告诉梅亦可，有大半年的时间，宋微老说头疼，浑身没劲，看东西老觉得恍惚。开始就以为她是累了，因为她平时工作上很积极，单位的事情一点也不敢怠慢。下班回家又自学英语，还抽空给人当英语家教，挣点外快。"大概三个月前，有天她早上起床，还没吃早餐就突然呕吐，是那种喷射性地吐，吐着吐着人就休克了。我们吓得不行，当即喊来了救护车。到医院做了检查，查出来大脑里面长了个大肿瘤，有鸡蛋那么大了，肿瘤已经压迫到中枢神经……医生说，这种情况下，手术治疗弊大于利……现在是放疗和化疗同步，希望控制肿瘤细胞的扩散……"

"那您有没有想过到大城市再检查一下?"梅亦可问道,"去北京看看吧,首都的专家多,他们能治疗疑难杂症……去北京,可以住在我那里。"

听到梅亦可的话,宋微摆摆手。阿姨帮着解释说:"刚确诊那会儿,我们也想着说要去大城市复诊一下……得了病就得治啊,现代医学这么发达,总有解决问题的办法啊。如果开个刀能把肿瘤就取出来,那不就完事儿了吗?我们就跑到长春挂了专家号,做了CT,搞了核磁共振。看了检查结果后,长春的专家也不建议动手术。看来我们这里的医生也不赖……所以,我们就踏踏实实回家,好好地配合医院的治疗方案……"

"发生了这么大的事,您怎么不跟我说一下呢?"亦可道。

"这孩子倔,她不让。"阿姨摇摇头,看了看躺床上的宋微,宋微的脸上挤出了一个孩子气的笑容。阿姨接着说道:"不光是你,就连我们的一些亲戚朋友,她都不让说。她不想让大家伙儿看到她病恹恹的样子……"

阿姨说到这儿,宋微又笑了笑,她把身体撑起来,跟亦可说:"我原来以为那些长了肿瘤、做化疗的人都是暴瘦,皮包骨头那一种;结果轮到我了,你看,胖得像被吹了气球一样……吃类固醇这种药,就这后果……"

"你少说些话吧,多休息,养养神。"亦可拉着宋微的手说,"好好养病,你这么年轻,病得快,好得也快……"

这时,宋微的父亲提着保温饭盒进来了。梅亦可是第一次见到宋父,但她一眼就认出来了。宋微父女俩就像是一个模子里出来的。阿姨跟宋父打了个招呼,转头就跟亦可说:"我跟你宋叔叔每天这么换着班的……你直接从火车站过来还饿着吧,走,我带你出去吃点东西……"说着,就拽着梅亦可的手往病房外走。

亦可跟宋微说,你先好好吃饭,我马上回来陪你。说完,和阿姨一起走了出去。

走到楼梯口,亦可停了下来,问道:"阿姨,关于宋微的病情,医生到底怎么说?"

宋母还没有开腔,眼泪就奔涌而出。她说:"长春的专家说,像她脑子里长的这种瘤子,做开颅手术也解决不了问题……肿瘤长到中枢神经里了,没法切干净。不开刀,还能活半年,要是开刀的话,也许在手术台上就再也下不来了……"

"这些情况宋微知道吗?"

"我们没跟她说这么具体,但她是个聪明孩子,估计心里都明白……她说她不想开刀,怕疼,其实我知道,她是怕我们花钱。这孩子特别懂事,她考上了美国的大学都没去,就是怕花了我们的钱。这两年她坚持当家教,给自己出国攒生活费……"

"她治病的开销,单位给报销吗?"

"能报销一部分,住院的病床费能报;但是手术和现在用的化疗的药,要自费……"宋母说,"得了这种病,就是砸锅卖铁也要给她治啊,她才二十几岁啊……医生说她这个瘤子在脑子里堵着,形成脑积水,这是非常疼的;而且,化疗的药,副作用特别大,伤肝伤肾伤胃,动不动就吐,还严重便秘,肚子也会很疼……我真希望能跟这孩子调个个儿,我情愿得病的是我……刚才你看到了,旁边那张床上的病号每天疼得山呼海叫的,我们家微微,硬是一声不吭……"

宋母说的时候一直在哭,梅亦可的眼

泪也跟着止不住地流淌。流泪无法减少宋微的病痛，甚至无法表达自己的心痛，但泪水是爱的密码，透过它，宋母和亦可找到了共鸣。

"阿姨，您别难过，宋微会好起来的……"亦可伸出双臂，跟宋母紧紧拥抱。

"微微总说你是她最好的朋友……我们都没想到，你会跑这么远来看她。"

"这是应该的啊。"亦可道，"几年前，我母亲出了车祸住院，宋微第一时间就陪我去医院看望我妈。当时我妈特感动，她就跟我妈说，千万别见外，就当她是另一个女儿吧。现在，轮到我说这话了……我跟宋微情同姐妹，您就当我是您的孩子吧……"

梅亦可挽着宋母走出医院。她俩都没什么胃口，就在路边的一家小馆里一起吃了些饺子。亦可把宋母送上了公共汽车后，就沿着大街边走边看，看到一家银行后，她走进去，从随身背包中取出银行卡递上窗口，说："我想取五万元现金……"

梅亦可回到病房，宋微又睡着了。宋父悄声说："自从开始放化疗，宋微总是特别犯困，但睡眠时间都不长，醒了睡，睡了醒，身边离不开人。她刚吃了止疼止吐的药，估计这一觉能多睡会儿……"

"刚才我看她意识很清醒。"亦可说，"说话表达也完全没问题。"

"是啊，病成这样，她连尿盆都不肯用，非要自己硬撑着去上厕所。她身体特别虚弱，起个床都累得满头大汗。但她怕跟我们添麻烦，也总想向我们证明，她很好……"

"你们都太不容易了。"梅亦可说着，从包里取出用报纸包裹住的厚厚一打现金交到宋父手里，"我走得匆忙，得到消息就往这边赶，也不知道该带点什么过来。这是我的一点心意……"

宋父惊诧不已，道："那怎么行……你也就是个孩子啊……"

"您就把我当自己孩子看吧。"亦可坚持说，"一家人，应该的。"

梅亦可让宋父先回家休息，她说她留在宋微旁边，负责值今晚的夜班。

宋微的这一觉睡得有点长，亦可后来才知道，这种状态其实叫昏迷。昏迷中，宋微说了一句话，声音很轻，好像是在说，"爱东，低泽福……"亦可听不太清楚，也猜不出这句话想表达的意思。

宋微等到天黑了才醒。醒来时看到亦可，脸上露出会心的笑："有你陪着，真好。"她注意到亦可扎着马尾辫，说，"你留长发的样子真好看……嗨，我的辫子没有了……"

"没事，头发长得快，一年后你的辫子就能还原成原来的样子了。"亦可安慰她说。

"我是自己把头发剃光的。"宋微说，"我先整整齐齐地编好了辫子以后再剪掉的，两条辫子完完整整地留了下来。"

"我知道你在乎你的长辫子，军训那会儿，为剪个短头发你还大哭了一场。"亦可说，"以前你什么都跟我说，得病这事你没告诉我，我有点生气啊……"

"我会好起来的……"宋微说，"我原本想，等我好了以后再告诉你，说，我从鬼门关走了一趟回来了，我也很勇敢啊……"

"你一直都很勇敢。"

"论勇敢，没人能跟你比。"宋微艰难地说着，但脸上始终挂着微笑，"在我眼里，你的生活简直就像是一部传奇……那

393

么用力地去爱，去争，去证明自己……"

"你别那么用力地夸我。"亦可说，"我干的傻事蠢事你都一清二楚……"

"我们一起也干过。"宋微说，"那一年在北京，我俩在那个出租屋里摇晃人家的床架，晃了一晚上……"

"是啊，我们被隔壁的小两口还当成是同性恋了呢……"

"这世界这么美好，我想去爱所有美好的东西……"宋微边说边撑着身子起来，她想去厕所。亦可搀扶着她，她说，"看这样子，我真是个重病号了……"

肿瘤病房里有个简陋的卫生间，有陶制面盆、淋浴喷头和一个蹲坑的厕所。不知道是医院提供的，还是病人家属自备的，有个类似马桶的镂空椅子架在蹲坑上。卫生间很逼仄，门窗都很窄小；里面空气不太好，地面也有些潮湿，那扇略比肩宽的木框窗户敞开着透着气。梅亦可扶着宋微走进去，帮她脱下裤子，把她安置在那个镂空的马桶椅子上。宋微有点不好意思地说，"其实，我自己能行的……"亦可拍拍她的肩，笑笑不说话。

完事后，亦可又扶着宋微回到床上。躺到枕头上，宋微长舒了一口气，她告诉亦可："今天享受的待遇很高啊……平时，我父母都是只把我送到厕所门口的……这么大了，哪好意思当着父母的面上厕所啊……"

那一晚上，亦可喂宋微吃饭喝汤吞药，宋微醒着就陪她说话，睡了就握着她的手凝望着她。病房里总是不清静的，病友的呻吟，家属的走动……加上夜色深重，气氛压抑得很。亦可没有跟宋微说自己怀孕的事，这样的场合里，她懂得轻重。

天还没亮透，宋母就带着保温盒走进病房。自从宋微住院后，宋微的父母轮番两班倒，在医院就负责陪护，回到家就准备饭菜。带着温热的新鲜饭菜汤水来交班，这是老两口的常态。放化疗直接导致人体器官的各种功能性紊乱，挑食、嗜食加呕吐，只有父母才会用心地变着花样来烹饪，为的是得病的孩子在饱受疾病攻击时多少能摄入些营养。宋母招呼亦可说："我炖了点小米粥，你也吃点儿……你一晚上都没睡吧？真是难为你了。"阿姨一边在床头柜上摆出了碗筷，一边跟宋微说，"昨天你爸回去告诉我，亦可这孩子，硬是塞给他五万块钱……"

"那怎么行？"宋微说着，望着梅亦可道，"这样可不好……感觉像在骂我呢。"

亦可说："其实早就想给你的……上次你说你GRE考了两千一，我就想好了，你去美国读书时，我多少要赞助点儿，表个心意啊……等你病好了，别再给人当家教了，你就好好去美国，念个学位回来……"

宋微摇摇头，没有坚持地拒绝，也没有坦然地应允，她叹了口气，结束了这个话题。

中午宋微睡着时，宋母问亦可，要不你回我家歇会儿？亦可说她要赶回去上班了，在火车上能睡。阿姨心疼地说："你看看，宋微这病也给你也敲了警钟……你们这些孩子，别太逞能，也别太拼命……得了病就知道了，健康比什么都重要。"

梅亦可一直等到宋微醒来，跟她道了别。临走前她把自己的办公名片留给了宋母，又特别叮嘱说，上面有手机号码，宋微要有任何事情一定要及时通知到她。"任何事情"中包括了些什么，亦可没有说，也不敢说，连想都不敢去想。

梅亦可是笑着离开病房的，当她一步

步下着楼梯时,眼泪就像她的脚步一样,一颗颗地往下滴。她没有哭,只是流泪,泪水是从心里涌出来的,心疼的时候,眼泪是语言。

回到公司,梅亦可主持新的一期重大选题会。不等其他编辑讲提案,她先发制人说,我建议我们下一期杂志的话题是谈年轻人的过劳死,大家就围绕这个主题来展开讨论吧。——我们所关注或刻意表达的,往往是内心的投影;那些占据大脑最重要空间的人和事,即使不说,也一定看得到烙印。

两天后的清晨,梅亦可的手机响了。直觉告诉她,这是个坏消息,和宋微有关。她没有犹豫,迅速地推开了手机的滑盖,接通了电话。

电话那一头传来了宋微母亲的抽泣声,她告诉亦可:"宋微昨天半夜走了……"

"这么快?"亦可想到会有这么一天,但她不敢去想这个日子会何时到来。

"她是从病房卫生间的窗户口跳出去的……这孩子好强,得了病,心里苦,身子疼,却总是一声不吭,就是生扛着……可能她实在扛不住了……昨晚,是你宋叔陪夜。宋微半夜醒来上厕所,她爸就把她送到卫生间门口……你知道的,她上厕所不让我们在旁边守着……然后,她就……"

"我马上赶过来。"亦可道。她心里想的是,从那么高摔下去,多疼啊……

宋母在电话里哽噎着说:"你工作也忙,就不用再折腾这么远过来了。我跟你宋叔商量了,宋微走了,我们也不搞什么仪式,今天就安排火化……前两天你俩已经道过别了……跟你打这个电话,就是告诉你一声,知道你挂念她。"

梅亦可在电话里一句话都说不出来。

宋母接着说:"昨晚她去厕所前,还跟她爸爸聊了几句。她问她爸,住院前把剪下来的辫子放在抽屉里了,会不会长虫子?她爸说,应该不会吧,头发好像是抗腐的……她还跟她爸聊到你送的五万块钱。她说你给的钱是去国外念书用的,如果以后她不出国了,钱一定要退给你……"

"这只是一个说法,当时我怕说是给钱她治病,她会接受不了……"

"我懂……宋微也懂。这孩子心细,什么都考虑周全了,临走前用这种方式提醒我们。殡仪馆的人把她接走后,我们回家打开她的抽屉,看到她精心摆放在礼品盒里的两条辫子,下面还有两封信;一封写给她爸和我,一封是写给你的……"

一周后,梅亦可收到了从吉林寄来的一个小包裹和一张五万元的汇款单。包裹里,有一个精致编结的乌黑发辫,一封用浅蓝色信纸写的信和一张英文公函。

亦可,

当你读到这封信的时候,你大概再也见不到我了。我得了病,大概也很难治好。二十几岁就得癌症,这种小概率事件怎么会被我碰到啊?

I don't deserve it.

明天我要开始做化疗了。听说化疗会掉头发,我自己主动把头发剪掉了。长这么大,我就剪过两次辫子,一次因为军训,一次因为得病。记得吗,军训理发时我们的口号是——从头开始,现在,我也好想从头开始啊……

如果人生可以重来一次,即使所有的错还会再犯,所有的困难还要面对,所有的苦头都要再挨一回,我也愿意;不为别的,因为我的人生好像短了点儿……

I don't deserve it.

以前总觉得自己好像差了那么一点儿运气。现在想想，也许还是因为自己没有拿出足够的勇气。我很羡慕你，敢爱，敢恨，敢争，敢弃，如果我像你那么用力，可能就不是今天这个样子了，遗憾也会少一些……但是，什么算是遗憾呢？没能出国？想去北京没去成？细想起来，这些都不算吧。如果注定了我的脑子里要长肿瘤，要比你们先走，老天爷提前让我先回到父母身边，陪他们又一起生活了几年，起码让我们多了一些全家福照片……

想到你，就觉得还是有遗憾的，我俩居然就没有一张单独的合影！我们有军训的集体照，有毕业的纪念照，惟独没有我们两人的照片……也许，这又是老天爷故意安排的吧。如果以后你再也见不到我了，那是因为我活在了你的生命里。我和你，本来就是一个人。

这些年里，我们嘲笑过很多人，挖苦过很多事，批判过很多时政，现在想想都好滑稽。世间的每件事都有它必然发生的理由，就像夏天里的每朵花都为了盛开绽放，秋天里的每颗种子都为了生根发芽，冬天里的每片雪花都是寒冷的使者……每种生命都有她必然的轨迹和她想要的生活，But，I don't deserve it.

刚才我又看了一遍你写给我的毕业留言。我们都喜欢三毛，都抄写了她的那句话——

如果我不回来了，要记住，我曾经巴不得，巴不得，你不要松掉我的衣袖，在一个夜雨敲窗的晚上。

——今夜，窗外有雨，三毛的这句话是多么应景啊。再抄一遍送给你，我最好的朋友，请你记住，能够活着，就一定要

好好活着，珍惜生命，继续努力地去爱，爱你愿意去爱的人；努力地去做，完成能证明你存在与价值的事。记住，做个最好的自己——为你，也为了我。

我的托福成绩单留在你那里了，现在我把GRE的这份成绩单也留给你吧。学好外语、想出国，这是我在这个世界上最努力做过的一件事，给你作个纪念吧。天空没有留下翅膀的痕迹，但你知道，我已飞过。

不知道我还能活多久，但我还想活下去。还没有想好怎么跟这个世界告别呢……如果我们就此别过，通过文字，其实又见了一回。

如果有来生，我们还要再见的。

你的挚友 微

喜欢三毛的宋微，追随着三毛的脚步，在重病折磨中，做成了一件"像风一样自由"的事情。读完这封信，梅亦可突然想到了几天前她在医院里守候着宋微听到的她说的那句梦话——"爱东，低泽福……"当时她百思不得其解，看到信里的话，她明白了，宋微临终前魂牵梦系着在拷问和质疑的，还是那些说不出口的遗憾：I don't deserve it——我不该被这样对待。这是她恍惚中还记得的一句英语口语，大概，这样埋怨老天爷的话——她用母语说不出口来。

41

收到宋微父母寄来的包裹和退款后，梅亦可做出了决定：出国读书，生下肚子里的孩子。当天，她就向桦绯公司的巴黎总部提出了离职申请。本来，梅亦可也能

申请带薪产假脱岗，但她不想在江湖传闻中主动添加真材实料，所以，走得干脆清爽、义无反顾。一个月后，总部协商决定把原驻香港的首席编辑调派到北京，接受了她的请求。收到总部的确认信后，她才告诉苏淮自己离职的既成事实。在大是大非的问题上，梅亦可一以贯之的先斩后奏，并不是她太有主见，只是因为没有盟军。如果说军训时第一次砸碗，还有些年少气盛的冒失冲动；她砸掉电视台的饭碗，是有五十万年薪来作后盾；这一次连五十万年薪的饭碗也砸了，她就是看见了那束光——被光晕环绕的宋微跟她说：

"好好活着，珍惜生命，继续努力地去爱，爱你愿意去爱的人；努力地去做，完成能证明你存在与价值的事。"

听到梅亦可辞职的消息，苏淮的反应冷静得近乎冷漠。他跟她说："人来世上一趟，不能只为了爱和被爱；你执意要这么做，我也拦不住，但我们的人生定位和价值实现似乎有着难以调和的差距——也许你足够优秀，扛得住折腾，但我不想去冒险；我比你清醒得多。总有一天你会知道，你现在所有的折腾，都是在把自己从无价之宝变得无足轻重。"

"这不是折腾，这是负责。都是成年人，在孩子的问题上，你负不起的责任，我替你扛，只有这样，我们才不至于瞧不起自己……"亦可回复道，"宋微的事，让我明白了很多，我不想未来留下什么遗憾。"

"你这么任性，以后要后悔的……"苏淮又说。

"人最该后悔的，不是你做过些什么，而是你想做却没做成的事。"她跟苏淮说，"在我去法国前，你陪我回一趟武汉吧，好歹给我父母一个交代；以后他们看到我凭空多了个孩子，起码也该知道这事是谁经手的吧。"

"那你打算现在就告诉他们你怀孕了吗？"

"你不想说，就不说呗。"梅亦可道，"现在也才两个多月，看不出来什么的。"

话都说到这个份上了，苏淮没有理由拒绝，行前说好了他到武汉住酒店，不住梅家，免得尴尬。像新媳妇带着女婿回娘家上门，他俩在梅家吃了顿丰盛的晚饭。梅母提前准备好了一大桌子好菜好肉，老铫子煨的排骨藕汤、武昌鱼、腊肉菜薹、桂花米酒，隆重得好像过年一样。梅母忙前忙后，最后终于坐到餐桌前，身上系的围裙都来不及解下来。

梅母跟亦可说道："别人都说你优秀，能干，但你从小到大，哪一件事不是我操心着急、帮着张罗的？你也不是什么天才。真正的天才是什么人？是五岁时能谱曲《星星星星亮晶晶》的莫扎特，是七岁时能写出《咏鹅》的骆宾王。我能教会你的，不过是五岁时去唱天才写的歌，七岁时能背诵天才创作的名篇……好在你也还算听话，二十岁前都按照我的安排，所以你比其他同龄人赢在了起跑线。但我总觉得，你离开了我根本没法活下去……这两年来，你一个人在外地过得也挺好，因为你遇到了苏淮，他对你肯定不错……以后就剩我们两个孤老在武汉互相照应了……"

"下次回武汉，别住酒店了，就住家里，一家人嘛。"梅父接过话头说，"亦可能到法国留学，我们从心底里为她高兴，盼望她成为我们这个家族里第一个在海外镀了金的高级知识分子。我们把亦可的档案放到了人才交流中心，组织关系也保留了；连党费也按期在缴纳……等她学成回来，就算想回到体制内，也没问题……"

这顿饭看起来吃得团团圆圆，和和美美，梅亦可心里却有些说不出来的滋味。这个世上，也许谎言说上一千次可以变成真理，但还有一种谎言更容易让人相信，那就是——这个撒下弥天大谎的人，平生从不说谎。

苏淮在武汉停留了一夜。亦可珍惜这最后的告别时光，决定和他同住酒店。她帮苏淮挑选了东湖边的一处园林式宾馆，为的是她还能顺路拜访住在珞大校园内的程夔老师。亦可刚毕业的那两年，书信还是人与人之间普遍的交流方式，每年的教师节，她都会给程老师和团委的张书记寄上贺卡；每逢春节，只要人在武汉，也一定会上老师的门拜年。晚饭后，她让苏淮先去酒店等她，她说，程书记对我恩重如山，走之前要跟他道个别。苏淮说，你在乎每一个对你好的人，但我对你的好，你却视而不见。她回复道，有些人的好必须要记得，因为他本不必如此对你；有些人的好要区别对待，因为他做得远远不够。

离开程书记家，梅亦可就径直赶到酒店里。那晚，他俩都舍不得睡去，亦可就在酒店的闭路电视节目中，挑选着播放了一部中法合拍的电影《情人》。影片是英语对白，中文字幕。电影一开始就是一个苍老的女声回忆的旁白：

"他说他和过去一样，他仍然爱她，不能停止爱她。他对她的爱，至死不渝。"

靠在酒店大床靠背上的梅亦可，扭头朝向身边的苏淮，用流利的法语说道：

"Il lui avait dit que c'etait comme avant, qu'il l'aimait encore, qu'il ne pourrait jamais cesser de l'aimer, qu'il l'aimerait jusqu'a sa mort."

苏淮惊讶地问她道，你的法语进步很大啊……怎么，你专门背过这段话吗？

亦可摇头。她苦学了快两年的法语，现在又下定决心去巴黎，口译一段情话不算难事；但这句话，确实是她深深牢记的。更重要的是，在1989年9月的一天，有个高年级师兄拿着三本书推荐给她，放在最上面的那本，就是这部电影的原著——《情人》；小说中首尾照应的，就是这句话，"他爱她，至死不渝。"

电影中，梁家辉和简玛琪并排坐在车后座，他和她的手，一点点靠近，一点点叠加，最后握在了一起。梅亦可记得，她跟苏淮的第一次，也是从在出租车里的握住手开始，那次是她到北京应聘工作，他去火车站接她，然后他带她去往预订的酒店；他俩在汽车的后排座位，就像电影里的那个样子。

屏幕上，梁家辉用白色西装的背影，演绎了小说中那段让人肝肠寸断的话：

"他就在那儿，远远地坐在车后，那隐隐约约可见的身影，纹丝不动，心如粉碎。"

苏淮一边看，一边评说道："这部电影拍得很唯美，也很色情。"

亦可摇头道："你要是看了原著就会知道，这里面写的全是无可奈何的爱情。"

苏淮说："你们文人总是随时随地地抒情和煽情。看来我这辈子是追不上你了……"

"追不上"——他要去追赶的，是梅亦可的文青范？还是就直指梅亦可？——她没细问，也不敢去问。她情愿记住他以前老爱说的那句话——"追你追得真是辛苦啊"……

梅亦可决定赴法后，苏淮就拜托从前的师弟皮埃尔帮亦可安排好在巴黎的住处，落实了上语言学校的细节，联系了大学旁听的课程，之后，把飞巴黎的单程机票交到她手里。整理行囊时，梅亦可特意把宋微留给她的那条像艺术品似的辫子，放进随身的登机箱里。

在首都机场，苏淮与梅亦可道别。他带着她办好了所有的登机手续后，送她到海关入口。他望着她说："你的头发终于留起来了，这么长，真好看，可惜以后看不到了……"

"都说头发长，见识短，我现在努力去做一个头发长、见识也长的人。"亦可踮起脚尖，轻吻他的额头，说，"其实是想吻一下你的嘴的，怕被你拒绝。"

"说那么生分干吗？"他笑道，主动用唇迎上她的唇。她闭着眼睛接受了，又睁开眼睛还了他一吻。她说，"有借有还。"

他说："我喜欢这样说着俏皮话的你，真是可爱。你好像很久没有这样孩子气了。"

"我孩子气吗？"她反问，"你总说，不要总想去做个可爱的人，要让人觉得可敬，现在倒好，你又开始怀念我的孩子气了……"

"在我心里，你始终是可爱的。"

"别用甜言蜜语来砸我。"说完，亦可换了个话题问道，"要是我从天上掉下来了怎么办？"

他答，别搞得像是生离死别似的，没那么凄惨，我尽快找时间找机会去法国看你。

她歪头横了他一眼，说："算了吧，我才不信呢。像你这种人，连办一本因私护照的资格都没有，还想说走就走地出国？以后什么时候能够再见，还真不知道是在猴年马月呢，就把这次分离搞得隆重点吧……"

他们拥吻，挥手道别。他们知道，不是所有的分开都是因为不爱，也不是所有在一起都是因为相爱。他们的相爱，并不是一件坚强到在俗世的抉择中足以笑傲时光的事情，但她爱过他，就像杜拉斯在《情人》中写道的那样——

"我对他产生的这种荒诞的爱情，对我来说至今仍是一种莫名的奥秘。我不明白为什么会对他这样倾心，以至想为他而死。"

梅亦可到巴黎的第二天，就去索邦大学报了到。她计划是先旁听欧洲哲学史的部分课程，等通过了语言考试后，就直接转成正式的学籍继续攻读。

一个月后，邹皖到法国出差，梅亦可逃了半天的课，在塞纳河左岸的 Les Deux Magot 的咖啡馆里又见了老朋友。

"这家咖啡馆在 1812 年就开张了，名字叫 Les Deux Magots，有人翻译成是'双叟'，也有人喜欢说大白话，说是'两个丑八怪'。Magot，本来说的是那种来自北非的无尾猿猴，样子怪里怪气的，后来就被人借用来指代这根柱子上的这两个中国买办的雕像了。"顺着邹皖所指，亦可看到，店堂里确实有根柱子上杵着两个木头人雕像，尖嘴猴腮的，穿着中国清朝的衣服，留着奸诈的八字胡。

"你也是中国买办啊，不过，你比他们好看多了……"亦可开玩笑道。

"按你这么说，咱俩都算是'买办'了。难不成，我们俩就是活生生的 Les Deux Magots？"邹皖幽默地接话道，"要是你我能这么著名，那可不得了……要知道，这里曾经是整个巴黎文学大师和艺术精英的聚集地。海明威、加缪和毕加索都是这里的常客，因为这个咖啡馆跟文学的渊源，法国还专门有个'双叟文学奖'……"

"我每天都经过这里，要不是你推荐，完全不知道他家这么有故事……"

"据说，我们的革命领袖——恩来总理、小平同志——他们当年留法时，也会来这里谈谈人生……不过，来这里光顾的客人，最有故事的，还是萨特和波伏娃……"邹皖接着介绍说，"以后你可以常来，看在这里能不能遇到下一个萨特。"

"你以前送给我过很多萨特和波伏娃的书，关于他俩，我总记得最早看的那本传记《心心相印》。波伏娃所描述的萨特，佝偻着背，嘴唇像石斑鱼一样下翻，面颊凹陷，耳朵突出，双眼望着不同的方向……看到这里我就想知道，一个长得么丑陋的人却那么有趣，被一个智慧的女人那么长情地深爱，那是怎样的一种体验啊……"

"他们是很有趣，一生未婚，彼此相爱，却又去爱着其他人……"

"我还记得，萨特死后，波伏娃支开了所有的医护人员，然后，脱下自己的衣裳，爬上病床，和萨特的遗体躺在一起……"

"是吗？还有这样的故事？"邹皖问。

"我也很好奇，为什么会这样？为什么要这样？后来慢慢想明白了，在那个苍老的情人身上，有她全部的用心。"

"既然你这么好奇，再带你去个地方。"从咖啡馆出来，邹皖带着亦可绕过蒙帕纳斯大厦，走进蒙帕纳斯公墓。这座位于市中心的公墓，墓道被树荫和花草环绕，在阳光明媚的正午，有宁静的美好和肃穆的质感，就像脚踏的石道和两侧的石碑一般安稳和厚重。他俩来到墓道右侧的一座米色石墓前。没有装饰，没有雕刻，没有花圈，没有照片，没有墓志铭，甚至连生平也简单到只有年份，没有日期。就是这个平凡普通的米色墓碑，正面的灵柩石棺上堆满了朝拜的鲜花和铺陈于上的地铁票。亦可默读了墓碑上极其简单的四行字：

让·保罗·萨特
1905—1980
西蒙·波伏娃
1908—1986

——这是萨特与波伏娃的合葬墓。从双叟咖啡馆，再到蒙帕纳斯公墓，脑海里有关萨特和波伏娃的人生轨迹完整而清晰了，这座城市的灵气与浪漫，也跟着鲜活和饱满起来。

"谢谢你如此懂得我。"亦可说，"波伏娃有本书叫《告别的仪式》，以日记白描的形式记载了萨特的最后十年。书的序言中，波伏娃写道：'就算他们把我葬在您的旁边，您的骨灰，我的遗骸，它们之间也再不能沟通。'"

"你知道你身上最吸引我的地方是什么？——你特别善于讲故事。"邹皖自问自答。

"那要谢谢你送我的那么多的书……"

"看来，送书给你是我做的最正确的事情了。等你看完书，我就能听你给我讲故事了……"邹皖接着说道。

42

第一次到法国的那年，梅亦可二十五岁。带着宋微的梦想，她俩合二为一地去做不给未来留遗憾的事情。从十七岁上大

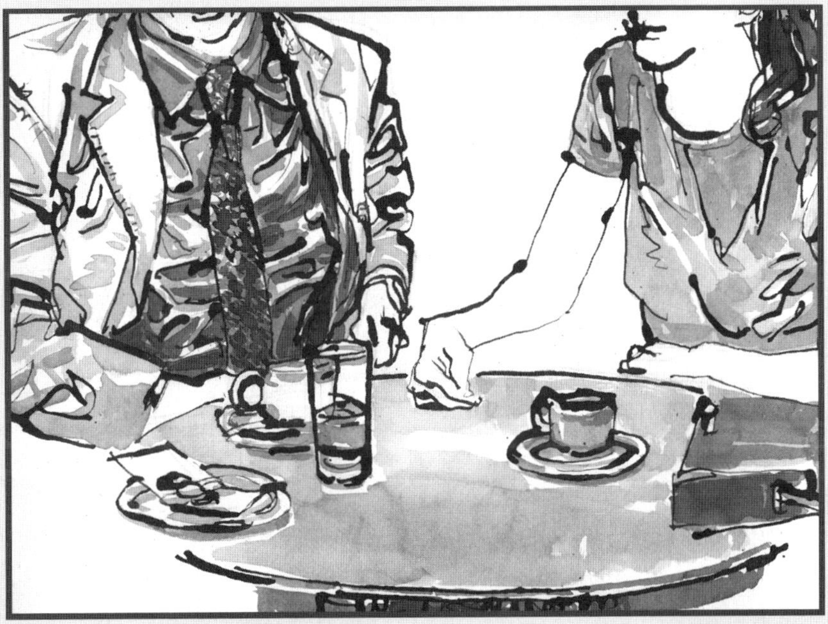

学起这八年，梅亦可越来越游离和困惑的主题是信仰与背叛、光荣与耻辱、规则与自由，也许还涵盖着些许社会责任与自我实现之间的认同与彷徨；直到挚友宋微的离开，她坚定地告诉自己，每一天的生命都不能荒废。纵使生命有着必然的轨迹，但人生可以探寻自己想要的活法。在巴黎这片大师云集的土壤上，追随先知与先师的思想轨迹，她期待自己能悟出一些让信念重新坚定起来的真谛。

过去的八年中，她行走在铜臭与书香相伴的岁月。读过的书里，她印象最深的，却还是董梁最开始给她的那三本——《情人》《心心相印》和《霍乱时期的爱情》——最早开始的，总是最难放下。"我熬过了所有的苦难，我已经不期待和谁在一起了。"——这是《霍乱时期的爱情》里最让她铭记的一句话，踏上巴黎的土地时，她想象中这句话应该用宋微的声音念出来。

两年多以后再回到中国时，梅亦可身边牵着个刚刚学会颤巍巍走路的小女孩。

从巴黎飞北京的十小时航程中，小女生一直不哭不闹。

身旁的乘客逗她，问："你叫什么名字啊？"

"微微。"她才一岁多，只会两个字、两个字地吐字发音。

"谁是你妈妈啊？"

微微指了指身边的梅亦可，娇滴滴地说道："可可。"

"那，你爸爸呢？"

微微还是指着梅亦可说："妈妈。"

梅亦可冲乘客笑笑，不接话。在她的生活中，男人不是必需品，但她知道，孩子的生活，需要有父亲这个角色的存在，不一定要生活在一起，但是，生活中要知道他是谁。

落地北京，身为某市常务副市长的苏淮安排了司机去机场接她们母女，他在昆仑饭店等着她们。在饭店大堂见到后，他主动伸出手来想抱小微微。微微躲进了梅亦可的怀里。苏淮伸出去的手在空中停了一下，然后拍了拍亦可的头，道："你还是老样子。"

亦可没接茬，只是帮微微解释道，小孩子都有点认生。

梅亦可从小就被教育着要遵守待人接物的各种礼节，但她故意绕过了跟苏淮之间互相称呼的环节。让孩子喊他什么呢？他若是没有准备好，还不如留白。

苏淮说，饿了一路吧，先吃饭去。亦可抱着女儿，跟苏淮走进餐厅。

昆仑饭店的中餐厅一如既往地奢华与隆重，这一回，席间是川剧变脸的穿插表演，那些敲锣打鼓的阵仗和一惊一乍的脸谱变幻，把小微微吓得哭了起来。

"她胆子怎么这么小，一点不像你啊。"苏淮说。

"那就是像你啰……"梅亦可带着点嘲笑的口吻说。

"你说话还是这么孩子气。"苏淮道，"我喜欢你身上这些纯真的东西。"

"别净挑我喜欢的话来说，虽然我也知道我就是吃你这一套。"亦可回道，"人嘛，总有自己的死穴，你算是我的死穴吧……既然知道是死穴，就还是绕开点比较好。"

"你变了。"苏淮说，"以前你不这么说话的。"

"以前我也没想过我们再见时还能成为朋友。"

吃完饭后，亦可母女就直接住在了楼上的酒店客房。苏淮送她们到房间，亦可留他坐下喝杯茶。

苏淮进屋后说他去上个厕所，走进卫生间后，梅亦可听到他关上门之后还按下了扣锁的按键的声音。他很快就出来了，开门时的声音也很清晰，先是解锁，再才拧开。她抬头斜睨着苏淮道："怎么啊，在我的房间上厕所还反锁啊，怕被非礼？"

苏淮耸耸肩，有些尴尬地说："习惯了……"

"你不是说过吗，那么生分干吗？"亦可反问道。

他不好作答，只好换了话题说，这房间不错。

亦可轻描淡写地说："新东家给了安家费，这些费用都是公司买单。"她这次回国和上次进京的理由一样，源于她得到了新的工作。澳洲有家电视公司要在中国设办事处，猎头公司直接找到了电视编导出身、又当过国际出版代表的梅亦可。积蓄总有坐吃山空的一天，还要给微微挣奶粉钱呢，亦可决定回国，东山再起。

他开玩笑说，还是你厉害啊，比我挣的钱多。

"为什么要跟你比呢？"她继续轻描淡写地说道，"你是我的什么人？……你知道吗，世界上有一种动物，叫作种马。"

苏淮听出了亦可话中不露声色的贬损，平静地回应道："你恨我、怨我，我都能理解和接受，人在江湖，有太多的身不由己。"

"我只知道，所有的路都是自己走出来的，从来没有人把刀架在我脖子上逼着我去做一件事。"亦可看着身边正在安静地玩着芭比娃娃的女儿，说，"你也一样……"

"你跟你父母说了我们分开的事情吗？"苏淮问。

"他们管不了我了。"亦可答道，"我准备带着微微先去趟吉林，看望一下宋微的父母，然后回北京就要上班了。到时候我父母会从武汉过来，他们帮我管孩子……"

"代我问候你父母好。"

"这种客套话就免了吧。"亦可道，"你要是觉得有脸的话，你自己去跟他们说。"

苏淮沉默，没有应答。

"你不会想到要在酒店里过夜吧？"看到苏淮没有告辞的意思，梅亦可主动挑开了问。她的反问语气直白无误地表明了逐客的立场。

苏淮尴尬地应声起身。他犹豫了一下，把手伸到裤子口袋里，掏出了他的钥匙串。他从上面取下了一把钥匙，交还到梅亦可手上——这把钥匙他俩都认识。

"你能够想象我花了多少工夫才在楼下找到它的吗？"

"瞎花那些冤枉工夫干吗呢？"亦可把钥匙翻来覆去看了看，说道，"那时候，你要是找我要，我就会给你再配一把；你呀，就是这种花哨的事情做得太多……难道你不知道什么才是我最想要的东西吗？"说完，亦可叹了口气。她忽然觉得，这样客观而又清醒的语言方式，其实是宋微的标签。

梅亦可的女儿叫梅微微，跟亦可姓，取的是宋微的名。单身母亲带着孩子回归职场，一如既往的年轻和充满着激情。母亲再见她时说道："你看看，你还是离不开我吧。"她笑笑，没有说话。父亲帮她解围道："不管你长多大，在我们眼里，永远是个孩子。"母亲又说："真不知道你瞒着我做了多少荒唐事，不过，看在微微的份上，我就不教训你了。"亦可还是笑笑不说话。一个内心无比叛逆的少女，到了而立之年，终于跟父母和解。他们都退了一步，结果发现，代沟这种天堑，遇到血脉中的爱，就能架起桥。

梅亦可跟苏淮在酒店别过之后就没再见面了。他们的生活回到了同一个时区，但相同的时区并不能勾勒出属于他们的共同未来。他工作的城市离她并不远，但她知道已经没有去讨论和缩小距离的必要了。至于苏淮跟易瑾是什么样的状态，她连问都懒得问了。既然不联系能让彼此生活得更好，那就用这种方式来彼此祝福，无论是苏淮，还是董梁。反倒是邹皖，梅亦可和他在工作上偶尔还有些交集，大家都得闲时也会约着一起聚个餐。

有一次跟邹皖吃饭时梅亦可带上了微微，邹皖问，苏淮会经常来看孩子吗？

梅亦可笑着回答说，某些人好像不太方便啊……

邹皖又问道，那他给孩子生活费吗？

亦可答道："我不需要。"说完，又补了一句道，"我又不是付不起。"

邹皖跟着笑了起来，说："好像这话还是我以前说过的……"

年纪大了就会发现，人与人之间，来得快的去得也快，开始走得太近，后来躲得也远，反倒是细水长流的交往，慢慢地随着日子往前淌……

1999年12月31日，大家都在迎接千禧年。梅亦可想到了从前的自己定下的一个规矩：每隔十年，要给未来的自己写封信；动笔前，她重读了当年写的信。读信的时候，她才意识到，她对董梁的记忆，是如此的深刻和明晰。她记得他的生日是哪一天，记得他曾经为她写过那么多诗篇，记得他花了超过一个月的生活费为她买皮鞋作为生日礼物，记得她在深夜的走廊里为他偷光誊抄文稿时的那份心甘情愿……她始终记得他有那么好听的声音，她甚至想到，如果他是《情人》故事的男主角，多年后跟她说，"我爱你，至死不渝"，从声音到内容，都该是多么可怕的诱惑。她并不知道，为了迎接千禧年，董梁也做了件看起来很有仪式感的事情：他把所有写给她的诗结集，买了书号，自费出版，书印得不多，两千册，对应的是一个崭新开始的两千年。她想到他的时候，并没联系他；他也一样，出版了诗集也没跟她说。

直到有一年，珞珈大学校庆活动上，董梁和梅亦可以校友的名义，重新聚到了一起。几十年之后，还是在珞大，她和他，台上台下的位置调换了。此时的董梁，褪去所有青涩和清瘦的影子，以中年发福的臃肿和雍容，在人前高调地说着些符合厅级领导身份的言语。而她，安静地坐在台下，听着他，看着他，想着他。她忽然就想到了苏淮，想到这种在主席台上作陈述结语发言的场景是否也是他日常生活的一部分，这样想着，她才恍然大悟：原来，苏淮和董梁，其实是一类人。

校友活动结束时，董梁送了本诗集给亦可，扉页上提前就为她写好了题辞："看看为你写的这些诗，里面有我们青春的颜色。"

翻开诗集，里面的每个字她都似曾相识——她看见过那些词句被他誊抄得别扭且蹩脚的样子。印刷出来的书那么厚，握在手里，她能掂量出里面有她和他曾经的所有用心。她翻到诗集的最后，想看看他有没有写后记或者跋语一类的话，结果看到的还是一首诗：

这星光，运行于天庭

这黑夜，展开在深渊
离乡的人
不要握住玫瑰
月亮烫得我胸口疼

目光一跃，如同跃入大海
星移斗转，世界在运动
我仰脸祈望奇迹
夜里没有回声

而我嘴唇上热望的名字
带着香气的星星
我眼睛里飞跃的精灵
今夜我不会睡去

呼唤群鸟，黑雨落在夜空

她突然想到，1989年，她曾经在他面前写下过一句话："你是年少的欢喜。"当时，他看后笑笑说，有那么点诗味儿。那时，她没告诉他，这句话若是倒过来读，也是一样：

那些留在岁月里的人们啊，顺着时间朝前走，你是年少的欢喜；逆着时光往回看，喜欢的少年是你。

[特约编辑：王继军]
[插　　图：吴　昊]

"你是年少的欢喜"

来颖燕

一部作品的开头会暗示之后故事的基调和走向,同时也泄露出作者在提笔时的思虑重重。在《我无法证明岁月有脚》正式打开叙述大门前,一个声音凌空响起:

> 故事要从1989年说起,这是个巧合。因为故事的一部分主人公是在1989年的初秋彼此相识,而另一部分的主人公,也是在同样的时节,开始准备着相互间的交集。从1989年9月11日那天起,他们在彼此的世界里,如过客般穿行,最后,把豪情、梦想和誓言也一并打包带走,让所有真实的存在也都变成了过客。

叙述者摆出回首往事的姿态,仿佛伫立在岸上,手握众人的命运之线,默默看着时间之流逝者如斯。翻过一页,主人公梅亦可登场了。

梅亦可是在父母的护送下,背着大包小包的行李到珞珈大学报到的。1989年的大学新生入学,要带上自己的被褥、蚊帐和开水瓶,每个新生的行囊都无比充实沉重而又种类繁多。作为人生的一个崭新里程碑,亦可的叔叔开了辆专车把他们送到了校门口。所谓"专车",也就是在国企当司机的叔叔跟单位车队打了招呼,象征性地交几块钱的柴油钱，然后把厂子里用于接送上下班员工的大交通车给开了出来。一辆可载五十人的大客车，就装着亦可一家三口，以送孩子上名牌大学的名义，晃晃悠悠而又空空荡荡地一路开来，奢侈、隆重、喜庆，也有些滑稽。

由此开始的讲述，气质一变，之前的叙述者仿佛幻化出另一个分身——原先的那一个凛然子立在后台，冷静俯瞰世事，现在的这个则细致热忱，站在小说的前台获得了接地的确认；前者隐匿在后者的身后，却无处不在。这直接导致了一场渺小的个体与庞然的命运体系的对视。梅亦可的故事，因此显得愈加纤微、琐碎，但同时也更具体、繁复，不可忽略。恒常与瞬间的齿轮咬合，带动时间之轮滚滚向前，故事的磁场慢慢形成。

作者韦敏移居海外多年，距离她上一次在《收获》杂志上发表长篇已经有十七年。但对文学的执念从未离开，她需要一个契机、一个缘故，她需要在水面下的冰山足够厚实。2020年，因为疫情，她拥有了不被打扰的安静时空，但会提笔并非偶然——"距离我们上大学那年，已经过了三十年了，是时候在回望中自省了。站在今天的年岁和阅历上，我们应该有足够的智慧来提炼和再现这一代人的悲欢。"当自觉与过往的距离足够远，要站上回忆的高地的念头确实会不时袭扰——那些历经岁月侵蚀的往事，除去被消磨掉的，剩下的部分需要不断自新以产生辐射余生的力量。只是自新的底气里会透着无奈——时光一去不返，重述青春的故事，会让人迷恋，但同时有一种沉默的感伤。

而在记忆的取景框里要装下哪些往事，又如何重现，要看作者此刻的索取所为何来——打开记忆之门的钥匙总是根据不同的目的配制的。真实与虚构的边界因此注定只能是虚线，因而回忆的天地会有足够的包容力——可以杂取记忆里的种种遭遇，自己的或是身边人的，亲历的或是听闻的，最终这遭遇由谁认领并不重要。所以，当被问起，这部小说有你的自传或半自传的色彩吗？韦敏不置可否——太多人与事没法坐实，但又分明是切实的。

1989年的秋天，梅亦可跨进了珞珈大学的校门。紧接着登场的，不出意外是初见的室友。六个女生，当然会有亲疏，而睡在亦可下铺的宋微，是六个女生中唯一一个从开始就有名有姓、双方家长见过面的。在亦可之后的人生里，她是隐约的呼应和声援。

那么接下去呢？在典型的大学校园故事的公式里，当然还会有示好的所谓师兄的出现。只是在亦可的故事里，这个师兄出现得太过于开门见山：

刚布置好寝室，室友都出去吃饭了，梅亦可听到外头有人敲门，一个88级的师兄过来看看她们有什么需要帮忙，那个人就是董梁。董梁就像是契诃夫说的那把在小说中挂在墙上就一定要响一下的枪。但就在我们还不肯定这把枪在之后的情节里的戏份有多重的时候，一切已经不由分说地一路向下——当天他就陪亦可参观学校、看东湖，说要给她每天写一首诗，分开时，"他说：我明天再来看你。说完，拍了拍亦可的肩膀"。

毋庸置疑了，这个叫董梁的男生就是之后要与亦可发生校园恋情的男主角了。他的出击如此主动迅捷，以至于梅亦可连带我们都来不及反应。来不及反应也是一种反应，梅亦可虽然有点懵，但她像是默认了什么，半推半就。

这设置下双方是一见钟情的迷阵。但那个身处后台、隐匿深处的声音总"不合时宜"地出现，拦截下正准备被杜拉斯所谓的"至死不渝的爱情"带走的我们："那时真是年轻，爱得唐突，连后来分手都是莽撞的。""1989年初秋里的梅亦可，在逃离了父母监控几十个小时后，发现了不被监管的自由生活，比预先假想的还要海阔天空，还要浪漫美好——有一种看起来像是爱情的东西，给她的生活上了色。""在董梁的生命里，梅亦可算是什么呢？也许，她就是在特定的时间、特定的地点中随机出现的一个女孩，最大的优点就是可爱无瑕，能成为这样一个女生生命里的'第一个'，对任何男人来说，都是一段美好的、可堪回味的人生经历。"

情感逻辑线从梅亦可和董梁之间的纯真之爱那边开始反转——一切原来都另有缘故：一边是一个乖巧女孩心心念念要从父母的监控下叛逃、极度渴望"自由"，一边是一个男人对于感情盲目又虚荣的占有欲，好巧不巧，他们遇上。但看似的合理让我们心有不甘，一种质疑挥之不去，他们之间真的没有爱吗？

无论如何，此刻开始，这个故事的前进动力已不单单是这对校园恋人的情感纠葛。在明确宣判他们"连后来分手都是莽撞的"后，一个意图不言自明的空间，被交错着慢慢打开：公派出国留学的苏淮和妻子易瑾在巴黎的平静生活即将生变——苏淮想要回国报效，但易瑾执意要留在巴黎。在不同人生目标的诱惑下俩人的感情像是深秋飘零的落叶。那个俯瞰一切的声音继续宣告："此刻（1989年）距离梅亦可在苏淮的视野里正式出现，还要再等上两年……苏淮站在人生的新起点上与易瑾道别之时，梅亦可还在诚惶诚恐地迎接着她的初恋。"梅亦可和苏淮被罗列进了同一张表格，言外之意，昭然若揭。

梅亦可的情感经历早早地亮出了底牌，但小说对此的剧透并没有破坏我们往下读的兴致,这泄露或者说宣告了作者真正的创作意图的生效——虽然梅亦可与董梁和苏淮间的纠葛贯穿了小说的始终,但就像作者自己提到的,并没有打算为它贴上"言情"的标签。

韦敏说,自己写这部小说的初衷是想要写自己眼中的武汉。此前,写武汉的方方和池莉早已闻名,但韦敏觉得她们笔下的武汉,或矜持、戏剧感浓重,或市井烟火气弥漫,都无法与她印象里的武汉完全重叠。"我想表现地更生活化一些,想写武汉人不那么戏剧化的日常流淌的生活。"普普通通的日常,是细水长流的,离散的,如指间沙,但在泻落时,会扬起轻微的烟尘。韦敏希望我们透过这烟尘看到她眼中的武汉。但此处埋下了一个无解的缺憾——韦敏知道她眼中的武汉不是什么样,却也只能从个体的角度努力塑造自己认为的日常的武汉。局限在个人的角色里太深,视野一定受限——她只能触及一个精英阶层可见的武汉,无法拥有一个广角镜。她原想写一群武汉人,但最终还是谨慎而明智地让众生站在了梅亦可、董梁、苏淮、宋微的身后。

但视野的宽阔和个体的切实之间的悖论无法消解,就像合唱和独唱之间无法谋得平衡。于是,韦敏还是执著地把我们领进了珞珈大学的校门。很明显,珞大影射的是武汉大学,那是扬起"岁月烟尘"的所在,给予了我们富有亲和力的、发散性的观察武汉的视角。她想从武大对具体的武汉人的影响起笔,这让人觉得期待同时有些紧张——我们预感到,这片记忆里的青草地将承受事关人生形而上问题的拷问。但韦敏显然牢记着她的初衷,所以这些拷问常常经由那个隐匿深处的叙述者提点,但其出场实在有限。更多的时候,是那个热忱的、前台的叙述者细数着其时其境在具体人物身上留下的痕迹。于是珞大也好武大也罢,都不再是刻在校徽上的骄傲,而是触手生温的所在,是众人人生横截面的交汇点。梅亦可、董梁、宋微乃至苏淮和易瑾,不同的出身、期望、人生选择在此处被集结——他们在这里彼此靠近,又最终疏远。

"这是最后一批小学只上五年的孩子,1989年秋天考进大学,又是最后一批统招统分、在大学里还有伙食费和粮票补贴的大学生,也是第一批要交宿舍生活费、要严格参加军训、没有英语四级证书就拿不到学士学位的学生……那是一个刚从计划经济时代走向市场经济时代的时代",就在时代转型的艰难与喧嚣中,青春的列车轰轰烈烈地驶近又呼啸着开远——"我们这些中文系的学生心甘情愿地在张爱玲和亦舒的文字中分辨有情与无情,在三毛的沙漠故事和金庸的武侠世界中寻找自由,听崔健和赵传的歌,背海子和舒婷的诗,跳《友谊地久天长》的交谊舞……"

韦敏在创作谈里提到的这些，被棱角分明地投影在了小说里。一个时代的共性，在一群实实在在的青春少年身上，碎成了一地的生活细节。细节让生活一帧帧地展开了褶皱。虽然作者只是偶尔在这些细节上有心显露出"武汉"两个字——譬如梅亦可妈妈操持的武汉特色的早餐、午餐和年夜饭，小说中人途经的武汉景物和地标，但真正的、更深层的地域特点，已经隐入小说中人在举手投足间扬起的烟尘里。它势必潜入时代的共同记忆，却无法趋避要经过个体的过滤。而韦敏在海外多年，除了时间距离，空间距离也让她少有受到国内集体意识和历史意识的影响——她更服从于个体的记忆。故乡的云和土，还是她离开时的颜色和气息，涉笔之处，这些颜色和气息就是深层的地域特点。所以，她的青春叙事会葆有少女感，易于引发我们的共情——在她的笔下或多或少有我们自己生活的剪影。这舒解了我们纠结于梅亦可情感经历的神经，将我们的注意力不断离散到她所期表达的主题。"充盈和环绕着作品的普遍感觉，最终出自作家对他的主题所持的态度"①。她的叙述之中潜有一种含蓄的评价和反思的情感姿态，没有单向度地陷入自怜自溺的怀旧愁绪。这种距离的保持，给予了我们空间，引入自己的判断。

当小说的后半部分，苏淮的世界被越来越多地引入和打开，小说的视域转而一大。因为延续了之前校园叙事时反思和考量的情感姿态，小说行到此处虽然变了档，但并不突兀。苏淮的学术事业，在机关的工作，与朋友间的合作……社会百态涌入，但反而激起我们回头细究梅亦可情感之路的欲念。纷扰之中，一切皆因情起。不然那个隐匿深处的声音何以要一再暗示他们情路的交集？

前半部小说里，梅亦可与苏淮的世界是平行的。屈指数来只有几个零星的完整章节将追光灯打在了苏淮身上，直到第二十九章，双方平行的轨迹才被打破。但并不妨碍这两个空间彼此成为参照系，从而各自获得了另外一种意义和结构——苏淮属于的那个更广阔的天地就像是梅亦可所经历的波折的缓冲器。她在学校所获的荣誉，对于母亲掌控的逃离，为了董梁而堕胎，与另一个追求者石川间的纠葛，在第一份工作中的不顺，都因为另一个空间的映照而显出一种淡淡的无谓感。那些重要吗？对当时的梅亦可当然很重要，重要到足以令她深陷而无法自拔。但另一个空间给予了她拔出泥足的力量，教人想起谷崎润一郎在《细雪》里的话："途经顽世风烟，替彼此拂一拂肩。"在不曾有物理意义上的交集的时候，这两个空间就

---

① 【美】韦恩·布斯：《小说修辞学》，华明、胡晓苏、周宪译，北京联合出版公司，2017年版，第80页；

已经在互相感染、互相交往、互相补充意义和气氛。尽管，一开始这种感染和补充更多的是苏淮的世界朝向梅亦可的，但细细揣度苏淮的心理，会知道梅亦可也为苏淮打开了新世界的大门。

这两个空间的并置最后形成了一种对位的旋律，而促进这种对位的，正是那个隐匿深处的叙述者。从一开始，那个声音就在对这个故事默默地施加压力，不失时机地提醒我们，梅亦可与苏淮的距离在一点点地缩短，直至后来两个空间交错。一种思考的视角被潜移默化地、但隆重地引入了小说——这个视角的底色是对于人生意义的认知，但根底上，是一个女孩对于感情的认知。情路上的磨难，决定了人生和世界在她眼中如何显形。我们仿佛听到作者的慨叹，这慨叹充斥在隐匿深处的叙述者和位于前台的叙述者之间，让二者间的间隙在某些时刻开始崩塌。这赋予了这部在叙述上显得保守的现实主义小说以系统性的怀疑精神。

当梅亦可遇到苏淮，她恍然觉得这应该就是爱情。苏淮追亦可的时候，还没有正式离婚，虽然妻子易瑾一直想要离婚，而苏淮原先的想法符合公序良俗：先离了婚再追求亦可，结了婚再同房。那么为什么又改变了呢，我们与亦可同问。苏淮的回答让亦可心安。

"很多原因吧。"苏淮迟疑了一下，说，"最重要的是，我真的等不及了……我怕我还没来得及娶你，你就被别人追走了……"

亦可没有继续追问，那一刻她想的是，你这么优秀，值得我去等；我这么年轻，我也等得起。那一刻她还想到的是，我并没有你想象的那么单纯，所以也不该要求得太多太高。亦可甚至想当然地帮苏淮来把这个爱情故事讲得更加圆满一点，你看，这才是真正的爱情啊，不是因为一个人留守在国内空虚寂寞才去找个填空的人，是在易瑾回国之后有比较、有鉴别了，才发觉到真爱的归属是在我这里。

但是苏淮真的是可以与她替彼此拂一拂肩的人吗？当后来易瑾又想回到苏淮身边，并且被查出身体有病的时候，苏淮出于冠冕堂皇的道德上的考虑，实则更深层是对事业影响的考虑，而辜负了此时已经怀孕的亦可。

梅亦可终于意识到，原来苏淮与董梁是同一类人，在现实利益不受损的前提下，才会为理想中的爱情留出位置。

于是，埋在我们心底的问号重又浮现：梅亦可与董梁之间真的只是误打误撞吗？

十年以后的1999年，当梅亦可回首往事，突然发现自己对于董梁的记忆如此清晰和深刻："她记得他的生日是哪一天，记得他曾经为她写过那么多诗篇，记得他花了超过一个月的生活费为她买皮鞋作为生日礼物，记得她在深夜的走廊里为他偷光誊抄文稿时的那份心甘情愿……她始终记得他有那么好听的声音，她甚至想到，如果他是《情人》故事的男主角，多年后跟她说，'我爱你，至死不渝'，从声音到内容，都该是多么可怕的诱惑。"而董梁呢，也不曾淡忘这份感情，几乎同时，"他把所有写给她的诗结集，买了书号，自费出版，书印得不多，两千册，对应的是一个崭新开始的两千年。她想到他的时候，并没联系他；他也一样，出版了诗集也没跟她说"。

两份感情都并非梅亦可心里爱情应有的样子，但又不能决绝地、理智地剥除其中爱的成分。爱本来就只能被描述，无法被定义。即使历经了这一切，梅亦可依然没有底气说自己明白了怎样的感情算是爱。但这一切让她成长——最后，她勇敢地离开了苏淮，去到巴黎生下女儿，继续深造。她成了一个回国以后依然可以对苏淮淡淡一笑的独立女人，当日那个受母亲掌控的梅亦可消失无踪。"众多的现代小说都是根据理解一切就是宽恕一切这种想法而创作的，而这想法本身就是对一种价值的基本信奉。"① 梅亦可的释然，让这部传统意义上的成长小说趋向了现代小说的胸襟。

对爱情的认知从幻想的云端跌落，对自我的认知却因此扎实地落地了。小说里有一段在梅亦可将自己交付给董梁后，两人探讨"背叛"问题时的描述：

> "如果你跟我都这样了，你还背叛我，那你就成了别人眼里的破鞋了。"董梁这么说的本意，是想以此表示他对她的所有权——他喜欢的东西，害怕给别人抢了去，于是他就像个孩子似的用了最简单的办法，说，这不是个好东西，你们别要了……
>
> 董梁脱口而出"破鞋"这个词，让亦可很是吃惊。
>
> ……
>
> 我是谁啊？……怎么会成为别人眼里的破鞋了呢？而且，说这话的人是董梁，是我愿意为他成为贤妻良母的对象，是我把自己的未来和身体都一并交付的男人，他怎么可以说我是"破鞋"呢？
>
> 你送了一双新鞋子给我，如果我珍惜你，那就是美好的爱情，如果我离开你，那就是破鞋……这是董梁希望亦可去领悟的逻辑吗？

---

① 【美】韦恩·布斯：《小说修辞学》，华明、胡晓苏、周宪译，北京联合出版公司，2017年版，第72页；

……

对亦可而言,她意识深处的本能就是,我让你进入了我的身体,我把自己变成了一双破鞋。

"破鞋"这个提神醒脑的词,日后一直在梅亦可的脑子里游荡,即使跟苏淮在一起时,她也还是会记得,只是不提及。但渐渐的,这个词变得立体,它釜底抽薪地触发了梅亦可对自己、对男人、对男女间关系的认识。思考的结果是开放的,因为这个问题带来的茫然、不解和回避,一直被压在现实生活的土壤里。

这是一个典型的标本。这部小说就是这样将现实中的我们牢牢地圈进梅亦可的困惑之中,迫使我们站在她的身边,让我们不断发现她的许多问题,或者说,整部小说里对于情为何物的彻头彻尾的追问和质疑,属于她,也属于我们。

这部始终以第三人称叙述的小说,拥有身处后台和前台、一隐一显的两个叙述者,她们是作者内心不同景深的分身。我们会发现那个隐匿更深的声音像是知道故事在实际发生时无人能知的事情,而那个热忱、接地的声音总是努力地执行着描摹琐碎现实的任务。但在梅亦可对爱的困惑中,那个理应无所不知的声音不见了——她显然也无法站上解惑的高地,反而另一个热忱的声音一直在试图厘清混乱的现实。但这部小说最现实的地方正在于,面对爱情的是非非,没有给出充足的理由和动机,梅亦可的秘密与其说具有"真正的含混性",不如说是"清晰的复杂性"[1]。当这个效果累进到高潮时,第三人称的视角开始模糊,那个热忱的叙述者对于梅亦可的特别的观照,让我们恍惚有些时刻是不是梅亦可接过了话筒,自己在发声——譬如梅亦可听闻了董梁的"破鞋"言论后的内心翻腾。这样的"独白"常常击中我们,以至于我们像是在以梅亦可的眼睛看世界。但每到入戏太深时,那个宣称有着客观视野的叙述者又把我们拉了出来,把自己的作用力分散开来,让我们的目光延及周遭的人物和世界。我们因此发现了梅亦可的懵懂和局限,当然同时也发现我们自己的。

而让梅亦可渐渐认清自己真正想要什么的,除了这两个男人,还有那个她早于董梁认识的下铺室友,宋微。她作为一条副线,同样在经历了爱情和工作后成长。她没有梅亦可优秀,于是她的生活要简单得多,但也明确得多——从东北小城考学到武汉,但武汉只是过渡,她想去北京,想凭

---

[1] 参见【美】韦恩·布斯:《小说修辞学》,华明、胡晓苏、周宪译,北京联合出版公司,2017年版,第124页;

一己之力考到国外深造，想要更大的天空。她是另一个标本，除了梅亦可一家人，包括宋微在内的其他角色都是武汉的过客，他们是这个城市的外来者，却是不可或缺的组成——他们与武汉彼此影响。这倒映在了董梁、苏淮、宋微与梅亦可之间的交往、冲突以及互相的作用力之上。前面这两个男人对梅亦可的改变是显见的，而宋微的影响则是无声但彻底的。当梅亦可与苏淮分别多年后重逢，苏淮随身取出了一把钥匙。当年梅亦可在北京工作时专为苏淮配了一把自己出租屋的钥匙，在一次争吵中，她把钥匙从九楼直接扔出窗外。

"你能够想象我花了多少工夫才在楼下找到它的吗？"

"瞎花那些冤枉工夫干吗呢？"亦可把钥匙翻来覆去看了看，"那时候，你要是找我要，我就会跟你再配一把；你呀，就是这种花哨的事情做得太多……你难道不知道什么才是我最想要的东西吗？"说完，亦可叹了口气。她忽然觉得，这样客观而又清醒的语言方式，其实是宋微的标签。

就是这样客观而清醒地知道自己想要什么的宋微，最后，年纪轻轻突然患病而亡。这"突然"是小说的亮点，因为宋微的生命走向，对抗了那个隐匿深处的声音，让这部设置精巧的小说有了意外，这意外成全了这部小说的合理性和共情力。

都说小说是自觉的诡计，在这部小说中，作者的精心设计让它成为了一种装置，她意图让这个装置成为命运之轮的同构。所以，那个最先登场的叙述者在故事开始之前，就建立起伦理和认知的结构，把我们引入了一种情绪，这种情绪"不再简单地指向外部——它好像是一剂药，可以注射到去剧院途中的观众身上"。[①] 然后，我们不时地撞见她，而她总是冷静地默数着冥冥之中的定数，仿佛一切皆是命定。

小说中的许多伏笔都让这个装置精致而自洽：作者对于小说中人物名字的设置别有深意——董梁和苏淮都有"草"和"水"为偏旁："他们顺应时事，水一般飘摇，有野火烧不尽的草根雄心"，而梅亦可和宋微的姓氏中都有木：她们如大树般挺拔和坚韧；相识第二天，董梁去图书馆给梅亦可借了三本颇有寓意的书：杜拉斯的《情人》、萨特和波伏娃的传记《心心相印》和马尔克斯的《霍乱时期的爱情》，这些书多年以后亦可还会读、还记

[①]【美】韦恩·布斯：《小说修辞学》，华明、胡晓苏、周宪译，北京联合出版公司，2017年版，第188页；

得，它们将梅亦可对于爱的困惑以寓言的方式和叙事体结合在一起；当年的梅亦可曾在与董梁的关系进入痛苦期后给十年后的自己写了一封信，十年后再读，它最深刻的预示就是命运的不可控……

是的，梅亦可和宋微都有着自觉明确的人生目标，却料得到开头料不到结尾。只是梅亦可的结局始终被暗示，而宋微却没有被下过明确的谶语。然后，宋微就令人震惊地脱离了轨道，成了这个原先自洽甚至封闭的装置里的"缺口"。但正是这"缺口"让小说吐纳出平凡感人的气息——没人能逃脱"无常"的摆布，这才是朴实而宏大的命运。这个装置因此找到了自己神秘的动能，而不再只是屈从于那位后台的叙述者所营造出的、被设计好的宿命感。

这是个充满紧张角力的悖论。韦敏想写普普通通的武汉人的生活，没有过多的巧合和戏剧性，但生活本身就是最戏剧性的。就像她在创作谈里提到的：1989年9月12日那一天，武汉大学的入学新生在学校的"九一二"大操场接受训话，而1958年的9月12日，毛主席就曾在此接见过武汉大学的学生代表，这个操场因此得名。所以迈克尔·伍德会说："巧合在生活中随处可见，但在小说中……只能被模仿。当巧合很好地被模仿（或质问）时，它们表面看来的微不足道可能会升华成一种痛苦"，"巧合是一个隐喻，它不是为人物而设置的，而是为我们体验生命的秩序和无序而设置的"。[1] 韦敏试图将小说中人的生活纳入一种秩序，但最终在宋微的塑造上，意识到我们都隶属于更庞大的、无序的情节。

那年在珞大校门口的小馆子里，梅亦可对着董梁写下了："你是年少的欢喜。"她没有告诉他，"若是倒过来读，也是一样的意思"。"时间没有被重新捕捉，而是被拦截在一段无法丈量的距离之外，仿佛是把望远镜反过来看。我们看它看得如此清楚是因为我们无法让它回来"。[2] 所以其实，倒过来读的意思怎么会一样？"那些留在岁月里的人们啊，顺着时间朝前走，你是年少的欢喜；逆着时光往回看，喜欢的少年是你"。

"我无法证明岁月有脚，然而确信他们奔跑。"（狄金森）在睿智和无知之间，岁月兀自成河。

[特约编辑：王继军]

---

[1]【英】迈克尔·伍德：《沉默之子》，顾钧译，三联书店，2003年版，第106页；
[2]【英】迈克尔·伍德：《沉默之子》，顾钧译，三联书店，2003年版，第40页。

成都传：从春熙路到华西坝

蒋 蓝

> 金城石郭，兼匝中区，既丽且崇，实号成都。辟二九之通门、画方轨之广涂。营新宫于爽垲，拟承明而起庐。结阳城之延阁，飞观榭乎云中。开高轩以临山，列绮窗而瞰江。
>
> ——左思《蜀都赋》

自序

在人们的印象里，古蜀世界浪漫而神秘。

成都市介于东经102°54′—104°53′、北纬30°05′—31°26′之间，很接近中国版图南北的中央位置，所以有学者认为，成都是真正位于中国地理中心的城市。四川盆地还有一个神奇之处：这一深处内陆腹地之地，竟是海洋性气候。许多滨海的地方却是大陆性气候，比如大连、天津、青岛，甚至上海都不能算作海洋性气候。无论是看年气温变化——年较差，还是看日气温变化——日较差，被青藏高原的连绵群山呵护的四川盆地均是海洋性气候。因为这里不仅年气温变化小，而且一日之中昼夜气温变化也小，昼凉夜暖。因"华西雨屏带"的特殊原因，成都平原及周边动植物种类繁多。据《成都市志·地理志》统计，成都平原共有脊椎动物578种，兽类112种，鸟类384种，两栖类24种，爬行类29种……是许多动植物的"避难所"。由此形成了物华天宝、人杰地灵的格局："水旱从人，不知饥馑，时无荒年，天下谓之天府也。"

成都一直是受到上苍眷顾的城市。2500多年来，成都"城名未改、城址未变、中心未移"，除了深厚的人文积淀之外，其独特的自然地理首先为成都城市形成独特的地理环境和文化创造了先决条件。伴随大地隆起，四川盆地由海盆先是变成了海湾，接着变成了湖盆，这个湖盆比如今的四川盆地面积要大得多，是当时的世界第一大湖，后来地形继续抬升，盆地的边缘隆起一些高山，最后形成陆盆。成都平原冬无严寒，夏无酷暑，雨量充足；地表松散，沉积物巨厚，土壤肥沃；水系发达、河渠交错，地表水、地下水资源丰富，为成都城市的兴起和发展创造了优越条件，城市发展条件真可谓"得天独厚"。这也决定了成都平原生物的多样性与丰富性，要大大高于别的地区。比如，成都是世界海拔落差最大的城市，也是全世界唯一能在市区里见到海拔6000米以上雪峰的千万级人口的城市……

成都是长江上游文明的中心，是中华文明的重要组成部分——巴蜀文明的发源地。

史学界普遍认为，城墙、宫殿以及武器的出现，既是国家政权出现的标志，也是文明起源的标志，当然，也可以把城市、文字、冶金作为文明的三大要素。作为古蜀文明的起源地，成都平原在秦代初期已经崛起了具有相当规模的三座都市，出现了成都最早的城市规划和城市设计，加之发达的青铜铸造技术和高超的玉器手工业，无疑已处于灿烂的文明时期。但是，此一阶段的文明远不是巴蜀文明的源头。进入20世纪以来，随着考古发掘和研究成果证明，在成都平原广阔的地域内，石器时代孕生的巴蜀文化，不但在华夏历史上占有举足轻重的地位，而且在世界历史中也有它不可忽略的重量。

成都街市的"川味"

1872年，德国地理学家李希霍芬游历四川后，在《李希霍芬男爵书简（1870—1872）》中描述他对省会成都的印象——

（成都）是中国最大的城市之一，也是最秀丽雅致的城市，街道宽阔，大多笔直，相互交叉成直角……所有茶铺、旅馆、商店、私人住宅的墙上都画有图画，其中许多幅的艺术笔触令人联想起日本的水墨画和水彩画……这种艺术情趣在周围郊区随处可见。而每一个小城镇在这方面都好像是成都的再现。由红砂石建成的牌坊在乡间触目皆是，所有的旅游者无不为其精湛的艺术而感到惊异。牌坊上布满了以神话或日常生活为题材的浮雕，大都具有一种幽默感，其中一些不愧是中国的艺术杰作。这种优美在人民文雅的态度和高尚的举止上表现得尤为明显。成都府的居民在这方面远远超过中国其他各地。

紧接着，李希霍芬特别提到："有20多个表匠，基本都集中在唯一一条街上。每人一家店，店里有许多大大小小的钟表。这也说明了这里不寻常的奢侈——北京都找不到。"估计这条街只能是东大街。那么至少在1872年，来自西洋的钟表已经在成都形成了钟表销售、维修的产业，这的确令人艳羡。

由此可见，在18世纪以后，兴起在欧洲的关于"远东的想象"，成都作为"西部的北平"，似乎得到了某种程度的证实。光绪二十三年（1897年），法国地理学家马尼爱游历四川后，在其《游历四川成都记》一文中，对成都的真实描绘，一个远望起来显得光鲜的城市，其实也有很多不忍细看的地方：

初至中国大城，往往满目秽芜，不堪逼视，成都则亦犹是耳。惟于晓色朦胧之际，遥望其间，尚有巍峨气象……其时城闉暗淡，景色清葱，若隐若见，如龙盘，如虎踞，扼峙于旷土平原；而河道纵横，亦复绮交脉注，诸河上流迤西八十法里，有瀑布自悬崖出，凡菜畦稻田及罂粟花地俱藉以灌输畅茂；但觉连陌如云，鼓风成浪，此景此情，犹宛然在目也。成都小巷"恶陋无比"，给人难以忍受的感觉："自郭外反城中，随路秽积，不可向迩。余坐肩舆（轿），从人丛中挨擦以过，前者方开，后者又挤，加以道路窄小，迤逦前进，倍极艰难。或损墙泥，或伤门扇，方触招牌，又踏遗粪……欲觅其地，不能不息心静气，穿羊肠，越鸟道，所经房屋，秽败摧朽，如人身之患大麻风，无一块好肉。甚且误入不通之巷，时须跨过垃圾之堆。街石既不合缝，又极滑达，经行其上，跌撞不止一次。沿途臭气扑人，饱尝滋味，踟蹰前往。盖愬其也。

成都大街市容与小巷迥然不同，显示出生气蓬勃之繁华气象，给人美好印象。

幸无意中忽至一街，甚为宽阔，夹衢另筑两途以便行人，如沪上之大马路然。各铺装饰有绸缎店、首饰铺、汇兑庄、瓷器及古董等铺，此真意外之大观。其殆十八省中，只此一处，露出中国自新之象也。然使此地不在中国，则亦不过为商贾辐辏之区。何足挂齿。惟中国到处颓唐，遍生荆棘，得此自觉分外鲜明。以实在而论，此地场面，亦甚平常，惟较之沿海一带及

418

内地各城，为差胜耳。广东、汉口、重庆、北京皆不能与之比较。数月以来，觉目中所见，不似一丛乱草，尚有城市规模者，此为第一。（转引自张学君、张莉红《成都城市史》，四川人民出版社2020年版，第353页）

而英国享誉世界的女探险家伊莎贝拉·伯德，1898年抵达成都城，则明显以一种女性的细腻来感知成都，她反复提到了成都城的宏伟："这是个非常吸引人的城市，气派的城墙维护得令人赞叹，这是继承了公元前3世纪的建筑，周长大约14英里，墙基宽66英尺，墙顶宽40英尺，高35英尺，而由我们也许视为有点值得敬畏的'土方工程'——一道墙内的堤防几乎相当于城墙的全部宽度——支撑着它，差不多绕着城墙整整一周。城墙顶部是极好的步道，用非常精密而坚固的砖贴面，有8个棱堡，由4道出色的门贯通其间，严密防守着。这是为了征收当地税赋和厘金，很难在外国进口货上征收到的。"

从她的叙述里，可以发现清代成都城墙的建筑，并非简陋而单薄。而她在对城外星罗棋布的"林盘"的描述之后，注意到了城墙下的曲径通幽布局与浮荡而起的诗意："在拥挤、繁忙的成都街道的周边地带是真正迷人的城墙内郊区，一片碧绿，十分安静，那里有深深的门道通往美丽的花园，繁花照眼，橘树和其他果树成荫。一些长满水生植物的池塘闪烁着金鱼的鳞光，清凉的滴水声玲珑可闻精工的格子架上，满是攀缘植物的新绿或红花菜豆开花的闪光，幽深的林阴小道；茶花的芬芳气息漂浮在阳光明媚的空气中，表明享受这一幢幢舒适住宅的人是些富裕闲适的安全之家。从城墙上看平原风光，美丽富饶，遥远的雪峰非常醒目……"

从杜甫"窗含西岭千秋雪"延宕到今，成都仍然是中国唯一的、可以目睹雪峰的一线城市。

但伊莎贝拉·伯德更感兴趣的，是成都的香气，因为成都街头已出现了很多香水商店（舶来品）。而一股更为浓郁、持续的香气，则来自香水之外：

"我看不出成都与北京有相似之处。如果不强调其他实质性方面的不同，成都干净、整洁却差可比拟，但其声望不可能与北京相提并论。城内麝香的气味到处弥漫！的确，茶叶与丝绸、鸦片和棉货一道，都是从省内其他地区输入，而成都的大宗交易是西藏的野生产品——大黄药材、毛皮，而最重要的是麝香。"（《1898：一个英国女人眼中的中国》，湖北人民出版社2007年版，第254页）

民国初年，从康定运到成都的麝香，每年大约在5000市斤左右。在这样一座混合着香水、麝香味道的城市里短暂生活，伊莎贝拉·伯德干脆换上了中国清朝的女装，她渴望像中国人那样，漫步街头。

"成都人懂得生活！"这是外地人常常挂在嘴边的话。成都人特有的生活方式对建筑具有深远的地区文化影响。平民百姓的居所通常邻街为铺、背街为院，方便做些小本生意。大户人家则住公馆，其结构和功能与这些人物的身份、地位和社会关系相适应。游人能够看到以成都为典型代表的川西平原人们生存空间的特点和时代的变迁印记。

外地人来成都，会发现一个奇怪现象：在城西会有东城根街，城中会有月城街，东西顺城街，再一查，古城区还有东城拐街、东垣街等，东城又有以西方命名街道，南北城有的街的方位又名为北、南。这其实是老城市在剧烈变革中的普遍现象。20世纪初周询、傅崇矩先生所记录的街道、房屋等等，到20世纪末就已完全改观。

现在成都街道可考的历史有三百余年，其主要依据是《天启图》《乾隆图》、光绪五年的"四川省城街道图"以及民国四年、二十年、二十七年、十八年的成都等道的"四图"，互相参证而成（见《成都城坊古迹考》）。

明末清初，成都处于战乱之际，真是"回首故国与山川，满目苍痍有谁怜。"清初的四川省省府还设在阆中。1662年，成都知府冀应熊着手重建成都，鉴于帝王居住北京，帝王派出使节到四川来，经川陕栈道从北门进入，所以在北门外天回镇建有"迎恩楼"；市内则先建北门入城大道。为给外人留下成都繁荣富庶景象，北门就建了出售金银饰物、珠宝玉器商店和吸引游人的寺庙道观，然后再陆续向城中发展。不过，珠市街最初确系猪市，其旁有米市（新开市街）、草市（街）、罗锅（巷）市场等。著名作家巴金的祖父李浣云，住在通顺街，深宅大院的后门，直对着东猪市。后有人认为名字不洁，人们在此修了不少独院，联接成街，就借西猪市旁的珠宝市街之名，把东、西猪市更名为东、西珠市街，留用至今。

成都系一城二县（成都县和华阳县）的格局，据《成都城坊古迹考》记载：旧时成都分为中城、东城、北城、西城、和南城以及外东、外北、外西、外南几个地方。东城是南以东门线（由东门至盐市口）为界，西以东城线外缘（由西顺城街至上西顺城街）及北门线外缘（由北门至玉带桥街）为界，北抵大城北垣为界，东抵大城东垣为界。东城干线分为东门线（由东至西）、东一线、东二线、东三线、东四线、东五线、东六线、东七线、东八线、东九线（均由南至北，凡两线间支街皆属之）。共计10线。

据清末《四川官报》宣统二年（1910年）统计，成都共有街道438条，小巷113条，而成都的主要街道有117条，因华阳街道大抵比成都多一倍，由此可以推算出华阳幅员大抵是成都的一倍。《成都通览》里载"卖物街道一览"有147种分属近300条街道，"商铺街道类览"里有玉器帮、栏干帮、绸缎帮、银号帮、药材帮、油米帮、茶叶帮、炭帮、干菜帮、木柴帮等51种行帮。人们熟悉的染靛街，就是专业性的手工作坊街道；打金街，就是打铁、金银器皿制作和交易的场所；骡马市，就是专门买卖牲口的市场。

各种帮号肯定与成都人的日常生活习俗有关，表明成都确是一个典型的消费城市，奠定了成都的商业特点及相应的生活方式、消费文化。一般说来，专业市场是在综合市场的某一行内发展起来，独立而成某一专业性市场的。而专业性市场要取得相应的规模效应，在街坊街道布局合理的情况下，必然会形成专业性的一条街。这些专业性分工很强的市场，不仅促进了成都当时的经济繁荣，也可供后人考证成都市的街道变革，并为成都老街名的考证提供了参照标准。很明显，当时的成都是以自然经济为基础，在历史的演变中才逐渐发展为大规模的商业集群城市。

成都城内，街道呈网格状分布的格局，最早形成于唐代。唐代盛行模仿都城长安的建筑格局，即把房子修成诸多小方块，这样规划目的就是为了便于统治管理。学者认为，城市的发展具有阶段性，并不是谁模仿谁的问题，而是一种历史大势。北京故宫作为皇城古都，地方城市在规划发展中不可避免受其影响，其实，单就北京故宫、西安古城、成都老城而言，它们的建筑风格、城市布局确实有惊人的相似之处。

前些年，随着绘制于光绪五年（1879年）成都全图的出现，引起人们的兴趣。从地图上看，110年前的成都城区面积仅有现在内环线区域大小，皇城东西两边，小街、胡同两两相对，平行而列，非常整齐对称。难怪民国时的成都老百姓称呼自己的城市为"小北平"。

成都的街名在古蜀国时期就逐渐出现。成都的第一个街名始见于晋人常璩《华阳国志·蜀志》："成都县本治赤里街"。

南大街，古称南街，又叫赤里街，不但是成都有史记载的最古老的一条街，而且也是官府所在地。古蜀人定居成都平原后，为方便交易，在各聚落之间的郊野地方建立了"市"，古人称为"里"。最初是"因田制里"成熟的聚落社区被叫作"邑"，所以又通常"邑""里"并称。南大街古名赤里，可以推想这里就是古蜀人最早建立的市场。南大街这个为什么又要冠以"赤"的修饰？大概这与古人的五行说有关。将五行思想延伸到方位上，就以青、赤、黄、白、黑五色分别代表东、南、西、北、中，赤色象征的是南方。《说文解字》对"赤"的解释是："南方色也，从大火。"段玉裁注："火者南方之行，故赤为南方之色"。

在漫长的历史演变中，成都的街名种类不断增多：街、里、坊、巷、胡同、路、道等称谓不断演化，默默承载着民俗与历史的印痕。《成都街名的文化内涵》一文指出："街"是成都街名中使用历史最长、出现频率最高、生命力最持久的一个通名。街是大名鼎鼎：东大街、柳荫街、西大街、东城根街、东门街、总府街、小北街，处处都是街。据历史学家任乃强先生的研究，"街"字不是中原古语，而是"出于羌、氐、蜀、僰等民族语言，表示为氏族酋长所驻的市易集中之处……后汉时，街衢通为一义，又才使用到指京城的市街"（详见《成都城池变迁考》）。因此，西汉以前的中原典籍中是找不到"街"字的。成都的街道并不宽敞，笔直的大街几乎没有，民国时期，附近虽有官马大道，但多以黄泥修筑，一遇雨天，行走艰难。杨森督理四川时期，他提倡修建城市碎石街路，众人竟认为是断"龙脉"之举。

秦并巴蜀，在成都筑太城、少城，"修整里阓，市张列肆，与咸阳同制"。这以后成都便有了笋里、锦里；今有树德里、仁寿里、三多里、建业里等等。"里"，古代为居民区单位，后演变为"里巷"，在街名中属于小街小巷。

成都用"坊"字名街，大约起于南北朝时期，最晚不迟于萧梁。大体上，每两条直街和两条横街之间为一坊，每坊20间、每间20户。萧梁时李膺《益州记》云："成都之坊百有二十，第四曰碧鸡坊。"这是成都以"坊"为街名的最早记录。以后有金马坊、碧鸡坊等等。昔日的金马、碧鸡二坊合并为现在的金马街了。而"街坊"二字连用，市民将它作为"左邻右舍"

作为里中道路的"巷",左思《蜀都赋》与常璩《华阳国志》都曾有所记述(例如"巷无居人")。然而成都以"巷"名街,则是在晋以后。唐代杜光庭《道教灵验记》云:"范希越,成都人,初居煮胶巷。"今天成都以"巷"名街的地点不少,如石室巷、落酱园巷、曹家巷、鹦哥巷、罗锅巷、年丰巷、科甲巷、梁家巷,乃至宽巷子、窄巷子等,巷内一般铺设大青石板。在古时江南,街道上的石板有些是空心的,踩在上面吱吱有声,这是有意铺设的,可以使积水流走。以前,牛车、马车和鸡公车常年从上碾过,坚硬的青石板刻下了道道痕迹。

"胡同"原是北方小型街道的通称。清康熙年间,成都增建满城作为八旗官兵以及眷属的居住地,依照旗人的风俗,开始以"胡同"作地名。《成都通览》所记"成都之内城街巷"以"胡同"命名的就有48条,如喇嘛胡同、忠孝胡同、清顺胡同、都统胡同、永庆胡同、左司胡同、清远胡同等。这些"胡同"命名的街道,在辛亥革命之后,有人认为"胡同"这个称谓带有清朝印记,应当更改,在民国初年拆除满城时,就改作为"巷"了。

民国六年(1917年),滇军罗佩金、戴戡部据皇城与川军刘存厚部发生激战,皇城附近民居多遭焚毁,残破不堪。市民为避战祸,议决拆除了皇城城墙,只留前后城门。民国二十一年(1932年)冬,川军刘文辉、田颂尧部混战于城内,田部以贡院内清代宝川局铸钱所弃炉灰积成之煤山为制高点,两军拼死相争。刘文辉以每人银元10枚为赏格,募敢死队百余名,一举攻占之,然登顶者不及二十人继之全城激战,市民财产损失极重。战后市民归咎于此山,乃倡议铲除,遂组成"铲高委员会",拆售皇城后子门城砖基石为铲山费用,于是城、山、门俱皆无存。

抗日战争期间,为了躲避日本飞机空袭,疏散民众,根据苏联援华军事顾问的建议,于大城墙基开挖防空掩体,于四面城墙开出了很多缺口,成都人呼之为"城墙缺缺",成都城垣逐渐损毁。城楼、城砖为军阀及当权者拆卖私吞,城上垛口及城顶面砖、墙外包砌之砖,亦多为市民剥拆,用以自建家屋。

1949年以后,逐步拆除旧城墙基,进行大规模城市建设。20世纪60年代,城西青羊宫侧、城南锦江畔、城东府河畔、城北北较场尚有部分城墙的墙基。"文革"初期大破"四旧",皇城南门外二石狮首被砸烂;到1970年代,皇城的建筑悉被拆除,建成今四川省展览馆(现为四川科技馆)。

成都的古城基,如今只有北较场一段,存有清大城北墙一段及一门。此门为清末建立的武备学堂。为方便出入,用旧城砖所砌之城门洞便道,不是大城北门,这是成都现存的古城墙实物之一。

如今,我们在光绪三十年完成的成都地图上可以看到,记忆中的古城清晰可认:古成都两江环抱,三城相套的城市格局清楚,除了皇城为正南正北方向外,整个城市的街道都向北偏东25度,在锦江内侧,完整的城墙清晰可见;金水河等河流穿城而过,河网纵横,水系的血脉深入城市的肌体。

为何成都会选择北偏东构筑城市呢?

其实是古人理解人与自然和谐关系的

反映。成都日照偏少，北靠东的城市主轴线将两江环抱的地貌纳入城市眼界，有利于城市的空气流动和采光。这正暗合了现代广泛运用在气象、城市规划方面的"风玫瑰图"。在成都城区图上，由16条放射线组成表明风力大小的"风玫瑰图"上，北偏东的放射线最长，而由于每条放射线的长度与这个方向上风的频度成正比，说明成都东北方向的风最大也最为繁多。成都北偏东的城市轴线，可让不同方位的房屋都能吸纳光照。

经历数千年沧海桑田，成都历劫而不衰，在世界城市发展史上，不能不说是一大奇迹。

百年金街春熙路

1924年5月26日，四川军阀、20军军长杨森在混战后攻入成都。杨森是个十分复杂的人物。他头脑灵活，容易接受新潮事物，投靠北洋军阀，升任陆军第二军军长，被北洋政府视为实力人物，封他当了四川省"军务督理"，寄望他统一全川，为北洋政府在西南地区撑起一片晴天。杨森在四川军阀群体中素以趋新著称。他到处喜欢提倡"新建设"，并一贯以"建设者"自居。他招揽的一批留洋学生为迎合杨森的旨意，建议其仿效欧美，改革市政。

杨森酷喜欧风美雨，深信外国的月亮比中土圆。自己配有英文秘书，经常与洋人合影，还喜穿西服，喜吃西餐，喜欢洋乐，要求姨太太和子女们学习西方乐器，如钢琴、梵阿铃、黑管、长短号等，恨不得像哪吒那样剔骨还父，剔肉还母，从里到外被"洋化"。他还时常在家中举办音乐会，甚至还亲自作词，请当时名音乐家刘雪庵谱写了一首混声四部合唱曲的"家庭歌"。歌词如下："唯我杨氏族，文治到关西，武功称无敌，发扬光大在吾辈，齐努力。重教育，薄享受，取缔浪费。不吸烟，不饮酒，不嫖、不赌是我家规。学贵专精，学贵专精，体育、音乐皆不可废。忠于国，孝于家，有益于此方方无愧。好子孙，好子孙，发奋发奋光门楣。好子孙，好子孙，努力努力扬国威。"

从市政建设到移风易俗，杨森均予以了"全盘考虑"。他让人在街头巷尾到处张贴"杨森语录"，比如，"杨森说，禁止妇女缠脚。""杨森说，应该勤剪指甲，蓄指甲既不卫生，又是懒惰。""杨森说，打牌壮人会打死，打球打猎弱人会打壮。""杨森说，穿短衣服节省布匹，又有尚武精神。""杨森说，夏天在茶馆酒肆大街上及公共场所，打赤膊是不文明的行为。""杨森说，吸鸦片是东亚病夫！""杨森说，不要随地大小便！"……

成都立马笼罩在"杨氏语录"的训诫里，让生活自由惯了的成都老百姓大感新奇和别扭。所谓生财有道，就是要在从无人注意的事情上榨出油水！

民国之前，有人总结成都的市井特色是"三多"："茶馆多、小吃多、厕所多"。成都厕所多，只是与其他地方相对而言，其中在成都的住户中，绝大部分其实是家无厕所的。那时有所谓的"官茅厕"，并非公家出钱修的公共厕所，而是由经营粪便的粪老板修建的。如厕免费，但挑粪要出钱。杨森他把主意打到了官府从不问津的"粪业"上，据说这是中国首开的"扒粪"纪录。有鉴于城市粪水横溢、苍蝇密集的现状，恰巧这时社会上又流传着一首对东门椒子街粪塘子进行辛辣讽刺的顺口溜："穷椒子，臭椒子，街头一个粪塘子。粪塘子上搭棚子，侧边铺条烂席子。上面住的干鸡子，苍蝇蚊子加耗子，臭虫虱子蛆儿子，害得居民没法子，活像一群叫花子，大家都过苦日子！"杨森抓住这一社会陋习大做文章，制定了一项新的税源，叫作"卫生费"，向粪商们强行收取税费（铁波乐《老成都的厕所》，见《成都晚报》2008年11月30日）。他决定开征"粪捐"，用现在的话来讲就是"城市排污费"。他派军警在城门口堵截进城挑粪的农民，按担收钱。

这种作法，似乎是"古已有之"。淳熙八年（1181年），朱熹担任提举两浙东路常平茶盐公事。时值饥荒，一些贪官污吏从中横征暴敛，致使民不聊生，有些不法商贸为了逃税，还与地方官勾结，行贿受贿，打着官方旗号以营私。朱熹听辛弃疾说"粪向亦插德寿宫旗子"，开始不信，后来"提举浙东，亲见如此"，才知道辛弃疾所言运粪船上高扬官僚大旗，所言不虚。

成都文人刘师亮闻之，写有一个必将流传千古的对子："自古未闻粪有税，于今惟有屁无捐"，横联是"民国万岁（税）"。据说杨森暴跳如雷，将刘师亮怒斥为"反动文人"（此联来历还有一说：指郭沫若少时见农民挑粪出城，门吏硬要收取两个铜板方可放出城而作）。近代著名诗人、学者庞石帚（1895—1964年）在成都1949年前夕的特殊时节里，赋有一首调寄高阳台的词《新秋感事》，讽刺时弊甚深，最后一句就是："……怕明朝，禁到冰蟾，税到沙鸥。"（朱寄尧《两松庵杂记》，《龙门阵》1982年5期，第78页）

其实，中国最早对屎尿课税的官员极可能是清末的四川总督奎俊。今人梁发苇在《屎税和屁捐》里考证说，天文数字一般的庚子赔款，四川每年要摊派220万两白银，使四川的"新捐输"以及原有的"捐输"、"津贴"苛派比"正额"多至十倍。总督奎俊掘金无门，一天"见农民入城担粪，即抽粪税，每担取数文，每厕月取数百文，税至于粪，真无微不至"。就是说，大粪税是从清末的四川总督开始的。

而在北方，北京市长袁良也拟增收大粪税，引起掏粪工人的强烈反对，加之当时各派政治力量的角逐，迫使袁良不得不辞职下野。次年杨森败走成都以后，"粪捐"继续发扬光大，国民革命军第24军军长刘文辉也在这上面大发其财。但他不是收取粪税，而是派人经营厕所、粪塘子，成为当时成都最大的一个"扒粪老板"（铁波乐《老成都的厕所》，见《成都晚报》2008年11月30日）。从南到北，甚至推及全国。到了民国时候，"粪捐"还在征收，成为定例。具有讽刺意味的是，这个时候由于行政衙门多了，对于"粪捐"的征收出现了新问题。卫生局说了，粪便有关卫生，捐该我们收；社会局也说，人如厕方便，是由于社会问题，所以该我们收；税务局更是冒火：收税本来就是我们的事，凭什么你们来打岔横插一脚！相持不下的结果是，一个厕所，卫生局收卫生捐，社会局收社会捐，税务局才收粪捐。同时，由于三家机构需要协调，所谓"三局治粪"是也，于是就有了"粪政"。学者张鸣在《粪业、粪捐与粪政》一文里进一步指出，在学习西方的道路上，我们的公共行政，在机构设置上，永远膨胀得最快，在公共政策上，在收费方面永远发育得最快。民国时有个名人，叫聂云台，写了一本小册子，名为《大粪主义》，说是要各级行政长官，带头掏粪，如果怕不安全可以派卫兵保护。当然，打死这些长官，他们也不会去掏粪，只是他们的眼睛，其实并没有放过厕所。

跃跃欲试的杨森，继续施行他一直挂在嘴边的"新政"。当时全国各地拆墙建路是市政建设之时尚，而修马路既可笼络人心，为自己树碑立传；又能借修马路为名，大量搜刮民财，为独霸四川、发动"统一四川"之战积累资金。修马路也成了杨森"新政"的要点。

杨森"智囊团"中的陈继新、穆耀枢等人为有所建树，提出数条"新政"建议，杨森欣然采纳，并立即宣布实施：

修建马路；
开辟公共体育场；
成立通俗教育馆；
提倡朝会。

其实，杨森对"新政"城市规划、修路架桥等等也并非盲人摸象，胸无点墨。1921年11月至1922年8月，杨森作为川军第二军军长并兼任重庆商埠督办时期，就推行了一系列改革重庆市政的措施，并为重庆市政的长远发展作出过规划。早在任永宁道尹时，杨森就采纳幕僚的建议，在泸州修筑马路和体育场，改革市政，使泸州景象有所更新。杨森借此着实风光了一回。任重庆商埠督办后，杨森更是满怀兴致地推行市政改革，其左右喜穿洋服的智囊团成员更是屡屡以新奇的设想为其出谋划策，以致重庆市政改革一时轰轰烈烈，颇为炫世骇俗。今天四川、重庆境内的318国道和渝巫路的石子公路，都是在其力主之下建成的。

陶亮生先生在《成都街名琐记》中说过："蜀人好文，间间题署，皆有考究。随着人世代谢，古今变迁，街名也有所改变。"街名是一定时空内人民生活、自然变化、城市发展、社会进步等街头文化的沉淀和结晶。生意，街名固然是一个地理符号，更是一座城市凝固的自传。但与西方城市最大的不同在于，中国人似乎太看重城市街道名字的意义表征，从而也太容易地从相关的字眼中引发了许多联想和猜忌。这种对名字表征功能的扩大化，常常会扩大到所有名字的象征功能上去。

1924年，马路修建成功后，杨森请素有雅名的前清举人、双流人江子愚为马路取名。江先生名椿，字子愚，双流黄水乡人。幼读私塾，曾在清朝废科举前最末一次朝考中获一等。辛亥革命后，江子愚曾先后担任四川《国民公报》《巴蜀日报》主笔兼总编辑。江子愚擅长诗古文词，著作有《古代蜀诗评判》《冬青阁诗选》等十余卷。1949年后担任四川省文史馆馆员，于1962年病故。

江子愚先生不仅擅长"之乎者也"，而且世故极深，他来了个"太极推手"，推出了一顶特级高帽，他给这新马路命名为"森威路"，因为北洋政府授予杨森以"森威将军"头衔，这令杨森十分"受用"，于是确定了马路的"初名"。不久，杨森在他发起的与川东军阀刘湘的混战中失利，被迫逃出四川。江子愚再战江湖，又向当局建议将"森威路"改为"春熙路"。出典是老子《道德经》中"众人熙熙，如享太牢，如登春台"的典故，以描述这里商业繁华、百姓熙来攘往、盛世升平的景象。

但另外有人予以了附会，认为"春"寓意春风和煦的"阳升"，与杨森谐音；"熙"表示升平气象。熙熙攘攘皆为利而来寓意指在杨森治理下的成都，犹如春风和煦，百姓熙熙而来，攘攘而往，一派升平兴旺的景象，全赖于杨森督理的"德政"。

但有意思的是，四川大学哲学系教授黄德昌近年指出，自春秋时代有《老子》一书流传于世以来至唐，这句话一直就是"众人熙熙，若享太牢，若春登台"，而不是"若登春台"。"若登春台"首次出现在唐玄宗的《御注道德真经》一书中。由此，《老子》的各种版本中有了"若春登台"和"若登春台"两种说法。就这两句话而言，含意也大相径庭。"若春登台"里，春成了一个修饰词，是定语。有春台则有夏台，秋台。而"若登春台"则说是如春天来临。两者相比，"若登春台"的意思要丰富得多。那么，为什么唐玄宗要将"若春登台"改为"若登春台"呢？黄教授认为，唐玄宗之所以如此改动，一则可能是笔误，一则可能是为追求文句的对仗工稳（《春熙路碑文谬误乍现》，见2002年3月27日《四川日报》）。

还有一种说法，是出处源于西晋文学家潘岳《秋兴赋》里的名句"登春台之熙熙兮，珥金貂之炯炯"而定名。

春熙路建成后，成了连接东大街和商业场的黄金通道，极大地便利了城市交通。来自国内的北京、浙江、广东、重庆等地客商，与来自国外的洋商们同台经营。在这个路面宽八九米、长约两千米、汽车与人力黄包车同行的商业大街上，各种商店、书店报馆、银楼、百货公司光鲜林立，商贾如云，游人如织。此外，鸦片馆、赌场、妓院等等亦应运而生，洋人挥舞"司迪克"、草鞋苦力奋力拉车的景象，让这条商业街在光怪陆离、灯红酒绿中展现出街道文化的五脏六腑。

春熙路的改造为四川其他地区树立了榜样，比如资中县城里后来就有一条模仿春熙路而建的街道，为四川的古老街道的更新换代注入了新鲜血液。一位英国外交官感到"这时的四川具有令人惊奇的现代化程度，许多大城镇都很现代"。成都在过去的几年中经历了"一场全面的改造，它的街道宽敞平坦，房屋商店鳞次栉比，卫生设施完善齐备。"从中我们可以发现城市改革取得的显著成效。而街道的改善在城市面貌的变化中最为明显（王笛《街头文化：成都公共空间、下层民众与地方政治1870—1930》，中国人民大学出版社2006年版，第187页）。

春熙路分为东西南北四段，即春熙东段、春熙西段、春熙南段和春熙北段。后来逐渐拓展，还包括著名的大小科甲巷、北新街、锦华馆街、中新街等大小街道。杨森采纳了牛津大学毕业的戴顾问的建议，在春熙路4条道路交汇的十字路口的中心，建造了一座街心花园。后由成都市政督办罗泽洲在此设立"春熙路建路纪念碑"，纪念碑的四周镌刻着修路经过图景。

综合四川省文史馆张绍诚先生《锦里街名话旧》一书的考证，再结合吴世先主编《成都城区街名通览》的记载，春熙路的指掌图如下：

春熙北路长400米，宽12.3米（包括两边街沿各宽2米），此段为春熙路主路段，初名北春熙路，后改为春熙北路，1949年后改今名。1966年曾改名反帝北路，1981年地名普查时恢复。它抵总府街，本街主要商业是疋头（绸缎、呢绒、布匹）、百货、钟表，多售舶来品，1930年代有来鹤楼茶馆（屋顶塑白鹤为记），生意特盛。其间还有一家咖啡店，名叫劳福咖啡店，取其"劳工福利"之意。店主穆耀枢，是位进步人士，他同时在金河街开设了一家草堂图书馆。他的劳福咖啡店里，经常有年轻人光顾。后来不知何故，穆先生被当局抓出来枪决在该店门口、也就是孙中山先生铜像下面，罪状是"借开咖啡店诱惑青年男女，搞苟且淫秽之事。'劳福'者，Love也"云云。上演了一出莫须有的杀人丑剧。

后街中有漱泉茶楼代之，茶楼同时出售各类报刊，零售花生米、瓜子、薛涛干、灯影牛肉佐茶，颇受大众欢迎。街中有基督教青年会，民初创立，1924年设电影院（后改名大华、新闻），以后附设图书馆、会议室、饭馆。西侧锦华馆内多男女中西各式服装店，沾上了洋风，所以工价颇昂。附近多银行、参茸行、银楼，西面廖广东刀剪铺，质地优良，以石质柜台为标记。亚新地学社，专售中外地图、地球仪；世界书局和商务印书馆所售中外书籍，特别是儿童读物，在成都市很受欢迎。《中兴日报》社在春熙饭店南面。本街初建时，有北京同仁堂药店，因与成都同仁堂药店同名涉讼败诉，改名达仁堂，仍售名贵中药。街西北亨得利茶馆是商界人士聚会场所，亦有"高级"看相算命者混迹其间。钟表、眼镜行（设修理部）有及时、大光明、协和等，抗日战争时期最兴旺。解放战争时期，本街百货商店如聚福祥、福泰和等一年到头都在搞大减价，大型条幅，耀眼夺目；鼓号齐鸣，高音喇叭播放流行歌曲，夹杂鼓号狂鸣，震耳欲聋。总而言之，商家的促销手段，极大地影响了后来的营销模式。

按照春熙路方位定名，春熙南路长240余米，现宽12米。1966年曾改名为反帝南路，1981年地名普查时恢复。它南接走马街，街西有益智茶楼，表演曲艺；楼北为正则补习学校，有精益眼镜行和宝成银楼；街东有德仁堂销售参茸燕桂及名贵中药材，其北为春熙大舞台。1930年首聘蒋叔岩、刘云霞、娄外楼等名角演出京剧，是开先河，随后以连台剧轰动成都。抗日战争时期改放映电影，再改为百货公司，人民银行。其北五芳斋是下江口味面点铺，其北1935年前有卡尔登，是成都豪华的大烟馆，吸毒的瘾君子吞云吐雾于混沌之中。抗战时期改建银行，再北为成都市最大的《新新新闻》报社和《新中国日报》，前者所建新闻大厦是20世纪40年代成都最高的建筑物。1949年后成都市总工会在此办公。

春熙东路长85米，宽10米，1966年大科甲巷并入，曾改名为反帝路，1981年地名普查时恢复。春熙东路东接大科甲巷，清代按察使司署所在，路北监狱（后改四川省财政厅，抗日战争时期田赋改征实物，内设田赋粮食管理处），太平天国翼王石达开、残杀东乡县民的四川省提督李有恒、反帝民众领袖余栋成等先后监禁于此狱。1949年后改建为成都"市立医院"，即成都市第一人民医院，西端有福泰和百货公司和凤祥银楼。1949年后改成都市工艺制品社，展销成都市精工制作的金银制品、丝织品、漆器等艺术品。

春熙西路现长170米左右，1966年曾改名为反帝西路，1981年地名普查时恢复。西路与荔枝巷相通，街北成都大楼亦20世纪成都市新型建筑物，几家银行和撷英西餐厅在此；对过西侧耀华茶点室，所售饮料、茶点、面食均享盛名，1949年后在街北增修西餐厅，1958年毛泽东主席曾来此就餐。此街是民国时期少爷小姐喜欢光顾的街道，亦多寄卖行（亦卖洋货化妆品、小衣饰、扑克、打火机等），西服制作业设店作立体剪裁。也有金石刊刻和书报代售店。西段上有"国际艺术人像"照相馆，1946年秋曾展出李公朴、闻一多两教授在昆明街头被刺杀的一组特大新闻图片，轰动蓉城。

春熙路东南西北四路交汇处有独立楼房两栋，南面一栋是中华书局（多售古籍校勘新本。1949年以后改成都市古籍书店）和四明银行，北面一栋是广益书局（多卖笔记小说、通俗读物、附设金笔修理部）、茂昌眼镜行（1949年后改为瓷器商店）……

春熙路在人民公社风行全国时期，还短暂地被命名为"公社"。在同一个地段上出现如此之多的新旧街名重叠，就像历史是层垒而成一样。各种空间符号逐渐被时代荡涤而去，人们站在春熙路上，就能感到历史的脉动。

唐代封演《封氏闻见记》记载说："城市多开茶铺，煮茶卖之，不问道俗，投钱取饮。"唐时茶馆已具雏形，延至清代已遍布神州。

成都老报人邓穆卿先生在《成都旧闻》中，收录了《成都茶馆》一文，堪称是一幅春熙路"茶馆指掌图"。文中提到旧时成都茶馆的招牌都很讲究，不像现在有些茶馆扯块蓝布作旗子，在旗子上贴上一个白色大"茶"字就算事。在春熙路地段，就提到了十几家茶馆，比如北段的"颐和园"、"漱泉茶楼"、"三益公"，孙中山铜像背后的"春熙大茶楼"及对面的"来鹤楼"，南段的"饮涛"和"益智"，以及紧邻的东大街的"华华茶厅"与"留芳"，总府街的"正娱花园"和"濯江"等。而"漱泉楼"茶馆依然在春熙路北段的二楼上，但现在我们看到的匾额，是流沙河先生写的匾额，因为口岸好，每日是高朋满座。距今20年前，"饮涛"茶客盈门，里面有一个天井。一大早就有养鸟的人把鸟挂在天井里，好鸟叫得有节奏，有的好像在"唱歌"，而以鸟为话题，天天都摆不完。如今回眸这段历史，猛然发现，"饮涛茶楼"已经消失十几年了，这颇让人追忆。

几百米的春熙路上，茶馆如此密集，彼此之间的生意是否有影响呢？这种此消彼长的影响一直是存在的，竞争也较为激烈。有鉴于此，1947年10月，成都茶社业公会会员大会就决定："今后严格限制新茶社牌号之设立"。"不许在同一条街道开设两家茶社，除原有不计外，距离一百户以外者再酌情办理。"（转引自《川大史学（专门史二）》，四川大学出版社2006年8月版，第301页）这样的管理举措，显然是亡羊补牢之举。

流沙河先生说，1949年底，解放军围成都，派战士入老西门侦察动静，见大茶馆桌桌坐满，热闹拥挤，便回去报告说："几百人开大会，转入小组讨论。"当时南下大军，来自晋绥边区，哪里见过茶馆。由此可知成都人的"茶馆情结"。

位于春熙路南段的"饮涛茶楼"，客人主要是生意人，所谓"往来无白丁"恐不尽然。它卖的"芽茶"，是从一般茶叶铺买不到的，均为特制，因而特别吸引茶客。茶馆的水也颇为讲究。因为用锦江水需要额外雇人运送，成本增大，但茶馆为保证茶味醇正，再贵也要用河水。只有东门外望江楼"薛涛井"的水质，是市内唯一比府、南两河的河水还要好的井水，水井地处砂渍土之上，河水经过天然过滤渗入井内，杂质很少，格外清洌。旧时成都著名的茶馆，如少城公园的"鹤鸣"、东大街的"华华"、春熙路的"饮涛"等茶楼，都是有专人拉运"薛涛井"水，更受到茶客的称誉。成都东郊、如今位于望江公园的一口古井，原名"玉女津"，附近的人以井水仿制"薛涛笺"闻名，久而久之玉女津便被称作"薛涛井"；一说是薛涛本人汲玉女津井水制作"薛涛笺"而得名。不管怎样，这样的井水带来的就不仅仅是水质清洌的问题了，显然蕴含了文化的韵味。茶客很容易联想起李绪"千古艳情一井水，许多客绪寄江楼"的历史名句。所以，茶楼自然是以女诗人薛涛的大名以广招徕。

春熙路上一般的茶楼依然使用"沙缸水"来招徕茶客。旧时茶馆里都有四方天井，一般都置放两口雕花石缸。石缸内铺有卵石、棕叶、特意洗淘过的河沙，石缸又叫"沙缸"。河里运来的水倒入沙缸，经细沙、棕叶、卵石过滤才提到瓮子上烧开供茶客饮用。个别茶馆的沙缸是陶制的，小的可装一挑水，大的可装七八挑水。缸里装了小半缸沙子和瓦片，用于滤水。在缸底处有一小眼，插上竹管，滤过的河水就从这竹管里流出。沙缸水生津润口，比井水甘甜清醇，饮茶平添一野趣。老茶馆烧开水的灶不叫灶，叫"瓮子"。两米长、一米宽，上下两台。高出的一台是真正意义的瓮子，储存着热水。冬天茶客坐久了脚冷，可以买瓮子里的热水来烫脚，茶馆备有脚盆，一盆洗脚水折算一碗茶钱。瓮子低的一台就是烧开水的灶，灶面铺着钢板，钢板上割有壶底大小的圆洞。火苗从洞内蹿出直烧壶底……

但有了自来水，砂缸就逐渐被淘汰了。这已经是抗战结束以后的事。

傅崇矩的巨著《成都通览》记载说，清末成都茶馆有454家，产茶区则有彭县、什邡、灌县、汶川等60厅州县，而茶的品种则有红白茶、茶砖、香片、苦丁茶、苦田茶、毛茶及老鸦茶等十数种。茶馆里是清一色的盖碗茶，成为了成都茶馆里的唯一主语。

"盖碗茶"有茶碗、茶盖、茶托子三件套，又称"三才碗"，盖为天、托为地、碗为人。船，又叫茶船，始为木托，后以漆制。据《资暇录》记载：是南齐蜀相崔宁之女所发明。它的功能，稳固茶碗，便于端饮，水不溢桌。盖碗茶具常有名人绘的山水花鸟。碗内又绘避火图。有连同茶托为十二式者；十二碗加十二托，为二十四式。备茶会之用。清代茶托花样繁多，有圆形、荷叶形、元宝形等等。盖碗茶盛行于清代京师（北京），大家贵族，宫廷皇室，以及高雅之茶馆，皆重盖碗茶。盖碗茶宜于保温，故后来各地都流行。高人以为，喝"盖碗茶"有三大好处，比如美食家车辐先生在《成都人吃茶》里说得明白："一、碗口敞大成漏斗形，敞大便于掺入开水，底小便于凝聚茶叶；二、茶盖可以滤动浮泛的茶叶、浓淡随心，盖上它可以保温；三是茶船子承受茶盖与茶碗，如载水行舟，也可平稳地托举，从茶桌上端起进嘴，茶船还在于避免烫手。"

"盖碗茶"的茶碗上，那上面的文字很有讲究，如常见的"清心明目"，在道出茶的功能同时，无论顺读倒念，或依次重组，

都是一句绝不重复的"四字真言",值得欣赏,如顺读:

清心明目
心明目清
明目清心
目清心明

如果倒念,则是:

目明心清
清目明心
心清目明
明心清目

再如"生津止渴"、"可以清心也",道理亦然。重组排列后的"四字名言"还可以自上或由下而读。这样上下左右便可读出两组不同的十六句"名言",看似简单的两组汉字,其实变化无穷,深藏玄机。这是否也是一种蜀人的生存智慧呢?

这让我想起流沙河先生曾戏撰的一副对联:

改革你喝拉罐水
守旧我吃盖碗茶

戏谑幽默之中,"守旧"未必就"旧",而是保持了成都人的一种生活品质,从中也可见成都人被盖碗茶培育出来的性情。只有深入其间,才能深切体味到俗谚"一城居民半茶客"的持续激情。

春熙路自建立以来经历了多次变脸,近年步行街的打造使得街区建筑面貌全新。建筑风格固然新潮,但依然依稀可循"老春熙"的影子,更关键的街道格局基本未变,依然还是那么宽、那么长,进出通道依然延续了过去的方位和布局。因此,成都人会觉得虽然一切翻新但仍是熟悉的。即使是那些偶尔才来一趟春熙路的外地人,也并没有因为春熙路的改造而"找不到北"。

2004年5月1日,国画大师齐白石的小女儿齐良芷和外孙女齐媛媛,重走当年齐白石的蜀游之路,并为新画作收集素材。74岁的齐良芷老人一出双流机场,就迫不及待地前往春熙路闹市等处,寻访父亲当年入蜀刻印的百年老店"诗婢家"。当晚,齐良芷还和岑学恭等四川书画界名家共同作画。聊起父亲齐白石当年的一些生活点滴,齐良芷感慨万千。

齐白石与春熙路的不解之缘,始于"胡开文笔墨店"。胡开文的创始人是安徽绩溪人氏胡天柱(1742—1808年),原名胡正,字柱臣,号在丰,绩溪县上庄乡人。据说有一次他从老家绩溪上庄村省亲回来,经过一座溪源山。爬到半山腰,天已黑尽,只得摸到附近一座山神庙里宿夜。睡至半夜,忽见一位白发老翁手托一墨,飘然而来。老翁在他面前站定,问道:"你就是休宁汪氏墨店的胡天柱吗?"胡天柱说:"正是。老翁怎知贱名?"老翁笑道:"我便是南唐李廷圭,知你接替汪氏墨店,店业待兴,特来转达神明旨意。"胡天柱从梦中惊醒,朦胧间见庙堂正上方有一块斑驳的匾额,胡大喜过望,回到休宁后,当天就挂出了胡开文招牌。他根据梦中的幻境,融合徽州山水的风光,花了九九八十一天时间制作了一套墨模,用它制出的墨立刻震动了制墨界和文坛。胡开文墨店很快兴旺起来。胡天柱以墨业致富后,曾捐官而获从九品意在衔,被赐予奉天大夫,成为正宗绅士。胡氏后人世代制墨，1915年所制作"地球墨"获巴拿马博览会金奖，使胡开文墨业又一次大放光辉。清代徽墨业制作出现四大名家，即曹素功、汪节庵、汪近圣和胡开文，胡开文墨店作为后起之秀，善于把握时机，在商业竞争中逐渐领先，名列清代四大墨家之首。

翰林出身的方旭做过四川提学使，辛亥革命后退隐，此人工诗善文，书画皆精，尤其是书法，连尊经书院的山长王壬秋都赞誉不已。他写字很讲究笔墨纸张，非湖笔、端砚、徽墨、宣纸不写。更奇的是他的墨水是用茶叶水磨出来的。他有一个同乡李润伯，专做笔墨生意，他便出主意叫李润伯在成都开一家"徽州胡开文"的笔墨店。李润伯贩运来许多安徽笔墨，遂于1924年在青石桥开设"徽州胡开文笔墨庄"。

1926年之后，成都市商业热点逐渐移至新开辟的春熙路，胡开文笔墨店于是在春熙路开设了分店。不久将青石桥老店停业，专心经营春熙路北段的商店。当时商店除专营"徽墨"销售外，还经营浙江吴兴（古称湖州）、湖南长沙、北京贺莲青、上海李鼎和等处有名的毛笔，人称"湖笔、徽墨"。胡开文笔墨庄办回之笔，又用专人加工清理，使质量更臻完美，售出之笔如有毛病，免费修理，包掉回换，并可代顾客在笔杆上刊刻名字，以馈赠亲友或作书画留念。此外，还从北京"荣宝斋"采办各种宣纸，在苏杭等地采办各种名绢，八宝印泥，又从北京"翰元斋"采办刊刻精细誉满全国的铜墨盒，还有广东的端砚、安徽的歙砚等名特产品。这样，使文房用品件件齐全，深得金石家，书画家和知识界的赞誉，胡开文笔墨庄在蓉城亦逐渐驰名。

胡开文为了结纳文人名士及在文化界中有影响的人物，又为金石、书画家代收润例。这对爱好并需求金石书画的社会人士，也起到一定的媒介作用。当时，与该店建立了代收润例的书法、金石、国画等艺坛人士先后有：谢无量、盛光伟、郑曼陀、林君墨、唐耕耘、施孝长、姚石倩、陈亮清、张嵩容、周申甫、木鱼等名家。

鉴于齐白石的书画影响力甚大，成都书画爱好者纷纷要求通过胡开文店求索齐白石墨迹。经该店在北京的人和白石老人反复联系沟通后，白石老人同意书字作画，这不仅方便了顾客，也因此使白石老人与成都结下了翰墨之缘。1933年齐白石让三子齐良琨到四川，并以印画交友。1936年5月，76岁的齐白石终于带着小女齐良芷来川游玩，并在"诗婢家"刻印作画，齐老来成都，求齐老书画者络绎不绝。由于胡开文店的宣纸、画料、笔墨应有尽有，为齐老挥毫提供了方便，满足了需求。之后，齐老还亲临店堂和该店人员亲切交谈，并兴致勃勃地为全店人员作画留念。

1930年，胡开文店李润伯转营瓷器，将该店牌号连同全部货品出顶与车语龙、李小臣、陈敬容、李韵南（以上四人已故）及汪梦僧等五人继续经营。抗日战争开始后，由于政府及沿海工商企业迁川，成都市场曾一度畸形发展，更由于全国各地书画界名流先后流寓成都，胡开文店因其经营独具特色，成为书画界经常往来的根据地，生意蒸蒸日上。

齐白石先生住在文庙后街他的学生王缵绪家中。王家大公馆本就是一座富丽的花园，小桥流水，楼台亭阁，很适合画家求静悟道的习性。他在这儿画画制印，或会见朋友学生。余中英早年为赵熙弟子，善于书法，精于绘画，后来也成为了齐白石的弟子，齐白石特地为余中英画了一幅长卷《九秋图》（现藏四川省博物馆），还画了一幅《螳螂爬香图》。

这个时期，徐悲鸿、张大千、齐白石、丰子恺等与"诗婢家"来往密切。张大千、齐白石都曾依据传统薛涛笺专为"诗婢家"设计了国画套色笺，美轮美奂，可与北京荣宝斋木版水印笺媲美。比如郑伯英在"诗婢家"定造的"郑氏笺谱"，不但收入了齐白石、何海霞、关山月、赵熙、庞薰琹、郑曼陀、黄君璧等大师的书画为底纹，还有陈果夫、陈布雷、邹鲁、姚鹓雏、王新会、杨千里、张子羽、曾绍杰、刘鹏年等十数人题诗，弥足珍贵。

时任《新新新闻》记者的邓穆卿先生，为我们记录了白石老人游历成都以及春熙路的情况，时隔七十余年，依然是那样清晰可感——

齐白石抵省
（1936年5月29日《新新新闻》）

齐氏已于昨（廿八）日偕赴渝迎迓之王治易与夫人小姐午后五时专车抵省，因齐氏年逾古稀，长途跋涉，颇感疲劳，抵省后即下榻文庙前街王宅休憩。齐与王、余（中英）诸人素有旧，余于昨夜，亦往拜访。

昨晨踏遍春熙路 白石山翁购汽炉
（1936年5月31日《新新新闻》）

白石山翁到成都三天，以身体疲乏，尚未挥毫作画。昨日（三十日）午前八钟，记者刚要出街的时候，恰逢他老架着眼镜，光着头偕其姬人移步蹀入本报社来，蓦然看见，高兴至极，便请他老偕其姬人，在本报客室里坐坐。饮茶后，他索本报看，当奉上一份，过目数行，他说一时看不完，便交其姬人带回寓再看。他老向记者说，他要买些零星物件，请为他作个向导，同时也来见见面。

在室里坐了一会儿，谈了些话，他便约记者出街，向春熙路北段走去。他老精神颇佳，步行甚健，只上下阶沿时，姬人恐其费力，稍用手搀扶。

在春熙路上，他老向记者说，成都饮食，他是食得惯的，不过他是在乡里住得久的人，喜欢吃"乡味"，厨师弄的菜味浓又辛辣，有时加入些"味素"更不好吃，且不合养生之道。他很喜欢吃蔬菜，只是放点盐，用水煮熟便是好食品。他说他做客异乡，弄菜殊感不便，他要买汽炉、小铁锅，好自己烹饪。

记者知道他要买汽炉等具，便同他到春熙路百货店去看。在路上，他问我病好了没有，因为记者前（廿九）天拜访他的时候，曾着凉头痛，他问清楚后又谈了药方，叮咛重重，令人感到他老对人的亲切。

在"万利长"百货店买汽炉，索价每个十元多，钞价较上海高一倍以上，货又不好。又看了两家后，同他老到"益大"商店，货色稍好，结果他老以六元八角钞购汽炉一个，他取中央银行十元钞券一张，嘱商店找补点角票以便坐街车，店中答无角票找补，记者也向店里人说，请找些角票以便此老零用。店里人称实无办法。他老不禁喟然而叹："人人都说成都好，谁知道拿着钱都不好用。"店里人听他老口音是异乡人，才多方设法，找补了五角票六张，二角票一张。他的姬人看中了"益大"的檀香木折扇，想买一柄，他老看见便说，檀香木折扇上截是竹子接成，下截才是檀香木，不耐用，香味也香不多久，他老说竹子折扇要好得多。他的姬人也便未买了。

转身经"胡开文"，记者问他是否购丹青？他说从北平带有画料来。在春熙路北段口，他与记者分手回寓，他缓步街头走回去，他的姬人恐他疲劳，雇好黄包车，他们便向文庙后街回去了。

端午节闲情逸致　白石山翁徜徉春熙路

（1936年6月26日《新新新闻》）

他偕其姬人散步春熙路，沙白的长髯，手里摇把白纸未书画的折扇。他说他日前曾去新都一游。当天便转成都。他说灌县青城山风景秀丽，暑气稍减时，他是要去一游的。刘君（启明）当时向他介绍成都古迹，诸葛武侯观星台（在天府中学内）、外西抚琴台以及赵子龙洗马池（在和平街）、子云亭等处。他说他一定要去一游，并请作导。齐说：当时天热，他清晨作画或雕刻。午后一热便休息，作画与治印成时，便为人取去，寓所里无余留，每天必画，从未间断。

谈到吴昌硕、黄宾虹诸氏，他未表示意见，不过在他的谈话间，对吴有大纯小疵之感。谈到一般作画的，他表示失望，他说："作画与读书一样，要读画多，才能有得，动辄下笔实少希望。"他说他的画，一般人恐怕看不来，因为不守成法，不落昔人窠臼，不胜曲高和寡之慨。他很称赞成都余中英。他说余近来画竹甚佳，治印亦好，顶有希望。

大家谈到王湘绮先生（他的老师）清末对四川文化之功，他老极尊崇湘绮，他说湘绮真是大家，喜怒笑骂皆成文章。他说他早年湘绮在时，每有疑难，曾多请益于湘绮。

昨天25日午又到寓所文庙后街访他，并请他同摄一影，时他有事外出，摄影后片谈匆匆分别。

秋风萧瑟天气凉　白石山翁动归思

（1936年8月24日《新新新闻》）

记者一提到白石山翁，便有一个须发苍白、神致超逸、和蔼可亲的老人在大家脑子里。他来蓉已三月，除领略三峡、渝、万、锦城风景外，他向记者说对峨眉天下秀、青城山六峰，只有怅惘，只有抱歉，他说因为他老耄之身，这些名胜高峰峻岭实无力登临眺望，言下甚为嗟叹。

他到锦官城，一天到晚忙于雕刻作画，前月足又为蚊虫所苦，溃烂成疮。他说成都当时马路太坏，凹凸不平，乘车行走，亦颠来倒去，致头晕背痛，他极少出外，现在屡得家书，催促返平。他也以游兴已阑，兼秋风初动，倍起乡情，想买舟东下即回北平。昨天他已出洋六十元，托人为他包订汽车到渝，再换舟东去，在这几天内他要别我们而去。他嘱记下他当时北平的通讯处。谈到别情，当时心情上总放不下。

他来川作的东西极多，以这几天裱于春熙路诗婢家一丈五尺之横屏《九秋图》为入川第一杰作。一幅之上，有秋菊、残荷、丹桂、红蓼、海棠、芙蓉、秋兰、老来红、鸡冠花、有粉蝶、蟋蟀、花蛾、蝼蛄、螳螂、蜜蜂、蜻蜓等，用写意法以绘之，神态宛然。

昨天我到他寓所时，谈些话后，他很高兴，便挥毫走笔为他女弟子蔡淑慎作《白菊丹桂图》两幅，用笔着色不同凡俗，一旁观看，极有趣味。

成都的美食源流

人可以任意改变自己，包括头发的样式、说话的口音，甚至观念行为等等。但是，人永远无法改变的是自己的口味。可以说，口味是人类最深的瘾癖。

李调元被誉为"川菜文化之父"，其《醒园录》是四川第一部饮食菜肴专著，从中可以看出当时长江流域饮食文化中"吴餐"和"蜀餐"传播交融的丰富信息。

李调元（1734—1802年），字羹堂，号雨村。是清代著名文学家、诗人、剧作家、藏书家。乾隆二十八年（1763年）李调元进士及第，钦点为翰林庶吉士，授予吏部文选司主事，之后还担任过广东乡试副考官、考功员外郎、广东学政。乾隆五十年（1785年）遭诬罢职回到四川，归隐于醒园。

乡居的日子，李调元草笠布衣，作田夫野老"亲农圃之事"，在罗江县云龙山麓种花植药，将经营园艺心得，参以前人有关著述，编成《醒园花谱》，对蜀地的花、果、木、竹、水草、藤、谷、蔬、桑麻、茶、药予以条分缕析，从这部园艺学著作可以了解"天时早晚之候，人事种溉之方，地方彼此之殊，物性良苦之异"，不失为川派园艺培植的必读书。

《醒园食谱》是其父李化楠撰写、李调元编辑的，后收入《函海》，全书记载川味烹调39种、酿造24种、糕点小吃24种、食品加工25种、饮料4种、食品保藏5种，可谓琳琅满目、经济实惠，对四川饮食文化做了高度总结。由于其记载的工艺技术切实可行，此书引起了烹调学界的高度重视。

可以发现，李调元的饮食品位其实是大众化基础上的精细化。他从来不是追求山珍海味、龙肝凤髓的人。比如《醒园食谱》记载了3道蜀地炒菜：新鲜盐白菜炒鸡法、炒野味法、炒鳝鱼法，与清代中期的烹饪专著《调鼎集》所记载相比较，大同小异。这说明到李调元时代，川菜虽有"蜀餐"之名，但川菜尚未走出"吴餐"的范畴，尚未表现出地缘特色。

川菜菜系是在南食（南馔）的涵养之下，由四川原住民和外来移民广泛吸收南北菜肴的精华，逐渐融合形成，是适宜于近代四川族群生活享用的烹饪技艺和风味。在传世的42卷《童山诗集》中，李调元提到几十种菜肴食品名称，有的还谈及吃法，即使仅仅出现一个食材名称，我们也可根据与李调元同时的一些烹饪著作（如袁枚《随园食单》等），大致推测出菜肴的烹调法，由此可窥李调元的饮食嗜好，考证出当时吴餐和蜀餐传播交融的丰富信息。

但《醒园食谱》记载的菜肴，几乎都是川菜中流行至今的菜品，比如"珍珠肘子"，将整段猪前肘连皮宰下，配上各种香料，以蒸卤之法做成，呈酒红色，泛闪珠光，外肥肉瘦，肥者不腻，瘦者化渣，肥而嫩滑，微感胶质，唇齿留香。《醒园食谱》还记载"烧腊猪头"，有人吃后认为比"东坡肘子"还要略胜一筹。

其中，李调元最为津津乐道的是豆腐。

李调元《雨村诗话补遗》卷四："贵州李世杰总督四川，素清廉，喜食豆花，人称为李豆花。豆花即豆腐之未成者。"此人到成都后下令成都遍种芙蓉，所以晚清时节成都再现芙蓉满城之景。

豆腐之名，最早见于五代时人陶毂撰

《清异录》卷上"官志·小宰羊"条:"时戢为青阳丞,洁己勤民,肉味不给,日市豆腐数个,邑人呼豆腐为'小宰羊'。"陶穀是五代时新平(今安徽省南部)人,后周时做过翰林学士。五代时期,皖南地区百姓称豆腐叫"小宰羊",豆腐是文人释读的书面语。

李调元《雨村诗话》十六卷本卷二指出:

"豆腐,不知起于何时。按《本草集解》:'豆腐之法,始于汉淮南王刘安。'故宋朱子有《豆腐诗》云:'种豆豆苗稀,力竭心已腐。早知淮南术,安坐获泉布。'盖世传淮南以丹药点成也。然《蔬食谱礼》记啜菽饮水,菽,豆也。今豆腐条切淡煮,蘸以五辛,是汉以前已有之,但不名豆腐,而豆腐之名,迭见于宋元诸说部。明蒋仲舒《尧山堂外纪》云:'何仲默少时,极能文,善于破冒。有出其乡谚为对者,曰:"张豆腐,李豆腐,一夜思量千万计,明朝依旧卖豆腐。",破曰:'姓虽异而业则同,心不穷而分有限'。然未见诗。本朝海宁查他山(慎行)及尤西堂(侗)始作有《豆腐诗》,已脍炙人口。"

为此,李调元也写了很多涉及豆腐的诗词。《童山诗集》有《豆腐四首》,林林总总,真可谓是"豆腐系列大全"。比如,"家用为宜客用非,合家高会命相依。石膏化后浓于酪,水沫挑成纳似衣(豆腐皮)。剁作银条垂缕滑(豆腐条),划为玉段截肪肥(豆腐块)。近来腐价高于肉,只恐贫人不救饥。""……逐臭有时入鲍肆(臭豆腐),闻香无处辨龙涎(干者名五香豆腐干)。市中白水常成醉(白水豆腐),寺里清油不碍禅(清油豆腐)……"

王国巍认为:"《豆腐四首》写于成都,可见当时成都肆市上的豆腐皮、豆腐条、豆腐块、臭豆腐、五香豆腐干、白水豆腐、清油豆腐、姑苏糟豆腐、豆腐渣等,这些豆腐品种,至今仍是川菜和成都小吃的重要组成部分。"(《王国巍:蜀中"函海"李调元》,《成都日报》2021年3月15日)

李调元喜欢吃鱼,尤其是鲤鱼。他的诗歌里提到食鱼计有近10处,有红鲤、双鲤、草鱼、鲈鱼等,这些至今仍是川菜中最常见之菜品。但李调元写芋头,才有意思。

《童山诗集》卷二十六《食芋赠陈君章》:"栽树多栽柳,可作析薪具。种蔬多种芋,可作凶年备。"《童山诗话》卷二十六《妙相院》(赠张三):"一湾流水小桥西,妙相禅林大字题。落叶盈堦僧不见,野花满径鸟争啼。乾坤容我聊龟息,日月催人老马蹄。独有张三能御李,蹲鸱饷客味如鸡。"

芋头即芋艿,古叫蹲鸱,是中国原生的古老蔬菜。司马迁《史记》卷一百二十九《货殖列传》:"蜀卓氏之先,赵人也,用铁冶富。秦破赵,迁卓氏。卓氏见虏略,独夫妻推辇,行诣迁处。诸迁虏少有余财,争与吏,求近处,处葭萌。唯卓氏曰:'此地狭薄。吾闻汶山之下,沃野,下有蹲鸱,至死不饥。民工于市,易贾。'乃求远迁。"这说明卓王孙颇有眼光。唐张守节《史记正义》曰:"蹲鸱,芋也。言邛州临邛县其地肥又沃,平野有大芋等也。《华阳国志》云汶山郡都安县有大芋如蹲鸱也。"饱经忧患的李调元,哀民生之艰难,所以说"种蔬多种芋,可作凶年备"。

这就是著名的岷山芋,川南也称"品

芋"。杜甫《赠别贺兰铦》："我恋岷下芋，君思千里莼。"

韭黄一直是四川著名蔬菜，彭州至今都是主产地。《童山诗集》卷十二《深州牧李五峰遣送小菜四种》："未经出土气含酥，小放筠篮似束刍。短短麦苗无可杂，不须偷问石家奴。"写的就是韭黄。他还有《自题双菘图并序》一诗："雨村先生真腐儒，春食黄韭冬食蔬。南行舟中一日无，思之不置描成图。"

"才闻香气已先贪，白楮油封四小甔（dān）。滑似流膏挑不起，可怜风味似淮南。"这是写豆腐乳。

"栽如诸葛蔓菁菜，煮比东坡玉糁（sǎn）羹。如练土酥君不识，教人长是忆金城。"这是写萝卜。

"醢人加豆列名蔬，紫蓼青葵迥不如。却忆诚斋诗句好，一生只解贮寒菹。"寒菹，就是腌菜、咸菜，至于泡菜是很晚的说法了。

看看李调元利用饮食之道提炼出来的"饮食自况"："谁谓我贫，食不但韭。谁言翁醉，意不在酒。"可谓深得川菜三昧。

东晋常璩在《华阳国志》中称蜀人有"尚滋味""好辛香"的民俗风味。可以发现，在辣椒引入四川以前，辣的"正宗"的是长时间使用的食茱萸，它与姜、花椒合称为"三香"。川人没有吃"树椒"的传统，本地也没有沿海才生长的"树椒"。到了清中叶以后，将这些风格进一步予以落实的东西就是朝天海椒和嫩姜。而四川朝天椒的辣度与鲜香，远超过西南其他地方的朝天椒。

如果说李调元提及的菜肴较为乡野化、平民化，那么蜀地的"山珍海味"又如何呢？

不得不说，成都的美食足让一百多年前的洋人们眼界大开。1902年光绪皇帝下诏废科举兴学堂，四川总督锡良开门办学，成都陆续兴办了一批官办、民办职业学校，聘请了不少外籍教师。中野孤山是日本广岛县立中学教师，1906年受聘于成都补习学堂，担任教习一职，直至1909年返回日本。在他眼里，成都"珍奇的美食"大致是：

"古语云：地异物殊。当今世上不乏其例。像华人那样喜欢吃珍奇食物的人应该为数不多。把西瓜籽、南瓜籽烘干后一颗一颗地吃，还有杏仁和葵花籽也以同样的方法食用。油炸荷花、糯米莲藕、盐蛋和松花蛋都是他们喜欢的珍品。蛇汤炖乳猪、燕窝、田鸡、鱼翅、猪肠、牛羊猪血、猪耳朵、干兔、蜥蜴类的卵、鲜虾、橄榄果等都能使华人馋涎欲滴。其他的，如冰糖莲子羹也很合我们的口味。糖水橘子、火腿等虽然近年我国也在开公司生产，但还是华人最爱食之。"（中野孤山《横跨中国大陆——游蜀杂俎》，中华书局2007年版，第125—126页）

中野孤山在另外一处已经提到，成都上流喜欢海参，与燕窝一样，当时的价格十分昂贵。燕窝、鱼翅、蛇羹一类上品大菜均已出现，这说明自湖广移民之后，两广一带的饮食风俗已在蜀地落地生根。四川民间尤其喜欢的田鸡、牛羊猪血等，已上了台面。至于"蜥蜴类的卵"，这倒是首次见到蜀地菜品有这样的记载，估计应该大鲵之类的菜肴。

民国时期，就有这样一首《拟成都闺女春游》的竹枝词，无忧无虑的成都姑娘

436

的天性得到了精妙描绘：

端来凉粉两三盘，
味调宜辣复宜酸。
腮旁嘴角红犹在，
就向街前念戏单。

而在另外一首竹枝词里，描绘了与上面一首近似的场景："豆花凉粉妙调和，日日担从市上过，生小儿女偏嗜辣，红油满碗不嫌多。"末尾的那句将成都妹子酷爱麻辣的心态，刻画得惟妙惟肖。读到这样的竹枝词，不能不让人想起老成都的各色美味。

据1909年出版的《成都通览》载，当时四川有菜肴1328种，其中多数属于成都小吃。有一种说法，成都小吃的品种多达300余种，其中一些品种据文献记载可上溯到千年以前。成都人的"好辛香"是显而易见的，否则也发明不了这么许多的吃法，同样的原料或食品，他们就能吃出不一样的方式和风格来，可见他们在吃字上下足了功夫！所以，人们吃的已经不是一般的食品，而变成了文化。2009年，成都的名小吃已经昂然进入成都市幼儿园、中小学国学经典诵读教材。

成都小吃是一个庞大的概念，它不仅包括各种糕饼、羹汤、及席菜细点，另外还有一个与外地小吃不同的地方，就是小吃还包括一些肉类食品，如麻婆豆腐、夫妻肺片、棒棒鸡、怪味兔、软烧鸭子、小笼蒸牛肉等等，这又是成都小吃的一大特点。成都小吃之有名，还在于口味之丰富。成都小吃味特别多是其他地方小吃所不能比拟的，常用的口味就有香甜、咸甜、椒麻、红油、怪味、家常、麻辣、咸鲜、糖醋、芥末、蒜泥等十余种，而每一种口味针对不同的品种又各有不同的使用方法和变化。

民国时期，在成都卖出名的就有盐道街和东御街"蜜桂芳"的花生糖，酥脆化渣，铁箍井的米花糖香甜油润，粪草湖的沙胡豆颗颗酥脆，深得娃娃们的喜爱。铜井巷虽是其地偏僻，但价廉物美的素面，仍然是顾客盈盈。华兴街的"煎蛋面"面丝细滑，上面是金黄金黄的煎蛋，咬一口，好脆，好香啊！满嘴都是浓浓的蛋香。会府坝街钟聋子的珍珠圆子，馅足油匀，不粘牙、不腻嘴；热腾腾的八宝饭，油嘟嘟的三合泥都是享有盛名的佳肴。但是毫无疑问，春熙路不仅是成都的时尚展示地，美女们的时尚"天桥"，也是美味小吃荟萃之所：钟水饺、赖汤圆、夫妻肺片、韩包子、龙抄手，还有街边的麻辣烧烤和烤黄粑等等，而最让我难以忘怀的还是春熙路上的一个小店——其乐锅魁，锅魁酥酥脆脆，而且还带一点韧劲，夹的红油淋漓的麻辣大头菜丝，香得美女们顾不了风度……

尽管车辐先生在《川菜杂谈》当中，认为如今成都锅魁的制作工艺与过去小摊子上的做法相去太远，"尽管是近乎草率，可是依受食客们的欢迎。恢复是一回事，进一步发掘与提高又是一回事。"因为，早年街头"打锅魁"的铿锵节奏，与川剧锣鼓构成了某种美学隐喻。由此可见，在味蕾的满足之外，对本土饮食传统精髓的传承，将是饮食勃兴过程中应该注意的问题。

但俗人管不了这些饮食的形上之道。这些小吃让人们在大快朵颐之余，双眼也没歇着，也是饱餐秀色。让很多人想起一句流传在川内的俗话"不来成都，不知结婚早",觉得真有道理啊。真可谓是眼睛、味蕾的双丰收。很难想象,如果没有这些刺激味蕾的食品点缀春熙路,百年金街还能这样活色生香么?

在春熙路西段22-24号地址处,如今的过往行人根本不会想到,这里曾经不但是有着中华老字号声誉的耀华餐厅,而且还是成都第一家西餐厅。20世纪90年代城市改造时拆除,现在,这里一部分成了高楼大厦,一部分成了绿化用地。2001年,耀华餐厅被有港资背景的公司收购。2002年在道路改造拆迁过程中,耀华餐厅就逐渐淡出了成都人的视野。

耀华餐厅由民族企业家、重庆人赵志成创办于1943年抗日战争时期。赵志成经营的耀华食品厂是当时成都最大的食品企业,他以厂为基础,以厂名命名餐厅,给成都食客提供了一间品尝法式菜品和西式点心的西餐馆。当时叫"耀华茶点室",集西菜、冷饮、糖果和早点的综合餐厅。创办初期,经营西洋茶点和西菜遭遇挫折后,转营豆沙包、叉烧包、鸡肉大包、鸡丝面、鲜笋肉片的口菜面、咖喱牛肉面等面食一举成名。此后,以每天三菜一汤、三天一换的形式经营西菜、面点。民国三十六年(1947)后,开办耀华食品作坊、精制白糖作坊、中式糕点作坊、软硬糖果作坊,生产的奶油蛋糕、夹心蛋糕、方块白糖、红白芙蓉糕、海参酥、凤尾酥、奶油花生、奶油球糖等糕点糖果供不应求,成为川西主要的生产厂家。1950年成渝铁路开工后,西南军政委员会指定耀华餐厅为苏联专家制作西点、西菜,受到苏联专家的交口称赞。这在当时是一种难得的殊荣,更加巩固了耀华餐厅的名店地位。当年,政府拨专款8000万元(旧币)扶持其扩大经营。

在成都人的心目中,"上河帮"川菜才是他们的最爱,他们如何看待西餐呢?赵志成请来制作西餐的师傅,但开始的时候生意并不好,因为吃西餐太过"洋盘",成都人玩不来这个刀刀叉叉的"格"。顾客一般是外籍人员和少数喝过洋墨水的上层人士。看到市民不大买账,赵志成又请了一位专做俄式西餐的徐桂芳师傅主厨,口味尽量迎合四川人的喜好,就餐也不那么讲究规矩了,你用筷子吃都可以,土洋结合,西餐具有了"成都方式",生意就逐渐好转。

当时有爱慕虚荣的成都人就羡慕耀华餐厅里的"西式生活",专门去租了一套西装穿在身上,脚上穿着擦得油亮的甩尖子皮鞋,他走进餐厅前,还前后左右地看一番,意思是告诉别人我要到这里进餐了。这种人进去后并不点菜,跷起二郎腿坐上好一会儿就出来了,出来的时候还在嘴角叼一根牙签,好像是在告诉别人:我已经吃过了,其实他的肚子里面正在"闹革命"。在我看来,这个细节也深刻阐释了本土社会底层人士爱慕虚荣的根性,在耀华餐厅上演的这类滑稽剧,如今在春熙路也还看得到。

耀华餐厅曾多次更名,先后有耀华食品有限公司、耀华大众食堂等。20世纪50年代,更名为耀华餐厅,1950年增加了川菜业务。1958年后,餐厅更名为耀华西餐部,又恢复开业时以西菜、西点为主的经营格局。1958年3月成都会议期间,毛泽东主席曾来餐厅用餐,品尝了回锅肉、宫保鸡丁等川味名菜后大加赞扬,并摄影留念。毛泽东的就餐室被长期保留以作纪念,耀华餐厅因此名声大振。1983年,餐厅分成两部分，西餐迁到东大街，取名耀华咖啡厅，后更名为耀华西餐厅，中餐仍在原址。

罗邦本先生曾对我讲，20世纪80年代，成都人只有在"耀华"才能品尝到冰激凌。他以前喜欢在耀华餐厅读报休息。虽说餐厅处在闹市，但一门之内，却一点听不到嘈杂的市声。一楼的快餐厅和西点厅简单大方，二楼的西餐厅温馨舒适，约朋友到这儿谈天论地，在大红烛光下享受晚餐，很有点"梦回唐朝"的出尘之感。

1988年成都市饮食公司新建耀华，选址在城守东大街55号，面积达1000多平方米。

"您想吃甜咸皆备、中西结合的美味吗？那不能不去位于春熙路西段的耀华西餐。家具精致、盘盏考究，在清雅舒适的环境里，捧一杯热气腾腾的浓咖啡，真让人心旷神怡。"这是《成都掌故》一书关于耀华西餐厅的介绍，说明了耀华餐厅几十年来在成都商界举足轻重的地位，是一颗光耀四射的明珠。它的经典菜肴俄式牛尾汤、耀华沙拉、大虾布郎酒、法式牛排、红酒猪扒、水果布丁等等，成为了成都人怀旧的不朽话题。

旧时，无论是在成都闹市，还是静僻的小巷子里，卖各种小吃的小贩简直是摩肩接踵。他们的生涯，不但极大丰富了成都人的口味，而且使这座文化名城，即便是在小街陋巷当中，也留存了它的款款风韵。

成都城市群众艺术馆汇编的《成都故事百家谈》（四川人民出版社2008年1月版）一书当中，收有不少忆旧风物文章，读来韵味悠长，引人遐想。《锦城无处不飘香》就记叙说，挑豆花担子的小贩，一手控制右肩或左肩的扁担，一手捏一个小碗，另用手指夹一个调羹（汤匙），边走边摇，无须卖者吆喝，只听他摇出清脆而富有节奏的悦耳之声，也就不容你不来上一碗了。时逢炎热、酷暑难耐之季，独具特色的醋豆花应时而兴。担子前端小火炉上放置一铜皮或铝皮制作的长方形煮锅，锅内放入清水、醋、八角、茴香、苹果、三奈、桂皮等原料，再将一竹编小罩，即成了加罩的小火炉，并能过滤料渣。熬制成汁后，只消沿街飘来阵阵扑鼻的醋香，即可闻醋生津，尤胜望梅止渴。如再亲口品尝，必能舌润喉舒，烦渴顿消。与此同时，凉粉、凉面、凉糍粑、凉粽子、凉黄糕、凉虾、冰粉、刨冰……更是随处可见。糖饼儿摊子也及时增添粑糖，根据买主需要，将熬好的糖汁舀在平滑的石板上，用薄刀刮平，由买主在碗内夹上两、三片用糖水浸泡过的酸杏儿，放在粑糖内，然后再启刮成卷。吃起来绵扯绵扯、甜酸甜酸，那才别有一番滋味在心头。

"穿格子"（转走茶坊、酒店）的小贩所卖更是品类各异，美不胜收。一个身材魁伟、却又装束文静的男子，戴一副深度近视眼镜，蓝布长袍上套一件"琵琶襟"褂子（无袖、较短），虽不显华贵，也干净合体，提笼里装着色好样匀的金钩煮花生米和用五香煮熟的胡豆，翻转的提笼盖子内分别放上几包以示顾客，穿梭在茶坊之间，边走边慢条斯理地吆喝："五香胡豆、金钩花生，慢慢细吃，很有味道……"小贩转得累了就捡上一碗"加班茶"（别人喝过的剩茶），找个边角的空椅坐下来，再以提笼里取出一盛酒的一小竹筒和已开启的花生米或煮胡豆，细嚼慢饮，还真有点味道，还可引起食客的兴致。

卖糖罗汉的掌盘里放着大大小小的，用白糖熬化在模具中铸成形的罗汉"狮子"和"财神"。除售卖外，并有一土碗装一副骰子，如买主有兴趣可以先买一个价格相对便宜的小罗汉、小狮子或小财神，然后再掷骰子拼输赢。买主赢了就可由小到大，逐步上升，直至赢得最大的罗汉、狮子或财神。但买主只要输一次，就连根烂，只付钱无糖吃。所以，提瓜子苋苋，端麻花掌盘的均附有相同的赌具。以类似方式赌输轮赢，一般都是买主输多赢少，空花糖、落花生、毛豆角、薛涛干、花生糖、米花糖也频频悠转于茶馆之中，让茶客随意择取。

《锦城无处不飘香》一文指出，春熙路北段"三益公"川戏园子侧边，靠近新街后巷子的矮墙下，有父子二人，专卖现扯现煮的甜水面。面团揉得绵软绵软，又系边煮边捞，火候适当，调味合口，故而担担儿未至，即有一些"好吃嘴"在那里翘首以待，望眼欲穿。只要开锅，就可一鼓作气卖得干干净净。尤其那些太太、小姐们更是吃得嘴角挂红，粉颊生香，意满心足，啧啧连声。这一记载，让我联想起抗战时期客居成都的作家萧军，他先是在《新民报》任副刊编辑，同时积极筹划创办了一所"印刷工人文艺补习夜校"，并自任讲师。他喜欢吃成都的甜水面，这是很多人都知道的文人典故，他对甜水面奇特的配方是这样评价的："你们的甜水面我不大理解，你们在面中加红酱油都是甜味，这在我吃过全国的面食中，也是少见的。甜味中加上辣椒，这就更奇特了，但是吃在口里，却很受吃，好吃，有回味，别的地方没有这样的做法。"直到他在1980年代再度来蓉又踏上归程，对成都甜水面蕴含的奥秘还是始终未弄明白。

春熙路西段"五洲公寓"隔壁钟幺爸的金钩豆腐干，既干且香，如不费点牙巴劲，是嚼不过瘾的。安乐寺（今红旗商场）的兔肉丝丝夹锅魁，麻辣香俱备，牛市口的三合泥、艾蒿甜板馍馍，远近驰名。沟头巷口"古月胡"炸紫微饼（红苕泥与面粉揉合，包入玫瑰、芝麻心子），外酥内甜，秋冬季节供应加冰糖汁煮出的粑红苕，又红又亮，热气诱人。

愚人在《现代川菜在定型时期所取得的成就》里指出，清末的"消夜"（成都话，把"夜宵"作为动词）中的鸡丝担担面，它的买主就是那些打麻将酣战到半夜三更的太太小姐们。鸡丝担担面的担子的两端分别置炖老母鸡汤和炉灶，冬夜里一盏油灯的火苗在炉灶的雾气里忽幽忽幽地闪着，门呀一声，一个妙龄丫鬟用托盘端着几只江西青花瓷碗从公馆的大门里走出来，小贩的生意来了。每一份面条量很少（大约只有一两），面条刚下到去生时，就被挑进碗，取其有韧力。碗里的作料仅放盐、胡椒、少许资中冬菜屑、小葱末、豌豆尖，然后再在旁边炖鸡汤的锅里舀一大瓢香气袭人的汤浇进面条里泡着，面条上面再放些撕得很细的鸡肉丝，这是典型的汤面，可能《梦粱录》记载的"鸡丝面"是其祖先。

无独有偶，笔者的中学老师罗成基先生（1919—1999年），曾向我多次谈起自己在春熙路请客、赴宴的情况。1947年8月至1949年7月在他出任什邡县长期间，经常在春熙路的锦华馆、华华茶厅宴请官场人员，为什邡县争取一些利益。罗成基先生平素从不打牌，但为了应酬，牌却打得很精。该输必须输，但又不能露出

"故意"的初衷，因而每每打到凌晨。他对我说，醪糟蛋、鸡丝担担面是女眷喜欢的，官僚要到隔壁烟馆去抽一阵大烟才缓得过气来。"最妙的不是鸡丝面，而是那回荡在春熙路上的叫卖声。"他试着学给我听，有梦游一般的味道："鸡……丝……面……咃，咃，咃……"在我听来，就仿佛招魂的仪式。

这就涉及到"鬼饮食"一词。老成都所谓的"鬼饮食"，系指夜深人静，街上饮食店铺均已关门打烊之后，尚散见于街头巷尾的小食摊、小吃担。"饮食菩萨"车辐在《说说成都的"鬼饮食"》（《四川烹饪》1994年4期，5页）一文里，深情回忆了旧时春熙路三益公门口的那段"飘香往事"：

过去成都有一种"鬼饮食"，在打二更时（相当于晚上10点钟）开始出现于街头巷尾，夜深了还在卖，有的一直要卖到第二天早上黎明前。这里说的"鬼"，指的是在夜深出现，指的是时间。当年最有名的"鬼饮食"要算春熙路三益公门口那个卖椒盐粽子的，每夜打二更就出来了，不论酷暑严寒，总是摆在那个固定的地方——行人道边三益公戏院出来的门口上。担子上燃铁锅炉子，锅是扁平的，下燃木炭；有的炉上用铁丝网子，放上一块块的红豆椒盐糯米粽子，翻来覆去地烤于木炭上；随时注意火候，一不能焦，二不能糊，要烤成二面黄，使椒盐香味散发出来，让行人闻之馋涎欲滴。更重要而有特色的是椒盐烤味中，喷射出和在粽子里的腊肉颗子的香味，刀工尤好，切成肥瘦相连的小颗子，和在红豆、糯米中，烤到九分九厘炉火纯青时，那香味真如当时"售店"（公开卖鸦片烟的烟馆）门口挂的灯笼，上写"闻香下马，知味停车"。这种"鬼饮食"的"鬼"字，还不能专指它出来的时间，它"鬼"在精细。

除了当年春熙路上的椒盐粽子，车辐先生还对娃娃花生米、各戏院附近针对看戏女宾出售的卤鸡翅膀和鸡脑壳等等，进行了回忆，为我们呈现了一幅绮丽多姿的成都"饮食夜景"。到了90年代春熙夜市鼎盛时期，在春熙路西段与青年路交汇一带，"鬼饮食"摊点密布，我也经常在啃两个兔儿脑壳喝一瓶啤酒。时至今日，"鬼饮食"依然存在，如果不是从食品卫生、税收角度而是从饮食风情角度予以打量，谁能说这不是成都文化的构成部分呢？

车辐先生感叹：深夜，在那些走街过巷的"鬼饮食"中，使人难忘的还有：卖香油卤兔的、卖卤肉夹锅魁的、卖红油肺片和油酥麻雀的……哎！实在是妙不可言……

唐代诗人王建《夜看扬州市》诗云："夜市千灯照碧云，高楼红袖客纷纷。如今不是时平日，犹自笙歌彻晓闻！"夜市灯火，高楼红袖，可以想见扬州夜市的盛况。与王建并世齐名的诗人张籍《送南客》诗云："夜市连铜柱，巢居属象州。"这大概是"夜市"一词在唐诗中出现较早的例证。这说明在唐朝时期的通都大邑已经出现了夜市。夜市的发展使那时的禁夜制度受到了冲击，对封闭式市场模式开始有了一些开掘，但其规模和程度还不足以破除坊市的封闭格局。到了北宋，坊市分区的封闭格局被彻底打破，民居与商业区融合为一体。这是市场制度和市场形式的一次大变革，使得城市景观较之前更为花样繁盛与世俗化，城市的文化基础因为夜市而扩大。

在我看来，成都人的生活习性里，具有一种"夜市情结"。最重要的原因，在于夜市商家卖的价格相对商铺里面要便宜很多，吸引顾客也是理所当然的。摩肩接踵的散步逛街，也成为本地人喜欢的，一种激发愉悦心情的身体方式。

在成都的历史上，大慈寺一直是游览名区与佛教圣地。根据文献记载，大慈寺在唐宋极盛时，占了成都东城之小半，每逢庙会更加热闹。大慈寺附近商业繁荣，寺前形成季节性市场，如灯市、花市、蚕市、药市、麻市、七宝市等。同时，解玉溪两岸还形成夜市，一直沿袭到近现代。《方舆胜览》卷五十一引《成都志》记："锦江夜市连三鼓，石室书斋彻五更"，说明夜市的游乐生活在成都已是深入人心。在这个过程中，民国时代即有的东大街夜市、城隍庙夜市则是成都夜市文化的代表。每到傍晚，卖炒菜的，卖烧腊的，卖汤圆醪糟蛋的，卖担担面的，卖凉粉的，卖豆花的，卖油茶的，卖藕粉的，卖麻糖的，卖炒货的各种小吃，琳琅满目，应有尽有。拉黄包车的车夫，做杂工的汉子，商店的店员，作坊的工友，他们也可以在这里不分彼此、不分阶级地过一次夜生活。但值得注意的是，夜市上，衣帽鞋袜、古董玩器、文房四宝、腌卤烧腊固然一应俱全，如张绍诚先生指出的那样，"可惜在蜡烛、亮油壶子和微弱的电灯光下，常常买到伪劣产品，甚至有拿吃去皮肉、只留骨架再糊以泥巴涂色冒充的腌鸭子。"

20世纪80年代改革开放后，为缓解就业压力，春熙路再现繁荣，与紧邻的青年路一起，迅速成为中外闻名的"西南第一街"。这其中很大的原因，源自夜市。

1992年9月12日，春熙路历史上的夜市首次开张。那几年，一个夜市摊位转手就可以卖4.5万元。王府井百货出现的超过1万人次的高峰客流是在夜市，春熙路步行街商家全天的营业额中，有一半是在夜晚赚到的。

我清楚记得，当时每天下午4点过后，在通往春熙路的几个路口巷道，一车车用钢管做成的活动摊架早已在排队等候入市了。羊慧明以《四川成都夜市抢摊目击记》（《经济日报》1993年1月11日）记述了夜市细节：

执勤的大爷告诉记者，夜市要5点钟才放摊贩进场，他们每天都早早在路口排队。下午5点还差几分钟，执勤人员挥手，拉摊架的扛货的便争先恐后一路小跑去抢占位置，手忙脚乱地搭架挂货，其中肩扛钢制货架的还有纤纤女子。老百姓要下海挣几个钱，确实不容易。转眼之间，在不到500米长的地段，平地涌出460多个货摊，服装、鞋帽、工艺品、玩具等应有尽有，此起彼伏的叫卖声、录音机播放的音乐声。一个卖衣服拖鞋的摊位前，记者问摊主生意如何，这位姓尹的大姐摇着手里的两张5元钞票说：做得走啥子？大半晚上才卖这10元钱，连摊位费税费都交不够。不管你来不来，有没有生意，夜市办公室每晚要收摊位费9元，税费3元，还有这货架，也是夜市办卖给我们的，一个500元，你看这能值500吗？这位大姐还指着旁边没有支起来的货架说，好多人做不走，都不来了，我们也想不干了，但又没有别的生计，只好坚持着，挣一分算一分。不过，也有生意好的。在几个卖新颖的动物造型保暖拖鞋和保健枕腰的摊位前，挤满了顾客，摊贩手里握着收进的大把钞票，乐呵呵的。一位卖保暖鞋的大姐自报家门，她姓郑，是妇联的干部，她说：我还在上班，下午早点溜出来忙这头下海。三个月，收入早超过了我一年的工资。过去你是干部，就有人尊敬，现在你没钱，谁瞧得起你？我也在犹豫是不是不干公差，完全下海，我也知道，下海的人越多，竞争越激烈，生意就越不好做，赚钱就越难。所以，我不经营大路货，钻点新产品来卖点钱。

在夜市摆摊的，有机关干部、工人、教师、体育教练和待业人员，他们大多本钱小，挣点小钱。一位姓于的摊主对记者说：我是研究所的，那点工资不够吃穿，想做生意又租不起铺面。现在成都的好的铺面卖价抬到了上万元一平米，比深圳还贵，租金一平米一月就要上千元。现在东西又不好卖，做买卖的人又多，购买力就那么大，能赚点钱没准连房租税费都不够，只好小打小闹，挣几个钱添点家什。虽是苦点，但我们还是想做下去，往后钱越来越不好挣，现在练练摊也可以增强适应能力。

9点过，夜市摊位陆续撤离，生意好的高高兴兴，没赚到钱的悻悻而归，有的人夜市收场后又到，街头路灯下摆起麻辣烫、削菠萝之类的饮食摊，在寒风中熬守到凌晨三四点钟。他们就这样日复一日，为了赚钱。

我曾经数十次穿行在春熙路夜市的摊点中。商家播放的震耳欲聋的通俗歌曲，此时也不觉得刺耳，反而觉得它烘托了夜市的气氛。记得昆德拉在《生命中不能承受之轻》里说过，"喧嚣有一个好处，淹没了词语。音乐是对句子的否定，是一种反词语！"在夜市的语境中，人们只有满心欢喜地接受，高高兴兴地付钱，回家之后，才如梦方醒。

这样的辉煌，延续到了2001年。2001年4月24日，建市近10年、闻名川内外的春熙路夜市成了明日黄花，春熙路开始进入史无前例的改造。当晚10时30分，事前统一安排好的准时停电歇业。随着春熙路682户夜市经营户的撤离和孙中山铜像前花木店的拆除，春熙路改造工程正式开始，这让许多夜市摊主洒泪作别。

我清楚记得，当晚春熙路口挂出"别了，夜市"的巨大横幅。这天晚上，我也赶到了春熙路夜市。大约晚上7点，春熙路东西南北四段已被迅速涌来的人流填满。有媒体报道，此时的春熙路上已聚集了至少10万人！

我站在春熙路与青年路交汇的地方，我想，春熙路如同上海的南京路，停开夜市也许有一定道理。但10万市民来参与"为了告别的聚会"，可见夜市在平民心目中的重要地位以及它强大的凝聚力。这难道不是"夜市情结"的表露么？

昨天晚上，曾经盛极一时的春熙路夜市在这个城市里彻底地消失了。用主流媒体的话来说，春熙路是清爽了，不知道为何，我却有一种失落感。很久以后，我再到春熙路上散步，依然能看到街边卖小吃的，能看到熙熙攘攘的人群，但再也没有撩动一个人灵魂的夜市氛围了。这就如同一个人的命运，在列车上昏昏欲睡，清晨醒来，一切都已经成为了历史。

值得庆幸的是，在阔别成都市民8年之后，春熙路夜市在2009年重新开张迎客。新的春熙路夜市位于红星路广场，仍属于传统的春熙路商业圈，与当年的春熙路夜市"主战场"中山广场相距不过 200 米。营业时间为每日 19 时至 22 时，一直持续到 2 月 9 日元宵节。人们能否从中以日光灯的冷光，来续接昔日的辉煌，只能说是如人饮水，冷暖自知。

华西坝往事

锦江以南，有一座南台寺，冷冷清清，兀自耸立于一大片野坟与农田之中。上溯到汉代，这里林木葱郁，溪流纵横，被称为"中园"，是蜀汉政权刘备的游乐之地。孟昶在蜀称帝时，建有别苑。南宋陆游居蜀地多年，在一首诗的序中说道："故蜀别苑在成都西南十五六里，梅至多，有两大树，夭矫若龙，相传谓之'梅龙'。"陆游所描绘的"梅至多"的景观，虽遭明末张献忠战乱的破坏，但梅花依然挺立，延续到 20 世纪抗战爆发之时。华西口腔医学院老院长王翰章回忆，当年的广益学舍是中园的一部分，广益学舍四周有好大一片梅林。冬末春初，蜡梅、白梅、红梅、绿梅、朱砂梅次第开放，幽香袭人，清芬远播。时任华西协合大学中文系教授的著名学者、诗人缪钺曾有咏叹广益学舍梅花的《念奴娇》一词传世，有"月影浮香，霜华侵袂，且共殷勤语"名句流芳。这片土地，沉积着深厚的历史文化，飘散着千年梅花的幽香，又饱经战争的硝烟，真是一片"最中国"的土地！

历史学者岱峻认为，西南联合大学与华西坝五所大学，最大的不同在于生源、办学资金与办学环境。教会大学的生源多半是经济条件比较好的家庭，教会大学的教育经费有相当份额是西方差会拨付的教友捐款，较之西南联大远为稳定，而成都虽亦遭敌机轰炸，但华西协合大学的基础建筑具在，较之西南联大要在昆明乃至蒙自新建校舍宿房，不可同日而语，所谓"联大无广厦有大师，坝上有广厦有大师"。

1905 年，华西协合大学临时管理部成立，由毕启、启尔德和陶维新等着手筹建大学，遂选中了南台寺以西这一大片土地，从 1905 年获得第一块 170 多亩的土地到 1930 年扩大到 1000 余亩，一所与国际接轨的综合性大学终于建成，成都老百姓将这块土地亲切地叫作"华西坝"……

当年在华西坝工作的黄思礼、启道真和云从龙，回加拿大休假时发起建立了 CS 校友会，此惯例被其后代传承，已拥有 80 多年历史。每年 10 月第三周的星期六，分布在世界各国的校友们必在多伦多的一家中餐厅聚会：谈中国、忆成都、品味川菜，唱四川的童谣……他们说"成都，是我的故乡！"有的老人逝去后，还拜托家人把骨灰悄悄撒在华西钟楼前的荷花池……华西坝，维系着他们浓浓的乡愁。

2013 年 6 月 9 日至 12 日，由全国友协支持，四川省友协、成都市友协、大邑县委和县政府、加拿大驻华使馆、加拿大驻重庆总领事馆共同举办的"加拿大友人回家"暨"百年历史影像馆开馆仪式"活动在成都大邑县新场镇举行。加拿大驻华使馆公使唐兰女士一行 3 人、加拿大友人代表团一行 29 人来川出席活动。

昔日华西坝上的"洋娃娃"们，如今幡然已成白发老翁或老妪。他们幼年时都曾就读于成都加拿大学校（即 Canadian School，简称 CS 学校），因此他们自称为"CS 的孩子"。1909 年 3 月 9 日，CS 学校在成都四圣祠北街开学，最初只有5个学生，其中4个加拿大人，1个美国人。后来学校不断壮大。1918年CS学校搬迁至华西坝的华西协合大学校园内。1939年抗战期间，为躲避日军轰炸，学校搬到了离成都一百多公里之外的仁寿县。

从1909年到1949年，CS学校招收了近千名学生，学生们的奶妈、保姆都是四川人，因此他们能说一口标准的四川话。比如，菲莉斯是现任CS孩子委员会主席，中文名叫梁玉。是冯玉祥将军当面给她取的。菲莉斯说，冯玉祥有意让她学梁红玉，奋起抗敌。她1936年出生于加拿大，在家里排行老三，有两个姐姐一个妹妹。因为4姐妹只有她不是生在中国，小时候常向母亲抱怨为何对其不公。1948年，菲莉斯从重庆来到成都华西坝生活。她觉得异常惋惜的是，那时华西坝已经没有了大熊猫。但是她常听父亲、朋友讲起，学校里有大熊猫时的热闹。

1938年3月，华西协合大学收到纽约动物协会的请求："希望得到一只熊猫幼仔。"不久，华西协合大学生物教授丁克生的夫人到灌县（现都江堰市）的大山中带回了一只活泼可爱的大熊猫幼仔，并饲养在华西坝，取名为"潘多拉"（Pandora）。"潘多拉"在这里生活了3个月。CS孩子们每天放学就会去草坪上和"潘多拉"玩耍。

黄玛丽则有幸赶上了华西坝养大熊猫的时间。5岁的黄玛丽不仅时常能见到大熊猫，还是和大熊猫合影最多的一个。黄玛丽不禁慨叹："圆滚滚的'潘多拉'很调皮，总喜欢爬到很高的地方，我们需要搬梯子爬上去才能把它抱回来，经常逗得我们哈哈大笑！"CS孩子陆瑛惠回忆，每逢太阳好的时候，就会有人把大熊猫牵到草坪上晒太阳、放风，大熊猫也很享受这样的时光。每次大熊猫出现，都引来层层围观……

3年前的一天下午，谭楷先生邀我去参观成都市人民南路三段16号第14栋建筑，在这幢西洋风格的老建筑前，他指出，这就是原华西协合大学教务长和财务主管云从龙的故居。在华西坝，云从龙家的阁楼曾是一个红色图书馆，收藏的书刊供进步学生随时阅读。他是当时中共地下党川康特委主要领导人张友渔和马识途的好朋友，为当时成都地下党报纸提供办报场地和设备。马识途得知谭楷要去多伦多拜访云从龙的儿子云达乐，还专门录了一段音频以表达对云从龙的感谢。录音中马识途说："你的父亲帮助我们（地下党）做了很多工作，我到现在都很感激他。"

云达乐得知谭楷来自成都华西坝，感念万分，当场拿出一双干净的草鞋给他看，说："那时CS的小孩穿的都是草编鞋。"头发雪白的云达乐一直珍藏着那占有他重要回忆的草鞋，好多CS的孩子都跟他一样，对华西坝的日子念念不忘。直到现在，CS的老小孩们都还对"仁寿芝麻糕"情有独钟。谭楷去多伦多见他们的时候都会捎带一点，给他们尝尝儿时的味道……

现在四川大学华西校区校南路7号，其原居住者是苏继贤。

苏继贤是华西协合大学建筑系主任、华西建筑的总设计师，人称"苏木匠"。2016年8月15日，一封来自加拿大的联名感谢信，远渡重洋，送达成都有关领导。联名写信人共有9位，从59岁到101岁，他们都是在成都出生并成长的"CS的孩子"及后人。因为听说位于人民南路三段16号14栋和四川大学华西校区校南路7

号,这两处老辈们曾经居住过的故居依然保存至今,并有可能列入政府的保护范围,他们非常感动。而 CS 学校旧址已在 2014 年被列为成都市历史建筑,进行了修缮保护。他们在信中写道:"我们爱成都的所有人,想要问候每一个将时间与精力贡献于保护历史文化建筑的人们。"

这封信的联署者有 101 岁的伊莎白。她的家族有五代人在中国生活过,其中两代人出生在中国。校南路 7 号的老房子,就是她的童年住所。也有人称"苏木匠"苏继贤的孙女,她的父亲曾任加拿大驻中国第二任大使。他们一家也住过校南路 7 号。

根据谭楷的调查,从 1938 年到 1945 年,先后有 15 只被称作"熊猫川军"的大熊猫,从华西坝出发,历经艰险被送到当时的美国和英国动物园,成为见证抗日战争期间中国与盟军友好的天使。

广益学舍是华西协合大学的一部分,在大学本部之北,隔马路相对。广益学舍环境幽静,有一幢教学楼,后面是教师住宅,其中有数栋洋房。

文史大家缪钺回忆说:"抗战末期,燕京大学在成都复校,礼聘陈寅恪先生自昆明来成都,主持讲席。当时陈先生即寓居广益学舍后院一栋洋房之中。在近代前辈学者中,我最佩服王国维、陈寅恪两位先生,平日读其精深渊博的学术论著,深受教益。在遵义浙大时,我曾向陈先生通函请益,及 1946 年秋末到成都,陈先生已返回北京清华大学矣。竟无拜谒之缘,亲承教诲,深感怅惘。陈先生学识精博,通贯中西,富于创新精神,久为海内外学术界所推重,在魏晋南北朝隋唐史研究方向,贡献尤为卓绝,能开一代风气,国内学者多受其沾溉。"(《忆华西大学广益学舍》,《成都晚报》1991 年 12 月 8 日)

1943 年夏天,陈寅恪与夫人唐筼带着 3 个女儿从桂林出发,经贵阳过重庆到达成都,已是该年的岁末,"残剩山河行旅倦,乱离骨肉病愁多",陈寅恪的诗记录了这一国难时节的流离之旅。

陈寅恪是受燕京大学之聘来蓉的,同时受聘于华西大学中国文化研究所任特约研究员。这年冬天,成都燕京大学校长梅贻宝在学校的周会上说:"我校迁徙西南,设备简陋,不意请得海内著名学者陈寅恪先生前来执教。陈先生业已到校,即可开课。这是学校之福。"不久教务处公布了陈寅恪所开课目:《魏晋南北朝史》及《元白诗》,后又开《唐史》《元白刘诗》。由于听课学生太多,授课地点改为城外华西大学广益学舍大教室。此地,恰是成都著名的"中园"所在地。

足蹬布鞋、一袭棉袍的陈先生行走在坝上,便是坝上的一道风景。在此期间,陈先生除了上课,基本上完成了《元白诗笺证稿》一书。他凭其精深的根底和史学素养,把史学和文学打成一片,以诗证史,以史证诗,融会贯通,在史学和文学研究中开创了一条新路。在华西坝一年零九个月的时间里,陈寅恪完成了 12 篇重要论文,这是他抗战期间最为高产的一个时期。

来成都时,因过于用功,陈寅恪右眼已坏掉,残存的左眼也在华西坝失去了光明。1944 年冬的一天,正在家中的陈寅恪忽觉眼前漆黑。正好有课,他只好叫长女陈流求去通知校方,今日不能上课了。1945 年 8 月抗战胜利,目盲的陈寅恪听着华西坝钟楼的钟声,不禁生出"破碎山河迎胜利，残余岁月送凄凉"的无限感慨。

陈寅恪女儿陈美延回忆过当"牧羊姑娘"的往事。

作家谭楷去拜访她，谭楷叫她"陈小孃"，她就像是在说昨天发生的事："我跟黑山羊一见面，彼此都没有好印象。它拿眼睛瞪我，一副古古板板的样子，它腿上有残疾，走路一瘸一拐。我拽着绳子，让它往东，它偏往西。我个头小，拽不动它，只有顺着它，它愿走哪儿走哪儿。每天早上，两个姐上学去了，我就牵着它在广益坝吃草。其实，鲜嫩的青草不算它的最爱，最爱吃的是人家院子用来做隔离的刺篱笆……后来黑山羊生下了两只小羊羔。我妈袖子一撸，当上了接生婆。黑山羊挺凶，要踢人，只能绑在栏杆上挤奶，除了喂两只羊羔外，还能挤一碗奶。为了正常出奶，白天让它吃够了青草，晚上还给它吃点细糠碎米。它躺在门外树荫下反刍的时候，姐姐回来了，我爸回来了，它会咩咩叫上两声，算是打了个招呼。我背了个大竹篓，一边放羊，一边拾些树枝，背回家去当柴火；我妈在院子里开辟了菜地，种上蚕豆、青菜、西红柿，节省一点开支。那时看病、买药占了很大一笔开支。半个月才打一次牙祭，吃一次荤菜，冬天里主菜吃红油菜、红萝卜，总吃不厌……"

那个时代的教授生活非常简朴。不仅是中国籍教授，洋教授也是如此。副校长苏道璞博士不坐滑竿，更不坐轿子，认为"很不人道，除非有病走不动，否则我永远不会坐。"

抗战时期，来到四川省的外国记者、作家相当多。据成都历史学者郑光路先生统计，到达成都等地参观采访的计有8批36人。如美国《时代》周刊、《幸福》杂志总编辑卢斯，他1941年5月8日至21日访问重庆、成都，参观并出席了华西坝五所大学的欢迎宴会，民国政府外交部长王世杰宴请了他。自由法国作家层里1942年3月到成都、重庆，采访宋美龄等人，受到四川省政府主席张群宴请。著名的汉学家费正清夫妇也曾多次出入成都。美国著名作家斯坦贝克、汉学家贾德林等名人也先后来到成都。而作家欧内斯特·海明威夫妇的成都之行，则充满了昂扬、激烈之声。

1940年11月21日，海明威在与他的第二任妻子波琳·法伊弗离婚后，与相恋5年的玛莎·盖尔霍恩在怀俄明州首府夏延举行了婚礼。婚后，海明威夫妇准备去远东"缅甸之路"度蜜月。玛莎当时是美国《柯里尔氏》杂志记者，即将被派遣到远东采访，她希望海明威能够一起前往，新婚燕尔，海明威欣然应诺。应该说海明威为这次中国之行做了相当准备，而并非仅仅当作一次旅行来对待。他也应《午报》之邀对中国进行访问，并要去了解一系列跟美国命运密切相关的问题，包括中日之战推进情况如何？中国内战如果爆发有怎样的危险？日苏条约签订之后有怎样的影响？美国在远东的地位如何？造成美日开战的根本原因是什么？如何能够避免与日本开战，有没有可能？等等。由于玛莎与当时第一夫人艾琳娜·罗斯福关系密切，因此海明威还肩负着特殊使命：为美国政府收集情报。他作为美国政府的一位特使来远东考察抗战，自然备受中国关注。1941年1月下旬，海明威夫妇乘飞机到洛杉矶，2月初飞旧金山，然后乘船到夏威夷，2月下旬经关岛飞抵中国香港，开始

447

了他们两个多月的中国之行。

他们对沿途的一些抗战练兵场、训练营分别作了考察和采访，了解其编制、训练、武器装备和作战行动等。前线的士兵、村民和小学生们列队伫立在雨中，挥动着手中的三角旗、高唱歌曲欢迎海明威夫妇。这种对美国人民特使的友好情景，使海明威夫妇感动不已。这是他们一生中受到的最隆重欢迎。海明威面对着承受着苦难、英勇抗击日寇的中国军民，在"热烈欢迎美国新闻记者！"、"贵宾们来我国访问有助于增进中美之间更加紧密的关系！"、"打倒日本鬼子，世界将更加光明！"、"永远感谢国际友人的援助和慰问！"等标语的环绕中，发表了一系列慷慨激昂、鼓舞士气的演说。海明威夫妇在支持中国军民抗日的同时，也对中国军民的艰难处境表示了深切的同情。

1941年4月6日，海明威夫妇到达重庆访问。8天后夫妇俩前往成都，下榻"励志社"。

美国作家卡罗斯·贝克所著《海明威传》指出，海明威去成都北较场参观"陆军中央军校"时，他才感到曾经约翰森所讲的有一定道理，因为他在军人俱乐部里见到设备十分现代化，办事有效率，特别是那里充满着一种紧张、严格、有条不紊的军事气氛。

抗战时期，中央军校曾内迁至成都，以培养抗日将士为目的，并在成都设立了多家分校，即洛阳分校、武汉分校、南京分校、昆明分校。北较场正面是东起通往文殊院和西迄宁夏街、江汉路的白下路。建成成都分校时改名为黄浦路。在黄浦路一侧，有一条笔直的宽阔柏油马路直通大校门，两旁密植法国梧桐。有意思的是，大门两侧镌刻有蓝底白字的一副对联："升官发财请走别路；贪生怕死莫入此门"，字体刚正，让人肃生凛然之气。大门进去之后才是二校门，上书"中央陆军军官学校"横额。两侧同样有一副对联："研究崭新兵学；斯为吾国干城"，金体楷书，力道十足。

海明威一行行走在这些简陋而狭窄的街区，他惊讶地看到成都这个古老的有高大的围墙护卫着的城市街道上，人们仍可以看见几个世纪以来一直存在的骆驼商队。他们从西藏远道而来。那些骆驼慢悠悠地走着，迈着沉着、坚定的步伐，使人们想到这种现象的存在可以用千年为单位作计算……

但另外一幕让他又产生了几丝怀疑。海明威参观的机场，应该是成都新津机场，那是二战期间亚洲最大的轰炸机机场。当他们一行看到大约有八千名工人主要用手工建筑一个能容纳装有四个引擎的大型运输机的飞机场时，更加深了他原先认为中国人落后、办事效率低的印象。海明威的这种感觉就同他对埃及的印象所得出来的感觉一样。在埃及法老王统治时期，如果你随便在哪一天的早晨从南部的沙漠骑马出发，沿路上你就可以看到工人住的大帐篷，看到人们正在营造金字塔的场景。所不同的是中国工人用手拖着一个10吨重的石滚子在碾压飞机场跑道，而埃及的奴隶所建造的是金字塔。他听到这些中国工人一边劳动一边低声地哼着，仿佛海浪轻轻地拍打着礁石发出低沉的声音一样。海明威本人则始终小心翼翼，多观察，少说话。官方报纸《重庆中央日报》记者在采访时问他在中国的感想以及他会写些什么的时候，他回答说："太奇妙了，太奇妙了！"

"总不会，而且你放心……当然没有什么坏的可写吧！"甚至一次记者的专访，他也托辞不见，让玛莎婉言应付。而玛莎·盖尔霍恩非常敏锐，她在《我和他的旅行》当中写道："中国是一个封建领主式的阶级和千千万万作出牺牲的奴隶组成的国家。战争，并不是造成人民触目惊心的惨状的唯一原因。"应该说相当有见地。

但这种怀疑与看法，迅速被激昂的抗战情绪改变了。

其后，他应邀到华西坝五所大学演讲。那时的华西坝，除了五所基督教会合办的华西协合大学外，还有内迁的金陵大学、金陵女子大学、燕京大学、中央大学医学院和齐鲁大学等。海明威讲演的地方，是一排大树掩映的华西坝体育馆。体育馆被热情的师生堵得水泄不通，连窗台上都坐满了人。华西坝体育馆是名人演讲的主要场所，李约瑟等人来蓉，均在此举行演讲。

他的演讲由全程陪同的夏晋熊教授承担口译。郑光路先生在一篇文章里提及，据听过海明威老人演讲的老人回忆，这位美国作家完全不像中国文人那般斯文，他身体壮实，吼叫一般讲演时长满汗毛的手臂不断挥舞，倒像一个杀猪的黑汉，不时获得暴风雨般的掌声……

当时的《大公报》就报道说：如果海明威能"上前线，则吾国士兵英勇，抗战的伟大，当可扬名海外，长垂不朽"。事实证明，海明威返美后所写访华见闻在海外引起极大反响。后来在"一寸山河一寸血，十万青年十万军"的感召下，成都许多大学生报名从军，开赴前线杀敌报国，与海明威的演讲是有一定关系的。

苏光文在《抗战文学与世界文学的交往》一文中这样说到："海明威和斯坦贝克的作品在1943－1944年间的中国读者界'是最出风头的'。"（《中国现代文学研究丛刊》，1995年3期，第40页），这显然与他们的中国、四川之行密不可分。

厦门大学杨仁敬教授的《海明威在中国》指出，在海明威转至香港和仰光之后，为履行诺言，他撰写了6篇报道发表在《午报》上，在美国引起了强烈反响。6篇报道分别是：《苏日签订条约》《日本必征服中国》《美国对中国的援助》《日本在中国的地位》《中国空军急需加强》和《中国加紧修建机场》。报道集中反映的重点问题包括：日苏条约签订后，苏联仍将继续支持中国；蒋介石是一个军人加政客，他的目标是消灭共产党。他需要美国的援助才能坚持抗日，否则他可能转而依靠德国，与日本媾和以保证自己的利益。日本正打算进攻东南亚，以夺取各种战略物资，美国如果要保护他们的利益，就必须设法阻止日本南进。这种情况下美国应支持中国各个政治派别联合抗日，拖住日本，并且明确告诉蒋介石，美国不支持中国打内战，要制止主和派的行动；日本暂时失去了与中国媾和的机会，而且决不能征服中国，因为中国拥有丰富的人力和物力，中国人民有勤劳勇敢、不怕艰苦不怕牺牲的精神，他们必将取得最后的胜利。

董衡巽先生在《海明威评传》里指出，海明威在成都时认为，中国的训练是德国式的，教官都是德国培养的中国人。他们一行从成都飞回了重庆。1941年4月16日的《大公报》以《海明威昨飞腊戌转飞新加坡》为题，结束了对海氏中国之行的跟踪报道。腊戌是缅甸北部重镇，说明海氏是从云南出境的。5月1日，该报刊登一则电讯，说海明威于4月29日抵达香港后，"拒绝发表此行的印象；惟对中国军队深致钦慕，据称：华军训练精湛，士气雄壮，感予最深云。"

曾经获得经济学博士的夏晋熊教授，从美国毕业返国后，到当时国民党政府的行政院工作，曾任孔祥熙的秘书。因海明威来访，专门从重庆飞往香港迎接海明威，他任翻译并负责关照夫妇两人的生活。在陪同过程中，海明威怕他冻坏了，便把自己身上的羊毛背心脱下来，给夏晋熊穿上。历经几十年，这件背心已经有几个小洞了，但夏晋熊还细心地保存着，这不仅仅是友谊，更是一份抗战的特殊记忆。这件羊毛背心，可以说是海明威来华保存至今的唯一物证了。

夏晋熊特意提及一件小事，在重庆时的一天早晨，海明威说要他到宾馆去叫醒他。夏晋熊敲门时，通报了自己的名字，他便大声喊"请进"。夏晋熊进门一看，大作家和玛莎还没起床，两人拥抱在一起……"他是把我当为自己人，所以根本不回避，所以在我面前表示他俩亲密无间的感情。"

由于玛莎·盖尔霍恩十分怕脏，对住宿地点十分挑剔，加上她是一个"比标榜着硬汉的海明威更硬的女人"，因而安排他们的住宿颇费周折。夏晋熊没有进一步提及他陪同海明威访问成都的进一步情况，但肯定了他们下榻于成都的"励志社"。

民国时期的成都商业街为四川省商业专科学校所在地，后来学校旧址上改建为古色古香的"励志社"，成为当时成都最高级别的民国四川省政府招待所。抗战时期此处又改为"美国援华人员招待所"，国民党在成都训练地勤人员的空军机械学校和通讯学校均驻设于此。至1947年春，派到成都空军单位的美军顾问团已达十余人。顾问团团部设在励志社，负责人是美军中校白礼门。海明威夫妇来成都，没有下榻于东胜街的沙利文饭店而是居住于此，可见礼遇也是较高的。

最早的"励志社"于1929年1月成立于南京，该社是以黄埔军人为对象，以振奋"革命精神"，培养"笃信三民主义最忠实之党员，勇敢之信徒"、"模范军人"为目的的军事组织。抗战期间，"励志社"在全国各地都有分布，是为国民政府首脑及官员提供后勤、日常生活及娱乐服务的场馆，设有多功能的礼堂、剧院，宾馆式客房以及大小高级餐厅等。

成都"励志社"大楼始建于民国二十六年（1937）年，为著名建筑学家杨廷宝在成都设计的三大建筑中唯一的宾馆建筑。那时，杨廷宝在基泰公司成都办事处工作。他早年毕业于清华大学，后留学美国。成都"励志社"是按照北派宫廷的范式修建，相比屋面轻巧的南方建筑，"励志社"大气而稳重，多处绘有色泽浓郁的彩绘。所用材料既有传统的琉璃瓦，又有现代建筑材料，这反映了近代成都建筑的历史走向。

走进这幢建筑面积达2700平方米的二楼一底的大楼，清水砖墙给人以肃穆之感，辅之以钢筋混凝土梁柱以及木层架、木楼板，屋顶为歇山式，重檐翘角。楼上客房设有楠木墙裙和嵌花地板。卫生间则饰以瓷砖、马赛克，并配备了西式抽水马桶。楼上设有舞厅、宴会厅等，可谓齐全而华丽。该楼建成后，一时名流云集，成为成都的"洋场"。

毕业于金陵大学文史系的钱树琼先生，在抗战开始后出任成都"励志社"主任，曾经负责接待苏联航空志愿队。另据相关报道，前美国副总统华莱士曾在大楼内接见飞虎队成员。蒋介石也曾在此接见过美国援华飞行员、召开中外记者招待会等。需要指出的是，当时装备 B-29 "超级空中堡垒"驻防于成都的是第 20 轰炸机指挥部，但人们也以"飞虎队"相称。分析起来，这在于当时很多新闻媒体和民众一律以"飞虎队"称呼所有抗战期间驻华的美军空军作战单位。

抗战结束后，成都"励志社"便成了行政院和一些中央机关的办公地。1949 年后四川省委成立，成为了省委办公楼。盛夏时节，绿云密布的商业街是成都最凉爽的街道。记得一天傍晚，我独自跨着大步走过商业街，看见"励志社"的楼影，在路灯的作用下，一个影子出现在我眼前。那个影子用脚前掌踮起走路，斜斜地晃动着粗犷的身躯，很像一个拳击手……

（摘编自蒋蓝长篇非虚构《成都传》，章节标题系编者所加）

[特约编辑：吴　越]

```
图书在版编目（CIP）数据

收获长篇小说.2022.春卷 /《收获》文学杂志社编.
-- 上海：上海文艺出版社,2022（2024.3重印）
 ISBN 978-7-5321-8312-8
 Ⅰ.①收… Ⅱ.①收… Ⅲ.①长篇小说－小说集－中国－当代 Ⅳ.①I247.5
 中国版本图书馆CIP数据核字(2022)第030666号
```

名誉主编：李小林
主　　编：程永新
副 主 编：钟红明　王　彪

发 行 人：毕　胜
责任编辑：李伟长　张诗扬　金　辰
封面设计：陈安栋
特约法律顾问：王　嵘　光　韬

书　　名：收获长篇小说.2022.春卷
编　　者：《收获》文学杂志社
出　　版：上海世纪出版集团　上海文艺出版社
地　　址：上海市闵行区号景路159弄A座2楼 201101
发　　行：上海文艺出版社发行中心
　　　　　上海市闵行区号景路159弄A座2楼206室 201101 www.ewen.co
印　　刷：苏州市越洋印刷有限公司
开　　本：710×1000　1/16
印　　张：28.25
插　　页：2
字　　数：585,000
印　　次：2022年3月第1版 2024年3月第3次印刷
Ｉ Ｓ Ｂ Ｎ：978-7-5321-8312-8/I.6562
定　　价：55.00元
告 读 者：如发现本书有质量问题请与印刷厂质量科联系　T:0512-68180628